E. T. A. Hoffmann

Letzte Erzählungen

Die Doppeltgänger, Die Räuber,
Der Elementargeist und andere

E. T. A. Hoffmann: Letzte Erzählungen. Die Doppeltgänger, Die Räuber, Der Elementargeist und andere

Unter dem Titel »Letzte Erzählungen« gab Julius Eduard Hitzig 1825 erstmals eine Sammlung kleinerer, einzeln publizierter Erzählungen aus Hoffmanns letzten Lebensjahren heraus, die hier im Anschluß an spätere Hoffmann-Ausgaben um einige Texte aus dem Nachlaß erweitert wurde.

Neuausgabe mit einer Biographie des Autors
Herausgegeben von Karl-Maria Guth
Berlin 2016

Der Text dieser Ausgabe folgt:
E.T.A. Hoffmann: Poetische Werke in sechs Bänden, Band 6, Berlin: Aufbau, 1963.

Die Paginierung obiger Ausgabe wird hier als Marginalie zeilengenau mitgeführt.

Umschlaggestaltung von Thomas Schultz-Overhage

Gesetzt aus der Minion Pro, 11 pt

Verlag: Henricus - Edition Deutsche Klassik GmbH
Mörchinger Str. 33, 14169 Berlin, info@henricus-verlag.de
Druck: Libri Plureos GmbH, Friedensallee 273, 22763 Hamburg

Die Ausgaben der Sammlung Hofenberg basieren auf zuverlässigen Textgrundlagen. Die Seitenkonkordanz zu anerkannten Studienausgaben machen Hofenbergtexte auch in wissenschaftlichem Zusammenhang zitierfähig.

ISBN 978-3-86199-741-2

Bibliografische Information der Deutschen Nationalbibliothek

Die Deutsche Nationalbibliothek verzeichnet diese Publikation in der Deutschen Nationalbibliografie; detaillierte bibliografische Daten sind im Internet über www.dnb.de abrufbar.

Inhalt

Haimatochare

Vorwort

Nachfolgende Briefe, welche über das unglückliche Schicksal zweier Naturforscher Auskunft geben, wurden mir von meinem Freunde *Adalbert von Chamisso* mitgeteilt, als er eben von der merkwürdigen Reise zurückgekommen, in der er den Erdball anderthalbmal umkreist hatte. Sie scheinen wohl öffentlicher Bekanntmachung würdig. – Mit Trauer, ja mit Entsetzen gewahrt man, wie oft ein harmlos scheinendes Ereignis die engsten Bande der innigsten Freundschaft gewaltsam zu zerreißen und da verderbliches Unheil zu bereiten vermag, wo man das Beste, das Ersprießlichste zu erwarten sich berechtigt glaubte.

E. T. A. Hoffmann.

1. An Se. Exzellenz den Generalkapitän und Gouverneur von Neusüdwales

Port Jackson, den 21. Juni 18..

Ew. Exzellenz haben zu befehlen geruhet, daß mein Freund, Herr Brougthon, mit der Expedition, die nach O-Wahu ausgerüstet wird, als Naturforscher mitgehe. Längst war es mein innigster Wunsch, O-Wahu noch einmal zu besuchen, da die Kürze meines letzten Aufenthalts mir nicht mehr gestattete, manche höchst merkwürdige naturhistorische Beobachtungen bis zu bestimmten Resultaten zu steigern. Doppelt lebhaft erneuert sich jetzt dieser Wunsch, da wir, ich und Herr Brougthon, durch die Wissenschaft, durch gleiches Forschen auf das engste verkettet, schon seit langer Zeit gewohnt sind, unsere Beobachtungen gemeinschaftlich anzustellen und durch augenblickliches Mitteilen derselben uns einander an die Hand zu gehen. Ew. Exzellenz bitte ich daher, es genehmigen zu wollen, daß ich meinen Freund Brougthon auf der Expedition nach O-Wahu begleite.

Mit tiefem Respekt etc. etc.

J. Menzies.

N. S. Mit den Bitten und Wünschen meines Freundes Menzies vereinigen sich die meinigen, daß Ew. Exzellenz geruhen möchten, ihm zu erlauben, mit mir nach O-Wahu zu gehen. Nur mit ihm, nur wenn er mit gewohnter Liebe meine Bestrebungen teilt, vermag ich das zu leisten, was man von mir erwartet.

A. Brougthon.

2. Antwort des Gouverneurs

Mit innigem Vergnügen bemerke ich, wie Sie, meine Herren, die Wissenschaft so innig miteinander befreundet hat, daß aus diesem schönen Bunde, aus diesem vereinten Streben sich nur die reichsten, herrlichsten Resultate erwarten lassen. Aus diesem Grunde will ich auch unerachtet die Bemannung der Diskovery vollständig ist und das Schiff wenig Raum hat, dennoch erlauben, daß Herr Menzies der Expedition nach O-Wahu folge, und erteile in diesem Augenblick deshalb dem Kapitän Bligh die nötigen Befehle.

(gez.) Der Gouverneur.

3. J. Menzies an E. Johnstone in London

Am Bord der Diskovery, den 2. Juli 18..
Du hast recht, mein lieber Freund, als ich Dir das letztemal schrieb, war ich wirklich heimgesucht von einigen spleenischen Anfällen. Das Leben auf Port Jackson machte mir die höchste Langeweile, mit schmerzlicher Sehnsucht dachte ich an mein herrliches Paradies, an das reizende O-Wahu, das ich erst vor kurzem verlassen. Mein Freund Brougthon, ein gelehrter und dabei gemütlicher Mensch, war der einzige, der mich aufzuheitern und empfänglich für die Wissenschaft zu erhalten vermochte, aber auch er sehnte sich, wie ich, hinweg von Port Jackson, das unserm Forschungstrieb wenig Nahrung darbieten konnte. Irre ich nicht, so schrieb ich Dir schon, daß dem Könige von O-Wahu, namens Teimotu, ein schönes Schiff versprochen worden, das zu Port Jackson gebaut und ausgerüstet werden sollte. Dies war geschehen, Kapitän Bligh erhielt den Befehl, das Schiff hinzuführen nach O-Wahu und sich dort einige Zeit aufzuhalten, um das Freundschaftsbündnis mit Teimotu fester zu knüpfen. Wie klopfte mein Herz vor Freude, da ich glaubte, daß ich unfehlbar mitgehen würde; wie ein Blitz aus heitrer Luft traf mich aber der Ausspruch des Gouverneurs, daß Brougthon sich einschiffen solle. Die Diskovery, zur Expedition nach O-Wahu bestimmt, ist ein mittelmäßiges Schiff, nicht geeignet, mehr Personen aufzunehmen, als die nötige Be-

mannung; um so weniger hoffte ich mit dem Wunsch, Brougthon begleiten zu dürfen, durchzudringen. Der edle Mensch, mir mit Herz und Gemüt auf das innigste zugetan, unterstützte indessen jenen Wunsch so kräftig, daß der Gouverneur ihn bewilligte. Aus der Überschrift des Briefes siehst Du, daß wir, Brougthon und ich, bereits die Reise angetreten.

O des herrlichen Lebens, das mir bevorsteht! – Mir schwillt die Brust vor Hoffnung und sehnsüchtigem Verlangen, wenn ich daran denke, wie täglich, ja stündlich die Natur mir ihre reiche Schatzkammer aufschließen wird, damit ich dieses, jenes nie erforschte Kleinod mir zueignen, mein nennen kann, das nie gesehene Wunder!

Ich sehe Dich ironisch lächeln über meinen Enthusiasmus, ich höre Dich sprechen: »Nun ja, einen ganzen neuen Swammerdamm in der Tasche, wird er zurückkehren; frage ich ihn aber nach Neigungen, Sitten, Gebräuchen, nach der Lebensweise jener fremden Völker, die er gesehen, will ich recht einzelne Details wissen, wie sie in keiner Reisebeschreibung stehen, wie sie nur von Mund zu Mund nacherzählt werden können, so zeigt er mir ein paar Mäntel und ein paar Korallenschnüre und vermag sonst nicht viel zu sagen. Er vergißt über seine Milben, seine Käfer, seine Schmetterlinge die Menschen!« –

Ich weiß, Du findest es sonderbar, daß mein Forschungstrieb gerade zu dem Reiche der Insekten sich hingeneigt, und ich kann Dir in der Tat nichts anderes darauf antworten, als daß die ewige Macht nun gerade diese Neigung so in mein Innerstes hineingewebt hat, daß mein ganzes Ich sich nur in dieser Neigung zu gestalten vermag. Nicht vorwerfen darfst Du mir aber, daß ich über diesen Trieb, der Dir seltsam erscheint, die Menschen oder gar Verwandte, Freunde vernachlässige, vergesse. – Niemals werde ich es dahin bringen, es jenem alten holländischen Obristleutnant gleichzutun, der – doch um Dich durch den Vergleich, den Du dann zwischen diesem Alten und mir anstellen mußt, zu entwaffnen, erzähle ich Dir die merkwürdige Historie, die mir eben in den Sinn kam, ausführlich. – Der alte Obristleutnant (ich machte in Königsberg seine Bekanntschaft) war, was Insekten betrifft, der eifrigste, unermüdetste Naturforscher, den es jemals gegeben haben mag. Die ganze übrige Welt war für ihn tot, und wodurch er sich der menschlichen Gesellschaft allein nur kundtat, das war der unausstehlichste, lächerlichste Geiz und die fixe Idee, daß er einmal mittelst eines Weißbrots vergiftet werden würde. – Irre ich nicht, so heißt dies Weißbrot im Deutschen Semmel. – Ein sol-

ches Brot buk er sich jeden Morgen selbst, nahm es, war er zu Tische
gebeten, mit und war nicht dahin zu bringen, ein anderes Brot zu genießen. Als Beweis seines tollen Geizes mag Dir der Umstand genügen, daß
er, seines Alters unerachtet ein rüstiger Mann, Schritt vor Schritt mit
weit von dem Leibe weggestreckten Armen auf den Straßen einherging,
damit – die alte Uniform sich nicht abscheure, sondern fein konserviere!
– Doch zur Sache! – Der Alte hatte keinen Verwandten auf der ganzen
Erde, als einen jüngeren Bruder, der in Amsterdam lebte. Dreißig Jahre
hatten die Brüder sich nicht gesehen; da machte der Amsterdamer, von
dem Verlangen getrieben, den Bruder noch einmal wiederzusehen, sich
auf den Weg nach Königsberg. – Er tritt ein in das Zimmer des Alten.
– Der Alte sitzt an dem Tische und betrachtet, das Haupt hinübergebeugt,
durch eine Lupe einen kleinen, schwarzen Punkt auf einem weißen Blatt
Papier. Der Bruder erhebt ein lautes Freudengeschrei, er will dem Alten
in die Arme stürzen, der aber, ohne das Auge von dem Punkt zu verwen-
den, winkt ihn mit der Hand zurück, gebietet ihm mit einem wiederholten: »St-St-St-« Stillschweigen. »Bruder«, ruft der Amsterdamer, »Bruder,
was hast du vor! – Georg ist da, dein Bruder ist da, aus Amsterdam
hergereiset, um dich, den er seit dreißig Jahren nicht sah, noch wiederzusehen in diesem Leben!« – Aber unbeweglich bleibt der Alte und lispelt:
»St-St-St-Tierchen stirbt!« – Nun bemerkt der Amsterdamer erst, daß
der schwarze Punkt ein kleines Würmchen ist, das sich in den Konvul-
sionen des Todes krümmt und windet. Der Amsterdamer ehrt die Leidenschaft des Bruders, setzt sich still neben ihm hin. Als nun aber eine
Stunde vergeht, während der Alte auch nicht mit einem Blicke sich um
den Bruder kümmert, springt dieser ungeduldig auf, verläßt mit einem
derben holländischen Fluch das Zimmer, setzt sich auf zur Stelle und
kehrt zurück nach Amsterdam, ohne daß der Alte von allem auch nur
die mindeste Notiz nimmt! – Frage Dich selbst, Eduard, ob ich, trätest
Du plötzlich hinein in meine Kajüte und fändest mich vertieft in die
Betrachtung irgendeines merkwürdigen Insekts, ob ich dann das Insekt
unbeweglich anschauen oder Dir in die Arme stürzen würde?

Du magst, mein lieber Freund, denn auch daran denken, daß das
Reich der Insekten gerade das wunderbarste, geheimnisvollste in der
Natur ist. Hat es mein Freund Brougthon mit der Pflanzen – und mit
der vollkommen ausgebildeten Tierwelt zu tun, so bin ich angesiedelt in
der Heimat der seltsamen, oft unerforschlichen Wesen, die den Übergang,
die Verknüpfung zwischen beiden bilden. – Doch! – ich höre auf, um

Dich nicht zu ermüden, und setze nur noch, um Dich, um Dein poetisches Gemüt ganz zu beschwichtigen, ganz mit mir auszusöhnen, hinzu, daß ein deutscher geistreicher Dichter die in den schönsten Farbenschmelz geputzten Insekten freigewordene Blumen nennt. Erlabe Dich an diesem schönen Bilde! –

Und eigentlich – warum sagt' ich so viel, um meine Neigung zu rechtfertigen? Geschah es nicht, um mich selbst zu überreden, daß mich bloß der allgemeine Drang des Forschens unwiderstehlich nach O-Wahu treibt, daß es nicht vielmehr eine sonderbare Ahnung irgendeines unerhörten Ereignisses ist, dem ich entgegengehe? – Ja, Eduard, eben in diesem Augenblick erfaßt mich diese Ahnung mit solcher Gewalt, daß ich nicht vermögend bin, weiterzuschreiben! – Du wirst mich für einen närrischen Träumer halten, aber es ist nicht anders; deutlich steht es in meiner Seele, daß mich in O-Wahu das größte Glück oder unvermeidliches Verderben erwartet! –

Dein treuster etc.

4. Derselbe an denselben

Hana-ruru auf O-Wahu, den 12. Dezember 18.. Nein! ich bin kein Träumer, aber es gibt Ahnungen – Ahnungen, die nicht trügen! – Eduard, ich bin der glücklichste Mensch unter der Sonne, auf den höchsten Punkt des Lebens gestellt. Aber wie soll ich Dir denn alles erzählen, damit Du meine Wonne, mein unaussprechliches Entzücken ganz fühlst? – ich will mich fassen, ich will versuchen, ob ich imstande bin, Dir das alles, wie es sich zutrug, ruhig zu beschreiben.

Unfern Hana-ruru, König Teimotus Residenz, wo er uns freundlich aufgenommen, liegt eine anmutige Waldung. Dorthin begab ich mich gestern, als schon die Sonne zu sinken begann. Ich hatte vor, womöglich einen sehr seltenen Schmetterling (der Name wird Dich nicht interessieren) einzufangen, der nach Sonnenuntergang seinen irren Kreislauf beginnt. Die Luft war schwül, von wollüstigem Aroma duftender Kräuter erfüllt. Als ich in den Wald trat, fühlt' ich ein seltsam süßes Bangen, mich durchbebten geheimnisvolle Schauer, die sich auflösten in sehnsüchtige Seufzer. Der Nachtvogel, nach dem ich ausgegangen, erhob sich dicht vor mir, aber kraftlos hingen die Arme herab, wie starrsüchtig vermochte ich nicht von der Stelle zu gehen, nicht den Nachtvogel zu verfolgen, der sich fortschwang in den Wald. – Da wurde ich hineinge zogen wie von unsichtbaren Händen in ein Gebüsch, das mich im Säuseln und Rauschen wie mit zärtlichen Liebesworten ansprach. Kaum hineingetreten, erblicke ich – O Himmel! – auf dem bunten Teppiche glänzender Taubenflügel liegt die niedlichste, schönste, lieblichste Insulanerin, die ich jemals gesehen! – Nein! – nur die äußeren Konturen zeigten, daß das holde Wesen zu dem Geschlechte der hiesigen Insulanerinnen gehörte. – Farbe, Haltung, Aussehen, alles war sonst anders. – Der Atem stockte mir vor wonnevollem Schreck. – Behutsam näherte ich mich der Kleinen. – Sie schien zu schlafen – ich faßte sie, ich trug sie mit mir fort – das herrlichste Kleinod der Insel war mein! – Ich nannte sie Haimatochare, klebte ihr ganzes kleines Zimmer mit schönem Goldpapiere aus, bereitete ihr ein Lager von eben den bunten, glänzenden Taubenfedern, auf denen ich sie gefunden! – Sie scheint mich zu verstehen, zu ahnen, was sie mir ist! – Verzeih mir, Eduard – ich nehme Abschied von Dir – ich muß sehen, was mein liebliches Wesen, meine Haimatochare macht, – ich öffne ihr kleines Zimmer. – Sie liegt auf ihrem Lager, sie spielt mit den bunten Federchen. – O Haimatochare! – Lebe wohl, Eduard!

Dein treuester etc.

5. Brougthon an den Gouverneur von Neusüdwales

Hana-ruru, den 20. Dezember 18..

Kapitän Bligh hat Ew. Exzellenz über unsere glückliche Fahrt bereits ausführlichen Bericht erstattet und auch gewiß nicht unterlassen, die freundliche Art zu rühmen, mit der unser Freund Teimotu uns aufgenommen. Teimotu ist entzückt über Ew. Exzellenz reiches Geschenk und wiederholt ein Mal über das andere, daß wir alles, was O-Wahu nur für uns Nützliches und Wertes erzeugt, als unser Eigentum betrachten sollen. Auf die Königin Kahumanu hat der goldgestickte rote Mantel, den Ew. Exzellenz mir als für sie bestimmtes Geschenk mitzugeben die Gnade hatten, einen tiefen Eindruck gemacht, so daß sie ihre vorige unbefangene Heiterkeit verloren und in allerlei fantastische Schwärmereien geraten ist. Sie geht am frühen Morgen in das tiefste, einsamste Dickicht des Waldes und übt sich, indem sie den Mantel bald auf diese, bald auf jene Art über die Schultern wirft, in mimischen Darstellungen, die sie abends dem versammelten Hofe zum besten gibt. Dabei wird sie oft von einer seltsamen Trostlosigkeit befallen, die dem guten Teimotu nicht wenigen Kummer verursacht! – Mir ist es indessen doch schon oft gelungen, die jammervolle Königin aufzuheitern durch ein Frühstück von gerösteten Fischen, die sie sehr gern ißt und dann ein tüchtiges Glas Gin oder Rum daraufsetzt, welches ihren sehnsüchtigen Schmerz merklich lindert. Sonderbar ist es, daß Kahumanu unserm Menzies nachläuft auf Steg und Weg, ihn, glaubt sie sich unbemerkt, in ihre Arme schließt und mit den süßesten Namen nennt. Ich möchte beinahe glauben, daß sie ihn heimlich liebt.

Sehr leid tut es mir übrigens, Ew. Exzellenz melden zu müssen, daß Menzies, von dem ich alles Gute hoffte, in meinen Forschungen mich mehr hindert als fördert. Kahumanus Liebe scheint er nicht erwidern zu wollen, dagegen ist er von einer andern törichten, ja frevelhaften Leidenschaft ergriffen, die ihn verleitet hat, mir einen, sehr argen Streich zu spielen, der, kommt Menzies nicht von seinem Wahn zurück, uns auf immer entzweien kann. Ich bereue selbst, Ew. Exzellenz gebeten zu haben, ihm zu gestatten, daß er der Expedition nach O-Wahu folge. Doch wie konnte ich glauben, daß ein Mann, den ich so viele Jahre hindurch bewährt gefunden, sich plötzlich in seltsamer Verblendung auf solche Weise ändern sollte. Ich werde mir erlauben, Ew. Exzellenz von den näheren Umständen des mich tief kränkenden Vorfalls ausführlichen Bericht zu erstatten, und sollte Menzies nicht, was er tat, wieder gutmachen, Ew. Exzellenz Schutz gegen einen Mann zu erbitten, der sich erlaubt, feindselig zu handeln, da, wo er mit unbefangener Freundschaft aufgenommen wurde. Mit tiefem Respekt etc.

6. Menzies an Brougthon

Nein, nicht länger kann ich es ertragen! – Du weichst mir aus, Du wirfst mir Blicke zu, in denen ich Zorn und Verachtung lese, Du sprichst von Treulosigkeit, von Verrat, so daß ich es auf mich beziehen muß! – Und doch suche ich im ganzen Reiche der Möglichkeit vergebens eine Ursache aufzufinden, die Dein Benehmen gegen Deinen treusten Freund auf irgendeine Weise rechtfertigen könnte. Was tat ich Dir, was unternahm ich, das Dich kränkte? Gewiß ist es nur ein Mißverständnis, das Dich an meiner Liebe, an meiner Treue einen Augenblick zweifeln läßt. Ich bitte Dich, Brougthon, kläre das unglückliche Geheimnis auf, werde wieder mein, wie Du es warst.

Davis, der Dir dies Blatt überreicht, hat Befehl, Dich zu bitten, daß Du auf der Stelle antwortest. Meine Ungeduld wird mir zur qualvollsten Pein.

7. Brougthon an Menzies

Du frägst noch, wodurch Du mich beleidigt? In der Tat, diese Unbefangenheit steht dem wohl an, der gegen Freundschaft, nein, gegen die allgemeinen Rechte, wie sie in der bürgerlichen Verfassung bestehen, frevelte auf empörende Art! – Du willst mich nicht verstehen? Nun, so rufe ich Dir denn, daß es die Welt höre und sich entsetze über Deine Untat – ja, so rufe ich Dir denn den Namen ins Ohr, der Deinen Frevel ausspricht! – Haimatochare! – Ja, Haimatochare hast Du die genannt, die Du mir geraubt, die Du verborgen hältst vor aller Welt, die mein war, ja, die ich mit süßem Stolz mein nennen wollte in ewig fortdauernden Annalen! – Aber nein! – noch will ich nicht verzweifeln an Deiner Tugend, noch will ich glauben, daß Dein treues Herz die unglückliche Leidenschaft besiegen wird, die Dich fortriß im jähen. Taumel! – Menzies! – Gib mir Haimatochare heraus, und ich drücke Dich als meinen treusten Freund, als meinen Herzensbruder an meine Brust! Vergessen ist dann aller Schmerz der Wunde, die Du mir schlugst durch Deine – unbesonnene Tat. Ja – nur unbesonnen, nicht treulos, nicht frevelhaft will ich Haimatochares Raub nennen. – Gib mir Haimatochare heraus! –

8. Menzies an Brougthon

Freund! welch ein seltsamer Wahnsinn hat Dich ergriffen? – Dir – Dir sollte ich Haimatochare geraubt haben? Haimatochare, die, sowie ihr ganzes Geschlecht, Dir auch nicht im mindesten etwas angeht – Haimatochare, die ich frei, in der freien Natur auf dem schönsten Teppiche schlafend fand, der erste, der sie betrachtete mit liebenden Augen, der erste, der ihr Namen gab und Stand! – In Wahrheit, nennst Du mich treulos, so muß ich Dich verrückt schelten, daß Du, von einer schnöden Eifersucht verblendet, in Anspruch nimmst, was mein eigen geworden und bleiben wird immerdar. Mein ist Haimatochare, und mein werde ich sie nennen in jenen Annalen, wo du prahlerisch zu prunken gedenkest mit dem Eigentum des andern. – Nie werd' ich meine geliebte Haimatochare von mir lassen, alles, ja mein Leben, das nur durch sie sich zu gestalten vermag, geb' ich freudig hin für Haimatochare! –

9. Brougthon an Menzies

Schamloser Räuber! – Haimatochare soll mir nichts angehen? In der Freiheit hast Du sie gefunden? – Lügner! war der Teppich, auf dem Haimatochare schlief, nicht mein Eigentum; mußtest Du nicht daran erkennen, daß Haimatochare mir – mir allein angehörte? Gib mir Haimatochare heraus, oder kund mache ich der Welt Deinen Frevel. Nicht ich, Du – Du allein bist von der schnödesten Eifersucht verblendet, Du willst prunken mit fremdem Eigentume, aber das soll Dir nicht gelingen. Gib mir Haimatochare heraus, oder ich erkläre Dich für den niedrigsten Schurken! –

10. Menzies an Brougthon

Dreifacher Schurke Du selbst! Nur mit meinem Leben lasse ich Haimatochare!

11. Brougthon an Menzies

Nur mit Deinem Leben läßt Du Schurke Haimatochare? – Gut, so mögen denn morgen abends um sechs Uhr auf dem öden Platze vor Hana-ruru unfern des Vulkans die Waffen über Haimatochares Besitz entscheiden. Ich hoffe, daß Deine Pistolen im Stande sind.

12. Menzies an Brougthon

Ich werde mich zur bestimmten Stunde am bestimmten Platz einfinden. Haimatochare soll Zeugin des Kampfes sein um ihren Besitz.

13. Kapitän Bligh an den Gouverneur von Neusüdwales

Hana-ruru auf O-Wahu, den 26. Dezember 18..
Ew. Exzellenz den entsetzlichen Vorfall, der uns zwei der schätzbarsten Männer geraubt hat, zu berichten, ist mir traurige Pflicht. Längst hatte ich bemerkt, daß die Herren Menzies und Brougthon, welche sonst, in

innigster Freundschaft verbunden, ein Herz, eine Seele schienen, die sonst sich nicht zu trennen vermochten, miteinander entzweit waren, ohne daß ich auch nur im mindesten erraten konnte, was wohl die Ursache davon sein könne. Zuletzt vermieden sie mit Sorgfalt, sich zu nähern, und wechselten Briefe, die unser Steuermann Davis hin und her tragen mußte. Davis erzählte mir, daß beide bei dem Empfang der Briefe immer in die höchste Bewegung geraten wären, und daß vorzüglich Brougthon zuletzt ganz Feuer und Flamme gewesen. Gestern abend hatte Davis bemerkt, daß Brougthon seine Pistolen lud und hinauseilte aus Hana-ruru. Er konnte mich nicht gleich auffinden. Auf der Stelle, als er mir endlich den Verdacht mitteilte, daß Menzies mit Brougthon wohl ein Duell vorhaben könnte, begab ich mich mit dem Leutnant Collnet und dem Schiffschirurgus Herrn Whidby hinaus nach dem öden Platz unfern des vor Hana-ruru liegenden Vulkans. Denn dort, schien mir, war wirklich von einem Duell die Rede, die schicklichste Gegend dazu zu sein. Ich hatte mich nicht getäuscht. Noch ehe wir den Platz erreicht, hörten wir einen Schuß und unmittelbar darauf den zweiten. Wir beschleunigten unsere Schritte, so gut wir es vermochten, und doch kamen wir zu spät. Wir fanden Menzies und Brougthon in ihrem Blute auf der Erde liegen, dieser durch den Kopf, jener durch die Brust tödlich getroffen, beide ohne die mindeste Spur des Lebens. – Kaum zehn Schritte hatten sie auseinander gestanden, und zwischen ihnen lag der unglückliche Gegenstand, den mir Menzies' Papiere als die Ursache, die Brougthons Haß und Eifersucht entzündete, bezeichnen. In einer kleinen, mit schönem Goldpapier ausgeklebten Schachtel fand ich unter glänzenden Federn ein sehr seltsam geformtes, schön gefärbtes kleines Insekt, das der naturkundige Davis für ein Läuslein erklären wollte, welches jedoch, was vorzüglich Farbe und die ganz sonderbare Form des Hinterleibes und der Füßchen anlange, von allen bis jetzt aufgefundenen Tierchen der Art merklich abweiche. Auf dem Deckel stand der Name: Haimatochare.

Menzies hatte dieses seltsame, bis jetzt unbekannte Tierchen auf dem Rücken einer schönen Taube, die Brougthon herabgeschossen, gefunden und wollte dasselbe, als dessen erster Finder, unter dem eignen Namen: Haimatochare in der naturkundigen Welt einführen, Brougthon behauptete dagegen, daß er der erste Finder sei, da das Insekt auf dem Körper der Taube gesessen, die er herabgeschossen, und wollte die Haimatochare sich aneignen. Darüber entstand der verhängnisvolle Streit zwischen den beiden edlen Männern, der ihnen den Tod gab.

Vorläufig bemerke ich, daß Herr Menzies das Tierchen für eine ganz neue Gattung erklärt und es in die Mitte stellt zwischen: pediculus pubescens, thorace trapezoideo, abdomine ovali posterius emarginato ab latere undulato etc. habitans in homine, Hottentottis, Groenlandisque escam dilectam praebens, und zwischen: nirmus crassicornis, capite ovato oblongo, scutello thorace majore, abdomine lineari lanceolato, habitans in anate, ansere et boschade.

Aus diesen Andeutungen des Herrn Menzies werden Ew. Exzellenz schon zu ermessen geruhen, wie einzig in seiner Art das Tierchen ist, und ich darf, unerachtet ich kein eigentlicher Naturforscher bin, wohl hinzusetzen, daß das Insekt, aufmerksam durch die Lupe betrachtet, etwas ganz ungemein Anziehendes hat, das vorzüglich den blanken Augen, dem schön gefärbten Rücken und einer gewissen anmutigen, solchen Tierchen sonst gar nicht eignen Leichtigkeit der Bewegung zuzuschreiben ist.

Ich erwarte Ew. Exzellenz Befehl, ob ich das unglückselige Tierchen wohlverpackt für das Museum einsenden oder als die Ursache des Todes zweier vortrefflichen Menschen in die Tiefe des Meeres versenken soll.

Bis zu Ew. Exzellenz hohen Entscheidung bewahrt Davis die Haimatochare in seiner baumwollnen Mütze. Ich habe ihn für ihr Leben, für ihre Gesundheit verantwortlich gemacht. Genehmigen Ew. Exzellenz die Versicherung etc.

234

14. Antwort des Gouverneurs

Port Jackson, den 1. Mai 18..

Mit dem tiefsten Schmerz hat mich, Kapitän, Ihr Bericht von dem unglückseligen Tode unserer beiden wackern Naturforscher erfüllt. Ist es möglich, daß der Eifer für die Wissenschaft den Menschen so weit treiben kann, daß er vergißt, was er der Freundschaft, ja dem Leben in der bürgerlichen Gesellschaft überhaupt schuldig ist? – Ich hoffe, daß die Herren Menzies und Brougthon auf die anständigste Weise begraben worden sind.

Was die Haimatochare betrifft, so haben Sie, Kapitän, dieselbe den unglücklichen Naturforschern zur Ehre mit den gewöhnlichen Honneurs in die Tiefe des Meeres zu versenken. Verbleibend etc.

15. *Kapitän Bligh an den Gouverneur von Neusüdwales*

Am Bord der Diskovery, den 5. Oktober 18..
Ew. Exzellenz Befehle in Ansehung der Haimatochare sind befolgt. In
Gegenwart der festlich gekleideten Mannschaft, sowie des Königes Teimotu und der Königin Kahumanu, die mit mehreren Großen des Reichs
an Bord gekommen waren, wurde gestern abend Punkt sechs Uhr von
dem Leutnant Collnet Haimatochare aus der baumwollnen Mütze des
Davis genommen und in die mit Goldpapier ausgeklebte Schachtel getan,
die sonst ihre Wohnung gewesen und nun ihr Sarg sein sollte, diese
Schachtel aber dann an einen großen Stein befestigt und von mir selbst
unter dreimaliger Abfeuerung des Geschützes in das Meer geworfen.
Hierauf stimmte die Königin Kahumanu einen Gesang an, in den sämtliche O-Wahuer einstimmten und der so abscheulich klang, als es die
erhabene Würde des Augenblicks erforderte. Hierauf wurde das Geschütz
noch dreimal abgefeuert und Fleisch und Rum unter die Mannschaft
verteilt. Teimotu, Kahumanu, sowie die übrigen O-Wahuer wurden mit
Grog und andern Erfrischungen bedient. Die gute Königin kann sich
noch gar nicht zufrieden geben über den Tod ihres lieben Menzies. Sie
hat sich, um das Andenken des geliebten Mannes zu ehren, einen großen
Haifischzahn in den Hintern gebohrt und leidet von der Wunde noch
große Schmerzen.

Noch muß ich erwähnen, daß Davis, der treue Pfleger der Haimatochare, eine sehr rührende Rede hielt, worin er, nachdem er Haimatochares
Lebenslauf in der Kürze beschrieben, von der Vergänglichkeit alles Irdischen handelte. Die härtesten Matrosen konnten sich der Tränen nicht
enthalten, und dadurch, daß er in abgesetzten Pausen ein zweckmäßiges
Geheul ausstieß, brachte Davis es auch dahin, daß die O-Wahuer entsetzlich heulten, welches die Würde und Feierlichkeit der Handlung nicht
wenig erhöhte.

Genehmigen Ew. Exzellenz etc.

Die Marquise de la Pivardiere

(Nach Richers Causes célèbres)

Ein Mensch gemeinen Standes, namens Barré, hatte seine Braut zu später Abendzeit in das Boulogner Holz gelockt und sie dort, da er, ihrer überdrüssig, um eine andere buhlte, mit vielen Messerstichen ermordet.

Das Mädchen, die Gartenfrüchte feilhielt, war ihrer ausnehmenden Schönheit, ihres sittlichen Betragens halber allgemein bekannt unter dem Namen der schönen Antoinette. So kam es, daß ganz Paris erfüllt war von Barrés Untat, und daß auch in der Abendgesellschaft, die sich bei der Duchesse d'Aiguillon zu versammeln pflegte, von nichts anderm gesprochen wurde als von der entsetzlichen Ermordung der armen Antoinette.

Die Duchesse verlor sich gern in moralische Betrachtungen, und so entwickelte sie auch jetzt mit vieler Beredsamkeit, daß nur heillose Vernachlässigung des Unterrichts und der Religiosität bei dem gemeinen Volk Verbrechen erzeuge, die den höhern, in Geist und Gemüt gebildeten Ständen fremd bleiben müßten.

Der Graf von St. Hermine, sonst das rege Leben jeder Gesellschaft, war an dem Abend tief in sich gekehrt, und die Blässe seines Gesichts verriet, daß irgendein feindliches Ereignis ihn verstört haben mußte. Er hatte noch kein Wort gesprochen; jetzt, da die Duchesse ihre moralische Abhandlung geschlossen, begann er: »Verzeiht, gnädigste Frau! Barré liest vortrefflich, schreibt eine schöne Hand, kann sogar rechnen, spielt überdies nicht übel die Geige; und was seine Religion betrifft, so hat er Freitags in seinem Leben niemals auch nur eine Unze Fleisch genossen, regelmäßig seine Messe gehört und noch an dem Morgen, als er abends darauf den Mord beging, gebeichtet. Was könnt Ihr gegen seine Bildung, gegen seine Religiosität einwenden?«

Die Duchesse meinte, daß der Graf durch seine bittere Bemerkung ihr und der Gesellschaft den unausstehlichen Unmut entgelten lassen wolle, der ihm heute seine ganze Liebenswürdigkeit raube. Man setzte das vorige Gespräch fort, und ein junger Mann stand im Begriff, noch einmal alle Umstände der Tat Barrés auf das genaueste zu beschreiben, als der Graf von Saint Hermine sich ungeduldig von seinem Sitze erhob und auf das heftigste erklärte, man würde ihn augenblicklich verjagen, wenn man nicht ein Gespräch ende, das mit scharfen Krallen in seine Brust greife und eine Wunde aufreiße, deren Schmerz er wenigstens auf Augenblicke in der Gesellschaft zu verwinden gehofft.

Alle drangen in ihn, nun nicht länger mit der Ursache seines Unmuts zurückzuhalten. Da sprach er: »Man wird es nicht mehr Unmut nennen, was mich heute langweilig, unausstehlich erscheinen läßt; man wird es mir, meinem gerechten Schmerz verzeihen, daß ich das Gespräch über Barrés Untat nicht zu ertragen vermag, wenn ich offenbare, was mein ganzes Inneres tief erschüttert. Ein Mann, den ich hochschätzte, der sich in meinem Regiment stets brav, tapfer, mir innig ergeben bewies, der Marquis de la Pivardiere, ist vor drei Nächten auf die grausamste Weise in seinem Bette ermordet worden.«

»Himmel«, rief die Duchesse, »welch' neue entsetzliche Untat! Wie konnte das geschehen! Die arme unglückliche Marquise!«

Auf dies Wort der Duchesse vergaß man den ermordeten Marquis, bedauerte nur die Marquise und erschöpfte sich in Lobeserhebungen der anmutigen geistreichen Frau, deren strenge Tugend, deren edler Sinn als Muster gegolten und die schon als Demoiselle du Chauvelin die Zierde der ersten Zirkel in Paris gewesen sei.

»Und«, sprach der Graf mit dem ins Innere dringenden Ton der tiefsten Erbitterung, »und diese geistreiche tugendhafte Frau, die Zierde der ersten Zirkel in Paris, diese war es, die ihren Gemahl erschlug mit Hilfe ihres Beichtvaters, des verruchten Charost!« –

Stumm, von Entsetzen erfaßt, starrte alles den Grafen an, der sich vor der Duchesse, die der Ohnmacht nahe, tief verbeugte und dann den Saal verließ. –

Franziska Margarete Chauvelin hatte in früher Kindheit ihre Mutter verloren, und so war ihre Erziehung ganz das Werk ihres Vaters geblieben, eines geistreichen, aber strengen, ernsten Mannes. Der Ritter Chauvelin glaubte daran, daß es möglich sei, das weibliche Gemüt zur Erkenntnis seiner eignen Schwächen zu bringen, und daß diese eben dadurch weggetilgt werden könnten. Sein starrer Sinn verschmähte jene hohe Liebenswürdigkeit der Weiber, die sich aus der subjektiven Ansicht des Lebens von dem Standpunkt aus, auf den sie die Natur gestellt hat, erzeugt; und eben in dieser Ansicht liegt ja der Ursprung aller der Äußerungen einer innern Gemütsstimmung, die in demselben Augenblick, da sie uns launisch, beschränkt, kleinartig bedünken will, uns unwiderstehlich hinreißt. Der Ritter meinte ferner, daß, um zu jenem Zweck zu

gelangen, es vorzüglich nötig sei, jeden weiblichen Einfluß auf das junge
Gemüt zu verhindern; auf das sorglichste entfernte er daher von seiner
Tochter alles, was nur Gouvernante heißen mag, und wußte es auch geschickt anzufangen, daß keine Gespielin es dahin brachte, sich mit
Franziska in gleiche Farbe zu kleiden und ihr die kleinen Geheimnisse
eines durchtanzten Balls o.s. zu vertrauen. Nebenher sorgte er dafür, daß
Franziskas notwendigste weibliche Bedienung aus geckenhaften Dingern
bestand, die er dann als Scheubilder des verkehrten weiblichen Sinns
aufstellte. Vorzüglich richtete er auch, als Franziska in die Jahre gekommen, daß davon die Rede sein konnte, die vernichtenden Pfeile seiner
Ironie gegen die süße Schwärmerei der Liebe, die den weiblichen Sinn
erst recht nach seiner innersten Bedeutung gestaltet, und die wohl nur
bei einem Jünglinge oft ins Fratzenhafte abarten mag.

Glück für Franziska, daß des Ritters Glaube ein arger Irrtum war. So
sehr er sich mühte, dem tief weiblichen Gemüt Franziskas die Rauhigkeit
eines männlichen Geistes, der das Spiel des Lebens verachtet, weil er es
zu verstehen, es durchzuschauen vermeint, anzuerziehen; es gelang ihm
nicht, die hohe Anmut und Liebenswürdigkeit, der Mutter Erbteil, zu
zerstören, die immer mehr herausstrahlte aus Franziskas Innern, und
die er in seltsamer Selbsttäuschung für die Frucht seiner weisen Erziehung
hielt, ohne daran zu denken, daß er ja eben dagegen seine gefährlichsten
Waffen gerichtet.

Franziska konnte nicht schön genannt werden, dazu waren die Züge
ihres Antlitzes nicht regelmäßig genug; der geistreiche Feuerblick der
schönsten Augen, das holde Lächeln, das um Mund und Wangen spielte,
eine edle Gestalt im reinsten Ebenmaß der Glieder, die hohe Anmut jeder
Bewegung, alles dieses gab indessen Franziskas äußerer Erscheinung einen
unnennbaren Reiz. Kam nun noch hinzu, daß die viel zu gelehrte Bildung,
die ihr der Vater gegeben, und die sonst nur zu leicht das innerste, eigentliche Wesen des Weibes zerstört, ohne daß ein Ersatz möglich, ihr
nur diente, richtig zu verstehen, aber nicht abzusprechen, daß die Ironie,
die ihr vielleicht von des Vaters Geist zugekommen, sich in ihrem Sinn
und Wesen zum gemütlichen lebensvollen Scherz umgestaltete: so konnt'
es nicht fehlen, daß sie, als der Vater, den Ansprüchen des Lebens
nachgebend, sie einführte, in die sogenannte große Welt, bald der Abgott
aller Zirkel wurde.

Man kann denken, mit welchem Eifer sich Jünglinge und Männer um
die holde, geistreiche Franziska bemühten. Diesen Bemühungen stellten

sich nun aber die Grundsätze entgegen, die der Ritter du Chauvelin seiner Tochter eingeflößt. Hatte sich auch irgendein Mann, dem die Natur alles verliehen, um den Weibern zu gefallen, Franziskan mehr und mehr genähert, wollte ihr Herz sich ihm hinneigen, dann trat ihr plötzlich der fratzenhafte Popanz eines verliebten Weibes vor Augen, den der Vater herbeigezaubert, und der Schreck, die Furcht vor dem Scheubilde tötete jedes Gefühl der Liebe im ersten Aufkeimen. Da es unmöglich war, Franziska stolz, spröde, kalt zu nennen, so geriet man auf den Gedanken eines geheimen Liebesverständnisses, auf dessen Entwickelung man begierig wartete, wiewohl vergebens. Franziska blieb unverheiratet bis in ihr fünfundzwanzigstes Jahr. Da starb der Ritter, und Franziska, seine einzige Erbin, kam in den Besitz des Ritterguts Nerbonne.

Die Duchesse d'Aiguillon (wir haben sie in dem Eingange der Geschichte kennen gelernt) fand es nun nötig, sich um Franziskas Wohl und Weh, um ihre Verhältnisse zu kümmern, da sie es nicht für möglich hielt, daß ein Mädchen, sei sie auch fünfundzwanzig Jahre alt geworden, sich selbst beraten könne. Gewohnt, alles auf gewisse feierliche Weise zu betreiben, versammelte sie eine Anzahl Frauen, die über Franziskas Tun und Lassen Rat hielten und endlich darin übereinkamen, daß ihre jetzige Lage es durchaus erfordere, sich zu vermählen.

Die Duchesse übernahm selbst die schwierige Aufgabe, das ehescheue Mädchen zur Befolgung dieses Beschlusses zu bewegen, und freute sich im voraus über den Triumph ihrer Überredungskunst. Sie begab sich zu der Chauvelin und bewies ihr in einer wohlgesetzten Rede, die ihr nicht wenig Kopfbrechens gekostet, daß sie endlich den Bedingnissen des Lebens nachgeben, ihren Starrsinn, ihre Sprödigkeit ablegen, rücksichtslos dem Gefühl der Liebe Raum lassen und einen Mann, der ihrer wert, mit ihrer Hand beglücken müsse.

Franziska hatte die Duchesse mit ruhigem Lächeln angehört, ohne sie ein einziges Mal zu unterbrechen. Nicht wenig erstaunte die Duchesse aber jetzt, als Franziska erklärte, daß sie ganz ihrer Meinung sei, daß ihre Lage, der Besitz der weitläuftigen Güter, die Verwaltung des Vermögens durchaus erfordere, sich durch die Vermählung mit einem ehrenwerten Manne ihres Standes im Leben fest zu stellen. Sie sprach dann von dieser Vermählung wie von einem Geschäft, das, von ihrem Verhältnis herbeigeführt, notwendig abgeschlossen werden müsse, und meinte, daß sie vielleicht bald imstande sein werde, unter ihren Bewerbern den zu wählen, der sich als den vernünftigsten, ruhigsten bewährt.

»Fräulein«, rief die Duchesse, »Fräulein, sollte Euer reiches Gemüt, Euer empfänglicher Sinn denn ganz verschlossen sein dem schönsten Gefühl, das die Sterblichen beglückt? – Habt Ihr denn niemals, niemals geliebt?«.

Franziska versicherte, daß dies niemals der Fall gewesen sei, und entwickelte dann die Theorie ihres Vaters über ein Gefühl, das ein böses Prinzip in der Natur mit heilloser Ironie in die menschliche Brust gelegt, da es die Urkraft des menschlichen Geistes breche und nichts herbeiführe als ein durch Demütigungen, durch lächerliche Narrheiten aller Art verstörtes Leben.

Die Duchesse geriet ganz außer sich über die abscheulichen Grundsätze und begann Franziska tüchtig auszuschelten, daß sie einer Lehre gefolgt, die sie geradezu ruchlos und teuflisch nannte, da sie der innersten Natur des Weibes zuwider sei und eben das bewirken müsse, was sie dem höchsten Gefühle schuld gebe, nämlich ein armseliges verstörtes Leben. Zuletzt faßte sie des Fräuleins Hand und sprach, indem ihr die Tränen in die Augen traten: »Nein, mein gutes teures Kind, nein, es ist nicht möglich; du täuschest dich selbst, du gibst dich uns schlechter, als du wirklich bist; fremd sind dir jene Grundsätze eines strengen, starren Mannes, der dem Leben feindlich entgegentrat! – Du hast geliebt und widerstrebtest nur im ungekünstelten Eigensinn deiner innern Regung! – Sei aufrichtig, erwäge jeden Augenblick deines Lebens! – Es ist nicht möglich, daß es keinen geben sollte, in dem nicht das Gefühl der Liebe plötzlich eindrang in dein eisumpanzertes Herz!«

Franziska stand im Begriff, der Duchesse zu antworten, als plötzlich ein Gedanke wie ein Blitz sie zu durchzucken schien. Über und über errötend, dann zum Tode erbleichend, starrte sie zur Erde nieder; ein tiefer Seufzer stieg aus der Brust empor, dann begann sie: »Ja, ich will aufrichtig sein – Ja, es gab in meinem Leben einen Moment, in dem mich mit zerstörender Gewalt ein Gefühl überraschte, das ich verabscheuen lernte und noch verabscheue!« –

»Weh dir!« rief die Duchesse, »weh dir, aber sprich!«

»Ich hatte«, erzählte Franziska, »eben mein sechzehntes Jahr zurückgelegt, als mein Vater mich in Eure Zirkel, gnädigste Frau, einführte. Ihr verstandet meine Befangenheit zu besiegen, mich dahin zu bringen, meiner Laune mich ganz hinzugeben. Man fand das, was ich jetzt als ausgelassen verwerfen würde, damals über die Maßen liebenswürdig, und ich hätte eitel genug sein können, mich für die gefeierte Königin der Gesellschaft zu halten.«

»Das wart Ihr, das wart Ihr!« unterbrach die Duchesse das Fräulein.

»Ich weiß nicht mehr«, fuhr das Fräulein fort, »was ich eben sprach, aber es erregte die Teilnahme der ganzen Gesellschaft so sehr, daß in dem tiefsten Stillschweigen aller Blicke starr auf mich gerichtet waren und ich beschämt die Augen niederschlug.

Es war mir, als vernähme ich ganz in meiner Nähe den Namen Franziska! wie einen leisen Seufzer. – Unwillkürlich schaue ich auf – mein Blick fällt auf einen Jüngling, den ich so lange noch gar nicht bemerkt; – aber ein unbekanntes Feuer strahlt aus seinen dunklen Augen und durchdringt mein Innerstes wie ein glühender Dolch, – mich erfaßt ein namenloser Schmerz, – es ist mir, als müsse ich sterbend niedersinken, aber der Tod sei das höchste seligste Entzücken des Himmels. – Keines Wortes mächtig, vermag ich nur, von süßer Qual gepeinigt, tief aufzuseufzen – Tränen strömen mir aus den Augen – Man hält mich für plötzlich erkrankt, man bringt mich in ein Nebenzimmer, man schnürt mich auf, man braucht alle Mittel, die zur Hand sind, mich aus dem entsetzlichen Zustande zu reißen. – In tötender Angst, ja in Verzweiflung versichere ich endlich, daß alles vorüber, daß mir wieder wohl sei. – Ich verlange zurück in die Gesellschaft. – Meine Augen suchen, finden ihn – ich sehe nichts als ihn – ihn! – Ich erbebe vor dem Gedanken, daß er sich mir nähern könne, und doch ist es eben dieser Gedanke, der mich mit dem süßesten, nie gefühlten, nie geahneten Entzücken durchströmt! – – Mein Vater mußte meinen überreizten Zustand bemerken, konnte er auch vielleicht dessen Ursache nicht erforschen; er führte mich schnell fort aus der Gesellschaft. –

So jung ich war, mußte ich doch wohl erkennen, daß das böse verstörende Prinzip auf mich eingedrungen, vor dem mich der Vater so sehr gewarnt, und eben die Gewalt, der ich beinahe erlegen, ließ mich die Wahrheit alles dessen, was er darüber gesagt, vollkommen einsehen. Ich kämpfte einen schweren Kampf; aber ich siegte; das Bild des Jünglings verschwand, ich fühlte mich froh und frei, ich wagte mich wieder in Eure Gesellschaft, gnädigste Frau; aber ich fand den Gefürchteten nicht wieder. Dem Schicksal oder vielmehr jenem bösen Prinzip des Lebens genügte aber nicht mein Sieg; ein schwererer Kampf stand mir bevor. – Mehrere Wochen waren vergangen, als ich, da eben die Abenddämmerung einzubrechen beginnt, im Fenster liege und hinaussehe auf die

Straße. Da erblicke ich jenen Jüngling, der zu mir hinaufschaut, mich
grüßt und dann geradezu losschreitet auf die Tür des Hauses. – Weh
mir! – mit verdoppelter Kraft ergreift mich jene entsetzliche Macht! –
Er kommt, er sucht dich auf! – Dieser Gedanke, – Entzücken, – Verzweiflung – raubt mir die Sinne! – Als ich aus tiefer Ohnmacht erwachte, lag
ich ausgekleidet auf dem Sofa; mein Vater stand bei mir, ein Naphth-
hafläschchen in der Hand. Er fragte, ob mir etwas Besonderes begegnet.
Er habe die Tür meines Zimmers öffnen, wieder verschließen und dann
Tritte die Treppe herab gehört, die ihm männliche hätten bedünken
wollen, mich aber zu seinem nicht geringen Schreck ohnmächtig auf der
Erde liegend gefunden. Ich konnte, ich durfte ihm nichts sagen; doch
schien er das Geheimnis zu ahnen, denn des Nervenfiebers, das mich
an den Rand des Grabes brachte, unerachtet, traf mich seine bittre Ironie,
die er gegen verfängliche Ohnmachten eines verdrießlichen Liebesfiebers
richtete. Ich danke ihm das; denn er verhalf mir zum zweiten Siege, der
mir glorreicher schien als der erste.«

Die Duchesse umarmte, küßte und herzte voller Freude das Fräulein.
Sie versicherte, daß nun alles sich gar herrlich fügen werde; auf den er-
fochtenen Sieg gebe sie ganz und gar nichts; vielmehr werde sie, da sie
ein Tagebuch führe, in dem jede Person, die ihre Abendgesellschaft besucht, und was dabei vorgefallen, genau aufgezeichnet stehe, sehr leicht
den Jüngling ausfindig machen, der Franziskas Liebe errungen, und so
ein Liebespaar vereinen, das abscheuliche Grundsätze eines starrsinnigen
Vaters getrennt.

Franziska versicherte dagegen, daß, wenn der Jüngling, der nun nach
beinahe zehn Jahren wohl ein Mann worden, wirklich noch unverheiratet
sei und sich um ihre Hand bewerben wolle, sie sich doch nimmermehr
mit ihm vermählen werde, da die Erinnerung an jene verhängnisvollen
Augenblicke ihr Leben durchaus verstören müsse.

Die Duchesse schalt sie ein eigensinniges Ding und meinte sogar, daß
die Stunde der Erkenntnis vielleicht zu spät und dann unwiederbringliches
Verderben über Franziska kommen könne.

Das Fräulein meinte, daß, da sie sich zehn Jahre hindurch bewährt,
wohl eine Änderung ihres Sinns unmöglich gedacht werden könne. Auch
übereilte sie sich eben nicht mit der ihr selbst so notwendig dünkenden
Wahl eines Gatten, denn beinahe drei Jahre vergingen, und noch war
sie unverheiratet.

»Seltsam wie sie ist, wird sie das Seltsame unerwartet tun«, sprach die Duchesse d'Aiguillon und hatte recht; denn niemand hatte geahnet, daß Franziska dem Marquis de la Pivardiere ihre Hand reichen würde, wie es wirklich geschah.

Der Marquis de la Pivardiere war unter Franziskas Bewerbern derjenige, dessen Ansprüche auf ihre Hand gerade die geringsten schienen. Von mittelmäßiger Gestalt, trocknem Wesen, etwas unbehilflichem Geiste, stellte er sich in der Gesellschaft eben nicht glänzend dar. Er war gleichgültig gegen das Leben, weil er es in früherer Zeit vergeudet, und diese Gleichgültigkeit, die bisweilen überging in Verachtung, ließ sich oft aus in beißenden Spott. Dabei gehörte er zu den unentschiedenen Charakteren, die niemals Böses tun ohne dringenden Anlaß, und Gutes, wenn es sich gerade so fügen will und sie nicht besonders daran denken dürfen.

Franziska glaubte in der Art, wie sich der Marquis gab, in seinen Meinungen und Grundsätzen viel Ähnliches mit ihrem Vater zu finden, und dies veranlaßte sie, sich ihm mehr anzunähern. Der Marquis, schlau genug, einzusehen, worauf es ankomme, um sie für sich zu gewinnen, hatte nichts Angelegentlicheres zu tun, als auf das sorglichste alles zu studieren und sich einzuprägen, was Franziska aus dem Innersten heraus vorzüglich über das Verhältnis der Ehe äußerte, und es dann als seine eigne Überzeugung vorzutragen.

Diese scheinbare Einigkeit der Gesinnung, der Gedanke, daß der Marquis unter allen denen, die um sie warben, der einzige sei, der das Leben aus dem richtigen Standpunkt betrachte und niemals Ansprüche machen werde, die sie nicht erfüllen könne, ja selbst der Umstand, daß es ihm nie eingekommen, den feurigen Liebhaber zu machen, daß er stets kalt und trocken geblieben, bestimmte Franziskas Wahl und machte den von Gläubigern verfolgten Marquis zum Herrn des Ritterguts Nerbonne.

So sehr man Ursache hatte, zu glauben, daß ein böses Mißverhältnis sich gleich in dieser Ehe offenbaren werde, so mußte man sich doch vom Gegenteil überzeugen.

Der Marquis, umstrahlt von dem Glanze der Liebenswürdigkeit seiner Gattin, schien ganz ein anderer. Das Eis, zu dem sein Inneres erstarrt, schien aufgetaut, und trotz alles Sträubens mußte man zuletzt gestehen, der Marquis de la Pivardiere sei ein ganz angenehmer Mann, mit dem die Marquise, bleibe sie ihren Grundsätzen treu, wohl glücklich sein könne.

Der Marquis begab sich mit seiner Gattin, nachdem er einige Monate in Paris gelebt, nach dem Rittergute Nerbonne, und beide führten in der Tat ein ruhiges, glückliches Leben, will man eine völlige Gleichgültigkeit gegeneinander, die gar keine Ansprüche zuläßt, dafür annehmen. Diese Stimmung änderte sich auch nicht im mindesten, als die Marquise dem Gatten eine Tochter gebar.

Mehrere Jahre waren vergangen, als der ausbrechende Krieg (1688) den Aufruf des sogenannten Arrièrebans veranlaßte, so daß der Marquis im Dienste dieses Arrièrebans von Zeit zu Zeit vom Schlosse Nerbonne sich zu entfernen genötigt ward.

Mag es sein, daß dieser Dienst ihm zu lästig war, mag es sein, daß er sich hinwegsehnte aus dem einförmigen Leben, und daß selbst das Verhältnis mit der Marquise ihm langweilig, verdrießlich geworden; genug, er suchte Dienste in der Armee, es gelang ihm, eine Eskadron in dem Dragonerregiment des Grafen Saint Hermine zu erhalten, und er blieb so vom Hause ganz entfernt. –

Eine Viertelstunde von dem Schlosse Nerbonne war die Abtei zu Miseray gelegen, welche regulierte Augustiner im Besitz hatten. Einer dieser Geistlichen verwaltete zugleich die Kapelle im Schlosse Nerbonne, welcher Dienst ihn verpflichtete, jeden Sonnabend in der Kapelle Messe zu lesen. Dieser Geistliche war denn auch altem Herkommen nach der Beichtvater der Herrschaft zu Nerbonne. So geschah es denn, daß die Marquise, statt in der Kirche zu Jeu, der eigentlichen Parochialkirche von Nerbonne, in der Kirche der Abtei Messe zu hören und zu beichten pflegte.

Da die Abtei nur eine Viertelstunde von dem Schlosse entfernt lag, so machte die Marquise den Weg dahin gewöhnlich zu Fuß.

Eines Morgens an einem Heiligentage, als die Marquise sich gerade in dem Garten des Schlosses befand, tönten die Glocken der Abtei dumpf und feierlich herüber. Die Marquise fühlte sich von einer Wehmut durchdrungen, die ihr lange fremd geblieben. Es war, als stiege die Vergangenheit vor ihr auf wie ein Traumbild, und manche liebe Gestalt, mancher schnell entflohene Moment mahne sie daran, daß sie das Leben nicht zu erfassen vermocht, als es noch grün und blühend sie umgab. Ein seltsamer Schmerz, den sie selbst nicht verstand, beengte ihre Brust, und unwillkürlich rannen ihre Tränen. In der Andacht glaubte sie Erleichterung der Qual zu finden, die ihr Inneres zerriß. Sie begab sich nach der Abtei, und während des Hochamts, das soeben begann, näherte sie sich, von unbekannter, unwiderstehlicher Gewalt getrieben, dem Beichtstuhl, den der Kapellan des Schlosses Nerbonne einzunehmen pflegte.

Als nun aber der Priester die Absolution sprach, bebte sie zusammen vor seiner Stimme, und der Ohnmacht nahe, wankte sie fort, als sie durch das Gitter das totenbleiche Antlitz des Geistlichen erblickte, aus dessen düstern Augen ein Feuerstrahl sie durchfuhr.

»Nein, es war kein Mensch, es war ein Geist, aus grauenvoller Tiefe heraufgebannt, mich, mein Leben zu zerstören!« – So sprach die Marquise, als sie ganz erschöpft auf ihr Schloß zurückgekommen. Aber von tiefem Entsetzen wurde sie erfaßt, als sie sich deutlich erinnerte, dem gespenstischen Priester gebeichtet zu haben, daß sie einst in früher Jugend, wiewohl schuldlos, einen Jüngling ermordet, dann aber Untreue an ihrem Gemahl verübt; Verbrechen, von denen auch nie die Ahnung in ihre Seele gekommen. Ebenso erinnerte sie sich, daß, als sie den Mord gebeichtet, der Geistliche einen seltsamen, herzzerschneidenden Laut des Jammers von sich gegeben, bei der Absolution aber gesagt habe, daß der Himmel ihr den Mord längst verziehen, daß aber, was die an ihrem Gemahl verübte Untreue betreffe, aufrichtige Reue und strenge Buße zwar die Tat sühnen könne, daß sie aber dafür die weltliche Rache des Gesetzes treffen werde. – Das ganze geheimnisvolle Ereignis erschien ihr wie der fürchterliche angstvolle Traum einer Wahnsinnigen; sie schickte nach der Abtei, sie wollte wissen, wer an jenem Morgen statt des Kapellans Beichte gehört.

Man benachrichtigte sie, daß der Kapellan nach einem Krankenlager von zwei Tagen soeben verschieden sei; daß aber derselbe Geistliche, der am Morgen Beichte gehört, indessen den Dienst der Kapelle im Schloß Nerbonne verwalten und den nächsten Sonnabend Messe lesen werde. »Ist es möglich«, sprach die Marquise zu sich selbst, »daß eine aufgeregte Stimmung, ich möchte sagen, der Anfall eines die Nerven erschütternden Krampfs solche Torheiten erzeugen kann? Mein Gespenst verkörpert sich; ich werde es schauen und – mich meiner Albernheit schämen.« – Als am Sonnabend in der Frühe der Geistliche, der den Dienst des Kapellans verwalten sollte, in das Zimmer der Marquise trat, als er sie, sich sanft neigend, mit einem »Gelobt sei Jesus Christus!« begrüßte, da starrte sie ihn an, sank dann nieder zu seinen Füßen und schrie ganz außer sich: »Weh mir! – ja, du bist es, du bist der Jüngling, den ich in früher Jugend ermordet.«

»Faßt Euch, Frau Marquise«, sprach der Geistliche ruhig, indem er die Marquise aufhob und zum Lehnstuhl führte, »ich bitte Euch, überwindet den Schmerz, der – ach, vielleicht nur zu tötend Eure Brust zerreißt, da keine Reue das ersetzt, was unwiederbringlich verloren!« –

»Haltet«, begann die Marquise mit bebender Stimme, »haltet mich nicht für wahnsinnig, ehrwürdiger Herr! – Euer bleiches Antlitz, Euer ergrautes Haar – und doch seid Ihr es, ja, Ihr seid der Jüngling, den ich einst bei der Duchesse d'Aiguillon erblickte, der in meiner Brust alles tötende Entzücken, alle brünstige Qual eines Gefühls erweckte, das mir ewig fremd bleiben sollte! – Weh mir! – was ist es, das noch jetzt, da ich Euch wiedersehe, mein Inneres zerreißt? – Doch nein! – alles ist Einbildung – Torheit – Ihr könnt nicht jener Jüngling sein – es ist nicht möglich!« –

»Wohl«, unterbrach der Geistliche die Marquise, »wohl bin ich jener Jüngling, jener unglückliche Charost, den Ihr in Verzweiflung stürztet! – Ich erkannte Euch, als Ihr an den Beichtstuhl tratet; ich verstand das, wozu Ihr Euch in seltsamer Verstörtheit bekanntet, und die Seufzer, die unwillkürlich meiner Brust entflohen, die heißen Tränen, die meinen Augen entströmten, waren der letzte Tribut, den ich dem Andenken an irdisches Weh zollen mußte. Bis dahin hatte ich den Brief aufbewahrt, den Ihr mir schriebt, der mein Herz durchschnitt, mich in trostloses Elend stürzte; ich vernichtete ihn, als ich Euch wiedergesehen, als ich die Überzeugung gewonnen hatte, daß nun die letzte Prüfung vorüber sei.«

»Wie«, begann die Marquise, »wie? Ihr sprecht von einem Briefe, den Ihr empfingt? – Nie habe ich Euch geschrieben. Ich hatte Euch bei der Duchesse d'Aiguillon gesehen, und es unterblieb ja jede weitere Annäherung – was für Geheimnisse!« –

»Vielleicht«, erwiderte der Geistliche mit ruhigem Lächeln, »vielleicht verlöschte ein Zeitraum von mehr als zwanzig Jahren mit dem Andenken an die tiefe Kränkung, die mich zur Verzweiflung brachte, auch die Erinnerung der Art, wie sie mir widerfuhr. – Ich hatte noch nicht geliebt; erst als ich das Fräulein von Chauvelin sah, erfaßte mich dies Gefühl mit aller, das ganze Gemüt erschütternden Stärke, die es über einen reizbaren Jüngling zu üben vermag. – Von Wonne und Lust durchbebt, bemerkte ich die Unruhe des Fräuleins, sah, wie ihre Blicke mich in

scheuer Liebe suchten und mieden. Ja! - es war kein Zweifel - ich
konnte glauben an das höchste Glück meines Lebens! - Die Abreise
meines Vaters, des Präsidenten Charost, nach seinem Wohnsitz Chatillon
sur Indre, entfernte mich von Paris. Aber wie konnte ich fernbleiben
von meiner Liebe? - Mit Mühe erhielt ich von meinem Vater die Erlaubnis, zurückzukehren nach der Hauptstadt. Ich hatte die Wohnung des
Fräuleins erforscht; mein erster Gang, da ich angekommen, war dahin,
ich hoffte die Geliebte wenigstens am Fenster zu schauen. Welch Entzücken, welche Himmelswonne, als ich sie erblickte, als sie wie im jähen
Schreck zurückfuhr. - Hinauf - hinauf zu ihr - zu ihren Füßen mein
ganzes Selbst aushauchen in der höchsten Inbrunst der Liebe! - der
Gedanke ließ keine Rücksicht aufkommen. Niemand auf der Hausflur;
ich fand mich zurecht, ich trat in des Fräuleins Zimmer. Da rief die, von
der ich geliebt zu sein glaubte, mit einer Stimme, die tötend mein Innerstes durchfuhr: ›Fort - fort - Unseliger!‹ - streckte mir die Hände abwehrend entgegen mit allen Zeichen des tiefsten Abscheus! - Ich hörte
Tritte sich nahen; aber erst in meiner Wohnung, in die ich mechanisch
zurückgekehrt, fand ich mich wieder. Zur Stunde weiß ich nicht, wie
ich aus dem Hause des Ritters du Chauvelin gekommen, ob ich jemanden
begegnet, ob jemand mit mir gesprochen, oder was sich sonst begeben.
- Ruhiger geworden, konnte ich nicht anders glauben, als daß irgendein
unseliges Mißverständnis über mich walten müsse. Ich schrieb an Franziska, schilderte ihr mit aller Glut der heftigsten Leidenschaft meine
Liebe, meinen trostlosen Zustand, beschwor sie in den rührendsten
Ausdrücken, mir zu sagen, welches böse Verhängnis den Haß, ja den
tiefen Abscheu verursacht, den sie mir bewiesen. Gleich andern Tages
erhielt ich die Antwort, jenen Brief, der mir alle Hoffnung des Lebens
raubte. Franziska verwarf mich mit dem bittersten Hohn. Sie versicherte,
daß sie weit entfernt sei, irgendeinen Haß oder gar Abscheu gegen mich,
den zu kennen sie kaum das Vergnügen habe, in sich zu tragen; vor
Wahnsinnigen habe sie aber große Furcht, weshalb sie mich bitte, ihr
meinen Anblick zu ersparen. An einem seltsamen Wahnsinn müsse ich
nämlich wohl leiden, und der Ausbruch jener Furcht sei es vielleicht
gewesen, was ich für Haß oder Abscheu gehalten. Jedes Wort des unseligen Briefes spaltete mein Herz. - Ich verließ Paris und schweifte umher,
ohne nach Chatillon zurückzukehren. Wo ich Ruhe suchte und fand,
zeigt Euch das Kleid, das ich trage!«

Die Marquise beteuerte bei allem, was ihr heilig, daß sie niemals einen Brief von Charost erhalten, also auch keinen habe beantworten können. Nur zu gewiß war es, daß jener Brief dem Ritter in die Hände gefallen, der ihn statt seiner Tochter beantwortet.

Die Marquise wurde von einem Gedanken ergriffen, dessen Ahnung sonst nicht in ihrer Seele gelegen. Es ging ihr auf, daß der Vater, dessen ganzes Sein und Wesen ihr stets die tiefste Ehrfurcht eingeflößt, dessen Lebensweisheit ihr die einzige Norm ihres Denkens, ihres Handelns gegeben, daß eben dieser Vater das böse Prinzip gewesen sei, das sie um ihr schönstes Glück betrogen. Ihr ganzes mißverstandenes Leben schien ihr eine finstre, freudenleere Gruft, in die sie rettungslos begraben; ein vernichtender Schmerz durchbohrte ihre Brust.

Charost begriff die Marquise ganz und gar und mühte sich, sie aufzurichten durch den Trost der Kirche, den er aussprach in salbungsvollen Worten. Er versicherte, daß er nun erst den ewigen Ratschluß des Himmels erkenne und preise, nachdem sein irdisches Glück zertrümmert worden, um seinen Sinn ganz zu reinigen, zu heiligen, empfänglich zu machen für ein Verhältnis, das auf Erden schon die Seligkeit des Himmels erschließe. Ihn habe die ewige Macht ausersehen, sie, die er einst mit der höchsten Inbrunst geliebt, auf den wahren, einzigen Himmelsweg zu leiten. –

»Wie«, unterbrach ihn die Marquise heftig, »wie, Ihr wolltet« –

»Euer«, sprach Charost mit ruhiger Würde, »Euer Beichtvater sein, und ich glaube, Frau Marquise – oder laßt mich Euch Franziska nennen – daß es mir gelingen wird, allen irdischen Schmerz zu besiegen, der Euer Leben hienieden stört. Euer Gemahl wird mir gern die Kapellanstelle in Eurem Schlosse anvertrauen; er wird sich des Silvain François Charost wohl erinnern, dessen Jugendfreund er war.« –

Charost hatte recht; sein trostreicher Zuspruch erleichterte das Gemüt der Marquise, und es kam bald eine Heiterkeit in ihr Leben, die sie sonst nicht gekannt. Öfter, als es gerade der Kapellansdienst erforderte, kam Charost nach dem Schlosse Nerbonne und war, da sein lebhafter Geist sich gern einer Fröhlichkeit überließ, die die engsten Schranken der Würde nicht überschreitet, die Seele des kleinen Zirkels, der sich auf dem Schlosse zu versammeln pflegte. Diesen Zirkel bildeten vorzüglich der Ritter Preville mit seiner Gemahlin, ein Herr de Cangé, die Dame Dumée mit ihrem Sohn und ein Herr Dupin, alle Nachbarn der Marquise. –

Die Marquise unterließ nicht, ihrem Gemahl zu schreiben, daß der Kapellan des Schlosses gestorben, daß der Augustiner Charost indessen den Dienst verwalte, und daß er nun bestimmen möge, ob Charost, der, wie er behaupte, sein Jugendfreund sei, den Dienst behalten sollte.

Der Marquise ging es indessen mit diesem Briefe wie mit allen übrigen, die sie dem Marquis schrieb. Regelmäßig erhielt sie nämlich von dem Marquis Briefe, aus dem Ort datiert, wo das Regiment des Grafen de Saint Hermine stand; keiner dieser Briefe enthielt aber jemals eine Antwort auf das, was sie ihm geschrieben, und so mußte sie glauben, daß sich der Marquis, der ihre Briefe offenbar erhalten mußte, da er nie über ihr Stillschweigen klagte, jedes Gedankens an häusliche Angelegenheiten, an die Heimat entschlagen wolle. Der Marquis schrieb auch nun wieder kein einziges Wort von Charost und der Kapellanstelle. –

Anders sollte sich die Sache aufklären, als die Marquise es geglaubt, ja nur geahnet. – Vignan, Parlamentsprokurator zu Paris, schrieb ihr, daß sich ein Polizeileutnant aus Auxerre an ihn gewandt, um zu erfahren, wo der Marquis de la Pivardiere, der sich lange dort aufgehalten, und an den ein dortiges Frauenzimmer aus gewissen Verhältnissen entstandene Ansprüche habe, sich jetzt befinde.

Die Marquise hatte bis jetzt nicht das mindeste von ihres Gemahls Aufenthalt zu Auxerre gewußt; kein einziger seiner Briefe war von diesem Ort datiert gewesen. Dieser Umstand, sowie das gewisse Verhältnis, in dem er dort mit einem Frauenzimmer gestanden haben sollte, beunruhigte die Marquise. Sie forschte weiter nach und erfuhr bald, daß der Marquis schon seit langer Zeit den Kriegsdienst verlassen und sich in Auxerre aufgehalten. Dort hatte er sich mit einer Gastwirtstochter, namens Pillard, in einen Liebeshandel eingelassen, der ihm so wohl gefallen, daß er sich entschlossen, eine doppelte Rolle zu spielen, die des Marquis de la Pivardiere und die des Huissier Bouchet. Diesen Namen und Posten hatte er wirklich angenommen, sich einlogiert in den Gasthof des Vaters seiner Geliebten, dieser die Ehe versprochen und sie dann verführt. Erst später war es der Pillard gelungen, den richtigen Namen ihres Verführers zu erforschen. –

Das Gefühl des tiefsten Schmerzes, der kränkendsten Verbitterung, das die Marquise übermannte, als der verschmähte Charost ihr vor Augen trat, und das erst den Vater anklagte, hatte sich immer mehr und mehr gegen den Marquis gerichtet. Ihn sah sie für den an, der bestimmt gewesen, das zu vollenden, was der Vater begonnen, nämlich ihr Lebensglück zu zerstören. Sie vergaß, daß es nur ihr eigner verkehrter Sinn gewesen, der sie dem Marquis in die Arme führte. –

Jene Verbitterung ging aber in den entschiedensten Haß über, als die Marquise sich überzeugte, daß sie ihr Lebensglück einem Elenden geopfert. Weniger lebhaft hätte die Marquise vielleicht das ihr geschehene Unrecht gefühlt, wäre Charost nicht aus der Verborgenheit hervorgetreten. – Kann ein Weib ihre erste einzige Liebe wegbannen aus dem Herzen? – Kann der Geliebte sich jemals umgestalten, ein anderer sein, als eben der Geliebte? – So kam es denn wohl auch, daß durch das Verhältnis mit Charost, war bei seiner anerkannten Frömmigkeit an die mindeste Überschreitung des strengsten Anstandes, viel weniger an ein Verbrechen nicht einmal zu denken, wenigstens in der Marquise ganz andere Ansprüche an das Leben im Bunde mit einem geliebten Manne erweckt wurden, als die sie sonst im Innern getragen. Aber diese Ansprüche an ein nicht geahntes Lebensglück sah sie in dem Augenblicke der Erkenntnis vereitelt, und die Trostlosigkeit über diesen unwiederbringlichen Verlust mußte den Haß gegen den Marquis vermehren. Diesen Haß sprach sie bei jeder Gelegenheit auf das lebhafteste aus; sie versicherte, daß sie weit entfernt sei, ihre Rechte gegen den entarteten Gemahl auf irgendeine Weise geltend zu machen, daß ihr kein größeres Unheil geschehen könne, als wenn es dem Marquis einfallen sollte, zurückzukehren, daß sie dann jedes Mittel ergreifen würde, ihn aus dem Schlosse Nerbonne zu entfernen. Charost bemühte sich vergebens, das durch Liebe und Haß aufgeregte Gemüt der Marquise zu beruhigen oder es wenigstens dahin zu bringen, daß sie sich in den Ausbrüchen des heftigsten leidenschaftlichsten Zorns mäßige. –

Der Marquis de la Pivardiere hatte sich heimlich aus Auxerre entfernt, teils weil er des Verhältnisses mit der Pillard überdrüssig, teils weil es ihm an Mitteln fehlte, das Leben dort auf die Weise fortzusetzen, wie er es gewohnt war. Er sah sich von seinen Gläubigern hart verfolgt; deshalb hielt er es für nötig, zurückzukehren nach dem Schlosse Nerbonne und sich Geld zu verschaffen.

Auf dieser Reise, die er zu Pferde zurücklegte, kam er nach Bourdieux, einem von dem Schlosse Nerbonne sieben Stunden entfernten Dorfe. Dort traf ihn, als er eben im Gasthofe frühstückte, ein Mensch aus dem Dorfe Jeu, namens Marsau, der den Marquis kannte und sich wunderte, ihn hier zu finden, da doch die Heimat so nahe. Der Marquis meinte, daß er in der Abenddämmerung seine Gemahlin zu überraschen gedenke.

Marsau verzog bei dieser Äußerung des Marquis das Gesicht auf eine so seltsame Weise, daß es dem Marquis auffiel und er Böses ahnte. Marsau, ein hämischer boshafter Mensch, erzählte dann auf weiteres Befragen ohne Rückhalt, daß ein neuer Kapellan, der Augustiner Franziskus Charost, sich indessen auf dem Schlosse Nerbonne eingefunden, dem die Marquise täglich, stündlich zu beichten habe, und daß daher die Marquise wirklich von dem Marquis gerade in der Andacht überrascht werden könne. Den Marquis traf es wie ein Blitz, als er den Namen des Beichtvaters hörte. Charost hatte gewiß niemals geahnet, daß de la Pivardiere, der ihm Freundschaft heuchelte, mit seinem Geheimnis bekannt, daß er es war, dem der Ritter du Chauvelin vertraute, wie er den vernichtet, der sich zum Liebhaber seiner Tochter aufdringen wollen; daß de la Pivardiere, der schon damals im Sinn trug, solle es auch noch so lange währen, die Hand der Marquise zu erkämpfen, das Seinige dazu beitrug, die Verzweiflung des armen verschmähten Jünglings bis zu dem Grade zu steigern, daß er, jedem Hoffen entsagend, in ein Kloster flüchtete. –

Der Marquis, selbst im verbrecherischen Bündnis lebend, glaubte an das Verbrechen der Marquise um so leichter, als er wußte, welchen Eindruck damals der junge Charost auf sie gemacht. Er fühlte sich beschimpft durch denselben, der ihn in Gefahr gesetzt, seine Zwecke zu verfehlen. Im höchsten Unmut rief er aus: »Ha! – ich werde diesen heuchlerischen Pfaffen zu finden wissen; und dann mein Leben gegen das seine!«

Der Zufall wollt' es, daß gerade, als der Marquis diese Worte ausstieß, eine Magd von dem Schlosse Nerbonne in die Wirtsstube trat. Diese Magd, die schon als Kind den Marquis gekannt, und die Marquise oft äußern gehört hatte, daß die Rückkunft ihres Gemahls ihr größtes Unglück sein würde, erschrak heftig, rannte nach dem Schloß und erzählte der Marquise, wen sie gesehen, was sie gehört.

Es war gerade Mariä-Himmelfahrtstag, das Weihfest der Kapelle zu Nerbonne; Charost hatte am Morgen ein feierliches Hochamt, nachmittags die Vesper gehalten, und da jener kleine Zirkel der Nachbarn, deren schon vorhin namentlich gedacht wurde, bei der Marquise versammelt war, bat sie den Kapellan, den Abend bei ihr zu bleiben.

So sehr die Marquise durch jene Nachricht erschüttert wurde, behielt sie doch Fassung genug, keinem von der Gesellschaft, am wenigsten aber dem Geistlichen etwas davon merken zu lassen, ungeachtet sie sein Leben bedroht glaubte und daher in aller Stille zwei Männer herbeirufen ließ, auf deren Mut und Treue sie sich verlassen konnte. Sie erschienen, der eine mit einer Flinte, der andere mit einem Säbel bewaffnet, und wurden von der Marquise in ein Kabinett gebracht, welches an den Speisesaal stieß.

Man hatte beinahe abgegessen, und die Marquise glaubte schon, daß der Marquis seine Drohung unerfüllt lassen würde, als er plötzlich eintrat in den Saal.

Alle standen auf und bezeigten ihre Freude über die unverhoffte Rückkehr des Marquis. Vorzüglich war es Charost, der dem Marquis nicht genug versichern konnte, wie sehr er das Geschick preise, das den alten, niemals vergessenen Freund ihm endlich zurückführe. Nur die Marquise blieb ruhig auf ihrem Platze sitzen und würdigte den Marquis keines Blicks.

»Aber«, sprach endlich die Frau von Preville zu ihr, »aber mein Gott, Frau Marquise, ist das eine Art, den Gatten zu bewillkommen, den man seit so langer Zeit nicht gesehen?«

»Ich«, nahm der Marquis das Wort, indem er einen stechenden Blick auf den Geistlichen warf, »ich bin ihr Gatte, das ist wahr; aber wie es mir bedünken will, nicht mehr ihr Freund!« –

Darauf setzte sich der Marquis stillschweigend an die Tafel.

Man kann denken, daß die Gesellschaft nach diesem Auftritt sich vergebens mühte, die heitere Unterhaltung fortzusetzen, die vorher stattgefunden. Vorzüglich schien Charost in großer Bewegung, da eine ungewöhnliche Röte ihm ins Gesicht stieg. Er betrachtete den Marquis mit seltsamen Blicken; der Marquis schien das nicht zu bemerken, er aß und trank sehr eifrig. Die Verstimmung stieg von Minute zu Minute, und man trennte sich, als es eben zehn Uhr geschlagen. Der Herr von Preville bat den Marquis, drei Tage darauf bei ihm zu speisen, welches er zusagte. –

Die Marquise beharrte, als sie mit dem Marquis allein geblieben, im düstern, feindlichen Stillschweigen. Der Marquis fragte sie, indem er einen stolzen, gebieterischen Ton annahm, wodurch er ein so kaltes, verächtliches Betragen verdient habe.

»Geh«, erwiderte die Marquise, »geh nach Auxerre und frage die buhlerische Dirne, mit der du lebst seit langer Zeit, alle Ehre und Treue schändend, nach der Ursache meines Unwillens!« –

Der Marquis war im Innern zerschmettert, als er, was er nicht geahnt, die Marquise von seinem verbotenen Verhältnis unterrichtet fand, da er befürchten mußte, ließ die Marquise ihren Zorn nicht fahren, kam es zur Trennung, den Besitz des Schlosses Nerbonne, seine einzige Hilfsquelle, zu verlieren. Er bemühte sich, der Marquise darzutun, daß er nie in Auxerre gewesen, daß alles, was man ihr hinterbracht haben könne, boshafte, hämische Verleumdung sei; da erhob sie sich aber von ihrem Sitz und sprach, indem sie ihn mit einem entsetzlichen Blicke durchbohrte: »Elender Heuchler, bald wirst du erfahren, was eine Frau meiner Art bei solcher Schmach zu beginnen vermag!« –

Diese drohenden Worte gesprochen, entfernte sie sich in das Zimmer, wo ihre neunjährige Tochter schlief, und schloß sich ein. Der Marquis begab sich nach dem Zimmer, in dem er sonst mit seiner Gemahlin schlief, ließ sich von einem Bedienten des Hauses, namens Hybert, auskleiden und legte sich ins Bette. Am andern Morgen war er spurlos verschwunden. –

Alle Nachbarn waren in das tiefste Erstaunen versetzt über dies ganz unbegreifliche Verschwinden des Marquis. Die Marquise zeigte durchaus keine Veränderung in ihrem Betragen und versicherte, daß es sie sehr wenig kümmere, auf welche Weise der Marquis sich entfernt, den sie hoffe in ihrem ganzen Leben nicht wiederzusehen. Man erfuhr, daß der Marquis sein Pferd, seinen Mantel, seine Reitstiefeln zurückgelassen; unmöglich konnte er sich daher weit entfernt haben. Das Kammermädchen der Marquise, Margarete Mercier, hatte sich über das Verschwinden des Marquis in jener Nacht geäußert auf zweideutige Weise: das dumpfe Gerücht einer geschehenen Untat wurde lauter und lauter und klagte zuletzt die Marquise geradezu des Mordes ihres Gatten an, als jener Hybert, der, vor der Saaltür lauschend, das letzte Gespräch des Marquis mit seiner Gemahlin gehört hatte, die drohenden Worte der Marquise diesem und jenem ins Ohr sagte und hinzufügte, daß der Marquis wahrscheinlich tot sei.

Jedem, der an jenem verhängnisvollen Abend bei der Marquise gewesen, war ihr Betragen nur zu sehr aufgefallen, und was man sonst für boshafte, hämische Verleumdung gehalten, nämlich daß die Marquise mit dem Augustiner Charost in verbrecherischen Verhältnissen lebe, fand nun Glauben. Diesem Verhältnis schrieb man die Untat zu.

Nur der Herr von Preville und seine Gattin konnten sich von der Möglichkeit, daß die Marquise zu solch einer entsetzlichen Tat fähig sein solle, nicht überzeugen. Sie benutzten den Augenblick, als die kleine neunjährige Pivardiere in ihr Haus gekommen, wie es öfters zu geschehen

pflegte, da die Tochter des Herrn von Preville mit jenem Kinde in glei-
chem Alter und dessen Gespielin war, um womöglich in das Dunkel zu
schauen, in welches die Ereignisse jener Nacht gehüllt waren.

Sie nahmen das Kind beiseite und fragten es behutsam, ob ihm in der
Nacht, als der Vater verschwunden, nicht etwas Besonderes begegnet
sei.

Die Kleine erzählte ohne allen Rückhalt, daß die Mutter sie an dem
Abend in ein ganz entlegenes Zimmer geführt und ihr geheißen, dort
zu schlafen, welches sonst niemals geschehen. In der Nacht sei sie durch
ein starkes Geräusch aufgeweckt worden und habe eine klägliche Stimme
rufen gehört: »Gerechter Gott! – habt Mitleid – erbarmt euch meiner!«
– Sie habe in großer Angst aus dem Zimmer laufen wollen, indessen die
Tür verschlossen gefunden. Dann sei alles still geworden. Des andern
Tages habe sie in dem Zimmer, wo der Vater geschlafen, Blutspuren am
Boden bemerkt und die Mutter selbst blutige Tücher waschen gesehen.

War es denkbar, daß ein unschuldiges, unbefangenes Kind nicht die
Wahrheit sagen, Umstände der Art erdichten sollte? Der Herr von Preville
ließ das Kind seine Aussage vor mehreren glaubwürdigen, unverdächtigen
Personen wiederholen, und beide, er und seine Gattin, waren, je mehr
sie sonst sich geneigt gefühlt, die Unschuld der Marquise zu behaupten,
jetzt desto erbitterter auf ein Wesen, von dem sie sich auf die empörend-
ste Weise getäuscht glauben mußten.

Der königliche Generalprokurator zu Chatillon sur Indre, von allem
diesem unterrichtet, klagte die Marquise des Mordes an. Eine Gerichts-
person, namens Bonnet, erhielt den Auftrag der Untersuchung und begab
sich zu dem Ende mit einem Gerichtsschreiber, namens Breton, nach
dem Dorfe Jeu.

Der Marquise konnte nicht verschwiegen bleiben, was ihr drohte; sie
nahm mit ihrer Zofe, Margarete Mercier geheißen, die Flucht und bestätigte so den entsetzlichen Verdacht, den man gegen sie hegte. Eine andere
Magd der Marquise, namens Katharine Lemoine, sollte geradezu geäußert
haben, daß sie bei dem Morde ihres Herrn zugegen gewesen. Sie wurde
verhaftet und bald darauf auch Margarete Mercier, die man zu Romorantin traf, wo sie von der Marquise zurückgelassen worden war.

Beide erzählten auf beinahe völlig gleiche Weise die gräßliche Tat mit
allen Umständen, so daß an der Wahrheit ihrer Aussage nicht zu zweifeln
war.

Als die Marquise (so lautete jene Aussage) sich überzeugt hatte, daß der Marquis eingeschlafen, entfernte sie soviel möglich alles Hausgesinde und brachte ihre neunjährige Tochter auf ein Zimmer des obern Stocks, wo sie dieselbe einschloß. Mit dem Glockenschlag zwölf wurde an das Schloßtor gepocht. Die Marquise befahl der Mercier, Licht anzuzünden und zu öffnen. Sie tat es, und der Augustiner Charost trat ein, begleitet von zwei Männern, von denen der eine mit einem Gewehr, der andere aber mit einem Säbel bewaffnet war. »Es ist nun Zeit«, rief die Marquise dem Charost entgegen, und alle begaben sich leisen Trittes nach dem Zimmer des Marquis. Einer von den Männern zog den Vorhang des Bettes auf. Der Marquis hatte sich bis an das Kinn in die Bettdecke eingehüllt und schlief fest. Als ihm aber der Mann die Decke wegziehen wollte, fuhr er erwachend in die Höhe; in demselben Augenblick drückte der andere sein Gewehr auf den Marquis ab und traf ihn, jedoch nicht zum Tode.

Blutbesudelt warf er sich hinaus in die Mitte des Zimmers und flehte um sein Leben, jedoch vergebens. »Vollendet!« rief die Marquise den Männern zu. Da schrie der Marquis in voller Verzweiflung: »Grausames Weib, kann dich denn nichts rühren? Kann deinen Haß denn nichts versöhnen, als mein Blut? – Nie sollst du mich wiedersehen, alle Ansprüche gebe ich auf, nur schenke mir mein Leben!« – »Vollendet!« rief die Marquise noch einmal, indem die Wut der Hölle aus ihren Augen blitzte. Nun warfen sich alle drei, Charost und die beiden Männer, über den Marquis her und versetzten ihm mehrere Stiche. Als sie endlich von ihm abließen, röchelte er noch; da riß die Marquise dem einen der Mörder den Säbel aus der Hand, stieß ihn dem Marquis in die Brust und endete seinen Todeskampf. – Eben in diesem Augenblicke trat Katharine Lemoine, die von der Marquise nach der nahegelegenen Meierei geschickt worden, hinein, so daß sie die Tat der Marquise mit ansah. Sie wollte aufschreien vor Entsetzen; die Marquise rief den Männern zu, sie sollten dem Mädchen ein Tuch in den Mund stecken; diese erwiderten indessen, das sei gar nicht nötig, da sie das Mädchen beim ersten Laut niederstoßen würden. Darauf trugen die beiden Männer den Leichnam fort. Während ihrer Abwesenheit ließ die Marquise das Zimmer sorglich reinigen, indem sie selbst Asche herbeibrachte, und die blutbefleckten Betten und Bettücher nach dem Keller tragen. Zwei Stunden darauf kehrten die Männer zurück. Die Marquise bewirtete sie, aß und trank selbst mit ihnen, und dann entfernten sie sich mit Charost.

Eben jener Hybert, von dem auch das Gerücht der Ermordung des Marquis ausgegangen, sollte ebenfalls in das Zimmer eingedrungen sein. Er gestand, daß er durch einen Schuß geweckt worden und geglaubt, daß der Marquis von Räubern überfallen worden sei. Deshalb sei er nach des Marquis Zimmer gelaufen. Kaum habe er indessen die Tür geöffnet, als die Marquise ihm entgegengesprungen und gedroht, ihn auf der Stelle niedermachen zu lassen, wenn er sich nicht entferne. Später habe er dem Charost einen schweren Eid ablegen müssen, über alles, was er in jener Nacht gesehen oder sonst bemerkt habe, zu schweigen. Auch Hybert sollte verhaftet werden; er entfloh indessen und war nicht wieder aufzufinden.

Charost, hienach der Teilnahme an der gräßlichen Ermordung des Marquis de la Pivardiere angeklagt, wurde mit Zustimmung des bischöflichen Vikars zu Bourges verhaftet. Kaum war indessen diese Verhaftung erfolgt, als die Marquise de la Pivardiere aus ihrem Schlupfwinkel hervortrat und sich freiwillig zur Haft stellte.

Nur eine augenblickliche Schwäche, erklärte sie, nur die Furcht vor Mißhandlungen habe sie vermocht, nicht zu fliehen, sondern sich bei ihrer Freundin, der Marquise d'Auneuil, zu verbergen. Sie glaube ihre Unschuld gar nicht einmal beteuern zu dürfen, denn betrachte man ihr ganzes Leben, ihre Sinnesart, so sei es Wahnsinn, sie solch einer gräßlichen Tat für fähig zu achten. Von der strengsten Untersuchung habe sie daher nichts zu fürchten, sondern nur zu hoffen gehabt, daß das Gewebe der verächtlichsten Bosheit oder unbegreiflicher Irrungen zerrissen werden und sie frei dastehen müsse, von der Schuld gereinigt, ohne daß ihre Gegenwart bei dem Verfahren nötig. Anders stehe nun aber die Sache, da ihr Beichtvater, der Augustiner Charost, der Mitschuld angeklagt worden. Jetzt müsse sie gleiches Schicksal mit dem teilen, dessen Tugend und Frömmigkeit die beste Schutzwehr sei gegen jeden verruchten Frevel. In der Glorie seiner Schuldlosigkeit werde sie erst die Wonne wiedererlangter Freiheit fühlen, und darum scheue sie nicht mehr den Kerker.

Charost erhob mild lächelnd den Blick gen Himmel, als man ihn mit der wider ihn gerichteten Anklage bekannt machte. Ohne sich auf viele Beteurungen seiner Unschuld einzulassen, begnügte er sich zu sagen, daß er die Anklage, die der Lügengeist der Hölle selbst erfunden, für eine neue Prüfung halte, die ihm der Himmel auferlegt, und der er sich in Demut unterwerfen müsse.

264

Unerachtet durch jene Aussagen der Mägde, die mit allen ausgemittelten Nebenumständen in vollem Zusammenhange standen, das Verbrechen so gut als erwiesen schien, blieben beide, die Marquise und Charost, bei der Versicherung ihrer Unschuld stehen. Diese Festigkeit, das ruhige, gleichmütige Betragen bei allen unzähligen Verhören, das sonst für die Schuldlosigkeit der Angeklagten spricht, diente den Richtern nur dazu, die Marquise und Charost der tiefsten, abscheulichsten Heuchelei zu zeihen.

Diese Stimmung der Richter teilte sich allen, die sonst die Marquise hoch verehrt hatten, ja selbst dem Volke mit. Als die Gerichtsdiener sich im Schloß Nerbonne befanden, um alles dort in Beschlag zu nehmen, drangen eine Menge Menschen, die herbeigelaufen, ein, zerschlugen Fenster, Türen, Gerätschaften, verwüsteten das ganze Schloß, das einer Ruine glich. –

Vergebens blieb alles Mühen, den Leichnam des Marquis de la Pivardiere aufzufinden, und auf diesen Umstand beriefen sich die Verteidiger der Angeklagten, um darzutun, daß, der Zeugenaussagen ungeachtet, der Beweis der Tat gegen die Marquise und Charost nicht vollständig geführt sei. Dies gab nun den Gerichtspersonen, die mit ungewöhnlichem Eifer die Spur des Verbrechens verfolgten, Anlaß, noch einmal in der Nähe des Schlosses überall, wo es nur denkbar schien, daß der Leichnam verscharrt sein könnte, die Erde durchwühlen zu lassen. Bonnet hatte sich nämlich nun einmal in den Kopf gesetzt, daß die Mörder den Leichnam des Marquis ganz nahe dem Schlosse vergraben haben müßten.

Ein seltsames Gerücht verbreitete sich. Man sagte nämlich, daß, als Bonnet eben im Begriff gewesen, irgendwo nachgraben zu lassen, um den Leichnam aufzufinden, ihm der Marquis leibhaftig erschienen sei und mit fürchterlicher Stimme zugerufen habe, er solle sich nicht unterfangen, den unter der Erde zu suchen, dem der Himmel die Gunst solcher Ruhe nicht verliehen. Dann (so fügte man hinzu) habe der Geist des Marquis mit schrecklichen Worten die Marquise und Charost des Mordes angeklagt. Voll Entsetzen sei Bonnet entflohen. –

265

Mochte es nun mit der Erscheinung des Marquis eine Bewandtnis haben, welche es wollte, so viel war gewiß, daß Bonnet in eine schwere Krankheit verfiel und in kurzer Zeit starb.

Das Gericht zu Chatillon hielt die Zusammenstellung der Marquise mit Charost für nötig. Die Marquise erschien vor den Schranken, mit der Ruhe und Fassung, die sie stets behauptet; als aber Charost hineingeführt wurde, da stürzte sie ganz jammer- und verzweiflungsvoll ihm zu Füßen und schrie mit einer Stimme, die das Herz zerschnitt: »Mein Vater – mein Vater! – warum straft mich der Himmel so schrecklich? – Gibt es droben eine Seligkeit, die diese Qualen wegtilgt? – Ihr meinethalben des scheußlichsten Verbrechens angeklagt? – Ihr meinethalben zum schmachvollen Tode geführt? – Aber nein, nein! – Es wird, es muß ein Wunder geschehen! – Auf der Richtstätte öffnet sich über Euch die Glorie des Himmels – verklärt steigt Ihr empor, alles Volk sinkt anbetend nieder.« – »Beruhigt Euch«, sprach Charost, indem er sich bemühte, die Marquise aufzurichten, »beruhigt Euch, Frau Marquise! Es ist eine harte Prüfung, die der Himmel über uns verhängt. Sagt nicht, daß ich Eurenthalben sterbe, nein! nur ein gleiches Geschick bringt uns vielleicht beiden den Tod. Seid Ihr denn nicht ebenso frei von Schuld, als ich?«

»Nein nein«, rief die Marquise heftig, »nein, nein, ich sterbe schuldig. O mein Vater! Ihr hattet recht, weltliche Rache ergreift die Verbrecherin!«

Das Gericht glaubte in diesen Worten der Marquise ein Geständnis der Tat zu finden und drang aufs neue in sie, nun nicht länger mit der Wahrheit zurückzuhalten, die ihr sonst die Marter der Tortur entreißen müsse.

Da wiederholte die Marquise, indem sie plötzlich Fassung und Ruhe gewonnen, daß sie an der Tat unschuldig sei, daß sie auch keine Ahnung davon habe, auf welche Weise der Marquis spurlos verschwunden.

Charost beteuerte ebenfalls in den rührendsten Ausdrücken, daß die Marquise ebenso frei von Schuld sei, als er selbst, und daß, wenn sie sich vielleicht in anderer Hinsicht schuldig fühle, er ein Vergehen ahne, das keiner weltlichen Rüge unterliegen könne.

Auch diese Äußerung des Geistlichen fand das Gericht sehr zweideutig und verdächtig. Man beschloß, zur Tortur zu schreiten.

Die Marquise, im Entsetzen verstummt, schien ein lebloses Bild; Charost erklärte, daß, wenn irdische Schwachheit so viel über ihn vermögen könne, daß er irgendeine Untat gestehen sollte, er im voraus dies Geständnis, welches ihm die Qual entrissen, als falsch widerrufen müsse.

Beide, die Marquise und Charost, sollten abgeführt werden; da entstand draußen ein Geräusch, die Türen des Gerichtssaals öffneten sich, und herein trat – der ermordet geglaubte Marquis de la Pivardiere!

Nachdem er einen flüchtigen Blick auf die Marquise und Charost geworfen, trat er vor die Schranken und erklärte den Richtern, wie er glaube, nicht besser dartun zu können, daß er nicht ermordet, indem er sich dem Gericht persönlich darstelle.

Zu gleicher Zeit überreichte er einen von dem Richter zu Romorantin aufgenommenen Akt, nach welchem er von mehr als zweihundert Personen wirklich für den Marquis de la Pivardiere anerkannt worden war. Am Fest des heiligen Antonius war er, gerade während der Vesper, in die Kirche zu Jeu getreten, und seine Erscheinung hatte die ganze Gemeinde in Schrecken gesetzt, da alle auf den ersten Blick den ermordet geglaubten Marquis de la Pivardiere erkannten und ein Gespenst zu sehen meinten. Außerdem hatten die Augustiner zu Miseray sowie die Amme seiner Tochter bezeugt, daß er wirklich kein anderer sei, als der Marquis.

Von den Richtern dazu aufgefordert, erzählte er die Art, wie er aus dem Schlosse verschwunden, auf das genaueste.

 Vor Unruhe und Bestürzung konnte der Marquis in jener verhängnisvollen Nacht nicht einschlafen. Auf den Glockenschlag zwölf Uhr hörte er an das Tor des Schlosses pochen und eine bekannte Stimme rufen: »Herr Marquis – Herr Marquis – öffnet, wir kommen Euch zu retten, aus einer Gefahr, die Euch droht!« Er stand auf und fand vor der Türe den François Marsau aus Jeu mit zwei Männern, von denen der eine mit einer Flinte, der andere aber mit einem Säbel bewaffnet war. Marsau sagte dem Marquis, daß bei ihm Gerichtsdiener eingekehrt wären, die den Befehl hätten, ihn auf Anlaß einer von der Pillard wegen Eheversprechens erhobenen Klage zu verhaften, und daß nur schleunige Flucht ihn retten könne.

Der Marquis, aufgeregt durch den Vorfall am Abende, sah sich verloren; er mußte strenge Strafe befürchten wegen des Attentats doppelter Ehe; er sah sich verlassen, ausgestoßen von der Marquise und entschloß sich, auf der Stelle zu fliehen. Sein Pferd war lahm; der Mantel, die Reitstiefeln, seine Pistolen, alles dies konnte seine schnelle Flucht nur hindern. Zu Fuße folgte er dem Marsau und den beiden Männern, die ihn gegen jeden Angriff zu schützen versprachen. Er kam glücklich durch Jeu und in Sicherheit. Noch in dem Zimmer, als der Marquis beschäftigt war, das Notwendigste einzupacken, ging dem einen der Männer das Gewehr los; der Marquis hörte Tritte nahen, und die Türe des Zimmers wurde geöffnet. Der Marquis schlug sie aber wieder zu und floh, als es im Schlosse wieder ruhig geworden. Rastlos schwärmte der Marquis im Lande umher, ohne einen Aufenthalt finden zu können, wo er sich sicher glaubte. Auf diesen Streifereien kam er nach Flavigny, und hier

erst erfuhr er, daß die Marquise und Charost angeklagt worden, ihn ermordet zu haben. Von dieser Nachricht erschüttert, beschloß er, zurückzukehren in die Heimat und so, die eigne Gefahr nicht achtend, die abscheuliche Anklage zu widerlegen. Auch konnte er wohl glauben, daß
sich nun sein Verhältnis mit der Marquise, wenn sie durch ihn der
Schmach und dem Tode entronnen, ganz anders gestalten werde. Nicht
fern von dem Schlosse Nerbonne traf er auf Bonnet, wie er nach dem
Leichnam des Marquis nachgraben ließ. Der Marquis rief ihm zu, daß
er nicht nötig habe, den unter der Erde zu suchen, der noch über der
Erde wandle, und forderte ihn auf, einen Akt aufzunehmen über sein
Erscheinen. Statt dessen warf sich aber Bonnet aufs Pferd und floh, so
schnell er konnte. Der Gerichtsschreiber folgte seinem Beispiel, und nur
die beiden Bauern aus Nerbonne, die Bonnet mitgenommen, um zu
graben, hielten Stich und erkannten ihren Herrn. Als der Marquis zu
seinem Schreck, zu seinem Entsetzen statt des Schlosses Nerbonne eine
Ruine fand, begab er sich nach Jeu, besorgte zu Romorantin den Akt
seines Anerkenntnisses und kam dann nach Chatillon, um sich dem
Gerichte darzustellen.

Man hätte denken sollen, daß die Rückkehr des Marquis der ganzen
Anklage der Marquise und ihres Beichtvaters hätte ein Ende machen
müssen; dies war aber nicht der Fall und konnte nicht der Fall sein.
Außerdem, daß die Aussagen der beiden Mädchen noch in ihrer Kraft
blieben, so trug auch die Erzählung des Marquis viel Unwahrscheinliches
in sich; vorzüglich schien aber das Benehmen der Marquise gar befrem-
dend. Ohne Überraschung oder Erstaunen zu zeigen, betrachtete sie den
angeblichen Marquis mit durchdringendem Blick, und ein bittres, ver-
höhnendes Lächeln ließ besondere Dinge ahnen, die in ihrer Seele vor-
gingen. Man konnte glauben, daß sie das Erscheinen einer Person, die
den Marquis de la Pivardiere spielen sollte, vorher gewußt, und daß sie
nur gespannt war, wie die Figur, die freilich, was Ansehn, Sprache, Gang,
Stellung betrifft, ganz der Marquis schien, ihre Rolle spielen würde.

Anders hatte sich Charost benommen, der, sowie der angebliche
Marquis eintrat, mit gefalteten Händen den Blick gen Himmel erhob
und zu beten schien.

Das Gericht ließ die Marquise nebst Charost ins Gefängnis zurückführen und beschloß durch die strengste, genaueste Untersuchung rücksichts
des angeblichen Marquis de la Pivardiere die Wahrheit zu erforschen,

unerachtet jener Akt des Richters zu Romorantin die Sache zu entscheiden schien.

Noch in frischem Andenken war ein Betrüger, der, die auffallende Ähnlichkeit mit einem gewissen Martin Guere nutzend, sich für diesen ausgab und drei Jahre hindurch eine ganze Stadt, ja selbst Frau und Kinder des Guere täuschte, bis dieser selbst zurückkam und so sich der Betrug offenbarte, den der Verbrecher mit dem Tode büßte.

Man fing damit an, den angeblichen Marquis den beiden verhafteten Mägden, der Mercier und der Lemoine, vorzustellen, die beide einstimmig behaupteten, daß die ihnen vorgestellte Person keineswegs der Marquis de la Pivardiere sei, wiewohl er große Ähnlichkeit mit demselben habe. Neuer Verdachtsgrund wider die Marquise und Charost! –

Es würde ermüdend sein, all die Maßregeln zu erwähnen, die das Gericht nun noch nahm, um zu erforschen, inwiefern die Person, die so unerwartet als Marquis de la Pivardiere aufgetreten, wirklich derselbe sei. Es genügt, die entscheidende Ausmittelung zu erwähnen, welche zu Valence erfolgte. Hier lebten in dem Kloster der Ursuliner-Nonnen zwei Schwestern des Marquis, und auch die Äbtissin des Klosters hatte ihn von frühester Jugend auf gekannt. Diese drei Personen hegten auch nicht den mindesten Zweifel gegen die Person des Marquis, nachdem sie drei Wochen mit ihm zusammen gewesen und er selbst sie auf die kleinsten, unbedeutendsten Züge aus ihrem Jugendleben gebracht hatte.

Daß die völlige Gleichheit der Handschrift des angeblichen Marquis mit dem wirklichen, daß gewisse eigentümliche Gewohnheiten, nur von den vertrautesten Freunden bemerkt, jenen Anerkenntnissen von mehr als dreihundert Personen noch mehr Gewicht gaben, ist gewiß.

Genug! – nach allen Regeln des Rechts mußte das Gericht annehmen, daß der Beweis über die Person des Marquis de la Pivardiere auf das vollständigste geführt sei.

Nicht des Mordes irgendeiner Person im allgemeinen, sondern der Ermordung des Marquis de la Pivardiere waren aber die Marquise und Charost angeklagt; wurde daher das Leben des Marquis vollkommen nachgewiesen, so mußte jene Anklage falsch sein. Auf diesen bündigen Schluß stützten die Gerichte die völlige Freisprechung der angeklagten Personen.

War aber ferner jene Anklage falsch, so mußten die Personen, auf deren Aussage sich dieselbe bezog, falsch Zeugnis abgelegt haben. Dies gab Anlaß zum Verfahren gegen die Katharine Lemoine und die Marguerite Mercier.

Wer hätte beide nicht der Arglist und Bosheit anklagen sollen, und doch waren sie unschuldig!

Die Mercier wurde in jener Nacht durch das Klopfen am Schloßtor geweckt. Sie stand auf, weckte die Lemoine, und beide sahen durchs Fenster, wie eben drei Personen in die Türe des Schlosses traten, wovon zwei mit einer Flinte und mit einem Säbel bewaffnet waren. Sie konnten dies im Schimmer eines Lichts, der aus der geöffneten Türe hervorbrach, deutlich erkennen. Bald darauf hörten sie ein Geräusch im Zimmer des Marquis, eine klagende Stimme und dann einen Schuß; darauf wurde es still. Nun wagten sie sich heraus auf den Gang; hier begegneten sie dem Hybert, der ganz verstört und außer sich schien und sie zurücktrieb in ihre Kammer, da sie sonst ermordet werden könnten. Am andern Morgen, als der Marquis verschwunden, vertraute ihnen Hybert, daß er, als der Schuß gefallen, nach dem Zimmer des Marquis gelaufen und eindringen wollen. Er sei aber hinausgedrängt und die Türe zugeschlagen worden. Er habe indessen in der Stube die Marquise und Charost sehr deutlich bemerkt, und der Marquis habe in seinem Blute schwimmend auf der Erde gelegen. Gewiß sei es, daß der Marquis ermordet und sein Leichnam von den beiden fremden Männern weggebracht worden sei. Nur eine Silbe davon zu sprechen, bringe sie aber alle in Gefahr, da sie ganz gewiß als Mitschuldige des Mordes angesehen werden würden. Die Lemoine hatte bemerkt, wie die Marquise an jenem Abende mit zwei bewaffneten Männern gesprochen, und erwägten nun alle drei den von der Marquise geäußerten Haß gegen den Marquis, ihre drohenden Worte und dann das unerklärliche Verschwinden des Marquis: so war es wohl natürlich, daß das, was Hybert wirklich gesehen haben wollte, den Ausschlag gab und alle drei fest in ihrer Seele überzeugt waren, daß die Marquise und Charost den Marquis habe ermorden und den Leichnam fortbringen lassen.

Nur dem, der als geübter Schauspieler im Leben auftritt, möcht' es wohl gelingen, den Eindruck irgendeiner entsetzlichen Tat ganz im Innern zu verschließen; Leuten wie Hybert, die Lemoine, die Mercier bleibt es unmöglich; daher kamen jene zweideutigen, verdächtigen Äußerungen, die das böse Gerücht wider die Marquise und Charost erzeugten und zuletzt die Anklage veranlaßten.

Bonnet war (wie es kein Richter sein soll) leidenschaftlich im höchsten Grade, voller Vorurteile, befangen in jeder Art und noch dazu mit der Familie des Augustiners Charost verfeindet.

Er ging von der festen Überzeugung aus, die Marquise lebte mit Charost im verbotenen Liebesverständnis; ganz unerwartet und sehr zu unrechter Zeit kommt der Marquis zurück, und sein Benehmen entflammt noch mehr den Haß der Marquise und läßt sie jedes Mittel ergreifen, ihn fortzuschaffen: Der Mord wird beschlossen und ausgeführt. Es ist unmöglich, daß ohne Wissenschaft und Mitwirkung der Dienerschaft die Tat geschehen konnte; diese müssen von allen Umständen unterrichtet sein.

Bonnet nahm hiernach keinen Anstand, die Mercier und die Lemoine mit dem Tode zu bedrohen, wenn sie nicht alles gestehen würden, und fragte alles aus ihnen heraus, was er nur wollte. Die Methode dabei ist sehr leicht.

»Hast du«, fragte z.B. Bonnet, »hast du nicht selbst gesehen, wie Charost über den Marquis herfiel?« – »Nein, mein Herr«, antwortete die Befragte, »das habe ich nicht gesehen.«

»Gestehe«, donnert Bonnet heraus, »oder du wirst augenblicklich gehängt!« – »Ja ja«, spricht jetzt das arme Ding in der entsetzlichsten Angst, »Charost fiel her über den Marquis etc.«

Mehrere Personen, welche beide, die Lemoine und die Mercier, im Gefängnisse gesprochen hatten, bekundeten, daß die Mädchen über Bonnets Verfahren bitter geklagt und gewünscht, vor einen andern Richter gestellt zu werden, damit sie die Wahrheit sagen könnten, nämlich daß sie den Mord nur vermutet. Was aber wichtiger einwirkte, Breton, der Gerichtsschreiber, mußte zugestehen, daß Bonnet ganz so, wie es die beiden Mädchen behaupteten, verfahren; ja daß er einmal, als die Mercier irgendeinen Umstand, den er im Kopfe ausgebrütet, nicht gestehen wollen, ein Messer aus der Tasche gezogen und gedroht, ihr augenblicklich die Finger abzuschneiden, wenn sie nicht gestehen werde. Noch mehr! – Schließer und Schließerin des Gefängnisses, wo die Mädchen saßen, mußten ihnen, so hatte es Bonnet verordnet, den ganzen Tag über wiederholen, daß sie gehängt werden würden, wenn sie das mindeste von dem, was sie ausgesagt, zurücknähmen. Dies veranlaßte auch, daß sie anfangs den zurückgekehrten Marquis nicht anerkennen wollten.

Merkwürdig genug war es auch, daß die kleine Pivardiere, die ihren Vater augenblicklich wiedererkannte, versicherte, sie wisse nicht, wie sie dazu gekommen, das alles dem Herrn von Preville so zu sagen, wie er es ihr nachgesprochen. Aber sie sei so scharf befragt worden, so in Angst geraten, und in der Tat habe sie auch jene Nacht in einem andern Zimmer geschlafen etc.

Ganz Paris, das von der Untat der Marquise erfüllt gewesen, feierte jetzt ihren Triumph, und gerade diejenigen, die sie am schonungslosesten verdammt hatten, ohne an die Möglichkeit ihrer Unschuld zu denken, erschöpften sich jetzt in dem übertriebensten Lob. Der Graf von Saint Hermine, der den ermordeten Marquis de la Pivardiere als einen rechtschaffenen, tapfern Mann bedauert, erklärte jetzt, da er lebte, daß er ein großer Taugenichts sei, der der gerechten Strafe nicht entgehen werde.

Die tätige Duchesse d'Aiguisseau übernahm es, der Marquise die Glückwünsche der Pariser Welt zu überbringen und sie dorthin einzuladen, um aufs neue die Zirkel zu beleben, in denen sie sonst geglänzt.

Sie fand die Marquise von tiefem Gram entstellt und in jener teilnahmlosen Ruhe, die von gänzlicher Entsagung zeugt. »Was sprecht Ihr!« rief die Duchesse ganz bestürzt, als die Marquise versicherte, sie wäre nicht schuldlos gestorben, sondern hätte ein Verbrechen mit dem Tode gebüßt. »Ich halte es«, erwiderte die Marquise, indem ein düsteres Feuer in ihren Augen aufflammte, »ich halte es nicht für möglich, daß Ihr, Frau Duchesse, an ein Verbrechen denken könnt, das nur sündigt gegen irdisches Gesetz? – Ach, ich liebte ihn, – ich liebte ihn noch, als er zu mir trat, ein Bote des Himmels, mich zu versöhnen mit der ewigen Macht; und diese Liebe, nur diese Liebe war mein Verbrechen!« –

Viele, sehr viele hätten die Marquise nicht verstanden. Auch die Duchesse verstand sie nicht und war nicht wenig betreten, den Parisern keine andere Nachricht von der Marquise mitbringen zu können, als daß sie, weit entfernt, in das bunte Gewühl der Welt zurückzukehren, ihre Tage in einem Kloster zubringen wolle.

Diesen Entschluß führte die Marquise auch wirklich aus, ohne daß sie zu bewegen gewesen, den Marquis wiederzusehen. Auch Charost sprach sie nicht mehr, der im Glanze seiner Unschuld und Frömmigkeit zurückkehrte in die Abtei zu Miseray.

Der Marquis de la Pivardiere nahm wieder Kriegsdienste und fand bald in einem Gefecht mit Schleichhändlern seinen Tod.

Die Irrungen

Fragment aus dem Leben eines Fantasten

Verloren und Gefunden

In dem zweiundachtzigsten Stück der »Haude- und Spenerschen Zeitung«
vom Jahre 18- befand sich folgende Aufforderung:

»Derjenige junge schwarz gekleidete Mann mit braunen Augen, braunem
Haar und etwas schief verschnittenem Backenbart, welcher vor einiger
Zeit im Tiergarten auf einer Bank unfern der Statue des Apollo eine
kleine himmelblaue Brieftasche mit goldnem Schloß gefunden und
wahrscheinlich geöffnet hat, wird, da man weiß, daß er in Berlin nicht
heimisch ist, ersucht, sich am vierundzwanzigsten Julius des künftigen
Jahres in Berlin und zwar in dem Hotel, ›die Sonne‹ geheißen, bei der
Madame Obermann einzufinden, um das Nähere über den Inhalt jener
Brieftasche, der ihm vielleicht interessant geworden, zu erfahren. Sollte
jedoch der besagte junge Mann den Entschluß, den er einmal gefaßt,
jetzt auszuführen gedenken und nach Griechenland reisen wollen, so
wird er sehr gebeten, sich in Patras auf Morea an den preußischen
Konsul Herrn Andreas Condoguri zu wenden und ihm die gedachte
Brieftasche vorzuzeigen. Dem geschätzten Finder wird sich dann ein
anmutiges Geheimnis erschließen.«

Der Baron Theodor von S. geriet, als er dies auf dem Kasino las, in eine
freudige Bestürzung. Niemand anders konnte in jener Aufforderung gemeint sein, als er selbst, denn eben er hatte, es mochte wohl schon ein
Jahr her sein, im Tiergarten an der bezeichneten Stelle eine kleine himmelblaue Brieftasche mit einem goldenen Schloß gefunden und zu sich
gesteckt. Der Baron gehörte zu den Leuten, denen nicht eben viel Besonderes im Leben begegnet, die aber alles, was ihnen in den Weg tritt, für
etwas ganz Außerordentliches und sich selbst von dem Schicksal dazu
bestimmt halten, das Außerordentliche, Unerhörte zu erfahren. Gleich
damals als der Baron die Brieftasche fand, die ihrer Form nach einer
Dame angehören mußte, war er überzeugt, daß ihm irgendein seltsames
Abenteuer aufgehen würde. Wichtigere Dinge (wir werden erfahren

welche) brachten ihm indessen die Brieftasche aus den Gedanken, und um so größer war die Überraschung, daß nun erst das erwartete Abenteuer eintreffen sollte.

Fürs erste mußte sich aber der Baron über zwei Dinge in jener Aufforderung ärgern, nämlich daß seine Augen braun sein sollten, die er immer für blau gehalten, und daß sein Backenbart für schief verschnitten angegeben wurde. Letzteres griff ihm um so mehr an die Seele, als er selbst vor dem schärfsten Pariser Toilettenspiegel das schwierige Geschäft des Zustutzens seines Backenbarts besorgte und sich darin, wie der Kennerblick des Theaterfriseurs Warnicke längst entschieden, als Meister bewährte.

Nachdem der Baron sich sattsam geärgert, stellte er folgende Betrachtungen an.

»Erstlich, warum hat man mit jener Aufforderung beinahe ein Jahr gezögert? – Hat man mich unter der Zeit zu erforschen gesucht? – Aber, durfte zweitens dies wohl geschehen, da man mich näher kennen mußte, um zu wissen, was für Geheimnisse mich es einmal aussprechen ließen, daß einer besondern Konstellation halber ich nach Griechenland reisen wolle? – Kann drittens das anmutige Geheimnis wohl anderer Natur sein als weiblicher? – O Gott! es ist viertens gar nicht zu zweifeln, daß zwischen mir und dem Engelsbilde, das jene Brieftasche auf der Bank unweit der Statue des Apollo liegen ließ, gewiß geheime Beziehungen obwalten, die sich bei der Madame Obermann in der ›Sonne‹ oder in Patras auf Morea entwickeln werden. Wer weiß, welche herrliche Träume, welche süße Ahnungen dann plötzlich in reges glühendes Leben treten, welches zarte Geheimnis wie ein wundervolles Märchen mit aller Lust, allem seligen Entzücken in mir aufgehen wird! – Aber, wo ist, fünftens, um tausend Himmels willen die verhängnisvolle Brieftasche geblieben?«

Dieser fünfte Punkt war ein sehr böser, da er mit einem Schlage alle geträumte Hoffnungen, das außerordentlichste aller Abenteuer zu bestehen, vernichten mußte. Vergebens blieb alles Nachsuchen, und dem Baron war es in der Tat unbegreiflich, wie er sich gar nicht darauf zu besinnen vermochte, ob er die Brieftasche noch später in Händen gehabt. Zuletzt kam er darauf, daß ein großer Verdruß, den er an jenem Abende hatte, da er die Brieftasche fand, ihn so sehr außer Fassung gebracht, daß er alles übrige und auch die Brieftasche darüber vergessen.

Gerade an dem Tage trug er zum erstenmal eine der saubersten, zierlichsten, wohlpassendsten Kleidungen, die jemals der Kleiderkünstler

Freitag verfertigen lassen und mit weisem Überblick redigiert hatte. Neun Barone, fünf Grafen und mehrere simple Edelleute hatten auf Ehre und Seligkeit geschworen, der Frack sei göttlich und die Pantalons deliziös, aber freilich, Graf E., der Rhadamanthus der modernen Welt, hatte sein Urteil noch nicht gesprochen. Das Schicksal wollte, daß der Baron von S., gerade als er, nachdem er die Brieftasche gefunden, aus dem Tiergarten zurückkehrte, unter den Linden dem Grafen v. E. begegnete. »Guten Abend, Baron!« rief der Graf ihm zu, lorgnierte ihn einen Augenblick, sprach dann mit entscheidendem Tone: »Die Taille beinahe um einen Achtelzoll zu breit!« und ließ den Baron stehen.

Der Baron hielt, was den Anzug betrifft, zu sehr auf Sitte und Ordnung, um nicht über den abscheulichen Verstoß dagegen, den er am Ende sich selbst beizumessen, in großen Zorn zu geraten. Der Gedanke, einen ganzen Tag in Berlin mit einer zu breiten Taille umhergegangen zu sein, hatte für ihn etwas Entsetzliches. Er rannte wild nach Hause, ließ sich auskleiden und befahl dem Kammerdiener, das unselige Kleid ihm aus den Augen zu bringen. Erst dann kam Trost in seine Seele, als nach ein paar Tagen ein schwarzes Kleid aus dem Atelier des Künstlers Freitag hervorgegangen, das selbst Graf E. für makellos erklärte. Genug – die zu breite Taille war schuld an dem Verlust der Brieftasche, über den der Baron in völlige Trostlosigkeit geriet.

Mehrere Tage waren vergangen, als es dem Baron einfiel, seine Garderobe zu mustern. Der Kammerdiener schloß den Schrank auf, in dem der Baron die Kleider, die er nicht mehr trug, aufhängen zu lassen pflegte. Aus dem Schrank strömte dem Baron ein starker Geruch von Rosenöl entgegen. Auf Befragen versicherte der Kammerdiener, daß dieser Geruch von jenem schwarzen Frack mit der breiten Taille herrühre, den er vor einiger Zeit hineingehängt, da ihn der Herr Baron nicht mehr tragen wollen.

Sowie der Kammerdiener diese Worte aussprach, leuchtete in dem Baron wie ein Blitz der Gedanke auf, der, wie man meinen sollte, eben nicht so sehr entfernt gelegen, nämlich, daß er das gefundene Kleinod in die Busentasche des Rocks gesteckt und im Verdruß wieder herauszunehmen vergessen.

Er erinnerte sich in dem Augenblick, daß die Brieftasche stark nach Rosenöl gerochen.

Der Rock wurde hervorgeholt, es traf ein, was der Baron geahnt.

Man kann denken, mit welcher Ungeduld der Baron das kleine goldne Schlößlein öffnete, um den Inhalt der Brieftasche zu erfahren, der seltsam genug war.

Zuerst fiel dem Baron ein sehr kleines Messerchen von sonderbarer Form, beinahe anzusehen wie ein chirurgisches Instrument, in die Hände. Dann erregte seine Aufmerksamkeit ein seidenes strohgelbes Band, in dem allerlei fremdartige Charaktere, beinahe chinesischer Schrift ähnlich, in schwarzer Farbe eingewirkt waren. Ferner fand sich in einem seidenpapiernen Umschlage eine verdorrte unbekannte Blume. Wichtiger als alles schienen aber dem Baron zwei beschriebene Blätterchen. Auf dem einen standen Verse, die indessen der Baron leider nicht zu verstehen vermochte, da sie in einer Sprache abgefaßt waren, die selbst manchem vortrefflichen Diplomatiker fremd blieb, nämlich in der neugriechischen. Die Handschrift auf dem andern Blatte schien ohne Vergrößerungsglas kaum lesbar, doch überzeugte sich der Baron bald zu seiner großen Freude, daß italienische Worte darauf standen. Der italienischen Sprache war der Baron vollkommen mächtig.

In einem kleinen winzigen Täschchen steckte endlich noch die Ursache des Dufts, den Brieftasche und Rock verbreitet, nämlich ein in ein feines Papier gewickeltes, wie gewöhnlich hermetisch verschlossenes Fläschlein Rosenöl.

Auf dem Papier stand ein griechisches Wort, und zwar: Σχνουεσπελπολδ.

Es kann hier gleich bemerkt werden, daß der Baron tags darauf bei einem Mittagsmahl in der Jagorschen Restauration mit dem Herrn Geheimen Rat Wolff zusammentraf und ihn um die Deutung des griechischen Worts befragte, das auf dem Zettel stand. Der Geh. Rat Wolff hatte aber kaum einen flüchtigen Blick auf den Zettel geworfen, als er dem Baron ins Gesicht lachte und erklärte, daß das ja gar kein griechisches Wort, sondern nicht anders zu lesen als: *Schnüspelpold*, mithin ein Name sei, und zwar ein deutscher, kein griechischer, da im ganzen Homer dergleichen nicht vorkomme und auch billigerweise nicht vorkommen könne.

So gut, wie gesagt, sich der Baron auf das Italienische verstand, so wollte ihm doch die Entzifferung des Blättleins nicht recht gelingen. Denn außerdem daß die Schrift ein wahres Augenpulver zu nennen, so waren auch manche Stellen beinahe ganz verwischt. Es schien übrigens, als habe die Besitzerin der Brieftasche (daß diese einem Frauenzimmer angehört, war wohl außer allem Zweifel) einzelne Gedanken aufgeschrieben, um sie zu einem Briefe an eine vertraute Freundin zu nutzen, das Blättlein konnte aber auch eine Art von Tagebuch vorstellen. – Genug, der Baron zerbrach sich den Kopf und verdarb sich die Augen! –

Das Blättlein aus der Brieftasche

– Die Stadt ist im ganzen schön gebaut mit schnurgeraden Straßen und großen Plätzen, hin und wieder trifft man Alleen von halbverdorrten Bäumen, die, wenn der unheimlich sausende Wind dichte Staubwolken vor sich hertreibt, ihr fahlgraues Laub traurig schütteln. Kein einziger Springbrunnen sprudelt lebendiges Wasser empor und verbreitet Kühle und Labung, deshalb sind die Märkte öde und leer. Der Basar, bei klappernden tosenden Mühlen gelegen, klein und versteckt, ist mit dem in Konstantinopel gar nicht zu vergleichen. Auch fehlt es ihm an prächtigen Stoffen und Juwelen, die in einzelnen Häusern feilgeboten werden. Manche dieser Kaufleute bestreuen ihr Haupt mit weißem Puder, um ein ehrwürdiges Ansehen und mehr Vertrauen zu gewinnen, sind aber ebendeshalb sehr teuer. Es gibt mehrere Paläste, die aber nicht aus Marmor gebaut sind, da es in der Gegend ringsumher an Marmorbrüchen gänzlich fehlen soll. Das Baumaterial besteht in kleinen, im länglichen Viereck geformten Backsteinen, die häßlich rot und unter dem Namen: Ziegel bekannt sind. Doch habe ich auch Quadersteine gesehen, sie jedoch kaum für Granit oder Porphyr halten können. – Ich wünschte aber wohl, daß du, geliebte Chariton, das schöne Tor, welches eine Quadriga mit der Siegesgöttin schmückt, sehen könntest. Es erinnert an den großen erhaben einfachen Stil unserer Vorfahren. – Warum spreche ich aber so viel von den toten kalten Steinmassen, die auf diesem glühenden Herzen lasten und es zu erdrücken drohen? – Hinaus – hinaus aus dieser Öde! – ich will dir, Geliebte, nicht – – Mein Magus war heute boshafter und ärgerlicher als je. Er hatte bei dem Mittagessen zuviel getanzt und sich den Fuß verstaucht. Konnte ich dafür, war es recht, mich zu quälen mit hundert abscheulichen Vorwürfen? – Wann werde ich die Ketten abstreifen des häßlichen Unholds, der mich zur Verzweiflung bringen wird, der mich – – Ich rieb ihm den Fuß mit Balsam von Mekka ein und legte ihn ins Bette, da wurde er still und ruhig. Nachher stand er auf, machte Schokolade und bot mir eine Tasse an; ich trank aber nicht, aus

Furcht, er möge Opium hineingetan haben, um mich einzuschläfern und dann zu verwandeln, wie er es schon oft getan hat. –

Häßliches, widerwärtiges Mißtrauen! Unseliges feindliches Vorurteil! – Mein Magus war heute die Milde, die Freundlichkeit selbst! Ich fuhr leise mit den Fingern über das Kahlköpfchen hin, da leuchteten seine großen, schönen, schwarzen Augen mich an, und er sprach ganz entzückt: »Gleich! gleich!« In der Tat holte er auch auf der Stelle sein Handwerkszeug hervor und druckte auf einen dunkelroten Shawl den prächtigsten Goldrand, den ich nur wünschen konnte. Ich warf ihn um, und wir gingen, nachdem mein Magus wie gewöhnlich den Elektrophor an sein Hinterhaupt geschroben, nach dem freundlichen Walde, der dicht vor dem Tore mit der Siegesgöttin gelegen ist, so daß es nur weniger Schritte bedarf, um in schöne finstre Laubgänge zu treten. – Im Walde befiel meinen Magus seine mürrische Laune. Als ich den Spaziergang rühmte, fuhr er mich hart an, ich solle mir nicht törichterweise einbilden, daß das wirkliche Bäume, Büsche wären, daß das wirklich gewachsenes Gras, Feld, Wasser sei. Ich könne das ja schon an den stumpfen Farben sehen, daß alles nur in spaßhafter Kunst fabriziertes Zeug wäre. Im Winter, behauptete mein Magus, würde alles eingepackt, nach der Stadt gebracht und zum Teil an die Zuckerbäcker vermietet, die es zu ihren sogenannten Ausstellungen brauchten. Wollte ich einmal ein bißchen wahrhafte Natur schauen, so würd' er mich in das Theater führen, wo hierzulande allein was Ordentliches von dergleichen Dingen zu schauen. Beim Theater wären nämlich grundgeschickte Naturmeister angestellt, die Berg und Tal, Baum und Gebüsch, Wasser und Feuer keck zu handhaben wüßten. – O, wie mich das verdroß! – Ich sehnte mich nach jenem Platz, der mich an die schöne Zeit erinnert, als du, meine süße Chariton, noch meine Gespielin warst! – Ein runder, mit dichtem Gebüsch umgebener Platz, in dessen Mitte die Statue des Apollo aufgerichtet steht. Wir kamen dahin! – Ich verlangte mich niederzulassen; da stieg aber der Unwille meines Magus. Er meinte, die vermaledeite Puppe errege ihm Angst und Entsetzen, und er müsse ihr die Nase abschlagen, damit sie nicht lebendig würde und ihn prügle. Er hob auch wirklich sein langes starkes Rohr auf gegen das Bild! – Du kannst dir denken, was ich empfand, als mein Magus verfahren wollte nach dem Grundsatz des mir verhaßten Volks, das wirklich in tollem abergläubischen Wahnsinn den Statuen die Nasen abschlägt, damit sie nicht lebendig werden! – Ich sprang hinzu, nahm meinem Magus den Stock aus der Hand, erfaßte ihn dann selbst und setzte ihn auf eine Bank. Da lächelte er mich höhnisch an und sprach, daß ich mir nur nicht einbilden solle, eine wirklich aus Stein gehauene Statue vor mir zu sehen, ich könne das an dem unförmlichen wulstigen Körper bemerken, der nach Benvenuto Cellinis Ausdruck einem mit Melonen gefüllten Sack gliche. Hierzulande würden dergleichen Statuen in der Art verfertigt, daß man einen hohen Sandhaufen aufschütte und dann so lange geschickt hineinblase, bis sich das Bild forme. Dann bat mein Magus, ich möchte ihm erlauben, an das Wasser unfern des Platzes, wo wir uns befanden, zu gehen, um ein wenig den Fröschen zuzuhorchen. Ich ließ das gern zu, und als er –

Das Abendrot stieg auf, und glühende Funken hüpften im dunklen Laube von Blatt zu Blatt. – Es rauschte über mir im Gebüsch, und eine Nachtigall schlug einzelne klagende Laute an. Ein süßes Weh erfüllte meine Brust, und von unwiderstehlichen sehnsüchtigem Verlangen getrieben, tat ich, was ich nicht tun sollen! – Du kennst, o meine Chariton, das magische Band, das verführerische Geschenk unsers Alten. – Ich zog es hervor und schlang es um die Pulsader meines linken Arms. – Alsbald flatterte die Nachtigall hinab und sang zu mir in der Sprache meines Landes:

»Ärmste, warum flohst du hieher? Kannst du entrinnen der Wehmut, der dürstenden Sehnsucht, die auch hier dich umfängt? Und tiefer verwundernd, faßt dich hier fern von der wirtlichen Heimat der Schmerz getäuschter Hoffnungen! – Der Verfolger ist hinter dir! – flieh! – flieh! – du Ärmste! – Aber du willst ihn sterben, den Tod in Liebe! – gib ihn mir, gib ihn mir und lebe in seliger Ahnung, die mein Herzblut in deiner Brust entzündet.«

Die Nachtigall flatterte in meinen Schoß, ich holte in zauberischer Betörung mein kleines Mordinstrument hervor, aber wohl mir! – mein Magus erschien, die Nachtigall schwang sich auf, ich riß das Band vom Arm herab und – –

– Ich fühlte mein ganzes Selbst erheben! – Dasselbe Haar – dieselben Augen – derselbe freie stolze Gang – Nur entstellt durch die häßliche abenteuerliche Kleidung, die hierzulande üblich, und von welcher dir, meine geliebte Chariton, einen deutlichen Begriff zu machen, ich mich vergebens mühen würde. So viel sage ich dir, daß das Oberkleid, bei uns die Zierde der Männer, gewöhnlich von dunkler, häufig von schwarzer

Farbe und nach der Form der Flügel und des Schweifs der Bachstelze zugeschnitten ist. Diese Form wird vorzüglich durch den Teil des Kleides erreicht, den man hier Rockschöße nennt, und in denen Taschen angebracht sind zur Aufbewahrung kleiner Bedürfnisse, des Schnupftuchs u.s.w. Merkwürdig scheint auch, daß es hierzulande für junge Männer von Stande und Bildung unanständig ist, Backen und Kinnladen unbedeckt sehen zu lassen. Beides wird durch Haare, die sie stehen lassen, sowie durch ein Stücklein gesteiften Batistes, das aus der Halsbinde auf beiden Seiten emporsteigt, bedeckt. Am seltsamsten scheint mir aber die Kopfbedeckung, die aus einer zylinderförmigen Mütze aus steifem Filz mit einem Rande besteht und die man »Hut« nennt. – Ach, Chariton! – trotz dieser abscheulichen Kleidung kannte ich ihn wieder! – welche dämonische Macht hat ihn mir geraubt! – Wie, wenn er mich erblickt hätte! – Schnell schlang ich das magische Band um meinen Hals, er ging dicht bei mir vorüber, ich blieb ihm unsichtbar, doch schien er das Dasein irgendeines ihm befreundeten Wesens zu ahnen. Denn unfern von mir warf er sich auf eine Bank, nahm den Hut ab und trillerte eine Melodie, deren Worte ungefähr hießen: »Laß dich erblicken«, oder: »Laß dich am Fenster sehen!« Dann zog er ein Futteral hervor, aus dem er jenes seltsame Instrument nahm, das man hier eine Brille nennt. Er setzte dies Instrument auf die Nase, befestigte es hinter den Ohren und schaute durch die hell und glänzend geschliffenen Gläser, die vor den Augen standen, unverwandt hin nach dem Orte, wo ich saß. – Ich erschrak, daß der magische Blick durch jene Gläser, ein mächtiger Talisman, meinen Zauber zerstören werde, ich hielt mich für verloren, doch begab es sich, daß – – – verhängnisvollste meines Lebens! – Wie soll ich es dir denn sagen, meine geliebte Chariton, wie dir beschreiben das unnennbare Gefühl, das mich durchdrang! – Doch laß mich zu Worten kommen. – Maria ist ein gutes liebes Kind, und obschon nicht unserer Religion zugetan, ehrt sie doch unsere Gebräuche und ist überzeugt von der Wahrheit unseres Glaubens. In der Vornacht des heiligen Johannistages entschlüpfte ich der Aufsicht meines Magus. Maria hatte sich des Hausschlüssels bemächtigt, sie wartete meiner mit einem zierlichen Gefäß, und wir gingen beide in tiefem Schweigen hinaus in den Wald und holten aus einer dort befindlichen Zisterne das heimliche Wasser, in das wir geweihte Äpfel warfen. Am andern Morgen, nachdem wir mit inbrünstiger Andacht zu dem heiligen Johannes gefleht, hielten wir das Gefäß auf unsern vier ausgestreckten Daumen empor. – Es drehte sich rechts, es drehte sich links – zitternd und schwankend! – Vergebens unser Hoffen! – Allein, nachdem ich Kopf, Hals und Brust mit dem heimlichen Wasser, in dem der geweihte Apfel lag, gewaschen, begab ich mich tief verschleiert, ohne daß [es] mein Magus, der seinen langen Traum träumte, zu bemerken schien, nach dem in der Stadt belegenen Baumgange, die Linden geheißen. – Da rief eine alte Frau mehrmals hintereinander mit starker Stimme: »Theodor – Theodor!« –

– O meine Chariton! – durchbebt von Schreck und Wonne wäre ich beinahe ohnmächtig niedergesunken! – Ja, er ist es! – er ist es! – O all ihr Heiligen! – ein Prinz, sonst reich, groß, mächtig, jetzt heimatlos umherstreifend im Bachstelzenhabit und steifer Filzmütze – Könnt' ich nur –

Mein Magus hält in seiner üblen Laune wie gewöhnlich alles für närrische Einbildungen und ist zu weiterer Nachforschung nicht zu bewegen, die ihm doch so leicht werden würde, da er sich nur an die Stelle im Walde, wo ich Theodor erblickte, begeben, dort aber ein Schnittchen von meinem geweihten Apfel essen und einen Schluck von dem geheimen Wasser trinken dürfte. Aber er will nicht, er will durchaus nicht und ist überhaupt mürrischer als je, so daß ich zuweilen genötigt bin, ihn zu züchtigen, welches denn leider seine Macht über mich nur verstärkt, doch wenn mein geliebter Theodor –

– mit Mühe eingelehrt. Jetzt tanzt aber meine Maria den Romeca so schön, wie man ihn bei uns nur sehen mag. – Es war eine schöne Nacht, warm und duftig glänzend im Mondesschimmer. Der Wald horchte in staunendem Schweigen unserm Gesange zu, und nur dann und wann flüsterte und rauschte es in den Blättern, als hüpften Elflein vorüber, und wenn wir einhielten, dann tönten wohl die seltsamen Stimmen der Geister der Nacht durch die Stille und regten uns auf zum neuen Liede. Mein Magus hatte in seinem Elektrophor eine Theorbe mitgenommen und wußte die Akkorde des Romeca recht schön und feierlich anzuschlagen, wofür ich ihm auch weißen Honig versprach zum Frühstück andern Tages –

Endlich, Mitternacht war längst vorüber, nahten sich Gestalten durch das Gebüsch unserm einsamen Rasenplatz. Wir schlugen die Schleier über, nahmen den Magus auf die Schultern und entflohen so schnell, als wir nur vermochten. – Übereilte unselige Flucht! – Der Vogel war zum erstenmal unwillig, aber er sprach nur verwirrtes Zeug und wies meine Fragen zurück, weil er doch nur ein Papagei wäre und kein Professor. – Ja, übereilte unselige Flucht, denn gewiß war es Theodor, der sich uns nahte und – Mein Magus war so erschrocken, daß ich ihn zur Ader lassen mußte –

– herrlicher Gedanke! – Ich schnitt heute mit meinem Messerchen in den Stamm des Baumes, unter dem ich saß, als Theodor mir gegenüber war und meine Verhüllung nicht zu durchblicken vermochte, ja, in diesen Stamm schnitt ich die Worte ein: »Theodor! vernimmst du meine Stimme? – es ist – ruft die dich – ewig – furchtbarer Tod – nimmer – ermordet – Konstantinopel – unabänderlicher Entschluß – Oheim – wohl –«

Die Reise nach Griechenland

Den Baron Theodor von S. setzte der Inhalt des Blättleins, dessen letzte Worte leider völlig verwischt und unleserlich waren, ganz außer sich selbst.

Freilich möchte aber auch wohl jeder andere, trug er auch nicht, so wie Theodor, beständig chimärische Abenteuer im Sinn, bei den Umständen, wie sie hier zutrafen, in große Verwunderung, ja in tiefes Erstaunen geraten sein. Außerdem daß schon das Geheimnisvolle des Ganzen, das Hindeuten auf ein seltsames weibliches Wesen, das Zauberkünste übte, das im steten Umgange lebte mit einem magischen Prinzip, ihm Herr und Diener zugleich, den Baron im höchsten Grade spannte, so mußte diese Spannung bis zum halben Wahnsinn steigen, als er sich selbst in den Zauberkreisen gefangen sah, die das Blättlein oder vielmehr jenes unbekannte Wesen, der es angehörte, um ihn gezogen.

Der Baron erinnerte sich nämlich sogleich, daß er, vor langer Zeit durch den Tiergarten wandelnd, sich auf eine Bank geworfen, der gegenüber, wo er die Brieftasche fand. Daß es ihm gewesen, als höre er leise Seufzer. Daß er durchaus geglaubt, ihm gegenüber sitze ein in lange Schleier gehülltes Frauenzimmer, und daß er, unerachtet er seine Brille aufgesetzt, nichts, gar nichts habe entdecken können. Dem Baron fiel ferner ein, daß, als er einst mit mehreren Freunden in später Nacht vom »Hofjäger« heimkehrte, ihnen aus dem fernen Gebüsch ein ganz seltsamer Gesang und ebensolch sonderbare Akkorde eines unbekannten Instruments entgegenklangen, und daß sie, endlich der Stelle, wo die Musik herzukommen schien, genaht, zwei weiße Gestalten schnell fliehen sahen, die etwas Rotglänzendes auf den Schultern zu tragen schienen. – Der Name Theodor entschied nun vollends die Sache.

In voller Hast lief nun der Baron nach dem Tiergarten, um jene Inschrift, die die Unbekannte in einen Baum geschnitten haben wollte, und mit ihr vielleicht näheren Aufschluß des Rätsels zu finden. Seine Ahnung hatte ihn richtig geleitet! In die Rinde des Baumes, an den sich die Bank lehnte, wo er die Brieftasche gefunden, waren jene Worte eingeschnitten, aber das besondere Spiel des Zufalls hatte es gefügt, daß gerade diejenigen Worte, welche auf dem Blättlein verlöscht, auch in dem Baum verwachsen und unleserlich geworden waren. »Wunderbare«, rief der Baron in höchster Ekstase aus, »wunderbare Sympathie der Natur!« – Er erinnerte sich aus dem Goethe jener Zwillingskommoden, die aus einem Stamme gefertigt waren, und von denen die eine rettungslos zerplatzte, als die andere in einem weit davon entfernten Schlosse ein Raub der Flammen wurde!

»Unbekanntes herrliches Wesen!« rief der Baron ferner aus in höchster Ekstase, »Himmelskind aus dem fernen Götterlande, ja! – längst glühte die Sehnsucht nach dir, du einzig Geliebte, in meiner Brust! Aber ich habe mich selbst nicht verstanden, die blaue Brieftasche mit dem goldnen Schloß war erst der magische Spiegel, in dem ich mein Ich in Liebe zu dir erblickte! – Fort! – dir nach – fort nach jenem Lande, wo unter mildem Himmel die Rose blüht meiner ewigen Liebe!« –

Der Baron machte sofort ernsthafte Anstalten zur Reise nach Griechenland. Er las den Sonnini, den Bartholdy, und was er sonst an Reisen nach Griechenland auftreiben konnte, bestellte sich einen bequemen Reisewagen, zog so viel von seinem Gelde ein, als er zu brauchen glaubte, begann sogar Griechisch zu lernen und ließ sich auch, da er von irgendeinem Reisenden hörte, der, um sicherer zu reisen, die Landestracht trug, von dem Theaterschneider einige saubre neugriechische Anzüge fertigen.

Man kann denken, daß er während dieser Zeit nichts im Sinne trug als die unbekannte Besitzerin der blauen Brieftasche, deren lebendiges Bild ihm bald vor Augen stand. – Sie war hoch, schlank im höchsten Ebenmaß der Glieder gewachsen, ihr Anstand ganz Anmut und Majestät – ihr Gesicht ganz das Abbild, der Ausdruck jenes unnennbaren Zaubers, der uns in den Antiken hinreißt – die schönsten Augen – die schönsten schwarzen seidnen Haare! – Genug, ganz so, wie der begeisterte Sonnini nur die Griechinnen schildern kann. Und dabei, wie schon das Blättlein bewies, ein in Liebe glühendes Herz im Busen, ganz Hingebung – Treue für den Geliebten; konnte der Seligkeit Theodors etwas fehlen? – Ja wohl!

- er wußte den Namen der Holden nicht, welches den Exklamationen merklich schadete. Doch hier halfen Wielands sämtliche Werke aus. Er nannte die Geliebte bis auf weitere nähere Bestimmung Musarion, und dies setzte ihn auch in den Stand, die gehörigen schlechten Verse auf das unbekannte Zauberbild zusammenzukneten.

Ganz besonders bemühte sich der Baron auch, die Zauberkraft des magischen Bandes zu versuchen, das unstreitig in seine Hände geraten war. Er ging in den Wald, schlang das Band um die Pulsader seines linken Arms und horchte auf den Gesang der Vögel. Er konnte aber nicht das mindeste davon verstehen. Und als endlich ein Zeisig dicht neben ihm im Busche zu zwitschern begann, klang es ihm beinahe so, als sänge der unverschämte Vogel: »Hasenfüßchen, Hasenfüßchen, geh zu Haus – zu Haus! – pfeif dich aus – pfeif dich aus!« – Der Baron sprang schnell auf und eilte, ohne weitere Versuche zu machen, von dannen.290

War es ihm mit dem Verständnis des Vogelgesanges schlecht ergangen, so gelang es ihm noch schlechter mit der Unsichtbarkeit. Denn unerachtet er das magische Band um den Hals geschlungen, so bog doch der Hauptmann von R., der unter den Linden spazierte, sogleich in die Seitenallee ein, in der der Baron unsichtbar zu wandeln glaubte, und bat ihn dringend, sich doch vor seiner Abreise gütigst der funfzig Friedrichsdor zu erinnern, die er ihm noch aus dem letzten Spiel schulde. –

Der Theaterschneider war mit den griechischen Kleidern fertig. Der Baron fand, daß sie ihm ganz ungemein kleideten, und daß vorzüglich der Turban seinem Gesicht einen Ausdruck gab, der ihm ein freudiges Staunen abnötigte. Denn selbst hatte er bisher nicht geglaubt, daß seine Augen, seine Nase und seine übrigen angenehmen Gesichtszüge überhaupt dergleichen fähig.

Er empfand eine tiefe Verachtung gegen seinen Bachstelzenrock, gegen seine Mütze aus steifem Filz u.s.w. und wäre, hätte er nicht das Aufsehn und den Spott anglomanischer Grafen und Barone gefürchtet, von Stund' an nicht anders als neugriechisch gekleidet einhergegangen.

Hatte aber sein Negligé, ein seidener orientalischer Schlafrock, eine turbanähnliche Mütze und dazu eine lange türkische Pfeife im Munde, schon etwas getürkt, so war hier der Übergang zum neugriechischen Kostüm leicht und natürlich. –

Also neugriechisch gekleidet saß der Baron mit untergeschlagenen Beinen, welches ihm eigentlich blutsauer wurde, auf dem Sofa und blies, die schönste Bernsteinspitze an den Mund gedrückt, Rauchwolken türkischen Tabaks vor sich her, als die Tür aufging und der alte Baron Achatius von F., sein Oheim, hineintrat.

Als der aber den neugriechischen Neffen erblickte, prallte er zurück, schlug die Hände zusammen und rief überlaut: »So ist's denn doch wahr, was die Leute mir sagten! – So ist doch das bißchen Verstand meines Herrn Neffen wackelicht geworden!«

Der Baron, der alle Ursache hatte, den alten steinreichen unverheirateten Oheim zu ehren, wollte schnell vom Sofa herab und ihm entgegen. Da ihm aber die Beine, der unbequemen ungewohnten Stellung halber, erstarrt, eingeschlafen, wie man zu sagen pflegt, waren, so kugelte er dem Oheim vor die Füße, verlor den Turban und die Pfeife, die ihren glühenden Inhalt ausströmte auf den reichen türkischen Teppich. Der Oheim lachte übermäßig, trat schnell die glimmenden Funken aus, half dem bestürzten Neugriechen auf den Sofa und fragte denn: »So sage mir nur, was du für Narrheiten treibst. Ist es wahr, daß du fort willst nach Griechenland?«

Der Baron bat den Oheim um ein gütiges ruhiges Gehör, und als dieser es zugesagt, erzählte er von Anfang bis zu Ende, wie sich alles begeben mit dem Auffinden der Brieftasche im Tiergarten, mit der Aufforderung in der »Haude- und Spenerschen Zeitung«, mit dem Inhalte des Blättleins, und wie eben der Entschluß in ihm entstanden, geradezu nach Patras zu gehen, dem Herrn Andreas Condoguri die blaue Brieftasche zu übergeben und dann das Weitere zu erfahren.

»Mir ist«, erwiderte der Oheim, nachdem der Neffe geendet, »mir ist die Aufforderung in der ›Haude- und Spenerschen Zeitung‹ entgangen, indessen zweifle ich gar nicht, daß sie darin enthalten und daß sie ganz dazu geeignet ist, die Phantasie des Finders der Brieftasche, ist er zumal jung und phantastisch, wie du es bist, gar sehr aufzuregen. Ebenso stelle ich gar nicht in Abrede, daß du nach allem, was du mir erzähltest, Grund hast zu glauben, in dem Blättlein sei von dir die Rede. – Ich würde übrigens die Person, die das schrieb, was du mir vorlasest, für wahnsinnig halten, wäre sie nicht offenbar eine Griechin. Hast du aber dir gehörige Notiz von Neugriechenland verschafft, so wirst du wissen, daß die Be- wohner an allerlei Magie und Zaubereien steif und fest glauben und von den tollsten Einbildungen geplagt sind, wie du manchmal.« –

»Neuer Beweis für meine Überzeugung«, murmelte der Baron dazwischen.

»Ich weiß«, fuhr der Oheim fort, »ich weiß auch recht gut, was es mit dem heimlichen Wasser für eine Bewandtnis hat, das die Mädchen in der Johannisnacht schweigend holen, um zu erfahren, ob sie den geträumten Geliebten haben werden, und eben deshalb kommt mir im allgemeinen alles nicht so gar sonderbar vor, und nur in Beziehung auf dich erscheint mir manches sehr zweideutig. – Es ist nämlich sehr die Frage, ob du, mag es auch den Anschein haben, der gemeinte Theodor bist, ja, ob der, der die Aufforderung einrücken ließ, sich nicht in der Person des Finders irrte. – Genug! da die Sache durchaus problematisch, so würde es ein sehr übereilter Streich sein, deshalb eine weite gefährliche Reise zu unternehmen. Daß du Aufklärung wünschest und wünschen mußt, ist billig und natürlich, warte daher den vierundzwanzigsten Julius des künftigen Jahres ab und begib dich dann in die ›Sonne‹ zur Madame Obermann, wo dich ja auch die Aufforderung hinbescheidet, um das Nähere zu erfahren.«

»Nein«, rief der Baron, indem seine Augen blitzten, »nein, mein geliebter Oheim, nicht in der ›Sonne‹, nein, in Patras geht das Glück meines Lebens auf, nur in Griechenland reicht das holde Engelsbild, die edle Jungfrau, mir Glücklichen, der so wie sie aus griechischem fürstlichem Stamm entsprossen, die Hand!«

»Was«, schrie der Alte ganz außer sich, »bist du ganz und gar von Sinnen? bist du rasend? du aus griechischem fürstlichem Stamm entsprossen? – Narr in Folio, war deine Mutter nicht meine Schwester? – War ich nicht zugegen bei ihrer Entbindung? – Hab' ich dich nicht aus der Taufe gehoben? – Kenn' ich nicht unsern Stammbaum? ist er nicht klar und deutlich seit Jahrhunderten?«

»Sie vergessen«, sprach der Baron, indem er so mild und anmutig lächelte, wie nur irgendein griechischer Prinz zu lächeln vermag, »Sie vergessen, teuerster Oheim, daß mein Großvater, der die merkwürdigsten Reisen unternahm, eine Frau von der Insel Zypern mitbrachte, die von ganz ausnehmender Schönheit gewesen sein soll, und deren Bildnis noch auf unserm Stammschlosse befindlich.«

»Nun ja«, erwiderte der Oheim, »man mag es wohl meinem Vater verzeihen, daß er als ein junger rascher, feuriger Mann sich in ein schönes griechisches Mädchen verliebte und die Torheit beging, sie, unerachtet sie nur gemeinen Standes und, wie mir oft erzählt worden, Blumen und Früchte feilhielt, zu heiraten. Doch sie starb sehr bald kinderlos.« –

»Nein, nein«, rief Theodor heftig, »eine Prinzessin war dies Blumenmädchen und meine Mutter die Frucht der glücklichsten Ehe, die, ach!
nur zu kurz dauerte.«

Der Oheim prallte erschrocken zwei Schritte zurück. »Theodor«, be-
gann er dann, »Theodor! sprichst du im Traum, im Fieber, im Wahnsinn?
– Beinahe zwei Jahr war die Griechin tot, als dein Großvater meine
Mutter heiratete, vier Jahre war ich alt, als meine Schwester geboren
wurde. Wie um tausend Himmels willen kann denn deine Mutter die
Tochter jener Griechin sein?«

»Gestehen«, fuhr Theodor ganz ruhig und gelassen fort, »gestehen will
ich, daß, betrachtet man die Sache aus dem gewöhnlichen Gesichtspunkt,
die höchste Unwahrscheinlichkeit gegen meine Behauptung spricht. Aber
das schöne unerforschliche Geheimnis, die sublime Mystik des Lebens
tritt uns ja überall in den Weg, und das Unwahrscheinlichste ist oft das
eigentlich Wahre. Sie glauben, bester Oheim, daß Sie vier Jahre alt waren,
als meine Mutter geboren wurde, aber kann das nicht auf seltsamer
Täuschung beruhen? – Doch ohne mich weiter auf die mysteriösen
Kombinationen einzulassen, die unser Leben oft hineinziehen in ein
Zauberreich, setze ich Ihnen, bester Oheim, ein Zeugnis entgegen, das
alles, was Sie gegen mich aufbringen können, mit einem Schlage vernichtet! – Das Zeugnis meiner Mutter! – Sie staunen? – Sie blicken mich an,
Zweifel im Auge? – Vernehmen Sie dann! – Meine Mutter, so erzählte
sie mir, mochte ungefähr sieben Jahre alt sein, als sie sich, da schon die
Abenddämmerung eingebrochen, in dem Saale befand, wo das lebensgroße Bild der Griechin hing, zu dem sie sich mit unsichtbarer Gewalt
hingezogen fühlte. Als sie es aber innig liebend betrachtete, belebten sich
die schönen Züge des hohen Antlitzes immer mehr und mehr, bis endlich
die herrliche fürstliche Frau, die teuerste der Großmütter, aus dem Bilde
heraustrat und meine Mutter als ihr einziges liebes Kind begrüßte. Seit
dieser Zeit wurde meine Mutter von dem teuern Bilde gehegt und gepflegt
auf das zärtlichste, ja, das Bild besorgte ihre ganze höhere Erziehung.
Unter andern unterrichtete das Bild meine Mutter auch in der neugriechischen Sprache, und meine Mutter mochte, da sie noch Kind, keine
andere reden. Da aber aus sonderbaren nichtigen Gründen die Mutter-
schaft des Bildes ein Geheimnis bleiben sollte, geschah es, daß alle Leute
das Neugriechische, das meine Mutter sprach, für Französisch, ja selbst
das Bild, erschien es manchmal plötzlich beim Kaffee, für eine französische Gouvernante halten mußten. Als meine Mutter heiratete, zog sich

das Bild zurück in den Rahmen und verließ ihn nicht wieder, bis meine Mutter sich befand in guter Hoffnung. Da entdeckte das teure hohe Bild meiner Mutter die fürstliche Abkunft, und daß der Sohn, von dem sie genesen würde, bestimmt sei, im schönen Griechenland Rechte geltend zu machen, die verloren geschienen. Eine anmutige Gunst des Schicksals oder, nach gemeinem Sprachgebrauch, der Zufall werde ihn dort hinleiten.

Dann ermahnte das Bild meine Mutter, bei meiner Geburt ja keins der heiligen Mittel, wie sie im Vaterlande gebräuchlich, zu verabsäumen, um mich für jeden Schaden zu bewahren. Daher wurde ich, sowie ich geboren, von Kopf bis zu den Füßen mit Salz überschüttet, daher lag auf beiden Seiten meiner Wiege ein Stück Brot und ein hölzerner Stößel, daher wurde in dem Zimmer, wo ich mich befand, eine gute Partie Knoblauch aufgehängt, daher trug ich ein kleines Säckchen um den Hals, worin drei Stückchen Kohle und drei Salzkörner befindlich. – Sie wissen, bester Oheim, aus dem Sonnini, daß diese vortrefflichen Gebräuche auf den Inseln im Archipelagus stattfinden. – O, es war ein hehrer heiliger Moment, als meine Mutter mir das alles entdeckte. – Zum erstenmal in ihrem Leben war sie über mich in lebhaften Zorn geraten. – Es hatte sich nämlich eine Wiesel in unser Zimmer eingefunden, die ich zu verfolgen im Begriff stand, als meine Mutter hinzukam und mich auf das heftigste ausschalt. Dann lockte sie das Tierchen, das sich unter den Schrank geflüchtet hatte, hervor und sprach zu ihm also: ›Beste Dame, sein Sie uns auf das schönste willkommen! – Niemand soll Ihnen Leid zufügen, Sie sind hier zu Hause, alles steht zu Ihren Diensten!‹ – Meiner Mutter Worte kamen mir so spaßhaft vor, daß ich überlaut lachte, das Tier entfloh, aber in demselben Augenblick gab mir die Mutter eine tüchtige Ohrfeige, daß mir der Kopf summte. Ich erhob ein Gebrüll, dessen ich mich noch schäme, doch die gute Mutter wurde davon tief gerührt, schloß mich unter tausend Tränen in ihre Arme und entdeckte mir, daß sie neugriechischer Abkunft sei, rücksichts der Wiesel also nicht anders handeln könne. Dann erfuhr ich die Geschichte vom Bilde. – Sie sind, bester Oheim, gewiß ebensosehr überzeugt als ich, daß das Auffinden der blauen Brieftasche eben der günstige anmutige Zufall ist, den das Bild, die teure Großmutter, geweissagt. Nicht wie ein unbesonnener phantastischer Jüngling, sondern als ein Mann von Mut und Konsequenz handle ich daher, wenn ich mich stracks in den Wagen setze und in einem Strich fortreise bis nach Patras zum Herrn Andreas Condoguri, der mich, als ein artiger Mann, gewiß weiter bescheiden wird. Da sehen Sie gewiß ein, bester Oheim, und trauen mir auch zu, daß ich das hohe, das höchste Glück meines Lebens zu erringen imstande sein werde.«

Der Oheim hatte den Neffen ruhig angehört, jetzt brach er los: »Gott tröste dich, Theodor, aber du bist ein großer Narr. – Deine Mutter, sanft ruhe ihre Asche! war ein wenig phantastisch, und dein Vater hat es mir oft geklagt, daß sie mit dir, als du geboren, allerlei Seltsames vornehmen lassen, das ist wahr. Aber was du da vorbringst von griechischen Prinzessinnen, lebendigen Bildern, eingesalzenen Kindern und Wieseln, das hast du, nimm mir's nicht übel, ausgebrütet in deinem Gehirn, dem wahren orbis pictus aller Tollheiten und Narrereien! – Nun! – ich will dir und deinem konsequenten Beginnen gar nicht in den Weg treten, fahre ab nach Patras und grüße den Herrn Condoguri. Vielleicht ist dir die Reise recht gesund, vielleicht kommst du, schlagen dich nicht etwa die Türken tot, vernünftig wieder? Vergiß nicht, wenn du auf die Insel kommst, wo der gute Niesewurz wächst, davon tüchtigen und fleißigen Gebrauch zu machen. – Glückliche Reise!« –

Damit verließ der prosaische Oheim den exaltierten Neffen.

Als nun der Tag der Abreise sich immer mehr nahte, überfiel den Baron doch ein gewisses Bangen, da jeder von den Gefahren sprach, in die er bei dieser Reise wohl geraten könne.

In einem Anfall von Schwermut, der Folge seines Bangens, setzte er seinen letzten Willen auf, in dem er seine sämtlichen geschriebenen und gedruckten Gedichte der Besitzerin der blauen Brieftasche, seine neugriechischen Kleider aber der Theatergarderobe vermachte. Dann beschloß er außer seinem Jäger und einem jungen Italiener, der einige neugriechische Wörter aufgeschnappt und der ihm zum Dolmetscher dienen sollte, noch einen tüchtigen Märker mit einem Rücken von ungefähr fünftehalb Fuß im Durchmesser mitzunehmen, weshalb der Kutschenbock beträchtlich erweitert werden mußte.

Drei Tage brachte der Baron hin, die nötigen Abschiedsbesuche zu machen. – Eine Reise nach dem romantischen Griechenland – ein geheimnisvolles Abenteuer – ein Abschied auf vielleicht nie Wiedersehen – war das nicht genug, die zartesten Fräuleins in Ekstase zu setzen? – stahlen sich nicht Seufzer aus der Brust der Schönsten, wenn der Baron die schönen Bildchen der holden Insulanerinnen hervorzog, die er bei Gaspare Weiß gekauft, um interessanter von dem Griechenland sprechen zu können, das er nun schauen würde? – Konnte eine einzige das »Adieu, mon cher Baron!« herausbringen ohne merkliches Schluchzen? – Schüttelten die ernsthaftesten, sowie die leichtsinnigsten Männer dem Baron nicht wehmütig die Hand und sprachen: »Möge ich Sie gesund, froh und glücklich wiedersehen, bester Baron! – Sie machen eine schöne Reise!«

Überall fiel der Abschied rührend und herzerhebend aus. – Viele zweifelten in der Tat, den jungen Abenteurer jemals wiederzusehen, und Trübsinn verbreitete sich in den Zirkeln, deren Zierde er gewesen. – Der Wagen stand hochbepackt vor der Türe. Der Baron, unter dem Reisemantel neugriechisch gekleidet, setzte sich ein, der Jäger und der breite Märker mit Büchsen, Pistolen und Säbeln bewaffnet, bestiegen den Bock, der Postillon stieß lustig ins Horn, und fort ging's im vollen Trabe durch das Leipziger Tor nach Patras!

In Zehlendorf steckte der Baron den Kopf zum Fenster heraus und rief in barschem Ton, man solle nicht lange trödeln beim Umspannen, er sei in größter Eil'. Da fiel ihm der junge Professor ins Auge, den er erst vor wenigen Tagen kennen gelernt und der den größten Enthusiasmus für die Reise nach Griechenland bewiesen.

Der Professor kam eben von Potsdam zurück; sowie er den Baron gewahrte, sprang er an den Wagen und rief: »Glückseligster aller Barone, ich merk' es, fort geht's nach Griechenland, aber gönnen Sie mir einige Augenblicke, um Ihnen noch einige wichtige Notizen, wie ich sie aus der Bartholdyschen Reise entnommen, aufzuschreiben zu weiterer Nachforschung. Auch füge ich noch manches hinzu zu gütiger Erinnerung, z.B. wegen der türkischen Pantoffeln.« – »Den Bartholdy«, fiel der Baron dem Professor in die Rede, »habe ich selber im Wagen, und was die versprochenen Pantoffeln betrifft, so erhalten Sie die schönsten, die es gibt, und sollte ich sie diesem oder jenem Pascha von den Füßen ziehen. Denn, o Professor, Sie haben mich bestärkt in meinem Glauben, in meiner Überzeugung, und fleißig werd' ich auf klassischem Boden in den Taschen-Homer gucken, der mir ein teures wertes Geschenk ist. Zwar verstehe ich kein Griechisch, aber das findet sich, denk' ich, von selbst, wenn ich erst im Lande bin. – Man sagt ja so im Sprichwort: das gibt sich wie das Griechische. – Doch schreiben Sie, Bester, schreiben Sie, denn noch läßt sich kein Pferdekopf blicken.«

Der Professor zog eine Schreibtafel hervor und begann die Notizen, wie sie ihm eben zu Sinn kamen, aufzuschreiben. Währenddessen öffnete der Baron die Mappe, um nachzusehen, ob auch seine Briefschaften in gehöriger Ordnung. Da fiel ihm jenes Haude- und Spenersche Zeitungsblatt in die Hände, das er auf dem Kasino fand und das der Anlaß seines ganzen Beginnens, seiner weiten gefahrvollen Reise.

»Verhängnisvolles Blatt«, sprach er mit Pathos, »verhängnisvolles, jedoch teures liebes Blatt, du erschlossest mir das schönste Geheimnis meines Lebens! – Dir danke ich all mein Hoffen – Sehnen, mein ganzes Glück! – Anspruchslos – grau – löschpapieren – ja, ein wenig schmutzig, wie du dich gestaltest, trägst du doch den Edelstein in dir, der mich so reich machte! – O Blatt, wie bist du doch ein Schatz, den ich ewig bewahren werde, o Blatt der Blätter!« –

»Welches Blatt«, unterbrach der Professor den Baron, indem er ihm die fertigen Notizen hinreichte, »welches Blatt setzt Sie in solche Ekstase, bester Baron?«

Der Baron erwiderte, daß es jenes verhängnisvolle Haude- und Spenersche Zeitungsblatt sei, in dem die Aufforderung an den Finder der blauen Brieftasche stehe, und reichte es dem Professor hin. Der Professor nahm es, warf einen Blick darauf – fuhr zurück, wie plötzlich erstaunend – sah schärfer hinein, als wenn er seinen Augen nicht trauen wollte – rief dann mit starker Stimme: »Baron! – Baron! – bester Baron! – Sie wollen nach Griechenland? nach Patras – zum Herrn Condoguri? – O Baron! – bester Baron!« –

Der Baron sah hinein in das Blatt, das der Professor ihm dicht vor die Augen hielt, und sank dann wie vernichtet zurück in den Wagen.

In dem Augenblick kamen die Pferde, der Wagenmeister trat höflich an den Schlag und entschuldigte, daß die Pferde etwas länger ausgeblieben als recht, doch solle nun der Herr Baron in längstens anderthalb Stündchen in Potsdam sein.

Da schrie der Baron mit entsetzlicher Stimme: »Fort! – zurück nach Berlin – zurück nach Berlin!« – Der Jäger und der Märker sahen sich erschrocken um, der Postillon sperrte das Maul auf. Aber immer heftiger schrie der Baron: »Nach Berlin – hast du Ohren, Schurke! – einen Dukaten Trinkgeld, Bestie, einen Dukaten – aber fahre – fahre wie der Sturmwind – galoppiere, Kanaille – galoppiere, Unglückskind – einen Dukaten bekömmst du.« –

Der Postillon lenkte um und jagte im brausenden Galopp fort nach Berlin! –

Der Baron hatte nämlich, als ihm das Haude- und Spenersche Zeitungsblatt in die Hände fiel, eine Kleinigkeit übersehen, d.h. die Jahrszahl. – Ein Stück der vorjährigen Zeitung, ein Makulaturblatt, worin vielleicht etwas eingeschlagen, oder das sonst ein Zufall auf einen Tisch ins Kasino gebracht, hatte er gelesen, und so war eben heute, am vierundzwanzigsten Julius, als der Baron nach Patras abreisen wollte, das Jahr verflossen, das in jener Aufforderung zur Frist bestimmt, nach Griechenland zu reisen oder bei der Madame Obermann in der »Sonne« sich einzufinden und die Entwickelung des Abenteuers abzuwarten.

Was konnte der Baron nun wohl anders tun, als so schnell als möglich nach Berlin zurück- und einkehren in der »Sonne«, welches er denn auch wirklich tat.

Traum und Wahrheit

»Welch ein Verhängnis«, sprach der Baron, als er sich in der »Sonne«, und zwar in Nr. 14, auf dem Sofa lang ausstreckte, »welch ein geheimnisvolles Verhängnis treibt sein Spiel mit mir? – War das Patras, wo ich mich befand? – War das Herr Andreas Condoguri, der mir den weitern Weg wies? – Nein! – Zehlendorf war das Ziel meiner Reise – es war der Wagenmeister, der mich hieher wies, und auch der Professor konnte nur der tote Hebel sein, der unbekannte Kräfte in Bewegung setzte!« –

Der Jäger trat hinein und berichtete, daß selbigen Tages durchaus weiter keine fremde Herrschaft eingetroffen sei. Das schlug den Baron, dem die Entwickelung des Abenteuers, der Aufgang des Geheimnisses die Brust spannte, nicht wenig nieder. Er bedachte indessen, daß der Tag ja bis nach Mitternacht fortdauere und man erst, nachdem es zwölf geschlagen, mit gutem Gewissen schreiben könne: am fünfundzwanzigsten Julius, ja, daß strenge Leute dies erst nach dem Schlage eins täten, und dies gab ihm Trost.

Er beschloß, mit erzwungener Ruhe auf dem Zimmer bleibend, abzuwarten, was sich ereignen werde, und sah es, unerachtet er an nichts denken wollte als an das schöne Geheimnis, an das holde Zauberbild, das ja sein ganzes Innres erfüllen mußte, doch nicht ungern, als auf den Punkt zehn Uhr der Kellner erschien und einen kleinen Tisch deckte, auf dem bald ein feines Ragout dampfte. Der Baron fand es nötig und seiner innern Stimmung gemäß, ätherisches Getränk zu genießen, und befahl Champagner. – Als er den letzten Bissen eines gebratenen Huhns verzehrt, rief er aus: »Was ist irdisches Bedürfnis, wenn der Geist das Göttliche ahnet!« –

Damit setzte er sich, Beine untergeschlagen, auf das Sofa, nahm die Chitarre zur Hand und begann neugriechische Romanzen zu singen, deren Worte er mit Mühe aussprechen gelernt, und die nach den selbst komponierten Melodien abscheulich genug klangen, um für etwas sehr Absonderliches und Charakteristisches zu gelten, und weshalb er sie auch den Fräuleins A. bis Z. niemals vorgesungen, ohne das tiefste Erstaunen, ja einiges angenehme Entsetzen zu erregen. – Der Begeisterung halber ließ der Baron, nachdem er eine Flasche Champagner geleert, noch eine zweite kommen. Plötzlich war es dem Baron, als machten sich die Akkorde, die er anschlug, ganz los von dem Instrument und schwämmen, voller und herrlicher tönend, frei in den Lüften. Dazu sang eine Stimme in seltsamen unbekannten Weisen, und der Baron vermeinte, sein Geist sei es, der entfesselt sich erhebe im himmlischen Melos. Bald wurde ein geheimnisvolles Flüstern vernehmbar. – Es rauschte an der Türe, sie sprang auf, hinein trat eine hohe herrliche Frauengestalt, in dichte Schleier gehüllt. – »Sie ist es – sie ist es«, rief der Baron im Übermaß des Entzückens, stürzte nieder auf die Knie und reichte der Gestalt die blaue Brieftasche dar. Da schlug die Frau die dichten Schleier zurück, und, durchbebt von aller Lust des Himmels, konnte Theodor kaum den Glanz überirdischer Schönheit ertragen! Die holde Jungfrau nahm die Brieftasche und musterte sorglich den Inhalt. Dann beugte sie sich herab zu Theodor, der noch immer anbetend auf den Knieen lag, hob ihn auf und sprach mit dem süßesten Wohllaut: »Ja, du bist es, du bist mein Theodor! – ich habe dich gefunden!« – »Ja, er ist es, Signor Theodoro, den du fandest!« – So sprach eine tiefe Stimme, und der Baron merkte nun erst eine kleine, sehr seltsame Gestalt, die hinter der Jungfrau stand, in einen roten Talar gehüllt und eine feurig glänzende Krone auf dem Haupte. – Des Kleinen Worte wurden, sowie sie ausgesprochen, zu Bleikugeln, die an Theodors Gehirn anprallten, und so konnt' es nicht fehlen, daß dieser etwas erschrocken zurückwich.

»Erschrick nicht«, sprach die Jungfrau, »erschrick nicht, Hochgeborner! der Kleine dort ist mein Oheim, der König von Candia, er tut niemanden etwas zuleide. Hörst du denn nicht, Bester, daß die Steinamsel singt, und kann denn Böses geschehen?«

Erst jetzt war es dem Baron möglich, Worte herauszupressen aus der beengten Brust. »So ist es denn wahr«, sprach er, »was mir Träume, was mir süße Ahnungen sagten? – so bist du denn mein, du der Frauen herrlichste und hehrste? – doch erschließe mir das herrliche Geheimnis deines – meines Lebens!«

»Nur«, erwiderte die Jungfrau, »nur dem Geweihten erschließt sich mein Geheimnis, nur der heilige Schwur gibt die Weihe! – Schwöre, daß du mich liebst!«

Von neuem stürzte der Baron nieder auf die Knie und sprach: »Ich schwöre bei dem heiligen Mond, der herabschimmert auf Paphos' Fluren!« – »O schwöre«, fiel die Jungfrau ihm mit Julias Worten in die Rede, »o schwöre nicht beim Mond, dem Wandelbaren, der immerfort die Scheibe wechselt, damit nicht wandelbar dein Lieben sei! – Doch du gedachtest, süßer Romeo, der heiligen Stätte, wo die schauerliche Stimme des Orakels forttönt aus alter grauer Zeit und der Menschen düsteres verschleiertes Schicksal enthüllt! – Der Ober-Konsistorialrat wird uns den Eintritt in den Tempel nicht verwehren! – Eine andere Weihe soll dich fähig machen, mit mir hinzueilen und den König von Candia abzufertigen mit schnöder Rede, sollt' es ihm einfallen, grob gegen dich zu sein, wie es ihm manchmal zu Sinne kommt.« Zum zweitenmal richtete die Jungfrau den Baron in die Höhe, nahm aus der blauen Brieftasche das Messerchen, entblößte dem Baron den linken Arm und öffnete ihm, ehe er sich's versah, eine Ader. Das Blut spritzte empor, und der Baron fühlte den Schwindel der Ohnmacht. – Doch alsbald schlang die Jungfrau das magische Band um den Arm des Barons und zugleich um den ihrigen. Da stieg ein bläulicher Duft aus der Brieftasche, verbreitete sich im Zimmer, stieg durch die Decke, welche verschwand. Die Mauern schoben sich fort, der Fußboden versank, der Baron schwebte, von der Jungfrau umschlungen, im weiten lichten Himmelsraume. »Halt«, kreischte der König von Candia, indem er den Baron beim Arm festpackte, »halt, das leid' ich nicht, ich muß auch dabeisein!« Doch der Baron fuhr ihn an, sich mit Gewalt losmachend: »Sie sind ein naseweiser Patron und kein König, denn ich müßte weniger Statistiker sein, als ich es wirklich bin, um nicht zu wissen, daß es gar keinen König von Candia gibt. Sie stehen ja in keinem Staatskalender und könnten, wär' es der Fall, höchstens als Druckfehler passieren! – Fort, sag' ich, scheren Sie sich fort hier aus der Luft!« – Der Kleine fing an, auf sehr unangenehme Weise zu grunzen, da berührte die Jungfrau sein Haupt, er kroch zusammen und schlüpfte in die Brieftasche, die die Jungfrau an einer goldenen Kette um den Hals gehängt, wie ein Amulett. –

»O Baron«, sprach die Jungfrau, »du hast Mut, und nicht fremd blieb dir die göttliche Grobheit! – doch sieh, schon naht sich das Geschwader aus Paphos!« –

Der Blumenthron aus Armida ließ sich herab aus der Höhe, von hundert Genien umgeben. Der Baron stieg hinein mit der Jungfrau, und nun ging's fort sausend und brausend durch die Lüfte. »O Gott«, rief der Baron, als er immer schwindlichter und schwindlichter wurde, »o Gott, hätte ich doch nur nach dem anmutigen Beispiel geschätzter gräflichen Freunde eine einzige Luftfahrt mit Herrn oder Madame Reichardt gemacht, so wär' ich ein Baron von Erfahrung und verstände mich auf solche Luftsegelei – aber nun – Was hilft es mir, daß ich auf Rosen sitze neben dem himmlischen Zauberbilde, bei dem verfluchten Schwindel, der mir das Innerste umdreht.«

In dem Augenblick schlüpfte der König von Candia aus der Brieftasche und hing sich, indem er wieder schrecklich pfiff und grunzte, an die Füße des Barons, so daß dieser, vom Throne herabrutschend und nur mit Mühe immer wieder hinaufrutschend, sich kaum oben erhalten konnte. Immer schwerer und schwerer wurde der fatale candiasche König, bis er den armen Baron ganz hinabzog. – Die Rosenkette, an der er sich festhalten wollte, zerriß, er stürzte mit einem Schrei des Entsetzens hinunter und – erwachte! – Die Morgensonne schien hell ins Zimmer! – Der Baron konnte kaum zu sich selbst kommen, er rieb sich die Augen, er fühlte einen lebhaften Schmerz in den Beinen und im Rücken. – »Wo bin ich!« rief er, »welche Töne!« – Das Pfeifen, Brummen und Grunzen des Königs von Candia dauerte fort. Endlich raffte sich der Baron auf vom Fußboden, wo er neben dem Sofa gelegen, und entdeckte bald die Ursache des seltsamen Tönens. Im Lehnstuhl lag nämlich der Italiener und schnarchte fürchterlich. Die Chitarre, die neben ihm auf der Erde lag, schien seinen Händen entsunken. – »Luigi – Luigi, erwachen Sie!« rief der Baron, indem er den Italiener rüttelte. Der konnte sich aber schwer von völliger Schlaftrunkenheit erholen. Endlich erzählte er auf dringendes Befragen, daß der Herr Baron – mit gütiger Erlaubnis – gestern abend, vermutlich wegen großer Müdigkeit von der Reise, nicht recht bei Stimme gewesen und, wie es manchmal dem besten Sänger geschehe, wirklich etwas gräßliche Töne von sich gegeben hätte. Dadurch wäre er veranlaßt worden, dem Herrn Baron leise – leise die Chitarre aus der Hand zu nehmen und Ihnen hübsche italienische Kanzonetten vorzusingen, worüber der Herr Baron in der etwas unbequemen orientalischen Stellung mit untergeschlagenen Beinen fest eingeschlafen. Er – sonst eben kein Liebhaber vom Wein, habe sich die Erlaubnis genommen, den kleinen Rest des Champagners auszutrinken, den der Herr Baron übriggelassen, und sei dann ebenfalls in tiefen Schlaf gesunken. In der Nacht sei es ihm gewesen, als höre er dumpfe Stimmen, ja als würde er gerüttelt mit Gewalt. Zwar sei er halb und halb erwacht, und es habe ihm geschienen, als erblicke er fremde Personen im Zimmer und höre ein Frauenzimmer Griechisch sprechen, aber, wie verhext, habe er die Augen nicht offen behalten können und sei ganz betäubt wieder eingeschlafen, bis der Herr Baron ihn jetzt erst aufgeweckt.

»Was ist das«, rief der Baron, »war es Traum, war es Wahrheit? – Befand ich mich wirklich mit ihr, mit dem Leben meiner Seele auf der Reise nach Paphos und riß mich eine dämonische Gewalt herab? – Ha! – soll ich untergehen in diesen Geheimnissen? Hat mich eine grausame Sphinx erfaßt und will mich hinunterschleudern in den bodenlosen Abgrund? – Bin ich –«

Der Jäger, der mit dem Portier des Hauses eintrat, unterbrach den Monolog des Barons. Beide erzählten ein seltsames Ereignis, das sich in der Nacht begeben.

Auf den Schlag zwölf Uhr (so sagten sie) sei ein schöner, schwerbepackter Reisewagen vorgefahren und eine große verschleierte Dame ausgestiegen, die in gebrochenem Deutsch sich sehr eifrig erkundigt, ob nicht den Tag ein fremder Herr angekommen. Er, der Portier, der damals noch nicht den Namen des Herrn Barons gewußt, habe nichts anders sagen können, als daß allerdings ein junger hübscher Herr eingekehrt sei, den er seiner Kleidung nach für einen reisenden Armenier oder Griechen von Stande halten müsse. Da habe die Dame sehr vergnügt getan, ja wie außer sich mehrmals hintereinander gerufen: »Eccolo – eccolo – eccolo!« – welches nach dem bißchen Italienisch, das er verstehe, so viel hieße, als: »Da ist er – da ist er!« – Die Dame habe dringend verlangt, sogleich in das Zimmer des Herrn Barons geführt zu werden, und behauptet, daß der eingekehrte Herr ihr Gemahl sei, den sie schon seit einem Jahre suche. Eben deshalb habe er aber großes Bedenken getragen, ihrem Verlangen nachzugeben, da man doch nicht wissen könne – Genug, er habe den Jäger geweckt, und erst als dieser den Herrn Baron namentlich genannt und auf sein heiliges Wort versichert, daß Hochdieselben unverheiratet, wären sie getrost hinaufgestiegen nach dem Zimmer des Herrn Barons, das sie unverriegelt gefunden. Der Dame auf dem

Fuße sei etwas gefolgt, woraus sie nicht recht klug werden können, da es aber aufrecht auf zwei Beinen gegangen, so habe es ihnen beinahe scheinen wollen, als sei es ein kleiner kurioser Mann. Die Dame sei auf den Herrn Baron, der, auf dem Sofa sitzend, fest eingeschlafen, zugeschritten, habe sich über ihn hingebeugt, ihm ins Gesicht geleuchtet, dann sei sie aber wie im jähen Schreck zurückgefahren und habe mit einem Ton, der ihnen recht ins Herz geschnitten, mehrere unverständliche Worte gesprochen, wozu das, was ihr nachgefolgt, recht hämisch gelacht. Nun habe sie den Schleier zurückgeworfen, ihn, den Portier, mit zornfunkelnden Augen angeblickt und etwas gesagt, was dem Herrn Baron wiederzusagen ihm die Ehrfurcht verbiete.

»Heraus damit«, sprach der Baron, »ich will, ich muß alles wissen!«

Wenn der Herr Baron, erzählte der Portier weiter, es nicht ungnädig aufnehmen wollten, so habe ihn die fremde Dame mit den Worten angefahren: »Unglücksvogel, es ist nicht mein Gemahl, es ist der schwarze Hasenfuß aus dem Tiergarten!« – Herrn Luigi, der sehr geschnarcht, hätten sie indessen aus dem Schlafe aufrütteln wollen, um mit der Dame zu reden, er sei aber durchaus nicht zu erwecken gewesen. – Die Dame habe nun fort wollen, in dem Augenblick aber eine kleine blaue Brieftasche gewahrt, die auf dem Tische gelegen. Diese Brieftasche habe die Dame mit Heftigkeit ergriffen, sie dem Herrn Baron in die Hand gegeben und sei hingekniet neben dem Sofa. Sehr seltsam sei es nun anzusehen gewesen, wie der Herr Baron im Schlafe gelächelt und die Brieftasche der Dame dargereicht, die sie schnell in den Busen gesteckt. – Nun habe die Dame das Ding, was ihr gefolgt, auf den Arm genommen, sei mit unglaublicher Schnelligkeit die Treppe hinab in den Wagen geeilt und davongefahren. – Der Portier setzte insbesondere hinzu, daß die Dame ihn zwar dadurch tief gekränkt, daß sie ihn, der seit dreißig Jahren sein Bandelier und seinen Degen mit Ruhm und Ehre getragen, einen Vogel geheißen, indessen wolle er gern noch viel mehr als das ertragen, wenn es ihm vergönnt sein könne, die Dame nur noch ein einziges Mal zu schauen, denn eine ausnehmendere Schönheit habe er in seinem ganzen Leben nicht geschaut. –

Dem Baron zerriß die ganze Erzählung das Herz. Es war gar nicht daran zu zweifeln, daß die fremde Dame die Griechin, die Besitzerin der blauen Brieftasche, daß der kleine unförmliche Mann der Magus gewesen, von dem in dem Blättlein der Unbekannten die Rede. – Und den wichtigsten Moment seines Lebens hatte er verschlafen!– Das bitterste Gefühl erweckte ihm aber der schwarze Hasenfuß aus dem Tiergarten, den er nicht wohl auf jemanden anders als auf sich selbst beziehen konnte, und der alles Günstige und Glückliche, das er aus dem Blättlein rücksichts seines Ichs herausbuchstabiert, zu vernichten schien. Nächstdem war ihm die Art, wie er um das teure Besitztum der Brieftasche nebst ihrem geheimnisvollen Inhalt gekommen, nur zu empfindlich.

»Unglücklicher«, fuhr er den Jäger an, »Unglücklicher, sie war es, sie war es selbst, und du wecktest mich nicht – sie! – mein Abgott! mein Leben! – sie, der ich nachreisen wollte nach dem fernen Griechenland!« – Der Jäger erwiderte mit pfiffiger Miene, daß, wenn sie, die Dame, auch die rechte gewesen, es ihm doch geschienen, als sei der Herr Baron nicht der rechte gewesen, und da habe es des Aufweckens wohl nicht erst bedurft! –

Gar peinlich war es für den Baron, täglich, ja stündlich mit kaum unterdrücktem Lachen gefragt zu werden, wie er so schnell habe aus Griechenland zurückkehren können. – Er schützte, da er, rückte er mit der Wahrheit heraus, sich offenbar noch größerem Gelächter preisgegeben, Krankheit vor und wurde aus Ärger und Sehnsucht wirklich so krank, daß sein Arzt nur in dem Gebrauch des stärksten, oft fürchterlich wirkenden Mineralbades, dessen Kraft die stärksten Naturen niederwirft, Rettung für sein Leben fand. – Er mußte nach Freienwalde reisen! –

Der Zauber der Musik

Eigentlich wollte der Baron von Freienwalde sogleich nach Mecklenburg gehen zu seinem alten Oheim, indessen fühlte er doch, als das Mineralwasser seine Wirkung getan, eine unüberwindliche Sehnsucht nach der Residenz und langte in den letzten Tagen des Septembers glücklich wieder in Berlin an. – Da er nun wirklich eine Reise gemacht, zwar nicht nach Patras, aber doch nach Freienwalde, so konnte er schon mit mehrerer Festigkeit auftreten und den hämischen Lachern dreist ins Gesicht blicken. Kam noch hinzu, daß er von der Reise nach Griechenland, die er hatte unternehmen wollen, allerliebst und sogar tiefsinnig und gelehrt zu sprechen wußte, so konnt' es gar nicht fehlen, daß er, seine ganze Liebenswürdigkeit wieder gewinnend, jeden Spott niederschlug und der Abgott mehrerer Fräuleins wurde, wie er es sonst gewesen. –

Eines Tages, als schon die Sonne zu sinken begann, war er im Begriff hinauszugehen in den Tiergarten, als auf dem Pariser Platz, dicht vor dem Brandenburger Tor ihm ein Paar ins Auge fiel, das ihn festwurzelte an den Boden. – Ein sehr kleiner verwachsener, krummbeinichter alter Mann, auf groteske Weise altmodisch gekleidet, mit einem großen Blumenstrauß vor der Brust, ein sehr hohes spanisches Rohr in der Hand, führte eine fremdartig gekleidete verschleierte Dame von edlem Wuchs und majestätischer Haltung. Das Seltsamste war wohl gewiß der Haarzopf des Alten, der unter dem kleinen Hut sich hervorschlängelte bis auf die Erde. Zwei muntre Gassenbüblein von der angenehmen Rasse, die im Tiergarten Glimmstengel avec du feu auszubieten pflegt, mühten sich, dem Alten auf den Zopf zu treten, das war aber unmöglich, denn in aalartigen Krümmungen und Windungen entschlüpfte er ihren Fußtritten. Der Alte schien nichts davon zu bemerken. – Gut ist es, daß Herr Wolff gerade vorüberging, ebenfalls so wie der Baron von S. das wunderliche Paar scharf ins Auge faßte und dadurch in den Stand gesetzt wurde, den kleinen Alten und seine Dame mit der vollendeten Porträtähnlichkeit zu zeichnen. Der geneigte Leser darf nur beistehendes Blättlein anzuschauen belieben, und jede weitere Schilderung wird ganz überflüssig. – Das Herz bebte dem Baron, geheimnisvolle Ahnungen stiegen in ihm auf, aber niedersinken hätte er mögen in den schnöden Staub des Pariser Platzes, als die Dame sich nach ihm umschaute, als ihn wie ein Blitz, der durch finstre Wolken zuckt, durch den dichten Schleier der zündende Blick der schönsten schwarzen Augen traf. –

Endlich faßte sich der Baron und begriff schnell, daß der Mutwille der Gassenbuben ihm sogleich die Bekanntschaft des Alten und der Dame verschaffen könne. Mit vielem Geräusch verjagte er die Jungen, näherte sich dann dem Alten und sprach, den Hut höflich abziehend: »Mein Herr, Sie bemerken nicht, daß kleine Bestien von Straßenbuben es darauf angelegt haben, Ihren schönen Haarzopf zu ruinieren durch Fußtritte.«

Der Alte sah dem Baron, ohne im mindesten seine Höflichkeit zu erwidern, starr ins Gesicht und schlug dann eine schallende Lache auf, worin die Gassenbuben nebst dem Sukkurs, den sie vom Brandenburger Tor herbeigeholt, einstimmten, so daß der Baron ganz beschämt dastand und nicht recht wußte, was er nun beginnen sollte.

Indessen schritt das Abenteuer langsam fort durch die Linden, der Baron warf einige Münzen unter die Eleven der Pflanzschule für Spandau und folgte dann dem Paar, das zu seiner großen Freude einkehrte in den Konditorladen bei Fuchs.

Als der Baron eintrat, hatte der Alte mit der Dame schon Platz genommen in dem heimlichen, mit Weinlaub dekorierten Spiegelkabinett. Der Baron setzte sich in das anstoßende Zimmer, und zwar so, daß er das Paar in den Spiegeln genau erblicken konnte.

Der Alte sah sehr mürrisch vor sich nieder, die Dame sprach ihm heftig, jedoch so leise ins Ohr, daß der Baron kein einziges Wort vernehmen konnte. Jetzt kam, was sie bestellt, Eis, Kuchen, Likör. Die Dame faßte den Alten ans Hinterhaupt, und der Baron gewahrte zu seinem nicht geringen Erstaunen, daß sie den Haarzopf abschraubte, den sie dann öffnete wie ein Etui, und Serviette, Messer, Löffel herausnahm. Die 311 Serviette band sie dem Alten um den Hals, wie man es bei Kindern zu tun pflegte, damit sie sich nicht beschmutzen. Der Alte blickte, plötzlich heiter geworden, mit seinen kohlschwarzen Augen die Dame sehr freundlich an und aß mit widrigem Appetit Eis und Kuchen. Jetzt schlug endlich die Dame den Schleier zurück, und in der Tat, man durfte weniger reizbar sein als der Baron, um doch wie dieser ganz hingerissen zu werden von der ausnehmenden Schönheit der Fremden. Mancher hätte vielleicht, nachdem er den ersten Turandotsblick ertragen, behauptet, es fehle dem Gesicht, der ganzen Gestaltung der Fremden jene Anmut, die, alle strenge Regel der Form verspottend, unwiderstehlich siegt, und ein andrer vielleicht vorgeben können, daß der seltsame Isisschnitt der Augen und der Stirn ihm etwas unheimlich bedünken wolle – Genug! – die Fremde mußte jedem für eine gar wunderbare Erscheinung gelten! – Der Baron quälte sich damit, wie er es anfangen solle, sich auf schickliche Weise mit dem fremden Paare in Rapport zu setzen. – »Wie«, dacht' er endlich, »wenn du den Zauber der Musik ausströmen ließest, um das Gefühl der Schönsten aufzuregen!« – Gedacht, getan, er setzte sich an das schöne Kistingsche Instrument, das bekanntlich in dem Zimmer des Fuchsischen Konditorladens steht, und begann auf eine Weise zu phantasieren, die wenigstens ihm, wenn auch nicht andern, göttlich, sublim vorkam. – Gerade bei einem säuselnden Pianissimo rauschte es im Kabinett, er blickte ein wenig seitwärts und gewahrte, daß die Dame aufgestanden. Dagegen lag oder sprang und hüpfte vielmehr auf dem Platz, wo sie gesessen, der Haarzopf des Alten, bis dieser ihn mit der flachen Hand niederklatschte und laut rief: »Kusch – kusch, Fripon!« – Etwas erschrocken über die seltsame Natur des Zopf-Fripons fiel der Baron sogleich in ein Fortissimo und ging dann über in schmelzende Melodien. Da vernahm er, wie die Dame, verlockt von süßer Töne Gewalt, sich 312 leisen Trittes ihm nahte und hinter seinen Stuhl trat. – Alles, was er bis jetzt Schmachtendes und Zärtliches von allen italienischen Maestros, von allen inis – anis – ellis und ichis gehört, kam an die Reihe. – Er wollte schließen im rauschenden Entzücken, da hörte er dicht hinter sich tief aufseufzen. – »Nun ist es Zeit«, dacht' er, sprang auf und – blickte dem Rittmeister von B. ins Auge, der sich indessen hinter seinen Stuhl gestellt und nun versicherte, daß der Baron sehr unrecht tue, dem Herrn Fuchs die Gäste zu verscheuchen durch sein entsetzliches Lamentieren und Wirtschaften auf dem Piano. Soeben habe wieder eine fremde Dame alle mögliche Zeichen der Ungeduld blicken lassen und sei endlich mit ihrem Begleiter, einem kleinen possierlichen Mann, schnell entflohen. –

»Was? – entflohen?« – rief der Baron ganz bestürzt, »entflohen aufs neue?« Der Rittmeister erfuhr nun von dem Baron in aller Eil' genug, um einzusehen, welches interessante Abenteuer unterbrochen. – »Sie ist es – Sie ist es! Ha, meine Ahnung hat mich nicht getäuscht!« So schrie der Baron, da der Rittmeister als etwas Absonderliches bemerkte, daß die Dame eine kleine himmelblaue Brieftasche an einer goldnen Kette um den Hals gehängt gehabt. Herr Fuchs, der gerade in der Türe des Ladens gestanden, hatte gesehen, wie der kleine Alte einen herbeieilenden Halbwagen heranwinkte, mit der Dame hineinstieg und dann wegfuhr mit Blitzesschnelle. Man erblickte noch den Wagen ganz am Ende der Linden nach dem Schlosse zu. –

»Ihr nach – ihr nach!« rief der Baron; »nimm mein Pferd!« der Rittmeister.

Der Baron schwang sich auf und setzte dem mutigen Roß die Hacken in die Rippen, das aber bäumte sich und brauste dann, freie Kraft und freien Willen übend, wie der Sturmwind fort durch das Brandenburger Tor geraden Strichs nach Charlottenburg, wo der Baron wohlbehalten und eben zu rechter Zeit ankam, um bei der Madame Pauli mit mehreren Bekannten ein Abendessen einzunehmen. Man hatte ihn kommen sehen und rühmte allgemein den scharfen und mutigen Ritt um so mehr, da man gar nicht gewußt, daß der Baron sicher und gewandt genug reite, um es mit einer solchen scheuen wilden Bestie aufzunehmen, als des Rittmeisters Pferd es sei. –

Dem Baron war im Innern zumute, als müsse er sein Dasein verfluchen. –

Der griechische Heerführer. Das Rätsel

Vielen Trost gab dem Baron die Überzeugung, daß der Gegenstand seines Sehnens und Hoffens doch nun gewiß in den Mauern von Berlin sich befinde und daß jeden Augenblick ein günstiger Zufall ihm das seltsame Paar wieder zuführen könne. Unerachtet der Baron aber mehrere Tage unablässig vom frühen Morgen bis in den späten Abend die Linden durchstrich, so ließ sich doch keine Spur sehen, weder von dem Alten noch von der Dame.

Sehr vernünftig und geraten schien es daher, sich auf das Fremdenbureau zu begeben und dort nachzuforschen, wo das seltsame Paar, das am vierundzwanzigsten Julius in der Nacht einpassiert, hingekommen.

Dies tat der Baron und entwarf zugleich dem Beamten ein sehr treues Bild des wunderlichen Kleinen und der griechischen Dame. Der Beamte meinte indessen, da von den einpassierten Fremden keine Steckbriefe entworfen würden, so könne ihm jene Schilderung wenig helfen, nachsehen wolle er jedoch, was für Fremde überhaupt in jener Nacht angelangt. Außer dem griechischen Kaufmann Prosocarchi von Smyrna fand sich indessen kein Ankömmling von fremdartiger Natur, lauter Amtsräte, Justizaktuarien u.s.w. aus der Provinz waren am vier- und fünfundzwanzigsten Julius durch die Tore von Berlin hineingefahren. Besagter Kaufmann Prosocarchi war aber ohne alle Begleitung angekommen, schon deshalb konnte es nicht der kleine Alte sein, zum Überfluß begab sich aber der Baron zu ihm hin und fand einen schönen, großen Mann von angenehmer Bildung, dem er mit Vergnügen einige Pastilles du serail und auch Balsam von Mekka, der das verstauchte Bein des Magus kuriert, abkaufte. Prosocarchi meinte übrigens auf Befragen, ob er nichts von einer griechischen Fürstin wisse, die sich in Berlin aufhalte, daß dies wohl nicht der Fall sein werde, da er sonst schon gewiß einen Besuch von ihr erhalten. Übrigens aber sei es gewiß, daß sich ein vertriebener Primat von Naxos aus einer uralten fürstlichen Familie mit seiner Tochter in Deutschland umhertreibe, den er indessen niemals gesehen.

Was blieb dem Baron übrig, als jeden Tag, wenn die Witterung günstig, nach jener verhängnisvollen Stelle im Tiergarten zu wallfahrten, wo er die Brieftasche gefunden, und die, wie es aus dem darin befindlichen Blättlein zu entnehmen, der Lieblingsplatz der Griechin geworden.

»Es ist«, sprach der Baron, als er auf der Bank saß bei der Statue des Apollo, zu sich selbst, »es ist gewiß, daß sie, die Herrliche, Göttliche, mit ihrem krummen Magus diesen Platz öfters besucht, aber wie ist es möglich, hilft nicht ein glücklicher Zufall, daß ich den Augenblick treffe, wenn sie zugegen? – Nimmer – nimmer sollt' ich diesen Ort verlassen, ewig hier weilen, bis ich sie gefunden!«

Aus diesem Gedanken entstand der Entschluß, gleich hinter der verhängnisvollen Bank, neben dem Baum mit der Inschrift eine Einsiedelei anzulegen und fern von dem Geräusch der Welt in wilder Einöde ganz dem Schmerz der sehnsuchtsvollen Liebe zu leben. Der Baron überlegte, auf welche Weise er bei der Regierung zu Berlin um die Erlaubnis nachsuchen müsse zum beschlossenen Bau, und ob er nicht zu dem Eremitenkleid auch einen falschen Bart tragen solle, den er dann, wenn er sie gefunden, mit vieler Wirkung herabreißen könne vom Kinn. Während diesen Betrachtungen war es aber ziemlich finster geworden, und der rauhe Herbstwind, der durch die Bäume strich, mahnte den Baron, daß es, da die Einsiedelei noch nicht stehe, geraten sein würde, anderswo Dach und Fach zu suchen. – Wie bebte ihm aber das Herz, als er, aus dem dichten Laubgange herausgetreten, den Alten mit der verschleierten Dame vor sich herschreiten sah. Beinahe besinnungslos stürzte er dem Paare nach und rief ganz außer sich: »O mein Gott – endlich – endlich – ich bin's – Theodor – die blaue Brieftasche!« – »Wo ist sie, die Brieftasche – haben Sie sie gefunden? – Gott sei gedankt!« – So rief der Kleine, indem er sich umwandte. Und dann: »Ha, sind Sie es, bester Baron? – Nun, das ist ein wahres Glück, ich gab mein Geld schon verloren.«

Niemand anders aber war der Kleine, als der Bankier Nathanael Simson, der mit seiner Tochter eben von einem Spaziergange zurückkehrte nach seiner im Tiergarten belegenen Wohnung. Man kann denken, daß der Baron nicht wenig betreten war über seinen Irrtum, und das um so mehr, als er sonst der ganz hübschen, aber ein wenig alternden Amalia (so hieß des Bankiers Tochter) sehr stark den Hof gemacht, sie aber dann verlassen. Mit beißendem Spott hatte Amalia über des Barons verfehlte Reise nach Griechenland gesprochen, und ebendeshalb der Baron sie vermieden, wie er nur konnte. »Sieht man Sie endlich wieder, lieber Baron!« So begann Amalia, doch Simson ließ sie nicht zu Worte kommen, sondern fragte unaufhörlich nach der Brieftasche. Es fand sich, daß er vor einigen Tagen, was ihm sonst nie geschehen, in den Gängen des Tiergartens eine Brieftasche, worin ein Funfzigtaler-Tresorschein befindlich, verloren, und diese, glaubt' er, hätte der Baron gefunden. Der Baron war ganz verwirrt über das Mißverständnis und wünschte sich hundert Meilen fort. Indem er aber sich loszumachen strebte, hing Amalia ohne Umstände ihren Arm in den seinen und meinte, daß man einen werten Freund, den man so lange nicht gesehen, festhalten müsse. – Der Baron fand keine Entschuldigung, er mußte sich bequemen, mit der Familie Tee zu trinken. Amalia hatte sich in den Kopf gesetzt, den Baron aufs neue an sich zu fesseln. Sie forderte ihn auf, so viel von dem Abenteuer, das er in Griechenland zu bestehen gedacht, zu erzählen, als er dürfe, ohne vielleicht tiefe Geheimnisse zu verraten, in die sie nicht eindringen wolle, und da sie alles, was der Baron vorbrachte, himmlisch, göttlich, sublim fand, so ging diesem immer mehr das Herz auf. Er konnt' es nicht unterlassen, alles herauszusagen, wie es sich in der Nacht vom vier- zum fünfundzwanzigsten Julius, sowie im Fuchsischen Laden begeben. Amalia bezwang sehr geschickt das Lachen, zu dem sich ein paarmal die Mundwinkel verzogen, beschwor den Baron, doch einmal zur Abendzeit sie im neugriechischen Kostüm zu besuchen; da er darin ganz allerliebst aussehen müsse, und schien zuletzt plötzlich in einen halbträumerischen Zustand zu versinken. »Es ist vorüber!« sprach sie dann. Natürlicherweise fragte der Baron, was denn vorüber sei, und nun vertraute Amalia, daß sie soeben von dem Andenken an einen äußerst merkwürdigen Traum ergriffen worden, den sie vor einiger Zeit, und zwar, wie es ihr jetzt bestimmt beifalle, in der Nacht vom vier- zum fünfundzwanzigsten Julius geträumet. – Da sie in Friedrich Richters Werken wohl belesen, so gelang es ihr in dem Augenblick einen Traum zu improvisieren, der phantastisch genug klang und dessen Tendenz in nichts Geringerem bestand, als des Barons Erscheinung in neugriechischer Tracht, wie alle ihre innerste Liebe entzündend, darzustellen. – Der Baron war hin! – Die Griechin, die Einsiedelei, die blaue Brieftasche vergessen. –

Aber nicht anders geht es in der Welt, das, was man eifrig verfolgt, erreicht man am letzten, das, was man nicht zu erreichen strebt, kommt von selbst herbei. Der Zufall ist ein neckischer und neckender Spukgeist! –

Genug, der Baron hatte beschlossen, hauptsächlich Amalias halber Berlin vorderhand nicht zu verlassen, und fand es daher nötig, die »Sonne« mit einer bequemern Wohnung zu vertauschen.

Als er nun die Stadt durchwanderte, fiel ihm über der Türe des schönen großen Hauses in der Friedrichstraße Nr. – ein großer Zettel mit der Inschrift ins Auge: »Hier sind möblierte Zimmer zu vermieten!«

Der Baron stieg ohne weiteres die Treppe herauf. Vergebens sucht' er
eine Klingelschnur, und mochte er an diese, jene Türe im Vorsaal klopfen,
wie er wollte, alles blieb mäuschenstill. Endlich war's ihm, als höre er
von innen heraus ein seltsames Plappern und Schwatzen. Er drückte die
Türe des Gemachs, aus dem der Ton zu kommen schien, auf und befand
sich in einem mit auserlesenem Geschmack und großer Pracht ausstaf-
fierten Zimmer. Vorzüglich merkwürdig schien ihm das große Bett mit
reicher seidener Draperie, Blumengewinden und vergoldetem Schnitzwerk,
das in der Mitte stand.

»Lagos pipèrin étrive, kakon tys kefalis tu!«[1]

So rief es dem Baron mit schnatternder Stimme entgegen, ohne daß er
irgend jemanden gewahrte. Er schaute um sich und – o Himmel! – auf
einem zierlichen Pfeilertisch lag die verhängnisvolle Brieftasche! Er sprang
hinzu, wollte sich des ihm geraubten Kleinods bemächtigen, da schrie
es ihm in die Ohren:

»O diavolos jidia den yche, ke tyri epoulie«.[2]

Entsetzt prallte er zurück! – Aber in dem Augenblick vernahm er leise
Seufzer, die offenbar aus dem großen Bette kamen. »Sie ist es! – Sie ist
es!« so dachte er, und das Blut stockte ihm in den Adern vor Wonne
und süßer Ahnung. – Er näherte sich bebend, erblickte durch eine
Spalte der Gardine eine Spitzenhaube mit bunten Bändern. »Mut – Mut«,
flüsterte er sich zu, faßte die Gardine, zog sie zurück. – Da fuhr aus den
Kissen mit einem gellenden Schrei in die Höhe – jener wunderliche
kleine Alte, dem er mit der Dame begegnet. Er war es, der die weibliche
Spitzenhaube auf dem Kopfe trug, und deshalb sah der Kleine so höchst
possierlich aus, daß jeder andere, der weniger gespannt auf ein Liebes-
abenteuer, wie der Baron, in lautes Lachen ausgebrochen wäre.
    Der Alte glotzte den Baron an mit seinen großen schwarzen Augen
und begann endlich mit leiser wimmernder Stimme: »Sind Sie es,
Hochgeborner? – Ach Gott, Sie führen doch nicht etwa Böses im Schilde

1   Da der Baron nicht Neugriechisch verstand, so wußte er nicht, daß diese
    Worte heißen: »Der Hase stieß den Pfeffer zum Verderben seines Haupts.«

2   Der Teufel hatte keine Ziegen und verkaufte dennoch Käse!

gegen mich, weil ich Sie neulich ausgelacht auf dem Pariser Platz, als Sie meinen muntern Jungen von Haarzopf in Schutz nehmen wollten? Starren Sie mich nicht so entsetzlich an – ich muß mich sonst fürchten.« –

Der Baron schien nichts von dem, was der Alte sprach, zu vernehmen, denn ohne den stieren Blick von ihm abzuwenden, murmelte er dumpf vor sich hin: »König von Candia – König von Candia!« – Da lächelte der Alte sehr anmutig, setzte sich auf die Kissen und begann: »Ei, ei, bester Baron Theodor von S., sollten Sie auch von dem seltsamen Wahnsinn befangen sein, mich geringen Mann für den König von Candia zu halten? – Sollten Sie mich denn nicht kennen? – Sollten Sie denn nicht wissen, daß ich niemand anders bin als der Kanzleiassistent Schnüspelpold aus Brandenburg?«

»Schnüspelpold?« wiederholte der Baron. – »Ja, so heiße ich«, fuhr der Kleine fort, »aber Kanzleiassistent in officio schon seit langen Jahren nicht mehr. Die verdammte Sucht zu reisen hat mich um Amt und Brot gebracht. Mein Vater – Gott habe ihn selig, er war ein Knopfmacher in Brandenburg – war auch solch ein Reisenarr und sprach so viel von der Türkei, wo er einmal gewesen, daß ich nicht länger ruhig sitzen konnte. Vielmehr stand ich eines Tages auf, ging über Genthin nach Tangermünde, setzte mich dort in einen Elbkahn und fuhr nach der Ottomanischen Pforte. Die wurde aber, als ich ankam, gerade zugeworfen, und da ich mit der rechten Hand hingreifen wollte in die Türkei, quetschte mir die Pforte zwei Finger weg, wie Sie, Hochgeborner, hier an den wächsernen Fingern sehen können, die mir die abgequetschten ersetzen sollten. Da dieses schnöde Wachs aber immer wegschmolz, beim Schreiben –«

»Lassen Sie«, unterbrach der Baron den Alten, »lassen Sie das und sagen Sie mir lieber alles von der fremden Dame, von dem Himmelsbilde, das ich mit Ihnen erblickte im Fuchsischen Laden.«

Der Baron erzählte nun, wie es gekommen mit dem Fund der Brieftasche, der Reise nach Griechenland, dem Traum in der »Sonne«, und schloß damit, den Alten zu beschwören, seiner Liebe nicht entgegen zu sein, da, seiner seltsamen Ausreden unerachtet, und wenn er auch nichts Höheres vorstellen wolle, als der Kanzleiassistent Schnüspelpold aus Brandenburg, er doch als Vater oder Oheim der holden Griechin über ihr Schicksal gebiete. »Ei«, sprach Schnüspelpold, vor Freude schmunzelnd, »ei, das ist mir ja über alle Maßen lieb, daß Sie vermöge der blauen Brieftasche in Liebe gekommen zu der griechischen Fürstin, deren Vormund ich zu sein die lästige Ehre habe. Das Oberlandesgericht auf Paphos hat mich dazu erkoren, weil sie keinen Menschen finden konnte, der gewisse geheime magische Eigenschaften – nun, nun, Schnüspelpoldchen, schwatze nicht aus der Schule! – still, still, mein Söhnlein! – Ich zweifle gar nicht, Hochgeborner, daß Sie bei meinem Mündel reüssieren werden! – So viel kann ich Ihnen sagen, daß sie einen jungen Prinzen, namens Teodoros Capitanaki sucht, den eigentlichen Finder der blauen Brieftasche, sind Sie denn nun auch derselbe nicht« – »Was«, unterbrach der Baron den Alten, »was? ich sollte die Brieftasche nicht gefunden haben?« – »Nein«, erwiderte der Alte fest und stark, »Sie haben die Brieftasche nicht gefunden und sind überhaupt von allerlei tollen Einbildungen befangen.« – »Vergebens hängst du dich mir an die Füße, grober, bleischwerer König«, rief der Baron, aber die gellende Stimme schrie:

»Alluta kas karismata, kai allu genun y kotés«.[3]

»Still, still, kleiner Schreihals«, sprach der Alte sanft, und der graue Papagei hüpfte auf die oberste Sprosse seines Gestells. Dann wandte der Alte sich zum Baron und sprach ebenso sanft: »Sie heißen Theodor, Hochgeborner, und wer weiß, welche geheime Beziehungen noch stattfinden und Sie zu dem rechten Teodoros Capitanaki machen können. – Eigentlich kommt es nur auf eine Kleinigkeit an, wodurch Sie Herz und Hand meiner fürstlichen Mündel auf der Stelle gewinnen können. Ich weiß, Sie haben hübsche Konnektionen im Departement der auswärtigen Affären. Können Sie es durch diese dahin bringen, daß der Großsultan die griechischen Inseln für einen Freistaat erklärt, so ist Ihr Glück gemacht! – Aber – was erblicke ich –«

Mit diesem Ausruf sank der Alte tief in die Kissen zurück und zog die Bettdecke über den Kopf.

Der Baron folgte dem Blick des Alten und schaute im Spiegel die Gestalt der Griechin, die ihm zuwinkte.

Sie stand in der offenen Türe, die dem Spiegel gegenüber befindlich. Er wollte ihr entgegen, verwickelte sich aber in den Fußteppich und fiel der Länge nach hin. Der Papagei lachte sehr. Als aber nun die Griechin, in das Zimmer hineingeschritten, dicht neben dem Baron stand, suchte

3   Die Henne gackert an einer Stelle und legt an der andern ihr Ei.

er, wie ein geschickter Tänzer, seinem Fall den Anschein des Niederstürzens auf die Knie zu geben. »Endlich, o süßer Abgott meiner Seele«, so begann er auf italienisch, doch die Griechin sprach mit leiser Stimme: »Still, wecke den Alten nicht, indem du mir wiederholst, was ich längst weiß – stehe auf!« – Sie reichte ihm die Lilienhand, er erhob sich ganz Wonne und Entzücken und nahm Platz an ihrer Seite auf dem üppigen Diwan, der in dem Hintergrunde des Zimmers angebracht.

»Ich weiß alles«, wiederholte die Griechin, indem sie ihre Hand in der des Barons ruhen ließ, »mag auch mein Magus behaupten, was er will, du fandest die Brieftasche – du bist aus griechischem fürstlichen Stamm entsprossen, und bist du auch nicht der, dem meine Seele, mein Ich nacheilte, so kannst du doch Herr meines Lebens werden, wenn du willst!« –

Der Baron erschöpfte sich in Beteurungen. Die Griechin, sinnend den Kopf in die Hand gestützt, schien nicht darauf zu achten, endlich fragte sie dem Baron leise ins Ohr: »Hast du Mut?« Der Baron beteuerte, daß er Mut besitze wie ein Löwe.

»Könntest du wohl«, fuhr die Griechin fort, »dem alten Ungetüm dort im Bette, während er fest schläft, mit diesem Messerchen –«

Der Baron, das bekannte chirurgische Messerchen aus der Brieftasche in der Hand der Griechin gewahrend, schauerte entsetzt zurück –

»– mit diesem Messerchen«, sprach die Griechin weiter, »den Zopf in der Mitte durchschneiden? – doch es ist nicht nötig, der Papagei bewacht ihn, und wir können ruhig sprechen. – Also aus fürstlichem Stamm?« – Der Baron erzählte nun von dem Bilde der Großmutter, seiner Mutter, genug, alles das, was der geneigte Leser aus dem Gespräch des Barons mit seinem Oheim bereits erfahren.

Die schönen Augen der Griechin leuchteten vor Freude, durch ihr ganzes Wesen schien der Feuerstrom neuen Lebens zu glühen, sie war in diesem Augenblick so über die Maßen schön und herrlich, daß der Baron sich in den höchsten Himmel verzückt fühlte. Selbst wußte er nicht, wie es geschah, daß sie plötzlich in seinen Armen lag, daß brünstige Küsse auf seinen Lippen brannten.

»Ja«, sprach die Griechin endlich, »ja, du bist es – du bist es, der erkoren, mein zu sein. Eile mit mir nach dem Vaterlande zurück, nach jener heiligen Stätte, wo schon die entschlossenen Häupter des Volks gewappnet und deiner gewärtig stehen, um das schnöde schändliche Joch abzuschütteln, unter dem wir ein elendes mühseliges Leben hinseufzen.

Ich weiß es, dir fehlt nicht mehr Kleid und Rüstung, dir fehlen nicht Waffen. Alles hast du vorbereitet. Du stellst dich an die Spitze, du schlägst, ein tapfrer Heerführer, den Pascha aufs Haupt, du befreiest die Inseln und genießest, mit mir verbunden durch ein heiliges Band, alles Glück, das dir die Liebe und die schöne segensreiche Heimat gewähren kann. – Was hast du auch zu befürchten bei dem kühnen Unternehmen? – Schlägt es fehl, so stirbst du entweder den Heldentod des tapfern Kriegers, oder bekommt dich der Pascha gefangen, so wirst du höchstens gespießt, oder man streut dir Pulver in die Ohren und zündet es an oder wählt eine andere dem wahren Helden anständige Todesart. Mich bringt man, da ich jung bin und schön, in den Harem des Pascha, aus dem mich dann, bist du wirklich doch nicht der junge Fürst Teodoros Capitanaki, sondern, wie mein Magus behauptet, nur der schwarze Hasenfuß aus dem Tiergarten gewesen, mein wahrhaftiger Prinz befreien wird.« –

In dem Innern des Barons ging bei diesen Reden der Griechin eine seltsame Veränderung vor. Denn auf glühende Hitze folgte eine Eiskälte, und es wollte den Baron gar eine Fieberangst überwältigen.

Doch nun blitzte es aus den Augen der Griechin, ihr ganzes Antlitz wurde furchtbar ernst, sie erhob sich, stand in voller hoher Majestät vor dem Baron und sprach mit dumpfer feierlicher Stimme: »Wärst du aber weder Teodoros noch der schwarze Hasenfuß? – Wärst du nichts als ein täuschendes Schattenbild? – das Schattenbild jenes unglücklichen Jünglings, dem die böse Enzuse, schmerzhaft berührt von seinem Violinbogen, das Blut aussog?[4] – Ha! – deine Pulsader muß ich öffnen – dein Blut sehen, dann schwindet jede dämonische Täuschung!«

Damit schwingt die Griechin das blanke blitzende Messerchen hoch empor, aber der Baron springt schnell auf, rennt entsetzt nach der Türe. Der Papagei schreit geltend:

»Alla paschy o gaïdaros ké alla evryskusi.«[5]

4   Bartholdy erzählt in seiner Reise nach Griechenland von einem Jüngling, der zu Athen starb und dessen Tod man folgendem zuschrieb: Eines Abends saß er mit einem Freunde im Freien auf einer Bank und spielte die Geige. Dadurch herbeigelockt, setzt sich eine Larve (Enzuse) neben ihm hin. Er fährt aber fort zu spielen und berührt mit dem Bogen die Larve schmerzhaft, die sich zu rächen beschließt. Von dem Augenblick schwindet sein Körper hin. Er wird zum Schattenbilde, bis er stirbt.

5   Der Esel findet was anders, als wornach er trachtet!

Schnüspelpold ist mit einem gewagten Satz aus dem Bette heraus, ruft: »Halt - halt, Hochgeborner - die Fürstin ist Ihre Braut - Ihre Braut!« - Doch pfeilschnell ist der Baron die Treppe hinab, hinaus aus dem Hause - fort - fort - -

- Amalia Simson wollte herausgebracht haben, daß der angebliche Kanzleiassistent Schnüspelpold niemand anders gewesen, als ein gelehrter Jude aus Smyrna, der nach Berlin gekommen, um sich von dem Geheimerat Diez über eine zweifelhafte Stelle im Koran belehren zu lassen, den er unglücklicherweise nicht mehr am Leben gefunden. Die griechische Fürstin machte Amalia Simson zu der Tochter des Juden, die über den Verlust ihres Geliebten wahnsinnig worden.

Alles verhält sich wohl aber ganz anders. Der geneigte Leser möge nur an das Blättlein denken und an so manchen andern vorgekommenen Umstand, um sich zu überzeugen, daß das Rätsel keineswegs gelöset.

Merkwürdig genug ist es, daß der Baron Theodor von S. nun wirklich nach Griechenland gereiset sein soll. Kommt er bald zurück, so wird man Näheres erfahren von Schnüspelpold und der Griechin, die Schreiber dieses aller Mühe unerachtet in Berlin nicht hat auffinden können. - Weiß derselbe künftig mehr von dem Baron und seinen geheimnisvollen Verhältnissen, so wird er nicht unterlassen, im folgenden Jahre dem geneigten Leser auf dem einmal eingeschlagenen Wege davon getreuen Bericht zu erstatten.

Die Geheimnisse

Fortsetzung des Fragments aus dem Leben eines Fantasten: »Die Irrungen«

Merkwürdige Korrespondenz des Autors mit verschiedenen Personen (als Einleitung)

Mein Herr!

Unerachtet gewisse Schriftsteller und sogenannte Dichter wegen ihres nicht leicht zu unterdrückenden Hanges zur groben Lüge und anderer der gesundesten Vernunft schädlicher Phantasterei nicht in dem besten Rufe stehen, so habe ich doch Sie, der Sie ein öffentliches Amt bekleiden, mithin wirklich etwas sind, ausnahmsweise für einen wackern gutmütigen Mann gehalten. Kaum in Berlin angekommen, mußte ich mich aber leider vom Gegenteil überzeugen. Womit habe ich alter schlichter, einfacher Mann, ich ruhmvoll entlassener Kanzleiassistent, ich Mann von feinem Verstande, humanen Sitten, großer Wissenschaft, ich Ausbund von gutem Herzen und schöner Denkungsart, womit, sage ich, habe ich es um Sie verdient, daß Sie mich dem verehrungswürdigen Publikum in Berlin zur Schau stellen und in dem Taschenkalender von diesem Jahr nicht allein alles erzählen, was sich mit dem Herrn Baron Theodor von S., meiner fürstlichen Pflegebefohlnen und mir begeben, sondern mich noch dazu (ich habe alles erfahren) abkonterfeien lassen nach dem natürlichen Leben und in Kupfer stechen, wie ich lustwandle mit meinem Herzenskinde über den Pariser Platz durch die Linden, und wie ich dann im Bette liege in zierlichen Nachtkleidern und mich erschrecke über des Herrn Barons unvermuteten Besuch. Ist Ihnen vielleicht mein elektrophorischer Haarzopf, worin zugleich mein Reisebesteck befindlich, in die Quere gekommen? Hat Ihnen mein Blumenstrauß mißfallen? Haben Sie etwas dagegen, daß das Pupillenkollegium auf Zypern mich zum Vormunde der – Ja! nun denken Sie, ich werde den Namen der Schönsten geradezu hinschreiben, damit Sie ihn auch ausschreien können in Taschenbüchern und Journalen. Das lasse ich aber bleiben, sondern frage bloß im allgemeinen, ob Sie vielleicht mit der Verfügung jenes zyprischen Kollegiums unzufrieden sind? Sein Sie überzeugt, mein Herr, daß bei Ihrem unnützen Treiben in Schriftstellerei und Musik weder der Präsident noch irgendein

Rat des hiesigen oder irgendeines andern Pupillenkollegii Ihnen das Vertrauen geschenkt und Sie zum Vormunde eines zum Entzücken schönen, geistreichen Frauenzimmers bestellt haben würde, wie es jenes ehrwürdige Kollegium getan hat. Und überhaupt, wollen Sie auch hier in der Stadt was vorstellen, und mögen Sie auch manches ganz artig zu fügen verstehen, vermöge Ihres Amts, so haben Sie sich doch darum, was in Zypern verfügt worden, ebensowenig zu bekümmern, als um meine wächserne Finger und um meine Spitzenhaube, die Sie wahrscheinlich auf Herrn Wolffs Kupfertafel betrachten mit neidischen Blicken. Danken Sie Gott, mein Herr, daß Sie nicht, so wie ich, eintreten wollten in die Ottomanische Pforte, gerade als sie zugeschlagen wurde. Wahrscheinlich hätten Sie, vermöge des gewöhnlichen Schriftstellervorwitzes, nicht die Finger hineingesteckt, sondern die Nase und müßten jetzt, statt daß Sie andern honetten Leuten wächserne Nasen zu drehen unternehmen, selbst eine dergleichen tragen. Daß Sie einer zierlichen Morgenkleidung von weißem, mit Rosaschleifen besetzten Musselin und einer Spitzenhaube einen Warschauer Schlafrock und ein rotes Käppchen vorziehen, ist Sache des Geschmacks, und will ich nicht mit Ihnen darüber rechten. – Und wissen Sie wohl, mein Herr, daß mir Ihre leichtsinnige Ausplauderei im Taschenkalender, gleich nachdem in den Intelligenzblättern unter den angekommenen Fremden mein Name gestanden hatte, die allergrößten Unannehmlichkeiten zuzog? Die Polizei hielt mich, mußte mich nach Ihrem Gewäsche, oder vielmehr, da Sie die Geheimnisse meines Herzenskindes austrompetet, für denjenigen Frevler halten, der den melonenleibichten Apollo im Tiergarten und auch wohl andere Statuen verunstaltet hat, und es kostete viel Mühe, mich zu rechtfertigen und darzutun, daß ich ein enthusiastischer Kunstfreund sei und nichts weniger als ein verstellter abergläubischer Türke. Sie sind selbst ein Rechtskundiger und haben nicht einmal bedacht, daß mich die verwünschte Apollosnase hätte als Staatsverbrecher nach Spandau bringen oder mir gar eine Tracht der unbilligsten Prügel zuziehen können, wenn nicht, was letzteres betrifft, von der gütigen Natur mein Rücken durch ein geschickt angelegtes Bollwerk auf ewig gegen alle Prügel bewahrt wäre. Lesen Sie im zwanzigsten Titel des zweiten Teils vom Allgemeinen Landrecht die §§ 210, 211 nach und schämen Sie sich, daß ein verabschiedeter Kanzleiassistent aus Brandenburg Sie daran erinnern muß. Kaum der Untersuchung und Strafe entronnen, wurde ich in meiner Wohnung, die man unglücklicherweise erfahren, auf eine solch entsetzliche Art bestürmt, daß ich wahnsinnig werden, verzweifeln müssen, wäre ich nicht ein fester gesetzter Mann und durch meine vielfachen gefahrvollen Reisen hinlänglich gewöhnt an bedrohliches Ungemach. Da kamen Frauenzimmer und verlangten, gewohnt, alles prompt und wohlfeil zu haben, eben daher aber eifrige und stetige Käuferinnen der prächtigen Modewaren in Auktionen ihre Laden räumender Kaufleute, ich solle ihnen auf der Stelle türkische Shawls drucken. Am ärgsten unter ihnen trieb es Mademoiselle Amalia Simson, welche nicht nachließ mit Bitten und Flehen, ich möge ihr doch auf den Brustteil eines Spenzers von rotem Kasimir ein hebräisches Sonett, das sie selbst gedichtet, hinsetzen mit Goldtinktur. Andere Leute aus den verschiedensten Ständen wollten bald meine Wachsfinger anschauen, bald mit meinem Haarzopf spielen, bald meinen Papagei Griechisch sprechen hören.

Junge Herren mit Wespentaillen, turmhohen Hüten, Kosakenhosen und goldnen Sporen lorgnettierten umher, guckten durch Ferngläser, als wollten sie die Wände durchschauen. Ich weiß, wen sie suchten, und manche hatten auch dessen gar kein Hehl, sondern fragten kecker unverschämterweise geradezu nach der schönen Griechin, als sei mein himmlisches Fürstenkind ein wunderbares Naturspiel, das ich der gaffenden Menge ausstelle. Widerlich, gar widerlich erschienen mir diese jungen Leute, aber noch viel abscheulicher war es mir, wenn manche sich mir geheimnisvoll nahten und mystische Worte sprachen von Magnetismus, Siderismus, magischen Verknüpfungen durch Sympathie und Antipathie u.s., und dabei wunderliche Gebärden und Zeichen machten, um sich mir als Eingeweihte zu zeigen, ob ich gleich gar nicht verstand, was sie wollten. Lieber waren mir die, welche ganz treuherzig verlangten, ich solle ihnen ein bißchen wahrsagen aus der Hand oder aus dem Kaffeegrunde. – Es war ein heilloses Treiben, ein wahrer Teufelssabbat in dem Hause. – Endlich gelang es mir, bei Nacht und Nebel mich davonzumachen und eine Wohnung zu beziehen, die bequemer, besser eingerichtet ist und auch den Wünschen meiner Fürstin mehr entspricht – entsprechen würde, wollt' ich sagen, denn ich befinde mich jetzt allein. – Mein jetziges Logis erfährt niemand und am allerwenigsten Sie, da ich Ihnen durchaus nichts Gutes zutraue.

Und wer ist einzig und allein an dem ganzen Spektakel schuld als Sie? Wie kommen Sie dazu, mich dem Publikum so zweideutig darzustellen, daß ich für einen unheimlichen Kabbalisten gelten muß, der mit irgendeinem geheimnisvollen Wesen in seltsamer Verbindung lebt.

Ein ehrlicher verabschiedeter Kanzleiassistent soll ein Hexenmeister
sein, welch ein Unsinn! – Was geht Ihnen, mein Herr, überhaupt das
magische Verhältnis an, in dem ich mit meinem Herzenskinde stehe,
mag es nun wirklich stattfinden oder nicht? – Mögen Sie auch Talent
genug besitzen, zur Not eine Erzählung oder einen Roman mit angestrengter Mühe zusammenzudrechseln, so fehlt es Ihnen doch so gänzlich an
gehörigem tiefem Verstande und sublimer Wissenschaft, um auch nur
eine Silbe zu verstehen, wenn ich mich herablassen sollte, Sie über die
Geheimnisse eines Bundes zu belehren, der dem Ersten aller Magier,
dem weisen Zoroaster selbst, nicht unwürdig erscheinen möchte. Es ist
nichts Leichtes, mein Herr, so wie ich einzudringen in die tiefsten Tiefen
der göttlichen Kabbala, aus denen sich schon hienieden ein höheres Sein
emporschwingt, so wie aus der Puppe sich der schöne Schmetterling
entwickelt und mutig flatternd emporsteigt. Es ist aber meine erste Pflicht,
niemanden meine kabbalistischen Kenntnisse und Verbindungen zu
verraten, und daher schweige ich auch gegen Sie davon, so daß Sie mich
von nun an lediglich für einen schlichten verabschiedeten Kanzleiassistenten und wackern Vormund eines liebenswürdigen vornehmen Frauenzimmers halten müssen. Sehr unlieb und schmerzhaft wird es mir
auch sein, wenn Sie oder jemand anders erfahren sollte, daß ich jetzt in
der Friedrichsstraße unweit der Weidendammer Brücke Nr. 9 – wohne.
Habe ich Ihnen, mein Herr, gebührend vorgehalten, wie Sie sich, wenn
auch gerade nicht boshafter, so doch leichtsinnigerweise vergangen, so
füge ich nur noch die Versicherung hinzu, daß ich das Gegenteil von
Ihnen bin, nämlich ein besonnener gutmütiger, alles, was zu unternehmen, vorher wohl überlegender Mann. Sie sind daher für jetzt vor meiner
Rache völlig sicher, und das um so mehr, weil mir eben keine Mittel zu
Gebote stehen. Wäre ich ein Rezensent, so würde ich Ihre Schriften
weidlich herunterhunzen und dem Publikum so klar dartun, wie es Ihnen
an allen Eigenschaften eines guten Schriftstellers mangle, daß kein Leser
etwas von Ihnen mehr lesen, kein Verleger es mehr verlegen sollte. Aber
da wär's denn doch nötig, erst Ihre Schriften zu lesen, und dafür soll
mich der Himmel behüten, da nichts als bare Ungereimtheiten, die
gröbsten Lügen darin enthalten sein sollen. Überdem wüßte ich auch
nicht, wie ich, die ehrlichste Taubenseele von der Welt, zu der gehörigen
Masse von Galle kommen sollte, die jeder tüchtige Rezensent zum Ver-
brauch stets vorrätig haben muß. – Wäre ich, wie Sie es haben dem
Publikum andeuten wollen, wirklich eine Art von Magus, so sollt' es

freilich anders stehen mit meiner Rache. Darum für jetzt Verzeihung, Vergessen des zutage geförderten Unsinns über mich und meine Pflegebefohlne. Sollten Sie sich aber unterfangen, etwa in dem künftigen Taschenkalender auch nur ein Wörtchen von dem zu erwähnen, was sich weiter mit dem Baron Theodor von S. und uns begeben, so bin ich fest entschlossen, mich, mag ich nun sein, wo ich will, augenblicklich umzusetzen in das kleine spanisch kostümierte Teufelspüppchen, das auf Ihrem Schreibtische steht, und Ihnen, kommt Ihnen der Gedanke zu schreiben, nicht einen Augenblick Ruhe zu lassen. Bald springe ich Ihnen auf die Schulter und sause und zische Ihnen in die Ohren, daß Sie keines Gedankens mächtig bleiben, sei er auch noch so einfältig. Bald springe ich ins Tintenfaß und bespritze das fertige Manuskript, so daß der geschickteste Setzer nicht den gesprenkelten Marmor zu entziffern vermag. Dann spalte ich die appetitlich gespitzten Federposen, werfe das Federmesser in dem Augenblick, als Sie darnach greifen, vom Tische herab, so daß die Klinge abspringt, dann verstöre ich die Papiere durcheinander, bringe die mit allerlei Notizen beschriebenen kleinen Blättchen in gehörigen Luftzug, daß sie, wird nur die Türe geöffnet, lustig emporwirbeln, dann klappe ich die aufgeschlagenen Bücher zu und reiße aus andern die hineingelegten Zeichen heraus, dann ziehe ich Ihnen das Papier, während Sie schreiben, unter dem Arme weg, so daß ein schnöder Zirkumflex die Handschrift verdirbt, dann stülpe ich schnell das Glas Wasser um, als Sie eben trinken wollen, so daß alles unterzugehen droht in der Wasserflut, und alle Ihre wässerichten Gedanken zurückkehren in das Element, dem sie angehören. – Genug, ich will all meine Weisheit aufbieten, Sie als Teufelspüppchen recht sinnreich zu quälen, und dann wollen wir sehen, ob es Ihnen möglich sein wird, noch mehr aberwitziges Zeug zu schreiben, als bereits geschehen. – Wie gesagt, ich bin ein stiller, gutmütiger friedliebender Kanzleiassistent, dem schnöde Teufelskünste fremd sind, aber Sie wissen, mein Herr, wenn kleine, nach hinten zu über die Regel heraus geformte Leute mit langen Zöpfen in Zorn geraten, so ist von Schonung nicht weiter die Rede. Nehmen Sie meine wohlgemeinte Warnung wohl zu Herzen und unterlassen Sie jeden ferneren Bericht in Taschenbüchern, sonst bleibt es beim Teufel und seinen Streichen.

Aus allem, mein Herr, werden Sie übrigens hinlänglich ersehen haben, wie gut, so wie viel besser ich Sie kenne als Sie mich. Angenehm kann jetzt unsere nähere Bekanntschaft nicht sein, darum wollen wir uns

sorgfältig vermeiden, und ebendeshalb habe ich auch alle Anstalten getroffen, daß Sie meine Wohnung niemals erfahren werden. – Adieu pour
jamais!

Noch eins! – Nicht wahr, die Neugierde quält Sie zu wissen, ob mein
Herzenskind bei mir ist oder nicht? – Ha! ha! ha! das glaub' ich! Aber
kein Jota erfahren Sie davon, und diese kleine Kränkung sei die einzige
Strafe für das, was Sie an mir begangen.

Mit aller Achtung, die Ihnen, mein Herr, sonst gebührt, zeichne ich
mich als

Ihren ganz ergebensten

Irenäus Schnüspelpold,

vormals Kanzleiassistent zu Brandenburg.

Berlin, den 25. Mai 1821.

N. S. Apropos – Sie wissen vermutlich oder können es leicht erfahren,
wo man jetzt hier den reichsten und geschmackvollsten Damenputz
kauft. Wollen Sie mir das noch heute gefälligst sagen lassen, so bin ich
zwischen neun und zehn Uhr abends in meiner Wohnung anzutreffen.

Adresse

Sr. Wohlgeb. Herrn etc. *E.T.A. Hoffmann,*

dermalen im Tiergarten bei Kempfer

Wirklich erhielt der, an den dieses Schreiben gerichtet und den wir der
Kürze halber mit Hff. bezeichnen wollen, dasselbe gerade zur Zeit, als
er in der sogenannten spanischen Gesellschaft, die sich bekanntlich alle
vierzehn Tage bei Kempfer im Tiergarten versammelt und keine andere
Tendenz hat, als auf gute deutsche Art Mittag zu essen, zu Tische saß.

Man kann denken, wie sehr Hff. überrascht wurde, als er, seiner Gewohnheit nach zuerst die Unterschrift lesend, den Namen Schnüspelpold
fand. Er verschlang die ersten Zeilen, als er aber die unbillige Länge des
noch dazu mit seltsam verschnörkelten Buchstaben geschriebenen Briefes
gewahrte und zugleich sich überzeugte, daß sein Interesse immer mehr
und mehr und zuletzt vielleicht auf unangenehme Weise erregt werden
dürfte, hielt er es für geratener, den Brief zur Zeit ungelesen in die Tasche
zu stecken. War es nun böses Gewissen oder gespannte Neugierde, genug,
alle Freunde bemerkten an Hff. Unruhe und Zerstörung, kein Gespräch
hielt er fest, er lächelte gedankenlos, wenn der Professor B. die leuchtend-
sten Witzworte hinausschleuderte, er gab verkehrte Antworten, kurz, er

war ein miserabler Kumpan. Gleich nachdem die Tafel aufgehoben, stürzte sich Hff. in die Einsamkeit einer entfernten Laube und zog den Brief hervor, der ihm in der Tasche brannte. Zwar wollte es ihn was weniges verschnupfen, sich von dem wunderlichen Kanzleiassistenten Irenäus Schnüspelpold so schnöde und gröblich behandelt, ja rücksichts seiner Autorschaft so schonungslos abgefertigt zu sehen, indessen vergaß er das im Augenblick und hätte vor Freuden in die Lüfte springen mögen, und das aus zweierlei Ursachen.

Fürs erste wollte es ihm bedünken, als wenn Schnüspelpold alles Schimpfens und Schmälens unerachtet den Trieb nicht unterdrücken könne, den fragmentarischen Biographen näher kennen zu lernen, ihn vielleicht gar einzuweihen in die mystische Romantik seiner Pflegebefohlnen. – Ja gewiß! – sonst hätte Schnüspelpold nicht in der Verwirrung Straße und Nummer seiner Wohnung genannt bei den feierlichsten Protestationen, daß den Ort, wo er hingeflüchtet, niemand, am wenigsten aber Hff. erfahren solle. Sonst hätte die Nachfrage nach dem Damenputz nicht verraten, daß sie selbst da, das allerliebste herrliche Geheimnis. Hff. durfte ja nur hingehen zwischen neun und zehn Uhr, und im regen Leben konnte sich das gestalten, was ihm nur zugekommen wie durch träumerische Tradition. – Was für eine himmlische Aussicht für einen schreiblustigen Autor!

Dann mochte aber auch zweitens Hff. deshalb in die Lüfte springen, weil eine besondere Gunst des Schicksals ihn aus einer gräßlichen Verlegenheit reißen zu wollen schien. Versprechen macht Schulden, das ist ein altes bewährtes Sprichwort. Nun hatte aber Hff. in dem Taschenkalender von 1821 versprochen, ferneren Bericht abzustatten über den Baron Theodor von S. und über seine geheimnisvollen Verhältnisse, wenn er mehreres davon wisse. Die Zeit kommt heran, der Drucker rührt die Presse, der Zeichner spitzt den Krayon, der Kupferstecher bereitet die Kupferplatte. Hochlöbliche Kalenderdeputation fragt: »Wie steht es, mein Bester, mit Ihrem versprochenen Bericht für unsern Eintausendachthundertundzweiundzwanziger?« Und Hff. – weiß nichts, weiß gar nichts, da die Quelle versiegt, aus der ihm die »Irrungen« zuströmten. – Die letzten Tage des Mais kommen heran, Hochlöbliche Kalenderdeputation erklärt: »Bis Mitte Junius ist es noch Zeit, sonst erscheinen Sie als einer, der in den Wind hinein etwas verspricht und es dann nicht zu halten vermag.« Und Hff. weiß immer noch nichts, weiß am 25. Mai mittags um drei Uhr nichts! – Da erhält er Schnüspelpolds verhängnisvollen Brief, den Schlüssel zu der fest verschlossenen Pforte, vor der er stand, ganz hoffnungslos und höchst ärgerlich dazu. – Welcher Autor wird nicht gern einige Schmähungen erdulden, wenn ihm auf diese Weise aus der Not geholfen wird! –

Ein Unglück kommt selten allein, aber auch mit dem Glück ist es so! Die Konstellation der Briefe schien eingetreten zu sein, denn als Hff. aus dem Tiergarten nach Hause kam, fand er deren zwei auf seinem Schreibtische, die beide aus dem Mecklenburgischen kamen. Der erste, den Hff. öffnete, lautete in folgender Art:

»Ew. Wohlgeboren haben mir eine wahrhafte Freude dadurch gemacht, daß Sie die Torheiten meines Neffen in dem diesjährigen Berlinischen Taschenkalender an das Tageslicht förderten. Erst vor einigen Tagen ist mir Ihre Erzählung zu Gesicht gekommen. Mein Neffe hatte den Taschenkalender auch gelesen und lamentierte und tobte entsetzlich. Kehren Sie sich aber ebensowenig daran als an etwanige Drohungen, die er wider Sie ausstoßen sollte, sondern erstatten Sie getrost den versprochenen Bericht, insofern es Ihnen gelingt, mehr von dem ferneren Treiben meines Neffen und der wahnsinnigen Prinzessin nebst ihrem geckenhaften Vormunde zu erfahren. Ich für mein Teil möchte Ihnen dazu alles mögliche suppeditieren, der Junge (mein Neffe nämlich) will indessen durchaus nicht recht mit der Sprache heraus, und beifolgende Briefe meines Neffen und des Herrn von T., der ihn beobachtet und mir darüber geschrieben hat, sind alles, was ich zu Ihrem Bericht beitragen kann. Noch einmal! – kehren Sie sich an nichts, sondern schreiben Sie – schreiben Sie! – Vielleicht sind Sie es, der meinen albernen Neffen noch zur Vernunft bringt. Mit vorzüglicher Hochachtung etc. etc.

Strelitz, den 22. Mai 1821.

Achatius v. G.«

Der zweite Brief hatte folgenden Inhalt:

»Mein Herr!

Ein verräterischer Freund, der gar zu gern mein Mentor sein möchte, hat Ihnen die Abenteuer mitgeteilt, die ich vor einigen Jahren in B. erlebte, und Sie haben sich unterfangen, mich zum Helden einer ungereimten Erzählung zu machen, die Sie ein ›Fragment aus dem Leben eines Fantasten‹ genannt. – Wären Sie mehr als ein ordinärer Schriftsteller,

der jeden Brocken, der ihm zugeworfen wird, begierig erhascht, hätten Sie nur einigen Sinn für die tiefe Romantik des Lebens, so würden Sie Männer, deren ganzes Sein nichts ist als hohe Poesie, von Phantasten zu unterscheiden wissen. Unbegreiflich ist es mir, wie Ihnen der Inhalt des Blattes, das ich in der verhängnisvollen Brieftasche fand, so genau bekannt geworden ist. Ich würde Sie darüber, sowie über manches andere, das Sie dem Publikum aufzutischen für gut fanden, sehr ernst befragen, wenn gewisse geheimnisvolle Beziehungen, gewisse innere Anklänge mir nicht untersagten, es mit einem schreibseligen Autor aufzunehmen. Vergessen sei daher, was Sie getan; sollten Sie aber keck genug sein, etwa von meinem gestrengen Herrn Mentor unterrichtet, fernere Berichte über mein Leben zu erstatten, so würde ich genötigt sein, eine Genugtuung von Ihnen zu fordern, wie sie Männern von Ehre ziemt, insofern mich nämlich nicht die weite Reise, die ich morgen anzutreten gedenke, daran hindert. – Übrigens zeichne ich mich mit vieler Achtung etc. etc.
Strelitz, den 22. Mai 1821.

Theodor Baron von S.«

Hff. hatte herzliche Freude über den Brief des Onkels und lachte sehr über den des Neffen. Beide beschloß er zu beantworten, sobald er Schnüspelpolds und seiner schönen Pflegebefohlnen Bekanntschaft gemacht haben würde.

Sowie es nur neun Uhr geschlagen, machte sich Hff. auf den Weg nach der Friedrichsstraße. Das Herz klopfte ihm vor Erwartung des Außerordentlichen, was sich nun begeben werde, als er die Klingel des Hauses anzog, dessen Nummer eben die von Schnüspelpold bezeichnete war.

Auf die Frage, ob hier der Kanzleiassistent Schnüspelpold wohne, erwiderte das Hausmädchen, das die Türe geöffnet: »Allerdings!« und leuchtete ihm freundlich die Treppe herauf.

»Herein!« rief eine bekannte Stimme, als Hff. leise anklopfte. Doch sowie er eintrat in das Zimmer, stockten alle seine Pulse, gerann ihm zu Eis alles Blut in den Adern, hielt er kaum sich aufrecht! – Nicht jener, ihm wohl von Ansehen bekannte Schnüspelpold, sondern ein Mann im weiten Warschauer Schlafrock, ein rotes Käppchen auf dem Haupt, aus einer langen türkischen Pfeife Rauchwolken vor sich herblasend, von Gesicht, Stellung – nun! – sein eigenes Ebenbild trat ihm entgegen und fragte höflich, wen er noch so spät zu sprechen die Ehre. – Hff. faßte sich mit aller Gewalt des Geistes zusammen und stammelte mühsam, ob er das Vergnügen habe, den Herrn Kanzleiassistenten Schnüspelpold vor sich zu sehen. –

»Allerdings«, erwiderte der Doppeltgänger lächelnd, indem er die Pfeife ausklopfte und in den Winkel stellte, »allerdings, der bin ich, und sehr müßte ich irren, wenn Sie nicht derjenige wären, dessen Besuch ich heute gewärtigte. – Nicht wahr, mein Herr, Sie sind –« Er nannte Hff-s Namen und Charakter ausführlich. – »Gott«, sprach Hff., von Fieberfrost durchschüttelt, »Gott im Himmel, bis zu diesem Augenblick habe ich mich stets für den gehalten, den Sie soeben zu nennen beliebten, und ich vermute auch noch jetzt, daß ich es wirklich bin! – Aber, mein verehrtester Herr Schnüspelpold, es ist ein gar wankelmütiges Ding mit dem Bewußtsein der Existenz hienieden! – Sind Sie, mein Herr Schnüspelpold, denn von Grund Ihrer Seele aus überzeugt, daß Sie wirklich der Herr Schnüspelpold sind und kein andrer? Nicht etwa –« – »Ha«, rief der Doppeltgänger, »ich verstehe, Sie waren auf eine andere Erscheinung gefaßt. Doch erregen Ihre Bedenken auch die meinigen insofern, als ich bloße Vermutungen nicht für Gewißheit und Sie so lange nicht für denjenigen halten kann, der hier erwartet wurde, bis Sie sich durch die richtige Beantwortung einer einfachen Frage legitimiert haben. Glauben Sie, mein wertester Herr – wirklich an den von der animalischen Gestaltung in der Körperwelt unabhängigen Konsensus der psychischen Kräfte in dem Bedingnis der erhöhten Tätigkeit des Zerebralsystems?«

Hff. stutzte sehr bei dieser Frage, deren Sinn er nicht zu fassen imstande, und beantwortete sie dann, von purer innerer Angst getrieben, mit einem herzhaften: »Ja!«

»O«, rief der Doppeltgänger voller Freude, »o mein Herr, – so sind Sie denn hinlänglich legitimiert zum Empfange des Vermächtnisses einer sehr teuern Person, das ich Ihnen nun sogleich aushändigen werde.« – Damit zog der Doppeltgänger eine kleine himmelblaue Brieftasche mit goldnem Schloß, in dem jedoch das Schlüsselchen befindlich, hervor.

Hff. fühlte sein Herz erbeben, als er jene verhängnisvolle kleine himmelblaue Brieftasche erkannte, die der Baron Theodor von S. fand und wieder verlor. Mit aller Artigkeit nahm er das Kleinod dem Doppeltgänger aus der Hand und wollte sich höflichst bedanken, doch das Unheimliche des ganzen Auftritts, der scharfe leuchtende Blick seines Doppeltgängers brachte ihn plötzlich dermaßen aus aller Fassung, daß er gar nicht mehr wußte, was er tat. –

Ein starkes Klingeln weckte ihn aus der Betäubung. Er war es selbst, der die Glocke gezogen an der Türe des Hauses Nr. 97. Da besann er sich erst ganz und sprach begeistert: »O welch ein herrlicher, ins Innere gepflanzter Trieb der Natur! Er führt mich in dem Augenblick, als ich mich physisch und psychisch etwas wackelicht fühle, zu meinem herzgeliebten Freunde, dem Doktor H. M., der mir, wie er schon so oft getan, augenblicklich wieder auf die Beine helfen wird.« Hff. erzählte dem Doktor M. ausführlich, was sich soeben ein paar Häuser vorwärts oder rückwärts Schauerliches und Schreckhaftes mit ihm zugetragen, und bat wehmütig, ihm doch nur gleich ein Mittel aufzuschreiben, das den Schreck nebst allen bösen Folgen töte. Der Doktor M., sonst doch gegen Patienten ein ernster Mann, lachte aber dem bestürzten Hff. geradezu ins Gesicht und meinte, bei einem solchen Krankheitsanfall, wie ihn Hff. erlitten oder vielleicht noch erleide, sei keine andere Arzenei dienlich, als ein gewisser, brausender, schäumender, in Flaschen hermetisch verschlossener Trank, aus dem sich ganz andere schmucke Geister entwickelten als Doppeltgänger, Schnüspelpolds und anderes wirres Zeug. Vorher müsse aber der Patient erklecklich essen. Damit nahm der Doktor seinen Freund Hff. beim Arm und führte ihn in ein Zimmer, wo mehrere joviale Leute, die soeben von der Whistpartie aufgestanden, versammelt waren und sich alsbald mit dem Doktor und seinem Freunde an den wohlservierten Tisch setzten. Nicht lange dauerte es auch, als der offizielle Trank, der dem Krankheitszustande Hff-s abhelfen sollte, herbeikam. Alle erklärten, daß sie auch davon genießen wollten, um dem armen Hff. Mut zu machen. Der schlürfte aber so, ohne den mindesten Ekel und Abscheu, mit solcher Leichtigkeit und Lebendigkeit, mit solchem Stoizismus, ja mit solcher heroischen Versicherung, der Trank schmecke leidlich, die Arzenei hinunter, daß alle übrigen sich höchlich darüber verwunderten und einstimmig dem Hff., der sichtlich muntrer wurde, ein langes Leben prophezeiten.

Merkwürdig genug war es, daß Hff. sehr ruhig schlief und nichts von allem dem träumte, was ihm am Abende Seltsames begegnet. Er mußte das der heilbringenden Wirkung zuschreiben, die des Doktors wohlschmeckende Medizin hervorgebracht. Erst im Augenblick des Erwachens durchfuhr ihn wie ein Blitz der Gedanke an die geheimnisvolle Brieftasche. Schnell sprang er auf, faßte in die Busentasche des Fracks, den er gestern getragen, und – fand wirklich das wunderbare himmelblaue Kleinod. Man kann denken, mit welchem Gefühl Hff. die Brieftasche öffnete. Er gedachte viel geschickter zu verfahren als der Baron Theodor von S. und wohl hinter die Geheimnisse des Inhalts zu kommen. Doch war eben dieser Inhalt ein ganz anderer als damals, da der Baron Theodor von S. die Brieftasche auf einer Bank im Tiergarten unfern der Statue Apollos fand. Kein chirurgisches Messerchen, kein strohgelbes Band, keine fremdartige Blume, kein Fläschchen Rosenöl, nein, nur ganz kleine, sehr dünne, mit feiner Schrift beschriebene Blättchen und sonst nichts anders enthielt die Brieftasche, die Hff. mit der höchsten Sorglichkeit durchsuchte.

Auf dem ersten Blättchen standen italienische, von zierlicher weiblicher Hand geschriebene Verse, die im Deutschen ungefähr lauteten wie folgt:

> »Magische Bande schlingen sich durchs Leben,
> Was lose scheint, verworren, festzuhalten;
> Sie zu zerreißen ist des Dämons eitles Streben.
> Klar wird der höhren Mächte dunkles Walten,
> Entstrahlt's der Dichtung hellem Zauberspiegel,
> In Farb' und Form muß alles sich gestalten.
> Nicht scheut der Magus ein hermetisch Siegel,
> Der innern Kraft will kühnlich er vertrauen.
> Ihm springen auf der Geisterpforte Riegel.
> Bist du der Magus, der mich durfte schauen?
> Schwang mir dein Geist sich nach durch Himmelsräume?
> Wollt'st du in heißer Sehnsucht mich erfassen?
> Du bist's! – fest bannten mich dir süße Träume,
> Erkannt hast du mein Lieben, du mein Hassen,
> Nah war ich dir, auf ging ich deinen Blicken.
> Der Bann besteht, du kannst von mir nicht lassen,
> Dein ist mein Schmerz, dein eigen mein Entzücken,
> Du wirst dem Worte leihn, was ich empfunden.
> Vermag die Torheit wohl dich zu berücken?
> Fühlt sich dein Geist von schwarzer Kunst gebunden?
> Hat jemals falsches Spielwerk dich betrogen?
> Nein! was der Geist im Innern hat empfangen,
> Darf kühn empor aus tiefem Grunde wogen,
> Vor eignem Zauber fühlt kein Magus Bangen.
> Weit fort von dir in heimatliche Zonen
> Reißt mich die Hoffnung, glühendes Verlangen.

Ein hehr Gestirn, glanzvoll beginnt's zu thronen,
Ein teures Pfand (selbst hast du es beschrieben)
Nimm es von mir, den Augenblick zu lohnen,
Als selbst du warst mein Sehnen, warst mein Lieben!
Nur flücht'ger Bilder Zeichnung wirst du finden,
Doch darf die Phantasie nicht Farbe schonen.
Was du erschaut, du magst es keck verkünden!«

Hff. las diese Verse einigemal sehr aufmerksam durch, und es wollte ihm bedünken, daß sie von niemanden anders als von Schnüspelpolds pflegebefohlner Griechin verfaßt und an niemanden anders gerichtet sein könnten, als an ihn selbst. – Hätte, dachte er, die Gute nur nicht Auf- und Unterschrift vergessen, hätte sie fein in reiner klassischer Prosa gesprochen, statt in mystisch verschlungenen dunklen Versen, so würde alles klar und verständlicher geworden sein, und ich wüßte genau, woran ich wäre, aber nun – So wie es aber geschieht, daß ein gefaßter Gedanke eben in dem Grade immer plausibler wird, als man ihn ausarbeitet, so konnte Hff. auch bald gar nicht mehr begreifen, wie er nur einen einzigen Augenblick daran zweifeln mögen, daß er selbst in den artigen Versen gemeint und das Ganze für nichts anders zu nehmen sei als das poetische Billett, mittelst dessen ihm das himmelblaue Kleinod übersendet worden. Nichts war gewisser, als daß die Unbekannte von dem geistigen Verkehr, in dem Hff. mit ihr stand, als er das Fragment aus dem Leben eines Phantasten aufschrieb, Kunde erhalten, sei es mittelbar oder auf mystische Weise unmittelbar durch eigne Anregung, oder vielmehr durch den psychischen Konsensus, von dem der Doppeltgänger gesprochen. Auf welche andere Weise konnten nun die Verse gedeutet werden, als daß die Unbekannte jenen geistigen Verkehr amüsant genug gefunden, daß Hff. furcht- und rücksichtslos ihn wieder anknüpfen, und daß ihm dazu als vermittelndes Prinzip die himmelblaue Brieftasche nebst Inhalt dienen solle.

Errötend mußte Hff. sich selbst gestehen, daß er von jeher in jedes weibliche Wesen, mit dem er in solchen geistigen Umgang geraten, verliebter gewesen als recht und billig; ja, daß dieses unbillige Verliebtsein immer höher gestiegen, je länger er das Bild der Schönsten in Herz und Sinn getragen, und je mehr er sich bemüht, dieses Bild mittelst der besten Worte, der elegantesten Konstruktionen, wie sie nur die deutsche Sprache darbietet, in das rege Leben treten zu lassen. Vorzüglich in Träumen fühlt Hff. sich sehr von dieser verliebten Komplexion angegriffen, und die eigentliche Seladonsnatur, die er dann annimmt, entschädigt ihn reichlich für den gänzlichen Mangel an liebeschmachtenden, idyllischen Situationen, den er schon seit geraumer Zeit im wirklichen Leben verspürt hat. Eine Frau mag es aber wohl gleichgültig ansehen, wie ein geistiges weibliches Wesen nach dem andern, in das der schriftstellerische Gemahl verliebt gewesen, geschrieben, gedruckt und dann mit behaglicher Beruhigung gestellt wird in den Bücherschrank.

Hff. las das Gedicht der Unbekannten noch einmal, immer besser gefiel es ihm, und bei den Worten:

»Als selbst du warst mein Sehnen, warst mein Lieben!«

konnte er sich nicht enthalten, laut auszurufen: »O all ihr hohen Himmel und was noch drüber, hätte ich das nur gewußt, nur geahnt!« – Der Gute bedachte nicht, daß die Griechin nur lediglich die Liebe und Sehnsucht meinen konnte, die der Traum in seinem eignen Innern entzündet und die eben deshalb auch ihre Liebe und Sehnsucht zu nennen. Da aber aus ferneren Entwickelungen der Art der Gedanke des Selbst in zweideutige Konfusion geraten könnte, so ist davon abzubrechen.

Hff. war nun, da ihm das nötige Material in reichlichem Maße von zwei Seiten zugekommen, fest entschlossen, sein Versprechen zu erfüllen, und beantwortete auf der Stelle die drei erhaltenen Briefe. Er schrieb zuvörderst an Schnüspelpold:

»Mein verehrter Herr Kanzleiassistent!
Unerachtet Sie, wie es der Inhalt Ihres werten, an mich gerichteten Briefes vom 25. d. M. klar und deutlich dartut, ein kleiner ungeschlachter Grobian zu sein belieben, so will ich Ihnen das doch gern verzeihen, da ein Mann, der solche schnöde Kunst treibt wie Sie, gar nicht zurechnungsfähig ist, niemanden beleidigen kann und eigentlich aus dem Lande gejagt werden sollte. – Was ich über Sie geschrieben, ist wahr, sowie alle Nachrichten über Sie, die ich in der Fortsetzung der Begebenheiten des Barons Theodor von S. dem Publikum noch mitzuteilen im Begriff stehe, wahr sein werden. Denn Ihres lächerlichen Grimms unerachtet folgt diese Fortsetzung, die ich längst versprochen und zu der mir das hohe herrliche Wesen, das sich, wie ich weiß, Ihrer aberwitzigen Vormund-

schaft entzogen, selbst die Materialien geliefert hat. – Was meinen kleinen Teufel auf dem Schreibtische betrifft, so ist er mir viel zu sehr ergeben und fürchtet auch zu sehr meine Macht über ihn, als daß er Ihnen nicht lieber die Nase abbeißen oder die großen Augen auskratzen, als sich dazu verstehn sollte, Ihnen seine Kleider zu borgen, um mich zu necken. Sollten Sie, mein Herr Kanzleiassistent, doch keck genug sein, sich auf meinem Schreibtisch sehen zu lassen oder gar ins Tintenfaß zu springen, so sein Sie überzeugt, daß Sie so lange nicht wieder herauskommen werden, als noch ein Fünkchen Leben in Ihnen ist. Solche Leute wie Sie, mein Herr Kanzleiassistent, fürchtet man ganz und gar nicht und trügen sie auch noch so lange Haarzöpfe. Mit Achtung etc.«

An den Baron Achatius von F.

»Ew. Hoch- und Wohlgeb. danke ich auf das verbindlichste für die mir gütigst mitgeteilte, Ihren Herrn Neffen, den H. Baron Theodor von S. betreffende Notizen. Ich werde davon den gewünschten Gebrauch machen und will hoffen, daß die von Ew. Hoch- und Wohlgeb. davon erwartete heilbringende Wirkung in der Tat erfolgen möge. Mit der vorzüglichsten Hochachtung.«

An den Baron Theodor von S.

»Mein Herr Baron!
Ihr Schreiben vom 22. d. M. ist in der Tat so höchst wunderseltsam, daß ich, indem es mir Lächeln abnötigte, es ein paarmal durchlesen mußte, um klar darüber zu werden, was Sie wollen. Was ich dagegen will, weiß ich sehr bestimmt, nämlich Ihre ferneren Begebenheiten, insofern sie sich auf das wunderbare Wesen beziehen, mit dem das Ungeschick des Zufalls Sie in Berührung brachte, aufschreiben und einrücken lassen in den Berliner Taschenkalender für das künftige Jahr. Erfahren Sie, daß sie selbst, die Schönste, mich dazu angeregt und selbst die dazu nötigen Nachrichten mitgeteilt hat. Erfahren Sie, daß ich mich jetzt im Besitz der himmelblauen Brieftasche und ihrer Geheimnisse befinde! – Wahrscheinlich werden Sie, mein Herr Baron, nichts mehr gegen mein Vorhaben einzuwenden haben. Sollte dies doch der Fall sein, so bin ich entschlossen, auch nicht die mindeste Rücksicht darauf zu nehmen, da mir das Gebot der holden Unbekannten mehr als alles gilt, sowie Ihnen

in jeder Art Rede zu stehen. Übrigens zeichne ich mich mit vieler Achtung etc. etc.«

Sprach Hff. in diesem letzten Schreiben von den Geheimnissen der himmelblauen Brieftasche, so meinte er allerdings das Messerchen, das magische Band etc., und es war ihm in dem Augenblick, als habe er sie wirklich gefunden. Lügen wollte er nicht, auch ebensowenig dem Baron Theodor von S. vielleicht einigen Respekt einflößen für den Besitzer magischen Werkzeuges.

Sowie nun die drei Briefe in fröhlichem Mute weggesendet waren nach der Friedrichsstraße und nach der Post, machte sich Hff. über die Blättlein her, die er von verschiedenen, zum Teil ziemlich unleserlichen Händen beschrieben fand. Er ordnete diese Blättlein, verglich sie mit den ihm von dem Baron Achatius von F. mitgeteilten Notizen und brachte beides, Blättlein und Notizen, soviel möglich in Zusammenhang. Folgendes mag als Resultat dieser Bemühungen gelten.

Erstes Blättlein

Auf diesem Blättlein stehen einige italienische Zeilen, die offenbar von derselben Hand geschrieben sind, die die erst erwähnten Verse aufgezeichnet hat, mithin der Besitzerin der Brieftasche angehören. Die Worte scheinen sich auf jenes wunderliche Ereignis in Schnüspelpolds Wohnung zu beziehen, das beim Schlusse des Fragments erzählt wurde; billig geht also dieses Blättlein voran dem Reihen der übrigen.
   Die Zeilen lauten wie folgt:

»Hinweg mit allem Vertrauen, mit aller Hoffnung! – O Chariton, meine geliebte Chariton, welch ein schwarzer Abgrund dämonischer Tücke und Arglist stand heute plötzlich offen vor meinen Augen! – Mein Magus, er ist ein Verräter, ein Bösewicht, nicht der, dem die Prophezeiung der guten Mutter galt, nicht der, für den er sich geschickt auszugeben und uns alle zu täuschen wußte. Dank der weisen Alten, die ihn durchschaute, mich warnte, kurz ehe wir Patras verließen, mich selbst den Talisman kennen lehrte, dessen Besitz mir die Gunst höherer Mächte vergönnte und dessen wunderbare Kraft mir unbekannt geblieben. Was wäre aus mir geworden, wenn dieser Talisman mir nicht Gewalt gäbe über den

Kleinen und oft zum Schilde diente, an dem alle seine heimtückisch geführten Streiche abprallen! – Ich hatte mit meiner Maria den gewöhnlichen Spaziergang gemacht. Ach! – ich hoffte ihn zu sehen, der meine Brust entzündet in glühender Sehnsucht! – Wie ist er dann verschwunden auf unbegreifliche Weise? Hat er denn mich nicht erkannt? Sprach mein Geist vergebens zu ihm? Hat er nicht die Worte gelesen, die ich mit magischem Messer einschnitt in den geheimnisvollen Baum? – Als ich zurückkehrte in mein Zimmer, vernahm ich ein leises Ächzen hinter den Vorhängen meines Bettes. Ich wußte, was geschehen, und mochte, gutmütig genug, den Kleinen nicht heraustreiben aus dem Bette, weil er morgens über Kolik geklagt. Nicht lange dauerte es, als ich, da ich in ein anderes Zimmer getreten, ein Geräusch und dann ein lautes Gespräch vernahm, in das der Magus mit einem Fremden geraten schien. Dazwischen lärmte und schrie Apokatastos so gewaltig, daß ich wohl ahnen konnte, es müßte Besonderes vorgehen, wiewohl mein Ring ruhig blieb. Ich öffnete die Türe – o Chariton! – Er selbst – Theodor stand mir vor Augen – Mein Magus hüllte sich ein in die Bettdecke, ich wußte, daß in diesem Augenblick ihm alle Kraft gebrochen. Mir bebte das Herz vor Entzücken! – Seltsam hätte es vorkommen müssen, daß Theodor, im Begriff, mir entgegenzueilen, auf ungeschickte Weise hinstürzte und dann sich gar possierlich gebärdete. Es kamen mir Zweifel, aber indem ich den Jüngling betrachtete, war es mir, als sei er, wenn auch nicht Teodoros Capitanaki selbst, so doch der aus griechischem fürstlichen Stamm Entsprossene, der bestimmt, mich zu befreien und dann Höheres zu beginnen. Die Stunde schien gekommen, ich forderte ihn auf das Werk zu beginnen, da schien ihn ein Schauer anzuwandeln. Doch erholte er sich und erzählte von seiner Herkunft. O Wonne, o Freude! ich hatte mich nicht getäuscht, ich durfte kein Bedenken tragen, ihn zu fassen in meine Arme, ihm zu sagen, daß es an der Zeit, seine Bestimmung zu erfüllen, daß kein Opfer gescheut werden müsse. Da – o all ihr Heiligen! da wurden des Jünglings Wangen immer blässer und blasser, seine Nase spitzer und spitzer, seine Augen starrer und starrer! – Sein Leib, schon dünn genug, schrumpfte immer mehr zusammen! – Mir war's, als würfe er keinen Schatten mehr! – Gräßliches Trugbild! Vernichten wollte ich die dämonische Täuschung, ich zog mein Messer, aber mit Blitzschnelle war der Wechselbalg verschwunden! – Apokatastos schnatterte, pfiff und lachte hämisch, der Magus sprang aus dem Bette, wollte fort durch die Türe, indem er unaufhörlich schrie: ›Braut – Braut!‹ aber ich faßte ihn, schlang das Band um seinen Hals. Er stürzte nieder und bat in den kläglichsten Jammertönen um Schonung. ›Gregoros Seleskeh‹, rief Apokatastos, ›du bist verlesen, du verdienst kein Erbarmen!‹ – ›Ach Gott!‹ schrie der Magus; ›was Seleskeh, ich bin ja nur der Kanzleiassistent Schnüspelpold aus Brandenburg!‹ – Bei diesen furchtbaren Zaubernamen – Kanzleiassistent – Schnüspelpold – Brandenburg – ergriff mich tiefes Entsetzen, ich fühlte, daß ich noch in den Ketten des dämonischen Alten! – Ich wankte fort aus dem Zimmer. – Weine, klage mit mir, o meine geliebte Chariton! – Nur zu klar ist es mir, daß das Trugbild, was der Magus mir unterschieben wollte, sich schon früher als schwarzer Hasenfuß im Tiergarten zeigte, daß ihm der Magus die himmelblaue Brieftasche in die Hände spielte, daß – ihr ewigen Mächte, soll ich Raum geben meinem furchtbaren Argwohn? – bringe ich mir die ganze Gestalt des jungen Menschen im letzten Augenblick vor Augen – es lag etwas, wie aus Kork Geformtes darin. – Mein Magus ist erfahren in aller kabbalistischer Wissenschaft des Orients, nichts als ein von ihm aus Kork geschnitzter Teraphim ist vielleicht dieser angebliche Teodoros, der nur periodisch zu leben vermag. Daher kam es, daß, als mein Magus mich verlockt hatte hieher, unter dem Versprechen, mich meinem Teodoros in die Arme zu führen, der Zauber deshalb mißlang, weil der Teraphim, den ich zur Nachtzeit höchst erbärmlich auf dem Sofa liegend im Wirtshause fand, gerade aller ihm künstlich hineinoperierten Sinne beraubt war. Mein Talisman wirkte, ich erkannte augenblicklich den schwarzen Hasenfuß und zwang ihn, mir selbst, wie es die Konstellation nun einmal wollte, die himmelblaue Brieftasche in die Hände zurückzugeben. – Bald muß sich alles aufklären.« –

Diesen Zeilen ist aus den Notizen des Barons Achatius von F. noch manches hinzuzufügen.

»Wo bleibt«, fragte Frau von G., die elegante Wirtin eines noch eleganteren Tees, »wo bleibt unser lieber Baron? Es ist ein herrlicher Jüngling, voller Verstand, hinreißender Bildung und dabei von einer Phantasie und einem seltnen Geschmack im Anzuge, daß ich ihn schmerzlich vermisse in meinem Zirkel.«

In dem Augenblick trat der Baron Theodor von S., der eben gemeint, hinein in den Saal, und ein leises Ah! flüsterte durch die Reihe der Damen.

Man bemerkte indessen bald eine gänzliche Änderung in des Barons ganzem Wesen. Fürs erste fiel allgemein die Nachlässigkeit im Anzuge auf, die beinahe die Grenzen des Anstandes überschritt. Der Baron hatte nämlich den Frack, ein Intervall der Knöpfe überspringend, schief zugeknöpft, die Brustnadel saß um zwei Finger breit zu tief auf dem Jabot, sowie die Lorgnette wenigstens anderthalb Zoll zu hoch hing; was aber durchaus unverzeihlich schien, der Lockenwurf des Haars war durchaus nicht dem ästhetischen Prinzip gemäß, vielmehr nach der Richtung, wie es auf dem Haupte gewachsen, aufgekämmt. Die Damen schauten den Baron ganz verwundert an, die Elegants würdigten ihn aber keines Wortes, keines Blickes. Das erbarmte endlich den Grafen von E. Er führte geschwinde den Baron in ein anderes entlegenes Zimmer, machte ihn auf die groben Verstöße in der Kleidung, die ihn um allen guten Ruf hätten bringen können, aufmerksam und half alles besser ordnen, indem er selbst mittelst eines Taschenkamms sinnreich und geschickt den Dienst des Haarkräuslers versah.

Als der Baron wieder in den Saal trat, lächelten ihn die Damen wohlgefällig an, die Elegants drückten ihm die Hände, die ganze Gesellschaft war erheitert. –

Zuerst wußte der Graf von E. gar nicht, was er aus dem Baron machen sollte. So schonend als möglich hatte er ihn die begangenen Verstöße merken lassen, damit ihn Schreck und Verzweiflung nicht zerschmettern solle, aber ganz gleichgültig, stumm und starr war er geblieben. Nun wußte aber bald die ganze Gesellschaft nicht, wie sie mit dem Baron beraten, denn ebenso gleichgültig, stumm und starr setzte er sich hin und gab auf alle Fragen der tee- und wortreichen Wirtin verkehrte lakonische Antworten. Man schüttelte unmutig den Kopf, nur sechs Fräuleins sahen verschämt errötend vor sich nieder, weil jede glaubte, der Baron sei in sie verliebt und deshalb so zerstreut und unordentlich im Anzuge. Hatten selbige Fräuleins wohl den Shakespeare und zwar: »Wie es Euch gefällt« gelesen? (Dritter Aufzug, zweite Szene.)

Eben war, nachdem man die Vortrefflichkeiten und Herrlichkeiten eines neuen aberwitzigen Balletts gehörig entwickelt und gerühmt, eine Stille entstanden, als der Baron, wie plötzlich aus einem tiefen Traum erwachend, laut rief: »Pulver – Pulver in die Ohren gestreut und dann angezündet – es ist fürchterlich – schrecklich – barbarisch!«

Man kann denken, wie alle ganz betroffen den Baron anschauten. »O sagen Sie«, sprach die Wirtin, »o sagen Sie, bester Baron, gewiß hat irgend etwas Ihre tiefste Phantasie aufgeregt, Ihre Brust ist zerrissen, Ihr ganzes Innres verstört? – Was ist es, sprechen Sie! O, es wird gewiß etwas höchst Interessantes sein?« – Der Baron war hinlänglich wach geworden, um zu fühlen, daß er wirklich selbst in diesem Augenblick höchst interessant sich gebärden könne. Er hob daher die Augen gen Himmel, legte die Hand auf die Brust und sprach mit bewegter Stimme: »O Gnädige! Lassen Sie mich das fürchterliche Geheimnis tief in meiner Brust bewahren, das keine Worte kennet, sondern nur den todbringenden Schmerz!« – Alle mußten erbeben vor diesen sublimen Worten, nur der Professor L. lächelte sarkastisch und – Doch sei es dem Autor erlaubt, bei Gelegenheit des Professors einige Worte einzuschalten über die sinnreiche Organisation unserer Tees, wie sie wenigstens in der Regel stattfindet. Der bunte Flor schön geputzter artiger Fräuleins und schwalbgeschweifter schwarzer oder blauer Jünglinge ist gewöhnlich durchschossen mit zwei oder drei Dichtern und Gelehrten, und so mag die psychische Mischung des Zirkels verglichen werden mit der physischen Mischung des Tees.

Die Sache kommt so zu stehen:

1. Tee, die hübschen artigen Frauen und Fräuleins als Grundbasis und begeisterndes Aroma des Ganzen.
2. Laues Wasser (es kocht selten recht), die schwalbgeschweiften Jünglinge.
3. Zucker, die Dichter wie sie nämlich sich gestalten müssen, um für den Tee brauchbar zu erscheinen.
4. Rum, die Gelehrten.

Für Zwieback, Pumpernickelschnitte, kurz, für alles, was nur von wenigen gelegentlich zugebissen wird, können die Leute gelten, die von den letzten Avisen sprechen, von dem Kinde, das nachmittags in der und der Straße zum Fenster hinausgestürzt, von dem letzten Feuer, und wie die Schlauchspritzen gute Dienste getan, die ihre Rede gewöhnlich mit: »Wissen Sie schon?« anfangen und sich bald entfernen, um im sechsten Zimmer heimlich einen Zigarro zu rauchen. –

Also der Professor L. lächelte sarkastisch und meinte, daß der Baron heute vorzüglich frisch aussähe trotz des todbringenden Schmerzes im Innern.

Der Baron, ohne auf das zu merken, was der Professor gesprochen, versicherte, daß ihm heute nichts Angenehmeres geschehen könne, als auf einen mit historischer Kenntnis so reich ausgestatteten Mann zu treffen, als der Herr Professor es sei.

Dann fragte er sehr begierig, ob es denn wahr, daß die Türken im Kriege ihre Gefangenen auf die grausamste Weise ums Leben brächten, und ob dies nicht gegen das Völkerrecht merklich anstoße. Der Professor meinte, daß es so gen Asien zu mit dem Völkerrecht immer mißlicher werde, und daß es sogar schon in Konstantinopel verstockte Leute gebe, die kein Naturrecht statuieren wollten. Was nun das Umbringen der Gefangenen betreffe, so wäre das, wie der Krieg überhaupt, schwer unter ein Rechtsprinzip zu bringen, und dies daher dem alten Hugo Grotius in seinem Taschenbüchelchen: »De jure belli et pacis« betitelt, blutsauer geworden. Man könne daher in dieser Hinsicht nicht sowohl von dem, was recht, als von dem sprechen, was schön und nützlich. Schön sei jenes Abtun der wehrlosen Gefangenen nicht, aber oft nützlich. Selbst von diesem Nutzen hätten aber die Türken in neuester Zeit nicht profitieren wollen, mit verschwenderischer Bonhomie Pardon gegeben und sich großmütig mit Ohrabschneiden begnügt. Fälle gebe es aber allerdings, in denen nicht allein alle Gefangenen gegenseitig umgebracht, sondern auch alle unmenschliche viehische Grausamkeiten ausgeübt werden würden, die jemals die sinnreichste Barbarei erfunden. Z.B. würde dies ganz gewiß, ja ganz vorzüglich stattfinden, wenn es jemals den Griechen einfallen sollte, mit Gewalt das Joch abzuschütteln, unter dem sie schmachten. Der Professor begann nun, mit dem Reichtum seiner historischen Kenntnisse im kleinsten Detail prahlend, von den Martern zu sprechen, die im Orient üblich. Er begann mit dem geringen Ohr- und Nasabschneiden, berührte flüchtig das Augenausreißen oder – ausbrennen, ließ sich näher aus über die verschiedenen Arten des Spießens, gedachte rühmlichst des humanen Dschingiskhan, der die Leute zwischen zwei Bretter binden und durchsägen ließ, und wollte eben zum langsamen Braten und In-Öl-sieden übergehen, als plötzlich zu seiner Verwunderung der Baron Theodor von S. mit zwei Sprüngen hinaus war durch die Türe. –

Unter den von dem Baron Achatius von F. übersendeten Papieren befindet sich ein kleiner Zettel, worauf von des Barons Theodor von S. Hand die Worte stehen:

»O himmlisches süßes holdes Wesen! welche Qualen hat der Tod, hat die Hölle, die ich siegender Held nicht um dich ertragen sollte! Nein, du mußt mein werden, und drohte mir auch der martervollste Untergang!

– O Natur, süße grausame Natur, warum hast du nicht allein meinen Geist, sondern auch meinen Leib so zart, so empfindlich geschaffen, daß mich jeder Flohstich schmerzt! Warum, ach, warum kann ich, ohne ohnmächtig zu werden, kein Blut sehen, am wenigsten das meinige!«

Zweites Blättlein

Auf diesem stehen aphoristische Bemerkungen über des Barons Theodor von S. Tun und Treiben, die von irgend jemanden, der ihn genau beobachtete, aufgeschrieben und zur Mitteilung an Schnüspelpold bestimmt zu sein scheinen. Die Hand ist fremdartig und oft schwer zu entziffern. In bessern Zusammenhang gebracht, ist folgendes daraus zu berichten. – Jener Abend bei Frau von G. hatte, unerachtet die anfängliche allgemeine Äußerung des Mißfallens unheilbringend geschienen, doch für den Baron die ersprießlichsten Folgen. Ein besonderer Glanz umfloß ihn, und er kam mehr in die Mode als jemals. Er blieb in sich gekehrt, zerstreut, führte verwirrte Reden, seufzte, starrte die Leute gedankenlos an, ja, er wagte sogar einigemal das Halstuch nachlässig zu knüpfen und im flachsfarbnen Oberrock zu erscheinen, den er sich, da ihm Farbe und Form solcher Kleidung am besten zu stehen schienen, ausdrücklich hatte machen lassen, der interessanten Unschicklichkeit halber. Man fand das alles allerliebst zum Entzücken. Jede, jeder haschte nach dem Augenblick, ihn unter vier Augen auszufragen über sein vorgebliches Geheimnis, und es war etwas mehr dahinter als bloße Neugierde. Manches junge Mädchen fragte, in der Überzeugung, daß nichts anders als das Geständnis seiner Liebe über des Barons Lippen fließen könne. Andere, die diese Überzeugung nicht hatten, drangen deshalb in den Baron, weil sie wohl wußten, daß ein Mann, der einem jungen Frauenzimmer irgendein Geheimnis entdeckt, und sollte es auch ein sorglich zu verschweigender Liebesbund mit einer andern sein, wenigstens einen Teil seines Herzens mit wegschenkt, und daß die Vertraute gewöhnlich den Teil, der für die Glückliche übriggeblieben, nach und nach in Anspruch nimmt und wirklich gewinnt. Alte Damen wollten das Geheimnis wissen, um nachher die gebietende Herrin zu spielen, junge Männer aber, weil sie gar nicht begreifen konnten, wie dem Baron und nicht ihnen das Außerordentliche begegnet, und weil sie gern wissen wollten, wie es anzufangen, um ebenso interessant zu erscheinen als er. – Jede Mitteilung dessen, was sich in Schnüspelpolds Wohnung an jenem Tage begeben, war natürlicherweise unmöglich. Der Baron mußte schweigen, weil er nichts zu entdecken hatte, und ebendaher kam es, daß er bald sich selbst einbildete, er trüge ein Geheimnis in sich, das ihm selbst ein Geheimnis. Andre Leute von etwas melancholischem Temperament hätte solch ein Gedanke zum Wahnsinn treiben können, der Baron fand sich aber sehr wohl dabei, ja, er vergaß darüber das eigentliche nicht mitteilbare Geheimnis und Schnüspelpold und die schöne Griechin dazu. In dieser Zeit gelang es denn auch den Künsten der kokettierenden Amalie Simson, den Baron wieder an sich zu ziehen. Sein Hauptgeschäft war, schlechte Verse zu drechseln, noch schlechtere Musik dazu zu machen und die miserablen Erzeugnisse seiner verstockten Muse der Bankierstochter vorzuplärren. Er wurde bewundert und war daher im Himmel. Das sollte aber nicht lange dauern.

Eines Abends, als er, aus einer Abendgesellschaft, die eben bei dem Bankier Nathanael Simson stattgefunden, spät in der Nacht zurückgekehrt, sich entkleiden ließ, faßte er in die Brusttasche das Fracks, um die Börse herauszunehmen. Mit der Börse zog er aber ein kleines Zettelchen hervor, auf dem die Worte standen:

»Unglückseliger, Verblendeter! Kannst du so leicht die vergessen, die dein Leben, dein alles sein sollte, mit der dich höhere Mächte verbanden zum höheren Sein?«

Ein elektrischer Schlag durchfuhr sein Innres. – Keine andere als die Griechin hatte diese Worte geschrieben. Das Himmelsbild stand ihm vor Augen, er lag in den Armen der Schönsten, er fühlte ihre Küsse auf seinen Lippen brennen! – »Ha«, rief er begeistert aus, »sie liebt mich, sie kann mich nicht lassen! Verschwinde, schnöder Trug! Geh zurück in dein Nichts, kecke Bankierstochter! – Hin zu ihr, der Göttlichen, der hohen, hehren – hin zu ihren Füßen zu stürzen und Verzeihung zu erringen!« –

Der Baron wollte fort, der Kammerdiener erinnerte dagegen, ob es nicht besser sein würde, schlafen zu gehen, der Baron packte ihn aber bei der Gurgel, flammte ihn an mit gräßlichem Blick und sprach: »Verräter, was sprichst du von Schlaf, wenn ein ganzer Ätna von Liebesglut im Innern aufgelodert?« – Darauf küßte er, während ihn der Kammerdiener vollends auskleidete, unter allerlei verwirrten unverständigen Redensarten noch einigemal den Zettel, der, er wußte wahrlich nicht wie, in seine Rocktasche gekommen, legte sich ins Bette und verfiel bald in süßen Schlummer.

Man kann denken, mit welcher Hast er andern Morgens, nachdem er sich auf das schönste und geschmackvollste angekleidet, nach der Friedrichsstraße rannte. Hoch klopfte ihm das Herz vor Entzücken, aber noch höher – vor innerer Angst und Beklommenheit, als er die Klingelschnur des Hauses fassen wollte. Wenn nur nicht die verdammten Zumutungen wären! So dachte er und zögerte länger und länger vor der Türe, in schwerem Kampf mit sich selbst begriffen, bis er am Ende in einer Art verzweifelten Mutes die Klingel stark anzog.

Man öffnete, leise schlich er die Treppe herauf, lauschte an der wohlbekannten Türe. Da sprach drinnen eine gellende schnatternde Stimme:

»Der Heerführer kommt gewappnet und gerüstet, mit dem Schwert in der Hand, und wird vollbringen, was du gebeutst. Will dich aber ein mutloser Schwächling täuschen, so stoße ihm dein Messer in die Brust.«

Der Baron drehte sich sehr geschwind um, sprang ebenso schnell die Treppe herab und lief, was er konnte, die Friedrichsstraße herab.

Unter den Linden hatte sich ein Haufe Menschen gesammelt, die einem jungen Husarenoffizier zuschauten, der sein wild gewordenes Pferd nicht bändigen zu können schien. Das Pferd sprang, bäumte sich so, daß es jeden Augenblick überzuschlagen drohte. Es war graulich anzusehn. Aber fest, wie angeschmiedet, saß der Offizier, zwang endlich das Pferd zu zierlichen Kurbetten und ritt dann im kurzen Trabe davon.

Ein lautes freudiges: »Ha, welch ein Mut, welche Besonnenheit – o herrlich!« das aus dem Fenster des ersten Stocks eines Hauses zu kommen schien, zog des Barons Blick in die Höhe, und er gewahrte ein bildschönes Mädchen, die, ganz errötet vor Angst, Tränen im Auge, dem kühnen Reiter nachblickte.

»In der Tat«, sprach der Baron zu dem Rittmeister von B., der sich indessen zu ihm gesellt hatte, »das ist ein kühner mutiger Reiter, die Gefahr war groß.«

»Nichts weniger als das«, erwiderte der Rittmeister lächelnd, »nur gewöhnliche Reiterkünste hat der Herr Leutenant hier produziert. Sein schönes kluges Pferd ist zugleich eines der frömmsten, die ich kenne, aber dabei ein vortrefflicher Komödiant, der einzugreifen weiß in das Spiel des Herrn. Die ganze Komödie wurde aufgeführt, um jenem hübschen Mädchen dort Angst einzujagen, die sich auflöst in süße Bewunderung des herrlichen kühnen Pferdebändigers, dem dann forthin ein

Tanz und – auch wohl ein verstohlner Kuß nicht abgeschlagen wird.« Der Baron erkundigte sich angelegentlichst, ob es wohl schwer sei, dergleichen Künste zu erlernen, und gestand, als der Rittmeister versicherte, daß der Baron, da er schon sonst ganz passabel reite, sehr bald solches Spiels mächtig werden würde, wie ganz besondere geheimnisvolle Verbindungen ihm es wünschenswert machten, einer gewissen Dame ebenso zu erscheinen, wie der Husarenleutenant jenem Mädchen. Der Rittmeister, den Schalk im Innern, bot sich selbst zum Lehrer und eins seiner Pferde, das sich auch recht gut auf solches Spiel verstehe, zur Ausführung des Plans an.

Es ist zu merken, daß jener Auftritt in dem Baron die Idee erweckt hatte, sich der Griechin auf eine ganz gefahrlose Weise als einen mutigen Mann zu zeigen, damit sie nur nicht mehr nach seinem Mut frage, das übrige nebst den chimärischen Plänen, wegen Befreiung der miserablen Griechen, werde (so meinte er) dann wohl nach und nach in Vergessenheit geraten.

Die Studien des Barons waren vollendet, selbst auf der Straße hatte er schon gelungene Versuche gemacht, in Gegenwart des Rittmeisters. Da ritt er eines Morgens oder vielmehr Mittags, wenn die Straßen am lebendigsten sind, durch die Friedrichsstraße. – O Himmel! die Griechin stand am Fenster, Schnüspelpold neben ihr. Der Baron begann seine Künste, aber sei es nun, daß er sich übernahm in dem Augenblick der Begeisterung, oder daß das Pferd gerade nicht aufgelegt war zu solcher Spielerei, genug – ehe er sich's versah, flog der Baron herab aufs Straßenpflaster, und ruhig blieb das Roß stehen, drehte seitwärts den Kopf und schaute den Gefallnen an mit klugen Augen. Die Leute sprangen herbei, um den Baron, der in tiefer Ohnmacht dalag, aufzuheben und ins Haus zu tragen. Ein alter Regimentschirurgus, der eben vorüberging, drängte sich aber durchs Volk, schaute dem Baron ins Gesicht, faßte seinen Puls,

befühlte ihn am ganzen Leibe und brach dann los: »Alle tausend Elemente, mein Herr! was treiben Sie für Narrenstreiche, Sie sind ja gar nicht ohnmächtig, Ihnen fehlt ja nicht das allermindeste, setzen Sie sich doch nur wieder getrost auf!« – Wütend riß sich der Baron von den Leuten los, schwang sich aufs Pferd und ritt davon unter dem schallenden Hohngelächter des versammelten Volks, begleitet von munteren Straßenbuben, die jauchzend neben ihm her Kurier liefen. – Durchaus hatte es dem Baron nicht gelingen wollen, sich der Angebeteten als ein kühner, mutiger Mann zu zeigen, selbst das letzte Mittel, das die Verzweiflung ihm eingab, die verstellte Ohnmacht nämlich, schlug fehl durch die heillose Dazwischenkunft des geraden, keine Schonung kennenden Chirurgus.

Soweit das Blättlein. In den Notizen des Barons Achatius von F. hat sich nichts gefunden, was mit dem Vorhergehenden in Verbindung zu bringen gewesen wäre.

Drittes Blättlein

Vier Blättlein können hier schicklich zusammengezogen werden in eines, da sie die fortlaufende Erzählung eines und desselben Ereignisses enthalten. Die Schrift scheint von dem Kanzleiassistenten Schnüspelpold selbst herzurühren.

Der Baron Theodor von S. schlief in der trüben regnichten Bartholomäusnacht so erstaunlich fest, daß ihn selbst das Geheul des Sturmwindes, das Klappern und Klirren des aufgesprungenen Fensterflügels nicht zu wecken vermochte. Plötzlich fing er aber an, die Nase zu ziehen, als verspüre er irgendeinen Geruch. Dann lispelte er kaum vernehmlich: »O, mir gib diese schönen Blumen, du meine süße Liebe!« und schlug die Augen auf. Grenzenlos schien sein Erstaunen, als er das Zimmer blendend erleuchtet, dicht vor Augen aber einen großen duftenden Blumenstrauß erblickte. Dieser Blumenstrauß war aber an dem Rock befestigt, den ein alter Mann angezogen, welchen ein verleumderischer Schriftsteller als verwachsen, krummbeinicht, grotesk in seinem ganzen Wesen geschildert hat. Gut ist es aber, daß besagter Schriftsteller den Mann hat zeichnen lassen, und daß die Zeichnung zum Sprechen ähnlich geraten ist. Jeder kann sich daher überzeugen, daß jene Schilderung gänzlich gegen die Wahrheit anstößt. »Um tausend Gottes willen«, rief der Baron ganz erschrocken, »Herr Kanzleiassistent Schnüspelpold, wo kommen Sie hierher zu dieser Stunde?«

»Erlauben Sie«, sprach Schnüspelpold, nachdem er den Fensterflügel befestigt und sich niedergelassen hatte auf den Lehnsessel, den er dicht ans Bette gerückt, »erlauben Sie, verehrtester Herr Baron, daß ich Ihnen meinen Besuch abstatte. Zwar ist die Stunde ungewöhnlich, indessen gerade die einzige, in der ich mich, ohne Aufsehn zu erregen, zu Ihnen begeben konnte, um Sie in Geheimnisse einzuweihen, von denen Ihr Liebesglück abhängt.«

»Sprechen Sie«, erwiderte der Baron, der sich jetzt erst ganz ermuntert, »sprechen Sie, bester Schnüspelpold, vielleicht gelingt es Ihnen, mich aus der schrecklichen Trostlosigkeit zu reißen, in der ich mich befinde. O Schnüspelpold!« –

»Ich weiß«, fuhr Schnüspelpold fort, »ich weiß, wertester Herr Baron, was Sie sagen wollen, und will nicht verhehlen, daß gewisse alberne Streiche, z.B. der Sturz vom Pferde –«

»O! o! o!« seufzte der Baron und verbarg sich in die Kopfkissen.

»Nun, nun«, sprach Schnüspelpold weiter, »ich will diese mißtönende Saite nicht weiter berühren, sondern nur im allgemeinen bemerken, daß Ihr ganzes Betragen und Treiben, wertester Baron, von dem Augenblick an, als Sie mein Mündel geschaut und sich in sie verliebt hatten, von der Art war, daß alle meine Bemühungen, Ihre Verbindung mit der Schönsten zustande zu bringen, scheitern mußten. Besser ist es daher, Sie mit dem, was zu tun, vertrauter zu machen, dies setzt aber voraus, daß ich Ihnen über meine und meines Mündels Verhältnisse mehr sage, als es gewisser Konstellationen halber eigentlich ratsam sein dürfte. Vernehmen Sie also! – Ich fange, wie die Klugheit jedem in allen Verhältnissen des Lebens gebeut, von mir selbst an. Alle Leute, denen ich in die Nähe komme, sprechen, ich sei ein kurioser Mann, mit dem es nicht recht richtig, ohne daß diese Leute selbst wissen, was sie damit meinen. Allen exzentrischen Männern, d.h. solchen, die aus dem enge gezogenen Kreise des gewöhnlichen Treibens hinausspringen, denen die abgeschlossene Wissenschaft nicht genügt, die Stoff und Nahrung höherer Weisheit nicht in Büchern, sondern die Propheten selbst aufsuchen in fernen Landen, geht es aber so, und auch mir. Erfahren Sie, bester Herr Baron – aber Sie schlafen!« – »Nein, nein«, wimmerte der Baron unter dem Kissen hervor, »ich kann mich nur noch nicht ganz von dem unglückseligen Sturz erholen, erzählt nur, Schnüspelpoldchen!«

»Erfahren Sie also«, fuhr Schnüspelpold fort, »daß ich, nachdem ich Kanzleiassistent geworden, mich mit Macht hingezogen fühlte zu der Wissenschaft aller Wissenschaften, die nur ein flacher abgestumpfter Zeitgeist verwerfen, nur ein unwissender Tor für dummes abgeschmacktes Zeug erklären kann. Ich meine die göttliche Kabbala! – Ihnen mehr von dieser Wissenschaft und von der Art zu sagen, wie es mir gelang, einzudringen in ihre Tiefen, das verlohnt nicht der Mühe, da Sie den Teufel was davon verstehen und vor schnöder unweiser Langeweile bald fest einschlafen würden. Es genügt zu sagen, daß ein Kabbalist unmöglich auf die Dauer mit Mut und Liebe Kanzleiassistent bleiben kann. Es war die heilige, göttliche Kabbala, die mich forttrieb aus der Kanzelei, forttrieb aus dem lieben Brandenburg in ferne Länder, wo ich die Propheten fand, die mich annahmen als wißbegierigen gelehrigen Schüler. – Man muß die Asche der Väter ehren! – Mein Vater, der Knopfmacher Schnüspelpold, war ein ziemlicher Kabbalist, und die Frucht vieljähriger Bemühungen ein Talisman, den ich aus meines Vaters Erbschaft mitnahm auf meiner Reise, und der mir gute Dienste geleistet hat. Es besteht dieser Talisman in einem zierlich gearbeiteten Hosenknopf, den man auf der Herzgrube tragen muß, und – Doch Sie hören mich nicht, Baron?« – »Allerdings«, sprach der Baron noch immer in den Kissen, »aber Ihr erzählt entsetzlich weitläuftig, Schnüspelpold, und noch habt Ihr gar nichts vorgebracht, was mich trösten könnte.«

Das würde schon kommen, versicherte Schnüspelpold und fuhr dann weiter fort:

»Ich durchreiste die Türkei, Griechenland, Arabien, Ägypten und andere Länder, wo sich den Kundigen die Schachten tiefer Weisheit öffnen, und kehrte endlich, nachdem ich dreihundertunddreiunddreißig Jahre auf der Reise zugebracht, nach Patras zurück. Es begab sich, daß ich in der Gegend von Patras bei einem Hause vorüberging, welches, wie ich wußte, von einem aus fürstlichem Stamm entsprossenen Griechen bewohnt wurde. Man rief mir nach: ›Gregoros Seleskeh, trete hinein, du kommst zur rechten Stunde.‹ Ich drehte mich um, erblickte in der Tür eine alte Frau, deren Gesicht und Gestalt Sie, wertester Herr Baron, und andere künstlerische Leute an die Sibyllen des Altertums erinnert hätte. Es war Aponomeria, die weise Frau, mit der ich sonst in Patras Umgang gepflogen und die meine Kenntnisse ungemein bereichert hatte. Wohl wußte ich nun, daß Aponomeria Hebammendienste verrichten sollte, was eigentlich ihr Beruf war in Patras. Ich trat hinein, die Fürstin lag in Kindesnöten, und bald war ein liebliches Wunder von Mägdlein geboren. ›Gregoros Seleskeh‹, sprach Aponomeria feierlich, ›betrachte dieses Kind aufmerksam und berichte, was du erschaut.‹ Ich tat das, ich figierte meinen ganzen Sinn, all meine Gedanken auf das kleine Wesen. Da entzündete sich über dem Haupte des Kindes ein blendender Strahlenschimmer, in diesem Schimmer wurde aber ein blutiges Schwert und dann eine mit Lorbeern und Palmen umwundene Krone sichtbar. – Ich verkündete das. Da rief Aponomeria begeistert: ›Heil, Heil der edlen Fürstentochter!‹ – Die Fürstin lag wie im Schlummer, doch bald leuchteten ihre Augen auf, sie erhob sich frisch und munter, alle Jugendblüte im holden Antlitz, aus dem Bette, kniete nieder vor dem Bildnis des heiligen Johannes, das über einem kleinen Altar im Zimmer angebracht, und betete, den verklärten Blick emporgerichtet. ›Ja‹, sprach sie dann, im Innersten bewegt, ›ja, meine Träume werden wahr – Teodoros Capitanaki – das blutige Schwert, es gehört dir, aber die palmen- und lorbeerumwundene Krone empfängst du aus der Hand dieser Jungfrau. Gregoros Seleskeh, Aponomeria! Meinen Gemahl – all ihr Heiligen, vielleicht ist er schon nicht mehr! – mich wird bald ein früher Tod hinraffen. Dann sollt ihr die treuen Eltern dieses Kindes sein. – Gregoros Seleskeh, ich kenne deine Weisheit, die Mittel, die dir zu Gebote stehen, du wirst ihn auffinden, den, der das blutige Schwert trägt, ihm wirst du die Fürstentochter in die Arme führen, wenn die Morgenröte aufsteigt, wenn die ersten Strahlen glühend aufflimmern und, von ihnen zum Leben entzündet, das gebeugte Volk sich aufrichtet!‹ – Als ich nach zwölf Jahren wieder nach Patras kam, waren beide gestorben, der Fürst und seine Gemahlin. Bei Aponomeria fand ich die Tochter, die nunmehr unser Kind worden. Wir gingen nach Zypern und fanden den, den wir suchten, den wir suchen mußten, um den reichen Schatz, das Besitztum der jungen Fürstin, in Empfang zu nehmen, in dem verfallnen Schloß zu Bassa, ehemals Paphos. – Hier fiel es mir ein, das Horoskop der jungen Fürstin zu stellen. Ich brachte heraus, daß ihr hohes Glück, ein Thron, bestimmt durch die Verbindung mit einem Fürsten; aber zu gleicher Zeit gewahrte ich die Zeichen blutigen Mordes, grauenvoller Untaten, entsetzlicher Todeskämpfe, mich selbst darin verflochten und in dem Augenblick des höchsten Glanzes der Fürstin arm, verlassen, elend, aller meiner Wissenschaft, meiner kabbalistischen Kraft beraubt. Doch schien es, als wenn der Kabbala es vergönnt sein könnte, selbst die Macht der Gestirne zu besiegen, und zwar durch die künstliche Entzweiung der ineinanderwirkenden Prinzipe und Einschaffung eines dritten, zur Lösung des Knotens. Dies letzte war nun meine Sache, wenn ich das Unglück, das mir drohte in dem Schicksal meiner Pflegetochter, von mir abwenden und ruhig und glücklich bleiben wollte bis an mein Lebensende. – Ich forschte und forschte, wie das dritte Prinzip zu erzeugen. Ich bereitete einen Teraphim – Sie wissen, Herr Baron, daß die Kabbalisten damit ein künstliches Bildnis bezeichnen, das, indem es geheime Kräfte der Geisterwelt weckt, durch scheinbares Leben täuscht. Es war ein hübscher Jüngling, den ich aus Ton gebildet und dem ich den Namen Theodor gegeben. Die junge

Fürstin freute sich über sein artiges Wesen und seinen Verstand, sowie sie ihn aber berührte, zerfiel er in Staub, und ich gewahrte zum erstenmal, daß dem Fürstenkinde gewisse magische Kräfte inwohnen müssen, die meinem kabbalistischen Scharfblick entgangen. Mit einem Teraphim war daher nichts auszurichten, und es blieb nichts übrig, als einen Menschen zu finden, der durch magische Operationen geschickt gemacht werden konnte, jene Entzweiung zu bewirken und in die Stelle des unheilbringenden Teodoros Capitanaki zu treten. – Mein Freund, der Prophet Sifur, half mir aus der Verlegenheit. Er sagte mir, daß sechs Jahre vor der Geburt der Fürstentochter eine Baronesse von S. im Mecklenburg-Strelitzschen, die die Tochter einer griechischen Fürstin aus Zypern sei, einen Sohn geboren –«

»Was?« rief der Baron, indem er aus den Kissen herausfuhr und den Kanzleiassistenten anblickte mit blitzenden Augen, »was – wie? – Schnüspelpoldchen, Sie sprechen ja von meiner Mutter! – so sollte es doch wahr sein?«

»Sehn Sie wohl«, sprach Schnüspelpold, indem er arglistig schmunzelte, »sehn Sie wohl, wertgeschätztester Herr Baron, nun kommt das Interessante, nämlich Ihre eigene werte Person.« Dann fuhr er fort: »Also der Prophet Sifur entdeckte mir die Existenz eines achtzehnjährigen, sehr hübschen und angenehmen mecklenburgschen Barons, der wenigstens von mütterlicher Seite aus griechischem fürstlichen Stamm entsprossen, bei dessen Geburt alle Gebräuche nach griechischer Art beobachtet worden, und der in der Taufe den Namen Theodor erhalten. Dieser Baron, versicherte der Prophet, würde ungemein geschickt zu dem wirklich lebendigen Teraphim taugen, mittelst dessen das Horoskop zu vernichten und den Fürsten Teodoros Capitanaki samt seinem blutigen Schwert in ewige Vergessenheit zu begraben. Der Prophet schnitzte hierauf ein kleines Männlein aus Korkholz, strich es mit Farben an, kleidete es auf eine Weise, die mir sehr possierlich vorkam, und versicherte, daß dies Männchen eben der Baron Theodor von S. sei, wiewohl in verjüngtem Maßstabe. Ich muß denn auch gestehen, daß, als ich Sie, mein wertgeschätzter Herr Baron, zum erstenmal zu sehen das Glück hatte, mir gleich das Korkmännchen vor Augen stand, es gibt nichts Täuschenderes. Derselbe holde schwärmerische Blick, der Ihre Augen beseelt –« – »Finden Sie auch die Schwärmerei in meinem Blick, die den tiefen Genius verkündet?« – so unterbrach der Baron den Kanzleiassistenten, indem er die Augen gräßlich verdrehte.

»Allerdings«, sprach Schnüspelpold weiter, »allerdings! Ferner dieselbe Narrheit im ganzen Wesen und Betragen.« –

»Sind Sie des Teufels!« schrie der Baron erzürnt.

»Bitte sehr«, fuhr Schnüspelpold fort, »bitte sehr, ich meine bloß jenes närrische Wesen, wodurch sich eminente Genies, exzentrische Köpfe von gewöhnlichen vernünftigen Menschen unterscheiden. Es klebt mir, zu meiner Freude, auch etwas von jenem Wesen an, und ich würde noch heftiger ausschreiten, wenn mich nicht mein Haarzopf daran hinderte. – Wir beide, der Prophet und ich, mußten herzlich über das kleine Püppchen lachen, denn es kam uns beiden ungemein albern vor; indessen wurde ich sehr bald von der Richtigkeit der kabbalistischen und astrologischen Beobachtungen, die der weise Sifur angestellt hatte, auf das innigste überzeugt. Nicht in Staub zerfiel das Püppchen, als die Fürstin es berührte, sondern sprang freudig auf ihrem Schoße umher. Sie gewann es sehr lieb und nannte es ihren schönen Teodoros. Aponomeria hegte dagegen den tiefsten Abscheu gegen das kleine Ding, war meinem ganzen Tun und Treiben in jeder Rücksicht entgegen und widersetzte sich der Reise nach Deutschland, die ich vier Jahre darauf mit ihr und der Fürstin unternehmen wollte, in der geheimen Absicht, Sie, wertgeschätztester Herr Baron, aufzusuchen und zu meinem und Ihrem Besten, koste es, was es wolle, Ihre Verbindung mit der Fürstin zustande zu bringen. Aponomeria warf tückischerweise das Korkpüppchen, also in gewisser Art Sie selbst, mein Herr Baron, ins Feuer. Durch diese Unvorsichtigkeit geriet sie aber ganz in meine Macht, ich wußte sie mir vom Halse zu schaffen. – Mit meiner Fürstin und dem reichen Schatz, der ihr Eigentum und auch in gewisser Art das meinige, verließ ich Zypern und ging nach Patras, wo ich von dem preußischen Konsul, Herrn Andreas Condoguri, mit Freundschaft und Güte aufgenommen wurde. O hätte ich nimmermehr diesen Ort berührt! – Hier war es, wo die Fürstin mit der Kraft eines Talismans bekannt wurde, der, ein uraltes Erbstück der Familie, sich in ihrem Besitz befindet. Ein altes Weib sah ich von ihr gehen. –

Nun genug, die Fürstin benutzte den Talisman so gut, daß ich, konnte meine kabbalistische Gewalt über sie auch nicht gebrochen werden, doch ebensosehr ihr Sklave wurde, als ich ihr Herr bin. Durch das Horoskop, durch meine kabbalistischen Operationen und durch die Kraft des Talismans ist eine solche wunderbare Verkettung magischer Gewalten entstanden, daß ich untergehen muß oder die Fürstin, je nachdem das Horoskop steigt oder meine Kabbala. – Ich kam hieher, ich fand Sie; begreiflich wird es Ihnen sein, wie behutsam ich die Operationen beginnen mußte, die die Fürstin in Ihre Arme führen sollten. Ich spielte Ihnen die Brieftasche in die Hände, die Sie zufällig gefunden zu haben glaubten. Wir waren Ihnen oft nahe, Sie gewahrten uns nicht. – Ich ließ die Anzeige in die Zeitungen einrücken, Sie merkten nicht darauf! Wären Sie nur nach Patras gekommen, alles wäre gut gegangen. Aber – werden Sie nicht grimmig, wertgeschätztester Herr Baron – Ihr sonderbares Benehmen, Ihre fabelhaften, ich möchte beinahe sagen, albernen Streiche waren schuld daran, daß meine wohlberechnetsten Bemühungen vereitelt werden mußten. – Schon gleich, als wir Sie im Wirtshause in der Nacht trafen – Ihr Zustand – der schnarchende Italiener – Leicht wurde es der Fürstin, wieder in den Besitz der Brieftasche und den darin enthaltenen magischen Spielzeuges zu kommen, das Ihnen gar nützlich hätte werden können, und so den Zauberknoten zu lösen, den ich geschürzt. In dem Moment –« – »Schweigen Sie«, unterbrach der Baron den Kanzleiassistenten mit kläglicher Stimme, »schweigen Sie, teurer Freund, von jener unglückseligen Nacht, ich war ermüdet von der Reise nach Patras, und da –« – »Ich weiß alles«, sprach der Kanzleiassistent. »Also in dem Moment hielt Sie die Fürstin für das Trugbild, das sie den Hasenfuß aus dem Tiergarten zu nennen pflegte. Doch es ist noch nicht alles verloren, und ich habe Sie deshalb in meine Geheimnisse eingeweiht, damit Sie sich leidend verhalten und mich ohne Widerstreben schalten lassen sollen. – Noch habe ich vergessen, Ihnen zu sagen, daß sich auf der Reise hieher der Papagei zu uns fand, mit dem Sie sich letzthin bei mir unterredet haben. Ich weiß, daß dieser Vogel auch mir feindlich entgegenwirkt. – Hüten Sie sich vor ihm, es ist, ich ahne es, die alte Aponomeria! – Jetzt ist ein günstiger Moment eingetreten. Die Bartholomäusnacht hat auf Sie, verehrtester Herr Baron, eine ganz besondere geheimnisvolle Beziehung. Wir wollen sogleich die Operation beginnen, die zum Ziele führen kann.« –

Damit löschte Schnüspelpold sämtliche Kerzen aus, die er angezündet, zog einen kleinen leuchtenden Metallspiegel hervor und flüsterte dem Baron zu, er möge mit Unterdrückung aller übrigen Gedanken und Vorstellungen den liebenden Sinn ganz auf die griechische Fürstin figieren und fest in den Spiegel hineinblicken. Der Baron tat es, und, o Himmel! die Gestalt der Griechin trat hervor aus dem Spiegel im Himmelsglanz überirdischer Schönheit. Sie breitete die bis an die Schultern bloßen blendenden Lilienarme aus, als wollte sie den Geliebten umfangen. Näher

und näher schwebte sie, der Baron fühlte den süßen Hauch ihres Atems
auf seinen Wangen! – »O Entzücken – o Seligkeit!« rief der Baron ganz
außer sich, »ja, holdes angebetetes Wesen, ja, ich bin dein Fürst Teodoros
und kein schnödes Trugbild aus Korkholz – Komm in meine Arme, süße
Braut, ich lasse dich nimmer.« Damit wollte der Baron die Gestalt erfassen. Im Augenblick verschwand aber alles in dicke Finsternis, und
Schnüspelpold rief zornig: »Knoblauch in deine Augen, du verdammter
Hasenfuß! – Deine Vorschnelligkeit hat schon wieder alles verdorben.«
–

Auch diesem Blättlein ist aus den Notizen des Achatius von F. nichts
weiter hinzuzufügen.

Viertes Blättlein

Dieses Blatt ist augenscheinlich nichts anders als ein Billett, das der Baron
Theodor von S. an den Kanzleiassistenten Schnüspelpold geschrieben.
Man bemerkt noch sehr deutlich die Kniffe und die Stelle, wo das Siegel
gesessen. Es lautet wie folgt.

»Mein hochverehrtester Herr Kanzleiassistent!
Gern will ich Ihnen die begangenen Fehler eingestehen und sie herz-
inniglich bereuen. Aber bedenken Sie, teurer Schnüspelpold, daß ein
Jüngling, der so wie ich von feuriger schwärmerischer Natur ist und
dabei vom ganzen süßen Wahnsinn der glühendsten Liebe befangen,
wohl nicht imstande sein kann, mit Besonnenheit zu handeln, zumal
wenn Zauberei im Spiele, die ihn garstig neckt. Und bin ich denn nicht
hart genug bestraft worden dafür, daß ich aus Unvorsichtigkeit, aus
Unkunde fehlte? – Seit dem verhängnisvollen Fall vom Pferde bin ich
auch aus der Mode gefallen. Weiß der Himmel, auf welche Art das fatale
Ereignis in ganz B. bekannt wurde. Überall, wo ich mich blicken lasse,
erkundigt man sich mit verhöhnender Teilnahme, ob mein böser Sturz
keine üble Folgen gehabt, und hält sich kaum zurück, mir ins Gesicht
zu lachen. – Es gibt kein größeres Unglück, als lächerlich zu werden,
der Lächerlichkeit folgt allemal, wenn die Lacher ermüdet, völlige Bedeu-
tungslosigkeit. Dies ist leider mein Fall; in den brillantesten Zirkeln,
wenn ich zu erscheinen gedenke als siegender Held des Tages, achtet
niemand meiner, will niemand mehr mein Geheimnis erfahren, und
selbst die borniertesten Fräuleins erheben sich über mich und rümpfen

die Nase eben in dem Augenblick, wenn ich ganz göttlich bin. – Ich weiß, daß mich ein neuer imposant kühner Schnitt eines Fracks retten könnte, habe schon nach London und Paris geschrieben und werde das Kleid wählen, welches mir am tollsten, am bizarrsten scheint; aber kann mir das ein Glück auf die Dauer verschaffen? – Nein, sie muß ich gewinnen, die all mein Leben ist und meine Hoffnung! O Gott, was frägt ein Herz voll Liebe nach neumodischen Fracks und dergleichen – Ja! es gibt Höheres in der Natur als die Tees der eleganten Welt! – Sie ist reich, schön, von fremder hoher Abkunft – Schnüspelpold, ich beschwöre Sie, bieten Sie Ihre ganze Wissenschaft, all Ihre geheimnisvollen Künste auf, machen Sie gut, was ich verdarb, stellen Sie den – o, ich möchte meine Kühnheit, meine Ausgelassenheit verwünschen – ja, stellen Sie den Zauber wieder her, den ich verdarb. Ich gebe mich ganz in Ihre Macht, ich tue alles, was Sie gebieten! – Bedenken Sie, daß von meiner Verbindung mit der Fürstin auch Ihr Wohl und Weh abhängt. Schnüspelpold – teurer Schnüspelpold! operieren Sie sehr! – Um Antwort, um tröstende Antwort fleht mit heißem Verlangen

Ihr innigst ergebenster

Theodor Baron von S.«

Auf der Rückseite des Blatts steht Schnüspelpolds Antwort.

»Hochgeborner Herr Baron!
Die Sterne sind Ihnen günstig. Unerachtet Ihrer ungeheueren Unvorsichtigkeit, die uns beide hätte verderben können, ist die kabbalistische Operation dennoch keinesweges ganz mißlungen, wiewohl es jetzt noch mehr Zeit und Mühe kostet, den Zauber zu vollbringen, als es sonst der Fall gewesen sein würde. Der Papagei war noch in magischem regungslosem Schlaf erstarrt. Mein Mündel befand sich ebenfalls noch in dem Zustande, der mein Werk war. Sie klagte mir jedoch, daß, bald nachdem sie ihr Idol, den Fürsten Teodor Capitanaki im höchsten Entzücken der Liebe zu umarmen vermeint, der korkene Hasenfuß täppisch dazwischengefahren sei, und bat mich, ihn womöglich bei Gelegenheit niederzustoßen, wenn sie es nicht lieber selbst tun, oder ihm wenigstens mit dem magischen Messer die Pulsader aufschneiden solle, damit die Leute, die er so lange arglistig getäuscht, endlich zu der Überzeugung kämen, daß nur weißes kaltes Blut in ihm fließe. Dessenunerachtet, mein hochverehrtester Herr Baron, können Sie sich so gut als verlobt ansehn mit der

Fürstin. Nur müssen Sie jetzt auf das sorglichste Ihr Betragen darnach einrichten, daß Sie nicht wieder aufs neue alles verderben, denn sonst ist der Zauber unwiederbringlich zerstört. Fürs erste, laufen Sie nicht hundertmal des Tages bei meinen Fenstern vorüber. Außerdem, daß es sich schon an und für sich selbst sehr albern ausnimmt, wird auch dadurch die Fürstin immer mehr in ihrer vorgefaßten Meinung bestärkt, daß Sie bloß ein korkner – aus dem Tiergarten sind. Es kommt überhaupt darauf an, daß Sie die Fürstin jetzt niemals anders erblicken, als in einem gewissen träumerischen Zustande, in den Sie, trügt mich nicht meine Wissenschaft, in jeder Nacht zur Mitternachtsstunde fallen werden. Dazu gehört aber, daß Sie jeden Abend auf den Punkt zehn Uhr sich ins Bette legen und überhaupt ein stilles, nüchternes abgeschiedenes Leben führen. Frühmorgens um fünf oder spätestens sechs Uhr stehen Sie auf und machen, erlaubt es das Wetter, einen Spaziergang nach dem Tiergarten. Sie tun gut, wenn Sie bis zur Statue des Apollo wandern. Dort dürfen Sie sich ohne Schaden etwas toll gebärden und verliebte wahnsinnige Verse, sogar Ihre eignen, laut deklamieren, insofern sie sich auf Ihre Liebe zur Fürstin beziehen; zurückgekehrt (Sie haben durchaus noch nichts genossen), erlaube ich Ihnen eine Tasse Kaffee zu trinken, jedoch ohne Zucker und ohne Rum. Um zehn Uhr dürfen Sie ein Schnittchen westfälischen Schinken oder ein paar Scheiben Salami nebst einem Glase Jostischen Biers zu sich nehmen. Punkt ein Uhr setzen Sie sich allein in Ihrem Zimmer zu Tische und essen einen Teller Kräutersuppe, dann

370 etwas gekochtes Rindfleisch mit einer mittelmäßigen sauern Gurke, und gelüstet's Ihnen durchaus nach Braten, so wechseln Sie geschickt mit gebratenen Tauben und Brathechten, wozu Sie doch beileibe nicht etwa stark gewürzten Salat, sondern höchstens etwas Pflaumenmus genießen dürfen. Dazu trinken Sie eine halbe Flasche des dünnen weißen Weines, welcher schon an und vor sich selbst die gehörige Beimischung von Wasser hat. Sie bekommen den in allen Weinhäusern des Orts. Was Ihre Beschäftigung betrifft, so vermeiden Sie alles, was Sie erhitzen könnte. Lesen Sie Lafontainische Romane, Ifflandsche Komödien, Verse dichterischer Frauen, wie sie in allen neuen Taschenbüchern und Romanen stehen, oder, was am besten ist, machen Sie selbst Verse. Denn die psychische Qual, die Sie dabei empfinden, ohne jemals in Begeisterung zu geraten, hilft erstaunlich zum Zweck. Am mehrsten warne ich Sie für zwei Dinge. Trinken Sie unter keiner Bedingung auch nur ein einziges Glas Champagner und machen Sie keinem Frauenzimmer den Hof. Jeder

verliebte Blick, jedes süße Wort oder gar ein Handkuß ist eine schnöde Untreue, die zur Stelle auf eine Ihnen sehr unangenehme Art gerügt werden wird, um womöglich Sie im Geleise zu erhalten. Meiden Sie vorzüglich das Simsonsche Haus. Amalia Simson, die Ihnen schon weismachen wollte, ich sei ein Jude aus Smyrna, und die Fürstin sei meine wahnsinnige Tochter, sucht Sie in ihre Netze zu ziehn. Sie wissen vielleicht nicht, daß Nathanael Simson selbst das ist, wofür mich die saubere Tochter ausgab? Nämlich ein Jude, unerachtet er Schinken frißt und Schlackwurst. Er ist auch im Komplott mit der Tochter, macht er es aber zu arg, so soll ihm der Dämon, während er ißt, zurufen: ›Gift in deine Speise, verruchter Mauschel!‹ und er ist verloren. – Vermeiden Sie auch das Reiten, Sie haben schon zweimal Unglück gehabt mit Pferden. Befolgen Sie, mein hochverehrtester Herr Baron, alle diese Vorschriften genau, so werden Sie sehr bald von mir Weiteres vernehmen.

Mit der vorzüglichsten etc.«

Aus den Notizen des Barons Achatius von F. sind hier folgende kurze Bemerkungen mitzuteilen.

»Nein, es ist durchaus nicht zu ergründen, was in diesen jungen Menschen, in Deinen Neffen Theodor, gefahren sein muß. Er ist blaß wie der Tod, verstört in seinem ganzen Wesen, kurz, ein ganz anderer worden, als er sonst war. – Um zehn Uhr morgens besuchte ich ihn, fürchtend, er werde noch in den Federn liegen. Statt dessen fand ich ihn, wie er eben frühstückte. Und rate, worin sein Frühstück bestand? – Nein, das zu raten ist unmöglich! – Auf einem Teller lagen ein paar dünne Scheibchen Salamiwurst und daneben stand ein mäßiges Glas, worin – Braunbier perlte! – Erinnere Dich des Abscheus, den sonst Theodor gegen Knoblauch hegte! – Ist jemals ein Tropfen Bier über seine Lippen geglitten? – Ich bezeugte ihm meine Verwunderung über das herrliche üppige Frühstück, das einzunehmen er im Begriff stehe. Da schwatzte er viel verwirrtes Zeug durcheinander, von notwendiger strenger Diät – von Kaffee ohne Zucker und Rum, von Kräutersuppen, von sauern Gurken, Brathechten mit Pflaumenmus und wäßrichtem Wein. Die Brathechte mit Pflaumenmus trieben ihm die Tränen in die Augen. – Er schien meinen Besuch gar nicht gern zu sehen, deshalb verließ ich ihn bald.«

»Krank ist Dein Neffe nicht, krank nicht im mindesten, aber von seltsamen Einbildungen befangen. Unerachtet er nun nicht die mindesten Spuren geistiger Zerrüttung zeigt, so meint der Doktor H. dennoch, daß er an einer Mania occulta leiden könne, die eben das Eigentümliche hat, daß sie auf keine Weise, weder in physischer noch psychischer Hinsicht, verspürt werden kann und so einem Feinde gleicht, der gar nicht anzugreifen ist, weil er sich nirgends zeigt. Es wäre schade um Deinen Neffen! –«

»Was ist denn das? Soll ich denn abergläubischerweise an Hexenkünste glauben? – Du weißt, ich bin von jeher gesunden festen Gemüts und nichts weniger als zur Schwärmerei geneigt gewesen, doch was man mit eignen Ohren hört, mit eignen Augen sieht, das kann man sich doch mit dem besten Willen nicht abstreiten. – Mit der größten Mühe hatte ich Deinen Neffen überredet, mit mir zum Souper bei der Frau von G. zu gehen. Das bildhübsche Fräulein von T. war dort, im vollen Glanze des Beau Jour, geputzt wie ein Engel. Sie redete, freundlich und anmutig wie sie ist, den düstern, in sich gekehrten Vetter an, und ich gewahrte, mit welcher Gewalt Theodor sich zwang, nicht den Blick ruhen zu lassen auf der schönen Gestalt. ›Sollt' er eine tyrannische Geliebte haben, die ihn despotisiert?‹ So dacht' ich. Zehn Uhr war es gerade, als man sich zu Tische zu setzen im Begriff stand. Theodor wollte durchaus fort, doch indem ich mich mit ihm herumzankte, trat das Fräulein von T. heran. ›Wie, Vetter, Sie werden mich doch zu Tische führen?‹ So sprach sie mit naiver Lustigkeit und hängte sich ohne weitere Umstände in seinen Arm. Ich saß dem Paar gegenüber und bemerkte zu meiner Freude, wie Theodor bei der schönen Nachbarin immer mehr und mehr auftaute. Er trank rasch hintereinander einige Gläser Champagner, und immer feuriger wurden seine Blicke, immer mehr verschwand die Todesbleiche von seinen Wangen. Man hob die Tafel auf, da faßte Theodor die Hand der reizenden Kusine und drückte sie zärtlich an seine Lippen. Doch in dem Augenblick gab es einen Klatsch, daß der ganze Saal widerhallte, und Theodor fuhr, entsetzt zurückprallend, nach seiner Backe, die kirschrot war und aufgeschwollen schien. Dann rannte er wie unsinnig zum Saal heraus. Alle waren sehr erschrocken, vorzüglich die schöne Kusine, mehr aber über Theodors Entsetzen und plötzliche Flucht als über die Ohrfeige, die er von unsichtbarer Hand erhalten. Auf diesen tollen Geisterspuk schienen nur wenige was zu geben, unerachtet ich mich von einem fatalen fieberhaften Frösteln durchbebt fühlte.«

»Theodor hat sich eingeschlossen, er will durchaus niemanden sprechen. Der Arzt besucht ihn.«

»Sollte man es glauben, was eine alternde Kokette vermag? – Amalie Simson, eine Person, die mir in den Grund der Seele zuwider ist, hat Schloß und Riegel durchdrungen. Sie ist in Begleitung einer Freundin bei Theodor gewesen und hat ihn überredet, nach dem Tiergarten zu fahren. Er hat zu Mittag gegessen bei dem Bankier und soll bei vorzüglicher Laune gewesen sein, auch Gedichte vorgelesen haben, wodurch alle Gäste verscheucht worden sind, so daß er zuletzt mit der reizenden Amalie allein geblieben ist.«

»Es ist zu arg, es ist zu arg, mir geht's im Kopf herum wie in einer Mühle, ich stehe nicht mehr fest auf den Füßen, mich treibt ein toller Schwindel! – Gestern werd' ich eingeladen von dem Bankier Nathanael Simson zum Souper. Ich gehe hin, weil ich Theodor dort vermute. Er ist wirklich da, eleganter, das heißt närrischer, fabelhafter gekleidet als jemals, und gebärdet sich als Amaliens entschiedenen Liebhaber. Amalie hat die verblühten Reize tüchtig aufgefrischt, sie sieht bei dem Lichterglanz ordentlich hübsch und jung aus, so daß ich sie deshalb hätte zum Fenster herauswerfen mögen. Theodor drückt, küßt ihr die Hände. Amalie wirft siegreiche Blicke umher. Nach der Tafel wissen beide geschickt sich in ein Kabinett zu entfernen. Ich verfolge sie, schaue durch die halb geöffnete Türe, da schließt der Schlingel das fatale Judenkind feurig in seine Arme. Da geht es aber auch – Klatsch – Klatsch – Klatsch, und es regnet Ohrfeigen, von unsichtbarer Hand zugeteilt. Theodor taumelt halb sinnlos durch den Saal – Klatsch – Klatsch geht es immer fort, und als er schon ohne Hut auf der Straße entflieht, hört man es noch nachhallen Klatsch – Klatsch – Klatsch – Amalie Simson liegt in tiefer Ohnmacht – Die Spur des tiefen Entsetzens liegt auf den leichenblassen Gesichtern der Gäste! – Keiner vermag eine Silbe laut werden zu lassen über das, was geschehen – Man geht in tiefem Schweigen, verstört, auseinander –«

»Theodor wollte mich nicht sprechen, er schickte mir einen kleinen Zettel heraus, hier ist er:

›Sie sehen mich umgarnt von bösen unheimlichen Mächten! Ich bin der Verzweiflung nahe. Ich muß mich losreißen, ich muß fort. Ich will zurück nach Mecklenburg. Verlassen Sie mich nicht. Nicht wahr, wir reisen zusammen? – Wenn's Ihnen recht ist, in drei Tagen.‹

Ich werde die nötigen Anstalten zur Reise machen und Dir, will's der Himmel, Deinen Neffen, allem tollen Spuk entrückt, frisch und gesund in die Arme zurückführen.«

Es kann schicklich hier noch ein kleines Blättchen aus der Brieftasche eingefügt werden, wahrscheinlich ist es die Abschrift eines Billetts, das Schnüspelpold an den Baron schrieb.

»So befolgen Sie, Hochgeborner, die Vorschriften, die ich Ihnen gab, um die Hand der Fürstin zu erringen? – Hätte ich glauben können, daß Sie so leichtsinnig wären, als Sie es wirklich sind, nimmermehr hätte ich auf Sie nur im geringsten gerechnet. Offenbar hat sich der Prophet Sifur verguckt. – Doch auch ein Wort des Trostes! – Da eigentlich nur die bösen Ränke des alten Juden und seiner Tochter an Ihrem Hauptvergehen schuld sind, und Sie nicht aus eigner freier Willensbestimmung handelten, so hält der Zauber noch fest, und es kann alles ins Geleise gebracht werden, wenn Sie von nun an genau die Ihnen gegebenen Vorschriften befolgen und vorzüglich das Simsonsche Haus gänzlich meiden. Nehmen Sie sich in acht für den Bankier, er treibt gewisse Künste, die zwar nur talmudisch genannt zu werden verdienen, eine ehrliche Christenseele aber doch ins Verderben stürzen können. Mit der vorzüglichsten Hochachtung habe ich die Ehre etc.
(Astariot sogleich zur Bestellung übergeben.)«

Fünftes Blättlein

Dieses Blättlein ist von der Hand der Fürstin.

»Was ist es mit dem seltsamen Zustande, der mich seit einigen Tagen ergriffen? Was begab sich in jener Nacht, als ich, plötzlich meinem Selbst entrückt, mir nur ein namenloser Schmerz schien, den ich doch wieder wie heiße Inbrunst der Liebe empfand? Alle meine Gedanken fliegen ihm zu, der meine Sehnsucht ist, mein einziges Hoffen, und doch –

welche Gewalt hält mich fest, welche unsichtbare Arme umschlingen mich, wie im Entzücken des glühendsten Verlangens? Und nicht loswinden kann ich mich, und es ist, als ob ich nur leben könnte in dieser Gewalt, die mein Innres verzehrt wie aufgelodertes Feuer, aber diese Flammen sind Gefühle, Wünsche, die ich nicht zu nennen vermag! – Apokatastos ist traurig, läßt die Fittiche hängen und blickt mich oft an mit Augen, in denen sich tiefes Mitleiden, tiefer Gram abspiegelt. Der Magus ist dagegen besonders munter, ja zuweilen keck und übermütig, und kaum vermag ich in meiner Trostlosigkeit ihn in seine Schranken zurückzuweisen. – Nein, dieses arme Herz, es bricht, wenn dieser entsetzliche Zustand nicht bald endet. – Und hier in diesen Mauern, fern von der süßen Heimat. –

Ich weinte, ich klagte laut, Maria vergoß mit mir Tränen, ohne daß sie meine Qual verstand, da schüttelte Apokatastos die Flügel, wie er es lange nicht getan, und sprach: ›Bald – bald – Geduld – der Kampf beginnt –‹ Das Sprechen schien ihm sehr schwer zu werden. Er flatterte heran an den Schrank, in dem, wie ich weiß, mein Magus eine hermetisch verschlossene Kapsel aufbewahrt, die sein wunderbarstes Geheimnis enthält. An das Schloß dieses Schranks schlug Apokatastos so stark mit dem Schnabel, daß es inwendig zu dröhnen, zu klirren und klingen begann. Der Magus trat hinein und schien, als er das Beginnen des Papageies gewahrte, heftig zu erschrecken. Apokatastos erhob ein solches durchdringendes entsetzliches Geschrei, wie ich es noch niemals von ihm gehört habe, rauschte mit den Flügeln und flog endlich dem Magus geradezu ins Gesicht. Der Magus rettete sich, wie gewöhnlich, ins Bette und zog die Decke über. Apokatastos sprach: ›Noch nicht Zeit – aber bald, Teodoros –‹ Nein, ich bin nicht ganz verlassen, Apokatastos ist es, der mich beschützt – Maria, das arme Kind, war heftig erschrocken und meinte, das wären ja alles unheimliche Dinge, und ihr graute – Ich erinnerte sie an die Johannisnacht, da wurde sie wieder freundlich und blieb auf mein Flehen bis spät in die Nacht hinein. Auch ich erheiterte mich, wir spielten, wir sangen, wir scherzten, wir lachten. Selbst das Spielzeug aus der Brieftasche, Band und Blume, mußte uns zu manchem Ergötzen dienen. Ach! – nur zu kurz dauerte die Freude. Mein Magus streckte sein Haupt empor, und indem ich über sein possierliches Ansehn (er hatte wieder die Spitzenhaube aufgesetzt) in ein lautes Gelächter ausbrechen wollte, verfiel ich, da der Magus mich mit seinen fürchterlichen Augen anstarrte, wiederum in jenen heillosen Zustand, und es war mir, als wenn ich irgend jemanden ohrfeigte. Sehr deutlich gewahrte ich, daß ich wirklich mit der rechten Hand unaufhörlich in die Luft hineinschlug, und vernahm ebenso deutlich das Klatschen der Ohrfeigen – Ha! und gewiß ist die Arglist und Bosheit meines Magus an allem schuld –

›Der Talisman wird wirken‹, ruft in diesem Augenblick Apokatastos! – Freudiges Hoffen leuchtet in mir auf – O Teodoros! –«

Aus mehreren Notizen des Barons Achatius von F. wird folgendes im Zusammenhange beigebracht.

Ist was Tolles geschehen, so folgt allemal das noch Tollere. Theodor hatte sich von seinem Schmerz, seiner Verzweiflung so ziemlich erholt, und der joviale Rittmeister von B. vermochte so viel über ihn, daß er nicht allein, unerachtet er nach Mecklenburg reisen wollen, in Berlin blieb, sondern auch von seiner strengen Diät merklich nachließ. In die Stelle der Salami trat ein tüchtiger italienischer Salat und ein wohlbereitetes Beefsteak; in die Stelle des Jostischen Biers ein gutes Glas Portwein oder Madera. Da der Appetit sich darauf um ein Uhr noch nicht eingestellt, so wurde zwei Stündchen später in der Jagorschen Restauration nicht eben gar zu mäßig gegessen und ebenso getrunken. Das einzige, was der Rittmeister billigte, waren die frühen Spaziergänge nach dem Tiergarten, die er indessen in Spazierritte verwandelt wünschte. Des Barons seltsamer Zustand schien ihm nämlich von einer tiefen Hypochondrie herzurühren, und das Reiten hielt der Rittmeister für das beste Mittel dagegen, sowie überhaupt für ein Universalmittel gegen Beschwerden der verschiedensten Art. Zum Reiten wollte sich der Baron, des zwiefachen Unglücks, das er seit kurzer Zeit erlebt, und Schnüspelpolds Warnung eingedenk, durchaus nicht entschließen. – Von dem Baron konnte man aber wohl mit Recht behaupten, daß der Himmel ihm eben nicht den festesten Charakter verliehen, und daß er, ein schwaches Rohr, dem andringenden Sturme sich beugen mußte, um nicht zu zerbrechen. So geschah es denn auch, daß er, als er einmal in der Jagorschen Restauration mit dem Rittmeister von B. gegessen und dieser nun ein paar gesattelte Pferde vorführen lassen, sich überreden ließ, das eine zu besteigen und mit dem Rittmeister nach Charlottenburg zu reiten. Ohne den mindesten Unfall ging alles glücklich vonstatten. Der Rittmeister konnte nicht aufhören, den Baron als den zierlichsten geschicktesten Reiter zu rühmen, und dieser freute sich ganz ungemein, daß man auch nun diesem Vorzug, den ihm Natur und Kunst gegeben, Gerechtigkeit widerfahren lasse. Die Freunde tranken ganz gemütlich bei der Madame Pauli wohl-bereiteten Kaffee und schwangen sich dann getrost wieder auf die Pferde. Wohl natürlich war es, daß der Rittmeister sich mühte, die eigentliche Ursache von Theodors seltsamem Betragen, von seiner durchaus verän-derten Lebensweise zu erfahren, und ebenso natürlich, daß Theodor ihm darüber nichts Rechtes sagen konnte und durfte. Nur darüber ließ der Baron sich aus, daß an einem großen Ungemach, an einer Qual, die er leiden müsse (er meinte wohl die ihm von unsichtbarer Hand zugeteilten Ohrfeigen), niemand anders schuld sei, als der alte Nathanael Simson und seine eroberungssüchtige Tochter. Der Rittmeister, dem beide, Vater und Tochter, längst ganz unausstehlich waren, begann wacker auf den alten Juden zu schimpfen, ohne zu wissen, was er denn dem Baron Arges angetan, und auch der Baron erhitzte sich immer mehr, so daß er zuletzt dem Bankier alles, was er erlitten, in die Schuhe schob und fürchterliche Rache beschloß. So ganz Grimm und Zorn, kam der Baron in die Nähe des Simsonschen Landhauses. – Die Freunde hatten nämlich den Weg über des Hofjägers Besitzung eingeschlagen und ritten die Straße neben den Landhäusern herab. Da erblickte der Baron im offnen Vestibüle des Landhauses eine Tafel, an der Nathanael Simson mit seiner Tochter und mehreren Gästen beim Dessert eines reichen Mittagsmahls saß. Schon war die Dämmerung stark eingebrochen, und es wurden eben Lichter gebracht. Da kam dem Baron ein großer Gedanke. »Tue mir«, sprach er leise zum Rittmeister, »tu mir den Gefallen und reite einmal langsam vorwärts, ich will hier mit einemmal allen bösen Streichen des arglistigen Juden und seiner aberwitzigen Tochter ein Ende machen.« – »Nur kein dummes Zeug, lieber Bruder, das dich wieder blamiert vor den Leuten«, warnte der Rittmeister und ritt, wie Theodor gewünscht, langsam die Straße herab. Nun näherte sich der Baron leise, ganz leise dem Gitter. Ein überhängender Baum versteckte ihn, daß ihn niemand aus dem Hause gewahren konnte. Hinein rief er mit einer Stimme, der er so viel Tiefdröhnendes, Schauerlich-Gespenstisches gab, als nur in seinen Kräften stand: »Nathanael Simson – Nathanael Simson – frißt du mit deiner Familie? Gift in deine Speise, verruchter Mauschel, es ist dein böser Dämon, der dir ruft!« – Diese Worte gesprochen, wollte der Baron schnell hineinsprengen ins Gebüsch und so wahrhaft geisterartig verschwunden sein. Doch der Himmel hatte einen andern Ausgang des Abenteuers beschlossen. Plötzlich stetisch geworden, bockte und bäumte sich das Pferd, und alles Mühen des Barons, es aus der Stelle zu bringen, blieb ganz vergebens. Nathanael Simson hatte vor jähem Schreck Messer und Gabel fallen lassen – die ganze Gesellschaft schien erstarrt; der das Glas an den Mund gebracht, hielt es fest, ohne zu trinken, der ein Stück Kuchen in der Kehle, vergaß das Schlucken! Als nun aber das Trappeln und Schnaufen und Wiehern des Pferdes vernommen wurde, sprang alles auf vom Tische und rannte schnell ans Gitter. »Ei, ei, sind Sie es, Herr Baron? – Ei, schönen guten Abend, lieber Herr Baron – wollen Sie nicht lieber absteigen, vortrefflichster Dämon!« So schrie alles durcheinander, und das unmäßigste Gelächter erschallte, das jemals gehört worden, während der Baron, ganz Wut und Verzweiflung, sich vergebens abquälte, um sich zu retten aus dieser Traufe von Verhöhnung und tötendem Spott. Der Rittmeister, der den Lärm vernahm und sogleich ein neues Malheur seines Freundes vermutete, kam zurück. Sowie das Pferd des Barons ihn ansichtig wurde, war es, als sei plötzlich der Zauber gelöst, von dem es festgebannt, denn sogleich flog es mit dem Baron dem Leipziger Tore zu, und zwar in keineswegs wildem, sondern ganz anständigem Galopp, der Rittmeister verließ den Freund nicht, sondern galoppierte ihm treulich zur Seite.

»O daß ich nie geboren wäre, o daß ich nimmer diesen Tag erlebt hätte!« rief der Baron tragisch, als beide, er und der Rittmeister, abgestiegen waren vor seiner Wohnung. – »Der Teufel«, sprach er dann, indem er sich mit geballter Faust vor die Stirne schlug, »der Teufel hole das Reiten und alle Pferde dazu. – Die ärgste Schmach, die hab' ich heute davon erlebt!« – »Siehst du«, sprach der Rittmeister sehr ruhig und gelassen, »siehst du nun wohl, lieber Bruder, da schiebst du wieder etwas aufs Reiten und auf das edle Geschlecht der Pferde, was ganz allein deine Schuld ist. Fragtest du mich erst, ob mein Gaul sich auf dämonische Verschwörungen verstehe, ich hätte Nein! geantwortet, und der ganze Spaß wäre unterblieben.« Schrecklicher Argwohn kam in des Barons Seele, auch gegen Schnüspelpold, denn zu seinem Entsetzen hatte er ihn unter Simsons Gästen bemerkt.

»Herr Baron!
Der gestrige Auftritt vor meinem Gartenhause war bloß abscheulich und lächerlich dazu. Niemand kann sich fühlen beleidigt, und nur Sie hat getroffen ein Unglück und ein Spott. Doch müssen wir beide, ich und meine Tochter, Sie bitten, künftig zu vermeiden unser Haus. Sehr bald ziehe ich nach der Stadt, und wenn Sie, wertester Herr Baron,

vielleicht wieder Geschäfte machen wollen in guten Papieren, bitte ich nicht vorbeizugehen mein Comtoir. Ich empfehle mich Sie ganz ergebenst etc.

Berlin, den –

Nathanael Simson,

für mich und meine Tochter Amalie Simson.«

Sechstes Blättlein

Auch hier sind drei Blättchen geschickt in eines zusammenzuziehen, da sie in gewisser Art den Schluß der Abenteuer bilden, die sich mit dem Baron Theodor von S. und der schönen Griechin begaben. Auf dem ersten stehen wiederum Worte, die von dem Kanzleiassistenten Schnüspelpold an den Baron gerichtet sind. Nämlich:

»Hochgeborner Herr Baron!
Endlich, den dunklen Mächten Dank, kann ich Sie gänzlich aus Ihrer Trostlosigkeit reißen und Ihnen zum voraus das Gelingen eines Zaubers verkünden, der Ihr Glück befestigt und das meinige. Schon habe ich es gesagt, die Sterne sind Ihnen günstig; was andern zum höchsten Nachteil gereichen würde, bringt Sie ans Ziel. Gerade der tolle Auftritt vor Simsons Gartenhause, von dem ich Zeuge war, Zeuge sein mußte, hat alle Schlingen zerrissen, in die Sie der arglistige Alte verstricken wollte. Dazu kommt aber, daß Sie in den letzten vierzehn Tagen meine Vorschriften strenge befolgt haben, gar nicht ausgegangen und noch viel weniger nach Mecklenburg gereiset sind. Zwar mag ersteres daher rühren, daß nach dem letzten Auftritt Sie überall, wo Sie sich blicken ließen, ein wenig gefoppt und ausgelacht werden, letzteres aber, weil Sie noch Wechsel erwarten; doch das gilt gleichviel. – In der künftigen Äquinoktialnacht, das heißt in der Nacht von heute zu morgen, wird der Zauber vollendet, der die Fürstin auf ewig an Sie fesselt, so daß sie nimmer von Ihnen lassen kann. Auf den Schlag zwölf Uhr finden Sie sich in griechischer Kleidung ein im Tiergarten, bei der Statue des Apollo, und es wird ein Bund gefeiert werden, den in wenigen Tagen darauf die festlichen Gebräuche der griechischen Kirche heiligen sollen. – Es ist nötig, daß Sie sich bei der Zeremonie im Tiergarten ganz leidend verhalten und bloß meinen Winken folgen. Also diese Nacht Punkt zwölf Uhr in griechischer
Kleidung sehe ich Sie wieder. Mit der vorzüglichsten etc.

(Astariot zur Bestellung gegeben.)«

Das zweite Blatt ist von einer sehr feinen, doch leserlichen Hand geschrieben, die sonst in allen Blättern nicht vorkommt, und enthält folgende zusammenhängende Erzählung:

»Auf derselben Bank im Tiergarten, unfern der Statue des Apollo, wo er die verhängnisvolle Brieftasche gefunden, saß der Baron Theodor von S., in einen Mantel gehüllt, den griechischen Turban auf dem Kopfe. Von der Stadt her tönten die Glocken herüber. Die Mitternachtsstunde schlug. Ein rauher Herbstwind strich durch Baum und Gebüsch, die Nachtvögel schwangen sich kreischend durch die sausenden Lüfte, immer schwärzer wurde die Finsternis, und wenn die Mondessichel auf Augenblicke die Wolken durchschnitt und ihre Strahlen hinabwarf in den Wald, da war es, als hüpften in den Gängen seltsame Spukgestalten auf und ab und trieben ihr unheimlich Wesen mit tollem Spiel und flüsterndem Geistergespräch. Den Baron wandelte in der tiefen Einsamkeit der Nacht ein Grauen an. ›So beginnt‹, sprach er, ›das Fest der Liebe, das dir versprochen? – O all ihr Mächte des Himmels, hätte ich nur meine Jagdflasche mit Jamaikarum gefüllt und, dem griechischen Kostüm unbeschadet, um meinen Hals gehängt, wie ein freiwilliger Jäger, ich nähme einen Schluck und –‹ Da zogen plötzlich unsichtbare Hände dem Baron den Mantel von den Schultern herab. Entsetzt sprang er auf und wollte fliehen, doch ein herrlicher melodischer Laut ging durch den Wald, ein fernes Echo antwortete, der Nachtwind säuselte milder, siegend brach der Mond durch die Wolken, und in seinem Schimmer gewahrte der Baron eine hohe, herrliche, in Schleier gehüllte Gestalt. ›Teodoros‹, hauchte sie leise, indem sie den Schleier zurückschlug. O Entzücken des Himmels! Der Baron erkannte die Fürstin in der reichsten griechischen Tracht, ein funkelndes Diadem in dem schwarzen aufgenestelten Haar. ›Teodoros‹, sprach die Fürstin mit dem Ton der innigsten Liebe, ›Teodoros, mein Teodoros, ja, ich habe dich gefunden – ich bin dein – empfange diesen Ring –‹ In dem Augenblick war es, als halle ein Donnerschlag durch den Wald, und eine hohe majestätische Frau mit ernstem gebietendem Antlitz stand plötzlich zwischen dem Baron und der Fürstin. ›Aponomeria‹, schrie die Fürstin auf, wie in dem Schreck des freudigsten Erwachens aus finstrem Traum, und warf sich an die Brust der Alten, die mit furchtbarem Blick den Baron durchbohrte. Den einen Arm um die Fürstin geschlungen, den andern hoch in die Lüfte emporgestreckt, sprach die Alte nun mit feierlichem das Innerste durchdringenden Ton: ›Vernichtet ist der höllische Zauber des schwarzen Dämons – er liegt in schmachvollen Banden, du bist frei, hohe Fürstin – o du mein süßes Himmelskind! – Schau' auf, schaue deinen Teodoros!‹ – Ein blendender Glanz ging auf, in ihm stand eine hohe Heldengestalt auf mutigem Streitroß, in den Händen ein flatterndes Panier, auf dessen einer Seite ein rotes mit Strahlen umgebenes Kreuz, auf der andern ein aus der Asche steigender Phönix abgebildet! – –«

Die Erzählung bricht hier ab, ohne etwas Weiteres von dem Baron Theodor von S. und dem Kanzleiassistenten Schnüspelpold zu erwähnen. Auf dem dritten und letzten Blättchen stehen nur wenige Worte von der Hand der Fürstin.

»O all ihr Heiligen, all ihr ewigen Mächte des Himmels! an den Rand des Abgrunds hatte mich der boshafte Magus verlockt, schwindelnd wollte ich hinabstürzen, da brach der Zauber durch dich, o Aponomeria, meine zweite Mutter! – Ha! ich bin frei – frei! zerrissen sind alle Bande! – Er ist mein Sklave, den ich zertreten könnte, empfänd' ich nicht Mitleid mit seinem Elend! – Großmütig will ich ihm sein magisches Spielzeug lassen. – Teodoros, ich habe dich geschaut in dem Spiegel, aus dem mir die herrlichste Zukunft entgegenstrahlte! – Ja! ich, ich winde die Palmen und Lorbeern, die deine Krone schmücken sollen! – O! halt' dich, mein Herz! – springe nicht vor namenlosem Entzücken, du starke Brust! – Nein! – gern will ich harren in diesen Mauern, bis der Augenblick gekommen, bis Teodoros mir ruft! – Aponomeria ist ja bei mir und der Magus bezwungen! –«

Dicht an den Rand dieses Blättleins hat Schnüspelpold geschrieben:

»Ich ergebe mich in mein Schicksal, das durch die Huld der Fürstin noch leidiglich genug ist. Hat sie mir doch meinen Haarzopf gelassen und manches andere hübsche Spielzeug dazu. Gott weiß aber, wie es mir künftig in Griechenland ergehen wird. – Ich büße die Schuld meiner Torheit, denn unerachtet aller meiner kabbalistischen Wissenschaft sah ich doch nicht ein, daß ein phantastischer Elegant zum Höheren ebensowenig zu brauchen ist als ein Korkstöpsel, und daß der Teraphim des Propheten Sifur ein viel gescheiteres Männlein war als der Herr Baron Theodor von S., und also auch viel eher als dieser der Fürstin für ihren geliebten Teodoros Capitanaki gelten konnte.«

Es können noch einige Notizen des Barons Achatius von F. folgen.

»Die Geschichte hat großes Aufsehen in B. gemacht. – Ganz durchnäßt,
von Kälte erstarrt, kam gleich nach Mitternacht Dein Neffe zu Kempfers
– Du weißt, daß so ein Lustort im Tiergarten benannt wird – in seltsamer
türkischer oder, wie man meinen will, neugriechischer Tracht, und bat,
daß man ihm Tee mit Rum oder Punsch bereiten möge, wenn er nicht
sterben solle. Das geschah. Bald aber fing er an, verwirrte Reden zu
führen, so daß Kempfer den Baron, den er zum Glück kannte, da er
oftmals draußen gegessen, für heftig erkrankt halten mußte und ihn zu
Wagen nach der Stadt in seine Wohnung schaffen ließ. Die ganze Stadt
glaubt, er sei wahnsinnig geworden, und will schon in manchem Streich,
den er vorher auslaufen lassen, die Spur dieses Wahnsinns finden. Nach
der Versicherung der Ärzte leidet er aber bloß an einem sehr heftigen
Fieber. Freilich sind seine Phantasien von der wunderlichsten Art. Er
spricht von kabbalistischen Kanzleiassistenten, die ihn verhext haben,
von griechischen Prinzessinnen, magischen Brieftaschen, sibyllischen
Papageien durcheinander. Vorzüglich kommt er aber nicht von der Idee
ab, daß er mit einer Enzuse vermählt gewesen und ihr untreu geworden,
weshalb sie ihm nun aus Rache das Blut aussauge, so daß ihn nichts
retten könne und er bald sterben müsse.«

»– Laß, mein Freund, nur alle Besorgnisse fahren, Dein Neffe ist in der
vollsten Besserung. Immer mehr verlieren sich die schwarzen Gedanken,
und er nimmt schon an allem Anteil, was das Leben Schönes und
Herrliches für ihn hat. So freute er sich gestern ganz erstaunlich über
die Form eines neumodischen Huts, den der Graf von E. trug, welcher
ihn gestern besuchte, so daß er im Bette selbst den Hut aufsetzte und
sich den Spiegel bringen ließ. – Er ißt auch schon Hammelkoteletts und
macht Verse. – Spätestens in vier Wochen bringe ich Dir Deinen Neffen
nach Mecklenburg, in Berlin darf er nicht bleiben, denn, wie gesagt,
seine Geschichten haben zu großes Aufsehn gemacht, und er würde,
sowie er sich nur zeigte, aufs neue das Gespräch des Tages werden etc.«

»Also nach zweijähriger Abwesenheit ist Dein Neffe glücklich zurückgekehrt? – Ob er wohl wirklich in Griechenland gewesen ist! – Ich glaube
es nicht, denn daß er so geheimnisvoll tut mit seiner Reise, daß er bei
jeder Gelegenheit sagt: ›Ja, wenn man nicht in Morea – in Zypern u.s.w.

war‹ – das ist mir gerade ein Beweis dagegen! – Leid tut es mir, daß Dein Neffe, war er wirklich in Griechenland, nicht Antizyra besucht hat und ebenso ein närrischer Phantast geblieben ist, als er es sonst war – Apropos! – Ich schicke Dir den Berliner Taschenkalender von 1821, in welchem unter dem Titel: ›Die Irrungen, Fragment aus dem Leben eines Fantasten‹, ein Teil der Abenteuer Deines Neffen abgedruckt steht. Das Gedruckte macht auf Theodor einen erstaunlichen Eindruck, vielleicht erschaut er seine kuriöse Gestalt im Spiegel und schämt und bessert sich. – Gut wär's, wenn auch die neuen Abenteuer bis zum Zeitpunkt, als er Berlin verließ, abgedruckt werden könnten etc.«

Nachtrag

Es wird dem geneigten Leser nicht unangenehm sein, nachträglich zu erfahren, daß der Bote, den Hff. mit dem Billett an den Herrn Kanzlei-assistenten Schnüspelpold geschickt hatte, dieses Billett uneröffnet zu-rückbrachte und berichtete, daß nach der Aussage des Hauswirts dort der bezeichnete Mann nicht wohne und auch niemals gewohnt habe. Gewiß ist es also, daß die Fürstin ihrem Magus die Aushändigung des Vermächtnisses an Hff. aufgetragen hatte, daß er die ihm auferlegte Pflicht erfüllen mußte, und daß er, von seiner Arglist und Tücke nicht ablassend, erst einen sehr groben Brief schrieb und dann den guten Hff. durch ein abscheuliches Gaukelspiel auf schnöde Weise mystifizierte.

Daß jener Zeitpunkt, den die Vision im Tiergarten der Fürstin andeu-tete, gekommen, daß wirklich die Fahne mit dem roten Kreuz und dem Phönix flattert, und daß die Fürstin in Gefolge dessen zurückgekehrt ist in ihr Vaterland, das alles ergibt sich aus den an Hff. gerichteten Versen. Besagte Verse sind dem Hff. deshalb besonders ein liebes und wertes Andenken von einer unvergleichlichen Person, weil er darin, mittelst allerlei poetischer Redensarten, als ein Magus behandelt wird, und noch dazu als ein guter, welcher mit schnöden Teufelskünsten nichts zu tun haben mag. Solches ist ihm noch gar nicht geschehen.

– Wunderbar endlich mag es auch sein, daß das, was im vorigen Jahr (1820) aus der Luft gegriffene leere Fabel schien, Andeutung ins Blaue hinein, in diesem Jahr (1821) in den Ereignissen des Tages eine Basis gefunden.

Wer weiß, welch ein Teodoros in diesem Augenblick die Kreuz- und Phönixfahne schwingt.

Sehr schade ist es, daß in den Fragmenten durchaus nirgends der
Name der jungen griechischen Fürstin vorkommt, deshalb hat ihn auch
Hff. niemals erfahren, und bloß dadurch ist er abgehalten worden, sich
im Fremdenbureau nach der vornehmen griechischen Dame zu erkundi-
gen, die zu Ende Mai Berlin verlassen.

So viel ist gewiß, daß die Dame nicht die Madame Bublina sein kann,
die Napoli di Romania belagert hat, denn die Braut des Fürsten Teodoros
ist von Vaterlandsliebe entbrannt, aber keine Heroine, wie es sich aus
ihren Versen hinlänglich ergibt.

Sollte jemand von den geneigten Lesern Näheres von der unbekannten
Fürstin und dem wunderlichen Kanzleiassistenten Schnüspelpold erfahren,
so bittet Hff. demütiglich, es ihm durch die Güte Einer Hochlöblichen
Kalenderdeputation freundlichst mitteilen zu wollen.

388 Geschrieben im Junius 1821.

Der Elementargeist

Gerade am zwanzigsten November des Jahres 1815 befand sich Albert von B., Obristleutnant in preußischen Diensten, auf dem Wege von Lüttich nach Aachen. Das Hauptquartier des Armeekorps, dem er beigegeben, sollte auf dem Rückmarsch aus Frankreich an demselben Tage in Lüttich eintreffen und dort zwei oder drei Tage rasten. Albert war schon abends vorher angekommen; am andern Morgen fühlte er sich aber von einer sonderbaren Unruhe ergriffen, und er mochte es sich selbst nicht gestehen, daß nur dunkle Träume, die ihn die ganze Nacht hindurch nicht verlassen und ihm ein sehr frohes Ereignis verkündet hatten, das seiner in Aachen warte, den raschen Entschluß erzeugten, auf der Stelle dorthin aufzubrechen. Indem er sich noch selbst über sein Beginnen höchlich verwunderte, saß er schon auf dem schnellen Pferde, von dem getragen er die Stadt noch vor einbrechender Nacht zu erreichen hoffte.

Ein rauher schneidender Herbstwind brauste über die kahlen Felder hin und weckte die Stimmen des fernen entlaubten Gehölzes, die hineinächzten in sein dumpfes Geheul. Raubvögel stiegen kreischend auf und zogen in Scharen den dicken Wolken nach, die immer mehr zusammentrieben, bis der letzte Sonnenblick dahinschwand und ein mattes düstres Grau den ganzen Himmel überzog. Albert wickelte sich fester in seinen Mantel ein, und indem er auf der breiten Straße so vor sich hintrabte, entfaltete sich seinem innern Sinn das Bild der letzten verhängnisvollen Zeit. – Er gedachte, wie er vor wenigen Monden denselben Weg gemacht in umgekehrter Richtung zur schönsten Jahreszeit. In üppiger Blüte stand damals Feld und Flur; buntgewirkten Teppichen glichen die duftenden Wiesen, und im lieblichen Schein der goldnen Sonnenstrahlen glänzten die Büsche, in denen die Vögel fröhlich zwitscherten und sangen. Festlich geschmückt hatte sich die Erde wie eine sehnsüchtige Braut, um die dem Tode geweihten Opfer, die im blutigen Kampf gefallnen Helden, zu empfangen in ihrem dunkeln Brautgemach. –

Albert war bei dem Armeekorps, dem er zugewiesen, gekommen, als schon die Kanonen an der Sambre donnerten; doch zeitig genug, um noch teilzunehmen an den blutigen Gefechten bei Charleroi, Gilly, Gosselins. – Der Zufall wollte, daß Albert gerade da immer zugegen war, wo sich Entscheidendes begab. So befand er sich bei der letzten Erstürmung des Dorfes Planchenoit, die den Sieg in der denkwürdigsten aller Schlachten (Belle-Alliance) vollends herbeiführte. Ebenso kämpfte er den letzten Kampf des Feldzuges mit, als die letzte Anstrengung der Wut, der grimmen Verzweiflung des Feindes sich an dem unerschütterlichen Kampfesmute der Heldenschar brach, die, in dem Dorfe Issy festgefußt, den Feind, der, unter dem furchtbarsten Kartätschenfeuer stürmend, Tod und Verderben in die Reihen zu schleudern gedachte, zurücktrieb, so daß Scharfschützen ihn bis ganz unfern der Barrieren von Paris verfolgten. In der Nacht darauf (vom 3. bis zum 4. Julius) wurde bekanntlich die die Übergabe der Hauptstadt betreffende Militärkonvention zu St. Cloud abgeschlossen.

Dies Gefecht bei Issy ging nun besonders hell auf vor Alberts Seele. Er besann sich auf Dinge, die, wie es ihm bedünken mußte, er während des Kampfs nicht bemerkt hatte, ja nicht bemerkt haben konnte. So trat ihm nun manches Gesicht einzelner Offiziere, einzelner Bursche in den lebendigsten Zügen vor Augen, und tief traf sein Gemüt der unnennbare Ausdruck nicht stolzer oder gefühlloser Todesverachtung, sondern wahrhaft göttlicher Begeisterung, der aus manches Auge strahlte. So hörte er Worte, bald zum Kampf ermutigend, bald mit dem letzten Todesseufzer ausgestoßen, die der Nachwelt hätten aufbewahrt werden müssen, wie die begeisternden Sprüche der Helden aus der antiken Heroenzeit.

»Geht es mir«, dachte Albert, »nicht beinahe so wie dem, der beim Erwachen zwar seines Traumes gedenkt, sich aber erst mehrere Tage darauf aller einzelnen Züge desselben erinnert? – Ja, ein Traum – nur ein Traum, sollte man meinen, könne, mit mächtigen Schwingen Zeit und Raum überfliegend, das Gigantische, Ungeheure, Unerhörte geschehen lassen, was sich begab während der verhängnisvollen achtzehn Tage dieses die kühnsten Gedanken, die gewagtesten Kombinationen des spekulierenden Geistes verspottenden Feldzuges. – Nein! – der menschliche Geist erkennt seine eigne Größe nicht; die Tat überflügelt den Gedanken! – Denn nicht die rohe physische Gewalt, nein, der Geist schafft Taten, wie sie geschehen sind, und es ist die psychische Kraft jedes einzelnen wahrhaft Begeisterten, die der Weisheit, dem Genius des Feldherrn zuwächst und das Ungeheure, nicht Geahnete vollbringen hilft! –«

In diesen Betrachtungen wurde Albert durch seinen Reitknecht gestört, der ungefähr zwanzig Schritte hinter ihm zurückgeblieben, und den er überlaut rufen hörte: »Ei der Tausend, Paul Talkebarth! wo kommst du daher des Weges?«

Albert wandte sein Pferd und gewahrte, wie der Reiter, der, von ihm nicht sonderlich beachtet, soeben vorbeigetrabt war, bei seinem Reitknecht stillhielt und die Backen der ansehnlichen Fuchsmütze, womit sein Haupt bedeckt, auseinander schlug, so daß alsbald das ganze wohlbekannte, im schönsten Zinnober gleißende Antlitz Paul Talkebarths, des alten Reitknechts des Obristen Viktor von S., zum Vorschein kam.

Nun wußte Albert auf einmal, was ihn so unwiderstehlich von Lüttich fortgetrieben nach Aachen, und er konnte es nur gar nicht begreifen, wie der Gedanke an Viktor, an seinen innigsten geliebtesten Freund, den er wohl in Aachen vermuten mußte, nur dunkel in seiner Seele gelegen und zu keinem klaren Bewußtsein gekommen war. –

Auch Albert rief jetzt: »Sieh da! Paul Talkebarth, wo kommst du her? – wo ist dein Herr?«

Paul Talkebarth kurbettierte aber sehr zierlich heran und sprach, die flache Hand vor der viel zu großen Kokarde der Fuchsmütze, militärisch grüßend: »Alle Donnerwetter, Paul Talkebarth, ja, das bin ich, mein gnädigster Herr Obristleutnant. – Böses Wetter hierzulande, Zermannöre! (sur mon honneur). Aber das macht die Kreuzwurzel. Die alte Liese pflegte das immer zu sagen – ich weiß nicht, ob Sie die Liese Pfefferkorn kennen, Herr Obristleutnant; sie wohnt in Genthin, wenn man aber in Paris gewesen ist und den Muffel im Schartinpland (jardin des plantes) gesehen hat – Nun, was man weit sucht, findet man nah, und ich halte hier vor dem gnädigen Herrn Obristleutnant, den ich suchen sollte in Lüttich. Meinem Herrn hat's der Spirus familus (spiritus familiaris) gestern abend ins Ohr geraunt, daß der gnädige Herr Obristleutnant in Lüttich angekommen. Zackernamthö (sacre nom de Dieu), das war eine Freude! – Nun, es mag sein, wie es will; aber getraut habe ich dem Falben niemals. Ein schönes Tier, Zermannöre, aber pur kindisches Wesen, und die Frau Baronesse tat ihr möglichstes, das ist wahr – Liebe Leute hierzulande, aber der Wein taugt nichts, und wenn man in Paris gewesen ist! – Nun, der Herr Obrist hätte ebensogut einziehen können wie einer durch den Argen Trumph (Arc de triomphe), und ich hätte dem Schimmel die neue Schabracke aufgelegt – Zacker, der hätte die Ohren gespitzt! – Aber die alte Liese (es war meine Muhme in Genthin), ja, die pflegte immer zu sagen – Ich weiß nicht, Herr Obristleutnant, ob Sie«
–

»Daß die Zunge dir erlahme«, unterbrach Albert den heillosen Schwätzer, »dein Herr ist in Aachen, so laß uns schnell vorwärts, wir haben noch über fünf Stunden Weges!«

»Halt«, schrie Paul Talkebarth aus Leibeskräften, »halt, halt, gnädigster Herr Obristleutnant, das Wetter ist schlecht hierzulande; aber Futter! wer solche Augen hat wie wir, die blitzen im Nebel« –

»Paul«, rief Albert, »mache mich nicht ungeduldig, wo ist dein Herr? – nicht in Aachen?«

Paul Talkebarth lächelte dermaßen freudig, daß sein ganzes Antlitz zusammenfuhr in tausend Falten wie ein nasser Handschuh, streckte dann den Arm weit aus, zeigte nach den Gebäuden hin, die hinter einem Gehölz auf einer sanft emporsteigenden Anhöhe sichtbar wurden, und sprach: »Dort in jenem Schloß –« Ohne abzuwarten, was Paul Talkebarth noch Weiteres zu schwatzen geneigt, bog Albert ein in den Weg, der seitwärts von der Heerstraße ab nach dem Gehölz führte, und eilte fort im schärfsten Trab. – Nach dem wenigen, was er gesprochen, muß der ehrliche Paul Talkebarth dem geneigten Leser als ein etwas wunderlicher Kauz erscheinen. Es ist nur zu sagen, daß er, Erbstück des Vaters, dem Obristen Viktor von S., nachdem er Generalintendant und Maitre des Plaisirs aller Spiele und tollen Streiche seiner Kinderjahre und des ersten Jünglingsalters gewesen, von dem Augenblick an gedient hatte, als dieser zum erstenmal den Offizierdegen umgeschnallt. Ein alter sehr absonderlicher Magister, der Hofmeister des Hauses zwei Generationen hindurch, vollendete durch alles, was er dem ehrlichen Paul Talkebarth an Unterricht und Erziehung zufließen ließ, die glücklichen Anlagen zu außerordentlicher Konfusion und seltner Eulenspiegelei, womit diesen die Natur gar nicht karg ausgestattet. Dabei war letzterer die treueste Seele, die es auf der Welt geben kann. Bereit, für seinen Herrn jeden Augenblick in den Tod zu gehen, konnte weder hohes Alter, noch sonst irgendeine Betrachtung den guten Paul abhalten, mit seinem Herrn im Jahr 1813 ins Feld zu ziehen. Seine eisenfeste Natur ließ ihn alles Ungemach überstehen, aber weniger stark als sein körperliches bewies sich sein geistiges Naturell, das einen merklichen Stoß oder wenigstens einen besondern Schwung erhielt während seines Aufenthalts in Frankreich, vorzüglich in Paris. Paul Talkebarth fühlte nämlich nun erst, daß Herr Magister Sprengepilcus vollkommen recht gehabt, als er ihn ein großes Licht genannt, das einst noch gar hell leuchten werde. Dies Leuchten bemerkte Paul Talkebarth an der Gefügigkeit, mit der er in die Sitten eines fremden Volks eingegangen war und ihre Sprache erlernt hatte. Damit brüstete er sich nicht wenig und schrieb es nur seiner herrlichen Geistesfähigkeit zu, daß er oft, was Quartier und Nahrung betrifft, das erlangte, was zu erlangen unmöglich schien. – Paul Talkebarths herrliche französische Redensarten (einige angenehme Flüche hat der geneigte Leser bereits kennen gelernt) gingen, wo nicht durch die ganze Armee, doch wenigstens durch das Korps, bei dem sein Herr stand. Jeder Reiter, der auf einem Dorfe ins Quartier kam, rief dem Bauer mit Paul Talkebarths Worten entgegen: »Pisang! – de Lavendel pur di Schewals!« (paysan, de l'avoine pour les chevaux!)

So wie es exzentrischen Naturen überhaupt eigen, so mochte Paul Talkebarth nicht gern, daß irgend etwas auf die gewöhnliche, einfache Weise geschehe. Er liebte vorzüglich Überraschungen und suchte diese seinem Herrn auf alle nur mögliche Weise zu bereiten, der denn auch wirklich sehr oft überrascht wurde, wiewohl auf ganz andere Art, als es der ehrliche Talkebarth gewollt, dessen glücklichsten Pläne meistenteils in der Ausführung scheiterten. So bat er auch jetzt den Obristleutnant von B., als dieser geradezu auf das Hauptportal des Landhauses losritt, flehentlichst, doch einen Umweg zu machen und von hinten in den Hof hineinzureiten, damit sein Herr ihn nicht eher gewahre, als bis er in die Stube getreten. – Albert mußte es sich gefallen lassen, über eine morastige Wiese zu reiten und vom emporspritzenden Schlamm gar übel zugerichtet zu werden, dann ging es über die gebrechliche Brücke eines Grabens. Paul Talkebarth wollte, seine Reiterkünste zeigend, geschickt herübersetzen, fiel aber mit dem Pferde bis an den Bauch hinein und wurde mit Mühe von Alberts Reitknecht wieder auf festen Boden gerettet. Nun gab er aber voll fröhlichen Mutes laut jauchzend dem Pferde die Sporen und sprengte mit wildem Hussa hinein in den Hof des Landhauses. Da aber gerade alle Gänse, Enten, Puter, Hähne und Hühner der Wirtschaft versammelt waren, um zur Ruhe gebracht zu werden, da ferner von der einen Seite eine Herde Schafe, von der andern eine Herde jener Tiere, in die unser Herr einst den Teufel bannte, hereingetrieben wurde, so kann man denken, daß Paul Talkebarth, der, des Pferdes nicht recht mächtig, willkürlos in großen Kreisen auf dem Hofe umhergaloppierte, nicht geringe Verwüstungen in dem Hausstande anrichtete. Unter dem gräßlichen Lärm des quiekenden, schnatternden, blökenden, grunzenden Viehes, der bellenden Hofhunde, der keifenden Mägde hielt Albert seinen glorreichen Einzug, indem er den ehrlichen Paul Talkebarth mitsamt seinem Überraschungsprojekt zu allen Teufeln wünschte.

Schnell schwang sich Albert vom Pferde und trat hinein in das Haus, das, ohne allen Anspruch auf Schönheit und Eleganz, doch ganz wirtlich sich ausnahm und bequem und geräumig genug schien. Auf der Treppe trat ihm ein nicht zu großer, wohlgenährter Mann mit braunrotem Gesicht in einem kurzen grauen Jagdrock entgegen, der mit süßsauerm Lächeln fragte: »Einquartiert?« An dem Tone, mit dem der Mann dies Wort aussprach, erkannte Albert sogleich, daß er den Herrn des Hauses, mithin, wie er es von Paul Talkebarth wußte, den Baron von E. vor sich habe. Er versicherte, daß er keinesweges einquartiert, daß es vielmehr nur seine Absicht sei, seinen innigsten Freund, den Obristen Viktor von S., der sich hier befinden solle, zu besuchen, daß er die Gastfreundschaft des Herrn Barons nur für diesen Abend und die Nacht in Anspruch nehme, da er des andern Morgens in aller Frühe wieder aufzubrechen gedenke. –

Des Barons Gesicht heiterte sich merklich auf, und der volle Sonnenschein, der gewöhnlich auf diesem gutmütigen, aber etwas zu breiten Antlitz zu liegen schien, kehrte ganz wieder, als, die Treppe mit dem Baron hinaufsteigend, Albert fallen ließ, daß wahrscheinlich gar keine Truppenabteilung des Armeekorps, welches gerade auf dem Marsche befindlich, diese Gegend berühren werde. –

Der Baron öffnete eine Türe; Albert trat in einen freundlichen Saal und erblickte Viktor, der, den Rücken ihm zugewendet, saß. Viktor drehte sich auf das Geräusch um, sprang auf und fiel mit einem lauten Ausruf der Freude dem Obristleutnant in die Arme. »Nicht wahr, Albert, du gedachtest meiner in der vorigen Nacht? – Ich wußte es, mein innerer Sinn sagte es mir, daß du dich in Lüttich befändest, in demselben Augenblick, als du hineingeritten! – Alle meine Gedanken figierte ich auf dich, meine geistigen Arme umfaßten dich; du konntest mir nicht entrinnen! –«

Albert gestand, daß ihn wirklich, wie es der geneigte Leser bereits weiß, dunkle Träume, die nur zu keiner deutlichen Gestaltung kommen konnten, von Lüttich fortgetrieben.

»Ja«, rief Viktor ganz begeistert, »ja, es ist kein Wahn, keine leere Einbildung; sie ist uns gegeben, die göttliche Kraft, die, über Zeit und Raum gebietend, das Übersinnliche kundtut in der Sinnenwelt!« –

Albert wußte nicht recht, was Viktor meinte, sowie ihm überhaupt das Betragen des Freundes, das ganz außer seiner gewöhnlichen Weise lag, auf einen gespannten, überreizten Zustand zu deuten schien. – Indessen war die Frau, die neben Viktor vor dem Kamin gesessen, aufgestanden und hatte sich den Freunden genähert. Albert verbeugte sich gegen sie, indem er Viktor mit fragendem Blick anschaute. »Die Frau Baronesse Aurora von E.«, sprach dieser, »meine liebe gastfreundliche Wirtin, meine treue sorgsame Pflegerin in Krankheit und Ungemach!« –

Albert überzeugte sich, indem er die Baronesse anschaute, daß die kleine rundliche Frau noch nicht das vierzigste Jahr erreicht haben könne, daß sie sonst wohl sehr fein gebaut gewesen sein müsse, daß aber die nährende Landkost und viel Sonnenschein dazu die Formen des Körpers ein wenig zu sehr über die Schönheitslinie hinausgetrieben, welches sogar dem niedlichen, noch frisch genug blühenden Antlitz Eintrag tue, dessen dunkelblaue Augen sonst wohl manchem gefährlich genug ins Herz gestrahlt haben mochten. Den Anzug der gnädigen Frau fand Albert beinahe zu wirtlich, indem der Zeug des Kleides, blendend weiß, zwar die Vortrefflichkeit des Waschhauses und der Bleiche, zugleich aber auch die niedrige Stufe der Industrie bewies, auf der die eigne Spinnstube und Weberei noch stehen mußte. Ein grell buntes baumwollnes Tuch, nachlässig um den Nacken geschlagen, so daß der weiße Hals sichtbar genug, erhöhte eben nicht den Glanz des Anzugs. Was aber sehr verwunderlich sich ausnahm, war, daß die Baronesse an den kleinen Füßchen die zierlichsten seidnen Schuhe, auf dem Kopfe aber ein allerliebstes Spitzenhäubchen nach dem neuesten Pariser Zuschnitt trug. Erinnerte dieses Häubchen nun zwar den Obristleutnant an eine niedliche Grisette, die ihm einst der Zufall in Paris zuführte, so glitten ihm doch eben deshalb eine Menge ungemein artiger Redensarten über die Lippen, in denen er seine plötzliche Erscheinung entschuldigte. Die Baronesse unterließ nicht, diese Artigkeiten gehörig zu erwidern. Unaufhaltsam floß, nachdem sie den Mund geöffnet, der Strom ihrer Rede, bis sie endlich darauf kam, daß man einen so lieben Gast, den Freund des dem Hause so teuern Obristen, gar nicht sorglich genug bewirten könne. Auf die hastig gezogene Klingel und den gellenden Ruf: »Mariane! Mariane!« erschien ein altes grämliches Weib, dem großen Schlüsselbunde nach zu urteilen, der ihr am Gürtel hing, die Haushälterin. Mit dieser und dem Herrn Gemahl wurde nun überlegt, was Schönes und Schmackhaftes bereitet werden könne; es fand sich aber, daß alles Leckere, z.B. Wildbret u. dgl. entweder schon verzehrt oder erst morgen anzuschaffen möglich sei. Mühsam seinen Unmut unterdrückend, versicherte Albert, daß man ihn nötigen werde, augenblicklich in der Nacht wieder aufzubrechen, wenn man seinethalben nur im mindesten die Ordnung des Hauses störe. Ein wenig kalte Küche, ein Butterbrot gnüge ihm zum Nachtessen. Es sei unmöglich, erwiderte die Baronesse, daß der Obristleutnant sich nach dem scharfen Ritt in dem rauhen, unfreundlichen Wetter behelfen solle, ohne irgend etwas Warmes zu genießen; und nach langen Beratungen mit Marianen wurde die Bereitung eines Glühweins als ausführbar anerkannt und beschlossen. Mariane entwich klirrend und klappernd durch die Türe; doch in dem Augenblick, als man Platz nehmen wollte, wurde die Baronesse herausgerufen von einer bestürzten Hausmagd. Albert vernahm, daß vor der Türe der Baronesse vollständiger Bericht erstattet wurde von der entsetzlichen Verheerung, die Paul Talkebarth angerichtet hatte; dann folgte die nicht unansehnliche Liste sämtlicher Toten, Verwundeten und Vermißten. Der Baron lief der Baronesse hinterher, und während draußen die Baronesse schalt und schmälte, der Baron den ehrlichen Paul Talkebarth dorthin wünschte, wo der Pfeffer wächst, und die Dienerschaft in ein allgemeines Lamento ausbrach, erzählte Albert kürzlich seinem Freunde, was sich mit Paul Talkebarth auf dem Hofe begeben. »Solche Streiche«, rief Viktor ganz unmutig, »solche Streiche macht nun der alte Eulenspiegel, und dabei meint es der Schlingel so aus Herzensgrunde gut, daß man ihm nie etwas anhaben kann.« –

In dem Augenblick wurde es draußen ruhiger; die Großmagd hatte die glückselige Nachricht gebracht, daß Hans Gucklick bloß sehr erschrocken gewesen, daß er aber sonst ganz ohne allen Schaden abgekommen und gegenwärtig mit Appetit fresse.

Der Baron kehrte zurück mit heitrer Miene, wiederholte zufrieden, daß Hans Gucklick verschont worden von dem wilden, Menschenleben nicht achtenden Paul Talkebarth, und nahm Gelegenheit, sich sehr weitläuftig über den landwirtschaftlichen Nutzen der Hühnerzucht zu verbreiten. Hans Gucklick, der bloß sehr erschrocken und weiter nicht beschädigt, war nämlich der alte allgemein geschätzte Haushahn, schon seit Jahren der Stolz und Schmuck des ganzen Hühnerhofes.

Auch die Baronesse trat wieder herein, jedoch nur, um sich mit einem großen Schlüsselbunde zu bewaffnen, das sie aus einem Wandschrank nahm. Schnell eilte sie wieder von dannen, und nun hörte Albert, wie beide, Hausfrau und Haushälterin, treppauf, treppab klapperten und klirrten, dabei erschallten die gellenden Stimmen gerufener Mägde, und aus der Küche herauf erklang die angenehme Musik von Mörser und Reibeisen. – »Gott im Himmel«, dachte Albert, »wäre der General eingezogen mit dem ganzen Hauptquartier, mehr Lärm könnt' es nicht geben, als meine unglückliche Tasse Glühwein zu verursachen scheint!« –

Der Baron, der von der Hühnerzucht übergegangen zur Jagd, war mit der verwickelten Erzählung von einem sehr schönen Hirsch, der sich blicken lassen, und den er nicht geschossen, noch nicht völlig zu Ende, als die Baronesse wieder in den Saal trat, hinter ihr aber niemand anders, als Paul Talkebarth, der in zierlichem Porzellangeschirr den Glühwein herbeitrug. »Nur alles hieher gestellt, mein guter Paul«, sprach die Baronesse sehr freundlich, welches Paul Talkebarth mit einem unbeschreiblich süßen: »A fu zerpire, Madame!« erwiderte. – Die Manen der auf dem Hofe Erschlagenen schienen versöhnt und alles verziehen.

Man setzte sich nun erst wieder ruhig zueinander. Die Baronesse begann, nachdem sie das Getränk den Freunden kredenzt, an einem ungeheuern wollnen Strumpf zu stricken, und der Baron nahm Gelegenheit, sich weitläuftig über die Art des Gestricks, das bestimmt sei, auf der Jagd getragen zu werden, auszulassen. Währenddessen ergriff er die Kanne, um sich auch eine Tasse Glühwein einzuschenken. »Ernst!« rief ihm die Baronesse mit strafendem Tone zu; augenblicklich stand er von seinem Vorhaben ab und schlich an den Wandschrank, wo er ganz im stillen ein Schnäpschen genoß. – Albert nutzte diesen Augenblick, um endlich den langweiligen Gesprächen des Barons ein Ziel zu setzen, indem er ungelegentlich nach seines Freundes Tun und Treiben forschte. Viktor meinte dagegen, daß es noch Zeit genug geben werde, mit zwei Worten zu sagen, was sich während der Zeit, als sie getrennt, mit ihm begeben, daß er es aber gar nicht erwarten könne, aus Alberts Munde alles Denkwürdige von den gewaltigen Ereignissen der letzten verhängnisvollen Zeit zu vernehmen. Die Baronesse versicherte lächelnd, daß sich nichts hübscher anhören lasse, als Geschichten von Krieg, Mord und Totschlag. Auch der Baron, der sich wieder zur Gesellschaft gesetzt, meinte, daß er gar zu gern von Schlachten erzählen höre, wo es recht blutig hergegangen, da ihn dies immer an seine Jagdpartien erinnere. Er stand im Begriff, wieder einzubiegen in die Geschichte von dem nicht geschossenen Hirsch. Doch Albert unterbrach ihn, indem er, vor innerm Unmut laut auflachend, versicherte, daß zwar auf der Jagd auch scharf geschossen werde; übrigens aber die Einrichtung nicht übel sei, daß die Hirsche, Rehe, Hasen u.s.w., deren Blut es koste, nicht wieder schössen.

Albert fühlte sich von dem Getränk, das er genossen, und das er von edlem Wein ganz vortrefflich bereitet gefunden, durch und durch erwärmt, und dies körperliche Wohlbehagen wirkte wohltätig auf sein geistiges und schlug den Mißmut völlig nieder, der ihn in der unheimischen Umgebung ergriffen. – Vor Viktors Augen entfaltete er nun das ganze schauerlich erhabene Gemälde jener furchtbaren Schlacht, die auf einmal alle Hoffnungen des geträumten Weltherrschers vernichtete. Mit der glühendsten Begeisterung schilderte Albert den unbezwingbaren Löwenmut jener Bataillone, die zuletzt das Dorf Planchenoit erstürmten, und schloß endlich mit den Worten: »O Viktor! – Viktor! wärst du dabei gewesen, hättest du mit mir gefochten!« –

Viktor war dicht an den Stuhl der Baronesse gerückt, hatte den ansehnlichen Knäuel Wolle, als er von dem Schoß der Baronesse herabgekugelt, ergriffen und spielte damit in den Händen, so daß die emsige Strickerin genötigt war, den Faden zwischen Viktors Fingern durchzuziehen, und es nicht wohl vermeiden konnte, öfters mit den überlangen Stricknadeln seinen Arm zu treffen.

Bei jenen, mit erhöhter Stimme ausgesprochnen Worten Alberts schien Viktor plötzlich wie aus einem Traum zu erwachen. Er blickte seinen Freund an mit seltsamem Lächeln und sprach halbleise: »Ja, mein teurer Albert, es ist nur zu wahr, was du sagst! Der Mensch fängt sich oft selbst ganz früh in Schlingen, deren gordischen Knoten erst der Tod gewaltsam zerreißt! – Was aber die Teufelsbeschwörungen überhaupt betrifft, so ist das kecke Rufen des eignen furchtbaren Geistes wohl die bedrohlichste, die es geben mag. – Doch hier schläft schon alles!«

Viktors unverständliche, geheimnisvolle Worte bewiesen hinlänglich, daß er nicht eine Silbe von dem vernommen, was Albert gesprochen, sondern sich vielmehr die ganze Zeit über Träumen überlassen, die noch dazu von gar seltsamer Natur sein mußten.

Man kann denken, daß Albert vor Befremden verstummte. Nun bemerkte er auch, um sich blickend, erst, daß dem Hausherrn, der mit vor dem Bauch gefalteten Händen in die Lehne des Sessels zurückgesunken, das müde Haupt auf der Brust lag, und daß die Baronesse mit fest geschlossenen Augen nur wie ein aufgezogenes Uhrwerk mechanisch fortstrickte.

Albert sprang schnell und mit Geräusch auf; doch in demselben Augenblick erhob sich auch die Baronesse und näherte sich ihm mit einem Anstande, der so frei, edel und anmutig zugleich war, daß Albert nichts mehr von der kleinen, genährten, beinahe drolligen Figur sah, sondern die Baronesse in ein anderes Wesen verwandelt glaubte. »Verzeihen Sie«, sprach sie dann mit süßem Wohllaut, indem sie Alberts Hand faßte, »verzeihen Sie es, Herr Obristleutnant, der vom Anbruch des Tages an beschäftigten Hausfrau, wenn sie am Abend der Ermüdung nicht zu widerstehen vermag, und wird auch zu ihr auf das herrlichste von den herrlichsten Dingen gesprochen; dasselbe mögen Sie dem rüstigen Jäger verzeihen. Es ist unmöglich, daß Sie sich nicht darnach sehnen sollten, mit Ihrem Freunde allein zu sein und sich recht aus dem Herzen auszusprechen, und da ist jeder Zeuge lästig. Gewiß wird es Ihnen gemütlich scheinen, mit Ihrem Freunde allein das Nachtessen einzunehmen, das ich in seinen Zimmern bereiten lassen.«

Gelegener konnte Albert kein Vorschlag sein. Auf der Stelle beurlaubte er sich in den höflichsten Ausdrücken bei der freundlichen Wirtin, der er jetzt das Schlüsselbund, den Jammer über den erschrockenen Hans Gucklick, sowie den Strickstrumpf nebst dem Einnicken von Herzen verzieh!

402

»Lieber Ernst!« rief die Baronesse, als die Freunde sich bei dem Baron empfehlen wollten; da dieser aber statt aller Antwort sehr vernehmlich rief: »Huß – Huß – Tyras – Waldmann – Allons!« und das Haupt auf die andere Seite hängen ließ, so mochte man ihn in seinen süßen Träumen nicht weiter stören. –

»Sage«, rief Albert, als er sich mit Viktor allein befand, »sage, was ist mit dir vorgegangen? – Doch – erst laß uns essen, denn mich hungert, und in der Tat, es scheint hier mehr vorhanden als das bescheiden gewünschte Butterbrot.«

Der Obristleutnant hatte recht; denn er fand einen gar zierlich gedeckten, mit den leckersten kalten Speisen besetzten Tisch, dessen vorzüglichste Zierde ein Bayonner Schinken und eine Pastete von roten Rebhühnern schien. Paul Talkebarth meinte, als Albert sein Wohlbehagen äußerte, schalkisch lächelnd, daß, wenn er nicht gewesen wäre und der Jungfer Mariane alles gesteckt hätte, was der Herr Obristleutnant gern genieße, als Suppenfink (souper fin) – aber noch könne er es der Muhme Liese nicht vergessen, daß sie an seinem Hochzeitstage den Reisbrei verbrannt, und er sei nun Witwer seit dreißig Jahren, und man könne nicht wissen, denn Ehen würden im Himmel geschlossen, und Jungfer Mariane – doch die gnädige Frau Baronesse habe ihm das Beste selbst zugestellt, nämlich einen ganzen Korb mit Sellerie für die Herrn. – Albert wußte nicht recht, wozu ihm die unbillige Menge Gemüse aufgetischt werden sollte, war dann aber sehr zufrieden, als Paul Talkebarth den Korb, der nichts anders enthielt als sechs Flaschen des schönsten Vin de Sillery, herbeitrug.

Während Albert es sich nun recht wohl schmecken ließ, erzählte Viktor, wie er auf das Gut des Barons von E. gekommen.

Die der stärksten Natur öfters unverwindlichen Strapazen des ersten Feldzuges (1813) hatten Viktors Gesundheit zerrüttet. Die Bäder in Aachen sollten ihn herstellen, und er befand sich gerade dort, als Buonapartes Flucht von Elba die Losung gab zum neuen blutigen Kampf. Als man sich zum Feldzuge rüstete, erhielt Viktor von der Residenz aus die Weisung, sich, sollte es sein Gesundheitszustand erlauben, zu der Armee an den Niederrhein zu begeben; das waltende Schicksal erlaubte ihm aber statt dessen nur einen Ritt von vier bis fünf Stunden. Gerade vor dem Tor des Landhauses, in dem sich jetzt die Freunde befanden, wurde Viktors Pferd, sonst das sicherste, furchtloseste Tier von der Welt, geprüft in dem wildesten Getöse der Schlacht, plötzlich scheu, bäumte sich, und Viktor stürzte herab, wie er selbst sagte, gleich einem Schulknaben, der zum erstenmal ein Roß bestiegen. Besinnungslos lag er da, indem das Blut einer bedeutenden Kopfwunde entströmte, die er sich an einem scharfen Stein geschlagen. Man brachte ihn in das Haus, und hier mußte er, da jeder Transport gefährlich schien, seine Genesung abwarten, die noch jetzt nicht ganz vollendet schien, da ihn, unerachtet die Wunde längst geheilt war, noch Fieberanfälle ermatteten. Viktor ergoß sich in den wärmsten Lobeserhebungen rücksichts der sorglichsten Wartung und Pflege, welche ihm die Baronesse angedeihen lassen.

»Nun«, rief Albert laut auflachend, »nun, in der Tat, darauf war ich nicht gefaßt. Wunder denk' ich, was du mir Außerordentliches erzählen wirst, und am Ende läuft es auf eine, nimm mir's nicht übel, etwas einfältige Geschichte hinaus, wie sie in hundert abgedroschenen Romanen zu finden, so daß sie kein Mensch mehr selbst mit Anstand erleben kann. – Der wunde Ritter wird ins Schloß getragen, die Herrin des Hauses pflegt ihn – und der Ritter wird zum zärtlichen Amoroso! – Denn Viktor, daß du deinem bisherigen Geschmack, ja deiner ganzen Lebensweise zum Trotz dich plötzlich in eine ältliche dicke Frau verliebt hast, die so häuslich und wirtschaftlich ist, daß man darüber des Teufels werden möchte, daß du noch dazu den sehnsüchtigen, schmachtenden Jüngling spielst, der, wie es irgendwo heißt, seufzet wie ein Ofen und Lieder macht auf seiner Liebsten Brauen – nun, das alles will ich am Ende auch noch für Krankheit halten! – Das einzige, was dich einigermaßen entschuldigen könnte und dich poetisch darstellen, wäre der spanische Infant im ›Arzt seiner Ehre‹, der, gleiches Schicksal mit dir teilend, an dem Tor des Landhauses der Donna Menzia auf die Nase fiel und am Ende die Geliebte fand, die ihm unbewußt« – »Halt«, rief Viktor, »halt! – glaubst du denn nicht, daß ich es vollkommen einsehe, begreife, wenn ich dir als ein ganz alberner Geck vorkommen muß? – Doch! es ist hier noch etwas andres, Geheimnisvolles im Spiel. – Nun laß uns trinken!« –

Der Wein und Alberts lebendiges Gespräch hatte Viktorn wohlgefällig angeregt; er schien erwacht aus düstrer Träumerei. Als nun aber endlich Albert, das volle Glas erhebend, sprach: »Nun, Viktor, teurer Infant, Donna Menzia soll leben und aussehen wie unsre kleine dicke Hausfrau!« da rief Viktor lachend: »Nein, ich kann es doch nicht ertragen, daß du mich für einen Gecken halten mußt! – Ich fühle mich im Innersten heiter und aufgelegt, dir alles zu sagen, alles zu beichten! – Du mußt es dir aber gefallen lassen, von einer ganz eignen Periode meines Lebens, die in meine Jünglingsjahre fällt, zu hören, und es ist möglich, daß die halbe Nacht darüber vergeht.«

»Erzähle«, erwiderte Albert, »denn ich gewahre, daß noch hinlänglicher Wein vorhanden, um die etwa sinkenden Lebensgeister aufzufrischen. – Wär' es nur nicht so entsetzlich kalt im Saal und ein Verbrechen, jetzt noch jemanden von den Hausleuten aufzustören.«

»Sollte«, sprach Viktor, »sollte Paul Talkebarth nicht dafür gesorgt haben?« – Wirklich versicherte dieser in seiner bekannten französischen Mundart höflich fluchend, daß er das vortrefflichste Holz selbst klein zugeschnitten und bewahrt habe zum köstlichsten Kaminfeuer, welches er sogleich anfachen werde. – »Es ist nur gut«, sagte Viktor, »daß es mir hier nicht so gehen kann, wie einst bei einem Drogeriehändler in Meaux, wo der ehrliche Paul Talkebarth mir ein Kaminfeuer angemacht, das wenigstens zwölfhundert Franken kostete. Der Gute hatte Sandel-Brasilienholz ergriffen, zerhackt und in den Kamin gesteckt, so daß ich mir beinahe vorkam wie Andalosia, des bekannten Herrn Fortunatus berühmter Sohn, dessen Koch das Feuer von Spezereien anschüren mußte, als der König verboten, ihm Holz zu verkaufen.«

»Du weißt«, fuhr Viktor fort, als das Feuer lustig knisterte und
flammte und Paul Talkebarth sich aus dem Zimmer entfernt hatte, »du
weißt, mein teurer Freund Albert, daß ich meine militärische Laufbahn
bei der Garde in P. begann, sonst aber von meiner Jünglingszeit wohl
wenig mehr als das, da es nie besondere Gelegenheit gab, davon zu reden;
mehr aber noch, weil das Bild jener Jahre nur in halbverwischten Zügen
vor meiner Seele stand und erst hier wieder in hellen Farben aufleuchtete.
– Meine erste Erziehung in meines Vaters Hause kann ich nicht eben
schlecht nennen. Ich hatte eigentlich gar keine; man überließ mich meinen Neigungen, und gerade diese schienen nichts weniger darzutun, als
meinen Beruf zu den Waffen. Offenbar fühlte ich mich zu wissenschaftlicher Bildung hingezogen, die mir der alte Magister, der mein Hofmeister
sein sollte, und der froh war, wenn man ihn nur in Ruhe ließ, nicht geben
konnte. Erst in P. gewann ich mit Leichtigkeit Kenntnis neuerer Sprachen,
sowie ich die dem Offizier nötigen Studien mit Eifer trieb und Erfolg.
Außerdem las ich mit einer Art von Wut alles, was mir in die Hände
kam, ohne Auswahl, ohne Rücksicht auf Nützlichkeit; indessen erhielt
ich doch, da mein Gedächtnis vortrefflich, eine Menge historischer
Kenntnisse, selbst wußte ich nicht wie. – Man hat mir später die Ehre
angetan, zu behaupten, es säße ein poetischer Geist in mir, den ich nur
selbst nicht recht anerkennen wolle; gewiß ist es aber, daß mich die
Meisterwerke der großen Dichter jener Periode in einen Zustand der
Begeisterung versetzten, von dem ich keine Ahnung gehabt; ich erschien
mir selbst als ein anderes Wesen, das nur erst sich entwickelt zum regen
Leben. – Ich will nur ›Werthers Leiden‹, vorzüglich aber Schillers ›Räuber‹
nennen. Einen ganz andern Schwung aber gab meiner Phantasie ein
Buch, das gerade deshalb, weil es nicht vollendet ist, dem Geist einen
Stoß gibt, so daß er rastlos fortarbeiten muß in ewigen Pendulschwin-
gungen. – Ich meine Schillers ›Geisterseher‹. Mag es sein, daß der Hang
zum Mystischen, zum Wunderbaren, der überhaupt tief in der menschlichen Natur begründet ist, stärker bei mir vorwaltete; genug, als ich jenes
Buch gelesen, das die Beschwörungsformeln der mächtigsten schwarzen
Kunst selbst zu enthalten scheint, hatte sich mir ein magisches Reich
voll überirdischer oder besser unterirdischer Wunder erschlossen, in
dem ich wandelte und mich verirrte, wie ein Träumer. Einmal in diese
Stimmung geraten, verschlang ich mit Begierde alles, was nur zu jener
Stimmung sich hinneigte, und selbst Werke von weit geringerem Gehalt
verfehlten keinesweges ihre Wirkung. So machte auch der ›Genius‹ von

Große auf mich einen tiefen Eindruck, und ich darf mich auch jetzt dessen keinesweges schämen, da wenigstens der erste Teil, dessen größere Hälfte in den Schillerschen ›Horen‹ abgedruckt stand, der Lebendigkeit der Darstellung und auch wohl der geschickten Behandlung des Stoffs halber die ganze literarische Welt in Bewegung setzte. Manchen Arrest mußte ich dulden, wenn ich auf der Wache, in solch ein Buch oder auch nur in meine mystischen Träume vertieft, das Herausrufen überhört hatte und erst vom Unteroffizier geholt werden mußte. Gerade in dieser Zeit brachte mich der Zufall einem sehr seltsamen Manne näher. – Es begab sich nämlich, daß ich an einem schönen Sommerabend, als die Sonne schon gesunken und die Dämmerung eingebrochen, in der Gegend eines Lustorts vor P., einsam, wie es meine Gewohnheit war, lustwandelte. Da schien es mir, als vernähme ich aus dem Dickicht eines kleinen Wäldchens, das seitwärts ab vom Wege lag, dumpfe Klagetöne und da-zwischen in einer mir unbekannten Sprache heftig ausgestoßene Reden. Ich glaubte jemanden hilfsbedürftig, eilte hin nach der Stelle, von woher die Laute zu kommen schienen, und gewahrte bald in dem Schimmer des Abendrots eine große breitschultrige Figur, die, in einen gemeinen Soldatenmantel gehüllt, auf dem Boden ausgestreckt lag. Ganz nahe hinzugetreten, erkannte ich zu meinem nicht geringen Erstaunen den Major O'Malley von den Grenadieren. ›Mein Gott‹, rief ich aus, ›sind Sie es, Herr Major? – in diesem Zustande? – Sind Sie krank – kann ich helfen?‹ Der Major betrachtete mich mit starrem, wilden Blick und sprach dann in barschem Ton: ›Welcher Teufel führt Euch her, Leutnant? Was kümmert es Euch, ob ich hier liege oder nicht, schert Euch nach der Stadt!‹ – Die Leichenblässe, die auf O'Malleys Gesicht lag, die ganze Art, wie ich ihn fand, ließ mich indessen Unheimliches ahnen, und ich erklär-te, daß ich ihn durchaus nicht verlassen, sondern nur mit ihm zusammen nach der Stadt zurückkehren würde. ›So?‹ sprach der Major ganz gelassen und kalt, nachdem er einige Augenblicke geschwiegen, und versuchte sich aufzuraffen, worin ich ihm, da es ihm schwer zu werden schien, beistand. Ich bemerkte nun, daß er, wie er es oft tat, wenn er noch des Abends sich hinaus ins Freie machte, bloß über das Hemde, ohne weiter angekleidet zu sein, einen gemeinen sogenannten Kommißmantel gewor-fen, dazu aber Stiefeln angezogen und den Offiziershut mit breiter goldner Tresse auf das kahle Haupt gedrückt hatte. Eine Pistole, die auf der Erde neben ihm gelegen, ergriff er schnell und steckte sie, um sie meinen Blicken zu entziehen, in die Tasche des Mantels. Auf dem ganzen

Wege nach der Stadt sprach er keine Silbe mit mir, sondern stieß nur
dann und wann abgebrochene Reden aus in seiner Muttersprache (er
war Irländer von Geburt), die ich nicht verstand. Vor seinem Quartier
angekommen, drückte er mir die Hand und sprach mit einem Ton, der
in der Tat etwas Unbeschreibliches, nie Gehörtes hatte, so daß er noch
in meiner Seele wiederklingt: ›Gute Nacht, Leutnant! – Der Himmel
beschütze Euch und gebe Euch gute Träume!‹ – Dieser Major O'Malley
war wohl einer der allerwunderlichsten Menschen, die es geben kann,
und rechne ich vielleicht ein paar etwas exzentrische Engländer ab, die
mir vorgekommen, so wüßte ich keinen Offizier in der ganzen großen
Armee, der in der äußern Erscheinung mit O'Malley zu vergleichen. Ist
es wahr, was viele Reisende behaupten, daß die Natur sich eben nirgends
solch ganz besonderer Prägstöcke bedient als in Irland, weshalb denn
jede Familie die artigsten Kabinettsstückchen aufzuweisen hat, so konnte
der Major O'Malley billigerweise für einen Prototypus seiner ganzen
Nation gelten. Denke dir einen baumstarken Mann von sechs Fuß Höhe,
dessen Bau man gerade nicht ungeschickt nennen kann, aber kein Glied
paßt zum andern, und die ganze Figur scheint zusammengewürfelt wie
in jenem Spiel, in dem Figuren aus einzelnen Teilen, deren Nummer die
Würfel bestimmen, zusammengefügt werden. Die Adlernase, die fein
geschlitzten Lippen würden das Antlitz zum Edlen erheben; aber sind
die hervorstehenden Glasaugen beinahe widrig, so tragen die hohen
schwarzen buschigen Augenbrauen den Charakter der komischen Maske.
– Sehr seltsam hatte des Majors Antlitz etwas Weinerliches, wenn er
lachte, wiewohl das selten geschah; dagegen war es, als ob er lache, wenn
ihn die Wut des wildesten Zorns übermannte: aber dieses Lachen hatte
so etwas Grauenhaftes, daß die ältesten, im Gemüt handfestesten Burschen sich davor entsetzten. Ebenso selten als O'Malley lachte, ebenso
selten ließ er sich aber auch hinreißen vom Zorn. Ganz unmöglich schien
es, daß dem Major jemals hätte eine Uniform passen sollen. Die Kunst
des geschicktesten Regimentsschneiders scheiterte an des Majors unförm-
licher Gestalt; der nach dem genauesten Maß zugeschnittene Rock schlug
schnöde Falten, hing ihm am Leibe, als sei er aufgehängt zum Ausbürsten,
während der Degen an den Beinen schlotterte und der Hut in so seltsamer Richtung auf dem Kopfe saß, daß man schon auf hundert Schritte
den militärischen Schismatiker erkannte. Was aber bei der pedantischen
Formkrämerei jener Zeit ganz unerhört scheinen mußte: O'Malley trug
– keinen Zopf. Freilich möchte auch dieser an den wenigen grauen

Löckchen, die sich am Hinterhaupte kräuselten, schwer gehaftet haben, da sonst der Kopf völlig haarlos war. Ritt der Major, so glaubte man, er müsse jeden Augenblick vom Pferde fallen, focht er, jeden Augenblick vom Gegner getroffen werden; und doch war er der beste Reiter, Fechter, überhaupt der geübteste, gewandteste Gymnastiker, den es nur geben konnte. – So viel, um dir das Bild eines Mannes zu geben, dessen ganzes Treiben geheimnisvoll zu nennen, da er bald bedeutende Summen wegwarf, bald hilfsbedürftig erschien und, jeder Kontrolle seiner Obern, jedem Dienstzwange entzogen, durchaus tat, was er wollte. Eben das, was er wollte, war aber meistenteils so exzentrisch oder vielmehr so spleenisch toll, daß man um seinen Verstand besorgt werden konnte. – Man sprach davon, daß der Major zu einer gewissen Zeit, in welcher P. mit seinen Umgebungen der Schauplatz seltsamer, in die Geschichte des Tages eingreifender Mystifikationen war, eine wichtige Rolle gespielt habe und noch in Verbindungen stehe, die das Unbegreifliche seiner Stellung erzeugten. – Ein sehr verrufenes Buch, das damals (irr' ich nicht, unter dem Titel: ›Exkorporationen‹) erschien, und in welchem man das Bild eines Mannes fand, das dem Major ähnlich, nährte jenen Glauben; und auch ich, von dem mystischen Inhalt jenes Buchs angeregt, fühlte mich desto mehr geneigt, O'Malley für eine Art Armenier zu halten, je länger und näher ich sein wunderliches, wohl könnt' ich sagen spukhaftes Treiben beobachtete. Dazu gab er mir nämlich selbst Gelegenheit, indem er seit jenem Abende, als ich ihn krank oder auf andere Weise erschüttert im Walde antraf, eine ganz besondere Zuneigung zu mir gewonnen hatte, so daß es ihm Bedürfnis schien, mich täglich zu sehen. – Dir die ganz absonderliche Art dieses Umgangs zu beschreiben, dir manches zu erzählen, was das Urteil der Burschen, welche keck behaupteten, der Major sei ein Doppeltgänger und stehe überhaupt mit dem Teufel im Bunde, vollkommen zu rechtfertigen schien, alles dessen bedarf es nicht, da du bald den unheimlichen Geist, der bestimmt war, auf verstörende Weise einzugreifen in mein Leben, hinlänglich kennen lernen wirst.

Ich hatte die Schloßwache, und dort besuchte mich mein Vetter, der Hauptmann von T., der noch mit einem jungen Offizier aus B. nach P. gekommen. Im traulichen Gespräch saßen wir beim Glase Wein, als, beinahe war es schon Mitternacht, der Major O'Malley eintrat. ›Ich glaubte Euch allein, Leutnant‹, sprach er, indem er meine Gäste verdrießlich anblickte, und wollte sich wieder entfernen. Der Hauptmann erin-

nerte ihn daran, daß sie ja alte Bekannte wären, und auf mein Bitten
ließ O'Malley es sich gefallen, bei uns zu bleiben.

›Euer Wein‹, rief O'Malley, als er ein Glas nach seiner Weise schnell
hinunter gestürzt, ›Euer Wein, Leutnant, ist der schnödeste Krätzer, der
je eines ehrlichen Kerls Gedärme zerrissen; laßt sehen, ob dieser hier
von einer bessern Sorte!‹

Damit holte er aus der Tasche des Kommißmantels, den er über das
Hemde gezogen, eine Flasche und schenkte ein. Wir fanden den Wein
vortrefflich und hielten ihn für einen vorzüglich feurigen Ungar.

Selbst weiß ich nicht, wie sich das Gespräch auf magische Operationen
und zuletzt auf jenes verrufene Buch wandte, dessen ich zuvor gedachte.
Dem Hauptmann war, vorzüglich wenn er Wein getrunken, ein gewisser
spöttelnder Ton eigen, den nicht jeder gut vertragen mag. In diesem
Tone begann er von militärischen Geisterbannern und Hexenmeistern
zu sprechen, die zu jener Zeit allerliebste Dinge zustande gebracht, wofür
man ihrer Macht noch jetzt huldigen und Opfer bringen müsse. ›Wen
meint‹, rief O'Malley mit dröhnender Stimme, ›wen meint Ihr, Hauptmann? – Meint Ihr etwa mich, so wollen wir das Geisterbannen beiseite
stellen; daß ich mich aber auf das Entgeistern verstehe, könnt' ich Euch
beweisen, und dazu bedarf ich statt eines sonstigen Talismans nur meines
Degens oder eines guten Pistolenlaufs.‹

Zu nichts weniger war der Hauptmann aufgelegt, als mit O'Malley
Händel anzufangen; er versicherte daher, artig einlenkend, daß er zwar
allerdings den Major gemeint, indessen nur Scherz im Sinne gehabt, der
vielleicht unzeitig gewesen. Im Ernst wolle er aber jetzt den Major fragen,
ob er nicht gut tun würde, das alberne Gerücht, daß er wirklich über
unheimliche Mächte gebiete, zu widerlegen und so auch seinerseits dem
dummen Aberglauben zu steuern, der nicht mehr in das aufgeklärte
Zeitalter passe. – Der Major lehnte sich über den ganzen Tisch, stützte
den Kopf auf beide Fäuste, so daß seine Nase kaum eine Spanne weit
von des Hauptmanns Antlitz entfernt war, und sprach dann, ihn mit
seinen hervorglotzenden Augen starr anblickend, sehr gelassen: ›Hat
Euch, mein Gönner, der Herr auch nicht etwa mit einem sehr durchdringenden Geist erleuchtet, so werdet Ihr, hoff' ich, doch einzusehn vermögen, daß es die törichtste, einbildischste, ja, ich möchte sagen, verruchteste
Anmaßung wäre, wenn wir glauben wollten, mit unserm geistigen Prinzip
sei alles abgeschlossen, und es gebe keine geistige Naturen, die anders
begabt, als wir, oft nur sich selbst aus jener Natur allein die momentane

Form bildend, sich uns offenbaren in Raum und Zeit, ja, die, nach irgendeiner Wechselwirkung strebend, hineinflüchten könnten in das Tongebäcke, was wir Körper nennen. Ich will es Euch nicht zum Vorwurf machen, Hauptmann, daß Ihr in allen Dingen, die man weder bei der Revue noch auf der Parade lernt, sehr unwissend seid und nichts gelesen habt. Hättet Ihr aber nur etwas weniges in tüchtige Bücher geguckt, kenntet Ihr den Cardanus, den Justinus Martyr, den Lactanz, den Cyprian, den Clemens von Alexandrien, den Macrobius, den Trismegistus, den Nollius, den Dorneus, den Theophrastus, den Fludd, den Wilhelm Postel, den Mirandola, ja nur die kabbalistischen Juden Joseph und Philo, Euch wäre vielleicht eine Ahnung aufgegangen von Dingen, die jetzt Euern Horizont übersteigen, und von denen Ihr daher auch gar nicht reden solltet.‹

Damit sprang O'Malley auf und ging mit starken gewaltigen Schritten auf und ab, so daß die Fenster und die Gläser zitterten.

Unerachtet, versicherte der Hauptmann etwas betreten, unerachtet er des Majors Gelehrsamkeit hoch in Ehren halte, unerachtet er gar nicht in Abrede stellen wolle, daß es höhere geistige Naturen gebe und geben müsse; so sei er doch fest überzeugt, daß irgendeine Verbindung mit einer unbekannten Geisterwelt durchaus gegen die Bedingung der menschlichen Natur, mithin unmöglich sei und alles, was als Beweis des Gegenteils gelten solle, auf Selbsttäuschung oder Betrug beruhe.

O'Malley blieb, als der Hauptmann schon einige Sekunden geschwiegen, plötzlich stehen und begann: ›Hauptmann, oder‹ (sich zu mir wendend) ›Ihr, Leutnant, tut mir den Gefallen und setzt Euch hin und schreibt ein Heldengedicht, ebenso herrlich, so übermenschlich groß wie die Ilias!‹

Wir erwiderten beide, daß uns das wohl nicht gelingen werde, da keinem der homerische Geist inwohne. ›Ha, ha‹, rief der Major, ›seht Ihr wohl, Hauptmann! Weil Euer Geist unfähig ist, Göttliches zu empfangen und zu gebären, ja, weil Eure Natur nicht einmal von der Beschaffenheit sein mag, sich auch nur zur Erkenntnis zu entzünden, deshalb müßtet Ihr eigentlich leugnen, daß aus irgendeinem Menschen sich dergleichen gestalten könne. – Ich sage Euch, jener Umgang mit höheren geistigen Naturen ist bedingt durch einen besondern psychischen Organismus; und wie die dichterische Schöpfungskraft, so ist auch jener Organismus eine Gabe, mit der die Gunst des Weltgeistes seinen Liebling ausstattet.‹

Ich las in des Hauptmanns Gesicht, daß er im Begriff stand, irgend etwas Spöttisches dem Major zu entgegnen. Um es nicht dazu kommen zu lassen, nahm ich das Wort und machte dem Major bemerklich, daß, soviel ich wüßte, doch die Kabbalisten gewisse Formen und Regeln aufstellten, um zu jenem Umgange mit unbekannten geistigen Wesen zu gelangen. Noch ehe der Major aber antworten konnte, sprang der Hauptmann, von Wein erhitzt, auf und sprach im bittern Ton: ›Nun was hilft hier alles Schwatzen; Ihr gebt Euch für eine höhere Natur aus, Major; Ihr wollt uns glauben machen, daß Ihr, aus besserm Stoff geschaffen als unsereins, den Geistern gebietet! – Erlaubt, daß ich Euch so lange für einen betörten Schwärmer halte, bis Ihr uns Eure psychische Kraft zutage gelegt.‹

Der Major lachte wild auf und sprach dann: ›Ihr haltet mich für einen gemeinen Geisterbanner, für einen kläglichen Taschenspieler, Hauptmann? – Das steht Euerm kurzsichtigen Sinne wohl an! – Doch! – Es soll Euch vergönnt sein, einen Blick in ein dunkles Reich zu tun, das Ihr nicht ahnet, und das Euch verderblich erfassen kann! – Ich warne Euch indessen vorher und gebe Euch zu bedenken, daß Euer Gemüt nicht stark genug sein könnte, manches zu ertragen, das mir ein ergötzliches Spiel dünkt.‹

Der Hauptmann versicherte, daß er bereit sei, es mit allen Geistern und Teufeln aufzunehmen, die O'Malley zu beschwören imstande wäre, und nun mußten wir dem Major auf unser Ehrenwort versprechen, uns in der Nacht des Herbstäquinoktiums, und zwar Schlag zehn Uhr in dem dicht vor dem ***er Tor gelegenen Wirtshause einzufinden, wo wir das Weitere erfahren würden.

Es war indessen heller Tag geworden; die Sonne schien durch die Fenster. Da stellte sich der Major mitten ins Zimmer und rief mit donnernder Stimme: ›Incubus! – Incubus! Nehmahmihah Scedim!‹ – warf den Mantel ab, den er bis jetzt nicht abgelegt, und stand da in voller Uniform.

In demselben Augenblick mußte ich heraus, da die Wache ins Gewehr trat. Als ich zurückkam, waren beide, der Major und der Hauptmann, verschwunden.

›Ich blieb‹, – sprach der junge Offizier, ein liebenswürdiger frommer Jüngling, den ich allein fand, – ›ich blieb nur zurück, um Sie vor diesem Major, diesem entsetzlichen Menschen, zu warnen! – Fern von mir sollen seine fürchterlichen Geheimnisse bleiben, und mich gereut es, daß ich mein Wort gab, bei einem Akt zu sein, der vielleicht uns allen, gewiß aber dem Hauptmann verderblich sein kann. Sie werden mir zutrauen, daß ich nicht geneigt bin, jetzt mehr daran zu glauben, was die alte Wärterin dem Kinde vorerzählte; aber! – Haben Sie wohl bemerkt, daß der Major nach und nach acht Flaschen aus der Tasche zog, die kaum groß genug schien, eine einzige zu fassen? – daß er zuletzt, unerachtet er unter dem Mantel nur das Hemde trug, plötzlich von unsichtbaren Händen angekleidet dastand?‹ – Es war dem so, wie der Leutnant sagte, und ich muß gestehen, daß eiskalte Schauer mich durchbebten. –

An dem bestimmten Tage fand sich der Hauptmann mit meinem jungen Freunde bei mir ein, und auf den Schlag zehn Uhr nachts waren wir, so wie wir es dem Major zugesagt, in dem Wirtshause. Der Leutnant war still und in sich gekehrt, desto lauter und lustiger aber der Hauptmann.

›In der Tat‹, rief dieser, als es schon halb eilf Uhr worden und O'Malley sich nicht blicken ließ, ›in der Tat, ich glaube, der Herr Geisterbanner läßt uns im Stich mitsamt seinen Geistern und Teufeln!‹ – ›Das tut er nicht‹, sprach es dicht hinter dem Hauptmann, und O'Malley stand unter uns, ohne daß jemand bemerkt, wie er hereingekommen. – Dem Hauptmann erstarb die Lache, die er aufschlagen wollen. –

Der Major, wie gewöhnlich in seinen Soldatenmantel gekleidet, meinte, daß es, ehe er uns an den Ort führe, wo er gedenke, sein Versprechen zu erfüllen, noch Zeit sei, ein paar Gläser Punsch zu trinken; es würde uns gut tun, da die Nacht rauh und kalt sei und wir einen ziemlichen Weg zu machen hätten. Wir setzten uns an einen Tisch, auf den der Major einige zusammengebundene Fackeln und ein Buch legte.

›Hoho‹, rief der Hauptmann, ›das ist wohl Euer Beschwörungsbuch, Major?‹ – ›Allerdings‹, erwiderte O'Malley trocken.

Der Hauptmann ergriff das Buch, schlug es auf und lachte in demselben Augenblick so unmäßig, daß wir nicht wußten, was ihm denn so ganz toll lächerlich bedünken könne.

›Nein‹, sprach dann der Hauptmann, sich mit Mühe erholend, ›nein, das ist zu arg! – Major, was zum Teufel, wollt Ihr denn Euern Scherz mit uns treiben, oder habt Ihr Euch vergriffen? – Freunde, Kameraden, schaut doch nur her!‹

Du kannst dir, Freund Albert, unser tiefes Erstaunen denken, als wir gewahrten, daß das Buch, das uns der Hauptmann vor die Augen hielt, kein anderes war, als – Pepliers französische Grammaire! – O'Malley nahm dem Hauptmann das Buch aus der Hand, steckte es in die Manteltasche und sprach dann sehr ruhig, wie er denn überhaupt in seinem ganzen Wesen ruhiger und milder erschien, als sonst jemals: ›Sehr gleichgültig kann es Euch sein, Hauptmann, welcher Mittel ich mich bedienen will, um mein Versprechen zu erfüllen, welches in nichts anderm besteht, als Euch sinnlich meine Gemeinschaft mit der Geisterwelt darzutun, die uns umgibt, ja in der unser höheres Sein bedingt ist. Glaubt Ihr denn, daß meine Kraft solcher armseliger Krücken bedarf, als da sind: besondere mystische Formeln, Wahl einer besondern Zeit, eines abgelegenen schauerlichen Orts, deren sich armselige kabbalistische Schüler in nutzlosen Experimenten zu bedienen pflegen? – Auf offnem Markt, zu jeder Stunde könnt' ich Euch beweisen, was ich vermag; und daß ich damals, als Ihr mich verwegen genug in die Schranken fordertet, eine besondere Zeit und, wie Ihr gleich sehen werdet, einen Ort wählte, der Euch vielleicht schauerlich bedünken möchte, war nur eine Artigkeit, die ich Eurethalben dem erzeigen wollte, der in gewisser Art diesmal Euer Gast sein soll. – Gäste empfängt man gern im Putzzimmer zur gelegensten Stunde.‹

Es schlug eilf Uhr; der Major nahm die Fackeln und gebot uns, zu folgen.

Er schritt so schnell, daß wir Mühe hatten, ihm nachzukommen, voran auf dem großen Wege fort und bog, als wir das Zollhäuschen erreicht, rechts ein in den Fußsteig, der durch den dort gelegenen dichten Tannenwald führt. Nachdem wir beinahe eine Stunde gelaufen, stand der Major still und mahnte uns, dicht hinter ihm zu bleiben, da wir uns sonst leicht im Dickicht des Waldes, in das wir nun hinein müßten, verlieren könnten. Nun ging es quer durch im dicksten Gestrüppe, so daß bald dieser, bald jener mit der Uniform oder mit dem Degen hängenblieb und sich mit Mühe losmachen mußte, bis wir endlich einen freien Platz erreichten. Mondesstrahlen brachen durch das finstre Gewölk,

und ich gewahrte die Ruinen eines ansehnlichen Gebäudes, in welche der Major hineinschritt. Es wurde finstrer und finstrer; der Major rief uns zu, stillzustehen, weil er jeden einzeln hinabführen wolle. Mit dem Hauptmann machte er den Anfang; dann traf mich die Reihe. Der Major hatte mich umfaßt und trug mich mehr, als ich ging, hinunter in die Tiefe. ›Bleibt‹, flüsterte O'Malley mir zu, ›bleibt hier ruhig stehen, bis ich den Leutnant gebracht, dann beginnt mein Werk.‹

Ich vernahm in der undurchdringlichen Finsternis die Atemzüge eines dicht neben mir Stehenden. ›Bist du es, Hauptmann?‹ rief ich. ›Allerdings‹, erwiderte der Hauptmann; ›gib acht, Vetter, es läuft alles auf dumme Taschenspielerei hinaus; aber es ist ein ganz verdammter Ort, wo uns der Major hingeführt, und ich wollte ich säße wieder beim Punschnapf; denn mir beben alle Glieder vor Frost und, wenn du willst, auch vor einer gewissen kindischen Bangigkeit.‹ –

Mir ging's nicht besser wie dem Hauptmann. Der rauhe Herbstwind pfiff und heulte durch die Mauern, und ein seltsames Flüstern und Ächzen antwortete ihm aus der Tiefe. Aufgescheuchtes Nachtgeflügel rauschte und flatterte um uns her, während ein leises Winseln dicht über den Boden weg zu schleichen schien. – Wahrlich, wir beide, der Hauptmann und ich, konnten von den Schauern unseres Aufenthalts wohl dasselbe sagen, was Cervantes vom Don Quixote sagt, als er die verhängnisvolle Nacht vor dem Abenteuer mit den Walkmühlen übersteht: ›Ein minder Beherzter hätte alle Fassung verloren.‹ – An dem Wellengeplätscher eines nahen Wassers und an dem Heulen der Hunde gewahrten wir übrigens, daß wir uns nicht ferne von der Lederfabrik befinden mußten, die bei P. dicht an dem Strom gelegen ist. Endlich vernahmen wir dumpfe Tritte, die sich immer mehr näherten, bis dicht bei uns der Major laut rief: ›Nun sind wir beisammen, und es kann vollbracht werden, was begonnen!‹– Mittelst eines chemischen Feuerzeuges zündete er die Fackeln an, die er mitgebracht, und steckte sie in den Boden. Es waren sieben an der Zahl. Wir befanden uns in einem verfallenen Kellergewölbe. O'Malley stellte uns in einen Halbkreis, warf Mantel und Hemde ab, so daß er bis an den Gürtel nackt dastand, schlug das Buch auf und begann mit einer Stimme, die mehr dem dumpfen Brüllen eines fernen Raubtiers, als dem Ton eines Menschen glich, zu lesen: ›Monsieur, prêtez moi un peu, s'il vous plait, votre canif. – Oui, Monsieur, d'abord – le voilà – je vous le rendrai‹.«< – »Nein«, unterbrach Albert hier den Freund, »nein, das ist zu arg! – Das Gespräch: ›vom Schreiben‹ aus Pepliers Grammaire als Beschwörungsformel! – Und ihr lachtet nicht laut auf, und das ganze Spiel hatte nicht auf einmal ein Ende?« –

»Ich«, fuhr Viktor fort, »ich komme nun zu einem Moment, von dem ich in der Tat nicht weiß, ob es mir gelingen wird, ihn dir darzustellen. Mag deine Phantasie meine Worte beleben! – Immer entsetzlicher wurde die Stimme des Majors, während der Sturm stärker brauste und der flackernde Schein der Fackeln die Wände mit seltsamen, im Fluge wechselnden Gebilden belebte. – Ich fühlte, wie kalter Schweiß auf meiner Stirne tropfte; mit Gewalt errang ich Fassung – da pfiff ein schneidender Ton durch das Gewölbe, und dicht vor meinen Augen stand ein Etwas –«

»Wie«, rief Albert, »ein Etwas, was meinst du, Viktor? – eine entsetzliche Gestalt?«

»Es scheint«, sprach Viktor weiter, »es scheint heilloser Unsinn, wenn ich von einer gestaltlosen Gestalt sprechen wollte, und doch kann ich kein anderes Wort finden, um das gräßliche Etwas zu bezeichnen, das ich gewahrte. – Genug, in demselben Moment stieß das Grausen der Hölle seine spitzen Eisdolche mir in die Brust, und ich verlor die Besinnung. – Am hellen Mittag fand ich mich wieder, entkleidet auf mein Lager ausgestreckt. Alle Schauder der Nacht waren verschwunden, ich fühlte mich völlig wohl und leicht. Mein junger Freund schlief in dem Lehnstuhl. Sowie ich mich nur regte, erwachte der Leutnant und bezeugte die lebhafteste Freude, als er mich ganz gesund fand. Von ihm erfuhr ich, daß er, sowie der Major sein düstres Werk begonnen, die Augen zugedrückt und sich bemüht, dem Gespräch aus Pepliers Grammaire fest zu folgen und durchaus sich an nichts weiter zu kehren. Dessenungeachtet hatte ihn eine furchtbare, nie gekannte Angst erfaßt, er indessen die Besinnung nicht verloren. Dem gräßlichen Pfeifen (so erzählte der Leutnant) folgte ein wildes wüstes Gelächter. Nun schlug der Leutnant unwillkürlich die Augen auf und gewahrte den Major, der den Mantel wieder umgeworfen und im Begriff stand, den Hauptmann, der entseelt am Boden lag, auf die Schultern zu laden.

›Nehmt Euch Eures Freundes an‹, rief O'Malley dem Leutnant zu, gab ihm eine Fackel und stieg mit dem Hauptmann herauf. Jetzt redete der Leutnant mich, der ich regungslos dastand, an, indes vergeblich. Ich schien vom Starrkrampfe ergriffen, und nur mit der äußersten Anstrengung brachte mich der Leutnant herauf ins Freie. Plötzlich kehrte nun der Major zurück, packte mich auf die Schultern und trug mich fort, wie erst den Hauptmann. Tiefes Entsetzen faßte aber den Leutnant, als er, aus dem Walde herausgekommen, auf dem breiten Wege einen zweiten O'Malley gewahrte, der den Hauptmann trug. Still für sich betend, besiegte er aber jenes Entsetzen und folgte mir, fest entschlossen, mich, möge sich begeben, was da wolle, nicht zu verlassen, bis vor mein Quartier, wo O'Malley mich absetzte und sich davonmachte, ohne ein Wort zu reden. Mit Hilfe meines Bedienten (das war damals schon mein ehrlicher Eulenspiegel, Paul Talkebarth) brachte mich nun der Leutnant auf mein Zimmer und ins Bette. Mein junger Freund schloß seine Erzählung damit, daß er mich auf das rührendste beschwor, jede Gemeinschaft mit dem furchtbaren O'Malley zu vermeiden. Den Hauptmann hatte der herbeigerufene Arzt in jenem Wirtshause vor dem Tore, wo wir uns versammelt, sprachlos, vom Schlage getroffen gefunden. Er genas zwar, blieb aber untauglich für den Dienst und mußte seinen Abschied nehmen. Der Major war verschwunden; die Offiziere sagten, er sei auf Urlaub. Mir war es lieb, daß ich ihn nicht wiedersah, da mit dem Entsetzen, das sein finstres Treiben mir verursacht, eine tiefe Erbitterung in meine Seele gekommen war. Meines Verwandten Unglück war O'Malleys Werk, und blutige Rache zu nehmen schien eigentlich meine Pflicht. –

Geraume Zeit war vergangen; das Bild jener verhängnisvollen Nacht verblaßt. Die Beschäftigungen, die der Dienst erfordert, unterdrückten meinen Hang zu mystischer Schwärmerei. Da fiel mir ein Buch in die Hände, dessen Wirkung auf mein ganzes Wesen mir selbst ganz unerklärlich dünkte. Ich meine jene wunderbare Erzählung Cazottes, die in einer deutschen Übersetzung »Teufel Amor« benannt ist. – Die mir natürliche Blödigkeit, ja ein gewisses kindisches, scheues Wesen in der Gesellschaft hatte mich entfernt gehalten von dem Frauenzimmer, so wie die besondere Richtung meines Geistes jedem Aufwallen roher Begierde widerstand. Ich kann mit Recht behaupten, daß ich ganz unschuldig war, da weder mein Verstand noch meine Phantasie sich bis jetzt mit dem Verhältnis des Mannes zum Weibe beschäftigt hatte. Jetzt erst wurde das Mysterium einer Sinnlichkeit in mir wach, die ich nicht geahnet. Meine Pulse schlugen, ein verzehrendes Feuer durchströmte Nerven und Adern bei jenen Szenen der gefährlichsten, ja grauenvollsten Liebe, die der Dichter mit glühenden Lebensfarben darstellte. Ich sah, ich hörte, ich empfand nichts als die reizende Biondetta, ich unterlag der wollüstigen Qual wie Alvarez.« –

»Halt«, unterbrach Albert hier den Freund, »halt – nicht ganz lebhaft erinnere ich mich des ›Diable amoureux‹ von Cazotte; aber soviel ich weiß, dreht sich die Geschichte darum, daß ein junger Offizier in der Garde des Königs von Neapel von einem mystischen Kameraden verführt wird, in den Ruinen von Portici den Teufel heraufzubeschwören. Als er die Bannformel gesprochen, streckt ein scheußlicher Kamelskopf mit langem Halse aus einem Fenster sich ihm entgegen und ruft mit gräßlicher Stimme: ›Che vuoi!‹ – Alvarez, so ist ja der junge Gardeoffizier geheißen, befiehlt dem Gespenst in der Gestalt eines Wachtelhündchens und dann eines Pagen zu erscheinen. Es geschieht; bald aber wird aus diesem Pagen das reizendste und zugleich verliebteste Mädchen, das den Beschwörer ganz und gar bestrickt. Doch wie Cazottes gar hübsches Märlein endigt, das ist mir entfallen.« –

»Das«, fuhr Viktor fort, »das tut vorderhand gar nichts zur Sache, du wirst wohl daran erinnert werden bei dem Schlusse meiner Geschichte, – halt' es meinem Hange zum Wunderbaren, wohl aber auch dem Geheimnisvollen zugute, das ich erfahren, wenn Cazottes Märchen mir bald ein Zauberspiegel dünkte, in dem ich mein eignes Schicksal erblickte. – War nicht O'Malley für mich jener mystische Niederländer, jener Soberano, der den Alvarez mit seinen Künsten verlockte? –

Die Sehnsucht, die in meiner Brust glühte, das furchtbare Abenteuer des Alvarez zu bestehen, erfüllte mich mit Grausen; aber selbst die Schauer dieses Grausens ließen mich erbeben vor unbeschreiblicher Wollust, die ich nie gekannt. Oft regte es sich in meinem Innern wie eine Hoffnung, daß O'Malley wiederkehren und die Geburt der Hölle, der mein ganzes Ich hingegeben, in meine Arme liefern würde, und nicht töten konnte diese sündhafte Hoffnung der tiefe Abscheu, der dann wieder wie ein Dolch meine Brust durchfuhr. Die seltsame Stimmung, die mein aufgeregter Zustand erzeugte, blieb allen ein Rätsel; man hielt mich für gemütskrank, man wollte mich aufheitern, zerstreuen; unter dem Vorwand eines Dienstgeschäftes schickte man mich nach der Residenz, wo die glänzendsten Zirkel mir offen standen. War ich aber jemals scheu und blöde gewesen, so verursachte mir jetzt Gesellschaft, vorzüglich aber jede Annäherung von Frauenzimmern, einen entschiedenen Widerwillen; da die reizendste mir nur Biondettas Bild, das ich im Innern trug, zu verhöhnen schien. Als ich nach P. zurückgekommen, floh ich alle Gemeinschaft meiner Kameraden, und mein liebster Aufenthalt war jener Wald, der Schauplatz der grauenvollen Begebenheiten, die meinem armen Vetter beinahe das Leben gekostet. Dicht bei den Ruinen stand ich und war, von einer dunklen Begierde getrieben, im Begriff, mich durch das dicke Gestrüpp hineinzuarbeiten, als ich plötzlich O'Malley erblickte, der langsam herausschritt und mich gar nicht zu gewahren schien. Der lange verhaltene Zorn wallte auf; ich stürzte los auf den Major und erklärte ihm mit kurzen Worten, daß er sich meines Vetters halber mit mir schlagen müsse. ›Das kann sogleich geschehen‹, sprach der Major kalt und ernst, warf den Mantel ab, zog den Degen und schlug mir den meinigen beim ersten Gange mit unwiderstehlicher Gewandtheit und Stärke aus der Hand. ›Wir schießen uns‹, schrie ich in wilder Wut und wollte meinen Degen aufraffen, da hielt mich O'Malley fest und sprach mit mildem, ruhigen Ton, wie ich ihn beinahe noch niemals reden gehört: ›Sei kein Tor, mein Sohn! du siehst, daß ich dir im Kampfe überlegen bin; ehe könntest du die Luft verwunden, als mich, und niemals werd' ich es über mich gewinnen, dir feindlich gegenüberzustehen, da ich dir mein Leben verdanke und wohl noch etwas mehr.‹ – Der Major faßte mich jetzt unter den Arm, und indem er mich mit sanfter Gewalt fortzog, bewies er mir, daß an des Hauptmanns Unfall niemand anders schuld sei, als er, der Hauptmann selbst, da er sich, alles Warnens unerachtet, Dinge zugetraut, denen er nicht gewachsen, und ihn, den Major, zu dem, was er getan, genötigt durch unzeitigen verhöhnenden Spott. – Selbst weiß ich nicht, was für eine seltsame Zauberkraft in O'Malleys Worten, in seinem ganzen Benehmen lag; es gelang ihm nicht allein, mich zu beruhigen, sondern mich auch so anzuregen, daß ich ihm willkürlos das Geheimnis meines innern Zustandes, des zerrüttenden Kampfs meiner Seele aufschloß. ›Die besondere‹, sprach O'Malley, als er alles erfahren, ›die besondere Konstellation, die über dich, mein guter Sohn, waltet, hat es nun einmal gefügt, daß ein albernes Buch dich auf dein eigentliches inneres Wesen aufmerksam machen sollte. Albern nenne ich jenes Buch, weil darin von einem Popanz die Rede ist, der sich widerlich zeigt und charakterlos. Das, was du der Wirkung jener lüsternen Bilder des Dichters zuschreibst, ist nichts, als der Drang zur Vereinigung mit einem geistigen Wesen aus einer andern Region, die durch deinen glücklich gemischten Organismus bedingt ist. Hättest du mir größeres Vertrauen bewiesen, du stündest längst auf einer höheren Stufe; doch nehme ich dich noch jetzt zu meinem Schüler an.‹ – O'Malley fing nun an, mich mit der Natur der Elementargeister bekannt zu machen. Ich verstand wenig von dem, was er sprach, indessen lief alles so ziemlich auf die Lehre von Sylphen, Undinen, Salamandern und Gnomen hinaus, wie du sie in den Unterredungen des Comte de Cabalis finden kannst. Er schloß damit, daß er mir eine besondere Lebensweise vorschrieb, und meinte, daß ich wohl in Jahresfrist zu meiner Biondetta gelangen könne, die mir gewiß nicht die Schmach antun werde, sich in meinen Armen zum leidigen Satan umzugestalten. Mit derselben Hitze wie Alvarez versetzte ich, daß ich in so langer Zeit sterben würde vor Sehnsucht und Ungeduld und alles wagen wolle, früher mein Ziel zu erreichen. Der Major schwieg einige

423

Augenblicke, nachdenklich vor sich hinstarrend, dann erwiderte er: ›Es ist gewiß, daß ein Elementargeist um Eure Gunst buhlt; das kann Euch fähig machen, in kurzer Zeit das zu erlangen, wonach andere jahrelang streben. Ich will Euer Horoskop stellen; vielleicht gibt sich Eure Buhle mir zu erkennen. In neun Tagen sollt Ihr mehr erfahren.‹ – Ich zählte die Stunden. Bald fühlte ich mich von geheimnisvoll seliger Hoffnung durchdrungen, bald war es mir, als habe ich mich in gefährliche Dinge eingelassen. Endlich am späten Abend des neunten Tages trat der Major in mein Gemach und forderte mich auf, ihm zu folgen. ›Es geht nach den Ruinen?‹ so fragte ich. ›Mitnichten‹, erwiderte O'Malley lächelnd; ›zu dem Werk, das wir vorhaben, bedarf es weder eines abgelegenen, schauerlichen Orts noch einer fürchterlichen Beschwörung aus Pepliers Grammaire. Überdem darf auch mein Incubus keinen Teil haben an dem heutigen Experiment, das Ihr eigentlich unternehmt, nicht ich.‹ Der Major führte mich in sein Quartier und erklärte, daß es darauf ankomme, mir das Etwas zu verschaffen, mittelst dessen mein Ich dem Elementargeist erschlossen werde und dieser die Macht erhalte, sich mir in der sichtbaren Welt kundzutun und mit mir Umgang zu pflegen. Es sei das Etwas, das die jüdischen Kabbalisten: Teraphim nennten. Nun schob O'Malley einen Bücherschrank zur Seite, öffnete die dahinter verborgene Tür, und wir traten in ein kleines gewölbtes Kabinett, in dem ich außer allerlei seltsamem unbekanntem Gerät einen vollständigen Apparat zu chemischen oder, wie ich beinahe glauben mochte, zu alchymistischen Experimenten gewahrte. Auf einem kleinen Herde schlugen aus den glühenden Kohlen bläuliche Flämmchen. Vor diesem Herde mußte ich mich, dem Major gegenüber, hinsetzen und meine Brust entblößen. Kaum hatte ich dies getan, als der Major schnell, ehe ich's mir versah, mich mit einer Lanzette unter der linken Brust ritzte und die wenigen Tropfen Bluts, die der leichten, kaum fühlbaren Wunde entquollen, in einer kleinen Phiole auffing. Dann nahm er eine hell, spiegelartig polierte Metallplatte, goß eine andere Phiole, die eine rote blutähnliche Feuchtigkeit enthielt, dann aber die mit meinem Blut gefüllte Phiole darauf aus und brachte mittelst einer Zange die Platte dicht über das Kohlenfeuer. Mich wandelte ein tiefes Grausen an, als ich zu gewahren glaubte, daß auf den Kohlen sich eine lange, spitze, glühende Zunge emporschlängelte und begierig das Blut von dem Metallspiegel wegleckte. Der Major befahl mir nun, mit fest fixiertem Sinn in das Feuer zu schauen. Ich tat es, und bald wurd' es mir zumute, als säh' ich, wie im Traum, verworrene Gestalten aus dem Metall, das der Major noch immer über den Kohlen festhielt, durcheinander blitzen. Doch plötzlich fühlte ich in der Brust, da, wo der Major meine Haut durchritzt, einen solchen stechenden, gewaltigen Schmerz, daß ich unwillkürlich laut aufschrie. ›Gewonnen, gewonnen‹, rief in demselben Augenblick O'Malley, erhob sich von seinem Sitze und stellte ein kleines, etwa zwei Zoll hohes Püppchen, zu dem sich der Metallspiegel geformt zu haben schien, vor mir hin auf den Herd. ›Das‹, sprach der Major, ›ist Euer Teraphim! Die Gunst des Elementargeistes gegen Euch scheint ungewöhnlich zu sein; Ihr dürfet nun das Äußerste wagen.‹ Auf des Majors Geheiß nahm ich das Püppchen, dem, ungeachtet es zu glühen schien, nur eine wohltuende elektrische Wärme entströmte, drückte es an die Wunde und stellte mich vor einen runden Spiegel, von dem der Major die verhüllende Decke herabgezogen. ›Spannt‹, sprach O'Malley mir nun leise ins Ohr, ›spannt Euer Inneres nun zum inbrünstigsten Verlangen, welches Euch, da der Teraphim wirkt, nicht schwer werden kann, und sprecht mit dem süßesten Ton, dessen Ihr mächtig, das Wort!‹ – In der Tat, ich habe das seltsam klingende Wort, das mir O'Malley vorsprach, vergessen. Kaum war aber die Hälfte der Silben über die Lippen, als ein häßliches, toll verzerrtes Gesicht aus dem Spiegel mich hämisch anlachte. ›Alle Teufel der Hölle, wo kommst du her, verfluchter Hund!‹ so schrie O'Malley hinter mir. Ich wandte mich um und erblickte meinen Paul Talkebarth, der in der Türe stand, und dessen schönes Antlitz sich in dem magischen Spiegel reflektiert hatte. Der Major fuhr wütend los auf den ehrlichen Paul; doch ehe ich mich dazwischen werfen konnte, blieb O'Malley dicht vor ihm regungslos stehen, und Paul nützte den Augenblick, sich weitläufig zu entschuldigen, wie er mich gesucht, wie er die Tür offen gefunden, wie er hereingetreten, u.s.w. ›Hebe dich hinweg, Schlingel‹, sprach endlich O'Malley gelassen genug, und da ich hinzufügte: ›Geh nur, guter Paul, gleich komme ich nach Hause‹; so machte sich der Eulenspiegel ganz erschrocken und verblüfft von dannen.

Ich hatte das Püppchen fest in der Hand behalten, und O'Malley versicherte, wie nur dieser Umstand es bewirkt, daß nicht alle Mühe umsonst geblieben. Talkebarths unzeitiges Dazwischentreten habe indessen die Vollendung des Werks auf lange Zeit verschoben. Er riet mir, den treuen Diener fortzujagen; das konnte ich nicht übers Herz bringen. Übrigens belehrte mich der Major, daß der Elementargeist, der mir seine Gunst geschenkt, nichts Geringeres sei, als ein Salamander, wie er es schon vermutet, als er mein Horoskop gestellt, da Mars im ersten Hause gestanden. – Ich komme wiederum zu Momenten, die du, da sie keines Ausdrucks fähig, nur ahnen kannst. Vergessen war Teufel Amor, war Biondetta; ich dachte nur – an meinen Teraphim. Stundenlang konnte ich das Püppchen, vor mir auf den Tisch gestellt, anschauen, und die Liebesglut, die in meinen Adern strömte, schien dann, gleich dem himmlischen Feuer des Prometheus, das Bildlein zu beleben, und in lüsterner Begier wuchs es empor. Doch ebenso schnell zerrann die Gestaltung, als ich sie dachte, und zu der unnennbaren Qual, die mein Herz durchschnitt, gesellte sich ein seltsamer Zorn, der mich antrieb, das Püpplein, ein lächerliches, armseliges Spielwerk, von mir zu werfen. Aber indem ich es faßte, fuhr es durch alle meine Glieder, wie ein elektrischer Schlag, und es war mir, als müßte mich die Trennung von dem Talisman der Liebe selbst vernichten. Gestehen will ich offen, daß meine Sehnsucht, unerachtet sie einem Elementargeiste galt, sich vorzüglich in allerlei zweideutigen Träumen auf Gegenstände der Sinnenwelt, die mich umgab, richtete, so daß meine erregte Phantasie bald dieses, bald jenes Frauenzimmer dem spröden Salamander unterschob, der sich meiner Umarmung entzog. – Ich erkannte zwar mein Unrecht und beschwor mein kleines Geheimnis, mir die begangene Untreue zu verzeihen; allein an der abnehmenden Kraft jener seltsamen Krise, die sonst meine tiefste Seele in glühender Liebe bewegte, ja an einer gewissen unbehaglichen Leere fühlte ich es wohl, daß ich mich immer mehr von meinem Ziel entfernte, statt mich ihm zu nähern. Und doch spotteten die Triebe des in voller Kraft blühenden Jünglings meines Geheimnisses, meines Widerstrebens. Ich erbebte bei der leisesten Berührung irgendeines reizenden Weibes, indem ich mich zugleich in glühender Scham erröten fühlte. – Der Zufall führte mich aufs neue nach der Residenz. Ich sah die Gräfin von L., das anmutigste, reizendste und zugleich eroberungssüchtigste Weib, das damals in den ersten Zirkeln B-s prangte; sie warf ihre Blicke auf mich, und die Stimmung, in der ich mich damals befand, mußte es ihr sehr leicht machen, mich ganz und gar in ihre Netze zu verlocken, ja, sie brachte mich endlich dahin, ihr mein Inneres ohne allen Rückhalt zu erschließen, ihr mein Geheimnis zu entdecken, ja ihr das geheimnisvolle Bildlein, das ich auf der Brust trug, zu zeigen.«

»Und«, unterbrach Albert den Freund, »und sie lachte dich nicht wacker aus, schalt dich nicht einen betörten Jüngling?«

»Nichts«, fuhr Viktor fort, »nichts von allem dem. Sie hörte mich mit einem Ernst an, der ihr sonst gar nicht eigen, und als ich geendet, beschwor sie mich, Tränen in den Augen, den Teufelskünsten des berüchtigten O'Malley zu entsagen. Meine beiden Hände fassend, mich mit dem Ausdruck der süßesten Liebe anblickend, sprach sie von dem dunkeln Treiben der kabbalistischen Adepten so gelehrt, so gründlich, daß ich mich nicht wenig darüber verwunderte. Bis zum höchsten Grad stieg aber mein Erstaunen, als sie den Major den ruchlosesten, abscheulichsten Verräter schalt, da ich ihm das Leben gerettet und er mich dafür durch seine schwarze Kunst ins Verderben locken wolle. Zerfallen mit dem Leben, in Gefahr, zu Boden gedrückt zu werden von tiefer Schmach, sei nämlich O'Malley im Begriff gewesen, sich zu erschießen, als ich dazwischen getreten und den Selbstmord gehindert, der ihm dann leid geworden, da das Unheil von ihm abgewandt. Habe mich, so schloß die Gräfin, der Major gestürzt in psychische Krankheit, so wolle sie mich daraus erretten, und der erste Schritt dazu sei, daß ich das Bildlein in ihre Hände liefere. Ich tat das gern und willig, weil ich mich dadurch auf die schönste Art von einer unnützen Qual zu befreien glaubte. Die Gräfin müßte das nicht gewesen sein, was sie wirklich war, hätte sie nicht den Liebhaber lange Zeit schmachten lassen, ohne den brennenden Durst der Liebe zu stillen. So war es mir auch gegangen. Endlich sollte ich glücklich sein. Um Mitternacht harrte eine vertraute Dienerin meiner an einer Hinterpforte des Palastes und führte mich durch entlegene Gänge in ein Gemach, das der Gott der Liebe selbst ausgeschmückt zu haben schien. Hier sollte ich die Gräfin erwarten. Halb betäubt von dem süßen Dufte des feinen Räucherwerks, der im Zimmer wallte, bebend vor Liebe und Verlangen, stand ich in des Zimmers Mitte; da traf, durchfuhr wie ein Blitzstrahl mein innerstes Wesen ein Blick –«

»Wie«, rief Albert, »ein Blick und keine Augen dazu? und du sahst nichts? – wohl wieder eine gestaltlose Gestalt!«

»Magst«, sprach Viktor weiter, »magst du das unbegreiflich finden, genug – keine Gestalt, nichts gewahrte ich, und doch fühlte ich den Blick tief in meiner Brust, und ein jäher Schmerz zuckte an der Stelle, die O'Malley verwundet. In demselben Augenblick gewahrte ich auf dem Simse des Kamins mein Bildnis, faßte es schnell, stürzte heraus, gebot mit drohender Gebärde der erschrockenen Dienerin, mich herabzuführen, rannte nach Hause, weckte meinen Paul und ließ packen. Der früheste Morgen traf mich schon auf dem Rückwege nach P. – Mehrere Monate hatte ich in der Residenz zugebracht; die Kameraden freuten sich meines unverhofften Wiedersehns und hielten mich den ganzen Tag über fest, so daß ich erst am späten Abend heimkehrte in mein Quartier. Ich stellte mein liebes, wiedergewonnenes Bildlein auf den Tisch und warf mich, da ich der Ermüdung nicht länger zu widerstehen vermochte, angekleidet auf mein Lager. Bald kam mir aber das träumerische Gefühl, als umflösse mich ein strahlender Glanz! – Ich erwachte, ich schlug die Augen auf: wirklich glänzte das Gemach in magischem Schimmer. – Aber – o Herr des Himmels! – An demselben Tische, auf den ich das Püppchen gestellt, gewahrte ich ein weibliches Wesen, die, den Kopf in die Hand gestützt, zu schlummern schien. Ich kann dir nur sagen, daß ich nie eine zartere, anmutigere Gestalt, nie ein lieblicheres Antlitz träumte; dich den wunderbaren, geheimnisvollen Zauber, der dem holden Bilde entstrahlte, in Worten auch nur ahnen zu lassen, das vermag ich nicht. Sie trug ein seidnes feuerfarbenes Gewand, das, knapp an Brust und Leib anschließend, nur bis an die Knöchel reichte, so daß die zierlichen Füßchen sichtbar wurden. Die schönsten, bis an die Schultern entblößten Arme, in Farbe und Form wie hingehaucht von Tizian, schmückten goldene Spangen; in dem braunen, ins Rötliche spielenden Haar funkelte ein Diamant.« –

»Ei«, sprach Albert lachend, »deine Salamandrin hat keinen sonderlichen Geschmack – rötlichbraunes Haar, und dazu sich in feuerfarbne Seide zu kleiden –«

»Spotte nicht«, fuhr Viktor fort, »spotte nicht, ich wiederhol' es dir, daß, von geheimnisvollem Zauber befangen, mir der Atem stockte. Endlich entfloh ein tiefer Seufzer der beängsteten Brust. Da schlug sie die Augen auf, erhob sich, näherte sich mir, faßte meine Hand! – Alle Glut der Liebe, des brünstigsten Verlangens, zuckte wie ein Blitzstrahl durch mein Inneres, als sie meine Hand leise drückte, als sie mir mit der süßesten Stimme zulispelte: ›Ja! – du hast gesiegt, du bist mein Herrscher, mein Gebieter, ich bin dein!‹ – ›O du Götterkind – himmlisches Wesen!‹ so rief ich laut, umschlang sie und drückte sie an meine Brust. Doch in demselben Augenblicke zerschmolz das Wesen in meinen Armen.« –

»Wie«, unterbrach Albert den Freund, »wie um tausend Himmels willen – zerschmolz?« – »Zerschmolz«, sprach Viktor weiter, »in meinen Armen; anders kann ich dir mein Gefühl des unbegreiflichen Verschwindens jener Holden nicht beschreiben. Zugleich erlosch der Schimmer, und ich fiel, selbst weiß ich nicht wie, in tiefen Schlaf. Als ich erwachte, hielt ich das Püppchen in der Hand. Es würde dich ermüden, wenn ich von dem seltsamen Verhältnisse mit dem geheimnisvollen Wesen, das nun begann und mehrere Wochen fortdauerte, mehr sagen sollte, als daß in jeder Nacht der Besuch sich auf dieselbe Weise wiederholte. So sehr ich mich dagegen sträubte, ich konnte dem träumerischen Zustande nicht widerstehen, der mich befiel, und aus dem mich das holde Wesen mit einem Kusse weckte. Doch immer länger und länger weilte sie bei mir. Sie sprach manches von geheimnisvollen Dingen, mehr horchte ich aber auf die süße Melodie ihrer Rede, als auf die Worte selbst. Sie litt und erwiderte die süßesten Liebkosungen. Glaubte ich indessen im Wahnsinn des glühendsten Entzückens den Gipfel des Glücks zu erreichen, so entschwand sie mir, indem ich in tiefen Schlaf versank. – Selbst bei Tage aber war es mir oft, als fühle ich den warmen Hauch eines mir nahen Wesens; ja ein Flüstern, ein Seufzen vernahm ich manchmal dicht bei mir in der Gesellschaft, vorzüglich wenn ich mit einem Frauenzimmer sprach, so daß alle meine Gedanken sich auf meine holde geheimnisvolle Liebe richteten und ich stumm und starr blieb für das, was mich umgab. Es geschah, daß einst ein Fräulein in einer Gesellschaft sich mir verschämt nahte, um mir den im Pfänderspiel gewonnenen Kuß zu reichen. Indem ich mich aber zu ihr hinbeugte, fühlte ich, noch ehe meine Lippen die ihrigen berührten, einen heißen, schallenden Kuß auf meinem Munde glühen, und zugleich lispelte eine Stimme: ›Nur mir gehören deine Küsse‹. Ich und das Fräulein, beide waren wir etwas erschrocken, die übrigen glaubten, wir hätten uns wirklich geküßt. Dieser Kuß galt mir indessen für ein Zeichen, daß Aurora (so nannte ich die geheimnisvolle Geliebte) sich nun bald ganz und gar in Leben gestalten und mich nicht mehr verlassen werde. Als die Holde in der folgenden Nacht mir wieder erschien auf die gewöhnliche Weise, beschwor ich sie in den rührendsten Worten, wie die hellodernde Glut der Liebe und des Verlangens sie mir eingab, mein Glück zu vollenden, ganz mein zu sein für immer in sichtbarer Gestalt. Sie wand sich sanft aus meinen Armen, und sprach dann mit mildem Ernst: ›Du weißt, auf welche Weise du mein Gebieter wurdest. Dir ganz anzugehören, war mein seligster Wunsch; aber nur halb sind die Ketten gesprengt, die mich an den Thron fesseln, dem das Volk, dem ich angehöre, unterwürfig ist. Doch je stärker, je mächtiger deine Herrschaft wird, desto freier fühle ich mich von der qualvollen Sklaverei. Immer inniger wird unser Verhältnis, und wir gelangen zum

Ziel, ehe vielleicht ein Jahr vorüber ist. Wolltest du, Geliebter, voraneilen dem waltenden Schicksal, manches Opfer, mancher dir bedenklich scheinende Schritt wäre vielleicht noch nötig.‹ – ›Nein‹, rief ich, ›nein, kein Opfer, keinen bedenklichen Schritt gibt es für mich, um dich zu gewinnen ganz und gar! – Nicht länger leben kann ich ohne dich, ich sterbe vor Ungeduld, vor namenloser Pein!‹ Da umschlang mich Aurora und lispelte mit kaum hörbarer Stimme: ›Bist du selig in meinen Armen?‹ – ›Es gibt keine andere Seligkeit‹, rief ich und drückte, ganz Glut der Liebe, ganz Wahnsinn des Verlangens, das holde Weib an meine Brust. Brennende Küsse fühlte ich auf meinen Lippen, und diese Küsse selbst waren melodischer Wohllaut des Himmels, in dem ich die Worte vernahm: ›Könntest du wohl um den Preis meines Besitzes der Seligkeit eines unbekannten Jenseits entsagen?‹ – Eiskalte Schauer durchbebten mich, aber in diesen Schauern raste stärker die Begier, und ich rief in willkürloser Liebeswut: ›Außer dir keine Seligkeit – ich entsage –‹

Ich glaube noch jetzt, daß ich hier stockte. ›Morgen nachts wird unser Bund geschlossen‹, lispelte Aurora, und ich fühlte, wie sie verschwinden wollte aus meinen Armen. Ich drückte sie stärker an mich, vergebens schien sie zu ringen, und indem ich bange Todesseufzer vernahm, wähnte ich mich auf der höchsten Stufe des Liebesglücks. – Mit dem Gedanken an jenen Teufel Amor, an jene verführerische Biondetta erwachte ich aus tiefem Schlaf. Schwer fiel es auf meine Seele, was ich getan in der verhängnisvollen Nacht. Ich gedachte jener heillosen Beschwörung des entsetzlichen O'Malley, der Warnungen meines frommen, jungen Freundes – ich glaubte mich in den Schlingen des Teufels, ich glaubte mich verloren. – Im Innern zerrissen, sprang ich auf und rannte ins Freie. Auf der Straße kam mir der Major entgegen und hielt mich fest, indem er sprach: ›Nun, Leutnant, ich wünsche Euch Glück. In der Tat, für so keck und entschlossen hätt' ich Euch kaum gehalten; Ihr überflügelt den Meister!‹ – Von Wut und Scham durchglüht, nicht fähig, ein einziges Wort zu erwidern, machte ich mich los und verfolgte meinen Weg. Der Major lachte hinter mir her. Ich vernahm das Hohnlachen des Satans. – In dem Walde, unfern von jenen verhängnisvollen Ruinen, erblickte ich eine verhüllte weibliche Gestalt, die, unter einem Baume gelagert, sich einem Selbstgespräche zu überlassen schien. Ich schlich behutsam näher und vernahm die Worte: ›Er ist mein, er ist mein – o Seligkeit des Himmels! – auch die letzte Prüfung überstand er! – Sind die Menschen denn solcher Liebe fähig, was ist dann ohne sie unser armseliges

Sein!‹ – Du errätst, daß es Aurora war, die ich fand. Sie schlug den Schleier zurück; die Liebe selbst kann nicht schöner, nicht anmutiger sein. Die sanfte Blässe der Wangen, der in süßer Schwermut verklärte Blick ließ mich erbeben in namenloser Lust. Ich schämte mich meiner dunklen Gedanken; – doch in dem Augenblicke, als ich hinstürzen wollte zu ihren Füßen, war sie verschwunden wie ein Nebelbild. Zu gleicher Zeit vernahm ich ein wohlbekanntes Räuspern im Gebüsche, aus dem denn auch bald mein ehrlicher Eulenspiegel, Paul Talkebarth, hervortrat. ›Kerl, wo führt dich der Teufel her?‹ fuhr ich ihn an. ›Ei nun‹, versetzte er, indem er das lächelnde Fratzengesicht zog, das du kennst, ›ei nun, gerade hergeführt hat mich der Teufel nicht, aber begegnet mag er mir wohl sein. Der gnädige Herr Leutnant war so früh ausgegangen und hatte die Pfeife vergessen und den Tabak – da dacht’ ich, so am frühen Morgen in der feuchten Luft – Denn meine Muhme in Genthin pflegte zu sagen‹ – ›Halt’s Maul, Schwätzer, und gib her!‹ so rief ich und ließ mir die angezündete Pfeife reichen. Doch kaum waren wir ein paar Schritte weitergegangen, als Paul aufs neue ganz leise begann: ›Denn meine Muhme in Genthin pflegte immer zu sagen, dem Wurzelmännlein sei gar nicht zu trauen, so ein Kerlchen sei doch am Ende nichts weiter als ein Incubus oder Chezim und stieße einem zuletzt das Herz ab. – Nun, die alte Kaffeeliese hier in der Vorstadt – ach, gnädiger Herr Leutnant, Sie sollen nur sehen, was die für schöne Blumen und Tiere und Menschen zu gießen weiß. – Der Mensch helfe sich, wie er kann, pflegte meine Muhme in Genthin zu sagen – ich war gestern auch bei der Liese und brachte ihr ein Viertelchen feinen Mokka – Unsereins hat auch ein Herz – Beckers Dörtchen ist ein schmuckes Ding; aber sie hat so was Besonderes in den Augen, so was Salamandrisches.‹ –

›Kerl, was sprichst du‹, rief ich heftig. Paul schwieg, begann aber wieder nach einigen Augenblicken: ›Ja – die Liese ist dabei eine fromme Frau – sie sagte, nachdem sie den Kaffeesatz beschaut: mit der Dörte habe es nichts auf sich, denn das Salamandrische in den Augen komme vom Brezelbacken oder dem Tanzboden, doch solle ich lieber ledig bleiben; aber ein gewisser junger gnädiger Herr sei in großer Gefahr. Die Salamander seien die schlimmsten Dinge, deren sich der Teufel bediene, um eine arme Menschenseele ins Verderben zu locken, weil sie gewisse Begierden – nun! man müsse nur standhaft bleiben und Gott fest im Herzen behalten – da erblickte ich denn auch selbst in dem Kaffeesatze ganz natürlich, ganz ähnlich den Herrn Major O’Malley.‹ –

Ich hieß den Kerl schweigen, aber du kannst dir's denken, welche Gefühle in mir aufgingen bei diesen seltsamen Reden Pauls, den ich plötzlich eingeweiht fand in mein dunkles Geheimnis, und der ebenso unerwartet Kenntnisse von kabbalistischen Dingen kundtat, die er wahrscheinlich der Kaffeewahrsagerin zu verdanken hatte. – Ich brachte den unruhigsten Tag meines Lebens zu. Paul war abends nicht aus der Stube zu bringen, immer kehrte er wieder und machte sich etwas zu schaffen. Als er endlich, da es beinahe Mitternacht worden, weichen mußte, sprach er leise, wie für sich betend: ›Trage Gott im Herzen, gedenke des Heils deiner Seele, und du wirst den Lockungen des Satans widerstehen!‹ – Nicht beschreiben kann ich, wie diese einfachen Worte meines Dieners, ich möchte sagen auf furchtbare Weise, mein Inneres erschütterten. Vergebens war mein Streben, mich wach zu erhalten; ich versank in jenen Zustand des wirren Träumens, den ich für unnatürlich, für die Wirkung irgendeines fremden Prinzips erkennen mußte. Wie gewöhnlich weckte mich der magische Schimmer. Aurora, in vollem Glanze überirdischer Schönheit, stand vor mir und streckte sehnsuchtsvoll die Arme nach mir aus. Doch wie Flammenschrift leuchteten in meiner Seele Pauls fromme Worte. ›Laß ab von mir, verführerische Ausgeburt der Hölle!‹ so rief ich; da ragte aber plötzlich riesengroß der entsetzliche O'Malley empor, und mich mit Augen, aus denen das Feuer der Hölle sprühte, durchbohrend, heulte er: ›Sträube dich nicht, armes Menschlein, du bist uns verfallen!‹ – Dem fürchterlichen Anblicke des scheußlichsten Gespenstes hätte mein Mut widerstanden – O'Malley brachte mich um die Sinne, ich stürzte ohnmächtig zu Boden.

Ein starker Knall weckte mich aus der Betäubung, ich fühlte mich von Mannesarmen umschlungen und versuchte, mich mit der Gewalt der Verzweiflung loszuwinden. ›Gnädiger Herr Leutnant, ich bin es ja!‹ So sprach es mir in die Ohren. Es war mein ehrlicher Paul, der sich bemühte, mich vom Boden aufzuheben. – Ich ließ ihn gewähren. Paul wollte erst nicht recht mit der Sprache heraus, wie sich alles begeben, endlich versicherte er geheimnisvoll lächelnd, daß er wohl besser gewußt, zu welcher gottlosen Bekanntschaft mich der Major verlockt, als ich ahnen können; die alte fromme Liese habe ihm alles entdeckt. Nicht schlafen gegangen sei er in voriger Nacht, sondern habe seine Büchse scharf geladen und an der Türe gelauscht. Als er nun mich laut aufschreien und zu Boden stürzen gehört, habe er, unerachtet ihm gar grausig zumute gewesen, die verschlossene Türe gesprengt und sei eingedrungen. ›Da‹, so erzählte

Paul ungefähr in seiner närrischen Manier, ›da standen der Herr Major O'Malley vor mir, gräßlich und scheußlich anzusehen, wie in der Kaffeetasse, und grinseten mich schrecklich an, aber ich ließ mich gar nicht irremachen und sprach: ›Wenn du, gnädiger Herr Major, der Teufel bist, so halte zu Gnaden, wenn ich dir keck entgegentrete als ein frommer Christ und also spreche: Hebe dich weg, du verfluchter Satan Major, ich beschwöre dich im Namen des Herrn, hebe dich weg, sonst knalle ich los.‹ Aber der Herr Major wollte nicht weichen, sondern grinsete mich immerfort an und wollte sogar häßlich schimpfen. Da rief ich: ›Soll ich losknallen? soll ich losknallen?‹ Und als der Herr Major immer noch nicht weichen wollte, knallte ich wirklich los. Aber da war alles verstoben – beide eilfertig abgegangen durch die Wand, der Herr Major Satan und die Mamsell Beelzebub! –

Die Spannung der verflossenen Zeit, die letzten, entsetzlichen Augenblicke warfen mich auf ein langwieriges Krankenlager. Als ich genas, verließ ich P., ohne O'Malley weiter zu sehen, dessen weiteres Schicksal mir auch unbekannt geblieben. Das Bild jener verhängnisvollen Tage trat in den Hintergrund zurück und verlosch endlich ganz, so daß ich die volle Freiheit meines Gemüts wieder gewann, bis hier –«

»Nun«, fragte Albert, gespannt von Neugierde und Erstaunen, »hier hast du diese Freiheit wieder verloren? Ich begreife in aller Welt nicht, wie hier –«

»O«, unterbrach Viktor den Freund, indem sein Ton etwas Feierliches annahm, »o, mit zwei Worten ist dir alles erklärt. – In den schlaflosen Nächten des Krankenlagers, das ich hier überstand, erwachten alle Liebesträume jener herrlichsten und schrecklichsten Zeit meines Lebens. Es war meine glühende Sehnsucht selbst, die sich gestaltete – Aurora – sie erschien mir wieder verklärt, geläutert in dem Feuer des Himmels; kein teuflischer O'Malley hat mehr Macht über sie – Aurora ist – die Baronesse!« – – »Wie? – was?« – rief Albert, indem er ganz erschrocken zurückfuhr. – »Die kleine, rundliche Hausfrau mit dem großen Schlüsselbunde ein Elementargeist, ein Salamander!« murmelte er dann vor

sich hin und verbiß mit Mühe das Lachen. –

»In der Gestalt«, fuhr Viktor fort, »ist keine Spur der Ähnlichkeit mehr zu finden, d.h. im gewöhnlichen Leben; aber das geheimnisvolle Feuer, das aus ihren Augen blitzt, der Druck ihrer Hand.« – »Du bist«, sprach Albert sehr ernst, »du bist recht krank gewesen, denn die Kopfwunde, die du erhieltest, war bedeutend genug, um dein Leben in Gefahr

zu setzen; doch jetzt finde ich dich so weit hergestellt, daß du mit mir
fort kannst. Recht aus innigem Herzen bitt' ich dich, mein teurer, innig-
geliebter Freund, diesen Ort zu verlassen und mich morgen nach Aachen
zu begleiten.« – »Meines Bleibens«, erwiderte Viktor, »ist hier freilich
länger nicht. – Es sei darum, ich gehe mit dir – doch Aufklärung – erst
Aufklärung –«

Am andern Morgen, sowie Albert erwachte, verkündete ihm Viktor,
daß er in einem seltsamen, gespenstischen Traum jenes Beschwörungs-
wort gefunden, das ihm O'Malley vorgesprochen, als der Teraphim bereitet worden. Er gedenke zum letzten Male davon Gebrauch zu machen.
Albert schüttelte bedenklich den Kopf und ließ alles vorbereiten zur
schnellen Abreise, wobei Paul Talkebarth unter allerlei närrischen Redensarten die freudigste Tätigkeit bewies. »Zackernamthö«, hörte ihn
Albert für sich murmeln, »es ist gut, daß den irländischen Diafel Fus
der Diafel Bär längst geholt hat, der hätte hier noch gefehlt! –«

Viktor fand, wie er es gewünscht hatte, die Baronesse allein auf ihrem
Zimmer mit irgendeiner häuslichen Arbeit beschäftigt. Er sagte ihr, daß
er nun endlich das Haus verlassen wolle, wo er so lange die edelste
Gastfreundschaft genossen. Die Baronesse versicherte, daß sie nie einen
Freund bewirtet, der ihr teurer gewesen. Da faßte Viktor ihre Hand und
fragte: »Waren Sie jemals in P.? – Kannten Sie einen gewissen irländischen Major?« – »Viktor«, fiel ihm die Baronesse schnell und heftig ins
Wort, »wir trennen uns heute, wir werden uns niemals wiedersehen, wir
dürfen das nicht! – Ein dunkler Schleier liegt über meinem Leben! –
Lassen Sie es genug sein, wenn ich Ihnen sage, daß ein düstres Schicksal
mich dazu verdammt, beständig ein anderes Wesen zu scheinen, als ich
wirklich bin. In dem verhaßten Verhältnisse, worin Sie mich gefunden,
und das mich geistige Qualen erdulden läßt, deren mein körperliches
Wohlsein spottet, büße ich eine schwere Schuld – doch nun nichts mehr
– leben Sie wohl!« – Da rief Viktor mit starker Stimme: »Nehelmiahmi-
heal!« und mit einem Schrei des Entsetzens stürzte die Baronesse bewußtlos zu Boden. – Viktor, von den seltsamsten Gefühlen bestürmt, ganz
außer sich, gewann kaum Fassung, die Dienerschaft herbeizuklingeln;
dann verließ er schnell das Zimmer. »Fort, auf der Stelle fort!« rief er
dem Freunde Albert entgegen und sagte ihm mit wenigen Worten, was
geschehen. Beide schwangen sich auf die vorgeführten Pferde und ritten
von dannen, ohne die Rückkunft des Barons abzuwarten, der auf die
Jagd gegangen.

Alberts Betrachtungen auf dem Ritt von Lüttich nach Aachen haben gezeigt, mit welchem tiefen Ernst, mit welchem herrlichen Sinn er die Ereignisse der verhängnisvollen Zeit aufgefaßt hatte. Es gelang ihm, auf der Reise nach der Residenz, wohin beide Freunde nun zurückkehrten, seinen Freund Viktor ganz aus dem träumerischen Zustande zu reißen, worin er versunken, und indem Albert alles Ungeheure, welches die Tage des letzten Feldzuges geboren, nochmals vor Viktors Blicken in den lebendigsten Farben aufgehen ließ, fühlte sich dieser von demselben Geiste beseelt, der Alberten einwohnte. Ohne daß Albert sich jemals auf lange Widerlegungen oder Zweifel eingelassen, schien Viktor selbst sein mystisches Abenteuer bald für nichts Höheres zu achten, als für einen langen, bösen Traum. – –

Es konnte nicht fehlen, daß in der Residenz die Weiber dem Obristen, der reich, von herrlicher Gestalt, für den hohen Rang, den er bekleidete, noch jung und dabei die Liebenswürdigkeit selbst war, gar freundlich entgegen kamen. Albert meinte, daß er ein glücklicher Mensch sei, der sich die Schönste zur Gattin wählen könne, da erwiderte Viktor aber sehr ernst: »Mag es sein, daß ich, mystifiziert, auf heillose Weise unbekannten Zwecken dienen sollte, oder daß wirklich eine unheimliche Macht mich verlocken wollte; die Seligkeit hat es mich nicht gekostet, wohl aber das Paradies der Liebe. Nie kann jene Zeit wiederkehren, da ich die höchste irdische Lust empfand, da das Ideal meiner süßesten, entzückendsten Träume, die Liebe selbst, in meinen Armen lag. Dahin ist Liebe und Lust, seitdem ein entsetzliches Geheimnis mir die geraubt, die meinem innigsten Gemüte wirklich ein höheres Wesen war, wie ich es auf Erden nicht wiederfinde!« – Der Obrist blieb unvermählt.

Die Räuber

Abenteuer zweier Freunde auf einem Schlosse in Böhmen

Zwei junge Leute, mögen sie Hartmann und Willibald genannt werden, hatte von Kindheit auf ein gleicher Sinn verbunden. Beide in Berlin hausend, pflegten, von jugendlicher Lebenslust beseelt, jedes Jahr wenigstens auf kurze Zeit dem drückenden Dienstgeschäfte, das sie belastete, zu entfliehen und gemeinschaftlich irgendeine Reise zu unternehmen. Wie es den Norddeutschen überhaupt eigen, sehnten sie sich stets nach dem Süden, und so hatten sie schon das südliche Teutschland in manchen Richtungen durchstrichen, die herrliche Rheinfahrt gemacht und die vorzüglichsten Städte gesehen. Dasmal war es ihnen aber gelungen, das Dienstjoch abzuschütteln auf längere Zeit als gewöhnlich, und nun sollte der Plan ausgeführt werden, mit dem sie sich längst herumgetragen. Italienische Luft wollten sie einatmen, wenigstens bis Mailand vordringend. Sie wählten den Weg über Dresden, Prag und Wien nach dem Wunderlande, dessen Erscheinungen so mancher im träumenden Sinn hegt, wie ein buntes romantisches Märlein.

Das Herz ging ihnen erst recht auf in frischem Lebensmut, als sie hinaus waren aus dem Tore der Residenz, wie es denn zu geschehen pflegt, daß wir das schöne Ziel der Reise erst dann recht lebendig vor Augen erblicken, wenn der Wagen hinausrollt ins Freie. Alle kleinlichen Sorgen des Lebens liegen hinter uns, vorwärts, vorwärts strebt der fröhliche Sinn, weit wird die Brust, und wunderbare Ahnungen erwachen, wenn jauchzender Posthornschall hinausruft in die blaue Ferne. Glücklich ohne irgendeinen Unfall hatten die Freunde Prag erreicht, und nun sollt' es fortgehen in einem Strich Tag und Nacht bis nach Wien, wo sie einige Tage zu verweilen gedachten. Gleich hinter Prag vernahmen sie dumpfe Gerüchte von auf offner Straße vorgefallenen Räubereien, ja von einer Bande, die die Wege unsicher machen sollte. Da sich indessen nicht das mindeste ereignete, das jene Gerüchte bestätigt haben sollte, so achteten sie nicht weiter darauf. Der Abend begann schon zu dämmern, als sie nach Sudonieschitz kamen. Hier riet ihnen der Posthalter, ihre Reise wenigstens auf der Stelle nicht fortzusetzen, da vor ein paar Tagen das seit vielen Jahren Unerhörte geschehen. Zwischen Wesseli und Wittingau sei nämlich der Postwagen von Raubgesindel angefallen, der Postillon

erschossen, zwei Passagiere schwer verwundet und diese sowie der Wagen
rein ausgeplündert worden. Schon sei das Militär, das die waldichte Gegend durchstreifen solle, in Bewegung, und er, der Posthalter, hoffe andern Tages nähere Nachricht zu erhalten, die abzuwarten sie gut tun
würden. Willibald zeigte sich geneigt, den Rat des Posthalters zu befolgen;
Hartmann dagegen, der stets gern beherzt und solche Gefahr nicht achtend erschien, bestand darauf, weiter zu reisen, da sie noch vor Einbruch
der Nacht das nur vier Stunden entfernte Tabor erreichen könnten, und
es überdem gar nicht denkbar, daß das Raubgesindel, schon vom Militär
verfolgt, den Mut haben solle, bis in diese Gegend vorzudringen, vielmehr
anzunehmen sei, daß es sich in seine Schlupfwinkel geflüchtet. Als nun
Willibald die Pistolen in schußfertigen Stand setzte und das Doppelgewehr
lud, lachte Hartmann und meinte, Willibald schicke sich schlecht zur
Reise nach Italien, da solch ein Abenteuer, wie das gefürchtete, dort jedem
Reisenden begegnet sein müsse, um den wahren Charakter in die Reisebeschreibung zu bringen. Willibald ließ sich aber gar nicht abhalten,
auch Hartmanns Pistolen, die dieser zwar zu seinem Schutz mitgenommen, aber ungeladen sehr sorgfältig im Reisekoffer verschlossen, hervor-
zuholen und zu laden, indem er seinerseits meinte, daß, reise man
Abenteuern entgegen, es auch dienlich sei, sich zeitig genug darauf vor-
zubereiten, sie zu bestehen.

Immer dunkler und dunkler zogen die Abendwolken auf, die Freunde
waren begriffen im lebhaftesten Gespräch und dachten an keine Gefahr,
als plötzlich ein Schuß fiel und aus dem dicken Gebüsch einige Kerle
von wildem Ansehn sprangen, wovon der eine den Pferden in die Zügel
fiel, während ein zweiter sich bemühte, den Postillon hinunterzuziehen
von seinem Sitz. Indem es aber dem Postillon gelang, sich durch einen
Peitschenschlag ins Gesicht des Räubers von dem Angriff zu befreien,
hatte Willibald mit seinem guten Doppelgewehr den andern so richtig
aufs Korn gefaßt, daß er wohlgetroffen niederstürzte. Hartmann wollte
seine Pistolen auf den Räuber abdrücken, der auf den Wagen zusprang,
fühlte sich aber in demselben Augenblick von einem Schuß verwundet.
Willibald schoß den zweiten Lauf seines Gewehrs auf diesen Räuber ab,
indem der Postillon die Pferde anpeitschte und fortjagte in gestrecktem
Galopp. Nun hörten sie hinter sich Schuß auf Schuß fallen und ein wildes
wütendes Geschrei. »Ho ho«, jauchzte der Postillon auf, als sie eine gute
Strecke davon waren, »ho, ho, nun ist's gut, nun ist's gut, die Jäger des
Herrn Grafen sind heran!«

Alles war der Vorgang eines Moments, und überrascht von der bedrohlichen Gefahr, stets gespannt, eines wiederholten Angriffs gewärtig, kamen sie erst zur Besinnung, als der Postillon schon anhielt auf der neuen Station. Unerachtet die Kugel nur Hartmanns rechten Arm gestreift, blutete die Wunde doch so stark und schmerzte so heftig, daß an Weiterreisen gar nicht zu denken war. Ein elendes Wirtshaus, das kaum die gewöhnlichste Bequemlichkeit darbot, kein ordentlicher Wundarzt in der Nähe, alles dieses setzte die Freunde in nicht geringe Verlegenheit, die bei Willibald zur ängstlichsten Sorge wurde, als nach dem Verbande, den ein elender Bartscherer ungeschickt genug angelegt, Hartmann in ein nicht gar leichtes Wundfieber verfiel. Willibald verwünschte Hartmanns Herzhaftigkeit oder vielmehr seinen Leichtsinn, der sie nun plötzlich festbannte in ein verwünschtes Loch, so daß bloß dieser Aufenthalt nun doch, da sie dem mörderischen Angriff glücklich entrannen, Hartmanns Leben in Gefahr setzte und vielleicht gar die ganze Reise vereitelte. –

Am andern Morgen, als eben Hartmann erklärte, daß er zur Not die Reise fortsetzen könne, und Willibald hin und her überlegte, was nun geratner sei, zu bleiben oder zu reisen, ohne zum Entschluß zu kommen, wandte sich die Sache unvermutet ganz anders.

Seitwärts, von dem Mulda-Fluß durchströmt, lag nämlich die reiche weitläuftige Herrschaft des Grafen Maximilian von C., und von diesem an die Freunde abgesandt, erschien ein Diener, der sie auf das dringendste einlud, sich auf das Schloß des Grafen zu begeben, das nur wenige Stunden entlegen. Der Herr Graf, fügte der Diener hinzu, habe vernommen, daß die Herrn Reisenden auf seinem Gebiet von Raubgesindel angefallen und der eine von den Herrn bei tapferer Gegenwehr sogar verwundet worden. Zu spät wären seine Jäger herbeigeeilt, um die Gefahr ganz abzuwenden oder wenigstens den Herren beizustehen. Für seine Pflicht halte es daher der Herr Graf, die Herrn Reisenden so lange aufzunehmen in seinem Schlosse, bis der verwundete Herr völlig hergestellt sein werde und seine Reise fortsetzen könne.

Die Freunde mußten diese Einladung für eine besondere Gunst des Schicksals halten und nahmen daher um so weniger Anstand, ihr zu folgen.

Dem reitenden Diener war eine große, wohl ausgepolsterte, mit vier schönen Pferden bespannte Kutsche, in der sich noch eine Menge weicher Kissen befanden, gefolgt. In diese wurde von den andern noch mitgekommenen Dienern Hartmann mit einer Behutsamkeit gepackt, als sei er verwundet auf den Tod, und jeder harte Stoß könne in der Tat ihm augenblicklich das Leben kosten. Hartmann machte, als ihn die Leute in den Wagen trugen, unerachtet er recht gut zu Fuße, solch ein grämliches leidendes Gesicht, als sei er selbst überzeugt von der großen Gefahr seines Zustandes, worüber denn Willibald im Innern recht herzlich lachen mußte. – Fort ging es nun in sehr leisem Trab, Willibald folgte der Krankenkutsche in dem Reisewagen.

Es schien, als habe der Graf die Ankunft der Freunde gar nicht erwarten können, denn schon am äußern Portal des Schlosses wurden sie von ihm empfangen.

Graf Maximilian von C. war ein stattlicher Herr in den siebziger Jahren, das zeigte sein schneeweißes Haar und sein tiefgefurchtes Antlitz. Dem Alter trotzte aber die jugendliche Raschheit in der Bewegung, die starke wohltönende Sprache und das milde Feuer, das in den großen sprechenden Augen strahlte. Eben ein ganz besonderer Blick dieser Augen mußte jeden gleich für den alten Herrn einnehmen, denn in ihm ging alle herzliche Gemütlichkeit eines lebensfrohen Jünglings auf.

Der Graf bewies bei dem Empfang der Freunde einen gastlichen Eifer, der ihnen als ganz ungewöhnlich auffallen mußte. Selbst ergriff er Hartmanns Arm und half ihn die Treppe heraufführen. Sogleich sollte in seiner Gegenwart der Wundarzt des Schlosses Hartmanns Wunde verbinden. Der Wundarzt besorgte das mit geschickter kunstgeübter Hand und erklärte dann, daß die Wunde auch nicht im mindesten gefährlich sei, daß das Fieber nur dem ersten ungeschickten Verbande zuzuschreiben, daß eine einzige ruhige Nacht auch dieses vertreiben und die Wunde in gar kurzer Zeit völlig heil sein werde.

Während die Freunde sich nun an den Erfrischungen erlabten, die der Graf herbeibringen lassen, gab sich Willibald ganz der frohen Laune hin, die die unerwartet günstige Wendung des bedrohlichen Zufalls, der wahrhaft gemütliche Empfang und die Aussicht, die wenigen Tage, deren Hartmanns Genesung bedurfte, recht behaglich zuzubringen, in ihm geweckt. Ein Gleiches tat Hartmann, soweit es sein krankhafter Zustand erlaubte, und versicherte, daß er nun erst den größten Schmerz seiner Wunde fühle. Dieser Schmerz sei aber eigentlich nur psychisch und bestehe in der tiefen Betrübnis, nicht von dem Tokaier genießen zu dürfen, der so herrlich in den blankgeschliffnen Gläsern perle. Auch dieser Betrübnis, meinte der alte Graf, müsse abgeholfen werden, und fragte den

Wundarzt auf Gewissen, ob Hartmann nicht wenigstens ein halbes Glas jenes feurigen Weins genießen dürfe. Als nun der Wundarzt, wiewohl kopfschüttelnd, einwilligte, da erhob der alte Herr sein gefülltes Glas und rief lachend: »Wahrhaftig, die Räuber sollen leben, insofern sie nicht von meinen Jägern oder von den herumstreifenden Husaren niedergeschossen oder niedergehauen sind, denn ihnen verdanke ich eine große Wohltat. Ja! ihr lieben wackern Herrn – doch nein, nicht Herrn, ihr lieben wackern Freunde. Denn befreundet seid ihr mir in euerm Wesen ganz und gar, und mir geht bei euch das Herz so auf, als hätt' ich schon mit euch seit langer, langer Zeit die frohsten Tage verlebt, ja, eine wahre Wohltat ist es für mich, daß ich euch aufzunehmen in meinem Schlosse Gelegenheit fand.« – Nach manchem fröhlichen Gespräch hin und her, nach manchen drolligen Schwänken, die dieser, jener, ja selbst der alte Graf vorgebracht, so daß das anhaltende laute Gelächter auf ein lustiges Gelag muntrer Jünglinge zu deuten schien, meinte der Wundarzt, es sei Zeit, dem Kranken Ruhe zu gönnen. Willibald bat es sich aus, bei dem Freunde bleiben zu dürfen, und so mußte der alte Herr, der sich ungern von den Freunden trennte, sich mit dem Versprechen begnügen, daß beide folgenden Tages unfehlbar bei der Mittagstafel erscheinen würden. – Er beteuerte, daß ihm die Zeit bis dahin gewaltig lang werden und er dem säumenden Koch Exekution in die Küche schicken würde, damit er die Tafel beschleunige. –

Die Freunde verwunderten sich höchlich über die jugendliche Lebendigkeit des alten Grafen, sowie über den so ausnehmend gastlichen Empfang, dessen sie sich als gänzlich Fremde erfreut, und rühmten das in Gegenwart des jungen Menschen, der sich zu ihrer Bedienung eingestellt. »Ach!« sprach dieser mit gutmütigem treuherzigen Ton, »ach meine lieben gnädigen Herren, das ist nicht immer so! Der gnädige Herr Graf, ja, der ist gar zu gern froh und vergnügt und dabei die Gnade und Güte selbst gegen jedermann, aber er kann es ja nur, wenn fremde Gäste kommen, aber die kommen selten, beinahe gar nicht, denn keiner mag – Nun, wenigstens sind solche fröhliche liebe Gäste, wie Sie es sind, und wie sie eben recht passen für unsern gnädigen Herrn Grafen, hier nicht gewesen seit Gedenken. Ach! wenn nur nicht –«

Der junge Mensch stockte, die Freunde blickten ihn schweigend an, gespannt durch das Geheimnisvolle, was in der Rede lag.

Da fuhr der junge Mensch fort: »Nun, warum sollt' ich es denn nicht sagen, es ist hier im Schlosse nicht alles so, wie es sein sollte, es gibt viel

Kummer und Gram, und soviel unsereins mit seinem schwachen Verstande begreifen kann und davon erfahren hat, mag wohl Grund genug dazu vorhanden sein. – Sie bleiben gewiß noch lange Zeit hier, meine gnädigen Herren, unser gnädiger Herr Graf wird solche liebe Gäste nicht so bald von sich lassen, da werden Sie schon selbst recht gut merken, wo der Has' im Pfeffer liegt.«

»Ich wette«, sprach Hartmann, als der Diener sich entfernt, »ich wette, daß der Hase, der hier im Pfeffer liegt, ein sehr böses Tier ist.« –

Andern Tages, als die Freunde sich zur Mittagstafel einfanden, stellte ihnen der Graf einen sehr wohlgebildeten Jüngling von edler Gestalt mit den Worten vor: »Mein Sohn Franz!« – Er war erst kürzlich von weiten Reisen zurückgekehrt, und dem langen Aufenthalt in Paris schrieben die Freunde die Blässe seines übrigens männlich schönen Antlitzes und die tiefliegenden Augen zu. Er mochte das Leben genossen haben. Man schien noch auf eine Person zu warten, bald öffneten sich denn auch die Türen, und ein junges Frauenzimmer von ausnehmender Schönheit trat hinein. Es war die Nichte des Grafen, Gräfin Amalie von T. Außer diesen Personen nahmen noch der Wundarzt und der Kapellan des Schlosses, ein Geistlicher von ehrwürdigem Ansehn, an der Tafel teil.

Der alte Graf, in seiner Heiterkeit beharrend, wiederholte den Freunden, wie er den Zufall preise, der sie ihm zugeführt, und diese nahmen gar keinen Anstand, all ihrer guten Laune, ebenso wie Tages vorher, den Zügel schießen zu lassen, so daß, da auch der Geistliche sich als ein gemütlicher lebensfroher Mann bewies, das Gespräch unter diesen vier Personen sich frisch und lebendig bewegte. Der Wundarzt gehörte zu den Leuten, die mehr ergötzbar als ergötzlich sind. Ohne besonders zu sprechen, lachte er über alles Drollige, was vorkam, und wenn er denn recht herzlich gelacht, fuhr er mit der Nasenspitze beinahe bis in den Teller hinein, um gnädige Verzeihung bittend, daß er das Komische fühle und belache an hochgräflicher Tafel. Dagegen beharrte Graf Franz, nicht eine Miene verziehend, im finstern Ernst, und nur dann und wann flossen einige unbedeutende Worte über seine Lippen. Gräfin Amalie schien gar nicht an der Tafel zu sein, denn, als werde eine ihr ganz fremde Sprache gesprochen, achtete sie nicht im mindesten auf das Gespräch und sprach selbst nicht ein einziges Wörtlein. Willibald, der Platz neben der Gräfin genommen, besaß ein ungemeines Talent, schweigsame Damen zum Reden zu bringen oder wenigstens zum Hören. Dieses Talent wollte er nun geltend machen, indem er das Wort an die Gräfin richtete, diese, jene Saite anschlagend, die sonst wohl widerklingt in dem weiblichen Gemüt. Doch alles umsonst, die Gräfin blickte ihn mit ihren großen schönen, aber etwas toten Augen an und wandte sich, ohne ihn einer Antwort zu würdigen, wieder von ihm ab, um ins Leere zu schauen. Willibald glaubte in Hartmanns Gesicht deutlich zu lesen: »Du bist ein Tor, gib dir keine Mühe mit der stolzen Närrin, der unter uns es gar nicht recht ist.« – Es wurde auf das Wohl des Kaiserhauses getrunken, und die Gräfin, die noch keinen Tropfen Weins über die Lippen gebracht, konnte nun nicht umhin ihr Glas zu ergreifen und mit dem Nachbar anzustoßen, was sie mit Widerwillen zu tun schien. Willibald, noch nicht von ihr ablassend, bemerkte, daß es seltsame Verstimmungen des Gemüts gebe, die, unauflöslich scheinend, doch auch bei Frauen der Kraft des feurigen Geistes wichen, der dem edlen Wein entsteige. Ja, dieser Geist wandle jene Verstimmung oft um in die liebenswürdigste Laune. Darum wage er die Gräfin zu bitten, den Versuch zu machen, ob jener Erfahrungssatz richtig, und das Glas zu leeren. – Die Gräfin schaute ihn an, wie von seiner Äußerung plötzlich überrascht und ergriffen, dann sprach sie halb leise mit einem Ton, der von tiefem Schmerz zeugte: »Verstimmt? – verstimmt finden Sie mich? – heilige Jungfrau! ist es möglich, daß ein zerbrochenes Instrument stimme! – Nun«, fuhr sie dann gelassener fort, »Sie mögen es gut meinen, mein Herr, aber mich erhitzt der Wein, und ich finde nichts aberwitziger als die sogenannten Gesundheiten, an denen Herz und Gemüt keinen Teil haben und mit denen man nur den Tribut einer gewissen herkömmlichen Schicklichkeit abträgt.« – »So«, sprach Willibald, »so lassen Sie, gnädige Gräfin, uns dann die Gläser leeren auf das, was wir recht tief und unvertilgbar in Herz und Gemüt tragen.« Da färbten sich plötzlich die Wangen der Gräfin in hohem Rot, düstres Feuer blitzte aus ihren Augen, sie ergriff das Glas und leerte es, nachdem sie mit Willibald angestoßen, mit einem langen Zuge. Graf Franz, der beiden schrägüber saß, hatte kein Auge von ihnen verwandt, auch er ergriff sein Glas, leerte es und stieß es so heftig auf den Tisch nieder, daß es klirrend zersprang in hundert Stücke.

Alles schwieg betroffen, der alte Graf schien mit gesenktem Blick sich trübem Nachdenken zu überlassen. Während die Freunde bedeutende Blicke wechselten und sich ihrerseits nun gar nicht berufen fühlten, das gutmachen zu wollen, was das unbewußte Hineintappen in ein Geheimnis verdorben, nahm der Geistliche wieder das Wort, und indem er anscheinend sehr ernst begann, wußte er geschickt ganz unerwartet in irgendeinen überaus drolligen Schwank einzulenken. Der Wundarzt, der allein gar keinen Begriff davon zu haben, was vorgegangen, und ängstlich umherblickend zu fragen schien, warum in aller Welt es denn plötzlich so still geworden, lachte ganz unmäßig, bückte sich dann ein Mal übers andere bis zum Teller und brach zuletzt in die Worte aus: »Pardonnieren Ew. Exzellenz, aber es ist unmöglich – es schadet der Lunge, sämtlichen Intestinis – man darf es nicht zurückhalten, man muß ein bißchen losplatzen.« Der alte Graf erwachte wie aus einem tiefen Traum, schaute in das kirschbraune Antlitz des Wundarztes und brach denn auch aus in ein lautes Gelächter. Nun lebte das Gespräch zwar wieder auf, aber es blieb ein erzwungenes, mühsam erhaltenes Leben, so daß die Freunde froh waren, als die Tafel aufgehoben wurde. Gräfin Amalia entfernte sich schnell, und nun erst schien, mit Ausschluß des Wundarztes, allen eine drückende Last entnommen.

Auch Graf Franz war heiter geworden. Er lustwandelte, während der alte Graf sich auf sein Zimmer begab, um wie gewöhnlich zu ruhen, mit den Freunden durch den Park.

»In der Tat«, sprach er, nachdem manches Wort gewechselt, zu Willibald mit scherzendem, doch etwas scharfem Ton, »in der Tat, mein Vater hat mir nicht zuviel von Ihrem gesellschaftlichen Genie gesagt. Es ist Ihnen etwas gelungen, was Ihnen selbst wohl gar nicht so schwierig bedünken mag, was ich meinesteils bis jetzt aber für ganz unausführbar halten mußte. – Ich meine, Sie vermochten die Gräfin dahin zu bringen, daß sie mit Ihnen, der ihr gänzlich fremd, den sie zum erstenmal sah, sprach. Noch mehr, daß sie auf Ihren Anlaß allem jungfräulichen Sprödetun entgegen ein ganzes Glas Wein mit einem Zuge leerte. – Kennten Sie alle wunderbare Seltsamkeiten der teuren Gräfin so genau als ich, Sie würden sich gar nicht verwundern, wenn ich Sie mit Ihrer Erlaubnis für eine Art Schwarzkünstler halte.«

»Doch«, erwiderte Willibald lachend, »doch hoffe ich, von der guten harmlosen Gattung, die ihren Zauberstab schwingen, nur um Ergötzliches zutage zu fördern.«

Überzeugt, daß es bei der Eifersüchtelei des jungen Grafen geraten, nicht tiefer einzugehen in das Kapitel, wandten die Freunde das Gespräch auf andere Dinge, und es wurde der Gräfin und ihrer wunderbaren Seltsamkeiten nicht ferner gedacht.

Als am Abend, nach froh, beinahe üppig verlebtem Tage, die Freunde sich allein auf ihrem Zimmer befanden, sprach Hartmann: »Sag' einmal,

Willibald, fällt dir denn in diesem Schlosse nicht etwas über alle Maßen auf?«

»Daß«, erwiderte Willibald, »daß ich nicht wüßte. Mir kommt vielmehr hier im Schlosse alles ziemlich ordinär vor, und es gibt nichts Geheimnisvolles, worauf die gestrigen Reden des jungen Menschen zu deuten schienen. Der junge Graf ist verliebt in die Gräfin, die ihn nicht leiden kann, und der alte Herr, der beider Heirat wünscht, ist darüber verdrießlich und weiß nicht, wie er es anfangen soll, sie zusammenzubringen. Das ist alles!« –

451»Ho ho«, rief Hartmann, »das ist nicht alles! – Merkst du denn nicht, daß wir mit beiden Füßen recht in der Mitte der Schillerschen ›Räuber‹ stehen? – Der Schauplatz ist ein altes Schloß in Böhmen, mithin die Dekoration richtig. Als spielende Personen treten auf: Maximilian, regierender Graf, Franz sein Sohn, Amalia seine Nichte. – Nun! und Karl mag der Hauptmann der Räuber sein, die uns anfielen. Es freut mich sehr, die Begebenheit endlich einmal in der wirklichen Welt anzutreffen, die Schillern zu dem Trauerspiel Anlaß gab, um mit Gewißheit zu erfahren, was für ein Ende Karl Moor nimmt, ob er von Schweizer erstochen wird oder sich den Gerichten ausliefert. Fraglich ist nur, ob wir als zufälliger Chorus es zulassen dürfen, daß Graf Franz den Vater in den alten Turm sperrt, der, wie du weißt, am Ende des Parks steht, vorzüglich da es vorderhand an Hermann, dem Raben, fehlt, der ihn füttert.«

Willibald lachte sehr über Hartmanns närrischen Gedanken, meinte aber doch, daß in der Tat ein merkwürdiges Spiel des Zufalls hier die wichtigsten Personen aus jenem Trauerspiel, wenigstens dem Namen nach, bis auf den Haupthelden zusammengebracht, so daß nur noch ein Hermann und ein alter Daniel fehle.

»Wer weiß«, erwiderte Hartmann, »ob nicht schon morgen uns beide erscheinen. Was aber den Haupthelden betrifft, so gehört der vorderhand nicht ins Schloß, und doch ist's mir so, als würde auch nun nächstens ein seltsam gekleideter Mann mit sonnverbranntem, wildem Antlitz kommen und sentimentalerweise rufen: ›Du weinst, Amalia?‹ –«

Die Freunde spannen nach ihrer Weise aus, wie nun alles sich begeben und fügen müsse, und wetteiferten in allerlei, jenes große, aber entsetzliche Trauerspiel parodierenden Ideen, und sie stritten noch dann, als jeder schon sich zu Bette begeben, so daß der Morgen zu dämmern begann, als sie endlich einschliefen.

Andern Tages hieß es, Gräfin Amalia leide an heftigern Kopfschmerz
und werde ihr Zimmer nicht verlassen. Graf Franz war ganz erheitert, gar nicht mehr derselbe, der er gestern gewesen, und auch dem alten Grafen schien eine große Last entnommen.

So kam es, daß das Gespräch bei der Mittagstafel sich in rücksichtsloser Lebendigkeit frei und unbefangen bewegte, ohne auf irgendeine Weise verstört zu werden. Als bei dem Nachtisch ein seltner feuriger Wein kredenzt wurde und der alte Graf die Freunde fragte, ob man in Berlin wohl dergleichen trinke, da meinte Hartmann, daß er sich zwar nicht erinnere, dergleichen getrunken zu haben, daß er dagegen bei irgendeinem Feste einen uralten Rheinwein genossen, der, wie es ihm schien, alles übertroffen, was er bisher von seltenen Weinen gekannt. »Hoho«, rief der alte Graf, indem sein Antlitz vor Freude glänzte, »hoho, wir wollen sehen, was mein Keller vermag. Daniel«, rief er dann einem Diener zu, »Daniel soll einmal ein paar Flaschen von dem hundertjährigen Rheinwein hinaufschaffen und den Kristallpokal dazu!« –

Man kann denken, daß die Freunde sich ein wenig seltsam getroffen fühlten bei dem Namen Daniel. Bald darauf trat ein eisgrauer Mann mit gekrümmtem Rücken hinein und brachte den Wein sowie den Pokal herbei; da konnten sie ihren Blick nicht von der Gestalt wegbringen. Hartmann sah seinen Freund Willibald mit einer Miene an, als wollte er fragen: »Nun, hab' ich nicht recht gehabt?« Da entschlüpften Willibald die Worte: »In der Tat, das ist höchst merkwürdig!«

Als nach der Tafel die Freunde mit dem Grafen Franz allein geblieben und ganz heiter über dieses und jenes gesprochen, brach der Graf plötzlich ab und fragte, erst Hartmann, dann Willibald scharf fixierend, was ihnen denn so aufgefallen, so merkwürdig gedünkt bei der Erscheinung des alten Daniels. – »Gewiß«, fuhr er fort, als die Freunde betroffen schwiegen, »gewiß rief der alte treue Diener unsers Hauses einer Ähnlichkeit halber irgendein merkwürdiges Ereignis aus Ihrem Leben in Ihr
Gedächtnis zurück, und ist dies Ereignis mitteilbar, so geben Sie mir Gelegenheit, das Talent, gut und lebendig zu erzählen, das Sie beide in hohem Grade besitzen, aufs neue zu bewundern; ich bitte Sie recht herzlich darum.«

Hartmann meinte, daß Daniels Erscheinung sie keineswegs an ein merkwürdiges Ereignis aus ihrem Leben, wohl aber an einen närrischen Einfall erinnert, der aber viel zu närrisch und dabei zu unbedeutend sei, um noch einmal wiederholt zu werden.

Als nun aber der Graf nicht nachließ, sondern immer mehr in die Freunde drang, ihm die Ursache ihres plötzlichen Erstaunens bei der Mittagstafel zu entdecken, da sprach Willibald: »Können Ihnen denn die innern Gedanken der Fremdlinge, die ein Zufall Ihnen zuführte, von so großem Belange sein? – Doch Sie wollen wissen, was in uns vorging, als der alte Daniel hineintrat, nun, es sei! – Doch sagen Sie mir vorher, sollten Sie an der Aufführung irgendeines dramatischen Werks teilnehmen, würde es Ihnen nicht verdrießlich, ja höchst fatal sein, einen schlechten Charakter darstellen zu müssen?«

»Wenn«, erwiderte der Graf lachend, »wenn die Rolle sonst interessant ist und Gelegenheit gibt, das Talent zu entwickeln, wie es denn bei Bösewichtern gewöhnlich der Fall zu sein pflegt, ich würde und könnte mich eben nicht sträuben.«

»Nun dann«, fuhr Willibald fort, »mein Freund Hartmann meinte gestern scherzend, hier in einem alten prächtigen Schloß wären die eben auch in einem Schloß spielenden Hauptpersonen der Schillerschen Räuber versammelt, bis auf Hermann und den alten Daniel; als nun bei der Tafel wirklich solch ein alter Diener namens Daniel –«

Willibald stockte, da er wahrnahm, daß furchtbare Totenblässe des Grafen Antlitz überzog, daß er wankend sich kaum aufrecht zu erhalten vermochte.

»Verzeihen Sie«, sprach er mit bebenden Lippen, »verzeihen Sie, meine Herrn, eine Art von Schwindel – ich fühle mich plötzlich krank!« – Sich mit Mühe ermannend, verließ der Graf das Zimmer.

»Was ist das, was geht hier vor?« sprach Hartmann.

»Hm«, erwiderte Willibald, »toller Spuk, Teufeleien! – Ich glaube, du hattest recht, als du meintest, der Hase, der hier im Pfeffer liege, sei ein böses Tier. Entweder ist Graf Franz wirklich auf irgendeine Weise schuldbelastet, oder der Gedanke an jenes entsetzliche Verhältnis Amaliens in den Schillerschen ›Räubern‹, woran ich ihn sehr unvorsichtigerweise erinnerte, zerschnitt so tötend sein Herz. – Ich hätte schweigen sollen; wer konnte aber auch wissen –«

»Nur«, unterbrach Hartmann den Freund, »nur jedenfalls mußte es den Grafen kränken, sich plötzlich in der Rolle jenes höllischen Bastards zu sehen, und schon deshalb hättest du nicht mit der Wahrheit herausrücken, sondern auf der Stelle irgendeine andere Ursache unsers Erstaunens angeben sollen. Gar keine Lust spüre ich übrigens, tiefer in das Geheimnis, das hier obwaltet, dringen zu wollen, und da meine Wunde beinahe ganz geheilt, halte ich für das Geratenste, den alten Grafen zu bitten, daß er uns morgenden Tages fortschaffen lasse bis zur nächsten Station.«

Willibald meinte dagegen, es sei doch besser, noch ein paar Tage zu verweilen, damit Hartmanns gänzliche Genesung keinen Rückfall und neue Störung der Reise befürchten lasse.

Die Freunde gingen in den Park. Als sie sich einem entfernten Pavillon näherten, hörten sie, wie in demselben ein Mann zornig sprach, und dazwischen Klagetöne eines Weibes. Sie glaubten die Stimme des jungen Grafen zu erkennen und vernahmen, als sie dicht an die Türe getreten waren, ganz deutlich die Worte: »Wahnsinnige, ich weiß, daß du mich verabscheuest, weil ich dich anbete, weil mein ganzes Wesen nur in dir lebt, atmet! – Aber ihn trägst du im Herzen, ihn, den Verruchten, der Schande auf Schande über uns häuft. Fliehe, betörtes Weib, fliehe hin, suche ihn auf, den Abgott deiner Liebe, er wartet deiner in der Räuberhöhle oder im finstern Kerker! – Doch nein, nein, jenem höllischen Teufel zum Trotz lasse ich dich nicht aus meinen Armen.«

»Bösewicht – Hilfe! Hilfe!« – so kreischte die weibliche Stimme laut auf.

Willibald stieß ohne weiteres die Türe ein. Gräfin Amalia riß sich aus den Armen des jungen Grafen und entfloh mit der Schnelligkeit des aufgescheuchten Rehs.

»Ha!« rief der Graf den Freunden mit entsetzlicher Stimme entgegen, indem seine Augen funkelten in wilder Glut, »ha! – Ihr kommt eben recht! – Ja, ich bin Franz! ich will es sein! ich muß es sein – ich –«

Plötzlich war seine Stimme erstickt, und mit dem kaum vernehmbaren Wort: »Helfer!« – sank er nieder.

So zweideutig den Freunden der ganze Auftritt auch erschien, so sehr sie überzeugt waren, daß der Graf in seinem Tun wirklich jenem satanischen Bösewicht ähnlich, doch mußten sie einsehen, daß es Pflicht war, ihm beizustehen. Sie richteten den Grafen auf, setzten ihn in einen Lehnsessel, und Hartmann bestrich seine Stirne mit einem kräftigen Spiritus, den er bei sich zu tragen pflegte.

Mühsam erholte sich der Graf und sprach, beider, Willibalds und Hartmanns Hand erfassend, mit einem Ton, der von dem tiefsten herzzerreißendsten Jammer zeugte: »Sie haben recht! – ein Trauerspiel, ebenso entsetzlich als jenes, an das die Namen unsers Hauses Sie erinnerten, wird vielleicht hier bald aufgeführt! – Ja, ich bin Franz, den Amalia verabscheut! – Aber nicht, bei Gott, bei allen Heiligen, nicht jener Verworfene, dessen Gestalt dem Dichter aus der Hölle selbst aufstieg. Nein, nur ein Unglücklicher, den ein schwarzes Verhängnis erfaßt, dem schmerzliebsten qualvollsten Tode geweiht hat – und dies Verhängnis ruht unvertilgbar in seiner eigenen Brust. – Verlassen Sie mich, erwarten Sie mich in Ihrem Zimmer.«

Wirklich trat bald, nachdem die Freunde zurückgekehrt waren in ihr Gemach, Graf Franz ebenfalls hinein. Er schien sich ganz erholt, ganz gefaßt zu haben und begann mit leisem ruhigen Ton: »Der Zufall hat Sie in den Abgrund blicken lassen, in dem ich wohl rettungslos untergehen werde. Ich nenne es nicht unbedachtsam, nein, dasselbe finstere Geschick, das bedrohlich über mir schwebt, zwang Sie dazu, mich an die seltsame Ähnlichkeit der Gestaltung unseres Hauses mit der in jenem schauderhaften Trauerspiel zu erinnern, an die ich, so sehr sie ins Auge springen mag, doch früher niemals gedacht. Es war, als reichten Sie mir den Schlüssel dar zu dem furchtbaren Geheimnis, das sich mir nun auftun würde, und nicht der Zufall, nein, eben jenes finstre Geschick habe Sie hergeführt, mich zu stürzen in den Abgrund. Wie mich die Ursache Ihres Erstaunens bei der Tafel, der ganze Aufschluß deshalb im Innern zermalmte, wird Ihnen nicht entgangen sein. Erfahren und erstaunen Sie noch mehr über das rätselhafte Wirken des wallenden Geistes, daß ich wirklich einen älteren Bruder habe, Karl geheißen. Doch nicht jener entsetzliche, aber wahrhaft große Räuberhauptmann ist jener Karl – nein. – Schwer, sehr schwer wird es mir, von der Schmach zu sprechen, die unser Haus befleckt, aber das, was sich vor Ihren Augen soeben begab, zwingt mich dazu, und das vollste Vertrauen hege ich, daß Sie alles, was ich Ihnen entdecke, bewahren werden als ein tiefes Geheimnis. – Schon in früher Jugend bewies Karl bei einer vorzüglich schönen Gestaltung die seltensten Fähigkeiten des Geistes, ja in allem, was er begann, eine schimmernde Genialität. Um so entsetzlicher schien es daher, daß ebenso früh sich sein entschiedener Hang zu Ausschweifungen, ja zu Abscheulichkeiten jeder Art aussprach. Dies war unserm Hause, den glorreichen Ahnen so fremd, daß mein Vater den Fluch einer grausen Tat darin erblicken wollte. – O Gott! – man sagte, Karl, der Erstgeborne, sei die Frucht eines bösen Frevels, dem meine Mutter unterlag. Auch Amalia soll ihre Geburt einem schändlichen Truge verdanken, der einer vom Wahnsinn der Liebe zum Verbrechen hingerissenen Frau den Mann in die Arme führte, den meine Mutter einst liebte, und den sie meinem

Vater aufzuopfern gezwungen. – Sie sehen, daß für einen handfesten Psychologen es hier viel zu deuteln gibt, keinen von Ihnen mag ich aber dafür halten. Lassen Sie mich schweigen von der ununterbrochenen Reihe von Bosheiten und schlechten Streichen, die, dem Vater zu steter Qual, Karls ganze Laufbahn auf einer fremden Universität beschmutzten. – Endlich gelang es dem Vater, ihm Militärdienste zu verschaffen. Er brachte es bis zum Hauptmann: es ging ins Feld; da – bestahl er die Kriegskasse, wurde infam kassiert und nach der Festung geschafft. – Er entsprang, und wir hörten nichts mehr von ihm. – Man schrieb mir vor einiger Zeit, daß man aus guter Quelle wisse, der infam kassierte Graf Karl von C. sei als Hauptmann einer Räuberbande im Elsaß eingefangen worden und werde nächstens hingerichtet werden. Ich habe dafür gesorgt, daß der Vater nichts davon erfährt, nichts erfahren kann, dieser letzte Schlag würde ihn augenblicklich töten. – Und diesen Verworfenen liebt die Gräfin, liebt ihn mit einer grenzenlosen wahnsinnigen Inbrunst. Zwölf Jahre war Amalia alt, als Karl das väterliche Haus verließ, in dem die vater- und mutterlose Nichte aufgenommen worden. Finden Sie es möglich, daß ein Kind in solcher Liebe entbrennen, daß diese Liebe, eine unverlöschbare Flamme, ihr ganzes Wesen ergreifen konnte? Ein satanisches Geheimnis ist diese Liebe, und die Schauer der Hölle durchbeben mich oft, wenn ich Amalia erblicke, in Gram, in Schmerz aufgelöst, verzehrt von den Qualen einer Sehnsucht, die alles, was Tugend, was Jungfräulichkeit heißen mag, frech verhöhnt! – Sie wollen von mir selbst hören? – Nun, mit eben der Inbrunst, mit all dem Wahnsinn, wie Amalia den verruchten Bruder liebt, ja! – ebenso liebte ich schon, da ich kaum zum Jünglinge gereift, das Kind von zwölf Jahren. Älter geworden, von ihr verworfen, glaubte ich eine Leidenschaft, die mir verderblich werden mußte, besiegen zu können, indem ich sie preisgab aller anlockenden Lust der Welt. Ich durchreiste Frankreich, Italien, aber ihr Bild – ihr Bild, glaubt' ich es verblichen, strahlte immer wieder auf in neuem Glanz! – Tötendes Gift gärte in meinem Innern! – Nirgends Ruhe, nirgends Rast! – Wie der Nachtvogel immer enger und enger die Flamme umkreist und endlich in der Glut seines Sehnens sein Grab findet, so kam ich, mit dem festen Vorsatz, Amalien niemals wiederzusehen, ihr doch immer näher und näher, bis ich, dem Willen des Vaters nur scheinbar nachgebend, zurückkehrte in das Schloß. Mein Vater sieht meine Qual, er verabscheut Amaliens unwürdige Neigung, er glaubt, daß ihr verwirrter Sinn endlich gesunden werde – trostlose Hoffnung! – Und

458

doch, indem ich mich selbst als einen Wahnsinnigen betrachte, kann ich nicht lassen von der, die, in meinem Wesen lebend, mein Wesen zerstört! – Und doch! nie bin ich bei dieser steten unnennbaren Qual so wie von den Gedanken der Hölle zerrissen worden, als in dem verhängnisvollen Augenblick, da Sie das fürchterliche Bild jenes Trauerspiels mir vor Augen brachten, und ich dann Amalia, die ich in ihren Zimmern glaubte, in dem Pavillon einsam fand. Alle Wut der brünstigsten Liebe erwachte in mir, und zu ihr gesellte sich der wilde Zorn der Verzweiflung. – Es ist vorüber, ich reiße mich los mit Gewalt, – man spricht von dem Ausbruch eines neuen Krieges – ich nehme Dienste.«

»Was sagst«, sprach Willibald, als die Freunde sich allein befanden, »was sagst du zur dem allem?« – »Ich meine«, erwiderte Hartmann, »daß dem Herrn Grafen Franz gar nicht zu trauen ist. Er ist ganz gewiß in seiner Leidenschaft ein wilder Mensch, und ich bedaure die reizende Gräfin Amalia aus dem Grunde meines Herzens. – Wenigstens war es sehr seltsam oder vielmehr unzart, daß der Graf, nur um sich des Auftritts in dem Pavillon halber zu entschuldigen, uns in die Geheimnisse des Hauses einweihte und vor unsern Augen den Namen des Bruders an den Schandpfahl schlug.«

In dem Augenblick entstand auf dem Schloßhofe ein großer Tumult. Die Jäger des Grafen nebst einigen Husaren brachten eine gute Anzahl eingefangener, zum Teil schon verwundeter Räuber ein. Menschen von wildem, zum Teil ganz fremdem Ansehen, die, gelang es, sie zum Reden zu bringen, welches schwer hielt, da sie auf alle Fragen trotzig schwiegen, nur ein gebrochenes Deutsch und ein verdorbenes, kaum verständliches Italienisch sprachen. Andere konnten die zigeunerische Abkunft gar nicht verleugnen und sprachen fertig böhmisch. Mit Recht konnte man daraus schließen, daß das Räubergesindel von der italienischen Grenze herübergekommen und sich in Böhmen durch Zigeunerhorden verstärkt haben müßte. Als man die Räuber nach ihrem Hauptmann fragte, lachten sie laut auf und sagten, der sei in guter Ruhe und Sicherheit, der sei nicht so leicht zu fangen, als man wohl denke. Wirklich hatte sich, wie die Jäger erzählten, ein Trupp der Räuber mit der Wut der Verzweiflung durchgeschlagen und war, da die Nacht eingebrochen, im Dickicht des Waldes entkommen. – »Ein Grund mehr«, sprach der Graf anmutig lächelnd zu den Freunden, »warum ich Sie noch durchaus nicht von mir lassen kann. Jede Gefahr muß erst aus dem Wege geräumt sein.«

Abends war Willibald aus der Gesellschaft, die wie gewöhnlich aus den beiden Grafen, dem Geistlichen und dem Wundarzt bestand, – Amalia fehlte – verschwunden. Schon wollte man ihn aufsuchen, als er eintrat. Hartmann merkte es dem Freunde an, daß ihm etwas ganz Seltsames begegnet sein müsse, und es war dem wirklich so. Kaum waren die Freunde auf ihrem Zimmer allein, als Willibald losbrach: »Nein, es ist die höchste Zeit, daß wir forteilen. Das unheimlich Seltsame häuft sich zu sehr, und es will mich bedünken, daß wir dem Räderwerk, das hier ein besonderes böses Verhängnis zu treiben scheint, zu nahe kommen und, von dem Schwungrad ergriffen, unaufhaltsam hineingeschleudert werden könnten ins Verderben. – Du weißt, daß ich dem alten Grafen etwas mitzuteilen versprochen von meiner Schreiberei. Als ich nun mit dem Manuskript, das ich hervorgesucht aus dem Koffer, in der Hand, herabkomme, gerate ich in meiner Zerstreuung in den großen Saal auf der linken Seite, der, wie du weißt, mit großen Gemälden behängt ist. Der Rubens, den wir schon neulich bewunderten, zieht mich aufs neue an. Indem ich nun aber davor stehe und ihn betrachte, geht eine Seitentür auf, und Gräfin Amalia tritt hinein. Du meinst, noch ganz verstört, ganz außer sich über das, was sich vor ein paar Stunden begeben? – Nichts weniger als das! – Ganz heiter und unbefangen tritt sie auf mich zu und beginnt von den Gemälden und den verschiedenen Meistern, die hier versammelt, zu sprechen, indem sie sich vertraulich in meinen Arm hängt und langsam den Saal mit mir hinabwandelt. ›Doch‹, ruft sie endlich aus, als wir uns am Ende des Saals befinden, ›doch, gibt es etwas Langweiligeres, als so viel zu sprechen von toten Bildern? Hat das frische Leben so wenig Anspruch an uns, daß wir uns davon abwenden? –‹

Und damit öffnet sie die Türe, und wir durchwandeln zwei, drei Zimmer, bis wir endlich in ein mit dem ausgesuchtesten Geschmack dekoriertes Gemach treten.

›Ich begrüße Sie in meiner Behausung‹, spricht Amalia und nötigt mich, neben ihr Platz zu nehmen auf dem Sofa.

Du magst dir es vorstellen, daß mir in der Nähe des reizenden Weibes, die sonst mir schroff und kalt erschienen, jetzt die Anmut, die Lieblichkeit selbst war, ganz seltsamlich zumute wurde. Ich gedachte eben in den schönsten Redensarten ganz ausnehmend liebenswürdig zu sein und rüstete mich, irgendeinen leuchtenden Geistesblitz abzuschießen, als mir die Gräfin mit einem Blick in die Augen starrte, vor dem ich augenblicklich verstummte.

Sie nahm meine Hand und fragte: ›Finden Sie mich schön?‹ – Sowie ich die Lippen öffnen wollte, zur Antwort, sprach sie weiter: ›Ich verlange keine Schmeichelei, die mir in diesem Augenblick nur zu abgeschmackt erscheinen müßte. Mir genügt ein einfaches Ja oder Nein!‹ – ›Ja!‹ erwiderte ich nun, und ich möchte wohl wissen, wie dieses Ja! geklungen haben mag, das ich schnell ausstieß in einer Art von seltsamer Bestürzung.

›Könnten Sie mich lieben?‹ fragte die Gräfin weiter, indem mir ihr Blick sagte, daß sie auch wieder nichts anders verlange als ein einfaches Ja oder Nein.

Der Teufel nehme sich anders, ich habe kein weißes kaltes Blut, keine philisterige Fischnatur. ›Ja!‹ rief ich und drückte ihre Hand, die noch immer die meine faßte, an die bebenden Lippen und küßte sie einmal über das andere mit einer Inbrunst, die ihr gar keinen Zweifel lassen mußte, wie jenes Ja! recht aus dem tiefen Herzen gekommen.

›Nun dann‹, rief die Gräfin wie aufjauchzend vor Freude, ›so reißen Sie mich aus meinem Verhältnis, das mir täglich, stündlich den qualvollsten Tod gibt. – Sie sind Fremde – Sie gehen nach Italien – ich folge Ihnen – entführen Sie mich dem Verhaßten – retten Sie mich zum zweitenmal! –‹

Wie ein jäher Blitz traf mich jetzt der Gedanke, wie unbesonnen ich dem Eindruck des Augenblicks der aufgeregten Sinnlichkeit nachgegeben. Ich fuhr zusammen, die Gräfin schien das gar nicht zu bemerken, sondern fuhr ruhiger fort: ›Nicht verschweigen will ich Ihnen, daß mein ganzes Wesen einem andern gehört und ich daher auf eine ganz uneigennützige Tugend rechne, wie sie wohl kaum zu finden. Doch – ebensowenig will ich leugnen, daß es unter gewissen Umständen möglich sein würde, Ihnen den höchsten Lohn der Liebe zu gönnen – und ich würde reich lohnen! – Ist nämlich jener, den ich im Herzen trage seit meiner Kindheit, nicht mehr unter den Lebendigen, so – Sie bemerken, daß ich, da ich dies auszusprechen vermag, mich selbst bis in das Innerste hinein geprüft habe, und daß meine Entschlüsse nicht von der jähen Aufregung eines entsetzlichen Augenblicks erzeugt wurden. Übrigens weiß ich, daß Sie und Ihr Freund die Verhältnisse hier im Schloß mit der Exposition eines gewissen furchtbaren Trauerspiels verglichen haben. Es liegt darin etwas Seltsames, Verhängnisvolles.‹

Was um aller Welt willen der Gräfin sagen? – Welche Antwort lag im ganzen Reiche des Möglichen? – Die Gräfin riß mich aus der Verlegenheit, indem sie sehr ruhig sprach: ›Jetzt nichts weiter – verlassen Sie mich – wir sprechen weiter zur gelegenen Zeit.‹ –

Schweigend küßte ich der Gräfin die Hand und entfernte mich nach der Türe. Da eilte die Gräfin mir nach, warf sich wie in heller Liebesverzweiflung mir in die Arme, glühende Küsse brannten auf meinen Lippen, sie rief mit einem Ton, der meine Brust zerfleischte: ›Rette mich!‹ – Halb betäubt, bestürmt von den widersprechendsten Gefühlen, wurde es mir unmöglich, zu euch zurückzukehren. Ich lief hinab in den Park. Es war mir, als habe ich das höchste Liebesglück gewonnen, als müßt' ich, rücksichtslos mich hinopfernd, tun, was die Gräfin geboten, bis ich, ruhiger geworden, den Wahnsinn eines solchen verderblichen Unternehmens einsah. – Du hast bemerkt, daß Graf Franz mich, ehe wir in unser Zimmer hinaufgingen, beiseite nahm und heimlich mit mir redete. – Nun, nichts anders gab er mir zu verstehen, als daß er unterrichtet sei von der Neigung, die die Gräfin zu mir gefaßt. ›Ihr‹, so sprach der Graf, ›Ihr ganzes Wesen, Ihre ganze Art zu sein erfüllt mich mit dem unbedingtesten Zutrauen, darum darf ich Ihnen sagen, daß ich mehr ahne, als Sie wohl denken mögen. – Sie sprachen die Gräfin. – Hüten Sie sich vor Armidens sinnbetörender Verlockung – seltsam muß Ihnen das aus meinem Munde klingen – doch, das ist eben der böse Fluch, der mich verfolgt, daß ich mir meines Wahnsinns bewußt bin und mich nicht herauszureißen vermag aus dem heillosen Zustande, der mich verdirbt, und den ich dennoch zu lieben gezwungen.‹ –

Du siehst, Freund Hartmann, daß ich mich jetzt hier in solch toller verwirrter Lage befinde, die die schnelle Abreise unbedingt notwendig macht.«

Hartmann war nicht wenig erstaunt über alles das, was sich mit seinem Freunde Willibald begeben, und beide, nachdem sie noch manches über die Lage der Dinge auf dem Schlosse hin und her gesprochen, waren einstimmig der Meinung, daß sich hier wohl alles aus gewissen bedrohlichen Abgründen der menschlichen Natur entwickelt haben müsse.

Mit den ersten Strahlen der Sonne erwachten die Freunde aus dem Schlaf. Blütendüfte hauchten durch das geöffnete Fenster, und draußen in Wald und Flur war alles Leben und Lust. Die Freunde beschlossen, noch vor dem Frühstück einen Gang durch den Park zu machen. Als sie nun in den entfernteren Teil kamen, der an den Forst grenzte, vernahmen sie ein eifriges Gespräch und erblickten bald darauf den alten Daniel und einen großen, stattlich gekleideten Mann, die gar wichtige

Dinge abzuhandeln schienen. Endlich gab der Fremde dem Alten ein kleines Papier und ging, von Daniel begleitet, waldeinwärts, wo in geringer Entfernung ein Jäger mit zwei Reitpferden stand. Beide, der Jäger und der Fremde, schwangen sich auf und jagten in vollem Galopp davon. Als Daniel zurückkehrte, stieß er gerade auf die Freunde. Er fuhr erschrocken zusammen, dann sprach er aber lächelnd: »Ei, ei, schon so früh auf, meine Herrn? – Nun, da war eben der fremde Herr Graf hier, der unser Nachbar werden will. Er hat sich hier ein wenig umgesehen, ich habe ihn überall herumführen müssen. Sowie er nun sein Schloß bezogen, will er einsprechen bei unserem gnädigen Herrn Grafen und um gute freundliche Gastfreundschaft bitten.« –

Auch dieser Fremde, das Erschrecken Daniels wollte den mißtrauisch gewordenen Freunden gar bedenklich vorkommen.

Mit vieler Mühe errangen die Freunde vom alten Grafen das Versprechen, daß sie andern Morgens fortgeschafft werden sollten, dafür wollte er aber diesen Tag nicht aus ihrer Gesellschaft kommen. Das war, was Willibald, der Amalien fürchtete wie ein scheues Kind, nur wünschen konnte. Der Morgen verging heiter und froh, als man sich bereitete zur Tafel zu gehen, fehlte Gräfin Amalia. »Der Kopfschmerz wird sich wieder eingestellt haben«, sprach der alte Graf verdrießlich. Da ging die Türe auf, Gräfin Amalia trat herein, und den Freunden stockte der Atem. Auf das köstlichste war sie in dunkelroten Samt gekleidet, ein funkelnder Gürtel umschloß fest den schlanken Leib, und ebensolch ein prächtiger Schmuck erhöhte den Reiz des blendenden Nackens, während reiche Spitzen den schwellenden Busen nur halb verbargen. Die dunklen Locken waren mit Perlenschnüren und Myrten durchflochten, Handschuhe und Fächer vollendeten den festlichen Putz. Sie strahlte in solchem Glanz der Schönheit, daß ein tiefes Schweigen von der Überraschung selbst derer zeugte, die sie wohl schon öfters so geschmückt gesehen.

»Mein Himmel«, begann der alte Graf, »was bedeutet das, Amalia, du bist ja geschmückt, als solltest du, eine frohe Braut, vor den Altar treten.«

»Bin ich denn keine glückliche Braut?« sprach Amalia mit einem unnennbaren Ausdruck, kniete nieder vor dem Grafen und beugte ihr Haupt, als flehe sie um seinen Segen.

Ganz verklärt vor Freude, hob der Graf sie auf, küßte sie auf die Stirne und sprach dann: »O Amalia, wäre es möglich? Franz – glücklicher Franz!« – Graf Franz näherte sich mit wankendem Schritt. Man sah ihm die Angst des bangen Zweifels an. Amalia schauerte zusammen, dann ließ sie dem Grafen willig ihre Hand, die er mit feurigen Küssen bedeckte.

Bei der Tafel blieb sie still und ernst, wenig teilnehmend daran, was eben gesprochen, aber sichtlich weich gestimmt und sich hinneigend den Worten Willibalds, der wie gewöhnlich ihr Nachbar, und dem übrigens zumute war, als sitze er auf glühenden Kohlen. Seltsame Blicke warf Graf Franz herüber auf das Paar, und Willibald mußte fürchten, daß Amaliens unerklärliches Beginnen, der wahnsinnige Gedanke, sich plötzlich als Braut zu schmücken, um ihm mehr Aufmerksamkeit zu beweisen als jemals, noch einen argen Strich durch die Lebensrechnung machen und zu einem heillosen Zweikampf nötigen werde. – Es kam aber anders! – Als die Tafel aufgehoben, nahm sie Willibalds Arm und eilte, während die andern noch im Gespräch begriffen, so schnell von dannen, daß sie sich plötzlich in dem entfernten Zimmer mit Willibald allein befand. – Sie wankte, wollte niedersinken, da schloß Willibald sie in seine Arme, und außer sich selbst, ganz Liebeslust, drückte er heiße Küsse auf die schönsten Lippen; da lispelte die Gräfin: »Laß mich, o laß mich – entschieden ist mein Schicksal – du kamst zu spät – o wärst du früher gekommen – doch jetzt – o Gott!«

Ein Tränenstrom stürzte ihr aus den Augen, und sie verließ das Zimmer in demselben Augenblick, als Graf Franz eintrat. Willibald rüstete sich, einen harten Auftritt zu bestehen und jeder Beleidigung des Eifersüchtigen mit dem Mut, mit der Kraft des Mannes zu begegnen. Doch nicht wenig verwundert war er, als der Graf in heftiger Bewegung auf ihn zutrat und mit einem Ton, mit einem Blick, der genugsam davon zeugte, wie sein ganzes Innres zerrissen, fragte: »So wie ich höre, reisen Sie morgen früh mit Ihrem Freunde ab?« – »Allerdings, Herr Graf«, erwiderte Willibald sehr ruhig und gelassen. »Schon zu lange haben wir hier verweilt, und ein böses Verhängnis könnte uns ganz ohne unsere Schuld in manches verwickeln, das sich hier auf dem Schlosse zu großem Unheil gestalten möchte.«

»Sie haben recht«, sprach der Graf tief gerührt, indem heiße Tränen aus seinen Augen perlten, »Sie haben recht, mein Herr. – Nicht mehr darf ich Sie vor Armidens Zauberreize warnen. Rinaldo reißt sich los mit männlichem Mut! – Sie verstehen mich ganz. – Ich habe Sie beobachtet mit eifersüchtigem Mißtrauen – ich spreche Sie frei von aller Schuld – o! – wäre es denn eine Schuld gewesen – doch still, nichts mehr davon. So viel ist gewiß, daß irgendein unheilschwangres Geheimnis waltet, aber die Kunst der Hölle gehört dazu, es zu erraten.« –

Die übrige Gesellschaft versammelte sich, der Geistliche wurde abgerufen. Als er wiederkam, sprach er leise mit dem alten Grafen, dieser erwiderte halblaut: »Sie ist eine überspannte Närrin, man lasse sie gehen!« – Die Freunde erfuhren nachher von dem Geistlichen, daß Amalia seinen Zuspruch verlangt und ihm allerlei seltsame Zweifel über die Sünde, ewige Strafe u.s.w. aufgeworfen, dann, als er ihr unruhiges, ganz verstörtes Gemüt beschwichtigt, so gut als er es vermocht, aber erklärt, wie sie sich durchaus krank fühle und den ganzen Abend in ihrem Zimmer eingeschlossen bleiben werde. – Des Abschieds der Freunde halber floß der edle Wein noch reichlicher als sonst und ließ die schwärmerische Amalia vergessen samt ihrer Krankheit, die, wie der alte Graf aus Erfahrung wissen wollte, auf leerer Einbildung beruhe. Alles, vorzüglich Willibald, der sich bei dem Gedanken der nahen Abreise aller Sorge entnommen und so leicht und froh fühlte wie ein freigelassener Vogel, war und blieb bei der heitersten und unbefangensten Laune. Ja, der Scherz stieg beinahe bis zur Ausgelassenheit, der Wundarzt hörte nicht auf um Verzeihung zu bitten seines Lachens halber und wollte immer wieder dazwischen fragen, ob denn die gnädige Gräfin heute wirklich getraut worden. Der Geistliche schnitt ihm dann aber gleich das Wort ab, und es war possierlich genug anzuschauen, wie er ganz verblüfft dasaß mit offnem Munde und gar nicht begreifen konnte, warum er nichts wissen solle von der Hochzeit, die seines Bedünkens gefeiert würde, wiewohl im stillen ohne Braut. – Nur Graf Franz schien, von bösen Ahnungen gepeinigt, in steter Unruhe. Bald verließ er den Gartensaal, in dem man versammelt, bald kehrte er wieder zurück, sah aus dem Fenster, trat vor die Türe etc. Man trennte sich in später Nacht.

Andern Morgens vernahmen die Freunde ein ungewöhnliches Hin- und Herlaufen im Schlosse, Stimmen durcheinander, Waffengeräusch u.s.w. Sie traten an das Fenster und sahen, wie eben Graf Franz bewaffnet an der Spitze der Jäger fortsprengte. Der Diener, der sonst jeden Morgen hinaufkam mit dem Frühstück, blieb aus. Irgendein bedrohliches Ereignis ahnend, stiegen die Freunde herab. Sie begegneten lauter blassen verstörten Gesichtern, niemand stand Rede.

Endlich gewahrten sie den Geistlichen, der aus den Zimmern des alten Grafen trat. Von ihm erfuhren sie alles. – Gräfin Amalia war spurlos verschwunden! – Als sie des Morgens nicht, wie sie sonst zu tun pflegte, dem Kammermädchen klingelte, ging dieses nach ihrem Zimmer. Sie fand die Türe verschlossen, und da sie auf alles Klopfen, auf alles Rufen keine Antwort erhielt, geriet sie in große Angst und Besorgnis. Sie lief herab, schrie laut, daß Gräfin Amalia tot sei oder wenigstens in tiefer Ohnmacht liege, und bald war das ganze Schloß versammelt vor dem Zimmer der Gräfin. Man stieß die Türe ein, Amalia war entflohen, entflohen in demselben prächtigen Anzuge, den sie Tages vorher getragen. Sie hatte sich nicht entkleiden lassen und es selbst nicht getan, da man sonst den Anzug im Zimmer hätte finden müssen. – Auf dem Marmortisch vor dem Spiegel lag ein kleiner Zettel, auf dem die wenigen Worte von Amaliens Hand standen: »Die Braut eilt in die Arme des Bräutigams.«

Ganz unbegreiflich schien es, wie Amalia hatte unbemerkt entfliehen können. Bei Tage war das ganz unmöglich, da sich innerhalb und außerhalb dem Schlosse eine Menge Menschen bewegten, die gewiß die Gräfin, noch dazu in ihrem ungewöhnlichen reichen Anzuge, bemerkt haben würden. Floh die Gräfin zur Nachtzeit, so war es wieder nicht zu erklären, wie sie aus dem Schlosse hatte kommen können, dessen Tor man am Morgen fest verschlossen fand. An eine Flucht durch das Fenster war bei der beträchtlichen Höhe des Stocks, in dem sich der Gräfin Zimmer befand, nicht zu denken. Offenbar mußte irgend jemand im Schlosse der Gräfin zur Flucht behilflich gewesen sein.

Hartmann erzählte nun, wie sie am gestrigen Morgen im Park den alten Daniel mit einem Fremden eifrig sprechend getroffen hätten, der dann rasch waldeinwärts fortgesprengt.

Der Geistliche wurde sehr aufmerksam, ließ sich die Gestalt des Fremden, seinen Gang, sein ganzes Wesen auf das genaueste beschreiben und versank in tiefes Nachdenken. »Es ist«, sprach er dann halb leise, »es ist ein schwarzer Argwohn, der in mir aufkeimen will. – Sollte dieser alte Diener – Muster der Redlichkeit – sollte jener Verruchte selbst? – Nein, es ist nicht möglich! – Und doch – die Beschreibung des Fremden – das Gespräch mit Daniel in einer Tageszeit, wo er sich ganz unbeobachtet glauben konnte – nun! – bald klärt sich ja alles auf. Ist Graf Franz so glücklich, die Gräfin aufzufinden, sie zurückzubringen –«

»Das«, rief Willibald lebhaft, »das wolle Gott verhüten! Mag Graf Franz die Gräfin für tot, für ewig verloren halten. Den durchbohrendsten Gram lindert die Zeit, und selbst der Tod, der unüberwindliche Leiden endigt, ist Wohltat für den, dessen Inneres irgendeine heillose Gestaltung des Lebens zerreißt mit namenloser Qual. Mag das entsetzliche Verhältnis, der Kampf der brünstigsten Liebe und des tiefsten Abscheues, aus derselben unreinen Flamme roher Sinnlichkeit geboren, mag dieser furchtbare Kampf, in dem das Edelste untergeht, nie mehr dieses Haus verstören!« –

»Ach«, sprach der Geistliche, indem er die Augen gen Himmel hob, »ach, es ist wohl dem so, ich kann Ihnen nicht widersprechen.«

Die Freunde bestanden darauf, nun ohne weiteres auf der Stelle abzureisen. Der Geistliche versprach für Pferde zu sorgen, da alles in Verwirrung, und hielt Wort. Nach einer halben Stunde stand der gepackte Reisewagen vor der Türe.

Der alte Graf hatte durch den Geistlichen den Freunden ein herzliches Lebewohl sagen lassen, da er sich außerstande fühle, sie mündlich zu sprechen.

Als indessen die Freunde im Begriff waren in den Wagen zu steigen, trat der alte Graf aus der Türe. Stolz trug er sein Haupt erhoben, veredelt schienen die Züge seines Antlitzes, fester war sein Schritt. Überwunden hatte er den jähen Schmerz, und nun konnte das Leid neu seinen heldenmütigen Geist nur beleben mit neuer Kraft.

Er umarmte die Freunde herzlich und sprach dann mit der ernsten Würde des in sich abgeschlossenen Mannes: »Ihre Erscheinung war der letzte Lichtpunkt in meinem Leben, Amaliens Flucht der erste Schlag des Wetters, das nun über mein Haus einbricht und es vernichtet. Im Alter, wenn das Feuer der Phantasie erloschen, gelten Ahnungen mehr als in der Jugend. – Haben Sie Dank für die heitern Augenblicke, die ihr frischer lebensmutiger Geist mir gewährte. Beten Sie, daß der Herr bald vollende, was er über mich beschlossen.«

Der Graf drückte schnell eine Träne aus dem Auge, als er von den Freunden schied, und auch diese verließen das Schloß in der tiefsten Rührung.

Mitten im nahen Walde trafen sie auf einen Trupp gräflicher Jäger, die auf einer von Baumzweigen geflochtenen Bahre den Grafen Franz nach dem Schlosse brachten. Ein Schuß, der ganz unerwartet aus dem dichten Gebüsche fiel, hatte ihn in die Brust getroffen; er schien rettungslos verloren. – »O fort – fort von diesem Schauplatz des Jammers!«

So riefen die Freunde, und rasch ging es weiter.

Zwei Briefe

Mehrere Jahre waren verflossen. Hartmann, in seiner diplomatischen Laufbahn vorgerückt, ging in Aufträgen seiner Obern nach Rom und dann nach Neapel. Von hier aus erhielt Willibald, der in Berlin zurückgeblieben, einen Brief folgenden Inhalts:

Hartmann an Willibald

Neapel, den ………

Ich schreibe Dir, mein teuerster Willibald, in der vollsten Bewegung meiner ganzen Seele! – An einen Moment in unserm Leben bin ich erinnert worden, der Dich so erfaßte, daß Du lange nicht das seltsame Gefühl von Lust und Schmerz, von Liebe und Verachtung verwinden konntest. – Doch ohne weitere Vorrede zur Sache.

Gestern besuchte ich den reizendsten romantischsten Punkt dieser Gegend, nämlich das Kamaldulenser-Kloster in der Nähe des Posilippo.

Der Prior war artig genug, mich an einen Mönch zu weisen, der ein Deutscher war, und den er vom Gelübde des Schweigens dispensierte.

Je länger der Mönch mit mir sprach, desto bekannter wurde mir der Ton seiner Stimme, und auch in den Zügen seines würdigen Antlitzes lag etwas Bekanntes, schon Gesehenes, das nur der lange weiße Bart zweifelhaft zu machen schien. Der Mönch betrachtete mich mit einer forschenden Aufmerksamkeit, die offenbar zeigte, daß auch ich ihm bekannt vorkam.

Endlich erwähnte ich, als der Mönch mich fragte, ob ich zum ersten Male in Italien sei, unserer Reise von Berlin über Prag und Wien nach Mailand. – »So«, rief der Mönch, »so täuscht mich doch wohl nicht die Erinnerung, die mir gleich zu Sinn kommen wollte, als ich Sie nur erblickte. – Wir sahen uns schon in Böhmen auf dem Schlosse des Grafen Maximilian von C.« –

Der Mönch war kein anderer als jener würdige Geistliche, der Schloßkapellan des Grafen von C., und Du kannst denken, wie mir mit einem Zauberschlage das helle lebendige Bild jener verhängnisvollen Momente auf dem Schlosse vor Augen trat. Eifrig bat ich den Mönch mir zu sagen, wie sich fernerhin alles begeben, und meinte, daß, führe mich meine Rückreise durch Böhmen, ich gewiß die Gastfreundschaft des alten Grafen, sei er noch am Leben, zum zweitenmal in Anspruch nehmen werde. – »Ach«, sprach der Mönch, indem er den tränenschweren Blick zum Himmel richtete, »ach! – alles ist dahin! – verschwunden alle Pracht und Herrlichkeit! – Das Geflügel der Nacht nistet in den Ruinen, wo sonst Freiheit thronte und Gastfreundschaft in schimmernden Prunkgemächern!« –

Geahnt haben wir wohl beide den Untergang der vor verhängnisvollen Geheimnissen bedrohten Familie; höre indessen, wie nach der Erzählung des Mönchs sich alles begeben.

Graf Maximilian behielt die Fassung des männlich starken Geistes, als ihm der auf den Tod verwundete Sohn gebracht wurde, und diesen Mut lohnte der Ausspruch des Wundarztes, der, nachdem er mit dem Geschick des vollendeten Meisters die Kugel herausgebracht, erklärte, daß die Verwundung allerdings sehr gefahrvoll, Rettung indessen nicht nur möglich, sondern, käme nicht irgendein anderes Übel hinzu, mit vieler Wahrscheinlichkeit vorauszusehen sei. Daß die Büchsenkugel nicht die Brust des Grafen durchbohrt, das sonst bei der Richtung des Schusses ein Wunder zu nennen, ließ den Wundarzt vermuten, daß der Mörder in gar beträchtlicher Ferne geschossen. Daraus ließ sich denn auch erklären, daß der Mörder Zeit genug gehabt hatte, zu entfliehen, da die Jäger, so sorgsam sie auch den ganzen Wald durchstreiften, doch nicht eine einzige verdächtige Person antrafen. Überhaupt schien jenes Raubgesindel, das die ganze Gegend ringsumher unsicher machte, nach der Niederlage, die es zuletzt erlitten, sich wieder über die Grenze zurückgezogen zu haben, denn man hörte durchaus nichts mehr von den kühnen Raubstreichen, die sonst beinahe jeden Tages vorgefallen.

Der Wundarzt hatte die Verwundung des Grafen ganz richtig beurteilt. Sehr bald war er außer aller Gefahr, und die sanfte Trauer, die tiefe Schwermut, die sein Gemüt erfüllte, hatte seinen in Feuer und Flamme aufsprühenden Geist gebrochen und war eben deshalb seiner völligen Genesung zuträglich. Beide, der alte Graf und Graf Franz, hatten Amalia, die wie durch Zauberei spurlos verschwunden, ganz aufgegeben. Sie durften nicht einmal irgendeine Vermutung wagen, wohin, mit welches Hilfleistung sie entflohen. Alles nur irgend Denkbare wurde bei näherer Beleuchtung zum leeren Hirngespinst, und so war es auch unmöglich, irgendeine Maßregel zu ersinnen, die dahin hätte führen können, die Spur der Entflohenen zu finden und zu verfolgen. – Die Stille des Grabes herrschte nun in dem Schlosse, und nur vorübergehende helle Augenblicke, die der Geistliche manchmal herbeizuführen wußte, unterbrachen die tiefe Trauer, in die beide, Vater und Sohn, versunken. Nur der Trost, den die Kirche zu spenden vermag, stärkte den alten Grafen, als der entsetzliche Schlag ihn traf, den abzuwenden Graf Franz sich vergebens bemüht hatte. Graf Maximilian erfuhr durch Zufall, daß sein Sohn Karl wirklich vor mehrerer Zeit als Haupt einer Räuberbande im Elsaß eingefangen und zur Hinrichtung verurteilt, aber von seinen Spießgesellen, die das Gefängnis, worin er eingeschlossen, erbrachen, indessen mit Gewalt befreit worden war. – Sein Name wurde an den Galgen geschlagen. Er hatte seinen Familiennamen richtig angegeben, man ließ jedoch den Grafentitel hinweg. –

Schlaflos lag Graf Maximilian in einer Nacht, gequält von dem Gedanken, in welche Schmach der heillose Sohn die würdigste Familie, die ihre Abstammung von Königen herleitete, versenkt, und wie Amaliens verbrecherischer Wahnsinn auch den letzten Funken jeder Hoffnung irgendeines irdischen Wohls verlöscht. Da vernahm er leise Tritte vor den Fenstern des Schlosses, und dann war es, als würde die Haupttüre behutsam geöffnet. Dann wurde alles still, bald ließ sich aber, wie aus der untersten Tiefe herauf, ein seltsames klirrendes Getön hören, als würden Eisen gehandhabt. – Der Graf zog an der Glocke, die hineinging in Daniels, von des Grafen Schlafgemach nicht weit entfernte Kammer. Doch der Graf mochte klingeln, soviel er wollte, kein Daniel erschien. Da stand der Graf auf, warf sich in die Kleider, zündete am Nachtlicht eine Kerze an und stieg herab, um selbst die Ursache des Geräusches zu erforschen. In Daniels Kammer schaute er vorbeigehend hinein und überzeugte sich, daß Daniel, da das Bett unberührt, sich noch gar nicht niedergelegt hatte. Als der Graf in den geräumigen Säulenflur trat, gewahrte er, wie ein Mensch schnell zum Portal herauswischte. – Rechts und links war eine Reihe Zimmer gelegen, in die man aus dem Säulenflur hineintrat. Die Reihe an der rechten Seite endigte mit einem kleinen gewölbten Kabinett, dessen Türe von starkem Eisen war, so wie vor dem einzigen Fenster sich ein starkes Gitterwerk befand. Mitten in dem steinernen Boden dieses Kabinetts war eine eiserne Falltüre mit starken eisernen Querbänden angebracht. Sie führte hinab in ein sehr tiefes Gewölbe, wo der bedeutende in gemünztem Golde, in prächtigen goldnen und silbernen Gerätschaften, in Juwelen und andern Kleinodien bestehende Familienschatz aufbewahrt wurde. Die Türe des ersten Zimmers an dieser rechten Seite stand offen, der Graf trat schnell hinein, durchschritt die ganze Reihe, und ihm stockte der Atem, als er die Türe des letzten Kabinetts ohne Gewalt geöffnet fand. Behutsam trat der Graf hinein. »Wartet nur noch etwas. Es ist eine verwünschte Arbeit, aber ich werde gleich fertig sein.« So sprach leise der Mensch, der auf der Falltüre kniete und emsig an den eisernen Querbänden feilte.

»Heda!« rief der Graf mit starker Stimme. Da fuhr der Mensch erschrocken auf und wandte sich um. – Es war Daniel. Geisterbleich starrte Daniel den Grafen an und dieser ihn, getroffen von dem Blitzesschlag der entsetzlichsten Überraschung.

»Verruchter Hund«, brach endlich der Graf los, »was machst du da?«

Krampfhaft zuckte Daniel zusammen, indem er mit bebenden Lippen lallte: »– Ge-rech-tes E-r-bt-e-il selbst« – Als nun aber der Graf nähertrat, da raffte er ein Brecheisen von der Erde auf und hielt es dem Grafen drohend entgegen. »Fort mit dir, Bestie, die ich gehegt und gepflegt! – Grauer heuchlerischer Bösewicht!« So rief der Graf in aufflammendem Zorn, packte, mächtig und stark wie er noch war, seiner hohen Jahre unerachtet, den Alten bei der Gurgel und schleppte ihn durch die Gemächer bis in den Flur, wo er die Schloßglocke stark anzog. Aufgeschreckt aus dem Schlaf, strömte alles herbei, um ein Schauspiel zu sehen, von dem jeder erstarrte. »Schließt ihn in Ketten und schmeißt ihn in den Turm!« rief der Graf der Dienerschaft zu. Doch sowie sie den Alten, der entstellt, lautlos mehr an der Faust des Grafen hing als stand, packen wollten, mußten sie auf den Wink des Grafen einhalten. Er schien einige Augenblicke auf einen Entschluß zu sinnen. Dann sprach er mit ruhiger ernster Größe: »Werft den alten Bösewicht zum Schlosse hinaus, und läßt er sich wieder sehen, so hetzt ihn fort mit Hunden!« –

Es geschah, wie der Graf geboten.

Die sichtbaren Spuren dessen, was sich begeben, überhoben den Grafen der Mühe einer weitläuftigen Erzählung, in zwei Worten wußte die Dienerschaft alles.

Man vermißte in dem Augenblicke zwei der treusten Jäger des Grafen, Paul und Andres. Schon hegte der alte Graf den Argwohn, daß auch sie ihn getäuscht hätten auf die schwärzeste Weise, daß auch sie teilhätten an Daniels unternommener verbrecherischer Tat, als sie am frühen Morgen, mit Staub und Schweiß bedeckt, zum Schloßtor hereinsprengten.

Während die andern den ertappten Bösewicht anstarrten, waren sie schnell auf den Hof gelaufen, weil sie Pferdegetrappel zu vernehmen glaubten. In der Tat gewahrten sie auch im Schimmer der Nacht einen leeren, von zwei Reutern begleiteten Wagen, der in geringer Entfernung nicht gar zu schnell sich fortbewegte. Eilig sattelten sie nun ihre Pferde, nahmen Büchse und Hirschfänger und sprengten dem Wagen nach. Sowie sich die Reuter, die den Wagen begleiteten, verfolgt sahen, spornten sie die Pferde an, und fort ging es in gestrecktem Galopp. Der Morgen war angebrochen, als an einer tiefen Schlucht Wagen und Reuter plötzlich den Jägern aus den Augen verschwanden, während aus dem dicken Gebüsch mehrere Schüsse fielen. Dies nötigte die Jäger, die sich von einer ihnen überlegenen Bande umringt glauben mußten, zur schnellen Rückkehr.

Nur zu gewiß schien es, daß der alte Daniel in Einverständnis getreten war mit Bösewichtern, die es auf die Beraubung des Grafen abgesehen hatten. Und doch blieb es dem Grafen, blieb es allen ein unerkärliches Rätsel, wie es geschehen konnte, daß ein so alter, wenigstens dem Anscheine nach der Familie so treuergebener Diener als Daniel sich hätte zu solchem Verbrechen verführen lassen können. Nur der Geistliche meinte, daß oft, wenn er Daniel unbemerkt beobachtet, sich ihm wohl Spuren eines zerrissenen, mit sich und aller Welt unzufriedenen Gemüts gezeigt, und daß er in der letzten Zeit den Alten sogar in heftiger Aufwallung gegen einen Kamerad äußern gehört, der Herr habe nichts von dem gehalten, was er ihm versprochen, wenn er so lange gedient haben würde als jetzt, und der Herr sei überhaupt sehr strenge und hart und lediglich selbst schuld an dem Unglück des ältesten Herrn Grafen.

»Der Undankbare«, sprach der alte Graf, »o! der Undankbare! Vermehrt habe ich sein Gehalt bis über das Doppelte, ihn gehalten nicht wie meinen Diener, sondern wie meinen Freund. Aber durch Wohltaten der Art werden gemeine Naturen nur übermütig, und man entfremdet sie sich, statt sie fester an sich zu ziehen. – Nun wird es mir klar, daß alles das, was ich für gutmütige Einfalt hielt, das innere Wohlbehagen an den Streichen war, die nur einem tief verderbten Gemüt zu Gebote stehen. Mit Affenliebe hing der Bösewicht an dem, den ich verwerfen mußte mit empörtem Herzen. – Bei allen Bosheiten, die er schon als Knabe beging hier auf dem Schlosse, war der Alte Helfershelfer, indessen wie gesagt, ich schrieb das eben einer dummen Gutmütigkeit zu, die der Knabe, welcher schon damals eine Gewalt über die Menschen übte, die mir Entsetzen erregte, leicht zu übertölpeln, wußte. – Oft konnte der Alte seinen Mißmut nicht bergen, wenn ich der heillosen Verschwendung jenes Verworfenen Einhalt tun mußte, und in der tiefsten Ehrfurcht, in der treuesten Anhänglichkeit, die er mir dann doppelt zu erweisen sich bemühte, sehe ich jetzt die Bestrebungen der durchdachtesten schwärzesten Heuchelei.« – Es bemerkte ferner der Geistliche, wie es nun wohl mit höchster Wahrscheinlichkeit anzunehmen sei, daß Daniel Amaliens Flucht befördert habe. Sehr leicht konnte Daniel sich die Schlüssel des Portals und des äußern Schloßtors verschaffen, sehr leicht konnte er unter irgendeinem Vorwande die lästige Dienerschaft, von der einer Amalien auf dem Wege aus ihrem Zimmer herab durch Haustüre und Tor hinaus ins Freie hätte bemerken können, entfernen, und so das bewerkstelligt werden, was ohne Hilfe eines solchen vertrauten Dieners unmöglich gewesen. Der Geistliche gedachte ferner der Zusammenkunft Daniels mit einem fremden Mann im Park zur ungewöhnlichen Frühstunde und der seltsamen Ahnung, die ihn damals ergriffen. Er schloß damit, daß es doch besser gewesen sein würde, den alten Bösewicht einzusperren, um durch seine Geständnisse volles Licht in der Sache zu erhalten.

»Eben«, sprach der Graf mit entschiedenem Ernst, »eben dieses Licht scheue ich und flehe zu dem Allmächtigen, daß forthin alles in tiefe Nacht versunken bleiben möge. Eine innere Stimme sagt mir, daß jenes Licht der Blitz sein würde, der mein Haupt, meinen Stamm zerschmettert.« –

Nach dem, was den beiden Jägern bei der Verfolgung des wahrscheinlich zur Fortschaffung des geraubten Familienschatzes abgesendeten Wagens und der beiden Reuter begegnete, war es gewiß, daß der Wald wieder voll Raubgesindel steckte. Allerlei fremde Leute ließen sich auch in den Dörfern, ja ganz in der Nähe des Schlosses sehen, die sich zwar durch Pässe bald als verabschiedete Soldaten, bald als Laboranten, bald als herumziehende Krämer u.s.w. auswiesen, deren ganzes Ansehen aber verdächtig genug war, um ihnen ein ganz anderes schlimmes Gewerbe zuzutrauen.

Demunerachtet blieb lange Zeit hindurch alles ruhig, bis endlich wieder das Gerücht ging von verübten Räubereien in der Gegend von Potschateck, sowie auch die Nachricht kam, daß sich, trotz der Wachsamkeit der aufgestellten Posten, eine große Zigeunerbande über die mährische Grenze hinein ins Land gezogen haben solle.

Andres, einer von den Jägern, die damals die Räuber verfolgt hatten, bestätigte diese Nachricht. Er hatte dicht an der Schlucht, in die damals der Wagen mit den Reutern verschwand, einen wiewohl nicht starken

Zigeunertrupp bemerkt, Männer, Weiber, Kinder, denen aber auch noch andere beigesellt.

Gewiß war es, daß eine neue Bande sich sammelte, und ratsam war es, sie im Entstehen zu vertilgen. Die Jäger der nächsten Reviere in der Herrschaft wurden aufgeboten, und schon in der folgenden Nacht setzte sich Graf Franz, von innerem unwiderstehlichem Drange getrieben, an ihre Spitze, um das Gesindel zu überfallen und zu vertilgen.

Schon aus der Ferne leuchtete ein dicht am Rande der Schlucht hochaufloderndes Feuer.

Graf Franz schlich leise mit seinen Jägern heran, und sie gewahrten einen Trupp von zwölf bis fünfzehn Zigeunerweibern und Mädchen mit mehreren Kindern. Es wurde gekocht und gebraten, gesungen und getanzt, während ungefähr sechs Männer, auf ihre Büchsen gestützt, den Trupp zu bewachen schienen. Plötzlich stürzten die Jäger mit lautem Geschrei auf sie ein, da ergriffen aber auch Weiber und Mädchen die geladenen Büchsen und schossen gleich den Männern auf die Jäger, die indessen, von dem Gebüsch begünstigt, besser trafen, so daß, während kein einziger von ihnen verwundet wurde, vier von den Männern und mehrere von den Weibern niederstürzten, die andern verschwanden in der Schlucht.

Als nun die Jäger auf dem Kampfplatz untersuchten, wer von den Gestürzten vielleicht nur verwundet, erhob sich eine dicht verschleierte Gestalt vom Boden und wollte entfliehen. Graf Franz trat ihr entgegen. Laut aufkreischend wollte bei seinem Anblick das Weib niedersinken. Ein Jäger hielt sie in seinen Armen aufrecht, indem er den Schleier lüftete, der ihr Antlitz bedeckte. – Als sähe er ein entsetzliches Gespenst, starrte der Graf die Entschleierte an! – Es war Amalia! – In dem Augenblick riß sie sich mit der Kraft der wütendsten Verzweiflung aus den Armen des Jägers, zog plötzlich ein großes Messer hervor und stürzte auf den Grafen los! – Der Förster, der neben ihm stand, umfaßte die Wahnsinnige, entwaffnete sie und sprach, während sie von den Jägern festgehalten wurde, mit wehmütigem Tone zum Grafen: »Was sollen wir tun? – Was ist zu tun möglich?« – Da war es, als erwachte der Graf nun erst aus krampfhafter Erstarrung; er rief mit wildem furchtbarem Ton: »Binden – nach dem Schlosse bringen!« schwang sich auf das Pferd, das die Jäger herbeigebracht, und jagte fort durch den Wald.

»Verworfenes Geschöpf! also zu Mördern und Dieben flohst du aus dem Hause des Vaters, aus den Armen der Liebe. Nein – nicht noch mehr Schmach sollst du über dieses greise Haupt bringen, Klostermauern sollen dich und deinen verbrecherischen Wahnsinn verbergen vor der Welt!« So rief der alte Graf in dem Ingrimm der tiefsten Empörung, als Amalia vor ihn gebracht wurde. Doch atmete diese nicht, für kein lebendes Wesen war sie zu achten. Auch nicht die leiseste Bewegung ihres Antlitzes, nicht das kleinste Zucken des Mundes, nicht ein Blick der todesstarren Augen bewies, daß sie etwas vernahm oder gewahrte, was gesprochen wurde, oder was sich begab. Kein Laut kam über ihre Lippen. Führte man sie, so ging sie, ließ man sie stehen, so stand sie; sie glich durchaus einem Automat. Der Graf ließ sie in ein entferntes einsames Zimmer sperren und gedachte sie in wenigen Tagen nach einem entfernt gelegenen Kloster fortschaffen zu können.

Vergebens bemühte sich der Geistliche, Amalien zum Reden zu bewegen. Sie beharrte in ihrem Schweigen; und ebensowenig gelang es, ihr Speise und Trank einzunötigen. Beide, der Geistliche und der Wundarzt, stimmten darin überein, daß Amaliens Zustand keineswegs physische Krankheit, vielmehr psychisch angestrengter Wille sei, und daß sie zu sterben beschlossen. –

Graf Franz war ruhiger und gefaßter, als man es hätte erwarten sollen, er schien sich dem dunkel waltenden Verhängnis ganz ergeben zu haben und nichts mehr zu fürchten, nichts mehr zu hoffen. –

In der vierten Nacht darauf, nachdem sich dieses begeben, brach endlich das furchtbare Wetter los, welches das Stammhaus der edlen Grafen von C. vernichtete. –

Gerade um die Mitternachtstunde, als alles auf dem Schlosse in tiefem Schlafe lag, wurde das Schloßtor gesprengt, und hinein unter wildem Mordgeschrei drang die Räuberhorde, schoß in die Fenster, erbrach die Türen, ermordete die einzeln herbeieilenden Diener. – Kaum hatte Graf Franz seine Pistolen geladen, als er die Räuber schon in den Gemächern neben seinem Schlafgemach toben und seinen Namen rufen hörte. Er hielt sich für verloren. Doch – das Fenster seines Schlafgemachs ging nach dem Garten heraus, an der Mauer war ein Spalier befindlich, an diesem Spalier schwang er sich hinab, rannte in der finstern Nacht nach dem Fürstenhause, dessen Fenster ihm aus der Ferne entgegenleuchteten. Freudige Hoffnung beflügelte seine Schritte; als er ankam, fand er die Jäger schon im Aufbruch, während schauerlich das dumpfe Sturmgeläute von den Dörfern herüberklang. Der Förster hatte das starke Schießen von der Gegend des Schlosses her gehört, hellen Fackelschein gesehen, den Räuberanfall vermutet und sogleich Lärm gemacht. – Rasch ging's nun nach dem Schlosse. – Sowie der Hauptmann der Horde, den eine majestätische Gestalt, ein stolzes Ansehn auszeichnete, in das Zimmer des alten Grafen trat, drückte dieser ein Pistol auf ihn ab und fehlte. Er wollte das zweite abdrücken, doch laut aufkreischend: – »Karl! Karl! hier bin ich – hier ist dein Weib!« – stürzte Amalie herbei und in des Räubers Arme. –

Das Pistol fiel dem alten Grafen aus der Hand, entsetzt schrie er auf: »Karl – Sohn!«

Da trat der Räuber mit frechem verhöhnendem Stolz vor ihn hin und sprach: »Ja! – der Sohn, den du verstießest, muß so von dir sein Erbe fordern, du grauer Sünder.« –

»Verruchter Bösewicht!« schrie der Graf, schäumend vor Zorn.

»Schweige«, sprach der Räuber, »ich weiß, wer ich bin, und wie ich es geworden! Was säetest du in verderblicher Brunst giftiges Unkraut und wunderst dich nun, daß Unkraut aufgegangen und keine Blumen? – Verführtest du nicht meine Mutter? – Gab sie nicht mit Abscheu dir die Hand, die du dem Heißgeliebten entrissest? – Und dir zum Trotz will ich herrschen auf meinem blutigen Räuberthron mit dieser, die mich liebt, wie niemals dein Weib dich geliebt hat, und die du verkuppeln wolltest.« –

»Ausgeburt der Hölle!« schrie der Graf und faßte Amalien, um sie fortzureißen von der Brust des Räubers. Da rief dieser aber mit entsetzlicher Stimme: »Die Hand weg von meinem Weibe!« und schwang den gezogenen Säbel drohend über des Vaters Haupt. – Das war der Augenblick, als Graf Franz, glücklich mit den Jägern durchgedrungen, herbeirannte, des Vaters Gefahr sah, anlegte, schoß. – Mit zerschmettertem Haupt stürzte der Räuber zur Erde. »Es ist dein Bruder Karl!« kreischte der alte Graf und sank leblos hin neben dem Getöteten! – In dumpfer Betäubung, wie vom Blitz gelähmt, starrte Graf Franz die Toten an. –

Blut floß in den Gängen des Schlosses. Kein einziger von den Dienern des Grafen war, der nicht schwer verwundet dalag oder tot. Auch den braven Wundarzt fand man auf dem Flur mit vielen Stichen ermordet, nicht weit von ihm lag aber auch der verruchte Daniel mit zerschmettertem Haupte. Von den Räubern entkam keiner. Die, welche im Schlosse nicht von den Jägern getötet wurden und sich durch die Flucht retten wollten, fielen den bewaffneten Bauern, die in Scharen herbeigezogen, in die Hände.

Noch während des Gefechts, als sie sich verloren sahen, hatten die Bösewichter das Schloß in Brand gesteckt, das nun an allen Ecken in Flammen aufloderte.

Mit Mühe rettete man den alten, nur ohnmächtigen Grafen sowie den in völlige Apathie versunkenen Grafen Franz aus dem Feuer, das, da ihm zu steuern unmöglich, das ganze Schloß bis auf den Grund verheerte. – Amalia war nirgends zu finden, man glaubte, sie sei in den Flammen umgekommen.

Graf Maximilian starb wenige Tage darauf in den Armen des Geistlichen, der dann den Ort des Schreckens verließ und sich zu den Kamaldulensern in Neapel begab.

Graf Franz wandte mittelst einer gerichtlichen Schenkung die Herrschaft einem armen hoffnungsvollen Jüngling zu, der zu einem Zweige der gräflichen Familie gehörte. Er selbst verließ mit einer geringen Summe das Land, und wahrscheinlich änderte er seinen Namen, da man nichts weiter von ihm gehört hat.

Dem Zartgefühl des neuen Herrn macht es Ehre, daß er da nicht hausen wollte, wo sich das Entsetzliche begab. Das neue Schloß wurde an dem andern Ufer der Mulda erbaut. – –

Es ist mir ganz unmöglich, nach der Erzählung des Mönchs noch von mir, von andern Dingen zu sprechen, Du wirst das selbst fühlen, mein Willibald, daher für heute nichts weiter etc.

Willibald an Hartmann

Töplitz, den......

Ich kann, ich darf es Dir nicht sagen, welchen Eindruck Dein Brief auf mich gemacht hat! – Verhängnisvoll ist es zu nennen, daß Du in einem fernen fremden Lande den Geistlichen aus jenem Schlosse trafst, Verhängnisvolleres war mir vorbehalten! – In wenigen Worten erfährst Du alles: –

Gestern früh machte ich hier – Warum ich in Töplitz bin, frägst Du? – Nun! – mein gewöhnliches Rheuma, das mir die Glieder lähmt, vorzüglich aber meine fatale, alle Geisteskraft hemmende – Hypochondrie, ja, so nennen es die Ärzte, unerachtet mir der Name verhaßt ist und für meinen Zustand auch gar nicht zu passen scheint, ja, das alles hat mich hergebracht. Also, gestern früh, da ich mich ungewöhnlich frisch und stark fühlte, unternahm ich eine weitere Ausflucht als gewöhnlich. Ich war in eine wildverwachsene Bergschlucht geraten, da gewahre ich plötzlich ein Frauenzimmer von hoher schlanker, jugendlicher Gestalt, in einem schwarzseidenen, mit Samtborten, nach altdeutscher Art zugeschnittenen Kleide und einem sehr zierlichen reichen Spitzenkragen, das wenige Schritte vor mir herwandelte. Die Erscheinung einer einsamen, sauber gekleideten Dame hier in der öden Wildnis hatte in der Tat etwas sehr Seltsames. Ich dachte, hier sei es wohl nicht unschicklich sie anzureden, und eilte ihr nach. Dicht hinter ihr war ich schon, als sie sich umschaute. Ich bebte erschrocken zurück, sie floh, laut aufkreischend, ins Gebüsch und war in einem Moment verschwunden. – Nicht das bleiche, von Gram und auch wohl von beginnendem Alter entstellte Antlitz, das doch noch Spuren hoher Schönheit trug, nur der unheimliche Blick der dunkles Feuer sprühenden Augen war es, vor dem ich zurückbebte. Nicht für ratsam hielt ich es, der Fremden zu folgen, und zwar aus doppeltem Grunde. Einmal war ich geneigt, nach jenem Blicke die Fremde für eine Wahnsinnige zu halten, dann aber lief ich Gefahr, mich ganz zu verirren, da es mir jetzt schon Mühe genug kosten mußte, den nächsten Weg zur Heimat zurück zu finden. – Als ich an der Wirtstafel mein Abenteuer erzählte, sagte mir mein Nachbar, der schon seit vielen Jahren Töplitz jeden Sommer zu besuchen pflegte, daß jene Frau allerdings eine Wahnsinnige und von vielen Personen in Töplitz sehr wohl gekannt sei. – Vor mehreren Jahren ließ sich nämlich eine junge Person in der Gegend von Töplitz sehen, die bald in zerlumpten Kleidern bei den Bauern bettelte, bald, besser gekleidet, Juwelen von nicht ganz geringem Werte feilbot und dann wieder in den Bergen verschwand. Das abergläubige Volk hielt sie für ein Waldweib, für eine Berghexe und bat einen Geistlichen aus Töplitz, den bösen Geist zu bannen. Der Geistliche versprach das, während er ganz anderes im Sinne trug. – Bald geschah es auch, daß er in der Gegend, wo die Person sich zu zeigen pflegte, wandelnd, sie wirklich traf und von ihr angebettelt wurde. Der Geistliche, ein Mann von hellem Verstande, von richtigem psychologischen Blick, merkte aus den ersten Reden, daß er eine Wahnsinnige vor sich habe. Es gelang ihm, ihr Zutrauen zu gewinnen, und unerachtet er sich das, was sie ihm über ihren Stand, ihre Herkunft, ihr jetziges Verhältnis sagte, gar nicht zusammen zu reimen wußte, so ging er doch darauf endlich mit vieler Geschicklichkeit ein. Des Geistlichen Zuspruch schien ihr wohlzutun, sie versprach, an derselben Stelle sich wieder einzufinden, und hielt Wort. – Endlich nach mehreren Unterredungen kam es so weit, daß die Wahnsinnige ihm willig nach Töplitz folgte, wo er sie bei einem Hausbesitzer, dessen Besitztum entfernter lag, unterbrachte und ihm auch ein Kästchen mit Juwelen einhändigte, das sie im Walde vergraben. Der Geistliche war von der vornehmen Abkunft der Wahnsinnigen überzeugt, er ließ daher eine öffentliche Aufforderung an etwanige Verwandte ergehen, in der er ihre Person sowie die ihm anvertrauten Juwelen auf das genaueste beschrieb. – Nicht lange dauerte es, so erschien der junge Graf Bogislav von F. in Töplitz und erklärte, nachdem er lange Zeit sich mit der Wahnsinnigen unterhalten, daß sie eine Verwandte seines Hauses sei, für die er, da sie sich von ihrem jetzigen Aufenthalt durchaus nicht trennen wolle, ein ansehnliches Jahrgeld zahlen werde. – Mein Nachbar schloß damit, daß er mir riet, die Bekanntschaft der Wahnsinnigen zu machen, die nur auf ihren einsamen Spaziergängen scheu, sonst aber sehr mild und gut sei. – Ich ging heute nachmittags hin. – Die Wirtsleute schienen auf dergleichen Besuche vorbereitet zu sein, sie sagten mir, daß die Gräfin gleich zurückkehren werde von ihrem einsamen Spaziergang. Wirklich trat bald darauf die Dame ganz in demselben Anzuge, wie sie mir gestern im Walde begegnete, in das Gemach, begrüßte mich ohne alles Befremden mit dem vornehmsten Anstande und nötigte mich, wohl wissend, daß nur ihr mein Besuch gelte, Platz zu nehmen. Ohne Spur des Wahnsinns sprach sie von gleichgültigen Dingen, bis ich, selbst weiß ich nicht, wie mir das einkam, äußerte, daß es mir nicht gelungen, ihren wahren Familiennamen zu erfahren. Da heftete sie ihren Blick fest auf mich und sprach mit dem Ton der tiefsten Trauer: »Wie, mein Herr? – sollten Sie mich nicht kennen? sollten Sie mich nicht schon oft unter den Schrecknissen des fürchterlichsten Verhängnisses erblickt haben, nicht schon oft von dem ungeheuern Geschick erschüttert worden sein, das mich so grimmig erfaßte? – Ja, ich bin jene unglückliche Amalia, Gräfin von Moor, aber die schwärzeste Verleumdung ist es, daß mein Karl mich selbst getötet haben solle. Nur scheinbar tat er das, um die wilde Horde zu beschwichtigen. – Es war nur ein Theaterdolch, den er mir auf die Brust setzte.« – Dies letzte sprach die Gräfin ganz leise und beinahe lächelnd. Dann fuhr sie im vorigen Tone fort: »Schweizer und Kosinski, die edlen Menschen, haben mich gerettet. Sie sehen, mein Herr, ich lebe, und kein Leben ist ohne Hoffnung. Der Kaiser wird, er muß den Grafen Karl von Moor begnadigen, er darf das aber nicht eher tun, bis Graf Franz gestorben. Der hat aber drei Leben. Zweimal ist er schon gestorben – ich selbst (dicht herangerückt, zischelte mir die Gräfin dies ins Ohr) – ich selbst – diese Hand hat ihn einmal getötet. Nun lebt er noch das dritte Leben, ist das geendet auf gewaltsame Weise, wie es bald geschehen wird, so ist alles gut. Karl kommt wieder, erhält den Besitz der ihm entrissenen Herrschaft in Böhmen, und auch meine entsetzliche Qual ist vorüber. Als mein Oheim starb, berührte ich mit dieser Hand, die dem Sohn das zweite Leben raubte, das linke Auge, und da blieb es offen, und alle vermochten es nicht zuzudrücken – und er schaut mich noch immer mit diesem Auge an.« – Die Gräfin versank in tiefes Nachdenken, fuhr dann aber plötzlich auf und rief, indem jenes düstre Feuer des Wahnsinns aus ihren Augen blitzte, mir zu: »Finden Sie mich schön? – Könnten Sie mich lieben? – o, ich kann Ihre Liebe reich lohnen! – Entführen Sie mich dem Verhaßten. – Rette, o rette mich!« –

Die Gräfin wollte sich an meine Brust stürzen, da faßte sie aber der Hauswirt bei den Armen und sprach halb leise: »Gnädige Gräfin – gnädige Gräfin, er ist da! es ist die höchste Zeit. – Sie müssen fort.« – »Du hast recht, guter Daniel«, erwiderte sie ebenso – »ja ganz recht – fort, fort!« Und damit sprang sie schnell fort aus dem Gemach.

Ich bebte, wie vom Fieberfrost geschüttelt, stammelte unverständliche Worte! – »Sie sind erschrocken, mein Herr«, sprach der Wirt lächelnd, »aber es hat jetzt nicht mehr das mindeste zu bedeuten. Sonst, ehe ich aus ihren Reden mir es erlauscht hatte, wie ich mich zu benehmen, geriet sie jedesmal, wenn sie geschrieen: ›Rette, rette mich!‹ in Wut; jetzt aber packt sie schnell ihre Juwelen ein und läuft unter allerlei wirren, wunderlichen Reden umher, bis sie in tiefen Schlaf verfällt, aus dem sie in ihrem gewöhnlichen ruhigen Zustande erwacht.« –

Als ich nach Hause kam, fand ich Deinen Brief! – Kein Wort mehr. –

O Hartmann! mein innigst geliebter Freund, »wir stehen mitten in Schillers ›Räubern‹«, sprachst Du damals, aber der Gedanke, der nichts weiter schien als ein Scherz, berührte den Pendul des verderblichen Räderwerks, das mich, den Leichtsinnigen, erfaßte, und dessen das Innerste zerfleischende Kraft ich noch fühle. – Lebe wohl etc.

Als Hartmann seinen Freund endlich in Berlin wiedersah, fand er ihn zwar geheilt von der verderblichen Stimmung, die auch physischem Leid zuzuschreiben; beide, Willibald und Hartmann, gedenken aber noch jetzt, sind sie am späten Abend traulich beisammen, oft jenes entsetzli-

chen Trauerspiels in Böhmen, dessen ersten Akt ein seltsames Verhängnis
sie mitspielen ließ, und in ihrem innersten Gemüt erbeben dann tiefe
Schauer.

Die Doppeltgänger

Erstes Kapitel

Der Wirt zum »Silbernen Lamm« riß seine Mütze vom Kopf, warf sie auf die Erde und rief, mit beiden Füßen darauf herumstampfend: »So – so – trittst du alle Rechtschaffenheit, alle Tugend, alle Nächstenliebe mit Füßen, du ehrvergessener Gevatter, du gottloser Wirt zum ›Goldnen Bock‹! – Hat der Kerl nicht lediglich mir zum Tort seinen verwünschten Bock über dem Tor mit schweren Kosten so gleißend neu vergülden lassen, daß mein niedliches silbernes Lämmlein nun ganz ärmlich und bleich dagegen absticht, und alle Gäste mir vorbei nach dem funkelnden Tiere ziehen? – Alles mögliche Gesindel von Seiltänzern, Komödianten und Taschenspielern reißt der Spitzbube an sich, damit sein Haus nur immer von Menschen wimmle, die sich erlustieren und seinen essigsauren, doppelt geschwefelten Wein saufen, statt daß ich meinen vortrefflichen Hochheimer und Niersteiner selbst aussaufen muß, um ihn nur los zu werden an einen Mann, der echten Wein zu schätzen weiß. Kaum verläßt die Komödiantenbande den vertrackten ›Bock‹, als die kluge Frau einkehrt mit dem Raben, und alles strömt wieder hin und läßt sich wahrsagen und ruiniert sich mit Essen und Trinken. Und wie der heillose Nachbar oft seine Leute, die bei ihm einkehren, behandeln mag, kann ich mir wohl denken, denn der junge hübsche Herr, der erst vor wenigen Tagen dort war und heute zurückkam, ist doch richtig nicht bei ihm; sondern bei mir eingekehrt.– Aber er soll auch bedient werden fürstlich. – Ach! – Ach! – Teufel! – Da geht er ja hin, der junge Herr, nach dem ›Goldenen Bock‹ – die verfluchte weise Frau, die wird er sehen wollen. Es ist Mittagszeit – der Hochwohlgeborne strebt nach dem ›Goldnen Bock‹ – verschmäht alle Speisung des ›Silbernen Lämmleins!‹ – Gnädiger Herr! – Ihr Gnaden!« –

So schrie der Wirt zum offnen Fenster heraus, aber Deodatus Schwendy (das war der junge Mann) überließ sich dem Strom der Menschenmenge, der ihn unaufhaltsam fortriß in das unfern gelegene Wirtshaus.

Dicht gedrängt stand alles in Flur und Hofraum, ein leises erwartungsvolles Geflüster lief hin und wieder. Einzelne wurden in den Saal gelassen, andere traten heraus, bald mit verstörten, bald mit nachdenklichen, bald mit frohen Gesichtern.

»Ich weiß nicht«, sprach ein alter ernster Mann, der sich mit Deodatus zugleich in eine Ecke geflüchtet hatte, »ich weiß nicht, weshalb diesem Unfug nicht von Obrigkeits wegen gesteuert wird.« – »Warum?« fragte Deodatus. »Ach«, fuhr der Mann fort, »ach! Sie sind fremd, Ihnen ist daher unbekannt, daß von Zeit zu Zeit ein altes Weib herkommt, die das Publikum äfft mit wunderbaren Prophezeiungen und Orakelsprüchen. Sie hat einen großen Raben bei sich, der den Leuten über alles, was sie wissen wollen, wahr- oder vielmehr falschsagt. Denn ist es auch richtig, daß mancher Ausspruch des klugen Raben eintrifft auf sonderbare Weise, so bin ich doch überzeugt, daß er dagegen hundertmal ins Gelag hineinlügt. Sehn Sie nur die Leute an, wenn sie herauskommen, und Sie werden leicht merken, daß das Weib mit dem Raben sie ganz und gar berückt. – Muß denn in unserm, dem Himmel sei Dank! – aufgeklärten Zeitalter solch ein verderblicher Aberglaube« –

Weiter hörte Deodatus nichts von dem, was der in vollen Eifer geratene Mann schwatzte, denn eben trat der bildschöne Jüngling, totenbleich, helle Tränen in den Augen, aus dem Saal heraus, in den er vor wenigen Minuten heiter, frohlächelnd hineingegangen.

Da war es dem Deodatus, als sei hinter jenen Vorhängen, durch die die Menschen hineinschlüpften, wirklich eine dunkle, unheimliche Macht verborgen, die dem Fröhlichen die unheilbringende Zukunft enthülle und so schadenfroh jeden Genuß des Augenblicks töte. –

Und doch stieg in ihm der Gedanke auf, selbst hinzugehen und den Raben darum zu befragen, was ihm die nächsten Tage, ja die nächsten Augenblicke bringen könnten. Auf geheimnisvolle Weise war Deodatus von seinem Vater, dem alten Amadeus Schwendy, aus weiter Ferne nach Hohenflüh geschickt worden.

Hier auf die höchste Spitze des Lebens gestellt, sollte sich seine Zukunft entscheiden durch ein wunderbares Ereignis, das ihm der Vater in dunklen geheimnisvollen Worten verkündet. Mit leiblichen Augen sollte er ein Wesen schauen, das sich nur wie ein Traum in sein Leben verschlungen. Er sollte nun prüfen, ob dieser Traum, der aus einem in sein Inneres geworfenen Funken immer frischer und strahlender emporgekeimt, wirklich heraustreten dürfe in sein äußeres weltliches Treiben. Er sollte, war dieses, eingreifen mit der Tat. – Schon stand er an der Türe des Saals, schon wurden die Vorhänge gelüpft. Er hörte eine widrige krächzende Stimme, ein Eisstrom glitt durch sein Inneres, es war, als dränge ihn eine unbekannte Gewalt zurück, andere kamen ihm zuvor, und so geschah es, daß er, ohne daran zu denken, unwillkürlich die Treppe emporstieg und in ein Zimmer geriet, wo man das Mittagsmahl für die zahlreichen Gäste des Hauses bereitet hatte.

Der Wirt kam ihm freundlich entgegen. »Ei sieh da! Herr Haberland! – Nun, das ist schön. Sind Sie gleich da drüben in dem schlechten Hause, in dem ›Silbernen Lamm‹, eingekehrt, so können Sie sich doch nicht der weltberühmten Wirtstafel des ›Goldnen Bocks‹ entziehen. Ich habe die Ehre, diesen Platz für Sie zu belegen.«

Deodatus merkte wohl, daß sich der Wirt in seiner Person irrte, allein ganz und gar befangen von der großen Unlust zu sprechen, die jede heftige Anregung aus dem Innern heraus erzeugt, ließ er sich nicht darauf ein, den Irrtum aufzuklären, sondern setzte sich stillschweigend an seinen Platz. Die weise Frau war der Gegenstand des Tischgesprächs, und es herrschten die verschiedensten Meinungen, indem manche alles für ein kindisches Gaukelspiel erklärten, andere dagegen ihr in der Tat die vollkommenste Erkenntnis der geheimnisvollen Verschlingungen des Lebens zutrauten und daraus ihre Sehergabe herleiteten.

Ein kleiner, alter, etwas zu dicker Herr, der sehr oft aus einer goldnen Dose, nachdem er sie auf dem Rockärmel gerieben, Tabak nahm und dabei ungemein klug vor sich hinlächelte, meinte, der hochweise Rat, dessen geringes Mitglied zu sein er die Ehre habe, werde bald der verdammten Hexe das Handwerk legen, vorzüglich weil sie eine Pfuscherin sei und keine wahre ordentliche Hexe. Denn daß sie jedes Lebenslauf in der Tasche habe und in nuce, wiewohl in absonderlichen, schlecht stilisierten Redensarten, durch den Raben hersagen lasse, sei übrigens kein solch großes Kunststück. Wäre doch noch zum vorigen Jahrmarkt ein Maler und Bilderhändler am Orte gewesen, in dessen Bude ein jeder sein wohlgetroffenes Porträt habe finden können.

Alles lachte laut auf. »Das ist«, rief ein junger Mann dem Deodatus zu, »das ist etwas für Sie, Herr Haberland. Sie sind ja selbst ein tüchtiger Porträtmaler, aber so hoch haben Sie Ihre Kunst doch wohl nicht gesteigert!«

Deodatus, schon zum zweitenmal als Herr Haberland, der, wie er nun vernommen, ein Maler sein mußte, angesprochen, konnte sich eines innern Schauers nicht erwehren, indem es ihm plötzlich vorkam, als sei er mit seiner Gestalt und seinem Wesen der unheimliche Spuk jenes ihm unbekannten Haberlands. Aber bis zum Entsetzlichen wurde dieses innere Grauen gesteigert, als in dem Augenblick, noch ehe er dem, der ihn als Haberland angeredet, antworten konnte, ein junger Mensch in Reisekleidern auf ihn zustürzte und ihn heftig in seine Arme schloß, laut rufend: »Haberland – liebster bester George, hab' ich dich endlich getroffen! Nun können wir fröhlich unsern Weg fortwandern nach dem schönen Italia! Aber du siehst so blaß und verstört?« –

Deodatus erwiderte die Umarmung des ihm unbekannten Fremden, als sei er in der Tat der längst gesuchte und erwartete Maler George Haberland. Er merkte wohl, daß er nun wirklich in den Kreis der wunderbaren Erscheinungen trete, die ihm sein alter Vater in mancherlei Andeutungen verkündet hatte. Er mußte sich hingeben allem dem, was die dunkle Macht über ihn beschlossen. Aber jene Ironie des tiefsten Grimms gegen fremde unerreichbare Willkür, in der man Eigenes zu bewahren und zu erhalten strebt, erfaßte ihn gewaltig. In verzehrendem Feuer erglüht, hielt er den Fremden fest bei beiden Armen und rief: »Ei du unbekannter Bruder, wie sollt' ich nicht konfus aussehen, da ich soeben mit meinem Ich in einen andern Menschen gefahren bin wie in einen neuen Überrock, der hin und wieder zu eng ist oder zu weit, der noch drückt und preßt. Ei du mein Junge, bin ich denn nicht wirklich der Maler George Haberland?«

»Ich weiß nicht«, sprach der Fremde, »wie du mir heute vorkommst, George. Bist du denn wieder einmal von deinem wunderlichen Wesen befangen, das über dich kommt wie eine periodische Krankheit? Überhaupt wollt' ich fragen, was du denn mit all dem unverständlichen Zeuge haben willst, der deinen letzten Brief anfüllt«

Damit holte der Fremde einen Brief hervor und schlug ihn auseinander. Sowie Deodatus hineinblickte, schrie er auf, wie von einer unsichtbaren feindlichen Macht schmerzhaft berührt. Die Handschrift des Briefes war ja ganz genau seine eigene.

Der Fremde warf einen raschen Blick auf Deodatus und las dann langsam und leise aus dem Briefe:

»Ach, lieber Kunstbruder Berthold! Du weißt nicht, welch eine düstere, schmerzende und doch wohltuende Schwermut mich befängt, je weiter ich fortwandere. Sollst Du es wohl glauben, daß mir meine Kunst, ja all mein Leben, Tun und Treiben oft schal und dürftig vorkommt? Aber dann erwachen süße Träume aus meiner fröhlichen frischen Jugendzeit.

Ich liege in des alten Priesters kleinem Garten ins Gras hingestreckt und
schaue hinauf, wie der holde Frühling auf goldnen Morgenwolken daher-
gezogen kommt. Die Blümlein schlagen, von dem Schimmer geweckt,
die lieblichen Augen auf und strahlen ihre Düfte empor wie ein herrliches
Loblied. Ach, Berthold! – mir will die Brust zerspringen vor Liebe, vor
Sehnsucht, vor brünstigem Verlangen! Wo finde ich sie wieder, die mein
ganzes Leben ist, mein ganzes Sein! – Ich gedenke Dich in Hohenflüh
zu treffen, wo ich einige Tage verweile. Es ist mir, als müsse mir eben
in Hohenflüh was Besonderes begegnen, woher dieser Glaube, weiß ich
nicht!« – –

»Nun sage mir«, sprach der Kupferstecher Berthold – das war eben der
Fremde – weiter, nachdem er dies gelesen, »nun sage mir nur, Bruder
George, wie du in frischer fröhlicher Jugend auf der vergnüglichen Reise
nach dem Kunstlande solcher weichlicher Schwärmerei nachhängen
magst.«

»Ja, lieber Kunstbruder«, erwiderte Deodatus, »es ist mit mir ein ganz
tolles absonderliches Ding. Sowie das nun gleich gar possierlich ist, daß
ich recht aus der tiefsten Seele das geschrieben, was du eben lasest, und
daß ich dennoch gar nicht der Georg Haberland bin, den du« –

In dem Augenblick trat der junge Mann hinein, der schon früher den
Deodatus als Georg Haberland begrüßt hatte, und meinte, Georg habe
recht getan, daß er der weisen Frau halber noch einmal zurückgekehrt
sei. Er solle sich an all das Geschwätz bei Tische gar nicht kehren, denn
wollten auch die Weissagungen des Raben eben nicht viel bedeuten, so
sei es doch höchst merkwürdig, wenn sie, die weise Frau, selbst auftrete
wie eine zweite Sibylle oder Pythia und in beinahe wilder Begeisterung
geheimnisvolle Sprüche hersage, indem dumpfe geheimnisvolle Stimmen
sie umtönten. Sie gebe heute in dem geräumigen Boskett des Gartens
eine solche Darstellung, die Georg durchaus nicht versäumen müsse.

Berthold ging, um manches Geschäft, das ihm in Hohenflüh oblag,
abzutun. Deodatus ließ es sich gefallen, mit jenem jungen Mann ein paar
Flaschen zu leeren und so die Zeit bis zum Sonnenuntergang hinzubrin-
gen.

Die Gesellschaft, die im Zimmer versammelt, brach endlich auf, um
sich nach dem Garten zu begeben. Da strich auf dem Flur ein langer
hagrer, vornehm gekleideter Mann, der eben angekommen schien, bei
ihnen vorüber. Im Begriff, in die Zimmer hineinzutreten, wandte er sich

noch einmal um, sein Blick fiel auf Deodatus, und den Türdrücker in der Hand, blieb er wie eingewurzelt stehen! Wildes Feuer blitzte aus seinen düstern Augen, während Totenblässe sein krampfhaft zuckendes Antlitz überzog. Er trat einen Schritt vorwärts auf die Gesellschaft zu, doch wie plötzlich sich besinnend, kehrte er wieder um, rannte hinein in das Zimmer und warf dröhnend die Türe hinter sich zu. Was er zwischen den Zähnen murmelte, konnte niemand verstehen.

Mehr als dem jungen Schwendy war dem andern das Betragen des Fremden aufgefallen, Deodatus hatte nicht sonderlich darauf geachtet. Man begab sich nach dem Boskett. –

Die letzten Strahlen der Abendsonne fielen auf eine hohe, von Kopf bis zu Fuß in ein weites erdgelbes Gewand gehüllte Gestalt, die den Zuschauern den Rücken zugewendet hatte. Neben ihr auf der Erde lag ein großer Rabe wie tot, mit gesenkten Flügeln. Alle wurden von dem fremden grauenhaften Anblick erfaßt, das leise Geflüster verstummte, und in dumpfem, die Brust belastenden Schweigen erwartete man, was die Gestalt beginnen werde.

Ein Säuseln strömte, wie Wellengeplätscher wunderbar klingend, durch das dunkle Gebüsch und wurde zu Tönen, zu vernehmbaren Worten:

»Phosphorus ist bezwungen. Der Feuerkessel glüht auf im Westen! – Nachtadler! schwing dich empor zu den erwachten Träumen.«

Da erhob der Rabe das gesenkte Haupt, schlug mit den Flügeln und stieg krächzend in die Höhe. Die Gestalt breitete beide Arme aus, das Gewand fiel herab, und eine hohe wunderherrliche Frau stand da im weißen faltenreichen Kleide mit einem Gürtel von funkelnden Steinen und schwarzen, hochaufgenestelten Haaren. Hals, Nacken und Arme zeigten entblößte, jugendlich üppige Formen.

»Das ist ja nicht die Alte!« so flüsterte es durch die Reihen der Zuschauer –

Jetzt begann eine ferne dumpfe Stimme:

»Hörst du, wie es im Abendwinde heult und jammert?«

Eine noch fernere Stimme murmelte:

»Die Klage beginnt, wenn der Glutwurm leuchtet!«

Da ging ein entsetzlich herzzerschneidender Jammer durch die Lüfte. Die Frau sprach:

»Ihr fernen Klagetöne, habt ihr euch losgewunden aus der Brust des Menschen, daß ihr vermöget, frei euch zu erheben im gewaltigen Chor?

– Aber verhallen müßt ihr in Lust, denn die in segensreichen Himmeln thronende Macht, die euch gebietet, ist ja die Sehnsucht.«

Die dumpfen Stimmen heulten stärker:

»Die Hoffnung ist gestorben! Der Sehnsucht Lust war die Hoffnung. Sehnsucht ohne Hoffnung ist namenlose Qual!«

Tief auf seufzte die Frau und rief wie in Verzweiflung:

»Die Hoffnung ist der Tod! – Das Leben dunkler Mächte grauses Spiel!«

Da schrie Deodatus unwillkürlich aus dem Innersten heraus: »Natalie!«

Rasch wandte sich die Frau um, und ein altes, fürchterlich verzerrtes Weiberantlitz starrte ihn an mit glühenden Augen. Grimmig mit aufgespreizten Armen auf ihn losfahrend, kreischte das Weib: »Was willst du hier? – Fort! Fort! – der Mord ist hinter dir her! – Rette Natalien!« – Der Rabe rauschte durch die Bäume herab auf Deodatus und krächzte gräßlich: »Mord – Mord!« Von wildem Entsetzen gepackt, halb sinnlos, rannte Deodatus fort nach seiner Wohnung.

Der Wirt sagte ihm, daß währenddessen ein fremder reich gekleideter Herr mehrmals nach ihm gefragt, indem er seine Person genau beschrieben, ohne seinen Namen zu nennen, und endlich ein Billett zurückgelassen habe.

Deodatus erbrach das Billett, das ihm der Wirt einhändigte und das richtig an ihn adressiert war. Er fand folgende Worte:

»Ich weiß nicht, ob ich es unerhörte Frechheit oder Wahnsinn nennen soll, daß Sie sich hier blicken lassen. Sind Sie nicht, wie ich es jetzt glauben muß, ein ehrloser Bösewicht, so entfernen Sie sich augenblicklich aus Hohenflüh, oder erwarten Sie, daß ich Mittel finden werde, Sie von Ihrer Tollheit auf immer zu heilen.

Graf Hektor von Zelies.«

»Die Hoffnung ist der Tod, das Leben dunkler Mächte grauses Spiel!« – So murmelte Deodatus dumpf in sich hinein, als er dies gelesen. Er war entschlossen, sich durch die Drohungen eines Unbekannten, die noch dazu auf irgendeinem unerklärlichen Irrtum beruhen mußten, durchaus nicht aus Hohenflüh vertreiben zu lassen, sondern mit festem Mut, mit männlicher Kraft dem entgegenzutreten, was irgendeine dunkle Macht über ihn verhängt. Sein ganzes Inneres war erfüllt mit banger Ahnung, die Brust wollte ihm zerspringen, hinaus sehnte er sich aus den Mauern ins Freie. Die Nacht war eingebrochen, als er, eingedenk des unbekannten bedrohlichen Verfolgers, seine geladenen Pistolen einsteckte und forteilte durch das Neudorfer Tor. Schon war er auf dem freien Platz, der vor diesem Tore befindlich, als er sich von hinten gefaßt und zurückgezogen fühlte. »Eile – eile, rette Natalien, die Zeit ist da!« – So murmelte es ihm in die Ohren. Es war das gräßliche Weib, die ihn gefaßt hatte und die ihn unaufhaltsam mit sich fortriß. Ein Wagen hielt in geringer Entfernung, der Schlag war geöffnet, die Alte half ihm hinein und stieg nach. Er fühlte sich von weichen Armen umfangen, und eine süße Stimme lispelte: »Mein geliebter Freund! endlich! – endlich kommst du!« – »Natalie, meine Natalie!« So schrie er auf, indem er, halb ohnmächtig vor Entzücken, die Geliebte in die Arme schloß.

Rasch ging es nun fort; im dicken Walde schimmerte plötzlich heller Fackelglanz durch das Gebüsch. »Sie sind es«, rief die Alte; »noch einen Schritt weiter, und uns trifft Verderben!« –

Deodatus, zur Besinnung gekommen, ließ halten, stieg aus dem Wagen und schlich leise, die gespannte Pistole in der Hand, auf den Fackelglanz zu, der augenblicklich verschwand. Er eilte zurück zum Wagen, aber erstarrt vor Entsetzen, blieb er eingewurzelt stehen, als er eine männliche Figur erblickte, die mit seiner Stimme sprach: »Die Gefahr ist vorüber!« und dann einstieg.

Nachstürzen wollte Deodatus dem schnell fortrollenden Wagen, als ihn ein Schuß aus dem Gebüsch zu Boden warf.

Zweites Kapitel

Es ist nötig, dem geneigten Leser zu sagen, daß der ferne Ort, von dem her der alte Amadeus Schwendy seinen Sohn nach Hohenflüh schickte, ein Landhaus in der Gegend von Luzern war. Das Städtlein Hohenflüh im Fürstentum Reitlingen lag aber ungefähr sechs bis sieben Stunden von Sonsitz, der Residenz des Fürsten Remigius, entfernt.

Ging es in Hohenflüh laut und lustig her, so herrschte dagegen in Sonsitz solch ein allgemeines Piano wie etwa in Herrnhut oder Neusalz. Alles trat leise wie auf Socken daher, und selbst ein notwendiger Zank wurde mit gedämpfter Stimme geführt. Von den gewöhnlichen Vergnügungen der Residenz, von Bällen, Konzerten, Schauspielen war gar nicht die Rede, und wollten sich die armen, zur Traurigkeit verdammten Sonsitzer einmal vergnügen, so mußten sie hinüberziehen nach Hohen-

flüh. Dies alles kam daher. Fürst Remigius, sonst ein freundlicher, lebenslustiger Herr, war seit mehreren Jahren, es konnten wohl über die
zwanzig sein, in furchtbar tiefe, an Wahnsinn grenzende Melancholie
versenkt. Ohne Sonsitz zu verlassen, sollte sein Aufenthalt einer Einöde
gleichen, in der das düstre Stillschweigen der lebensmüden Trauer
herrscht. Nur seine vertrautesten Räte und die notwendigste Dienerschaft
mocht' er sehen, und selbst diese durften es nicht wagen zu sprechen,
wenn der Fürst sie nicht angeredet. In einer dicht verschlossenen Kutsche
fuhr er daher, und niemand durfte auch nur durch eine Gebärde merken
lassen, daß er den Fürsten in der Kutsche wisse.

Über die Ursache dieser Melancholie gab es nur dumpfe Gerüchte.
So viel war gewiß, daß damals, als die Gemahlin des Fürsten den Erbprinzen geboren und das ganze Land von freudigem Jubel ertönte, wenige
Monate nachher Mutter und Kind verschwanden auf unbegreifliche
Weise. Manche meinten, Gemahlin und Sohn wären als Opfer einer
unerhörten Kabale entführt worden, andere behaupteten dagegen, der
Fürst habe beide verstoßen. Diese bezogen sich, um ihre Behauptung zu
unterstützen, auf den Umstand, daß zu derselben Zeit der Graf von
Törny, erster Minister und entschiedener Liebling des Fürsten, vom
Hofe entfernt worden, und es scheine gewiß, daß der Fürst ein verbrecherisches Verhältnis zwischen der Fürstin und dem Grafen entdeckt
und an der Echtheit des gebornen Sohnes gezweifelt.

Alle, die die Fürstin näher gekannt, waren aber im Innersten überzeugt,
daß bei der reinsten, unbeflecktesten Tugend, wie sie die Fürstin bewährt,
ein solcher Fehltritt ganz undenkbar, ganz unmöglich sei.

Niemand in Sonsitz durfte bei harter Ahndung auch nur ein Wort
über das Verschwinden der Fürstin äußern. Aufpasser lauerten überall,
und plötzliche Verhaftungen derer, die nur irgendwo anders als innerhalb
ihres Zimmers davon gesprochen, zeigten, wie man, ohne es zu ahnen,
belauscht, behorcht wurde. Ebenso durfte auch über den Fürsten, über
seinen Kummer, über sein ganzes Tun und Treiben kein Wort gesprochen
werden, und dieser tyrannische Zwang war die ärgste Bedrängnis der
Bewohner einer kleinen Residenz, die eben nichts lieber im Munde führen
als den Fürsten und den Hof. –

Des Fürsten liebster Aufenthalt war ein kleines, dicht vor den Toren
von Sonsitz gelegenes Landhaus mit einem weitläuftigen eingehegten
Park.

In den düstern wildverwachsenen Gängen dieses Parks wandelte eines Tages der Fürst, sich ganz hingebend dem zerstörenden Gram, der in seiner Brust wühlte, als er plötzlich ganz unfern ein seltsames Geräusch vernahm. – Unartikulierte Töne – ein Ächzen – Stöhnen, dazwischen wieder ein widriges Quieken – Grunzen – und dann wie in erstickter Wut dumpf ausgestoßene Schimpfwörter. – Erzürnt, wer es gewagt, dem strengsten Verbot entgegen einzudringen in den Park, trat der Fürst schnell aus dem Gebüsch, und es bot sich ihm ein Schauspiel dar, das den griesgramigsten Smelfungus zum Lachen hätte reizen können. – Zwei Männer, der eine lang und knochendürr, wie die Hektik selbst, der andere ein kleines glaues Falstafflein, in den schmuckesten Sonntagskleidern des idealen Spießbürgers angetan, waren im heftigsten Faustkampf begriffen. Der Große säbelte mit den langen Armen, die mit den geballten Fäusten mächtigen Streitkolben nicht unähnlich, so unbarmherzig auf den Kleinen los, daß jeder fernere Widerstand unnütz und nichts anders ratsam schien als schnelle Flucht. Doch Mut im Herzen, wollte der Kleine, gleich den Parthern, noch fliehend fechten. Da krallte sich aber der Große fest in das Haupthaar des Gegners. Schlechte Intention! – Die Perücke blieb ihm in der Hand, der Kleine nützte strategisch die Puderwolke, die ihn einhüllte, duckte schnell nieder und unterlief mit vorgestreckten Fäusten so behende und geschickt den Großen, daß dieser mit einem gellenden Schrei rücklings überstürzte. Nun warf sich der Kleine auf den Großen, enterte sich fest, die linke Hand mit gebogenen Fingern zweckmäßig als Enterhaken brauchend, in der Halsbinde des Gegners und arbeitete mit den Knieen und der rechten Faust so schonungslos auf den Großen ein, daß dieser, kirschblau im ganzen Antlitz, gräßliche Laute ausstieß. Doch plötzlich fuhr nun der Große dem Kleinen mit den spitzen Knochenfingern so gewaltig in die Seiten und gab mit der letzten Kraft der Verzweiflung sich selbst einen solchen Schwung, daß der Kleine in die Höhe geschleudert wurde wie ein Ball und niederstürzte dicht vor dem Fürsten.

»Hunde!« rief der Fürst mit der Stimme eines ergrimmten Löwen, »Hunde, welch ein Satan hat euch eingelassen? Was wollt ihr?«

Man kann denken, mit welchem Entsetzen die beiden ergrimmten Gymnastiker sich aufrafften vom Boden, wie sie nun gleich armen verlorenen Sündern, bebend, zitternd, keines Worts, keines Lauts mächtig, vor dem erzürnten Fürsten standen.

»Fort«, rief der Fürst, »fort auf der Stelle, hinauspeitschen lasse ich euch, wenn ihr noch einen Augenblick weilt.«

Da fiel der Große nieder auf die Knie und brüllte, ganz Verzweiflung: »Durchlauchtigster Fürst – gnädigster Landesherr – Gerechtigkeit – Blut für Blut!« –

Das Wort Gerechtigkeit war noch eins von den wenigen, das stark anschlug an des Fürsten Ohr. Er faßte den Großen stark ins Auge und sprach gemäßigter. »Was ist's, sprecht, aber nehmt Euch in acht vor allen dummen Worten und macht's kurz.«

– Vielleicht hat es der geneigte Leser schon geahnt, daß die beiden tapfern Kämpfer niemand anders waren als die beiden berühmten Gastwirte zum »Goldnen Bock« und zum »Silbernen Lamm« aus Hohenflüh. In dem immer höher gesteigerten Groll gegeneinander waren sie zu dem wahnsinnigen Entschluß gekommen, da ihnen der hochweise Rat nicht genügte, dem Fürsten selbst allen Tort zu klagen, den jeder vom andern erlitten zu haben glaubte, und der Zufall ließ es geschehen, daß beide in demselben Augenblick zusammentrafen vor dem äußersten Gattertor des Parks, das ein einfältiger Gärtnerbursche ihnen öffnete. Beide können fernerhin sehr schicklich mit ihren Schildnamen bezeichnet werden! –

Also! – der goldne Bock, ermutigt durch des Fürsten ruhigere Frage, wollte eben beginnen, als ihn vielleicht in Gefolge des feindlichen Enterns ein solch fürchterliches krächzendes Husten überfiel, daß er kein Wort hervorzubringen vermochte.

Diesen verderblichen Zufall nutzte augenblicklich das silberne Lamm und stellte mit nicht geringer Beredsamkeit dem Fürsten all die Unbild vor, die ihm der goldne Bock zufüge, der alle Gäste anlocke, indem er alle nur mögliche Hanswürste, Marktschreier, Wahrsager und anderes Gesindel bei sich aufnehme. Er beschrieb die weise Frau mit dem Raben, er sprach von ihren schnöden Künsten, von ihren Orakelsprüchen, mit denen sie die Leute hinters Licht führe. Das schien die Aufmerksamkeit des Fürsten zu fesseln. Er ließ sich die Gestalt der Frau von Kopf bis zu Fuß beschreiben, er fragte, wann sie gekommen, wo sie geblieben. Das Lamm meinte, er seinerseits halte das Weib für nichts anders als für eine betrügerische halb wahnsinnige Zigeunerin, die ein hochweiser Rat zu Hohenflüh hätte sogleich festnehmen lassen sollen.

Der Fürst heftete den funkelnden durchbohrenden Blick auf das arme Lamm, das, als hätt' es in die Sonne geschaut, sogleich ausbrach in ein heftiges Niesen.

Dies nützte sofort der goldne Bock, der sich indessen vom Husten erholt und nur auf den Moment gelauert hatte, dem Lamm die Rede abzuschneiden. Der Bock berichtete in süß und sanft tönenden Worten, daß alles, was das Lamm von der Aufnahme schädlichen polizeiwidrigen Gesindels berichtet, die schändlichste Verleumdung sei. Insonderheit rühmte der Bock die weise Frau, von der die gescheitesten brillantsten Herren, die größten Genies von Hohenflüh, die er täglich an seiner Tafel zu bewirten die Ehre, behaupteten, sie sei ein überirdisches Wesen und höher zu achten als die ausgebildetste Somnambüle. Ach, gar arg ging' es aber zu bei dem silbernen Lamm. Einen artigen, schönen, jungen Herrn habe das silberne Lamm von ihm weggelockt, als er nach Hohen- flüh zurückgekehrt, und gleich in der folgenden Nacht sei er auf seinem Zimmer mörderisch angefallen und durch einen Pistolenschuß verwundet worden, so daß er hoffnungslos darniederläge.

Jede fernere Rücksicht, jede Ehrfurcht vor dem Fürsten in der Wut vergessend, brach das silberne Lamm los und schrie, derjenige, welcher behaupte, daß der junge Herr George Haberland auf seinem Zimmer angefallen und verwundet worden, sei der niederträchtigste Spitzbube und abgefeimteste Halunkenkerl, der jemals Beinschellen getragen und die Gassen gekehrt. Vielmehr habe wohllöbliche Polizei in Hohenflüh ermittelt, daß er in selbiger Nacht vor das Neudorfer Tor spaziert, daß dort ein Wagen gehalten, aus dem eine weibliche Stimme gerufen: »Rette Natalien«, daß darauf der junge Herr in den Wagen gesprungen. – »Wer war das Weib im Wagen?« fragte der Fürst mit strengem Ton.

»Man sagt«, stotterte der goldne Bock, um nur wieder zum Wort zu kommen, »man sagt, die weise Frau habe« –

Die Rede blieb dem goldnen Bock in der Kehle stecken vor dem furchtbaren Blick des Fürsten, und als dieser ihm ein tötendes »Nun? was weiter?« zurief, fiel das silberne Lamm, das gerade außer der Richtung jener Strahlen im Schatten stand, leise stammelnd ein: »Ja, die weise Frau und der Herr Maler George Haberland – Im Walde hat er den Schuß erhalten, das weiß ja die ganze Stadt – aus dem Walde haben sie ihn geholt und zu mir gebracht am frühen Morgen – er liegt noch bei mir – wird aber wohl genesen, denn die Pflege bei mir – und der fremde Herr Graf – ja, der Herr Graf Hektor von Zelies« –

»Was? wer?« rief der Fürst auf, daß das silberne Lämmlein ein paar
Schritte zurückprallte. »Genug«, sprach dann der Fürst weiter mit rauhem
gebieterischen Ton, »genug! packt euch beide fort augenblicklich. – Der
wird den mehrsten Zuspruch haben, der seine Gäste am besten bedient!
– Hör' ich noch das mindeste von einem Gezänk unter euch, so soll der
Rat euch die Schilder von den Häusern reißen und euch fortbringen
lassen aus den Toren von Hohenflüh!«

Nach diesem kurzen kräftigen Bescheid ließ der Fürst die beiden
Wirte stehen und verlor sich schnell ins Gebüsch.

Der Zorn des Fürsten hatte die aufgebrachten Gemüter besänftigt. Im
Innersten zerknirscht schauten sich beide, das silberne Lämmlein und
der goldne Bock, wehmütig an, Tränen entquollen den verdüsterten
Augen, und mit dem gleichzeitigen Ausruf: »O Gevatter!« fielen sie sich
in die Arme. Während der goldne Bock, das silberne Lamm fest einklam-
mernd und über dasselbe weggebeugt, häufige Schmerzestropfen ins Gras
fallen ließ, schluchzte dieses vor herber Wehmut leise an der Brust des
versöhnten Gegners. Es war ein erhabener Moment!

Die zwei herbeieilenden fürstlichen Jäger schienen aber dergleichen
pathetische Szenen nicht sonderlich zu lieben, denn ohne weiteres
packten sie den goldnen Bock sowohl als das silberne Lamm, wie man
zu sagen pflegt, beim Fittich und warfen beide ziemlich unsanft zum
Gattertor hinaus.

Drittes Kapitel

»Bin ich hin und her gezogen
Über Wiese, Flur und Feld,
Hat manch Hoffen mich betrogen,
Ist mir manche Lust entflogen
In der bunten lauten Welt.

Was nur stillt dies bange Sehnen,
Was den Schmerz in dieser Brust!
Bittre Qualen! herbe Tränen!
Leeres Trachten! – falsches Wähnen!
Flieht mich ewig jede Lust?

Darf ich noch zu hoffen wagen,
Dämmert noch mein Lebensstern?
Soll ich's länger dulden, tragen,
Wird mein Schmerz mir selbst nicht sagen,
Ob sie nah ist, ob sie fern?

Sie, die ist mein innig Leben,
Sie, die ist mein ganzes Glück.
Süßen Träumen hingegeben,
Schaut mit wonnigem Erbeben
Sie mein liebetrunkner Blick.

Doch in Nacht ist bald verschwunden
Der Geliebten Lichtgestalt!
Kann ich nimmermehr gesunden?
Freundes Trost, Balsam den Wunden,
Ist auch der für mich verhallt?«

Der Kupferstecher Berthold hatte sich, während er dies Lied, das sein
Freund, der Maler George Haberland gedichtet, leise vor sich sang, auf
einer Anhöhe unter einem großen Baum gelagert und war bemüht, eine
Partie des Dorfs, das vor ihm im Tale lag, getreu nach der Natur in sein
Malerbuch hineinzuzeichnen.

Bei den letzten Versen schossen ihm aber die Tränen aus den Augen.
Er gedachte lebhaft seines Freundes, den er oft durch ein lustiges Wort
oder durch ein heitres Kunstgespräch aus der düstren trostlosen Stimmung gerissen, in die er seit einiger Zeit versunken, und den nun ein
unerklärliches Unheil von ihm getrennt. »Nein«, rief er endlich, indem
er schnell seine Gerätschaften zusammenpackte und hastig aufsprang,
»nein, noch ist Freundes Trost nicht verhallt für dich, mein George! –
Fort, dich aufzusuchen und nicht eher dich zu verlassen, bis ich dich im
Schoße der Ruhe sehe und des Glücks.« –

Er eilte zurück in das Dorf, das er vor wenigen Stunden verlassen,
und wollte dann weiter fort nach Hohenflüh.

Es war gerade Sonntag, der Abend fing an einzubrechen, die Landleute
eilten nach der Schenke. Da zog ein seltsam gekleideter Mensch durchs
Dorf, einen lustigen Marsch auf der Papagenopfeife blasend, die ihm aus
dem Busen hervorragte, und dazu derb die Trommel schlagend, die er

umgehängt. Ihm folgte ein altes Zigeunerweib, die tapfer auf dem Triangel klingelte. Hinterher schritt langsam und bedächtig ein stattlicher Esel mit zwei vollgepackten Körben belastet, auf denen zwei kleine possierliche Äffchen hin und her hüpften und sich herumbalgten. Zuweilen ließ der Mensch vom Blasen ab und begann einen seltsamen kreischenden Gesang, in den das Zigeunerweib, sich aus ihrer niedergebeugten Stellung ein wenig aufrichtend, mit gellenden Tönen einstimmte. Begleitete nun der Esel den Gesang mit seinen klagenden Naturlauten, quiekten die Äffchen dazu, so gab es einen angenehmen lustigen Chor, wie man sich ihn wohl genügend denken mag.

Bertholds ganze Aufmerksamkeit fesselte der junge Mensch, denn jung war er, das war sichtlich, unerachtet er sein Antlitz mit allerlei Farben häßlich beschmiert und durch eine große Doktorperücke, auf der ein kleines winziges Tressenhütlein saß, auf widrige Weise entstellt hatte. Dazu trug er einen abgeschabten roten Samtrock mit großen goldstoffnen Aufschlägen, einen offnen Hamletskragen, schwarzseidne Unterkleider nach der letzten Mode, auf den Schuhen große bunte Bandschleifen und ein zierliches Ritterschwert an der Seite.

Er schnitt die tollsten Gesichter und sprang hin und her in den lustigsten Kapriolen, so daß das Bauernvolk übermäßig lachte, doch Bertholden erschien das ganze Wesen wie der unheimliche Spuk des Wahnsinns, und überdem regte der tolle Mensch, wenn er ihn genau ins Auge faßte, in ihm Empfindungen auf, die er sich selbst nicht zu erklären wußte.

Der Mensch blieb endlich in der Mitte eines Rasenplatzes vor der Schenke stehen und schlug auf seiner Trommel einen langen starken Wirbel. Auf dies Zeichen schloß das Landvolk einen großen Kreis, und der Mensch verkündete, daß er jetzt gleich vor dem verehrungswürdigen Publikum ein Schauspiel aufzuführen gedenke, wie es die höchsten Potentaten und Herrschaften nicht schöner und herrlicher geschaut.

Die Zigeunerin ging nun im Kreise umher, bot unter närrischen Redensarten und Gebärden bald Korallenschnüre, Bänder, Heiligenbildchen u.a. zum Kauf aus, bald wahrsagte sie dieser, jener Dirne aus der Hand und trieb ihr, von Bräutigam und Hochzeit und Kindtaufe sprechend, das Blut in die Wangen, während die andern kicherten und lachten.

Der junge Mensch hatte indessen die Körbe ausgepackt, ein kleines Gerüste gebaut und mit kleinen bunten Teppichen behängt. Berthold sah die Vorbereitungen zum Puppenspiel, das denn auch nach gewöhnlicher italienischer Art erfolgte. Pulcinell war von besonderer Aktivität und hielt sich tapfer, indem er sich aus den bedrohlichsten Gefahren mit Gewandtheit rettete und über seine Feinde stets die Oberhand gewann.

Das Spiel schien geendet, als plötzlich der Puppenspieler sein zur furchtbaren Fratze verzerrtes Antlitz emporhob in den Raum der Puppen und mit todstarren Augen gerade hin in den Kreis blickte. Pulcinell von der einen Seite, der Doktor von der andern schienen über die Erscheinung des Riesenhaupts sehr erschrocken, dann erholten sie sich aber, beschauten sorglich mit Gläsern das Antlitz, betasteten Nase, Mund, die Stirn, zu der sie kaum hinauflangen konnten, und begannen einen sehr tiefsinnigen gelehrten Streit über die Beschaffenheit des Haupts und auf welchem Rumpf es sitzen könne, oder ob überhaupt ein Rumpf als dazugehörig anzunehmen. Der Doktor stellte die aberwitzigsten Hypothesen auf, Pulcinell zeigte aber dagegen viel Menschenverstand und hatte die lustigsten Einfälle. Darum wurden sie zuletzt einig, daß, da sie keinen zum Kopf gehörigen Körper wahrnehmen könnten, es auch keinen gäbe, nur meinte der Doktor, die Natur habe sich, als sie diesen Giganten ausgesprochen, einer rhetorischen Figur, einer Synekdoche bedient, nach der ein Teil das Ganze bezeichnet. Pulcinell behauptete dagegen, daß das Haupt ein Unglücklicher sei, dem vor vielem Denken und tollen Gedanken der Rumpf abhanden gekommen und der nun bei dem gänzlichen Mangel an Fäusten sich gegen Ohrfeigen, Nasenstüber u. dgl. nicht anders wehren könne als durch Schimpfen.

Berthold merkte bald, daß hier nicht der Scherz galt, der ein schaulustiges Volk ergötzen kann, sondern daß der finstere Geist einer Ironie spuke, die dem mit sich selbst entzweiten Innern entsteigt. Das konnte sein frohes freundliches Gemüt nicht ertragen, er begab sich weg nach der Schenke und ließ sich an einem einsamen Plätzchen hinter derselben ein mäßiges Abendbrot auftragen.

Bald vernahm er aus der Ferne Trommel, Pfeife und Triangel. Die Landleute strömten nach der Schenke, das Spiel war geendet.

In dem Augenblick, als Berthold fortwandern wollte, stürzte mit dem lauten Ausruf: »Berthold – herzgeliebter Bruder!« jener tolle Puppenspieler herbei. Er riß die Perücke vom Haupt, wischte schnell die Farben vom Antlitz.

– »Wie? – George! – ist es möglich?« So stammelte Berthold mühsam, beinahe zur Bildsäule erstarrt. »Was ist dir, kennst du mich denn nicht?« So fragte George Haberland voll Erstaunen. Berthold erklärte nun, daß,

wenn er nicht an Gespenster glauben wolle, er freilich nicht zweifeln
könne, seinen Freund vor sich zu sehen, wie dies aber möglich wäre,
das könne er durchaus nicht enträtseln.

»Warst du«, so sprach Berthold weiter, »warst du nicht unserer Abrede
gemäß nach Hohenflüh gekommen? – traf ich dich nicht dort, begegnete
dir nicht Seltsames mit einem geheimnisvollen Weibe im Gasthof zum
›Goldnen Bock‹? Wollten Unbekannte dich nicht dazu gebrauchen, ein
Frauenzimmer entführen zu helfen, das du selbst Natalie nanntest?
Wurdest du nicht im Walde durch einen Pistolenschuß schwer verwundet? – hab' ich nicht von dir Abschied genommen mit schwerem Herzen,
da du entkräftet, todwund auf dem Lager lagst? – Sprachst du nicht von
einem unerklärlichen Ereignis – von einem Grafen Hektor von Zelies?«

»Halt ein, du durchbohrst mein Innres mit glühenden Dolchen!« so
rief George im wilden Schmerz.

»Ja«, fuhr er dann ruhiger fort, »ja, Bruder Berthold, es ist nur zu gewiß, es gibt ein zweites Ich, einen Doppeltgänger, der mich verfolgt, der
mich um mein Leben betrügen, der mir Natalie rauben wird!«

In voller Trostlosigkeit verstummt, sank George auf die Rasenbank.

Berthold setzte sich neben ihm hin und sang leise, indem er sanft des
Freundes Hand drückte:

> Freundes Trost, Balsam den Wunden,
> Ist noch nicht für dich verhallt!

»Ich«, sprach George, indem er sich die Tränen wegtrocknete, die ihm
aus den Augen strömten, »ich verstehe dich ganz, mein geliebter Bruder
Berthold! – Es ist unrecht, daß ich dir nicht schon längst meine ganze
Brust erschloß, nicht schon längst dir alles, alles sagte. – Daß ich in
Liebe bin, konntest du längst ahnen. Die Geschichte dieser Liebe – sie
ist so einfältig, so abgedroschen, daß du sie in jedem abgeschmackten
Roman nachlesen kannst. – Ich bin Maler, und so ist nichts mehr in der
hergebrachten Ordnung, als daß ich mich in ein schönes junges Frauenzimmer, die ich abkonterfeie, sterblich verliebe. So ist es mir denn auch
wirklich gegangen, als ich während meines Aufenthalts in Straßburg
meine Proviantbäckerei – du weißt, daß ich darunter das Porträtmalen
verstehe – mehr trieb als jemals. Ich bekam den Ruf eines außerordentlichen Porträtisten, der die Gesichter recht aus dem Spiegel stehle in der
schönsten Miniatur, und so geschah es, daß eine alte Dame, die eine

Pensionsanstalt hatte, sich an mich wandte und mich ersuchte, ein Fräulein, das bei ihr, zu malen für den entfernten Vater. Ich sah, ich malte Natalien – o ihr ewigen Mächte, das Geschick meines Lebens war entschieden! – Nun, nicht wahr, Bruder Berthold, da ist nichts Besonders daran! – Doch höre, manches mag doch bemerkenswert sein. – Laß es mich dir sagen, daß mich seit meiner frühen Knabenzeit in Ahnungen und Träumen das Bild eines himmlischen Weibes umschwebte, dem all mein Sehnen, all mein Lieben zugewandt. Die rohesten Versuche des malerischen Knaben zeigen dies Bild ebenso als die vollendeteren Gemälde des reifenden Künstlers. – Natalie, sie war es! – Das ist wunderbar, Berthold! – Auch mag ich dir sagen, daß derselbe Funke, der mich entzündet, auch in Nataliens Brust gefallen, daß wir uns verstohlen sahen. – O zerronnenes Glück der Liebe! – Nataliens Vater, Graf Hektor von Zelies, war gekommen, das Bildlein der Tochter hatte ihm ausnehmend gefallen, ich wurde eingeladen, ihn auch zu malen. Als der Graf mich sah, geriet er in eine seltsame Bewegung, ich möchte sagen Bestürzung. Er fragte mich mit auffallender Ängstlichkeit über alle meine Lebensverhältnisse aus und schrie dann mehr, als er sprach, indem seine Augen glühten, er wolle nicht gemalt sein, aber ich sei ein wackrer Künstler, müsse nach Italien, und das auf der Stelle, er wolle mir Geld geben, wenn ich dessen bedürfe! –«

»Ich fort? – ich mich trennen von Natalien? – Nun, es gibt Leitern, bestechliche Zofen – wir sahen uns verstohlen. Sie lag in meinen Armen, als der Graf eintrat. – ›Ha, meine Ahnung – er ist reif!‹ – so schrie der Graf wütend auf und stürzte auf mich los mit gezogenem Stilett. Ohne daß sein Stoß mich treffen konnte, rannte ich ihn über den Haufen und entfloh. – Spurlos war er andern Tages mit Natalien verschwunden! –

Es begab sich, daß ich auf die alte Zigeunerin stieß, die du heute bei mir gesehen. Sie schwatzte mir solch abenteuerliche Prophezeiungen vor, daß ich gar nicht darauf achten, sondern meinen Weg fortsetzen wollte. Da sprach sie mit einem Ton, der mein Innerstes durchdrang: ›George, mein Herzenskind, hast du Natalien vergessen?‹ – Mag es nun Hexerei geben oder nicht, genug, die Alte wußte um meinen Liebesbund, wußte genau, wie sich alles begeben, beteuerte mir, daß ich durch sie zu Nataliens Besitz gelangen solle, und gab mir auf, mich zu einer bestimmten Zeit in Hohenflüh einzufinden, wo ich sie, wiewohl in einer ganz andern Gestalt, finden werde. – Nun, Berthold, laß mich nicht alles weitläuftig erzählen – mir brennt die Brust – ein Wagen rollt auf mich zu – hält –

die Reiter kommen näher – ›Jesus!‹ ruft eine Stimme im Wagen – es ist Nataliens Stimme. – ›Eile – eile‹, ruft eine andre Stimme – die Reiter biegen seitwärts ein. – ›Die Gefahr ist vorüber‹, spreche ich und steige in den Wagen – in dem Augenblick fällt ein Schuß, fort geht es! – Meine Ahnung hat mich nicht betrogen, es ist Natalie, es ist die alte Zigeunerin – sie hat Wort gehalten.« – »Glücklicher George!« sprach Berthold.

»Glücklicher?« wiederholte George, indem er eine wilde Lache aufschlug, »ha! noch im Walde holten uns Polizeisoldaten ein. Ich sprang aus dem Wagen, die Zigeunerin mir nach, packte mich mit Riesenkraft und schleppte mich ins finstre Dickicht. – Natalie war verloren. – Ich war in Wut, die Zigeunerin wußte mich zu besänftigen; mich zu überzeugen, daß kein Widerstand möglich, und daß noch keine Hoffnung verloren. Ich vertraue ihr blindlings, und wie du uns hier siehst, das ist ihr Plan, ihr Rat, um der Verfolgung eines mordsüchtigen Feindes zu entgehen.« –

In dem Augenblick trat die alte Zigeunerin hinzu und sprach mit krächzenden Stimme: »George, schon leuchtet der Nachtwurm, wir müssen fort über die Berge.«

Da wollte es Berthold bedünken, die Alte treibe leeres loses Gaukelspiel mit Georgen, den sie an sich gelockt, um durch ihn mit jenen Possen mehr Geld zu gewinnen.

Zornig wandte er sich zur Alten, erklärte, daß er als Georgs bester innigster Freund es nicht länger zugeben werde, daß er schnöder Landstreicherei und niedrigen Possen sein Kunstleben opfere, mit ihm solle er nach Italien, und fragte dann, was sie überhaupt für ein Recht habe auf den ihm verbundenen Freund.

Da erhob sich die Alte, die Züge des Antlitzes schienen sich zu veredeln, aus den Augen strahlte ein dunkles Feuer, plötzlich war ihr ganzes Wesen die Würde und Hoheit selbst, sie sprach mit fester volltönender Stimme: »Du fragst, was für ein Recht ich habe auf diesen Jüngling? – Ich kenne dich wohl, du bist der Kupferstecher Berthold – du bist sein Freund, aber ich – o ihr ewigen Mächte! – ich bin – seine Mutter!«

Damit faßte sie Georgen in ihre Arme und drückte ihn stürmisch an ihre Brust. Doch plötzlich überfiel sie ein krampfhaftes Zittern, sie stieß Georgen von sich mit abgewandtem Gesicht, sie ließ sich erschöpft, halb ohnmächtig auf die Rasenbank niedersinken, sie wimmerte, indem sie sich mit dem weiten Mantel, den sie umgeworfen, das Antlitz verhüllte:

»Starre mich nicht so an, George, mit seinen Augen – warum wirfst du mir immer und ewig mein Verbrechen vor? – Du mußt fort – fort!« –

»Mutter!« rief George, indem er der Zigeunerin zu Füßen stürzte. Diese schloß ihn nochmals heftig in ihre Arme, indem sie, keines Wortes mächtig, aus tiefer Brust aufseufzte. Sie schien in Schlaf zu versinken. Doch bald erhob sie sich mühsam, sprach, wieder ganz Zigeunerin, mit krächzender Stimme: »George, schon leuchtet der Nachtwurm, wir müssen fort über die Berge!« und schritt langsam fort.

George warf sich sprachlos an die Brust des Freundes, dem auch das bis zum Entsetzen gesteigerte Erstaunen die Zunge band.

Bald vernahm Berthold das Trommeln, Pfeifen, Klingeln, den schauerlichen Gesang, das Geschrei des Esels und das Quieken der Affen und den Jubel des nachziehenden Landvolks, bis alles dumpf verhallte in der weiten Ferne.

Viertes Kapitel

Förster, welche am frühen Morgen den Wald durchstrichen, fanden den jungen Deodatus Schwendy ohnmächtig in seinem Blute liegend. Der Branntwein, den sie in Jagdflaschen bei sich führten, tat gute Dienste, ihn ins Leben zurückzurufen, sie verbanden, so gut sie es vermochten, die Brustwunde, packten ihn auf einen Wagen und brachten ihn nach Hohenflüh in das Wirtshaus zum »Silbernen Lamm«.

Der Schuß hatte nur die Brust stark gestreift, ohne daß die Kugel eingedrungen war, der Wundarzt erklärte daher, daß an Lebensgefahr nicht zu denken, wiewohl der Schreck und die Kälte der Nacht den erschöpften Zustand herbeigeführt, in dem sich Deodatus befand. Kräftige Mittel würden aber auch diesen bald heben.

Hätte Deodatus nicht den Schmerz der Wunde gefühlt, das ganze unerklärliche Ereignis wäre ihm nichts gewesen als ein Traum. Es schien ihm gewiß, daß jenes Geheimnis, von dem der Vater in dunklen Worten gesprochen, sich zu enthüllen begann, daß aber irgendein feindliches Wesen dazwischengetreten und seine Hoffnung vernichtet. Dieses feindliche Wesen, wer konnte es anders sein als der Maler George Haberland, der ihm so durchaus ähnlich, daß er überall mit ihm verwechselt worden.

»Und wie«, sprach er zu sich selbst, »wenn jene Natalie, jener schöne Liebestraum, der in süßen Ahnungen durch mein Leben ging, nur ihm angehörte, meinem unbekannten Doppeltgänger, meinem zweiten Ich, wenn er sie mir geraubt, wenn all mein Sehnen, all mein Hoffen ewig unerfüllt bliebe?«

Deodatus verlor sich in trübe Gedanken, immer dichtere Schleier schienen seine Zukunft zu verhüllen, jede Ahnung war dahin, er sah ein, daß er nur auf den Zufall hoffen dürfte, der ihm vielleicht Geheimnisse erschließen konnte, welche gar verhängnisvoll, gar gefährlich sein müßten, da sein Vater, der alte Amadeus Schwendy, es selbst nicht gewagt, sie ihm zu offenbaren. –

– Der Wundarzt hatte den kranken Deodatus eben verlassen, er befand sich allein, als die Türe leise geöffnet wurde und ein großer, in einen Mantel gehüllter Mann hineintrat. Als er den Mantel zurückschlug, erkannte Deodatus in ihm augenblicklich jenen Fremden wieder, den er im Gasthause zum »Goldnen Bock« auf dem Flur getroffen, und er erriet, daß es derselbe sein mußte, der ihm das unerklärliche Billett geschrieben, nämlich der Graf Hektor von Zelies. Es war dem so.

Der Graf schien sich Mühe zu geben, den finstern stechenden Blick, der ihm eigen, zu mildern, er zwang sich sogar zu einiger Freundlichkeit.

»Wahrscheinlich«, so begann er, »wahrscheinlich erstaunen Sie, mich hier zu sehen, Herr Haberland, noch mehr werden Sie erstaunen, wenn ich Ihnen erkläre, daß ich hier bin, um Ihnen Frieden, Versöhnung anzubieten, im Fall Sie gewisse Bedingungen« –

Deodatus unterbrach den Grafen, indem er mit Heftigkeit versicherte, daß er keinesweges der Maler George Haberland sei, daß hier ein unglücklicher Irrtum vorwalten müsse, der ihn in ein Labyrinth unerklärlicher Ereignisse stürzen zu wollen scheine. Starr schaute der Graf ihm ins Gesicht und sprach dann mit einem Blick, aus dem ein wenig der Teufel lächelte: »Sie haben, mein Herr Schwendy oder mein Herr Haberland oder wie Sie sich sonst zu nennen belieben mögen, Natalien entführen wollen?« –

»Natalie, o Natalie«, seufzte Deodatus tief aus der Seele.

»Hoho«, sprach der Graf mit dem bittersten Ingrimm, »Sie lieben Natalien wohl sehr?«

»Mehr«, erwiderte Deodatus, indem er vor Schwäche zurücksank auf sein Lager, »mehr als mein Leben. – Sie wird mein werden, sie muß mein werden, in meinen Innersten glüht die Hoffnung, das Verlangen!« –

»Welche unerhörte Frechheit«, fuhr der Graf auf im flammenden Zorn, »he, warum traf« – plötzlich innehaltend, seinen Zorn mit Gewalt niederkämpfend, sprach der Graf, nachdem er einige Augenblicke geschwiegen, mit erkünstelter Ruhe: »Verdanken Sie Ihrem Zustande, daß ich Sie schone, unter andern Umständen würde ich Rechte geltend machen, die Sie vernichten könnten. Aber ich verlange nun, daß Sie mir augenblicklich sagen, wie es geschehen konnte, daß Sie Natalien sahen hier in Hohenflüh?«

Der Ton, in dem der Graf sprach, erfüllte den Deodatus Schwendy mit dem tiefsten Unwillen. Sich trotz seiner Schwäche ermannend, richtete er sich auf und sprach mit festem männlichen Ton: »Es kann nur das Recht der Unverschämtheit sein, das Sie geltend machen zu können glauben, wenn Sie in mein Zimmer dringen, wenn Sie mich mit Fragen belästigen, die ich nicht beantworten kann. Sie sind mir völlig unbekannt, niemals hatte ich mit Ihnen etwas zu schaffen, und diese Natalie, von der Sie sprechen, wissen Sie denn, daß diese das Himmelsbild ist, das in meinem Herzen lebt? – Weder in Hohenflüh noch sonst irgendwo sahen meine leiblichen Augen die – doch es ist Frevel, zu Ihnen von Geheimnissen zu reden, die ich bewahre tief in meiner innersten Brust!«

Der Graf schien in Staunen und Zweifel zu geraten, er lispelte kaum hörbar: »Niemals hätten Sie Natalien gesehen? – Und als Sie sie malten? – Wie wenn dieser Haberland – dieser Schwendy« –

»Genug«, rief Deodatus, »genug! Entfernen Sie sich, nichts habe ich zu schaffen mit dem finstern Geist, den ein wahnsinniger Irrtum hinter mir hertreibt und der mich angriff auf den Tod! – Es gibt Gesetze, welche schützen gegen hinterlistigen Meuchelmord – Sie verstehen mich, Herr Graf!« –

Deodatus zog stark die Glocke. –

Der Graf biß die Zähne zusammen und maß den Deodatus mit furchtbarem Blick.

»Hüte dich«, sprach er dann, »hüte dich, Knabe! Du hast ein unglückliches Gesicht – hüte dich, daß dein Gesicht nicht noch einem andern mißfalle als mir.« –

Die Türe ging auf, und herein trat der kleine alte, etwas zu dicke Herr mit der goldnen Dose, den der geneigte Leser als Mitglied des hochweisen Rates an der Wirtstafel im »Goldnen Bock« gesehen und sehr klug räsonieren gehört hat.

Der Graf entfernte sich mit einer drohenden Bewegung gegen Deodatus zur Türe heraus und zwar so wild und heftig, daß der kleine Ratsherr und seine Begleitung darob etwas erstaunt und verblüfft schienen.

Dem Ratsherrn folgte nämlich ein ganz kleines winziges verwachsenes Männlein, das einen großen Stoß Papier unter dem Arm trug, und hinterher traten zwei Ratsdiener hinein, die sich sofort als Wachen an der Türe postierten.

Der Ratsherr grüßte den Deodatus mit ernster Amtsmiene, das Männlein rückte mit Mühe einen Tisch vor das Bett, legte die Papiere darauf, holte ein Schreibzeug aus der Tasche, erkletterte den ebenfalls mit Mühe herangerückten Stuhl und setzte sich in schreibfertige Positur, während der Ratsherr sich auch auf einen Stuhl dicht vor dem Bette niedergelassen hatte und ihn mit weit aufs gerissenen Augen anstarrte.

Deodatus wartete ungeduldig, was aus dem allen nun endlich werden sollte. Endlich begann der Ratsherr pathetisch: »Mein Herr Haberland oder mein Herr Schwendy, denn Sie, mein Herr, der Sie da vor mir im Bette liegen, belieben zwei diverse Namen zu führen, unerachtet das ein Luxus ist, den keine tüchtige Obrigkeit dulden darf. – Nun! – ich hoffe, Sie werden, da der hochweise Rat schon von allem auf das genaueste unterrichtet ist, nicht durch unnütze Lügen, Ränke und Schwänke Ihren Arrest verzögern. Denn arretiert sind Sie in diesem Augenblick, wie Sie aus der Postierung jener treuen ehrlichen Ratswächter mit mehrerem ersehen werden.«

Deodatus fragte verwundert, welches Verbrechens man ihn denn anklage, und welches Recht man habe, ihn als durchreisenden Fremden zu verhaften.

Da hielt ihm aber der Ratsherr vor, daß er wider das erst neuerdings emanierte Duellmandat des gnädigsten Herrn Fürsten auf das schrecklichste gesündigt, indem er sich wirklich im Walde duelliert, welches denn schon die Pistolen, die man in seiner Rocktasche gefunden, hinlänglich bewiesen. Er möge daher nur ohne weiteres den frechen Mitduellanten, sowie die etwanigen Sekundanten nennen und hübsch erzählen, wie sich alles begeben von Anfang an.

Dagegen versicherte nun Deodatus sehr ruhig und fest, daß hier nicht von einem Duell, sondern von einem meuchelmörderischen Angriff auf seine Person die Rede. Ein Ereignis, das ihm selbst unerklärlich, und das einem hochweisen Rat noch viel unerklärlicher sein werde, habe ihn ganz ohne seinen vorbedachten Willen in den Wald geführt. Die gefährliche Drohung eines ihm ganz unbekannten Verfolgers sei die Ursache, warum er sich bewaffnet, und der hochweise Rat würde viel besser tun, seine Pflicht, für Ruhe und Ordnung zu sorgen, viel besser erfüllen, wenn er, statt auf eine grundlose Vermutung hin Arrest und Untersuchung zu verfügen, jenem Meuchelmörder nachforschte.

Dabei blieb Deodatus stehen, unerachtet der Ratsherr noch hin und her fragte, und bezog, als dieser mehr von seinen Lebensverhältnissen wissen wollte, sich lediglich auf seinen Paß, der, solange nicht ein gegründeter Verdacht der Falschheit vorhanden, dem hochweisen Rat genügen müsse.

Der Ratsherr wischte sich den Angstschweiß von der Stirne. Der Kleine hatte schon ein Mal übers andre den grandiosen Gänsekiel in das Tintenfäßlein getunkt und wieder ausgespritzt, schreibbegehrliche Blicke auf den Ratsherrn werfend. Der schien aber vergebens nach Worten zu trachten. Da schrieb der Kleine keck und las mit krächzenden Stimme:

»Aktum Hohenflüh den – Auf Befehl eines hiesigen hochweisen Rats hatte sich der unterschriebene Deputierte«

»Recht«, rief der Ratsherr, »recht, liebster Drosselkopf, recht, himmlischer Aktuar, der unterschriebene Deputierte hatte sich – der unterschriebene Deputierte – das bin ich – ich hatte mich« –

Es war im Rat des Himmels beschlossen, daß der unterschriebene Deputierte sein Werk nicht vollenden, nicht unterschreiben, Deodatus vielmehr von dem unseligen Zuspruch befreit werden sollte.

Hinein trat nämlich ein Offizier von der Leibgarde des Fürsten in Begleitung des Wirts, den er, als er Deodatus erblickte, fragte, ob das wirklich der junge Mann sei, der im Walde verwundet worden. Als der Wirt es bejaht, näherte sich der Offizier dem Lager des Deodatus und erklärte mit bescheidner Artigkeit, daß er Befehl habe, den Herrn George Haberland sogleich zum Fürsten nach Sonsitz zu bringen. Er hoffe, daß sein Zustand kein Hindernis in den Weg legen würde; es seien alle Vorkehrungen getroffen, daß die Fahrt ihm durchaus nicht nachteilig sein könne, und werde auch übrigens der Leibchirurgus des Fürsten beständig an seiner Seite sein.

Der Ratsherr, auf einmal des Auftrags enthoben, der ihm Angstschweiß ausgepreßt, näherte sich, vollen Sonnenschein im Antlitz, dem Offizier und fragte mit submisser Verbeugung, ob er vielleicht den Arrestanten schließen lassen solle, größerer Sicherheit halber. Der Offizier blickte ihn aber ganz verwundert an und fragte dann seinerseits, ob der gestrenge

Herr Ratsherr wahnsinnig sei, was er denn für einen Arrestanten meine. Der Fürst wolle den Herrn Haberland selbst sprechen, um alle Umstände eines Ereignisses zu erfahren, das seinen Zorn gereizt. Nicht begreifen könne der Fürst, wie in seinem Lande und vorzüglich ganz in der Nähe von Hohenflüh noch ein verruchter Meuchelmörder sein Wesen treiben dürfe, und werde deshalb die Obrigkeit, der die Sorge für die Sicherheit der Bürger obliege, zur schweren Verantwortung ziehen.

Man kann denken, wie dies dem dicken Ratsherrn in alle Glieder fuhr, der kleine Schreiber purzelte aber sofort vom Stuhle herab und wimmerte unten, er sei nichts als ein armer, höchst unglücklicher Aktuarius, dem es ganz schrecklich ergangen sein würde, wenn er jemals die Zweifel laut werden lassen, die er schon längst gegen die Weisheit des hochweisen Rats im Innern gehegt. –

Deodatus beteuerte, um jedem Irrtum vorzubeugen, daß er nicht der Maler Haberland sei, mit dem er nur große Ähnlichkeit haben müsse, vielmehr, wie er hinlänglich auf die glaubhafteste Art nachweisen könne, Deodatus Schwendy heiße und aus der Schweiz hergereiset sei. Der Offizier versicherte dagegen, daß es hier auf den Namen gar nicht ankomme, da der Fürst nur eben den jungen Mann zu sprechen verlange, der im Walde verwundet worden. Nun erklärte Deodatus, daß er dann in jedem Fall der sei, den der Fürst gemeint, und daß er, da die Wunde nicht im mindesten bedeutend, sich stark genug fühle, mitzugehen nach Sonsitz. Der Leibchirurgus des Fürsten bestätigte dies, Deodatus wurde sogleich in den bequemsten Reisewagen des Fürsten gepackt, und fort ging es nach Sonsitz.

Ganz Hohenflüh war in Bewegung, als Deodatus durch die Straßen fuhr, und des Verwunderns kein Ende, da es unerhört, daß der Fürst einen Fremden nach Sonsitz holen lassen. Ebenso, ja noch mehr verwunderten sich aber die Hohenflüher, als sie die beiden seit vielen Jahren tödlich entzweiten Gevattern und Wirte zum »Goldnen Bock« und zum »Silbernen Lamm« erblickten, wie sie mitten auf der Straße, auf dem sogenannten breiten Stein, freundlich miteinander konversierten, ja zutraulich sich in die Ohren zischelten.

Der geneigte Leser weiß bereits, wodurch der goldne Bock und das silberne Lamm versöhnt wurden, einen noch wirkungsvolleren Grund dieser augenblicklichen Versöhnung fanden beide aber jetzt in der gemeinschaftlichen brennenden, verzehrenden Neugierde, wer wohl der Fremde sein könne, dem das Außerordentlichste geschehn. –

Fünftes Kapitel

Auf den Schwingen des Sturms war das tobende Gewitter schnell entflohn über die Berge, und nur noch aus weiter Ferne zürnte murmelnd der Donner. Die sinkende Sonne blickte feurig durch die dunklen Büsche, die, tausend blinkende Kristalltropfen abschüttelnd, sich wollüstig badeten in den Wogen der lauen Abendluft. – Auf einem von babylonischen Weiden umschlossenen Platz in jenem Park bei Sonsitz, den der geneigte Leser schon kennt, stand der Fürst mit übereinandergeschlagenen Armen wie eingewurzelt und blickte hinauf in das Azur des wolkenlosen Himmels, als wolle er verschwundene Hoffnungen, ein in Gram und Schmerz verlornes Leben herab erflehen. – Da wurde in dem Gebüsch der Gardeoffizier sichtbar, den der Fürst nach Hohenflüh geschickt. Ungeduldig winkte er ihn heran und befahl, den jungen Menschen, dessen Ankunft der Offizier ihm meldete, sogleich vor ihn zu bringen, und sollte man sich dazu eines Tragsessels bedienen. – Es geschah, wie der Fürst geboten.

Sowie der Fürst den Deodatus ins Auge faßte, schien er auf das heftigste bewegt, unwillkürlich entflohen ihm die Worte: »O Gott! – meine Ahnung! – ja – er ist es!«

Deodatus erhob sich langsam und wollte sich dem Fürsten nähern in ehrfurchtsvoller Stellung. »Bleiben Sie«, – rief der Fürst, »bleiben Sie, Sie sind schwach, ermattet, Ihre Wunde ist vielleicht gefährlicher, als Sie glauben – meine Neugierde soll Ihnen auf keine Weise nachteilig sein. – Man bringe zwei Lehnsessel.« –

Alles dieses sprach der Fürst mit halber Stimme, abgebrochen, man merkte, daß er mit Gewalt des Sturms mächtig werden wollte, der in seinem Innern tobte.

Als die Lehnsessel herbeigebracht, als sich auf Geheiß des Fürsten Deodatus in den einen hineingesetzt, als alles sich schon entfernt hatte, ging der Fürst noch immer mit starken Schritten auf und ab. Dann blieb er vor Deodatus stehen, und in dem Blick, mit dem er ihn anschaute, lag der lebendigste Ausdruck des herzzerreißendsten Schmerzes, der tiefsten Wehmut, dann war es, als ginge alles wieder unter in der Glut eines schnell auflodernden Zorns. – Eine unsichtbare Macht schien sich feindlich zu erheben zwischen ihm und Deodatus, und voll Entsetzen, ja voll Abscheu prallte er zurück und schritt wieder heftiger auf und ab, indem er nur halb verstohlen hinblickte nach dem Jüngling, dessen

Staunen mit jeder Sekunde stieg, der gar nicht wußte, wie sich ein Auftritt enden werde, der ihm die Brust zuschnürte.

Der Fürst schien sich an Deodatus' Anblick gewöhnen zu müssen, er rückte endlich den Lehnsessel halb abwärts von Deodatus und ließ sich ganz erschöpft darauf nieder. Dann sprach er mit gedämpfter, beinahe weicher Stimme: »Sie sind fremd, mein Herr, Sie betraten als Reisender mein Land. – Was gehen den fremden Fürsten, dessen Ländchen ich durchreise, meine Lebensverhältnisse an? So können Sie fragen – aber Ihnen selbst unbekannt, gibt es vielleicht gewisse Verhältnisse, gewisse geheimnisvolle Beziehungen – doch – genug. – Nehmen Sie mein fürstliches Wort, daß mich nicht leere kindische Neugierde treibt, auch sonst keine unlautere Absicht, aber – ich will, ich muß alles wissen!«

Die letzten Worte sprach der Fürst, im Zorn entflammt, heftig auffahrend von dem Lehnsessel. Doch bald sich besinnend, sich zusammenfassend, ließ er sich aufs neue nieder und sprach so weich wie vorher: »Schenken Sie mir Ihr ganzes Vertrauen, junger Mann, verschweigen Sie mir keines Ihrer Lebensverhältnisse; sagen Sie mir insbesondere, woher und wie Sie nach Hohenflüh kamen, in welcher Art das, was Ihnen in Hohenflüh begegnete, mit früheren Ereignissen in Bezug stand. Vorzüglich wünschte ich genau zu wissen, wie es mit der weisen Frau« –

Der Fürst stockte, dann fuhr er fort – wie sich selbst beschwichtigend: »Es ist tolles, wahnsinniges Zeug – aber eine Ausgeburt der Hölle ist dies Blendwerk oder – nun – sprechen Sie, junger Mann, sprechen Sie frei, kein Geheimnis, keine Lü –«

Eben wollte der Fürst wieder heftig auffahren, er besann sich schnell und sprach das Wort nicht aus, das er auf der Zunge hatte.

Aus der tiefen Bewegung, die der Fürst zu unterdrücken sich vergebens mühte, konnte Deodatus wohl abnehmen, daß es sich hier um Geheimnisse handle, in die der Fürst selbst verflochten und die ihm auf diese oder jene Weise bedrohlich sein müßten.

Deodatus seinerseits fand gar keinen Grund, nicht so aufrichtig zu sein, wie es der Fürst verlangte, und begann von seinem Vater, von seinen Knaben- und Jünglingsjahren, von seinem einsamen Aufenthalt in der Schweiz zu erzählen. Er gedachte ferner, wie ihn der Vater nach Hohenflüh geschickt und ihm in geheimnisvollen Worten angedeutet, daß dort der Wendepunkt seines ganzen Lebens eintreten, daß er selbst zu einer Tat sich angeregt fühlen werde, die über sein Schicksal entscheiden würde. Getreu erzählte er nun weiter alles, was sich mit ihm, mit der weisen Frau, mit dem fremden Grafen in Hohenflüh begeben.

Mehrmals äußerte der Fürst das lebhafteste Erstaunen, ja, er fuhr auf, wie im jähen Schreck, als Deodatus die Namen Natalie – Graf Hektor von Zelies nannte.

Deodatus hatte seine Erzählung geendet, der Fürst schwieg mit niedergebeugtem Haupt, in tiefes Nachdenken versunken, dann erhob er sich, stürzte los auf Deodatus und rief: »Ha, der Verruchte, dieses Herz sollte die Kugel durchbohren, die letzte Hoffnung wollte er töten, dich vernichten – dich, mein –«

Ein Tränenstrom erstickte des Fürsten Worte, er schloß, ganz Wehmut und Schmerz, den Deodatus in seine Arme, drückte ihn heftig an seine Brust.

Doch plötzlich prallte wie vorher der Fürst voll Entsetzen zurück und rief, indem er die geballte Faust emporstreckte: »Fort, fort! Schlange, die sich einnisten will in meiner Brust – fort! Du teuflisches Trugbild, du sollst meine Hoffnung nicht töten, du sollst mir mein Leben nicht verstören!«

Da, rief eine ferne, seltsam dumpfe Stimme:

»Die Hoffnung ist der Tod, das Leben dunkler Mächte grauses Spiel!« und krächzend flatterte ein schwarzer Rabe auf und hinein ins Gebüsch.

Sinnlos stürzte der Fürst zu Boden. Deodatus, zu schwach, ihm beizustehen, rief laut um Hilfe. Der Leibarzt fand den Fürsten vom Schlage getroffen und in dem bedenklichsten Zustande. Deodatus wußte selbst nicht, welches unnennbar schmerzhafte Gefühl des tiefsten Mitleids seine Brust durchdrang, er kniete nieder bei der Tragbahre, auf die man den Fürsten gelegt, er küßte seine welk herabgesunkene Hand und benetzte sie mit heißen Tränen. Der Fürst kam zu sich, die wie zum Tode erstarrten Augen hatten wieder Sehkraft. Er erblickte Deodatus, winkte ihm fort und rief mit bebenden Lippen kaum verständlich: »Weg – weg!«

Deodatus, tief erschüttert von dem Auftritt, der in das Innerste seines Lebens zu dringen schien, fühlte sich der Ohnmacht nahe, und auch seinen Zustand fand der Leibarzt so bedenklich, daß es nicht ratsam war, ihn zurückzubringen nach Hohenflüh.

Habe auch, meinte der Leibarzt, der Fürst den Willen geäußert, daß der junge Mensch sich wegbegeben solle, so könne er doch fürs erste in einem entfernten Flügel des Landhauses untergebracht werden, und es sei gar nicht zu befürchten, daß der Fürst, der wohl in langer Zeit nicht aus dem Zimmer kommen dürfte, seinen Aufenthalt im Landhause erfahren sollte. Deodatus, in der Tat so erschöpft, daß er keines Willens, keines Widerspruchs fähig, ließ es sich gefallen, im Landhause des Fürsten zu bleiben.

War es schon sonst im Landhause still und traurig, so herrschte jetzt bei der Krankheit des Fürsten das Schweigen des Grabes, und Deodatus gewahrte nur dann, wenn ein Diener ihn mit den nötigen Bedürfnissen versorgte oder der Wundarzt ihn besuchte, daß noch außer ihm Menschen im Landhause befindlich. Diese klösterliche Einsamkeit tat indessen dem von allen Seiten bestürmten Deodatus wohl, und er hielt eben das Landhaus des Fürsten für ein Asyl, in das er sich vor dem bedrohlichen Geheimnis, das ihn umgarnen wolle, gerettet.

Dazu kam, daß durch die schmucklose, aber freundliche bequeme Einrichtung der beiden kleinen Zimmer, die er bewohnte, vorzüglich aber durch die herrliche Aussicht, die er genoß, sein Aufenthalt jenen Reiz wohltuender Behaglichkeit erhielt, der das verdüstertste Gemüt aufzuheitern vermag. Er übersah den schönsten Teil des Parks, an dessen Ende auf einem Hügel die malerischen Ruinen eines alten Schlosses lagen. Hinter diesen stiegen die blauen Spitzen des fernen Gebirges empor. –

Deodatus nutzte sogleich die Zeit, als er ruhiger geworden und als ihm der Wundarzt dergleichen Beschäftigung erlaubte, um seinem alten Vater ausführlich zu schreiben, was sich alles mit ihm begeben bis zum letzten Augenblick. Er beschwor ihn, nicht länger zu schweigen über das, was ihm in Hohenflüh bevorgestanden, und ihn so in den Stand zu setzen, seine eigne Lage ganz zu übersehen und sich gegen die Arglist unbekannter Feinde zu rüsten. –

Von dem alten verfallenen Schloß, dessen Ruinen Deodatus aus seinen Fenstern erblickte, stand noch ein kleiner Teil des Hauptgebäudes ziemlich unversehrt da. Dieser Teil schloß sich mit einem herausgebauten Erker, der, da an der andern Seite die Hauptmauer eingestürzt, frei und luftig heraushing wie ein Schwalbennest. Ebendieser Erker war, wie sich Deodatus durch ein Fernrohr überzeugte, mit Gesträuch, das sich aus den Mauerritzen hervorgedrängt, bewachsen, und ebendieses Gesträuch bildete ein Laubdach, welches sich ganz hübsch ausnahm. Deodatus meinte, daß es dort recht wohnlich sein müsse, wiewohl jetzt es unmöglich schien, hinaufzugelangen, da die Treppen eingestürzt. Um so mehr mußte daher Deodatus erstaunen, als er in einer Nacht, da er noch zum Fenster hinausschaute, ganz deutlich ein Licht in jenem Erker bemerkte, das erst nach einer Stunde wieder verschwand. Nicht allein in dieser, sondern auch in den folgenden Nächten gewahrte Deodatus das Licht, und man kann denken, daß der in unerklärliche Geheimnisse verflochtene Jüngling auch hier wieder ein verhängnisvolles Abenteuer vermutete.

Er teilte seine Beobachtung dem Wundarzte mit, der meinte aber, das Erscheinen des Lichts in dem Erker könne seinen natürlichen einfachen Grund haben: Eben in dem unversehrten Teil des Hauptgebäudes, und zwar im Erdgeschoß, wären einige Zimmer für den Förster eingerichtet, der die Aufsicht habe über den fürstlichen Park; könne nun, wie er sich bei dem Beschauen der Ruinen oftmals überzeugt, auch nicht wohl oder wenigstens nicht ohne Gefahr der Erker bestiegen werden, so sei es doch möglich, daß vielleicht die Jägerbursche das Schwalbennest dort oben erklettert, um ihr Wesen ungestört zu treiben.

Deodatus war mit dieser Erklärung durchaus nicht zufrieden, er ahnte lebhaft irgendein Abenteuer, das sich in den Ruinen des Schlosses verborgen.

Der Arzt verstattete ihm endlich, in der Dämmerung den Park zu durchwandern, wobei er aber mit Behutsamkeit jeden Ort vermeiden mußte, der aus den Fenstern des Zimmers, in dem der kranke Fürst befindlich, übersehen werden konnte. Der Fürst war nämlich so weit hergestellt, daß er am Fenster zu sitzen und hinauszuschauen vermochte, seinem Scharfblick wäre Deodatus nicht entgangen, und fort hätte dieser müssen ohne Widerrede. Wenigstens glaubte der Leibarzt bei der Art, wie der Fürst damals mit dem Ausdruck des Abscheues den Jüngling von sich fortwinkte, dies voraussetzen zu müssen.

Deodatus wanderte, als ihm der Arzt Freiheit gegeben, sogleich nach dem verfallnen Schloß. Er traf auf den Förster, der über seine Erscheinung sehr verwundert tat und, als Deodatus ihm des breiteren sagte, wie er hergekommen und wie sich dann alles begeben, ganz unverhohlen meinte, daß die Herren, die ihn ohne Vorwissen des Fürsten einquartiert hätten ins Landhaus, ein gewagtes Spiel spielten. Erführe nämlich der Fürst etwas davon, so könne es sein, daß er fürs erste den jungen Herrn zum Tempel hinauswerfen ließe und alle seine Beschützer hinterher.

Deodatus wünschte den innern, noch unversehrten Teil des Schlosses zu sehen, der Förster versicherte dagegen trocken, daß dies nicht wohl angehe, da jeden Augenblick irgendeine morsche Decke oder sonst ein Stück Mauer einstürzen könne, überdem sei aber die Treppe so verfallen, daß kein sichrer Tritt möglich und man jeden Augenblick Gefahr laufe,

den Hals zu brechen. Als nun aber Deodatus dem Förster bemerkte, daß
er oftmals Licht im Erker erblickte, da entgegnete dieser im groben
barschen Ton, daß das ein einfältiger Irrtum sein müsse und daß der
junge Herr auch übrigens wohltun werde, sich um nichts anderes zu
kümmern als um sich selbst und auch nicht auf Beobachtungen auszuge-
hen. Er könne dem Himmel danken, daß er, der Förster, Mitleiden mit
ihm habe und nicht gleich hinginge und dem Fürsten rein heraussage,
wie man gegen seinen strengsten Befehl gehandelt.

Deodatus gewahrte wohl, daß der Förster unter dieser Grobheit ein
gewisses verlegenes Wesen zu verstecken sich mühte. Bestätigt fand aber
Deodatus die Vermutung, daß ein Geheimnis hier verborgen, als er, über
den Schloßhof schreitend, in einem ziemlich verborgenen Winkel des
Gemäuers eine schmale hölzerne Freitreppe gewahrte, die neuerbaut und
eben in den obern Stock des Hauptgebäudes zu führen schien.

Sechstes Kapitel

Des Fürsten Krankheit, die immer bedenklicher wurde, erregte nicht
geringe Bestürzung, nicht geringe Besorgnis. Schon früher erfuhr nämlich
der geneigte Leser, daß die Gemahlin des Fürsten nebst dem Kinde, das
sie geboren, auf unbegreifliche Weise verschwand. Der Fürst war daher
ohne Erben und sein Nachfolger auf dem Thron ein jüngerer Bruder,
der sich durch sein übermütiges Betragen, durch lasterhafte Neigungen
jeder Art, denen er auf freche Weise frönte, dem Hof und dem Volk
verhaßt gemacht hatte. Ein dumpfes Gerücht klagte ihn des freventlich-
sten Verrats an dem Fürsten an und fand darin die Ursache, daß er sich
aus dem Lande entfernen müssen, ohne daß jemand seinen jetzigen
verborgenen Aufenthalt kannte.

528

Die Hohenflüher zerbrachen sich weidlich die Köpfe, wie es denn nun
gehen würde, wenn der Fürst gestorben. Sie zitterten vor dem tyranni-
schen Bruder und wünschten, er läge, wie es schon einmal geheißen,
wirklich in dem tiefen Grunde des Meeres.

An der Wirtstafel im »Goldnen Bock« war nun eben von diesen Dingen
stark die Rede, jeder sagte seine Meinung, und der bekannte Ratsherr
urteilte, ein hochweiser Rat könne ja bei der Regierung der Stadt auch
ein wenig die Regierung des Landes mit übernehmen, bis sich das Weitere finde. Ein alter Mann, der, in sich gekehrt, so lange geschwiegen,

sprach nun mit dem Ton der tiefsten Rührung: »Welch ein herbes Ungemach trifft unser armes Land; den besten Fürsten erfaßt irgendein unerhörtes Verhängnis und raubt ihm alles Lebensglück, alle Ruhe der Seele, bis er dem entsetzlichen Schmerz erliegt! Wir haben von dem Nachfolger alles zu fürchten, und der einzige Mann, der feststehen wie ein Fels im Meer, der unser Hort, unser Heil sein würde, dieser einzige Mann ist dahin!« –

Jeder wußte, daß der Alte keinen andern meinte als den Grafen von Törny, der bald, nachdem die Fürstin verschwunden, sich vom Hofe entfernte.

Graf Törny war in jeder Hinsicht ein ausgezeichneter Mensch. Mit dem schärfsten Verstande, mit der freien Genialität, die den festen Takt gibt, nur das Richtige zu wollen, und die Kraft, es zu vollbringen, verband er das edelste Gemüt, den regsten Sinn für alles Gute und Schöne. Er war der Beschützer des Unterdrückten, der rastlose Verfolger des Unterdrückers. So mußte es kommen, daß der Graf nicht allein die Liebe des Fürsten, sondern auch die Liebe des Volks gewann, und nur ein sehr kleiner Teil wagte es, dem Gerücht Glauben beizumessen, das ihn als schuldbar darstellte und das, man wußte es, der Bruder des Fürsten, der den Grafen in der tiefsten Seele haßte, auszustreuen sich bemüht hatte. –

Mit einem Munde rief alles an der Wirtstafel: »Graf Törny! – unser edler Graf Törny! – O wäre er noch bei uns in dieser Zeit der Bedrängnis!« –

Man trank auf des Grafen Wohl. Wurde nun weiter von des Fürsten bedenklicher Krankheit gesprochen, die ihn in das Grab bringen könne, so war es natürlich, daß man des jungen Mannes gedachte, in dessen Gegenwart den Fürsten der böse Zufall getroffen hatte.

Der kluge Ratsherr witterte die abscheulichsten Dinge. Es sei gewiß, meinte er, daß der junge Mensch, der töricht genug gewesen, den hochweisen Rat durch zwei diverse Namen über seine Person täuschen zu wollen, ein Spitzbube im höhern Stil gewesen, der Arges im Sinn getragen.

Nicht umsonst habe der Fürst ihn nach Sonsitz und heraus nach dem Landhause bringen lassen, um ihn selbst über allerlei höllische Anschläge zu befragen, und die Artigkeit des Offiziers, der bequeme Wagen, der Leibarzt, alles sei nur Maske gewesen, um den Verbrecher lustig zu erhalten und guter Dinge, damit er alles gleich gestehe. Gewiß würde es dem Fürsten gelungen sein, alles herauszubringen, wenn ihm nicht die kalte nasse Abendluft den Schlagfluß zugezogen und der junge Mensch nicht die Verwirrung benutzt hätte, um schnell zu entfliehen. Er wünschte nur, daß der Taugenichts sich wieder sehen lasse in Hohenflüh, da solle er nicht zum zweitenmal der Gerechtigkeit des hochweisen Rats entrinnen. – Eben hatte der Ratsherr dies gesprochen, als der junge Mann, von dem die Rede, hereintrat, stillschweigend und ernst die Gesellschaft grüßte und sich an die Tafel setzte.

»Schönstens willkommen, bester Herr Haberland«, sprach der Wirt, der des Ratsherrn böse Meinung gar nicht teilen konnte, »schönstens willkommen! – Nun! – Sie dürfen gewiß keine Scheu tragen, sich in Hohenflüh sehen zu lassen?« Der junge Mann schien über des Wirts Anrede sehr befremdet, da setzte sich der kleine dicke Ratsherr in Positur und begann sehr pathetisch: »Mein Herr, ich erkläre Ihnen hiermit« – da faßte ihn aber der junge Mann mit einem scharfen durchdringenden Blick so fest ins Auge, daß er verstummte und unwillkürlich mit einer Verbeugung hinausstotterte: »Ganz gehorsamster Diener!« –

Vielleicht hat der geneigte Leser auch schon die Bemerkung gemacht, daß es Leute gibt, die, faßt man sie scharf ins Auge, sogleich, wie im Gefühl schuldiger Demut, zu grüßen pflegen.

Der junge Mann aß und trank nun, ohne ein Wort zu reden. Auf der ganzen Gesellschaft lag ein schwüles erwartungsvolles Stillschweigen.

Der Alte, der vorhin gesprochen, redete endlich den jungen Menschen an, indem er ihn fragte, ob die Brustwunde, die er im Walde bei Hohenflüh erhalten, schon wieder ganz geheilt sei. Der junge Mann erwiderte, daß man sich in seiner Person irren müsse, da er nie in der Brust verwundet worden.

»Ich verstehe«, fuhr der alte Mann schlau lächelnd fort, »ich verstehe, Herr Haberland, Sie sind wieder völlig hergestellt und wollen von dem unangenehmen Vorfall nicht ferner reden. – Aber da Sie gegenwärtig waren, als unsern guten Fürsten der Schlag traf, so werden Sie uns am besten sagen können, wie sich alles begab und was man von dem Zustande des Fürsten zu hoffen oder zu fürchten hat.«

Der junge Mensch erwiderte, daß derselbe Irrtum auch hier im Spiele sein müsse, da er nie in Sonsitz gewesen, nie den Fürsten Remigius gesehen habe. Indessen sei ihm die Krankheit des Fürsten bekannt geworden, und er wünsche näheres darüber zu erfahren.

Vielleicht, meinte der Alte, wolle oder dürfe der Herr Haberland von seinem Aufenthalt bei dem Fürsten nicht viel sprechen, vielleicht habe auch das Gerücht vieles von dem entstellt, was sich in Sonsitz begeben, so viel sei aber gewiß, daß der Fürst den jungen Mann, der hier verwundet worden und für den er den Herrn Haberland nun einmal halten müsse, nach Sonsitz herausholen lassen und daß ihn bei einem einsamen Gespräch mit diesem jungen Manne im Park der Schlag getroffen. Entfernte Diener hätten auch eine seltsame dumpfe Stimme rufen gehört:

»Die Hoffnung ist der Tod, das Leben dunkler Mächte grauses Spiel!«

Der junge Mensch seufzte tief auf, wechselte die Farbe, alles verriet die tiefste innere Bewegung. Er stürzte schnell einige Gläser Wein hinunter, bestellte eine zweite Flasche und entfernte sich aus dem Zimmer. Die Tafel war geendet, der junge Mensch kam nicht wieder. Der Portier hatte ihn schnell dem Neudorfer Tor zueilen gesehen. Die Bezahlung für das Kuvert lag auf dem Teller.

Nun geriet der Ratsherr in gewaltigen Amtseifer, sprach von Nachsetzen, Steckbriefen etc. Der Alte erinnerte ihn aber an einen gewissen Vorfall, der ihm, als er bei ähnlichem Anlaß eine unzeitige Tätigkeit bewiesen, eine tüchtige Nase von der Landesbehörde zugezogen, und meinte, es möchte wohl besser sein, sich um den jungen Mann gar nicht weiter zu kümmern und die Sache ruhen zu lassen.

Die ganze Gesellschaft stimmte dieser Meinung bei, und der Ratsherr ließ wirklich die Sache ruhen. –

Während sich dies in Hohenflüh begab, war Haberlands Doppeltgänger, der junge Deodatus Schwendy, in einen neuen Zauberkreis bedrohlicher Abenteuer geraten.

Mit magischer Gewalt hatte es ihn immer hingezogen nach dem verfallenen Schlosse.

Als er einst, da es schon dämmerte, vor dem geheimnisvollen Erker stand und mit einer Sehnsucht, die er selbst nicht zu deuten wußte, hinaufblickte nach den erblindeten Fenstern, war es ihm, als gewahre er eine weiße Gestalt, und in demselben Augenblick fiel auch ein Stein zu seinen Füßen nieder. Er hob ihn auf und löste das Papier los, mit dem er umwickelt. Er fand folgende Worte mit Bleistift kaum leserlich hingekritzelt:

»Georg! – mein Georg! – ist es möglich? täuscht mich nicht mein aufgeregter Sinn? Du hier! – o ihr ewigen Himmelsmächte! – In diesen verfallenen Mauern liegt der Vater wie im Hinterhalt – ach! nur Böses brütend! Fliehe, fliehe, Georg, ehe des Vaters Zorn Dich erreicht! Doch nein – bleibe noch! – Ich muß Dich sehen – und ein einziger Augenblick seliger Wonne, dann fliehen! – bis Mitternacht ist der Vater abwesend. Komme! – über den Schloßhof – die hölzerne Treppe! doch nein, es ist nicht möglich. Des Försters Leute – schlafen sie auch, die wachen Hunde fallen Dich an! Auf der Südseite steht noch eine Treppe, die nach den Zimmern führt, doch ist sie morsch und verfallen – Du darfst es nicht wagen, aber ich komme herab! – O Georg, was vermag alle Arglist der Hölle gegen ein liebendes Herz. Natalie ist Dein – Dein auf ewig!« –

»Sie ist es«, rief Deodatus ganz außer sich, »es ist kein Zweifel mehr, ja, sie ist es, der Traum des Knaben, die glühende Sehnsucht des Jünglings! – Hin zu ihr – um sie nie wieder zu lassen, aufgehen, lichtvoll aufgehen soll des Vaters dunkles Geheimnis! – Aber! – bin ich es denn? – bin ich der George?«

Wie ein tötender Krampf erfaßte den armen Deodatus der Gedanke, daß ja nicht er, daß es jener unbekannte Doppeltgänger sei, den Natalie liebe, den sie wiedergefunden zu haben glaube. Und doch, so sprach das glühende Verlangen der Liebe aus dem Innern heraus, und doch, kann nicht eben jener Doppeltgänger der sein, der sie täuscht, kann ich nicht der sein, dem sie angehört, mit dem sie geheimnisvolle Bande verknüpfen? Hin zu ihr! – Sowie die Nacht eingebrochen, schlich Deodatus hinaus aus seinen Zimmern. Im Park, unfern des Landhauses, hörte er Stimmen flüstern, schnell duckte er sich nieder ins Gebüsch. Da schritten zwei in Mäntel gehüllte Männer dicht bei ihm vorüber. »Also«, sprach der eine, »also noch lange könnte es dauern mit dem Fürsten, meinte heute der Leibarzt?« – »So ist es, gnädigster Herr«, erwiderte der andere. »Nun«, fuhr der erste fort, »so muß man zu andern Mitteln« – die Worte wurden undeutlich. Deodatus richtete sich in die Höhe, dem Sprechenden fiel der volle Glanz der leuchtenden Mondesstrahlen ins Gesicht. Deodatus erkannte mit Entsetzen den Grafen Hektor von Zelies. –

Erhebend vor dem Gedanken, daß der Hölle schwarze Ausgeburt, daß der Mord hier im Finstern lauere, zu gleicher Zeit mit unwiderstehlicher Gewalt fortgetrieben von glühender Sehnsucht, von dürstendem Verlangen, schlich Deodatus fort. Im Mondlicht fand er die verfallne Treppe an der Südseite, doch wollte er verzweifeln, als er, kaum einige Stufen hinaufgeklettert, die Unmöglichkeit einsah, in der tiefen Finsternis, die ihn nun umgab, weiter fortzukommen. Doch plötzlich leuchtete ein fernes Licht aus dem innern Gebäude ihm entgegen. Er kletterte nicht ohne Gefahr vollends die Treppe herauf, kam in einen hohen weiten Saal. – In blendendem Liebreiz, in hoher Anmut stand das holde Wunder seiner Träume vor ihm. »Natalie!« rief Deodatus und stürzte dem herrlichen Frauenbilde zu Füßen. Doch mit süßem Wohllaut lispelte Natalie: »Mein George!« und schloß den Jüngling in ihre Arme. Keine Worte – nur Blick, nur Kuß, die Sprache heißer stürmischer Liebesglut. Da rief Deodatus im Wahnsinn tötender Angst, inbrünstiger Wonne: »Mein – mein bist du, Natalie! – glaube an mein Ich – ich weiß, mein Doppeltgänger hat dir die Brust zerspalten wollen, aber er traf mich – es war nur eine Kugel, die Wunde ist geheilt, und mein Ich lebt. – Natalie, sage mir nur, ob du an mein Ich glaubest, sonst erfaßt mich der Tod vor deinen Augen! – Ich heiße auch nicht George, aber doch bin ich selbst mein Ich und kein anderer.« –

»Weh mir«, rief Natalie, sich aus des Jünglings Armen loswindend, »George, was sprichst du? – Doch nein, nein! – ein bedrohliches Verhängnis hat deine Sinne aufgeregt! – Sei ruhig, sei ganz mein George!«

Natalie breitete die Arme aus, und Deodatus umfing sie, drückte sie an die Brust, indem er laut rief: »Ja, Natalie, ich bin es, ich bin der, den du liebst. – Wer will es wagen, wer vermag es, mich aus diesem Himmel voll Seligkeit zu reißen! – Natalie – laß uns fliehen, laß uns fliehen – fort – daß mein Doppeltgänger dich nicht erreiche – – fürchte nichts – es ist mein Ich, das ihn tötet!« –

In dem Augenblick ließen sich dumpfe Tritte hören und: »Natalie, Natalie!« erscholl es durch die hohen Gemächer. –

»Fort«, rief Natalie, indem sie den Jüngling nach der Treppe drängte und ihm die Lampe, die sie mitgebracht, in die Hand gab, »fort, sonst sind wir verloren, der Vater ist gekommen. – Morgen um diese Zeit komme wieder, ich werde dir folgen.« –

Halb sinnlos kletterte Deodatus die Treppe hinab, es war ein Wunder zu nennen, daß er nicht hinstürzte über die verfallenen Stufen. Unten löschte er die Lampe aus und warf sie ins Gebüsch. Kaum war er einige Schritte fortgegangen, als er hinterwärts von zwei Männern gepackt wurde, die mit ihm schnell davonrannten, ihn in den Wagen hoben, der vor dem Gattertor stand, und mit ihm davonfuhren im sausenden Galopp.

Eine gute Stunde mochte Deodatus gefahren sein, als der Wagen stillhielt im dicksten Walde vor einer Köhlerhütte. Männer mit Fackeln traten aus der Hütte, man bat den Jüngling auszusteigen, er tat es. Ein alter stattlicher Herr kam schnell heran, und mit dem Ausruf: »Mein Vater!« stürzte ihm Deodatus an die Brust.

»Aus den Schlingen«, sprach der alte Amadeus Schwendy, »aus den Schlingen der Arglist und Bosheit habe ich dich gerettet, dem Morde habe ich dich entrissen, mein teurer Sohn! Bald enthüllt sich nun das Verborgene, bald tagt nun das herauf, was du in deiner Brust nicht zu ahnen vermagst.« –

Siebentes Kapitel

Am frühesten Morgen erwachte der Fürst aus tiefem ruhigen Schlummer. Er schien erquickt, die Krankheit gebrochen, mit Ungeduld verlangte er den Leibarzt. Nicht in geringe Verwunderung geriet dieser, als der Fürst ihm in dem mildesten Ton befahl, den Jüngling, den er, wie er sehr gut wisse, im Landhause verborgen, sogleich zur Stelle zu bringen.

Der Leibarzt wollte sein Verfahren mit dem Zustande des Jünglings, der Ruhe und die sorgsamste ärztliche Behandlung erfordert, entschuldigen, der Fürst unterbrach ihn aber mit der Versicherung, daß es keiner Entschuldigung bedürfe, da er, der Leibarzt, ihm, ohne es zu ahnen, die größte Wohltat erzeigt. Übrigens sei ihm gestern erst der Aufenthalt des Jünglings durch den Förster verraten worden. –

Deodatus war nun aber spurlos verschwunden, und als der Fürst dies erfuhr, geriet er in sichtliche Bewegung. Mit dem schmerzlichsten Ton wiederholte er mehrmals: »Warum entfloh er – warum entfloh er? – Wußte er nicht, daß jede Betörung weicht im Tode?« –

Auf Befehl des Fürsten kam der Präsident des Staatsrats, außerdem aber noch der Präsident der obersten Justizkammer mit zwei Räten. Die Türen wurden sogleich verschlossen, man konnte vermuten, daß der Fürst testiere.

Am folgenden Morgen verkündete der dumpfe Ton der Glocken den Sonsitzern den Tod des Fürsten, der in der Nacht nach einem wiederholten Anfall des Schlags sanft und ruhig entschlummert war.

Der Staatsrat, die obersten Behörden versammelten sich im Schloß, der letzte Wille des Fürsten sollte eröffnet werden, da man mit Recht vermuten konnte, daß bei dem Mangel eines Thronfolgers darin Bestimmungen enthalten sein würden, wie wenigstens augenblicklich die Verwaltung des Staats fortgesetzt werden solle.

Der feierliche Akt sollte beginnen, als plötzlich, wie durch einen Zauberschlag hervorgerufen, der verschollene jüngere Bruder des Fürsten hineintrat und erklärte, daß er nun als regierender Fürst allein zu gebieten habe und daß jede Verfügung des Fürsten, die des Bruders Rechte auf den Thron auch nur im mindesten schmälere, unwirksam sein und bleiben müsse. Mit der Eröffnung des Testaments habe es daher Zeit. –

Allen war die unerwartete Erscheinung des Fürsten Isidor ein unerklärliches Rätsel, denn niemand wußte, daß Fürst Isidor, durch das Alter, überdem aber noch durch falsches Haar, durch Schminke entstellt und auf diese Weise unerkannt, im Lande hauste, daß er in den letzten Tagen in jenem verfallenen Schloß auf den Tod des Fürsten lauerte.

Gleich nachdem er das Fürstentum Reitlingen verlassen, hatte er den Namen eines Grafen Hektor von Zelies angenommen und überhaupt jede Spur, wo er geblieben, geschickt zu vertilgen gewußt. –

Der Präsident des Staatsrats, ein ehrwürdiger Greis, versicherte, dem Fürsten Isidor fest ins Auge blickend, daß, bevor nicht der letzte Wille des Fürsten Remigius eröffnet, er den Bruder nicht für zur Thronfolge berechtigt halten könne. Gewisse Geheimnisse würden vielleicht kundwerden und die Dinge sich anders gestalten.

Die letzten Worte sprach der Präsident mit erhöhter starker Stimme, und man sah den Fürsten Isidor plötzlich erblassen.

Die Eröffnung des Testaments geschah nun mit den gewöhnlichen Förmlichkeiten, und alle, den Fürsten Isidor ausgenommen, gerieten über den Inhalt in das frohste, freudigste Erstaunen. Der Fürst hatte erklärt, wie er erst auf dem Todbette das heillose Unrecht eingesehen, das er der tugendhaften Gemahlin angetan, die er, auf den bloßen Verdacht der Untreue hin, den ihm ein arglistiger Bösewicht beizubringen gewußt, samt dem Kinde, das sie ihm geboren, verstoßen und in ein fernes ödes Grenzschloß einsperren lassen, aus dem sie entflohen, ohne daß es möglich gewesen, auch nur die mindeste Spur weiter von ihr zu erforschen. Den Sohn, Dank sei es der himmlischen Macht, habe er gefunden, denn die innerste Überzeugung sage es ihm, daß der Jüngling, der unter dem Namen Deodatus Schwendy zu ihm gebracht worden, kein anderer sei als eben sein Sohn, den er in satanischer Verblendung von sich geworfen. Jeden Zweifel, der über die Identität dieses Jünglings und seines Sohnes entstehen könne, werde der Graf von Törny heben können, der den Sohn gerettet und erzogen und der unter dem Namen Amadeus Schwendy in tiefer Verborgenheit auf einem Landhause bei Luzern wohne. – Daß übrigens der böse Verdacht, den er gehegt gegen die Rechtmäßigkeit der Geburt seines Sohnes, durchaus nichts vermögen könne, verstehe sich von selbst. – Den Rest des Testaments füllten Ausbrüche der tiefsten Reue, Beteuerungen, daß aller Argwohn vertilgt sei aus seiner Brust, und an den Sohn und künftigen Herrscher gerichtete kräftige väterliche Worte.

Fürst Isidor sah ringsumher mit lächelndem Hohn und meinte dann, daß das alles auf einer Vision des sterbenden Fürsten beruhen könne, und daß er durchaus nicht geneigt sei, wohlerworbene Rechte wahnsinnigen Phantasien aufzuopfern. Wenigstens sei der vermeintliche Thronerbe nicht da, und es werde sehr darauf ankommen, was der Graf von Törny sagen, und wie es ihm gelingen möchte, jene Umstände, die der Fürst angeführt, so glaubhaft ins klare zu stellen, daß kein Zweifel gegen den Jüngling, der plötzlich als Thronerbe vom Himmel gefallen und der vielleicht ein Abenteurer, aufkommen könne. Zur Zeit werde er daher sogleich den Thron besteigen.

Kaum hatte Fürst Isidor diese Worte gesprochen, als in voller Würde, reich gekleidet, den funkelnden Stern auf der Brust, der alte Amadeus Schwendy oder vielmehr der Graf von Törny hineintrat und an seiner Hand den jungen Menschen führte, der so lange für seinen Sohn Deodatus Schwendy gegolten. Aller Blicke waren auf den Jüngling gerichtet, alle riefen wie aus einem Munde: »Es ist der Fürst, es ist der Fürst!«

Noch waren aber die Wunder des Tages nicht erschöpft, denn sowie Graf Törny die Lippen geöffnet zum Sprechen, so unterbrach ihn der Jubel des Volks, der sich unten auf der Straße vernehmen ließ. »Es lebe die Fürstin – es lebe die Fürstin!« so tönte es herauf, und bald trat eine hohe majestätische Frau in den Saal, der ein Jüngling folgte.

»Ist es möglich«, rief der Graf von Törny ganz außer sich, »ist es kein Traum? – die Fürstin – ja, es ist die Fürstin, die wir verloren glaubten!« – »Glückseliger Tag, segensreicher Augenblick, Mutter, Sohn, sie sind gefunden!« – So rief die ganze Versammlung.

»Ja«, sprach die Fürstin, »ja, der Tod eines unglücklichen Gemahls gibt euch, ihr Treuergebenen, eure Fürstin wieder, doch noch mehr! erblickt den Sohn, den sie gebar, erblickt euern Fürsten, euern Landesherrn!«

Damit führte sie den Jüngling, der ihr gefolgt, mitten in den Saal. Ihm trat rasch der Jüngling, der mit dem Grafen von Törny gekommen, entgegen, und beide, sich nicht nur gleichend, nein, einer des andern Doppeltgänger in Antlitz, Wuchs, Gebärde etc. blieben, vor Entsetzen wie erstarrt, in den Boden festgewurzelt stehen! – –

Es möchte hier der Ort sein, dem geneigten Leser zu sagen, wie sich alles begab am Hofe des Fürsten Remigius.

Fürst Remigius war mit dem Grafen von Törny aufgewachsen, beide, sich gleich an hohem Geist und edlem Gemüt, fühlten sich eng verkettet, und so geschah es, daß, als der Fürst den Thron bestieg, der Freund, den er innig im Herzen trug, den er nicht lassen konnte, der Erste nach ihm wurde im Staat. Daß der Graf sich in seiner Stellung überall Vertrauen und Liebe gewann, hat der geneigte Leser bereits erfahren.

Beide, der Fürst und Graf von Törny, waren, als sie einen benachbarten Hof besuchten, zu gleicher Zeit in Liebe gekommen, und der Zufall wollte, daß Prinzessin Angela, welche der Fürst, und Gräfin Pauline, die der Graf gewählt, ebenso von Kindheit an in Lieb' und Freundschaft verbunden waren, als sie selbst. Sie feierten beide ihre Vermählung an einem und demselben Tage, und nichts in der Welt schien ein Glück verstören zu können, das in ihrem tiefen Innern begründet.

Ein dunkles Verhängnis wollte es anders! –

Je länger die Fürstin den Grafen Törny sah, je mehr sich ihr sein ganzes inneres Wesen glanzvoll entfaltete, desto stärker, desto wunderbarer fühlte sie sich hingezogen zu dem herrlichen Mann. Die reinste Himmelstugend, die vorwurffreieste Treue selbst, gewahrte die Fürstin endlich mit Entsetzen, daß die flammendste Liebesglut sie verzehre. Sie dachte, sie empfand nur ihn, Todesöde war in ihrer Brust, wenn sie ihn nicht sah, alle Wonnen des Himmels stiegen herab, wenn er kam, wenn er sprach! – Trennung, Flucht war nicht möglich und doch der furchtbare Zustand, in dem sie mit der glühendsten Leidenschaft, mit den qualvollsten Vorwürfen rang, nicht zu ertragen. Es schien oft, als wolle sie ihre Liebe und mit dieser ihr Leben aushauchen in den Busen der Freundin. Krampfhaft schloß sie, in Tränen gebadet, die Gräfin in die Arme und sprach mit herzzerschneidendem Ton: »Du Selige, dir glänzt ein Paradies, aber meine Hoffnung ist der Tod!« –

Die Gräfin, weit entfernt zu ahnen, was im Innern der Fürstin vorging, fühlte sich doch von dem namenlosen Schmerz der Fürstin so tief ergriffen, daß sie mit ihr klagte und weinte und sich auch den Tod wünschte, so daß der Graf über die plötzliche Melancholie der sonst heitern unbefangenen Frau nicht wenig in Verlegenheit geriet.

An beiden, an der Fürstin und an der Gräfin, hatte man schon in ihrer früheren Jugend zu Zeiten eine an Hysterismus grenzende Überspannung bemerkt; mit so größerem Recht glaubten daher die Ärzte, alle seltsamen Ausbrüche eines krankhaften Überreizes, die vorzüglich bei der Fürstin jedem Beobachter auffallen mußten, dem Zustande zuschreiben zu müssen, in dem sich beide Frauen befanden. Beide waren in guter Hoffnung.

Ein seltnes Spiel des Zufalls – oder mag es ein wunderbares Verhängnis genannt werden – fügte es, daß beide, die Fürstin und die Gräfin, in derselben Stunde, ja in demselben Augenblick von Söhnen entbunden wurden. – Noch mehr! Mit jeder Woche, mit jedem Tage offenbarte sich deutlicher eine solche Ähnlichkeit, ja eine solche völlige Gleichheit beider Kinder, daß es ganz unmöglich, sie voneinander zu unterscheiden. Beide trugen in ihren kindischen Gesichtern aber schon deutlich die Züge des Grafen von Törny. Konnte hier noch ein Irrtum, eine Täuschung stattfinden, so entschied der ganz ausgezeichnete Bau des Schädels, sowie ein kleines, wie die Mondessichel geformtes Mal auf der linken Schläfe jene Ähnlichkeit ganz und gar.

Das feindliche Mißtrauen, der böse Argwohn, der jederzeit in einem verderbten Herzen zu wohnen pflegt, hatte dem Fürsten Isidor das Geheimnis der Fürstin verraten. Er war bemüht gewesen, das Gift dem Fürsten einzuflößen, das er gesogen, doch der Fürst wies ihn mit Verachtung zurück. Jetzt war der Zeitpunkt da, der dem Fürsten Isidor gelegen schien, seinen Angriff auf den Grafen Törny und auf die Fürstin, die er beide tödlich haßte, da sie überall seiner bösen Einwirkung entgegenstanden, zu erneuern.

Der Fürst wankte, doch nimmermehr hätte jene bloße Ähnlichkeit des Kindes mit dem Grafen Törny den Fürsten zu irgendeinem entsetzlichen Entschluß gebracht, hätte das Betragen der Fürstin nicht den Ausschlag gegeben.

Keine Ruhe fand die Fürstin, wie von dem tiefsten Schmerz, ja von namenloser Qual zerrissen, durchjammerte sie die Tage, die Nächte. Bald bedeckte sie das Kind mit den zärtlichsten Küssen, bald gab sie es mit abgewandtem Gesicht, mit dem Ausdruck des tiefsten Abscheus zurück. »Gerechter Gott, so hart strafst du das Verbrechen!« – diesen Ausruf der Fürstin hatten mehrere gehört, und auf nichts anders konnte dies deuten, als auf eine verbrecherische Tat, der nun die bitterste Reue folgte.

Mehrere Monate vergingen, endlich kam der Fürst zum Entschluß. In der Nacht ließ er Mutter und Kind nach einem öden entfernten Grenzschloß bringen und verwies den Grafen Törny vom Hofe. Aber auch der Bruder, dessen Anblick dem Fürsten unerträglich, mußte fort. –

Nur der Geist hatte gesündigt, irdische Begierde keinen Teil daran, fest stand die Treue, aber auch jene Sünde des Geistes galt der Fürstin als ein strafwürdiges Verbrechen, das nur die tiefste Reue zu sühnen vermochte.

Der Aufenthalt in dem öden Schlosse, die strenge Bewachung, alles trug dazu bei, den krampfhaften Zustand, in dem sich die Fürstin befand, beinahe bis zum Wahnsinne zu steigern.

Da begab es sich, daß eines Tages mit Spiel und Gesang ein Zigeunertrupp daherzog und sich hinlagerte dicht vor den Mauern des Schlosses.

Der Fürstin war es, als fielen plötzlich dichte Schleier und sie vermöge hinauszublicken in ein helles buntes Leben. Eine unaussprechliche Sehnsucht erfaßte ihre Brust. – »Hinaus – hinaus ins Freie! – Nehmt mich auf – nehmt mich auf!« – so rief sie, indem sie die Arme ausstreckte durch das geöffnete Fenster. Ein Zigeunerweib schien sie zu verstehen, denn freundlich winkte sie ihr zu, und blitzschnell hatte ein Zigeunerbube die Mauer erklettert. Die Fürstin nahm ihr Kind, rannte herab, die Pforte war offen, der Zigeunerbube schaffte geschickt das Kind herüber. Trostlos stand die Fürstin vor der Mauer, die sie nicht zu erklettern vermochte. Doch alsbald senkte sich eine Strickleiter herab, wenige Sekunden, und sie war in Freiheit. –

Mit Jubel empfing sie die Zigeunerhorde, die ihrem Glauben gemäß in der vornehmen Frau, die dem Gefängnisse entflohen, einen Glücksstern fand, der ihnen aufgegangen. »Hoho«, sprach ein altes Zigeunerweib, »seht ihr denn nicht, wie die Fürstenkron' auf ihrem Haupte funkelt! – solch ein Glanz kann nie verbleichen.«

Das wilde nomadische Herumstreifen der Zigeuner, ihr Treiben dunkler Wissenschaft, geheimnisvoller Kunst war der Fürstin wohltätig, denn indem ihre beinahe bis zum wirklichen Wahnsinn gesteigerte Überspannung frei ins Leben treten konnte, wurde sie versöhnt mit dem Leben. Das Kind wußten die Zigeuner geschickt unterzubringen bei einem alten frommen Landpriester. Es ist kaum nötig zu sagen, daß es die

Fürstin war, die, als sie ruhiger geworden und des wilden Lebens satt, sich von der Horde getrennt hatte, auftrat als weise Frau mit dem Raben u.s.w., und ebenso ist es nun erklärt, warum Fürst Isidor, den Maler Georg Haberland und den jungen Deodatus Schwendy für eine und dieselbe Person und zwar für den jungen Fürsten haltend, sich *den* auf jede Weise vom Halse zu schaffen suchte, der allein ihm jede Hoffnung auf den Thron vereiteln konnte.

Wunderbar ist es, daß beide, Haberland und Schwendy, das geliebte Wesen längst träumten, das ihnen dann in vollem Leben entgegentrat; wunderbar, daß eben dieses Wesen Natalie, die Tochter des Fürsten Isidors, war, welche beide, der Graf von Törny und die Fürstin, als auserwählt ansahen, in der Verbindung mit dem Fürsten das dunkle Verhängnis, das bis dahin gewaltet, aufzuhalten, daß beide daher alle Mittel, die ihnen zu Gebote standen, aufbietend, dahin strebten, ein Paar zu vereinen, welches, wie sie wähnten, eine geheimnisvolle Verkettung der Dinge füreinander bestimmt hatte.

Man weiß, wie nun alle Pläne scheiterten, weil die Doppelgänger auf ihren Wegen sich durchkreuzten, man weiß auch, wie, als der Fürst tödlich erkrankt, sich alle die, welche sein Gebot vertrieben hatte, wieder sammelten in seiner Nähe.

Achtes Kapitel

Also! – vor Entsetzen erstarrt, in den Boden festgewurzelt, standen die beiden Doppelgänger sich gegenüber. Eine dumpfe Gewitterschwüle lag auf der ganzen Versammlung, jeder fragte im Herzen: »Welcher von beiden ist der Fürst?«

Der Graf von Törny brach zuerst das Stillschweigen, indem er dem Jüngling, der der Fürstin gefolgt, entgegentrat und wie in schmerzlicher Wonne rief: »Mein Sohn!« –

Da blitzten die Augen der Fürstin von strahlendem Feuer, und sie sprach mit niederschmetternder Hoheit: »Dein Sohn, Graf Törny? – Und wer ist der, der neben dir steht? – Der Räuber eines Throns, der diesem gebührt, der an meiner Brust gelegen?«

Fürst Isidorus wandte sich an die Versammlung und meinte, daß, da über die Person des jungen Fürsten und Thronfolgers vollkommene Ungewißheit herrsche, so sei es natürlich, daß weder der eine noch der andere der beiden Prätendenten den Thron besteigen könne, vielmehr werde es darauf ankommen, wer von beiden seine rechtmäßige Geburt am besten und glaubhaftesten ausführen werde.

Einer solchen Ausführung, versicherte der Graf von Törny, bedürfe es ganz und gar nicht, da er imstande sei, in wenigen Minuten die Versammlung davon zu überzeugen, daß sein Zögling der Sohn des verstorbenen Fürsten Remigius, mithin dessen rechtmäßiger Thronfolger sei.

Das, was der Graf von Törny der Versammlung jetzt vortrug, bestand in folgendem:

Zu sehr war die vertrauteste Dienerschaft des Fürsten Remigius dem Grafen ergeben, als daß dieser nicht von dem Entschluß des Fürsten unterrichtet sein, ja nicht den Augenblick hätte wissen sollen, der zur Fortschaffung der Fürstin und ihres Kindes bestimmt worden. Der Graf übersah die Gefahr, in die der Thronerbe geriet, die Verwirrung, die vielleicht künftig die Ähnlichkeit des Kindes mit dem seinigen veranlassen, das Unglück, welches nach dem Tode des Fürsten einbrechen konnte. Er beschloß allem vorzubeugen.

Es gelang ihm in später Nacht in Begleitung zweier vertrauter Räte, des Vorstehers des geheimen Archivs, des Leibdoktors, des Wundarztes und eines alten Kammerdieners in das Vorzimmer der Fürstin zu gelangen. Die alte, ebenfalls ins Vertrauen gezogene Wärterin brachte das Kind herbei, während die Fürstin eingeschlummert; diesem, das in einem durch narkotische Mittel hervorgebrachten Schlaf lag, wurde nun von dem Wundarzt ein kleines Zeichen auf die linke Brust gebrannt, dann nahm es der Graf Törny und übergab der Wärterin sein eignes Kind. Über den ganzen Hergang der Sache wurde ein genauer Akt aufgenommen und derselbe, dem eine Abbildung des eingebrannten Zeichens beigefügt, von allen gegenwärtigen Personen unterschrieben und besiegelt, dem Archivarius übergeben zur Aufbewahrung im geheimen fürstlichen Archiv.

So geschah es, daß der Sohn des Grafen Törny mit der Fürstin fortgebracht und der junge Fürst von dem Grafen von Törny auferzogen wurde, für seinen Sohn geltend.

Die Gräfin, niedergebeugt von Gram, trostlos über das heillose Geschick ihrer Herzensfreundin, starb bald nach ihrer Ankunft in der Schweiz.

Von den Personen, die damals bei dem Akt gegenwärtig gewesen waren, lebten noch der Wundarzt, der Archivarius, die Wärterin und der

Kammerdiener; auf Graf Törnys Veranstaltung hatten sich alle eingefunden auf dem Schlosse.

Der Archivarius brachte nun den Akt herbei, der im Beisein der vorhin genannten Personen geöffnet und von dem Präsidenten des Staatsrats laut verlesen wurde.

Der junge Fürst entblößte die Brust, das Zeichen wurde gefunden, jeder Zweifel war gehoben, und heiße Segenswünsche ertönten aus der Brust der treusten Vasallen.

Mit dem Ausdruck des tiefsten Ingrimms hatte sich Fürst Isidor entfernt, während der Akt verlesen wurde. – Als nun die Fürstin sich allein befand mit dem Grafen von Törny und den beiden Jünglingen, da war es, als wollte ihre Brust zerspringen, nicht mehr vermögend, den Sturm der mannigfachsten Gefühle zu bergen. Ungestüm warf sie sich an die Brust des Grafen und rief, wie ganz aufgelöst in schmerzlicher Wonne: »O Törny! dein Kind, deinen Sohn hast du verstoßen, um den zu retten, der unter diesem Herzen lag! – Aber ich bringe ihn dir wieder, den Verlornen! – O Törny, wir gehören nicht mehr der Erde an, kein irdischer Gram hat hinfort Macht über uns! – Laß uns die Ruhe, die Seligkeit des Himmels genießen! – Über uns schwebt sein versöhnter Geist! – Doch was vergaß ich! – sie harrt, sie harrt, die selige Braut!« –

Damit ging die Fürstin in ein Nebenzimmer und kam zurück mit der bräutlich geschmückten Natalie. Keines Wortes mächtig, hatten sich bis jetzt die Jünglinge angestarrt mit Blicken, in denen sich ein unheimliches Grauen abspiegelte. In dem Augenblick, als die Jünglinge Natalien erblickten, schien ein zündender Blitzstrahl sie zu beleben; mit dem lauten Ausruf: »Natalie!« stürzten sie beide los auf das holde Engelskind. Aber auch Natalien faßte tiefes Entsetzen, als sie die beiden Jünglinge gewahrte, ein Doppeltbild des Geliebten, den sie im Herzen getragen.

»Ha!« rief nun wild der junge Törny, »ha! Fürst, bist du, du der Hölle entstiegene Doppeltgänger, der mir mein Ich gestohlen, der mir Natalien zu rauben, der mir das Leben aus der zerfleischten Brust zu reißen trachtet? – Eitler, wahnsinniger Gedanke! Sie ist mein, mein!«

Darauf der junge Fürst: »Was drängst du dich in mein Ich? – Was habe ich mit dir zu schaffen, daß du mich äffst mit meinem Antlitz, mit meiner Gestalt! – Fort! hinweg – mein ist Natalie!«

»Entscheide, Natalie!« schrie nun Törny, »sprich – schworst du nicht Treue mir tausendmal in jenen seligen Stunden, als ich dich malte, als« – »Ha«, unterbrach ihn der Fürst, »gedenke jener Stunde in dem verfall-

546

nen Schloß, als du mir folgen wolltest« – und nun riefen beide wild durcheinander: »Entscheide, Natalie, entscheide«, und dann einer wieder zum andern: »Laß sehen, wem es gelingt, sich den Doppeltgänger vom Halse zu schaffen – bluten, bluten sollst du, bist du kein satanisches Trugbild der Hölle!«

Da rief Natalie im Jammerton trostloser Verzweiflung: »Gerechter Gott! wer ist es, wer von beiden, den ich liebe? – Ist dies Herz zerspalten und kann doch leben? – Gerechter Gott – laß mich sterben, sterben in diesem Augenblick!« – Tränen erstickten ihre Stimme. – Dann beugte sie das Haupt, hielt beide Hände vors Gesicht, es war, als ob sie hineinschauen wollte in ihre eigne innerste Brust. Dann sank sie nieder auf die Knie, erhob den tränenschweren Blick, die gefalteten Hände, wie brünstig betend, und sprach leise, mit dem Ton der innigsten herzdurchbohrendsten Wehmut: »Entsaget!«

»Es ist«, sprach die Fürstin mit verklärter Begeisterung, »es ist der Engel des ewigen Lichts selbst, der zu euch spricht.«

Noch starrten sich die Jünglinge an, wilde Flammen im Blick – da quoll plötzlich ein Tränenstrom ihnen aus den Augen, sie fielen sich in die Arme, sie drückten sich an die Brust, sie stammelten: »Ja! – entsagen – entsagen – vergiß – vergib mir, Bruder!« – dann der Fürst zum jungen Törny: »Um meinetwillen verstieß dich der Vater – um meinetwillen hast du gelitten – ja, ich entsage!« – Dann der junge Törny zum Fürsten: »Was ist meine Entsagung gegen die deine! – Ja, du, du warst es, du der Fürst des Landes, dem die Prinzessin bestimmt.« –

»Habe Dank«, rief Natalie, »habe Dank, o ewige Macht des Himmels, es ist vorüber!« – Dann drückte sie den Abschiedskuß auf die Stirne beider Jünglinge und entfernte sich wankend, auf der Fürstin Arm gestützt. –

»Ich verliere dich aufs neue«, sprach der Graf Törny mit tiefem Schmerz, als der Sohn fort wollte. »Vater«, rief dieser, »Vater, laß mir Zeit, laß mir Freiheit, daß ich nicht untergehe, daß dieses zerrissene Herz gesunde!« – Damit umarmte er schweigend nochmals den Fürsten, den Vater und eilte schnell davon. – –

Natalie begab sich in ein weit entferntes Fräuleinstift, dessen Äbtissin sie wurde. Die Fürstin, in ihren letzten Hoffnungen getäuscht, ließ das Grenzschloß, in dem sie sonst gefangen, bequem einrichten und wählte es zu ihrem einsamen Aufenthalt. Graf Törny blieb bei dem Fürsten. Beide sahen es gern, daß Fürst Isidor wieder außer Landes gegangen.

Ganz Hohenflüh war berauscht in Jubel und Freude. Die Tischlerzunft, unterstützt von würdigen Zimmerleuten, kletterte an der stattlichen Ehrenpforte, jede Gefahr verhöhnend, hin und her und klopfte und hämmerte rüstig darauf los, während die Maler, jeden Augenblick des Losstreichens gewärtig, in den Farbentöpfen rührten und die Gärtnerburschen unabsehbare Kränze flochten von Taxus und buntleuchtenden Blumen. Die Waisenknaben standen schon, in die Sonntagskleider gepreßt, auf dem Markt, die Schuljugend plärrte: »Heil dir im Siegerkranz«, als Vorübung, dazwischen schrie dann und wann eine Trompete, wie die Heiserkeit ausräuspernd, und der ganze Mädchenflor gutdenkender Bürger prangte in neugewaschenen Kleidern, während Bürgermeisters Tinchen, allein in weißen knisternden Atlas angetan, Schweißtropfen vergoß, da der junge Kandidat, der zu Hohenflüh der Dichter von Profession, nicht nachließ, ihr die in Versen abgefaßte Anrede an den Fürsten einzustudieren, und dabei keinen einzigen deklamatorischen Effekt vernachlässigt haben wollte.

Arm in Arm gingen die beiden versöhnten Wirte zum »Goldnen Bock« und zum »Silbernen Lamm« die Straße auf und ab, beide sich sonnend in dem Gedanken, daß sie den gnädigsten Landesherrn bewirtet, beide behaglich hinaufschauend zu dem gewaltigen: »Vivat Princeps!«, das eben über ihren Haustüren eingeölt wurde, um abends bei der Illumination mächtig zu flammen. – Man erwartete den Fürsten in wenigen Stunden. –

In Reisekleidern, Reisebündel und Mappe auf dem Rücken, schlich der Maler George Haberland (kein anderer wollte der junge Graf Törny zur Zeit sein) durch das Neudorfer Tor. – »Ha«, rief ihm Berthold entgegen, »herrlich getroffen! – Glück auf, Bruder George! – Ich weiß alles! – Gott sei gedankt, daß du kein regierender Fürst bist, da wäre freilich alles vorbei gewesen. Aus dem Grafen mache ich mir ganz und gar nichts, denn ich weiß, du bist und bleibst Künstler. Und die, die du liebst? – Sie ist kein irdisches Wesens Sie lebt nicht auf der Erde, aber in dir selbst als hohes reines Ideal deiner Kunst, das dich entzündet, das aus deinen Werken die Liebe aushaucht, die über den Sternen thront.« –

»Ha Bruder Berthold«, rief George, indem seine Augen aufstrahlten in himmlischem Feuer, »ha Bruder Berthold, du hast recht, sie – sie selbst ist die Kunst, in der mein ganzes Wesen atmet. – Nichts habe ich verloren und will mich, abgewendet vom Himmlischen, irdischer Schmerz erfassen, mich niederbeugen – du – dein unwandelbar heitres Gemüt –

Freundes Trost, Balsam den Wunden,
Ist noch nicht für mich verhallt!« –

550   Die Jünglinge zogen weiter fort über die Berge! –

Datura fastuosa

(Der schöne Stechapfel)

Erstes Kapitel

Das Glashaus des Professors Ignaz Helms. Der junge Student Eugenius. Gretchen und die alte Professorin. Kampf und Entschluß.

In dem Glashause des Professors Ignaz Helms stand der junge Student Eugenius und betrachtete die schönen hochroten Blüten, die die königliche Amaryllis (Amaryllis reginae) eben zur Morgenzeit entfaltet.

Es war der erste milde Februarstag. Hell und freundlich leuchtete das reine Azur des wolkenlosen Himmels, strahlte die Sonne hinein durch die hohen Glasfenster. Die Blumen, die noch in grüner Wiege schlummerten, rührten sich wie im ahnenden Traum und trieben die saftigen Blätter empor, aber der Jasmin, die Reseda, die immerblühende Rose, der Schneeball, das Veilchen erfüllten, ins neue blühende Leben erwacht, das Haus mit den süßesten, lieblichsten Düften, und hin und wieder flatterten schon Vögelein, die sich schüchtern hervorgewagt, aus dem warmen Nest, hinan und pickten an die Scheiben, als wollten sie sehnsüchtig den schönen bunten Frühling herauslocken, der in dem Hause verschlossen.

»Armer Helms«, sprach Eugenius mit tiefer Wehmut, »armer alter Helms, alle diese Pracht, alle diese Herrlichkeit schaust du nicht mehr! – Deine Augen schlossen sich für immer, du ruhst in kalter Erde! – Doch nein, nein! ich weiß es ja, du bist unter all deinen lieben Kindern, die du so treulich hegtest und pflegtest, und keines, dessen frühen Tod du beklagtest, ist gestorben, und nun erst verstehest du ganz ihr Leben und ihre Liebe, die du nur zu ahnen vermochtest.« –

In dem Augenblick klapperte und hantierte das kleine Gretchen mit der Gießkanne gar sehr unter den Blumen und Pflanzen umher. –

»Gretchen, Gretchen!« rief Eugenius, »was machst du denn? ich glaube beinahe, du begießest schon wieder die Pflanzen ganz und gar zu unrechter Zeit und verdirbst, was ich sorglich gepflegt.« – Dem armen Gretchen wäre beinahe die gefüllte Gießkanne aus den Händen gefallen.

»Ach, lieber Herr Eugenius«, sprach sie, indem ihr die hellen Tränen in die Augen traten, »schelten Sie doch nur nicht, sein Sie doch nur nicht böse. Sie wissen ja, ich bin ein dummes, einfältiges Ding, ich denke immer, die armen Stauden und Sträucher, die hier im Hause kein Tau, kein Regen erquickt, schauten mich verschmachtend an, und ich müsse ihnen Speis' und Trank reichen.« – »Naschwerk«, fiel ihr Eugenius in die Rede, »Naschwerk, Gretchen, verderbliches Naschwerk ist ihnen das jetzt, woran sie erkranken und sterben. Überhaupt, du meinst es gut mit den Blumen, ich weiß es, aber es fehlt dir ganz an botanischer Kenntnis, und du gibst dir, meines sorgsamen Unterrichts unerachtet, gar keine Mühe mit dieser Wissenschaft, die doch jedem Frauenzimmer wohl ansteht, ja unentbehrlich ist, denn sonst weiß ein Mädchen ja nicht einmal, zu welcher Klasse und Ordnung die schön duftende Rose gehört, mit der es sich schmückt, und das ist doch sehr schlimm. Sag' einmal, Gretchen, was sind das für Pflanzen dort in jenen Töpfen, die nun bald blühen werden?« – »Ja!« rief Gretchen freudig, »das sind ja meine lieben Schneeglöckchen!« – »Siehst du«, sprach Eugenius weiter, »siehst du nun wohl, Gretchen, daß du nicht einmal deine Lieblingsblumen richtig zu benennen weißt! Galanthus nivalis mußt du sagen.« –

»Galanthus nivalis«, sprach Gretchen leise nach, wie in scheuer Ehrfurcht. – »Ach, lieber Herr Eugenius!« rief sie dann aber, »das klingt sehr schön und vornehm, aber es ist mir so, als wenn das gar nicht mein liebes Schneeglöckchen sein könne. Sie wissen ja, wie ich sonst, da ich noch ein Kind« – »Bist du es nicht mehr, Gretchen?« fiel ihr Eugenius in die Rede. »Ei nun«, erwiderte Gretchen, bis unter die Augen errötend, »wenn man in das vierzehnte Jahr getreten, rechnet man sich doch wohl nicht mehr zu den Kindern.« – »Und doch«, sprach Eugenius lächelnd, »und doch ist es nicht so lange her, daß die große neue Puppe –«

Schnell wandte sich Gretchen ab, sprang auf die Seite und machte sich mit den Töpfen zu schaffen, die dort auf dem Fußboden standen, sich zu ihnen niederkauernd. –

»Sei nicht böse, Gretchen«, fuhr Eugenius sanft fort; »bleibe immer das gute, fromme liebe Kind, das Vater Helms der bösen Verwandtin entriß und dann samt seiner edlen Frau so hielt, als wär's die eigne Tochter. – Doch du wolltest mir etwas erzählen!«

»Ach«, erwiderte Gretchen kleinlaut, »ach, lieber Herr Eugenius, das ist wohl wieder albernes Zeug, was mir in den Kopf gekommen, aber da Sie es wünschen, will ich nur alles ganz ehrlich gestehen. Wie Sie meine

Alpenglöckchen so vornehm nannten, da fiel mir Fräulein Röschen ein. Ich und sie, nun, Sie wissen es ja, Herr Eugenius, wir waren sonst ein Herz und eine Seele und spielten, als wir – noch Kinder, gar zu gerne miteinander. Aber eines Tages, es mag wohl jetzt ein Jahr her sein – war Röschen so ernst, so sonderbar gegen mich in ihrem ganzen Betragen und sagte, ich sollte sie nicht mehr Röschen nennen, sondern Fräulein Rosalinda. – Ich tat das, aber seit dem Augenblicke wurde sie mir immer fremder und fremder – ich hatte mein liebes Röschen verloren. So, denk' ich, wird es mir auch mit meinen lieben Blumen gehen, wenn ich sie plötzlich mit fremden stolzen Namen anreden sollte.«

»Hm«, sprach Eugenius, »es ist zuweilen etwas in deinen Worten, Gretchen, was ganz seltsam und sonderbar klingt. Man weiß ganz genau, was du sagen willst, und versteht doch eigentlich nicht, was du gesprochen. Aber das tut der herrlichen botanischen Wissenschaft nicht den mindesten Abbruch, und wenn auch dein Röschen jetzt Fräulein Rosalinda geworden, darfst du doch dich wohl um die Namen deiner Lieblinge, wie sie in der vornehmen, studierten Welt genannt werden, ein wenig bekümmern. – Nütze meinen Unterricht! – Für jetzt, mein gutes, liebes Mädchen, sieh aber nach den Hyazinthen. Schiebe den Og roi de Buzan und die Gloria solis mehr ins Sonnenlicht. Aus der Péruque quarrée scheint nicht viel werden zu wollen. Der Emilius Graf Bühren, der im Dezember so stolz blühte, ist schon zur Ruhe gegangen, der hält's nicht lange aus; aber der Pastor fido läßt sich hübsch an. Den Hugo Grotius, den magst du tapfer begießen, der muß noch tüchtig ins Wachstum.« –

Indem Gretchen, die aufs neue hoch errötet, als Eugenius sie sein gutes, liebes Mädchen nannte, ganz Freude und Lust, zu tun begann, was ihr geheißen, trat die Professorin Helms in das Glashaus. Eugenius machte sie darauf aufmerksam, wie herrlich schon der Frühlingsflor beginne, und rühmte vorzüglich die blühende Amaryllis reginae, die der selige Herr Professor beinahe noch höher geschätzt als die Amaryllis formosissima, weshalb er sie dann auch ganz besonders hege und pflege, seinem teuern Lehrer und Freunde zum steten Andenken.

»Sie haben«, sprach die Professorin gerührt, »Sie haben ein herzlich gutes kindliches Gemüt, lieber Herr Eugenius, und keinen von allen seinen Schülern, die denn so nach und nach ins Haus gekommen sind, hat mein verstorbener Mann so geschätzt, so väterlich geliebt als Sie. Aber keiner hat meinen Helms auch so verstanden, keiner ist seinem Innersten so verwandt gewesen, keiner so in das recht Wahre und Eigentümliche seiner Wissenschaft eingedrungen als Sie. ›Der junge Eugenius‹, pflegte er oft zu sagen, ›ist ein treuer, frommer Jüngling, deshalb lieben ihn die Gewächse, Pflanzen, Bäume und gedeihen fröhlich unter seiner Pflege. Ein feindliches, störrisches, ruchloses Gemüt, das ist der Satan, der das Unkraut säet, welches wild aufwuchert und vor dessen giftigem Hauch die Gotteskinder absterben.‹ – Gotteskinder nannte er ja seine Blumen.«

Dem Eugenius standen die Tränen in den Augen. »Ja, liebe hochverehrte Frau Professorin«, sprach er, »diese fromme Liebe will ich treu bewahren, und fortblühen in herrlichem Gedeihen soll dieser schöne Tempel meines Lehrers, meines Vaters, solange noch ein Hauch des Lebens in mir ist. – Wenn Sie es erlauben, Frau Professorin, so will ich jetzt, wie es der Herr Professor zu tun pflegte, hier das kleine Stübchen neben dem Glashause beziehen, dann hab’ ich alles besser im Auge.« –

»Eben«, erwiderte die Professorin, »eben fiel es mir recht schwer aufs Herz, daß nun es wohl bald mit der Herrlichkeit dieser Blumenpracht ein Ende haben wird. Ich verstehe mich wohl auch recht gut auf die Pflege der Gewächse und Pflanzen und bin, wie Sie wissen, in der Wissenschaft meines Mannes nicht unerfahren. Aber du lieber Gott, eine alte Frau wie ich, mag die so rührig sein, alles in Obhut zu halten wie ein junger rüstiger Mensch, fehlt es ihr auch gar nicht an Liebe dafür? – Und da wir uns nun trennen müssen, lieber Herr Eugenius –«

»Wie!« rief Eugenius voller Schreck, »wie, Sie wollen mich verstoßen, Frau Professorin?« –

»Geh«, sprach die Professorin zu Gretchen, »geh, liebes Gretchen, ins Haus und hole mir einmal das große Umschlagetuch, es ist doch noch recht kühl.«

Als Gretchen fort war, begann die Professorin sehr ernst: »Wohl Ihnen, lieber Herr Eugenius, daß Sie ein viel zu unbefangener, weltunerfahrner, ein viel zu edler Jüngling sind, um vielleicht das einmal ganz zu verstehen, was ich Ihnen jetzt zu sagen genötigt bin. Ich trete nun bald in mein sechzigstes Jahr, Sie haben kaum das vierundzwanzigste erreicht, ich könnte füglich Ihre Großmutter sein, und ich meine, daß dies Verhältnis unser Beisammensein heiligen müsse. Aber der giftige Pfeil boshafter Verleumdung schont auch nicht die Matrone, deren Leben vorwurfsfrei war, und es dürfte nicht an arglistigen Menschen fehlen, die, so lächerlich es auch klingen möchte, Ihren Aufenthalt in meinem Hause der bösen Nachrede, hämischer Neckerei bloßstellen würden. Mehr noch als mich selbst würde Sie die Bosheit treffen, darum ist es nötig, lieber Eugenius, daß Sie mein Haus verlassen. Übrigens werde ich Sie in Ihrer Laufbahn unterstützen wie meinen Sohn und würde dies auch getan haben, hätte mein Helms mir auch dazu nicht ausdrücklich die Verpflichtung auferlegt. – Sie und Gretchen, das sind und bleiben meine Kinder.«

Eugenius stand da ganz stumm und starr. Er konnte in der Tat nicht begreifen, wie sein fernerer Aufenthalt bei der Professorin irgend etwas Anstößiges haben, wie dies Stoff zur übeln Nachrede geben könne. Aber der bestimmte Wille der Professorin, daß er das Haus, das ihm für den Kreis seines ganzen Lebens galt, in dem alle seine Freuden wohnten, verlassen, der Gedanke, daß er nun von seinen Lieblingen, die er gehegt und gepflegt, scheiden solle, faßte ihn mit aller Macht und Stärke.

Eugenius gehörte zu den einfachen Menschen, denen ein kleiner Kreis, in dem sie sich froh und frei bewegen, vollkommen genügt, die in der Wissenschaft oder der Kunst, welche das Eigentum ihres Geistes worden, den schönsten und einzigen Zweck ihres Treibens und Strebens suchen und finden; denen das kleine Reich, worin sie heimatlich sind, die fruchtbare Oasis in der großen, unwirtbaren, freudenleeren Wüste scheint, für die sie das übrige Leben halten, das ihnen eben deshalb fremd bleibt, weil sie sich nicht ohne Gefahr hinauswagen zu können glauben. Man weiß, daß dergleichen Menschen eben ihrer Gesinnung halber in gewisser Art immerdar Kinder bleiben, daß sie ungeschickt, linkisch, ja in dem steifen Gewande einer gewissen kleinlichen Pedanterie, in das ihre Wissenschaft sie einhüllt, engherzig und seelenlos sich darstellen. Es fehlt dann nicht an mancher Verspottung, die der Unverstand, des leichten Sieges gewiß, sich erlaubt. Aber in dem Innersten eben solcher Menschen brennt oft die heilige Naphthaflamme höherer Erkenntnis. Fremd geblieben dem wirren Treiben des bunten Weltlebens, ist das Werk, dem sie sich einzig ergeben mit aller Liebe und Treue, der Mittler zwischen ihnen und der ewigen Macht alles Seins, und ihr stilles, harmloses Leben ein steter Gottesdienst im ewigen Tempel des Weltgeistes. – So war Eugenius! –

Als Eugenius sich von seiner Bestürzung erholt und zu Worten kommen konnte, versicherte er mit einer Heftigkeit, die ihm sonst gar nicht eigen, daß, wenn er das Haus der Professorin verlassen müsse, er seine Laufbahn hienieden für geendet ansehe; denn nimmermehr werde er, ausgestoßen aus seiner Heimat, zur Ruhe und Zufriedenheit gelangen können. Er beschwor die Professorin in den rührendsten Ausdrücken, den, den sie doch als ihren Sohn angenommen, doch nicht fortzujagen in die trostlose Einöde, denn dafür müsse er jeden andern Ort halten, welcher er auch sei.

Die Professorin schien mit Mühe nach einem Entschluß zu ringen.

»Eugenius«, sprach sie endlich, »es gibt ein Mittel, Sie mir im Hause, in denselben Verhältnissen, wie sie bis jetzt bestanden, zu erhalten. – Werden Sie mein Mann!« –

»Es ist«, fuhr sie fort, als Eugenius sie verwundert anblickte, »es ist gar nicht möglich, daß ein Gemüt wie das Ihrige auch nur das mindeste Mißverständnis hegen kann, deshalb nehme ich auch gar keinen Anstand, Ihnen zu gestehen, daß der Vorschlag, den ich Ihnen soeben machte, keineswegs ein augenblicklicher Einfall, sondern das Erzeugnis reiflicher Überlegung ist. – Sie sind mit den Verhältnissen des Lebens unbekannt und werden sich nicht sobald, vielleicht nie darin zu schicken lernen. Sie brauchen selbst in dem engsten Kreise des Lebens jemanden, der Ihnen die Bürde des alltäglichen Bedürfnisses abnimmt, der für Sie bis in das kleinste hinein sorgt, damit Sie frei in voller Gemütlichkeit ganz sich selbst und der Wissenschaft leben können. Das aber vermag niemand besser als eine zärtliche, liebende Mutter, und die will ich sein und bleiben im strengsten Sinn des Worts, heiße ich auch vor der Welt Ihre Frau! – Gewiß ist Ihnen noch nie der Gedanke an Heirat und Ehe in den Sinn gekommen, lieber Eugenius, Sie dürfen auch eben nicht weiter darüber nachdenken, da, hat der Segen des Priesters uns auch verbunden, in keiner Hinsicht sich in unserm Beisammensein etwas ändern wird, es sei denn, daß jener Segen mich an heiliger Stätte erst in aller Frömmigkeit zu Ihrer Mutter weiht, wie Sie zu meinem Sohn. Mit desto größerer Ruhe durfte ich Ihnen, lieber Eugenius, den Vorschlag, der manchem Weltling gar seltsam und sonderbar bedünken möchte, wohl machen, da ich überzeugt bin, daß, gehen Sie ihn ein, nichts dadurch zerstört wird. Alles das, was weltliche Verhältnisse verlangen, um eine Frau glücklich zu machen, wird und muß Ihnen fremd bleiben, ja der Zwang des Lebens, der Druck, die Unbehaglichkeit so vieler Anforderungen, mit denen Sie gequält werden würden, dürfte gar leicht jede etwanige Täuschung vernichten und Ihnen desto lebhafter allen Harm, alle Not der unbequemen Wirklichkeit fühlen lassen. Deshalb kann und darf die Mutter in die Stelle der Frau treten.«

Gretchen kam hinein mit dem Umschlagetuch, das sie der Professorin darreichte.

»Ich will«, sprach die Professorin, »ich will durchaus keinen raschen
Entschluß, lieber Freund! – entscheiden Sie sich erst dann, wenn Sie sich
alles recht reiflich überlegt.– Für heute kein Wort, es ist eine gute alte
Regel, daß man jede Sache, ehe man sich entschließt, beschlafen müsse.«

Damit verließ die Professorin das Glashaus und nahm Gretchen mit
sich fort.

Die Professorin hatte ganz recht, noch niemals war dem Eugenius etwas
von Heirat und Ehe in den Sinn gekommen, und eben nur deshalb hatte
ihn der Antrag der Professorin bestürzt gemacht, weil plötzlich ein ganz
neues Bild des Lebens ihm vor Augen zu stehen schien. Als er die Sache
nun aber recht überlegte, so fand er nichts Herrlicheres, Wohltuenderes,
als daß die Kirche einen Bund segne, der ihm eine gute Mutter und die
heiligen Rechte des Sohnes erworben.

Gern hätte er der alten Frau sogleich seinen Entschluß kundgetan; da
sie ihm aber bis zum andern Morgen zu schweigen geboten, so mußte
er wohl an sich halten, unerachtet sein Blick, sein ganzes Wesen, das
ganz stilles frommes Entzücken war, der Alten verraten mochte, was in
seinem Innern vorging.

Als er nun sich aber anschickte, dem Rat der Professorin gemäß die
Sache zu beschlafen, gerade in dem Delirieren des Einschlummerns ging
ihm ein heller Schimmer, ein Traumbild auf, dessen Gestalten aus seinem
Andenken sonst ganz entschwunden geschienen. Zu der Zeit, da er als
Amanuensis des Professors Helms die Wohnung bei ihm genommen,
kam öfters eine junge Großnichte ins Haus – ein ganz hübsches, artiges
Mädchen – die aber seine Aufmerksamkeit so wenig erregte, daß er, als
sie einige Zeit weggeblieben und es bald darauf hieß, sie werde zurück-
kommen und einen jungen Doktor am Orte heiraten, sich gar nicht
mehr auf sie besinnen konnte. Als sie nun wirklich zurückkam und ihre
Hochzeit mit dem jungen Doktor gefeiert werden sollte, war der alte
Helms krank und konnte das Zimmer nicht verlassen. Da sprach aber
das fromme Kind, daß es gleich nach der Trauung mit dem Bräutigam
ins Haus kommen und von dem ehrwürdigen Paar den Glück und Heil
bringenden Segen erflehen wolle. – Nun geschah es, daß Eugenius gerade
in dem Augenblick in das Zimmer trat, als das Brautpaar vor den Alten
kniete.

Gar nicht jenes Mädchen, jene Großnichte, die er sonst so oft im
Hause gesehen, ein ganz anderes, höheres Wesen schien ihm die engels-
schöne Braut. Sie war in weißen Atlas gekleidet. Eng umspannte das

reiche Gewand den schlanken Leib und floß dann herab in breiten Falten. Durch kostbare Spitzen schimmerte der blendende Busen, das kastanienbraune, zierlich aufgeflochtene Haar schmückte reizend der bedeutsame Myrtenkranz. Eine süße fromme Begeisterung strahlte auf dem Antlitz der Holden, alle Anmut des Himmels schien über sie hingegossen. Der alte Helms schloß die Braut in seine Arme, dann tat die Professorin ein Gleiches und führte sie dem Bräutigam zu, der mit der Inbrunst des höchsten Entzückens das Engelskind stürmisch an seine Brust drückte.

Eugenius, den niemand bemerkte, um den sich niemand kümmerte, wußte nicht, wie ihm geschah. Eiskalt und dann glühendheiß fuhr es ihm durch alle Glieder, ein unnennbares Weh durchschnitt seine Brust, und doch dünkte ihm, es sei ihm nie wohler gewesen. – »Wie, wenn nun die Braut sich dir nahte, wenn du sie auch an deine Brust drücktest?« – Dieser Gedanke, der ihn plötzlich traf wie ein elektrischer Schlag, schien ihm ein ungeheurer Frevel, aber die namenlose Angst, die ihn erdrücken wollte, war ja selbst die glühendste Sehnsucht, das dürstendste Verlangen, es möge sich das begeben, was sein ganzes Ich auflösen mußte in vernichtender Schmerzeslust.

Jetzt bemerkte ihn der Professor und sprach ihn an: »Nun, Herr Eugenius, da haben wir unser junges glückliches Ehepaar – Sie mögen auch immer der Frau Doktorin Glück wünschen, das ist wohl ziemlich.« – Eugenius war keines Wortes mächtig, doch die holde Braut nahte sich, reichte ihm mit der anmutigsten Freundlichkeit die Hand, die Eugenius, ohne zu wissen, was er tat, an die Lippen drückte. Aber nun schwanden ihm auch die Sinne, er hielt sich mit Mühe aufrecht, er vernahm nichts davon, was die Braut zu ihm sprach, er fand sich erst wieder, als das junge Paar längst das Zimmer verlassen und der Professor Helms ihn ein wenig ausschalt wegen seiner unbegreiflichen Schüchternheit, in der er verstumme und wie ein lebloses Wesen erscheine ohne Teilnahme, ohne Empfindung. – Seltsam genug war es wohl, daß, nachdem Eugenius ein paar Tage durch und durch erschüttert, wie im Traum umhergegangen, die ganze Begebenheit in seinem Innern zerfloß zum wirren Traum. –

Die Gestalt der holden engelsschönen Braut, wie er sie damals in dem Zimmer des Professors Helms geschaut, war es nun, die ihm plötzlich in regem, glühendem Leben vor Augen stand, und alles namenlose Weh jenes Augenblicks preßte aufs neue seine Brust zusammen. Aber es schien ihm, als sei er selbst der Bräutigam, und die Schönste breite die Arme aus, daß er sie umfange und an seine Brust drücke. Und da er im Übermaß des höchsten Entzückens auf sie losstürzen wolle, fühle er sich festgekettet, und eine Stimme riefe ihm zu: »Tor, was willst du beginnen, du gehörst nicht mehr dir selbst an, du hast deine Jugend verkauft, kein Frühling der Liebe und Lust blüht dir mehr auf, denn in den Armen des eisigen Winters bist du erstarrt zum Greise.« – Mit einem Schrei des Entsetzens erwachte er aus dem Traum, aber noch war es ihm, als sähe er die Braut, und hinter ihm stehe die Professorin und bemühe sich mit eiskalten Fingern ihm die Augen zuzudrücken, damit er die geschmückte schöne Braut nicht schauen möge. – »Hinweg«, rief er, »hinweg, noch ist meine Jugend nicht verkauft, noch bin ich nicht erstarrt in den Armen des eisigen Winters!« –

Mit der glühendsten Sehnsucht flammte ein tiefer Abscheu auf gegen die Verbindung mit der alten sechzigjährigen Professorsfrau. –

Eugenius mochte wohl am andern Morgen etwas verstört aussehen; die Professorin erkundigte sich sogleich nach seinem Befinden, bereitete ihm selbst, da er über Kopfweh und Mattigkeit klagte, einen stärkenden Trank und pflegte und hätschelte ihn wie ein verzärteltes krankes Kind.

»Und«, sprach Eugenius zu sich selbst, »und all diese mütterliche Liebe und Treue sollte ich lohnen mit dem schwärzesten Undank, in wahnsinniger Betörtheit mich losreißen von ihr, von allen meinen Freuden, von meinem Leben? Und das eines Traumbilds halber, das nie für mich aufleben kann, das, vielleicht Verlockung des Satans, mich von schnöder Sinneslust Verblendeten stürzen sollte ins Verderben? – Gibt es da noch zu denken, zu überlegen? Fest, unwandelbar fest steht mein Entschluß!« –

Noch an demselben Abend wurde die alte, beinahe sechzigjährige Professorin die Braut des jungen Herrn Eugenius, der zur Zeit noch zu den Studenten zu rechnen.

Zweites Kapitel

Lebensansichten eines weltklugen Jünglings. Der Fluch des Lächerlichen. Der Zweikampf um der Braut willen. Verfehlte Nachtmusik und eingetroffene Hochzeit. Mimosa pudica.

Eugenius war eben beschäftigt, einige Topfgewächse zu beschneiden, als Sever, der einzige Freund, mit dem er sparsamen Umgang pflegte, zu ihm hineintrat. – Sowie aber Sever den in seine Arbeit vertieften Eugenius erblickte, blieb er festgewurzelt stehen und schlug dann eine übermäßige Lache auf.

Das hätte auch wohl ein anderer getan, der weniger empfänglich für alles Bizarre als der joviale lebenslustige Sever.

562 Die alte Professorin hatte in aller herzlicher Gutmütigkeit dem Bräutigam die Garderobe des seligen Professors erschlossen und sogar geäußert, daß sie es gern sehen würde, wenn Eugenius, wolle er auch nicht eben in den altmodigen Kleidern über die Straße gehen, doch von den schönen bequemen Morgenanzügen Gebrauch mache.

Da stand nun Eugenius in dem weiten mächtigen Schlafrock des Professors, von indischem, mit den buntesten Blumen jeder Art besäten Zeuge, eben eine solche hohe Mütze auf dem Kopf, auf deren Vorderseite gerade ein glühendes Lilium bulbiferum (Feuerlilie) prangte, und sah mit seinem Jünglingsgesicht in dieser Maske aus wie ein verzauberter Prinz.

»Gott behüte und bewahre«, rief Sever, als er sich endlich von seinem Lachen erholt, »ich glaubte, es spuke hier, und der selige Professor wandle, aus dem Grabe erstanden, unter seinen Blumen, selbst ein artiges Staudengewächs mit den seltsamsten Blüten! – Sage, Eugenius, wie kamst du zu dieser Maskerade?«

Eugenius versicherte, daß er in diesem Anzuge gar nichts Seltsames finde. Die Professorin habe ihm in ihrem jetzigen Verhältnis erlaubt, des verstorbenen Professors Schlafröcke zu tragen, die bequem und noch dazu von solchem kostbaren Zeuge verfertigt wären, wie es kaum in der ganzen Welt mehr aufzutreiben. Alle Blumen und Kräuter wären nämlich auf das genaueste der Natur abkonterfeit, und es gäbe in dem Nachlaß noch einige seltne Nachtmützen, die ein vollständiges Herbarium vivum ersetzten. Diese wolle er jedoch aus geziemender Ehrfurcht nur an besonderen Festtagen aufs Haupt setzen. Selbst der jetzige Anzug sei aber schon deshalb höchst merkwürdig und schön, weil der verstorbene Professor eigenhändig mit unauslöschbarer Tinte bei jeder Blume, bei jedem Kraut den richtigen Namen bemerkt, wie Sever sich durch näheres Beschauen des Schlafrocks und der Mütze überzeugen könne, so daß solch ein Schlafrock jedem wißbegierigen Lehrling zum herrlichen Studium 563 dienen dürfte.

Sever nahm die Nachtmütze in die Hand, die ihm Eugenius darreichte, und las wirklich in feiner, sauberer Schrift eine Menge Namen, z.B. Lilium bulbiferum, Pitcairnia angustifolia, Cynoglossum omphalodes, Daphne mezereum, Gloxinia maculata u.a.m. Sever wollte aufs neue ausbrechen in Lachen, doch plötzlich wurde er sehr ernst, schaute dem Freunde tief ins Auge und sprach: »Eugenius! – Wär' es möglich – wär' es wahr? – Nein, es kann, es darf nichts anders sein als ein possenhaftes albernes Gerücht, das der böse Leumund dir und der Professorin zum Hohn ausstreut! – Lache, Eugenius, lache recht derb, man sagt, du würdest die Alte heiraten?«

Eugenius erschrak ein wenig, dann versicherte er aber mit niedergeschlagenen Augen, daß allerdings wahr sei, was man spreche.

»So hat mich«, rief Sever in vollem Eifer, »so hat mich das Schicksal zur rechten Stunde hergebracht, dich wegzureißen von dem verderblichen Abgrunde, an dessen Rande du stehst! – Sage, welch ein heilloser Wahnsinn hat dich ergriffen, daß du dein Selbst in der schönsten Zeit verkaufen willst für ein schnödes Handgeld?« – So wie es dem Sever zu geschehen pflegte bei solcher Gelegenheit, er sprudelte auf, erhitzte sich selbst immer mehr und mehr, bis er zuletzt Verwünschungen ausstieß gegen die Professorin – gegen Eugenius und eben noch recht derbe Studentenflüche daraufsetzen wollte, als Eugenius ihn endlich mit Mühe dahinbrachte, stillzuschweigen und ihn anzuhören. Eben Severs aufbrausende Hitze hatte dem Eugenius seine ganze Haltung wiedergegeben. Er setzte nun dem Sever mit Ruhe und Klarheit das ganze Verhältnis auseinander, verhehlte nicht, wie die ganze Sache sich von Haus aus gestaltet, und schloß endlich mit der Frage, welchen Zweifel er wohl hegen könne, daß die Verbindung mit der Professorin eben ganz unbedingt sein Lebensglück machen werde.

»Armer Freund«, sprach Sever, der nun auch wieder ruhig geworden, »armer Freund, in welches dichte Netz von Mißverständnissen hast du dich versponnen! – Doch vielleicht gelingt es mir, die fest geschürzten Knoten zu lösen, und dann, erst aus den Banden gerettet, wirst du den Wert der Freiheit fühlen. – Du mußt fort von hier!« – »Nimmermehr«, rief Eugenius, »mein Entschluß steht fest. Du bist ein unseliger Weltling, wenn du zweifeln kannst an dem frommen Sinn, an der treuen Mutterliebe, womit die würdigste aller Frauen mich, der ich ewig ein unmündiges Kind, durch das Leben führen wird!«

»Höre«, sprach Sever, »du nennst dich selbst ein unmündiges Kind, Eugenius, zum Teil bist du es wirklich, und dies gibt mir Welterfahrnen das Übergewicht, das mir sonst die Jahre nicht zugestehen würden, da ich nur wenig älter als du. Magst du es daher nicht voreilige Hofmeisterei nennen, wenn ich dich versichere, daß du von deinem Standpunkt aus gar nicht vermagst in der ganzen Sache klar zu sehen. Glaube ja nicht, daß ich gegen die gute harmlose Absicht der Professorin den mindesten Zweifel hege, daß ich nicht überzeugt bin, sie will nur dein Glück, aber sie selbst, guter Eugenius, sie selbst ist in großem Irrtum befangen. Es ist eine alte richtige Bemerkung, daß die Weiber alles vermögen, nur nicht sich außer sich selbst heraus zu versetzen in die Seele des andern. Was sie selbst lebhaft empfinden, gilt ihnen für die Norm alles Empfindens überhaupt, und die eigene innere Gestaltung ist ihnen der Prototypus, nach dem sie das, was in des andern Brust verschlossen, beurteilen und richten. So wie ich die alte Professorin kenne in all ihrem Tun und Wesen, muß ich denken, daß sie nie heftiger Leidenschaft fähig war, daß sie jenes Phlegma von jeher besaß, welches die Mädchen und Frauen lange hübsch erhält, denn in der Tat noch jetzt sieht die Alte für ihre Jahre glatt und glau genug aus. Daß der alte Helms das Phlegma selbst war, wissen wir beide, und kommt nun hinzu, daß beide nächst der frommen Einfachheit altvorderlicher Sitten eine recht herzliche Gemütlichkeit in sich trugen, so mußt' es eine recht glückliche, ruhige Ehe geben, in welcher der Mann niemals die Suppe tadelte, die Frau aber niemals die Studierstube zur Unzeit scheuern ließ. Dieses ewige Andante des ehelichen Duetts glaubt nun die Professorin mit dir in aller Gemächlichkeit fortspielen zu können, da sie dir Phlegma genug zutraut, um nicht plötzlich mit einem Allegro hinauszufahren in die Welt. Bleibt in dem botanischen Schlafrock nur alles fein still und ruhig, so ist es am Ende gleich, wer drinnen sitzt, der alte Professor Helms oder der junge Student Eugenius. O, es ist kein Zweifel, die Alte wird dich pflegen, dich hätscheln, ich bitte mich im voraus bei dir zu Gaste auf den herrlichsten Mokkakaffee, den je eine alte Frau bereitet, und sie wird es gern sehen, wenn ich mit dir eine Pfeife des feinsten Varinas rauche, die sie selbst gestopft, und die ich mit dem Fidibus anzünde, den sie aus zum Feuertode verdammten Kollektaneen des Seligen zugeschnitten und gekniffen. – Aber wenn nun mitten in diese Ruhe, die für mich wenigstens alle Trostlosigkeit einer menschenleeren Wüste hat, wenn nun in diese Ruhe plötzlich der Sturm des Lebens einbricht?« –

»Du meinst«, unterbrach Eugenius den Freund, »wenn böse Zufälle sich ereignen – Krankheit« –

»Ich meine«, fuhr Sever fort, »wenn durch diese Glasfenster einmal ein Paar Augen hineinblicken, von deren feurigem Strahl die Kruste schmilzt, die dein Inneres überdeckt, und der Vulkan bricht los in verderblichen Flammen« –

»Ich verstehe dich nicht!« rief Eugenius.

»Und«, sprach Sever weiter, ohne auf Eugenius zu achten, »und wider solche Strahlen schützt kein botanischer Schlafrock, er fällt in Lumpen herab vom Leibe, und wär' er von Asbest. – Und – abgesehen von dem, was sich in der Art Verderbliches ereignen kann, so lastet von Haus aus in diesem wahnsinnigen Bündnis der ärgste aller Flüche auf dir, der Fluch, vor dem auch die kleinste Blüte des Lebens erkrankt und abstirbt – es ist der Fluch des Lächerlichen.« –

Eugenius verstand in seiner beinahe kindischen Unbefangenheit wirklich gar nicht recht, was der Freund sagen wollte; er war im Begriff, sich soviel möglich belehren zu lassen über die unbekannte Region, von der Sever schwatzte, als die Professorin hineintrat.

Über Severs Antlitz zuckten tausend ironische Fältchen, ein spitzes Wort schwebte ihm auf der Zunge. Doch als die Professorin mit aller gemütlichen Freundlichkeit, mit aller anmutigen Würde einer edlen Matrone auf ihn zutrat, als sie ihn mit wenigen herzlichen Worten, die aber recht aus dem Innersten strömten, bewillkommte als den Freund ihres Eugenius, da war weggetilgt alle Ironie, aller schadenfrohe Spott, und es war dem Sever im Augenblick, als gäbe es in der Tat Wesen und Verhältnisse im Leben, von denen der gemeine Weltsinn nichts wisse, nichts ahne.

Es sei hier gesagt, daß die Professorin beim ersten Anblick jeden seltsam wohltuend ansprechen mußte, dessen Sinn nicht verschlossen für den Ausdruck wahrhafter Frömmigkeit und Treue, wie er aus Albrecht Dürers Matronen spricht; denn einer solchen Matrone glich die Professorin ganz und gar. –

Also Sever verschluckte das spitze Wort, das ihm auf der Zunge schwebte, und selbst dann kam ihm der Spott nicht wieder, als die Professorin ihn wirklich einlud, da es gerade die Vesperzeit, mit Eugenius Kaffee zu trinken und Tabak zu rauchen. –

Sever dankte dem Himmel, als er wieder im Freien, denn die Gastlichkeit der alten Frau, der besondere Zauber der edelsten Frauenwürde, der über ihr ganzes Wesen verbreitet, hatte ihn so befangen, daß er in seiner tiefsten Überzeugung wankte. Ja, daß er wider seinen Willen glauben mußte, Eugenius könne in der Tat glücklich sein in dem widersinnigen Verhältnis mit der Alten, das war ihm beinahe unheimlich und grauenhaft. –

Doch! – wohl geschieht es im Leben, daß eine ausgesprochene böse Ahnung eintrifft im nächsten Moment, und so begab es sich denn auch, daß sich schon andern Tages etwas kundtat von dem Fluch des Lächerlichen, dessen Sever erwähnt wie in feindlicher Verwünschung. –

Eugenius' seltsamer Bräutigamsstand war bekannt geworden, und so konnt' es nicht fehlen, daß, als er andern Morgens in das einzige Kollegium trat, das er noch besuchte, ihn alle mit lachenden Gesichtern anblickten. Ja, noch mehr, als das Kollegium geendet, hatten die Studenten bis auf die Straße hinaus eine Doppelreihe gebildet, die der arme Eugenius durchwandern mußte, und nun scholl's überall: »Gratulor, Herr Bräutigam – grüß' Er das liebe süße Bräutlein – hm! Ihm hängt wohl der Brauthimmel voll Geigen und Pfeifen u.s.w.«

Dem Eugenius stieg aus allen Adern das Blut mächtig zu Kopf. – Schon auf die Straße gekommen, rief ihm ein roher Bursche aus der Reihe zu: »Grüß' deine Braut, die alte –« Er stieß ein garstiges Schimpfwort aus, aber in dem Augenblick erwachten auch alle Furien des Zorns und der Wut in Eugenius, mit geballter Faust schlug er seinem Widersacher ins Gesicht, daß er rücklings überstürzte. Er raffte sich auf und erhob gegen Eugenius den dicken Knotenstock, mehrere taten ein Gleiches, da sprang aber der Senior der Landsmannschaft, zu der beide, Eugenius und der Bursche, der ihn beschimpft, gehörten, dazwischen und rief stark: »Halt! – seid ihr Straßenbuben, daß ihr euch hier prügeln wollt auf offnem Markt? – Es geht euch den Teufel was an, ob Eugenius heiratet, und wer seine Braut ist. Seine Braut hat aber Marcell verunglimpft, hier in unser aller Gegenwart auf offner Straße, und zwar so plebejisch, daß er den Schimpf mit Schimpf rügen durfte und mußte auf der Stelle. Marcell weiß nun, was er zu tun hat; rührt sich aber jetzt einer, so hat

er es mit mir zu tun.« Der Senior nahm den Eugenius unter den Arm und geleitete ihn nach Hause. »Du bist«, sprach er dann zu Eugenius, »du bist ein braver Junge, du konntest nicht anders handeln. Aber du lebst zu still, zu eingezogen, man sollte dich beinahe für einen Tuckmäuser halten. Mit dem Schlagen wird es nun nichts sein; fehlt es dir auch nicht an Mut, so hast du doch keine Übung, und der Prahlhans Marcell ist einer unsrer besten geübtesten Schläger, der setzt dich auf die Erde beim dritten Stoß. Aber das soll nicht sein, ich schlage mich für dich,

ich fechte deine Sache aus; du kannst darauf bauen.« Der Senior verließ
den Eugenius, ohne seine Antwort abzuwarten.

»Siehst du wohl«, sprach Sever, »siehst du wohl, wie meine Prophezeiungen schon jetzt sich zu bewähren beginnen?«

»O schweige«, rief Eugenius, »das Blut kocht mir in den Adern, ich
kenne mich selbst nicht mehr, mein ganzes Wesen ist zerrissen! – Gott
im Himmel! – welcher böse Geist flammte aus mir heraus in diesem
wilden Jähzorn! – Ich sage dir, Sever, hätte ich eine Mordwaffe in der
Hand, niedergestoßen in dem Augenblick hätt’ ich den Unglücklichen!
– Aber auch nie hat eine Ahnung diese Brust gehegt, daß es in dem
Bereich des Lebens eine Schmach geben könne der Art!«

»Nun«, sprach Sever, »die bittern Erfahrungen treten ein.«

»Bleibe weg«, fuhr Eugenius fort, »bleibe weg mit deiner gepriesenen
Weltklugheit. Ich weiß es, Orkane gibt es, die plötzlich hineinbrechen
und im Augenblick zerstören, was lange sorgliche Mühe schuf. – O, mir
ist es, als wenn meine schönsten Blumen zerknickt, tot vor meinen Füßen
lägen.«

Ein Student forderte jetzt in Marcells Namen den Eugenius zum
Zweikampf auf den andern Morgen. Eugenius versprach, zur rechten
Zeit an Ort und Stelle zu sein.

»Du, der du niemals ein Rapier in der Hand gehabt, du willst dich
schlagen?« so fragte Sever ganz erstaunt; Eugenius versicherte aber, daß
keine Macht ihn abhalten werde, seine Sache selbst auszufechten, wie es
sich gebühre, und daß Mut und Entschlossenheit das ersetzen würden,
was ihm an Geschicklichkeit abginge. Sever stellte ihm vor, daß im
Zweikampf auf den Stoß, wie er am Orte üblich, der Mutigste dem Geschickten unterliegen müsse. Eugenius blieb indessen standhaft bei seinem
Entschluß, indem er hinzufügte, daß er im Stoßen vielleicht geübter sei,
als man es glaube.

Da schloß ihn Sever freudig in die Arme und rief: »Der Senior hat
recht, du bist ein braver Junge durch und durch, aber in den Tod sollst
du nicht gehen, ich bin dein Sekundant und werde dich schützen, wie
ich es nur vermag.«

Leichenblässe lag auf Eugenius’ Antlitz, als er auf den Kampfplatz trat,
aber aus seinen Augen flammte ein düstres Feuer, und seine ganze Haltung war fester Mut, die Ruhe der Entschlossenheit selbst.

Nicht wenig erstaunte Sever und ebenso der Senior, als Eugenius sich
gleich als ein ganz guter Fechter zeigte, dem sein Gegner beim ersten

Gange durchaus nichts anhaben konnte. Beim zweiten Gange traf den Marcell gleich ein geschickter Stoß in die Brust, daß er zusammenstürzte.

Eugenius sollte fliehen, aber nicht von der Stelle wollte er weichen, es möge über ihn ergehen, was es auch sei. Marcell, den man für tot gehalten, erholte sich wieder, und nun erst, da der Wundarzt erklärte, Rettung sei möglich, begab sich Eugenius mit Sever von dem Kampfplatz nach Hause. »Ich bitte dich«, rief Sever, »ich bitte dich, Freund, hilf mir aus dem Traum, denn in der Tat, zu träumen glaub' ich, wenn ich dich betrachte. Anstatt des friedlichen Eugenius stehet ein gewaltiger Mensch vor mir, welcher stößet wie der vortrefflichste Senior und ebensoviel Mut und Gelassenheit hat als dieser.« – »O mein Sever«, erwiderte Eugenius, »gäbe der Himmel, du hättest recht, möchte alles nur ein böser Traum sein. Aber nein, der Strudel des Lebens hat mich erfaßt, und wer weiß, an welche Klippen mich die dunkle Macht schleudert, daß ich, zum Tode wund, nicht mehr mich retten kann in mein Paradies, das ich unzugänglich glaubte den finstern wilden Geistern.« –

»Und«, fuhr Sever fort, »und diese finstren wilden Geister, die jedes Paradies zerstören, was sind die anders, als die Mißverständnisse, die uns um das Leben betrügen, das heiter und klar vor uns liegt? – Eugenius, ich beschwöre dich, laß ab von einem Entschluß, der dich verderben wird! – Ich sprach von dem Fluch des Lächerlichen, mehr und mehr wirst du ihn empfinden. Du bist brav, entschlossen, und es ist vorauszusehen, daß du, da nun einmal es unmöglich ist, das Lächerliche deines Verhältnisses mit der Alten zu vertilgen, dich wohl noch zwanzigmal schlagen wirst deiner Braut halber. Aber je mehr dein Mut, deine Treue sich bewähren mag, desto schärfer wird die Lauge werden, mit der man dich und deine Taten übergießt. Aller Glanz deines studentischen Heldentums verbleicht in der absoluten Philisterei, die die alte Braut über dich bringen muß.« –

Eugenius bat den Sever, von einer Sache zu schweigen, die unabänderlich in seinem Innern feststehe, und versicherte nur noch auf Befragen, daß er seine Fechtkunst lediglich dem verstorbenen Professor Helms verdanke, der als ein echter Student aus der älteren Zeit ungemein auf diese Kunst und überhaupt auf das, was in studentischer Sprache »Komment« heißt, gehalten. Beinahe jeden Tages habe er, schon der Bewegung halber, sich ein Stündchen mit dem Alten herumrapieren müssen, woher ihm denn, ohne daß er jemals den Fechtboden besucht, hinlängliche Übung gekommen. –

Eugenius erfuhr von Gretchen, daß die Professorin ausgegangen und nicht zu Mittage, sondern erst am Abende nach Hause kommen werde, da sie gar vieles in der Stadt zu besorgen. Ihm fiel dieses deshalb ein wenig auf, weil es ganz aus der Gewohnheit, aus der Lebensweise der Professorin lag, das Haus auf so lange Zeit zu verlassen.

Vertieft in ein wichtiges botanisches Werk, das ihm eben erst zur Hand gekommen, saß Eugenius in dem Studierzimmer des Professor Helms, das nun das seine worden, und hatte in dem Augenblick alles Verhängnisvolle, das sich am Morgen begeben, beinahe vergessen. Die Dämmerung war schon eingebrochen, da hielt ein Wagen vor dem Hause, und bald darauf trat die Professorin in Eugenius' Zimmer. Er erstaunte nicht wenig, sie in dem vollen Staat zu sehen, den sie nur an hohen Festtagen anzulegen pflegte. Das schwere faltenreiche Kleid von schwarzem Moor, reichlich mit schönen Brabanter Spitzen besetzt, das kleine altertümliche Häubchen, das reiche Perlenhalsband, ebensolche Armbänder, der ganze Schmuck gab der hohen vollen Gestalt der Professorin ein gar herrliches, ehrfurchtgebietendes Ansehen.

Eugenius sprang auf von seinem Sitz, aber mit der ungewöhnlichen Erscheinung trat, selbst wußte er nicht wie, auch alles Unheil des Tages in seiner Seele hervor, und unwillkürlich aus der tiefsten Brust rief er: »O mein Gott!«

»Ich weiß«, sprach die Professorin mit einem Ton, der in erkünstelter Ruhe nur zu sehr die tiefste Bewegung der Seele verriet, »ich weiß alles, was seit gestern vorgegangen, lieber Eugenius, ich kann, ich darf Sie nicht tadeln. – Mein Helms hat sich auch einmal meinethalben schlagen müssen, als ich seine Braut, ich hab' es erst erfahren, als wir schon zehn Jahre verheiratet, und mein Helms war ein ruhiger gottesfürchtiger Jüngling, der gewiß niemandes Tod wollte. Aber es ist nicht anders, hab' ich auch niemals begreifen können, warum es nicht anders sein kann. Doch die Frau vermag ja manches nicht zu fassen, was sich auf jener dunkeln Kehrseite des Lebens begibt, die ihr, will sie Weib sein und des Weibes Ehre und Würde behaupten, fern, dunkel bleiben muß, und mit frommer Ergebung mag sie daran glauben, was der Mann von der Gefahr jener Klippen, die er, ein kühner Pilot, umschifft hat, erzählt, und nicht weiter forschen! – Noch von anderm ist hier aber die Rede. – Ach, so sollte man, – ist die Sinnenlust der Jugend vorüber, sind die grellen Bilder des Lebens verbleicht, – denn das Leben selbst nicht mehr verstehen, sollte der Geist, ist er ganz zugewendet dem ewigen Licht, doch nicht das reine Blau des Himmels schauen können, ohne daß aus dem Pfuhl des Irdischen dunkle Wolken und Gewitter aufsteigen? – Ach! – als mein Helms sich um meinetwillen schlug, da war ich ein blühendes achtzehnjähriges Mädchen, man nannte mich schön – man beneidete ihn. – Und Sie – Sie schlagen sich für eine Matrone, für ein Verhältnis, das die leichtfertige Welt nicht zu fassen vermag, das nichtswürdige Gottlosigkeit mit frechem Spott begeifert. – Nein, das darf, das soll nicht sein! – Ich gebe Ihnen Ihr Wort zurück, lieber Eugenius! wir müssen uns trennen!« –

»Nimmermehr«, schrie Eugenius, indem er der Professorin zu Füßen stürzte und ihre Hände an seine Lippen drückte; »wie, meinen letzten Tropfen Blut sollt' ich nicht verspritzen für meine Mutter?« – Und nun beschwor er die Professorin unter den heißesten Tränen, zu halten, was sie versprochen, nämlich, daß der Segen der Kirche ihn weihen solle zu ihrem Sohn! – »Doch ich Unglückseliger«, fuhr er dann plötzlich auf, »ist nicht alles zerstört, all mein Hoffen, mein ganzes Lebensglück? Marcell ist vielleicht schon tot – in der nächsten Minute schleppt man mich vielleicht ins Gefängnis.« –

»Sein Sie ruhig«, sprach die Professorin, indem ein anmutiges Lächeln die Verklärung des Himmels auf ihrem Antlitz verbreitete, »sein Sie ruhig, mein lieber frommer Sohn! Marcell ist außer aller Gefahr, der Stoß ist so glücklich gegangen, daß durchaus gar keine edle Teile verletzt sind. Mehrere Stunden habe ich bei unserm würdigen Rektor zugebracht. Er hat sich mit dem Senior Ihrer Landsmannschaft, mit den Sekundanten, mit mehreren Studenten, die bei dem ganzen Vorfall zugegen waren, besprochen. – ›Das ist keine gemeine alberne Rauferei‹, sprach der edle Greis, ›Eugenius konnte die tiefe Schmach nicht anders rügen und Marcell auch nicht anders handeln. Ich habe nichts erfahren und werde jeder Angeberei zu begegnen wissen.‹« –

Eugenius schrie laut auf vor Wonne und Entzücken, und hingerissen von dem Moment, in dem der Himmel selbst durch seine schönsten Freuden den frommen Sinn des begeisterten Jünglings zu verherrlichen schien, gab die Professorin seinem Flehen nach, daß ihre Hochzeit in ganz kurzer Zeit gefeiert werden solle.

Am späten Abend, als den Morgen darauf die Trauung in möglichster Stille gefeiert werden sollte, ließ sich auf der Straße vor dem Hause der Professorin ein dumpfes Murmeln und leises Kichern vernehmen. Es waren Studenten, die sich versammelten. Aufflammend im Grimm lief

Eugenius nach seinem Rapier. Vor Schreck leichenblaß, war die Professorin keines Wortes mächtig. Da sprach aber eine rauhe Stimme auf der Straße: »Wollt ihr, so werde ich euch beistehn in dem saubern Ständchen, das ihr dem Brautpaar hier zu bringen im Sinn habt, aber morgen wird sich denn auch keiner weigern, mit mir ein Tänzchen zu machen, solange als er sich auf den Beinen aufrecht erhalten kann!« –

Die Studenten schlichen einer nach dem andern still fort. Eugenius, aus dem Fenster blickend, erkannte im Laternenschimmer sehr deutlich den Marcell, der mitten auf dem Pflaster stand und nicht eher wich, bis der letzte der Versammelten den Ort verlassen.

»Ich weiß nicht«, sprach die Professorin, als die paar alten Freunde des verstorbenen Helms, die der Trauung beigewohnt, fortgegangen waren, »ich weiß nicht, was unserm Gretchen ist, warum sie geweint hat, wie im trostlosesten Schmerz. Gewiß glaubt das arme Kind, wir würden uns nun weniger um sie kümmern. Nein! – mein Gretchen bleibt mein liebes, liebes Töchterlein!« – So sprach die Professorin und schloß Gretchen, die eben hereingetreten, in ihre Arme. »Ja«, sprach Eugenius, »Gretchen ist unser gutes liebes Kind, und mit der Botanik wird's auch noch recht gut gehen.« Damit zog er sie zu sich hin und drückte, was er sonst beileibe nicht getan, einen Kuß auf ihre Lippen. Aber wie leblos sank Gretchen in seinen Armen zusammen.

»Was«, rief Eugenius, »was hast du, Gretchen? – Bist du denn eine kleine Mimosa[6], daß du zusammenfährst, wenn man dich anrührt?«

»Das arme Kind ist gewiß krank, der feuchte kalte Dunst in der Kirche hat ihr nicht wohlgetan;« so sprach die Professorin, indem sie der Kleinen die Stirne rieb mit stärkendem Wasser. Gretchen schlug die Augen auf mit einem tiefen Seufzer und meinte, es sei ihr plötzlich gewesen, als bekäme sie einen Stich ins Herz hinein, aber nun wäre alles vorüber. –

6   Mimosa pudica – Sinnpflanze. Die vierfach gefingert gefiederten Blätter ziehen oder legen sich bei der geringsten Berührung zusammen.

Drittes Kapitel

Stilles Familienleben. Der Ausflug in die Welt. Der Spanier Fermino Valies. Warnungen eines verständigen Freundes.

Auf den Glockenschlag fünf Uhr, wenn der letzte schöne Morgentraum von dem wohlerhaltenen Exemplar irgendeiner seltnen Pflanze entflohen, verließ Eugenius sein Lager, fuhr in den botanischen Schlafrock des Professors und studierte, bis ein feines Glöcklein ertönte. Dies geschah Punkt sieben Uhr und war ein Zeichen, daß die Professorin aufgestanden, sich angekleidet, und daß der Kaffee in ihrem Zimmer bereit stand. In dies Zimmer begab sich Eugenius und ergriff, nachdem er zum Guten Morgen der Professorin die Hand geküßt, ganz nach der Art, wie wohl ein frommes Kind die Mutter begrüßt, die Pfeife, die schon gestopft auf dem Tische lag, und die er an dem Fidibus anzündete, den ihm Gretchen hinhielt. Unter freundlichem Gespräch wurd' es acht Uhr, dann stieg Eugenius hinab in den Garten oder in das Treibhaus, wie es nun eben Witterung und Jahreszeit gestattete, wo er sich mit botanischer Arbeit beschäftigte bis eilf Uhr. Dann kleidete er sich an und stand Punkt zwölf Uhr an dem gedeckten Tisch, auf dem die Suppe dampfte. Die Professorin war dann gar höchlich erfreut, wenn Eugenius bemerkte, daß der Fisch die gehörige Würze, daß der Braten Saft und Kraft habe etc. »Ganz«, rief die Professorin, »ganz wie mein Helms, der meine Küche zu loben pflegte, wie selten ein Ehemann, dem es manchmal überall schmeckt, nur nicht im Hause! – Ja, lieber Eugenius, Sie haben ganz und gar das heitre gute Gemüt meines Seligen!« – Nun folgte ein Zug nach dem andern aus dem stillen einfachen Leben des Verstorbenen, den die Professorin beinahe geschwätzig erzählte, und der den Eugenius, war ihm auch alles längst bekannt, doch wieder aufs neue rührte, und oft schloß sich das einfache Mahl der kleinen Familie damit, daß die letzten Tropfen Weins auf das Andenken des Professors geleert wurden. Der Nachmittag glich dem Vormittage. Eugenius brachte ihn hin mit seinen Studien, bis um sechs Uhr abends die Familie sich wieder versammelte. Eugenius erteilte dann ein paar Stunden hindurch, in Gegenwart der Professorin, dem Gretchen Unterricht in dieser, jener Wissenschaft, dieser, jener Sprache. Um acht Uhr wurde gegessen, um zehn Uhr begab man sich zur Ruhe. So war ein Tag dem andern völlig gleich, und nur der Sonntag machte eine Ausnahme. Eugenius ging dann vormittags, stattlich gekleidet

in diesen, jenen Sonntagsrock des Professors von zuweilen etwas seltsamer
Farbe und noch seltsamerem Schnitt, mit der Professorin und Gretchen
nach der Kirche, und nachmittags wurde, erlaubt' es die Witterung, eine
Spazierfahrt nach einem nicht fern von der Stadt gelegenen Dörfchen
gemacht.

So dauerte das klösterliche einfache Leben fort, aus dem sich Eugenius
nicht hinaussehnte, in dem ihm sein ganzes Wirken und Sein eingeschlossen schien. Wohl mag aber zehrender Krankheitsstoff sich im Innern
gebären, wenn der Geist, seinen eignen Organismus verkennend, im
unseligen Mißverständnis den Bedingungen des Lebens widerstrebt.
Krankheit zu nennen war nämlich die hypochondrische Selbstgenügsam-
keit, zu der Eugens ganzes Treiben erstarrte, und die, immer mehr ihm
seine unbefangene Heiterkeit raubend, ihn für alles, was außer seinem
engen Kreise lag, kalt, schroff, scheu erscheinen ließ. Da er niemals, außer
an den Sonntagen, in Gesellschaft seiner Gattin-Mutter, das Haus verließ,
so kam er aus aller Berührung mit seinen Freunden; Besuche vermied
er auf das sorglichste, und selbst Severs, seines alten treuen Freundes,
Gegenwart beängstete ihn so sichtlich, daß dieser auch wegblieb.

»Es ist nun einmal so mit dir gekommen, du bist und mußt nun tot
sein für uns. – Ein Erwachen würde dich erst recht töten!« –

So sprach Sever, als er das letztemal den verlornen Freund verließ,
dem es gar nicht einmal einfiel, darüber nachzudenken, was Sever mit
jenen Worten wohl habe sagen wollen.

Die Spuren des geistigen Verkränkelns zeigten sich auch bald auf Eugens todbleichem Antlitz. Alles Jugendfeuer in den Augen war erloschen,
er sprach die matte Sprache des Engbrüstigen, und sah man ihn in dem
Ehrenkleide des verstorbenen Professors, so mußte man glauben, der
Alte wolle den Jüngling hinaustreiben aus seinem Rock und selbst wieder
hineinwachsen. Vergebens forschte die Professorin, ob der Jüngling, um
den ihr bangte, sich körperlich krank fühle und des Arztes bedürfe; er
versicherte indessen, daß er sich niemals wohler gefühlt. –

Eugenius saß eines Tages in der Gartenlaube, als die Professorin hineintrat, sich ihm gegenübersetzte und ihn stillschweigend betrachtete.
Eugenius schien, in ein Buch vertieft, sie kaum zu bemerken.

»Das«, begann endlich die Professorin, »das habe ich nicht gewollt,
nicht gedacht, nicht geahnt!«

Eugenius fuhr, beinahe erschreckt durch den fremdartigen scharfen
Ton, in dem die Professorin jene Worte sprach, von seinem Sitze auf.

»Eugenius«, fuhr die Professorin sanfter und milder fort, »Eugenius, Sie entziehen sich der Welt ganz und gar, es ist Ihre Lebensweise, die Ihre Jugend verstört! Ich, meinen Sie, sollte nicht tadeln, daß Sie in klösterlicher Einsamkeit sich einschließen in das Haus, daß Sie ganz mir und der Wissenschaft leben, aber es ist dem nicht so. Fern sei von mir der Gedanke, daß Sie Ihre schönsten Jahre einem Verhältnis opfern sollten, das Sie mißverstehen, indem Sie dies Opfer bringen. Nein, Eugenius, hinaus sollen Sie in das Leben treten, das Ihrem frommen Sinn nie gefährlich werden kann.«

Eugenius versicherte, daß er gegen alles, was außer dem kleinen Kreise, der seine einzige Heimat sei, liege, einen innern Abscheu hege, daß er sich wenigstens unter den Menschen beängstet, unbehaglich fühlen werde, und daß er auch am Ende gar nicht wisse, wie er es anfangen solle, hinauszutreten aus seiner Einsamkeit.

Die Professorin, ihre gewohnte Freundlichkeit wiedergewinnend, sagte ihm nun, daß der Professor Helms ebenso wie er das einsame, ganz den Studien gewidmete Leben geliebt, daß er aber demunerachtet sehr oft und in seinen jüngeren Jahren beinahe täglich ein gewisses Kaffeehaus besucht, in dem sich meistens Gelehrte, Schriftsteller, vorzüglich aber Fremde einzufinden pflegten. So sei er stets mit der Welt, mit dem Leben in Berührung geblieben, und oft habe er dort durch mancherlei Mitteilungen reichlich geerntet für seine Wissenschaft. Ein gleiches solle Eugenius tun.

Hätte die Professorin nicht darauf bestanden, schwerlich wäre Eugenius dazu gekommen, sich wirklich hinauszuwagen aus seiner Klause.

Das Kaffeehaus, dessen die Professorin gedachte, war in der Tat der Sammelplatz der schriftstellerischen Welt und nebenher der Ort, den Fremde zu besuchen pflegten, so daß in den Abendstunden ein buntes Gewühl in den Sälen auf- und abwogte.

Man kann denken, wie seltsam dem Klausner Eugenius zumute war, als er zum erstenmal sich in diesem Gewühle befand. Doch fühlte er seine Beklommenheit weichen, als er gewahrte, daß niemand sich um ihn kümmerte. Immer unbefangener geworden, trieb er es bis zu der Keckheit, irgendeine Erfrischung bei einem müßig dastehenden Kellner zu bestellen, bis ins Tabakzimmer zu dringen, Platz zu nehmen in einer Ecke und, den mannigfachen Gesprächen zuhorchend, wirklich selbst seiner Lieblingsneigung gemäß eine Pfeife zu rauchen. Nun erst gewann er eine gewisse Haltung, und von dem lustigen lauten Treiben um ihn her auf ihm fremde Weise erregt, blies er, ganz fröhlich und guter Dinge, die blauen Wolken vor sich her.

Dicht neben ihm nahm ein Mann Platz, dessen Bildung und Anstand den Fremden verriet. Er stand in der Blüte des männlichen Alters, mehr klein als groß, war er sehr wohlgestaltet, jede seiner Bewegungen rasch und geschmeidig, sein Antlitz voll eigentümlichen Ausdrucks. – Es war ihm unmöglich, sich mit dem herbeigerufenen Kellner zu verständigen, je mehr er sich deshalb mühte, je mehr er in Hitze geriet und Zorn, desto wunderlicher wurde das Deutsch, das er herausstotterte. Endlich rief er auf Spanisch: »Der Mensch tötet mich mit seiner Dummheit.« Eugenius verstand das Spanische sehr gut und sprach es so ziemlich. Aller Blödigkeit entsagend, nahte er sich dem Fremden und erbot sich, den Dolmetscher zu machen. Der Fremde schaute ihn an mit durchbohrendem Blick. Dann versicherte er aber, indem eine anmutige Freundlichkeit in seinem Gesichte aufglänzte, daß er es für ein besonderes Glück halte, auf jemanden zu treffen, der seine Muttersprache rede, die so selten gesprochen werde, unerachtet sie wohl die herrlichste sei, die es gäbe. Er rühmte Eugens Aussprache und schloß damit, daß die Bekanntschaft, die er der Gunst des Zufalls verdanke, fester geknüpft werden müsse, welches nicht besser geschehen könne, als bei einem Glase des geistigen feurigen Weins, der auf dem vaterländischen Boden wachse.

Eugenius errötete über und über wie ein verschämtes Kind; als er indessen ein paar Gläser von dem Xeres getrunken, den der Fremde hatte bringen lassen, fühlte er mit der behaglichen Wärme, die sein Innres durchströmte, eine ganz besondere Lust an des Fremden lebensheiterm Gespräch.

Er möge, begann endlich der Fremde, nachdem er den Eugenius einen Augenblick stillschweigend betrachtet, er möge es ihm nicht übel deuten, wenn er nun gestehe, daß bei dem ersten Blick er sich über sein Äußeres gar verwundert. Sein jugendliches Gesicht, seine ganze Bildung stehe nämlich mit seiner bis zum Bizarren altfränkischen Kleidung in solch wunderlichem Widerspruch, daß er ganz besondere Beweggründe vermuten müsse, die ihn nötigten, sich auf diese Weise zu verunstalten.

Eugenius errötete aufs neue, denn einen flüchtigen Blick auf seinen zimtfarbnen Ärmel mit den goldbesponnenen Knöpfen auf dem Aufschlag werfend, fühlte er selbst lebhaft, wie seltsam er abstechen müsse gegen alle, die im Saal befindlich, vorzüglich aber gegen den Fremden, der, nach der letzten Mode schwarz gekleidet, mit der feinsten, blendend weißen Wäsche, mit dem Brustnadelbrillant die Eleganz selbst schien.

Ohne Eugens Antwort abzuwarten, fuhr der Fremde fort, daß es durchaus außer seinem Charakter läge, jemanden seine Lebensverhältnisse abzufragen, indessen flöße ihm Eugenius ein solches hohes Interesse ein, daß er nicht umhinkönne, ihm zu gestehen, wie er ihn für einen jungen, vom Unglück, von drückender Sorge verfolgten Gelehrten halte. Sein blasses abgehärmtes Gesicht spräche dafür, und das altfränkische Kleid sei gewiß das Geschenk irgendeines alten Mäcens, das er in Ermanglung eines andern zu tragen gezwungen. Er könne und wolle helfen, er sähe ihn für seinen Landsmann an, und nur darum bitte er, alle engherzige Rücksichten beiseite zu setzen und so offen zu sein, als er es gegen den innigsten, bewährtesten Freund sein würde.

Eugenius errötete zum drittenmal, nun aber in dem bittern Gefühl, ja beinahe im Zorn über das Mißverständnis, das der unglückselige Rock des alten Helms vielleicht nicht bei dem Fremden allein, sondern bei allen Anwesenden veranlaßt. Eben dieser Zorn löste ihm aber Herz und Zunge. Er eröffnete dem Fremden sein ganzes Verhältnis, er sprach von der Professorin mit dem Enthusiasmus, den ihm die wahre kindliche Liebe zu der alten Frau einflößte, er versicherte, daß er der glücklichste Mensch sei auf Erden, daß er wünsche, seine jetzige Lage möge fortdauern, solange er lebe.

Der Fremde hatte sehr aufmerksam alles angehört; dann sprach er mit bedeutendem scharfen Ton: »Ich lebte auch einmal einsam, viel einsamer als Sie, und glaubte in dieser Einsamkeit, die andere trostlos genannt hätten, daß das Schicksal keinen Anspruch mehr an mich habe. Da rauschten die Wogen des Lebens hoch auf, und mich ergriff ihr Strudel, der mich hinabzureißen drohte in den Abgrund. Doch bald hob ich, ein kühner Schwimmer, mich hoch empor und segle nun fröhlich

und freudig daher auf silberheller Flut und fürchte nicht mehr die hoffnungslose Tiefe, die das Spiel der Wellen verbirgt. Nur auf der Höhe versteht man das Leben, dessen erster Anspruch ist, daß man seine Lust genieße. Und auf den heitern hellen Lebensgenuß wollen wir die Gläser leeren!«

Eugenius stieß an, ohne daß er den Fremden ganz verstanden. Seine Worte, in dem sonoren Spanisch gesprochen, klangen ihm wie fremde, aber recht ins Innere hineintönende Musik. Er fühlte sich zu dem Fremden hingezogen auf besondere Weise, selbst wußte er nicht warum.

Arm in Arm verließen die neuen Freunde das Kaffeehaus. In dem Augenblick, als sie auf der Straße sich trennten, kam Sever, der, als er Eugenius erblickte, voll Erstaunen stehenblieb.

»Sage«, sprach Sever, »sage mir um des Himmels willen, was hat das zu bedeuten? Du auf dem Kaffeehause? Du vertraulich mit einem Fremden? – Und noch dazu siehst du ganz erregt, erhitzt aus, als hättest du ein Glas Wein zuviel getrunken!«

Eugenius erzählte, wie alles gekommen, wie die Professorin darauf bestanden, daß er das Kaffeehaus besuchen solle, wie er dann die Bekanntschaft des Fremden gemacht.

»Was doch«, rief Sever, »was doch die alte Professorin für einen Scharfsinn hat fürs Leben! In der Tat, sie sieht ein, daß der Vogel flügge geworden, und läßt ihn sich versuchen im Fliegen! – O der klugen, weisen Frau!«

»Ich bitte dich«, erwiderte Eugenius, »schweige von meiner Mutter, die nichts will als mein Glück, meine Zufriedenheit, und deren Güte ich eben die Bekanntschaft des herrlichen Mannes verdanke, der mich soeben verließ.«

»Des herrlichen Mannes?« unterbrach Sever den Freund. »Nun, was mich betrifft, ich traue dem Kerl nicht über den Weg. Er ist übrigens ein Spanier und Sekretär des spanischen Grafen Angelo Mora, der seit kurzem angekommen und das schöne Landhaus vor der Stadt bezogen hat, das sonst, wie du weißt, dem bankerott gewordenen Bankier Overdeen gehörte. – Doch das wirst du schon alles wissen von ihm selbst.«

»Mitnichten«, erwiderte Eugen, »mir fiel es nicht ein, ihn nach Stand und Namen zu fragen.«

»Das ist«, sprach Sever lachend weiter, »das ist der wahre Weltbürgersinn, wackrer Eugen! – Der Kerl heißt Fermino Valies und ist ganz gewiß ein Spitzbube, denn sooft ich ihn sah, fiel mir an ihm ein gewisses heimtückisches Wesen auf, und dann traf ich ihn schon auf ganz besonderen Wegen. – Hüte dich – nimm dich in acht, o mein frommer Professorssohn!«

»Nun merk’ ich wohl«, sprach Eugen voller Unmut, »daß du es darauf abgesehen hast, mich durch deine lieblosen Urteile zu kränken, zu ärgern, aber du sollst mich nicht irremachen; die Stimme, die in meinem Innern spricht, die ist es, der ich allein traue, der ich allein folge.«

»Füge es«, erwiderte Sever, »füge es der Himmel, daß deine innere Stimme kein falsches Orakel sein mag!« –

Eugenius vermochte erst selbst nicht zu begreifen, wie es geschehen können, daß er dem Spanier in den ersten Augenblicken der Bekanntschaft sein ganzes Inneres erschlossen, und hatte er der Macht des Augenblicks die seltsame Aufregung zugeschrieben, in der er sich befunden, so mußte er nun, da das Bild des Fremden in seiner Seele unverwischt feststand, es sich selbst gestehen, daß das Geheimnisvolle, ja Wunderbare, wie es in dem ganzen Wesen des Fremden sich kundtat, mit wahrer Zauberkraft auf ihn gewirkt, und eben dieses Wesen schien ihm die Ursache des seltsamen Mißtrauens zu sein, das Sever wider den Spanier hegte.

Andern Tages, als Eugenius sich wieder auf dem Kaffeehause einfand, schien ihn der Fremde mit Ungeduld erwartet zu haben. Unrecht, meinte er, sei es gewesen, daß er gestern Eugenius' Vertrauen nicht erwidert und nicht auch von seinen Lebensverhältnissen zu ihm gesprochen. Er nenne sich Fermino Valies, sei Spanier von Geburt und zurzeit Sekretär des spanischen Grafen Angelo Mora, den er in Augsburg getroffen und mit dem er hergekommen. Das alles habe er schon gestern von einem seiner Freunde, namens Sever, erfahren, erwiderte Eugenius. Da flammte ein glühend Rot plötzlich auf des Spaniers Wangen und verschwand ebenso schnell. Dann sprach er mit stechendem Blick und beinahe bitter höhnendem Ton: »Nicht glauben konnt' ich, daß Leute, um die ich mich nie gekümmert, mir die Ehre erzeigen würden, mich zu kennen. Doch glaub' ich schwerlich, daß Ihr Freund Ihnen mehr über mich wird sagen können als ich selbst.« – Fermino Valies vertraute nun ohne Hehl seinem neuen Freunde, daß er, kaum der Knabenzeit entwachsen, verführt durch die boshafte Arglist mächtiger Verwandten, in ein Kloster gegangen und Gelübde getan, gegen die sich später sein Innerstes empört. Ja, bedroht von der Gefahr, in immerwährender namenloser Marter hoffnungslos hinzusiechen, habe er dem Drange nicht widerstehen können, sich in Freiheit zu setzen, und sei, als die Gunst des Schicksals ihm eine Gelegenheit dazu dargeboten, entflohen aus dem Kloster. Lebendig, mit den glühendsten Farben, schilderte nun Fermino das Leben in jenem strengen Orden, dessen Regel der erfinderische Wahnsinn des höchsten Fanatismus geschaffen, und um so greller stach dagegen das Bild ab, das er von seinem Leben in der Welt aufstellte, und das so reich und bunt war, wie man es nur bei einem geistvollen Abenteurer voraussetzen kann.

Eugenius fand sich wie von Zauberkreisen umfangen, er glaubte in dem magischen Spiegel des Traums eine ihm neue Welt voll glänzender

Gestalten zu erblicken, und unbemerkt erfüllte seine Brust die Sehnsucht, selbst dieser Welt anzugehören. Er gewahrte, daß seine Verwunderung über manches, vorzüglich aber diese, jene Frage, die er unwillkürlich dazwischenwarf, dem Spanier ein Lächeln entlockte, das ihm Schamröte ins Gesicht trieb. Ihm kam der niederschlagende Gedanke, daß er in Mannesjahren ein Kind geblieben!

Nicht fehlen konnte es, daß der Spanier mit jedem Tage mehr Herrschaft gewann über den unerfahrnen Eugenius. Sowie nur die gewöhnliche Stunde schlug, eilte Eugenius nach dem Kaffeehause und blieb länger und länger, da ihn, mochte er es sich selbst auch nicht gestehen, vor der Rückkehr aus heitrer Welt in die häusliche Einöde graute. Fermino wußte den kleinen Kreis, in dem er sich bis jetzt mit seinem neuen Freunde bewegt, geschickt zu erweitern. Er besuchte mit Eugenius das Theater, die öffentlichen Spaziergänge, und gewöhnlich endeten sie den Abend in irgendeiner Restauration, wo hitzige Getränke die aufgeregte Stimmung, in der sich Eugenius befand, bald bis zur Ausgelassenheit steigerten. Spät in der Nacht kam er nach Hause, warf sich aufs Lager, nicht um wie sonst ruhig zu schlafen, sondern um sich hinzugeben verwirrten Träumen, die ihm oft Gebilde vorüberführten, vor denen er sich sonst entsetzt haben würde. – Matt und abgespannt, unfähig zu wissenschaftlicher Arbeit fühlte er sich dann am Morgen, und erst wann die Stunde schlug, in der er den Spanier zu sehen gewohnt, kamen alle Geister des wildverstörten Lebens in ihm zurück, die unwiderstehlich ihn forttrieben.

Eben zu solcher Stunde, als Eugenius wieder forteilen wollte nach dem Kaffeehause, guckte er, wie er zu tun gewohnt, in das Zimmer der Professorin, um flüchtig Abschied zu nehmen.

»Treten Sie herein, Eugenius, ich habe mit Ihnen zu reden!« So rief ihm die Professorin entgegen, und in dem Ton, mit dem sie diese Worte sprach, lag so viel strenger, ganz ungewohnter Ernst, daß Eugenius festgebannt wurde von jäher Bestürzung.

Er trat ins Zimmer; nicht ertragen konnte er den Blick der Alten, in dem sich tiefer Verdruß mit niederbeugender Würde paarte.

Mit ruhiger Festigkeit hielt nun die Professorin dem Jüngling vor, wie er sich nach und nach zu einer Lebensart verlocken lassen, die alle Ehrbarkeit, alle gute Sitte und Ordnung verhöhne und ihn über kurz oder lang ins Verderben stürzen werde.

Wohl mochte es sein, daß die Alte, die Bedingnisse des Jugendlebens zu sehr nach der Sitte älterer frömmerer Zeit abwägend, in ihrer langen und bisweilen zu heftig werdenden Strafpredigt das richtige Maß überschritt. So mußte es aber kommen, daß das Gefühl des Unrechts, das erst den Jüngling erfaßt hatte, unterging in dem bittern Unmut, den die immer mächtiger werdende Überzeugung, wie er sich doch niemals einem eigentlich sträflichen Hange überlassen, in ihm erregte. Wie es denn zu geschehen pflegt, daß der Vorwurf, der nicht ganz trifft ins Innerste hinein, von der Brust des Schuldigen wirkungslos abprallt.

Als die Professorin ihre Strafpredigt endlich schloß mit einem kalten, beinahe verächtlichen: »Doch! gehen Sie, tun Sie, was Sie wollen!« da kam ihm der Gedanke, wie er in Mannesjahren ein Kind geblieben, mit erneuter Stärke zurück. – »Armseliger Schulknabe! wirst du nie der Zuchtrute entrinnen?« – So sprach eine Stimme in seinem Innern! – Er rannte von dannen.

Viertes Kapitel

Der Garten des Grafen Angelo Mora. Eugenius' Entzücken und Gretchens Schmerz. Die gefährliche Bekanntschaft.

Ein von dem tiefsten Unmut, von den widersprechendsten Gefühlen bestürmtes Gemüt verschließt gern sich in sich selbst, und so geschah es denn auch, daß Eugenius, als er schon vor dem Kaffeehause sich befand, statt hineinzutreten, sich schnell entfernte, unwillkürlich hinauslaufend ins Freie.

Er gelangte vor das breite Gittertor eines Gartens, aus dem ihm balsamische Düfte entgegenströmten. Er schaute hinein und blieb im tiefsten Erstaunen festgewurzelt stehen.

Ein mächtiger Zauber schien die Bäume, die Gebüsche der entferntesten verschiedensten Zonen hieher versetzt zu haben, die im buntesten Gemisch der seltsamsten Farben und Gestaltungen üppig prangten, wie dem heimatlichen Boden entsprossen. Die breiten Gänge, die den magischen Wald durchschnitten, faßten fremde Gewächse, Stauden ein, die Eugenius nur dem Namen, der Abbildung nach gekannt, und selbst Blumen, die er wohl gezogen im eignen Treibhause, erblickte er hier in einer Fülle und Vollendung, wie er sie nie geahnet. Durch den Mittelgang konnte er hinschauen bis zu einem großen runden Platz, in dessen Mitte aus einem Marmorbecken ein Triton Kristallstrahlen hoch in die Höhe spritzte. Silberpfauen stolzierten daher, Goldfasane badeten sich in dem Feuer der Abendsonne. – Nicht gar zu fern vom Tor blühte eine Datura fastuosa (schöner Stechapfel) mit ihren herrlich duftenden großen trichterförmigen Blumen in solch glanzvoller Pracht, daß Eugenius mit Scham an die ärmliche Gestaltung dachte, die dasselbe Gewächs in seinem Garten zeigte. Es war das Lieblingsgewächs der Professorin, und allen Unmut vergessend, dachte Eugenius eben: »Ach! – könnte die gute Mutter solch eine Datura in den Garten bekommen!« – Da schwebten, wie von den Abendlüften getragen, süße Akkorde eines unbekannten Instruments aus den fernen Zaubergebüschen, und leuchtend stiegen die wunderbaren Himmelstöne einer weiblichen Stimme empor. – Es war eine jener Melodien, die nur die Liebesbegeisterung des Südens aus der tiefsten Brust hervorzurufen vermag, es war eine spanische Romanze, die die Verborgene sang.

Aller süße namenlose Schmerz der innigsten Wehmut, alle Glut inbrünstiger Sehnsucht erfaßte den Jüngling, er geriet in eine Trunkenheit der Sinne, die ihm ein unbekanntes fernes Zauberland voll Traum und Ahnung erschloß. Er war auf die Knie gesunken und hatte den Kopf fest angedrückt an die Stäbe des Gitters.

Tritte, die sich dem Gattertor nahten, scheuchten ihn auf, und er entfernte sich schnell, um in seinem aufgeregten Zustande nicht von Fremden überrascht zu werden. –

Unerachtet die Dämmerung schon eingebrochen, fand Eugenius doch noch Gretchen im Garten mit den Pflanzen beschäftigt.

Ohne aufzublicken, sprach sie mit leiser schüchterner Stimme: »Guten Abend, Herr Eugenius!« – »Was ist dir«, rief Eugenius, dem des Mädchens seltsame Beklommenheit auffiel, »was ist dir, Gretchen? – Schau' mich doch an!«

Gretchen blickte zu ihm auf, aber in dem Augenblick quollen ihr auch die hellen Tränen aus den Augen.

»Was ist dir, liebes Gretchen?« wiederholte Eugenius, indem er des Mädchens Hand faßte. Aber da schien ein jäher Schmerz des Mädchens Innres zu durchzucken. Alle Glieder bebten, die Brust flog auf und nieder, ihr Weinen brach aus in heftiges Schluchzen.

Ein wunderbares Gefühl, wohl mehr als Mitleid, durchdrang den Jüngling.

»Um des Himmels willen«, sprach Eugenius in der schmerzlichsten Teilnahme, »um des Himmels willen, was hast du, was ist dir geschehen, mein liebes Gretchen? – Du bist krank, sehr krank! – Komm, setze dich, vertraue mir alles!«

Damit führte Eugenius das Mädchen auf eine Gartenbank, setzte sich zu ihr und wiederholte, indem er ihre Hand leise drückte: »Vertraue mir alles, mein liebes Gretchen!«

Dem Rosenschimmer des erwachten Morgens gleich brach ein holdes Lächeln durch des Mädchens Tränen. Sie seufzte tief, der Schmerz schien gebrochen und das Gefühl unbeschreiblicher Lust, süßer Wehmut sie zu durchdringen.

»Ich bin«, lispelte sie leise mit niedergeschlagenen Augen, »ich bin wohl ein dummes, einfältiges Ding, und es ist alles nur Einbildung, lauter Einbildung! – Und doch«, rief sie dann stärker, indem ihr Tränen wieder aus den Augen stürzten, »und doch ist es so – doch ist es so!«

»So fasse«, sprach Eugenius ganz bestürzt, »so fasse dich doch nur, liebes Gretchen, und erzähle, vertraue mir, was dir denn Böses geschehen, was dich so tief erschüttert hat.«

Endlich kam Gretchen zu Worten. Sie erzählte, wie in Eugenius' Abwesenheit ein fremder Mann plötzlich durch die Türe, die sie zu verriegeln vergessen, in den Garten getreten und sehr eifrig nach ihm gefragt habe. Der Mann habe in seinem ganzen Wesen was Besonderes gehabt, sie aber mit solchen seltsamen, feurigen Augen angeblickt, daß ihr es ganz eiskalt durch alle Glieder gefahren sei und sie vor lauter Angst und Bangigkeit kaum ein Glied rühren können. Dann habe der Mann sich in ganz wunderlichen Worten, die sie, da er überhaupt gar kein rechtes Deutsch gesprochen, kaum verstanden, nach diesem, jenem erkundigt und zuletzt gefragt – hier stockte Gretchen plötzlich, indem ihre Wangen Feuerlilien glichen. Als nun aber Eugenius in sie drang, alles, alles herauszusagen, erzählte sie weiter, daß der Fremde sie gefragt, ob sie nicht dem Herrn Eugenius recht gut sei. Recht aus der Seele, habe sie erwidert, o ja, recht von Herzen! Da sei der Fremde dicht an sie herangetreten und habe sie wieder mit jenem abscheulichen Blick ordentlich durchbohrt, so daß sie die Augen niederschlagen müssen. Noch mehr! recht frech und unverschämt habe der Fremde sie auf die Wangen geklopft, die ihr vor lauter Angst und Bangigkeit gebrannt, dabei gesagt: »Du niedliche hübsche Kleine, ja recht gut sein, recht gut sein!« und dann so hämisch gelacht, daß ihr das Herz im Leibe gezittert. In dem Augenblick sei die

Frau Professorin ans Fenster getreten, und der Fremde habe gefragt, ob das die Frau Gemahlin des Herrn Eugenius sei, und als sie erwidert, ja, es sei die Mutter, recht höhnisch gerufen: »Ei, die schöne Frau! – Du bist wohl eifersüchtig, Kleine?« – hierauf wieder so hämisch und arglistig gelacht, wie sie es nie von einem Menschen gehört, dann aber, nachdem er die Frau Professorin nochmals recht scharf ins Auge gefaßt, sich schnell aus dem Garten entfernt.

»Aber«, sprach nun Eugenius, »aber in diesem allem, liebes Gretchen, finde ich noch gar nichts, das dich so tief, so gar schmerzlich hätte betrüben können.«

»O Herr«, brach Gretchen los, »o Herr des Himmels, wie oft hat die Mutter mir gesagt, daß Teufel in menschlicher Gestalt auf der Erde umherwandelten, die überall Unkraut unter den Weizen säeten, die den Guten allerlei verderbliche Schlingen legten! – O gütiger Gott! – der Fremde, er war der Teufel, der –«

Gretchen stockte. Eugenius hatte gleich gemerkt, daß der Fremde, der Gretchen im Garten überrascht, niemand anders gewesen sein konnte als der Spanier Fermino Valies, und wußte nun recht gut, was Gretchen sagen wollte.

Nicht wenig darüber betreten, fragte er nun kleinmütig, ob er sich denn wirklich seit einiger Zeit in seinem Betragen geändert habe.

Da strömte alles heraus, was Gretchen in der Brust verschlossen. Sie hielt dem Jüngling vor, daß er jetzt im Hause stets trübe, in sich verschlossen, wortkarg, ja zuweilen so ernst und finster sei, daß sie es gar nicht wage, ihn anzureden. Daß er keinen Abend mehr sie seines Unterrichts würdige, der ihr, ach, so lieb, ja wohl das Beste gewesen, was sie auf der Welt gehabt. Daß er gar keine Freude mehr an den schönen Gewächsen und Blumen habe – ach! daß er gestern auf die so herrlich blühenden Balsaminen, die sie allein so sorgsam gezogen, auch nicht einen Blick geworfen, daß er überhaupt gar nicht mehr der liebe gute –

Ein Tränenstrom erstickte Gretchens Worte.

»Sei ruhig, laß keine törichten Einbildungen in dir aufkommen, mein gutes Kind!« – Sowie Eugenius diese Worte sprach, fiel sein Blick auf Gretchen, die sich von der Bank, auf der sie gesessen, erhoben, und als zerstreuten sich plötzlich Zaubernebel, die ihn geblendet, gewahrte er nun erst, daß nicht ein Kind, daß eine sechzehnjährige Jungfrau in der höchsten Anmut des entfalteten Jugendreizes vor ihm stand. – In seltsamer Überraschung vermochte er nicht weiterzureden. Endlich sich ermannend, sprach er leise: »Sei ruhig, mein gutes Gretchen, es wird noch alles anders werden«, und schlich aus dem Garten ins Haus die Treppe hinauf.

Hatte Gretchens Schmerz, ihr Abscheu gegen den Fremden des Jünglings Brust auf besondere Weise bewegt, so war eben deshalb sein Groll gegen die Professorin gestiegen, der er in seiner Betörung allein Gretchens Gram und Leid zuschrieb.

Als er nun zur Professorin hineintrat und diese ihn anreden wollte, unterbrach er sie mit den heftigsten Vorwürfen, daß sie dem jungen Mädchen allerlei abgeschmacktes Zeug in den Kopf gesetzt und über seinen Freund, den Spanier Fermino Valies, geurteilt habe, den sie gar nicht kenne und niemals kennen werde, da der Maßstab einer alten Professorsfrau zu klein sei für wahrhaft lebensgroße Gestaltungen.

»So weit ist es gekommen!« rief die Professorin mit dem schmerzlichsten Ton, indem sie die Augen, die gefalteten Hände gen Himmel erhob.

»Ich weiß nicht«, sprach Eugenius verdrießlich, »ich weiß nicht, was Sie damit meinen, aber mit mir ist es wenigstens noch nicht so weit gekommen, daß ich mit dem Teufel Gemeinschaft gemacht!« –

»Ja«, rief die Professorin mit erhöhter Stimme, »ja! in des Teufels Schlingen sind Sie, Eugenius! Schon hat der Böse Macht über Sie, schon streckt er seine Krallen aus, Sie hinabzureißen in den Pfuhl ewigen Verderbens! Eugenius! lassen Sie ab von dem Teufel und seinen Werken, es ist Ihre Mutter, die Sie bittet, beschwört« –

»Soll ich«, unterbrach Eugenius die Professorin erbittert, »soll ich begraben sein in diesen öden Mauern? – soll ich freudenlos das kräftigste Leben des Jünglings hinopfern? – Sind die harmlosen Vergnügungen, die die Welt darbietet, Werke des Teufels?«

»Nein«, rief die Professorin, indem sie ermattet in einen Stuhl sank, »nein, nein, aber! –« In dem Augenblick trat Gretchen hinein und fragte, ob die Professorin, ob Eugenius nicht zu Nacht essen wolle, alles sei bereit.

Sie setzten sich zu Tische, stumm und düster, keines Wortes mächtig vor den feindlichen Gedanken, die das Innere erfüllten. –

Am frühen Morgen erhielt Eugenius ein Billett von Fermino Valies des Inhalts:

»Sie waren gestern am Gattertor unsers Gartens. Warum traten Sie nicht hinein? Zu spät hat man Sie bemerkt, um Sie einzuladen. Nicht wahr,

Sie haben ein kleines Eden für Botaniker geschaut? – Heute gegen Abend
erwartet Sie an demselben Gattertor

Ihr innigster Freund
Fermino Valies.«

Nach dem Bericht der Köchin hatte das Billett ein furchtbarer, ganz
schwarzer Mensch überbracht, wahrscheinlich ein mohrischer Diener
des Grafen.

Eugenius fühlte sein ganzes Herz aufgehen bei dem Gedanken, daß
er nun eintreten sollte in das Paradies voll herrlichen Zaubers. Er hörte
die Himmelstöne, die den Gebüschen entstiegen, und seine Brust bebte
vor Inbrunst und Verlangen. Zerronnen war aller Unmut in dem luster-
füllten Gemüt.

Bei Tische erzählte er, wo er gewesen und wie der Garten des Bankiers
Overdeen vor dem Tore, den der Graf Angelo Mora besitze, sich ganz
und gar verändert habe und jetzt ein wahrer botanischer Zaubergarten
sei. Gütig wolle ihn heute abend sein Freund Fermino Valies hineinfüh-
ren, und er werde nun alles mit leiblichen Augen in der Natur schauen,
was er sonst nur aus Beschreibungen und Bildern gekannt. Weitläufig
sprach er nun über alle wunderbare, fernen Zonen entrückte Bäume und
Büsche, nannte ihre Namen, gab sein tiefstes Erstaunen darüber zu erkennen, wie sie das heimatliche Klima hätten entbehren und hier aufgezogen werden können. Dazu kam er auf die Sträucher, auf die Stauden,
auf die Gewächse und versicherte, daß alles in diesem Garten ganz
fremdartig und ungewöhnlich sei, daß er z.B. in seinem Leben keine
solche Datura fastuosa gesehen, wie sie im Garten blühe. Der Graf
müsse geheimnisvoller Zaubermittel mächtig sein, denn gar nicht zu
begreifen wäre sonst, wie dies alles in der kurzen Zeit, während der Graf
sich hier aufhalte, habe bewerkstelligt werden können. Dann sprach er
von den Himmelstönen der weiblichen Stimme, die den Gebüschen
entschwebten, und erschöpfte sich in Schilderungen der Wonne, die er
dabei gefühlt.

Eugenius bemerkte in seiner Freude, in seinem Entzücken nicht, daß
er allein sprach, und daß die Professorin und Gretchen stumm und in
sich gekehrt dasaßen.

Als er die Mahlzeit geendet, sprach die Professorin, indem sie sich
von ihrem Sitze erhob, sehr ernst und gelassen: »Sie befinden sich in
einem sehr aufgeregten bedrohlichen Zustande, mein Sohn! Der Garten,

den Sie mit so vielem Eifer beschreiben und dessen Wunder Sie bösen Zauberkräften des unbekannten Grafen zuschreiben, hatte schon seit vielen, vielen Jahren dieselbe Gestalt, und diese seltsame, ja, wie ich zugeben will, wunderbare Gestaltung ist das Werk eines fremden kunstreichen Gärtners, der in Overdeens Diensten stand. Ich war mit meinem lieben Helms ein paarmal dort, der meinte aber, es wäre ihm alles zu künstlich, und der Zwang, den man der Natur angetan, um das Fremde, einander Entgegengesetzte in abenteuerlicher Mischung zusammenzubringen, beklemme ihm das Herz.«

Eugenius zählte die Minuten; endlich sank die Sonne, und er durfte sich auf den Weg machen.

»Die Pforte des Verderbens ist geöffnet, und der Diener steht bereit, das Opfer zu empfahen!« So rief die Professorin im Schmerz und Zorn; Eugenius versicherte dagegen, daß er aus dem Ort des Verderbens gesund und unversehrt zurückzukommen hoffe.

Der Mensch, der das Billett von dem Fremden gebracht, habe ganz schwarz, ganz abscheulich ausgesehen, meinte Gretchen.

»Wohl gar«, sprach Eugenius lächelnd, »wohl gar mag es Luzifer selbst oder wenigstens sein erster Kammerdiener gewesen sein? Gretchen, Gretchen! fürchtest du dich noch vor dem Schornsteinfeger?« Gretchen schlug errötend die Augen nieder, Eugenius entfernte sich schnell.

Vor lauter Bewunderung der botanischen Pracht und Herrlichkeit, die sich ihm in dem Garten des Grafen Angelo Mora auftat, konnte Eugenius gar nicht zu sich selbst kommen.

»Nicht wahr«, sprach Fermino Valies endlich, »nicht wahr, Eugenius, es gibt noch Schätze, die du nicht kanntest. Hier sieht es anders aus, als in deinem Professors-Garten.«

Es ist zu bemerken, daß der enger geschlossene Bund die Benennung mit dem brüderlichen Du unter den Freunden herbeigeführt hatte. –

»O sprich«, erwiderte Eugenius, »sprich nicht von dem armseligen öden Plätzchen, wo ich, einer kranken, mühsam vegetierenden Pflanze gleich, ein kümmerliches freudeloses Leben hingeschmachtet habe! – O diese Pracht – diese Gewächse, diese Blumen – Hier zu bleiben – hier zu wohnen!« –

Fermino meinte, daß, wenn Eugenius sich dem Grafen Angelo Mora nähern wolle, welches er (Fermino) sehr gern vermitteln werde, jener Wunsch leicht erfüllt werden könne, insofern es ihm möglich, sich von der Professorin wenigstens auf die Zeit zu trennen, während der Graf hierbleibe.

»Doch«, fuhr Fermino fort mit spöttelndem Tone, »doch das ist wohl nicht möglich. Wie sollte solch ein junger Ehemann als du, mein Freund, nicht noch im Entzücken der Liebe schwärmen und sich nur einen Augenblick seine Seligkeit rauben lassen. – Ich habe gestern deine Frau gesehen. In der Tat für ihre hohen Jahre ein glaues muntres Weiblein. – Es ist doch erstaunlich, wie lange Amors Fackel in dem Herzen mancher Weiber zu brennen vermag. – Sage mir nur, wie dir bei den Umarmungen deiner Sara, deiner Ninon zumute wird? – Du weißt, wir Spanier sind von feuriger Einbildungskraft, und daher kann ich an dein Eheglück gar nicht denken, ohne in Flammen zu geraten! – Du bist doch nicht eifersüchtig –?«

Der spitze tötende Pfeil des Lächerlichen traf des Jünglings Brust. Er dachte an Severs Warnungen, er fühlte, daß, ließe er sich darauf ein, über sein eigentliches Verhältnis mit der Professorin zu sprechen, er den Spott des Spaniers nur noch mehr reizen würde. Aber aufs neue stand es auch klar vor seiner Seele, daß ein falscher, täuschender Traum ihn, den unerfahrnen Jüngling, um sein Leben betrogen. Er schwieg, doch die brennende Röte, die sein Gesicht überzog, mußte dem Spanier die Wirkung seiner Worte verraten.

»Schön«, sprach Fermino Valies weiter, ohne des Freundes Antwort abzuwarten, »schön ist es hier und herrlich, es ist wahr, aber nenne darum deinen Garten nicht öde und freudenleer. Eben in deinem Garten fand ich gestern etwas, was alle Pflanzen, Gewächse, Blumen auf dem ganzen Erdboden weit, weit übertrifft. – Du weißt, daß ich nichts anders im Sinn haben kann als das Engelsbild von Mädchen, die bei dir hauset. Wie alt ist die Kleine?«

»Sechzehn Jahre, glaub’ ich«, stotterte Eugenius.

»Sechzehn Jahre!« wiederholte Fermino, »sechzehn Jahre! – hierzulande das schönste Alter! – In der Tat, als ich das Mädchen sah, wurde mir manches klar, mein lieber Eugenius! Euer kleiner Haushalt ist wohl recht idyllisch, alles friedlich und freundlich, die gute Alte ist zufrieden, wenn Männlein bei guter Laune bleibt – sechzehn Jahre? – Ob das Mädchen wohl noch unschuldig sein mag? –«

Alles Blut gärte in Eugenius auf bei dieser frechen Frage des Spaniers.

»Sündlicher Frevel«, fuhr er den Spanier zornig an, »sündlicher Frevel ist deine Frage; Schmutz, der den himmelsklaren Spiegel, dem des Mädchens reines Gemüt gleicht, nicht zu beflecken vermag.«

»Nun nun«, sprach Fermino, indem er dem Jüngling einen heimtückischen Blick zuwarf, »nun, nun, ereifre dich nur nicht, mein junger Freund! der reinste klarste Spiegel nimmt die Bilder des Lebens auch am lebendigsten auf, und diese Bilder – doch ich merke, daß du nicht gern von der Kleinen hören magst, und schweige daher.«

In der Tat malte sich auf Eugenius' Gesicht der bittre Unmut, der ihn ganz verstörte. Ja, unheimlich wurde ihm dieser Fermino, und aus dem tiefsten Grunde seines Innersten wollte der Gedanke hervorkeimen, daß Gretchen, das ahnende Kind, wohl recht haben könne, wenn ihr dieser Fermino als ein satanisches Prinzip erschienen.

In diesem Augenblick ließen sich wie Meereswogen anschwellende Akkorde aus dem Gebüsch hören, und jene Stimme ertönte, die gestern alles Entzücken der süßesten Wehmut in des Jünglings Brust entzündet.

»O Herr des Himmels!« rief der Jüngling, indem er erstarrt stehenblieb.

»Was ist es?« fragte Fermino; aber Eugenius gab keine Antwort, sondern horchte dem Gesange zu, ganz verloren in Wonne und Lust.

Fermino schaute ihn an mit Blicken, die in sein Innerstes dringen zu wollen schienen.

Als der Gesang endlich schwieg, seufzte Eugenius tief auf, und als könne nun erst alle süße Wehmut der gepreßten Brust entsteigen, traten ihm helle Tränen in die Augen.

»Dich scheint«, sprach Fermino lächelnd, »dich scheint der Gesang sehr zu ergreifen!«

»Woher«, rief Eugenius begeistert, »woher diese Töne des Himmels? – Keiner Sterblichen Brust kann ihre Heimat sein.«

»Doch«, sprach Fermino weiter, »doch! – Es ist Gräfin Gabriela, die Tochter meines Herrn, welche, nach Landessitte Romanzen singend und sich auf der Guitarre begleitend, durch des Gartens Gänge lustwandelt.«

Ganz unvermutet trat Gräfin Gabriela, die Guitarre im Arm, aus dem dunklen Gebüsch, so daß sie plötzlich dicht vor Eugenius stand.

Es ist zu sagen, daß Gräfin Gabriela in jedem Betracht schön zu nennen war. Der üppige Bau ihres Körpers, der siegende Feuerblick ihrer großen schwarzen Augen, die hohe Anmut ihres Wesens, der volle sonore Silberklang der tiefen Stimme, alles dieses verriet, daß sie unter heiterm südlichen Himmel geboren.

Gefährlich mögen solche Reize sein, aber noch gefährlicher für den lebensunerfahrnen Jüngling ist jener unbeschreibliche Ausdruck im Antlitz, im ganzen Wesen, der auf schon erwachte, im Innern mächtig flammende Liebesglut deutet. Zu diesem Ausdruck gesellt sich denn noch jene geheimnisvolle Kunst, vermöge der das in Lieb' entflammte Weib ihren Anzug, ihren Schmuck so zu wählen, zu ordnen vermag, daß ein harmonisches Ganze jeden Reiz des einzelnen noch blendender hervorleuchten läßt.

War nun in dieser Hinsicht Gräfin Gabriela die Göttin der Liebe selbst, so mußt' es wohl geschehen, daß ihre Erscheinung den schon durch den Gesang aufgeregten Eugenius traf wie ein zündender Blitz.

Fermino stellte den Jüngling der Gräfin vor als einen neuerworbnen Freund, der das Spanische vollkommen verstehe und spreche und dabei ein vortrefflicher Botaniker sei, weshalb ihm hier der Garten ungemeines Vergnügen gewähre.

Eugenius stammelte einige unverständliche Worte, während die Gräfin und Fermino bedeutende Blicke wechselten. Gabriela faßte den Jüngling scharf ins Auge, dem zumute war, als müsse er hinsinken in den Staub.

Da gab die Gräfin ihre Guitarre dem Fermino und hing sich in des Jünglings Arm, indem sie mit holder Anmut erklärte, daß sie auch ein wenig von der Botanik verstehe, über manches wunderbare Gesträuch aber gern belehrt sein wolle und daher darauf bestehen müsse, daß Eugenius nochmals den Garten durchwandle.

Bebend vor süßer Angst, wandelte der Jüngling mit der Gräfin fort, aber freier wurde seine Brust, als die Gräfin nach dieser, jener seltsamen Pflanze fragte, und er sich in wissenschaftlichen Erklärungen ergießen konnte. Er fühlte den süßen Hauch der Gräfin an seiner Wange spielen; die elektrische Wärme, die sein Inneres durchdrang, erfüllte ihn mit namenloser Lust, er kannte sich selbst nicht mehr in der Begeisterung, die ihn plötzlich umgeschaffen zu einem ganz andern Wesen.

Immer dichter, immer schwärzer wurden die Schleier, in die der Abend Wald und Flur hüllte. Fermino erinnerte, daß es Zeit sein werde, den Grafen in seinen Zimmern aufzusuchen. – Eugenius, ganz außer sich selbst, drückte der Gräfin Hand stürmisch an die Lippen und schritt dann fort, wie durch die Lüfte getragen, im Gefühl einer Seligkeit, die seine Brust noch nicht gekannt.

Fünftes Kapitel

Das Traumbild. Ferminos verhängnisvolle Geschenke. Trost und Hoffnung.

Man kann denken, daß der Aufruhr im Innern keinen Schlaf in Eugenius' Augen kommen ließ. Als er endlich, der Morgen war schon angebrochen, in jenen Schlummer fiel, der mehr ein Zustand der Betäubung zwischen Wachen und Schlafen zu nennen als wirklicher Schlaf, da trat ihm in vollem blendenden Glanz der höchsten Anmut, wie damals geschmückt, aufs neue das Bild jener Braut entgegen, die er schon einmal im Traum gesehen, und mit verdoppelter Stärke erneute sich der fürchterliche Kampf im Innern, den er damals gekämpft.

»Wie«, sprach das Bild mit süßer Stimme, »wie, du wähnst dich fern von mir? – du zweifelst, daß ich dein bin? – du glaubst, daß das Glück deiner Liebe verloren ist? – Schau' doch nur auf! Geschmückt mit duftenden Rosen, mit blühenden Myrten ist die Brautkammer! – Komm, mein Geliebter, mein süßer Bräutigam! Komm an meine Brust! –«

Flüchtig wie ein Hauch glitten Gretchens Züge über das Traumbild hin, doch als es näher trat, beide Arme ausbreitend, den Jüngling zu umfangen, da war es Gräfin Gabriela.

In der Raserei wildflammender Liebesglut wollte Eugenius das Himmelsbild umfassen, da bannte ihn ein eisiger Starrkrampf fest, so daß er regungslos blieb, als das Traumbild immer mehr und mehr erblaßte, ängstliche Todesseufzer ausstoßend.

Mühsam entwand sich der Brust des Jünglings ein Schrei des Entsetzens.

»Herr Eugenius, Herr Eugenius! erwachen Sie doch nur, Sie träumen ja so ängstlich! –«

So rief eine laute Stimme. Eugenius fuhr auf aus dem träumerischen Zustand, die helle Sonne schien ihm ins Gesicht. Es war die Hausmagd, die gerufen und die ihm nun sagte, daß der fremde spanische Herr schon dagewesen und mit der Frau Professorin gesprochen, die sich unten im Garten befinde und über den ungewöhnlich langen Schlaf des Herrn Eugenius sehr besorgt gewesen, da sie eine Kränklichkeit vermutet. Der Kaffee stehe im Garten bereit.

Eugenius kleidete sich schnell an und eilte hinab, die aufgeregte Stimmung, in die ihn der verhängnisvolle Traum gesetzt, mit aller Gewalt bekämpfend. –

Nicht wenig verwundert war Eugenius, als er die Professorin im Garten antraf, wie sie vor einer wunderbar herrlichen Datura fastuosa stand und, hingebeugt über die großen trichterförmigen Blumen, den süßen Geruch wohlgefällig einzog.

»Ei«, rief sie dem Eugenius entgegen, »ei, Sie Langschläfer! – Wissen Sie wohl, daß Ihr fremder Freund schon hier gewesen ist und Sie zu sprechen verlangt hat? – Nun, am Ende habe ich wohl dem fremden Herrn unrecht getan und auf meine böse Ahnungen zuviel gegeben! – Denken Sie nur, lieber Eugenius, diese herrliche Datura fastuosa hat er aus dem Garten des Grafen herschaffen lassen, weil er von Ihnen gehört, daß ich diese Blume sehr liebe. – Also haben Sie doch in Ihrem Paradiese der Mutter gedacht, lieber Eugenius! – Die schöne Datura soll auch recht gepflegt werden.« –

Eugenius wußte nicht recht, was er von Ferminos Beginnen denken sollte. Er mochte beinahe glauben, daß Fermino durch die Aufmerksamkeit, die er bewiesen, den unverdienten Spott habe gutmachen wollen, den er sich über ein Verhältnis erlaubt, das er nicht kannte. –

Die Professorin sagte ihm jetzt, daß der Fremde ihn auf heute abend wieder in den Garten geladen. Die hohe Gutmütigkeit, die sich heute in dem ganzen Wesen der Professorin aussprach, wirkte wie ein heilender Balsam auf des Jünglings wundes zerrissenes Gemüt. Es war ihm, als sei sein Gefühl für die Gräfin von solch hoher Art, daß es nichts gemein haben könne mit den gewöhnlichen Verhältnissen des Lebens. Liebe, die sich auf irdischen Genuß bezieht, mochte er daher jenes Gefühl gar nicht nennen, ja, er fand dies Gefühl entweiht durch den leisesten Gedanken an sinnliche Lust, unerachtet ihn der verhängnisvolle Traum eines andern hätte belehren sollen. So kam es aber, daß er, wie es lange nicht geschehen, sich heiter und froh zeigte, und die Alte war in diesem Augenblick viel zu unbefangen, um die seltsame Spannung zu bemerken, die sich in jener Heiterkeit aussprach.

Nur Gretchen, das ahnende Kind, blieb dabei, daß der Herr Eugenius ganz ein anderer worden, als die Professorin meinte, daß er wieder zurückgekommen von seinem sonderbaren Wesen.

»Ach«, sprach die Kleine, »ach, er ist uns nicht mehr so gut als sonst und stellt sich nur so freundlich, damit wir nicht nach dem fragen sollen, was er uns verschweigen will.« –

Eugenius fand seinen Freund in einem Zimmer des großen Gewächshauses mit dem Filtrieren verschiedener Flüssigkeiten beschäftigt, die er dann einfüllte in Phiolen.

»Ich arbeite«, rief er dem Jüngling entgegen, »ich arbeite in deinem Fache, wiewohl auf andere Weise, als du es wohl jemals getan haben magst!« –

Er erklärte nun, wie er sich auf die geheimnisvolle Bereitung gewisser Substanzen verstehe, die das Wachstum, vorzüglich aber die Schönheit der Gewächse, Sträucher, Pflanzen etc. beförderten, woher es denn komme, daß in dem Garten alles so wunderbar herrlich emporkeime und gedeihe. Darauf schloß Fermino einen kleinen Schrank auf, in dem Eugenius eine Menge Phiolen und kleiner Schächtelchen erblickte.

»Hier«, sprach Fermino, »hier erblickst du eine ganze Sammlung der seltensten Geheimnisse, deren Wirkung ganz fabelhaft zu sein scheint.«

Bald war es ein Saft, bald ein Pulver, das, in das Erdreich oder in das Wasser gemischt, die Farbe, den Duft dieser, jener Blume, den Glanz dieses, jenes Gewächses herrlicher und schöner machen sollte.

»Lasse«, (so sprach Fermino weiter) »lasse zum Beispiel ein paar Tropfen von diesem Saft in das Wasser fallen, womit du die Rosa centifolia aus einer Gießkanne dem sanften Regen gleich ansprengst, und du wirst über die Pracht erstaunen, mit der die Knospen sich entfalten. Noch wunderbarer scheint aber die Wirkung dieses staubähnlichen Pulvers. In den Kelch einer Blume gestreut, mischt es sich mit dem Blumenstaub und erhöht den Duft, ohne ihn in seiner Natur zu ändern. Bei manchen Blumen, wie zum Beispiel bei der Datura fastuosa, ist dies Pulver vorzüglich anwendbar, nur erfordert der Gebrauch desselben eine vorzügliche Behutsamkeit. Eine halbe Messerspitze genügt; die ganze, ja auch nur die halbe Quantität des in dieser Phiole verschlossenen Pulvers würde aber den stärksten Menschen augenblicklich töten, und zwar mit allen Zeichen des Nervenschlages, so daß an eine Spur der Vergiftung gar nicht zu denken. – Nehmen Sie, Eugenius, ich mache Ihnen mit diesem geheimnisvollen Pulver ein Geschenk. Die Versuche, die Sie damit anstellen möchten, werden nicht mißlingen, doch sein Sie behutsam, und denken Sie daran, was ich Ihnen von der tötenden Kraft dieses unbedeutend scheinenden farb- und duftlosen Staubes gesagt habe.«

Damit reichte Fermino dem Eugenius eine kleine blaue verschlossene Phiole hin, die dieser, die Gräfin Gabriela im Garten gewahrend, gedankenlos einsteckte. –

Es genügt zu sagen, daß die Gräfin, ein Weib, ganz Liebe und Lust, in ihrem innersten Wesen die Kunst jener höheren Koketterie tragend, die nur die Ahnung des Genusses gewährt und so den unlöschbaren Durst der inbrünstigsten Sehnsucht in der Brust zu wecken und zu erhalten weiß, durch ihr folgerechtes Betragen den Jüngling in immer stärkerer, immer verzehrenderer Liebesglut entflammte. Nur die Stunden, die Augenblicke, wenn er Gabriela sah, galten ihm für das Leben, sein Haus schien ihm ein finsteres ödes Gefängnis, die Professorin der böse Geist kindischer Betörung, der ihn hineingebannt. Er bemerkte nicht den tiefen stillen Gram, der die Professorin verzehrte, nicht die Tränen, die Gretchen vergoß, wenn er sie kaum eines Blicks würdigte, für kein freundliches Wort eine Antwort hatte. –

So waren einige Wochen vergangen, als Fermino sich an einem Morgen bei Eugenius einstellte. Es lag etwas Gespanntes in seinem ganzen Wesen, das auf irgendein ungewöhnliches Ereignis zu deuten schien.

Nach einigen gleichgültigen Worten faßte er den Jüngling scharf ins Auge und sprach mit seltsam schneidendem Ton: »Eugenius – du liebst die Gräfin, und ihr Besitz ist all dein Sehnen und Trachten.« –

»Unglücklicher!« rief Eugenius ganz außer sich, »Unglücklicher! mit tötender Hand greifst du in meine Brust und vernichtest mein Paradies! – Was sage ich! – Nein! du störst den Wahnsinnigen auf aus dem Traum seiner Betörung! – Ich liebe Gabriela – ich liebe sie, wie wohl noch kein Mensch hienieden geliebt haben mag – aber diese Liebe führt mich zum trostlosen Verderben!« – »Das sehe ich nicht ein«, sprach mit Kälte Fermino.

»Sie besitzen«, fuhr Eugenius fort, »sie besitzen! – Ha! der armselige Bettler soll trachten nach dem schönsten Edelstein des reichen Perus! – Ein in dem kleinlichen Elend eines mißverstandenen Lebens verlorner Unglücklicher, der nichts behielt als die der inbrünstigsten Sehnsucht und der trostlosen Verzweiflung offne Brust, und sie – sie – Gabriela!« –

»Ich«, sprach Fermino weiter, »ich weiß nicht, Eugenius, ob nur deine freilich miserablen Verhältnisse dich so kleinmütig machen. Ein liebendes Herz darf stolz und keck nach dem Höchsten streben.« –

»Wecke«, unterbrach Eugenius den Freund, »wecke nicht trügerische Hoffnungen, die mein Elend nur noch vergrößern könnten.«

»Hm«, erwiderte Fermino, »ich weiß doch nicht, ob das trügerische Hoffnung, ob das trostloses Elend zu nennen, wenn man mit der höchsten Inbrunst, die nur in des Weibes Brust zu glühen vermag, wiedergeliebt wird.«

Eugenius wollte auffahren. »Still!« rief Fermino, »mache dir Luft in allerlei Exklamationen, wenn ich ausgeredet und mich entfernt haben werde, aber jetzt höre mich ruhig an.«

»Es ist«, sprach nun Fermino weiter, »es ist nur zu gewiß, daß Gräfin Gabriela dich liebt, und zwar mit all dem zerstörenden Feuer, das in der Brust der Spanierin flammt. Sie lebt nur in dir, ihr ganzes Wesen gehört nur dir an. So bist du aber kein armseliger Bettler, kein in dem kleinlichen Elend des mißverstandenen Lebens Verlorner; nein, in Gabrielas Liebe bist du unendlich reich, du stehst an den goldnen Pforten eines glanzvollen Edens, das sich dir erschlossen. Glaube ja nicht, daß dein Stand deiner Verbindung mit der Gräfin entgegen sein würde. Es gibt gewisse Verhältnisse, die den stolzen spanischen Grafen wohl seinen hohen Stand vergessen und es ihn selbst auf das eifrigste wünschen lassen würden, dich als seinen Eidam aufzunehmen. Ich, mein lieber Eugenius, wäre nun derjenige, der jene Verhältnisse zur Sprache bringen müßte, und ich könnte dir schon jetzt, um dem Verdacht der unfreundschaftlichen Geheimniskrämerei zu entgehen, manches darüber sagen, doch besser ist es, ich schweige zurzeit. – Und um so mehr scheint dies besser, als eben jetzt ein sehr düsteres schwarzes Gewölk an dem Himmel deiner Liebe heraufgezogen ist. – Du kannst denken, daß ich der Gräfin sorglich deine Verhältnisse verschwiegen habe, und ganz unerklärlich ist es mir, wie die Gräfin es erfahren konnte, daß du vermählt bist, und zwar mit einer mehr als sechzigjährigen Frau. Sie hat mir ihr ganzes Herz ausgeschüttet, sie ist ganz aufgelöst in Schmerz und Verzweiflung. Bald verflucht sie den Augenblick, als sie dich zum ersten Male sah, verflucht dich selbst; bald nennt sie dich wieder mit den zärtlichsten Namen und klagt sich selbst, den Wahnsinn ihrer Liebe an. Sie will dich nie mehr sehen, das hat sie –«

»Heiliger Gott«, schrie Eugenius, »gibt es für mich einen gräßlicheren Tod?«

»Das hat«, fuhr Fermino schalkisch lächelnd fort, »das hat sie beschlossen in den ersten Augenblicken der Liebesraserei. Doch sollst du, wie ich hoffe, Gräfin Gabriela noch heute zur Mitternachtsstunde sehen. Zu dieser Zeit brechen die Blüten der großblumichten Fackeldistel in unserm Gewächshause auf, die, wie du weißt, mit dem Aufgang der Sonne wieder hinzuwelken beginnen. So wenig der Graf den gewürzigen durchdringenden Geruch dieser Blüten ertragen kann, so sehr liebt ihn Gräfin Gabriela. Oder besser gesagt: Gabrielas zur Schwärmerei geneigtes Gemüt findet in dem Wunder dieses Gesträuchs das Mysterium der Liebe und des Todes selbst, das in der Nacht der Blüte durch das schnelle Aufkeimen zum höchsten Moment der Seligkeit und ebenso schnelles Hinwelken gefeiert wird. Ihres tiefen Schmerzes, ihrer Verzweiflung unerachtet, kommt die Gräfin daher gewiß in das Gewächshaus, wo ich dich verstecken werde. – Sinne auf Mittel, dich von deinen Fesseln zu befreien, entflieh dem Kerker! – Doch alles überlasse ich der Liebe und deinem guten Stern! – Du dauerst mich mehr als die Gräfin, und daher biete ich alle meine Kräfte auf, dich zu deinem Glück zu führen.« –

Kaum hatte Fermino den Jüngling verlassen, als die Professorin zu ihm trat.

»Eugenius«, sprach sie mit dem tiefen, niederschlagenden Ernst der ehrwürdigen Matrone, »Eugenius, es kann nicht länger zwischen uns so bleiben!«

Da durchleuchtete den Jüngling wie ein jäher Blitz der Gedanke, daß sein Bund ja nicht unauflöslich sei, daß der Grund richterlicher Scheidung ja schon in dem Mißverhältnis der Jahre liege.

»Ja«, rief er im triumphierenden Hohn, »ja, Frau Professorin, Sie haben ganz recht, es kann zwischen uns nicht länger so bleiben! Vernichtet werde ein Verhältnis, das eine aberwitzige Betörung gebar, und das mich fortreißt ins Verderben – Trennung – Scheidung – ich biete dazu die Hand.« –

Die Professorin erblaßte zum Tode, Tränen standen ihr in den Augen.

»Wie«, sprach sie mit zitternder Stimme, »mich, die dich warnte, als du die Ruhe, den innern Frieden der Seele vorzogst dem irren Treiben der Welt, mich, deine Mutter, willst du preisgeben dem Spott, dem Hohngelächter der Bösen? Nein! Eugenius, das willst, das kannst du nicht! – Der Satan hat dich verblendet! Gehe in dich! – Doch ist es nun dahin gekommen, daß du die Mutter, die dich hegte und pflegte, die nichts wollte als dein zeitliches, dein ewiges Wohl, daß du sie verachtest, von ihr willst? Ach, Eugenius, keines irdischen Richters wird es bedürfen, uns zu scheiden. Bald wird es geschehen, daß der Vater des Lichts mich abruft von dieser Welt des Grams und des Jammers! – Wenn ich, längst von dem Sohn vergessen, im Grabe ruhe, dann genieße deine Freiheit – alles Glück, das dir die Täuschungen des irdischen Seins gewähren mögen.« –

Ein Tränenstrom erstickte die Stimme der Professorin, die sich, das Schnupftuch vor den Augen, langsam entfernte.

So verstockt war des Jünglings Herz nicht, daß ihn der tötende Schmerz der Professorin nicht hätte tief durchdringen sollen. Er sah es ein, daß jeder Schritt zur Trennung ihr mit dem Gefühl der erlittenen Schmach den Tod bringen mußte, und daß auf diese Weise nicht Freiheit zu erringen. Er wollte dulden – untergehen, doch, »Gabriela!« rief es im Innern, und der tiefste hämische Groll gegen die Alte fand wieder Raum in seiner Seele.

Letztes Kapitel

Es war eine dunkle schwüle Nacht. Hörbar säuselte der Atem der Natur durch das schwarze Gebüsch, und wie feurige Schlangen strahlten Blitze am fernen Horizont. Die ganze Gegend um den Garten des Grafen erfüllte der wunderbare Geruch der aufgeblühten Fackeldistel. Trunken vor Liebe und brünstigem Verlangen, stand Eugenius vor dem Gattertor; endlich erschien Fermino, öffnete und führte ihn in das matt erleuchtete Gewächshaus, wo er ihn in einer dunkeln Ecke verbarg.

Nicht lange dauerte es, so erschien die Gräfin Gabriela, von Fermino und dem Gärtner begleitet. Sie stellten sich hin vor dem blühenden Cactus grandiflorus, und der Gärtner schien sich weitläuftig auszusprechen über das wunderbare Gesträuch und über die Mühe und Kunst, mit der er es gepflegt. Endlich führte Fermino den Gärtner fort.

Gabriela stand wie in süße Träume versunken, sie seufzte tief, dann sprach sie leise: »Könnt' ich leben – sterben wie diese Blüte! – Ach Eugenio!«

Da stürzte der Jüngling hervor aus seinem Versteck und warf sich nieder vor der Gräfin.

Sie stieß einen Schrei des Schrecks aus, sie wollte entfliehen. Doch mit der Verzweiflung der Liebeswut umfaßte sie der Jüngling, und auch sie umfing ihn mit den Lilienarmen – kein Wort – kein Laut – nur glühende Küsse!

Tritte nahten, da drückte die Gräfin den Jüngling noch einmal fester an ihre Brust. »Sei frei – sei mein – dich oder Tod!« – So lispelte sie, stieß dann den Jüngling sanft von sich und entfloh schnell in den Garten.

Betäubt, besinnungslos vor Entzücken fand Fermino den Freund.

»Habe«, sprach Fermino endlich, als Eugenius erwacht schien, »habe ich dir zuviel gesagt? – Kann man glühender, inbrünstiger geliebt sein, als du es bist? – Doch nach diesem begeisternden Augenblick der höchsten Liebesekstase muß ich, mein Freund, für dein irdisches Bedürfnis sorgen. Unerachtet sich Liebende aus sonstigem leiblichen Genuß nicht eben viel zu machen pflegen, so laß es dir doch gefallen, ehe du, wenn der Morgen angebrochen, von hinnen gehst, etwas Stärkendes zu genießen.«

Eugenius folgte wie im Traum mechanisch dem Freunde, der ihn in das kleine Gemach führte, wo er ihn einst mit chemischen Operationen beschäftigt angetroffen hatte.

Er genoß etwas von den gewürzreichen Speisen, die er aufgetragen fand, und besser noch sagte ihm der feurige Wein zu, den Fermino ihm einnötigte.

Gabriela und nur Gabriela war, wie man denken mag, der Inhalt des Gesprächs, das beide, Fermino und Eugenius, führten, und alle Hoffnung des süßesten Liebesglücks glühte auf in des Jünglings Brust.

Der Morgen war angebrochen, Eugenius wollte fort. Fermino begleitete ihn an das Gattertor. Im Scheiden sprach Fermino: »Gedenke, mein Freund, der Worte Gabrielas: ›sei frei, sei mein!‹ und fasse einen Entschluß, der dich schnell und sicher zum Ziele führt. Schnell, sage ich; denn übermorgen mit dem Anbruch des Tages reisen wir von dannen.«

Damit schlug Fermino das Gattertor zu und entfernte sich durch einen Seitengang.

Halb entseelt, vermochte Eugenius sich nicht von der Stelle zu rühren. Fort, fort sollte sie und er nicht folgen? – Vernichtet alle Hoffnung durch diesen jähen Blitzschlag! – Endlich lief er von dannen, den Tod im Herzen. Wilder und wilder gärte das Blut in seinen Adern, als er zurück- gekommen in sein Haus; die Wände schienen über ihn einzustürzen, er lief hinab in den Garten. Er erblickte die schöne vollblühende Datura fastuosa, jeden Morgen pflegte die Professorin, hingebeugt über die Blüten, den balsamischen Wohlgeruch einzuziehen. Da stiegen die Gedanken der Hölle in ihm auf, der Satan wurde seiner mächtig, er holte die kleine Phiole hervor, die ihm Fermino Valies gegeben und die er noch bei sich trug, öffnete sie und schüttete mit abgewandtem Gesicht das Pulver aus in den Blütenkelch der Datura fastuosa.

Es war ihm nun, als stehe alles um ihn her in hellem lodernden Feuer; weit von sich warf er die Phiole und rannte fort und immer weiter fort, bis er in dem nahgelegenen Walde niedersank vor Ermattung. Sein Zustand glich dem des wirren Träumens. Da sprach die Stimme des Bösen in ihm: »Was harrst du? was weilst du? die Tat ist geschehen, dein der Triumph! – Du bist frei! – Hin zu ihr – hin zu der, die du gewonnen um den Preis deiner Seligkeit, aber dein ist alle höchste Lust, alles namenlose Entzücken des Lebens!« –

»Ich bin frei, sie ist mein!« so schrie Eugenius laut, indem er sich aufraffte vom Boden und dann schnell fortrannte nach dem Garten des Grafen Angelo Mora.

Es war hoher Mittag worden, er fand das Gattertor fest verschlossen, und niemand kam auf sein Klopfen.

Er mußte sie sehen, sie in seine Arme fassen, alles Übermaß gewonnenen Glücks genießen im ersten Gefühl der teuer erkauften Freiheit. Der Drang des Augenblicks gab ihm ungewöhnliches Geschick, er überkletterte die hohe Mauer. Totenstille herrschte im ganzen Garten, einsam waren die Gänge. Endlich glaubte Eugenius in dem Pavillon, dem er genaht, ein leises Flüstern zu vernehmen.

»Wenn sie es wäre!« Mit süßer Angst des brünstigsten Verlangens durchbebte ihn der Gedanke. Näher und näher schlich er heran – sah durch die Glastüre – erblickte Gabriela freventlich sündigend in Ferminos Armen! –

Aufbrüllend wie ein wildes, vom Todesstreich getroffenes Tier stürzte er gegen die Türe, daß sie zusammenbrach, aber in dem Augenblick faßten ihn auch die Eisschauer der Ohnmacht, und er sank bewußtlos nieder auf die steinerne Schwelle des Pavillons.

»Schafft den Wahnsinnigen fort!« – So schallte es ihm in die Ohren; er fühlte sich mit Riesenkraft gepackt und hinausgeschleudert durch das Tor, das klirrend sich hinter ihm schloß.

Krampfhaft klammerte er sich fest an das Gatter, gräßliche Flüche und Verwünschungen ausstoßend gegen Fermino, gegen Gabriela! – Da lachte es hämisch in der Ferne, und es war, als riefe eine Stimme: »Datura fastuosa!« – Zähneknirschend wiederholte Eugenius: »Datura fastuosa«, aber plötzlich fiel ein Hoffnungsstrahl in seine Seele. Er raffte sich empor und rannte in voller Hast zurück nach der Stadt in sein Haus. Auf der

Treppe begegnete ihm Gretchen, die sich tief entsetzte über sein gräßliches Ansehen. Die zersplitternden Glasscheiben hatten sein ganzes Haupt verletzt, das Blut floß ihm über die Stirne, dazu kam sein verstörter Blick, der Ausdruck des fürchterlichsten Aufruhrs im Innern, von dem sein ganzes Wesen zeugte. Keines Wortes war das holde Kind mächtig, als Eugenius, ihre Hand ergreifend, mit wilder Stimme fragte: »Ist die Mutter im Garten gewesen? – Gretchen«, rief er dann noch einmal in tötender Angst, »Gretchen, sei barmherzig – rede – sprich – ist die Mutter im Garten gewesen?«

»Ach«, erwiderte Gretchen endlich, »ach, lieber Herr Eugenius, die Mutter – nein, sie war nicht im Garten. Als sie eben hinabgehen wollte, wurde ihr so ängstlich zumute. Sie fühlte sich krank, blieb oben, legte sich ins Bette.« –

»Gerechter Gott!« rief Eugenius, auf beide Knie niederstürzend und die Hände hoch erhebend, »gerechter Gott, du hast Erbarmen mit dem Verworfenen!«

»Aber«, sprach Gretchen, »aber, lieber Herr Eugenius, was ist denn Furchtbares geschehen?« Doch ohne zu antworten, lief Eugenius hinab in den Garten, riß wütend das totbringende Gewächs aus der Erde und zertrat die Blüten in den Staub.

Er fand die Professorin im sanften Schlummer. »Nein«, sprach er zu sich selbst, »nein, der Hölle Macht ist gebrochen, nichts vermag die Kunst des Satans über diese Heilige!« Dann ging er auf sein Zimmer; die gänzliche Erschöpfung brachte ihm Ruhe.

Doch bald ging ihm wieder das entsetzliche Bild jenes höllischen Truges auf, der ihm unabwendbares Verderben bereitet. Nicht anders glaubte er sein Verbrechen büßen zu können, als mit dem freiwilligen Tode. Doch Rache, furchtbare Rache sollte diesem Tode vorausgehen.

Mit der dumpfen, unheilschwangern Ruhe, die dem wütendsten Sturme folgt, und in der erst die entsetzlichsten Entschlüsse zu reifen pflegen, ging er hin, kaufte sich ein paar gute Doppelpistolen, Pulver und Blei, ladete das Gewehr, steckte es in die Tasche und wanderte hinaus nach dem Garten des Grafen Angelo Mora.

Das Gattertor stand offen, Eugenius bemerkte nicht, daß es von Polizeisoldaten besetzt war; er wollte eben eintreten, als er sich von hinten erfaßt fühlte.

»Wo willst du hin? was willst du tun?« So sprach Sever, denn der war's, der den Freund festhielt.

»Trage«, sprach Eugenius im Ton der düstern, auf alles verzichtenden Verzweiflung, »trage ich das Kainszeichen auf der Stirn? glaubst du, daß ich auf dem Wege des Mordes daherschleiche?«

Sever faßte den Freund unter den Arm und zog ihn sanft fort, indem er sprach: »Frage mich nicht, mein geliebter Eugenius, woher ich alles weiß, aber ich weiß es, daß man dich durch die Künste der Hölle verlockt hat in die gefährlichsten Schlingen, daß ein satanischer Trug dich betörte, daß du dich rächen willst an dem schändlichen Bösewicht. Doch deine Rache kommt zu spät. Eben sind beide, der angebliche Graf Angelo Mora nebst seinem saubern Helfershelfer, dem verlaufenen spanischen Mönch Fermino Valies, von Regierungs wegen verhaftet worden und befinden sich auf dem Wege nach der Residenz. In der angeblichen Tochter des Grafen hat man eine italienische Tänzerin erkannt, die im letzten Karneval sich bei dem Theater St. Benedetto in Venedig befand.« –

Sever ließ dem Freunde einige Augenblicke Ruhe, sich zu fassen, und übte dann über ihn die Macht, die jedem festen, klaren Gemüt eigen.

Bei den sanften Vorstellungen, wie es eben der irdische Erbteil des Menschen sei, daß er oft nicht widerstehen könne der bösen Verlockung, wie aber oft der Himmel ihn errette auf wunderbare Weise, und daß in dieser Rettung eben Sühne und Trost zu finden, erweichte sich der in Verzweiflung erstarrte Sinn des Jünglings. Ein Tränenstrom stürzte ihm aus den Augen, er ließ es geschehen, daß Sever ihm die Pistolen aus der Tasche zog und abdrückte in die Luft. –

Eugenius wußte selbst nicht, wie es sich begeben, daß er plötzlich mit Sever vor dem Zimmer der Professorin stand, durchbebt von der Angst des Verbrechers.

Die Professorin lag erkrankt auf dem Bette. Doch lächelte sie beide Freunde mild an und sprach dann zu Eugenius: »Meine bösen Ahnungen haben mich nicht betrogen. Aus der Hölle hat Sie der Herr des Lichts errettet. Alles, lieber Eugenius, verzeihe ich – doch, o himmlischer Vater! darf ich denn von Verzeihen sprechen, da ich mich selbst anklagen muß? – Ach, erst jetzt, erst in meinem hohen Alter muß ich es einsehen, daß der irdische Mensch festgehalten ist im Irdischen durch Bande, denen er sich nicht entwinden darf, da der Wille der ewigen Macht sie selbst geschlungen. Ja, Eugenius, es ist ein törichter Frevel, die gerechten Ansprüche des Lebens, wie sie aus der Natur unseres Daseins entspringen, nicht gelten lassen zu wollen und hochmütig zu glauben, man wäre über sie erhaben! – Nicht Sie, Eugenius, ich allein habe gefehlt, ich will auch dafür büßen und den Spott der Bösen ertragen mit Geduld. – Werden Sie frei, Eugenius!«

Da kniete aber der Jüngling, ganz zerknirscht von der bittersten Reue, vor dem Bette nieder und Schwur, indem er die Hand der Professorin mit Küssen und Tränen bedeckte, daß er nie lassen werde von der Mutter, daß er nur, ganz in ihrer Frömmigkeit, in ihrem heiligen Frieden lebend, Vergebung seiner Sünden hoffen dürfe.

»Sie sind mein guter Sohn«, sprach die Professorin mit dem sanften Lächeln himmlischer Verklärung, »bald, ich fühle es, bald wird Sie der Himmel lohnen!« –

Merkwürdig genug war es, daß der spanische Mönch dem Sever gleiche Schlingen gestellt hatte wie dem harmlosen Eugenius, der sich darin verfing, während der lebenskluge, verständige Sever sich ihnen leicht entzog. Freilich wollte es indessen auch ein günstiger Zufall, daß Sever über das zweideutige Verhältnis des angeblichen Grafen Angelo Mora und seiner Begleitung Kunde aus der Residenz erhielt.

Beide, der Graf und Fermino, waren nämlich nichts anders, als geheime Emissare des Jesuiten-Ordens, und bekannt ist das Prinzip dieses Ordens, sich überall Anhänger und sichere Agenten zu verschaffen. Eugenius hatte die Aufmerksamkeit des Mönchs nun gewiß zuerst durch seine Kenntnis der spanischen Sprache erregt. Fand nun der Mönch bei näherer Bekanntschaft, daß er es mit einem ganz unerfahrnen harmlosen Jüngling zu tun habe, der noch dazu in ganz gezwungenen, dem Leben widerstreitenden Verhältnissen lebe, so mußte er eben diesen Jüngling für ganz bildungsfähig zu den Zwecken des Ordens achten. Ebenso bekannt ist es ferner, daß der Orden sich der seltsamsten Mystifikationen bediente, um Anhänger zu werben; nichts kettet aber fester als das Verbrechen, und Fermino glaubte daher mit Recht sich des Jünglings nicht besser versichern zu können, als wenn er die schlummernde Leidenschaft der Liebe mit aller Gewalt weckte, die ihn dann führen sollte zur fluchwürdigen Tat.

Bald, nachdem dies alles geschehen, begann die Professorin immer mehr und mehr zu kränkeln. So wie der verstorbene Helms, entschlummerte sie, da schon Bäume und Gebüsche entlaubt waren, sanft in Gretchens und Eugenius' Armen. –

Aber als die Professorin schon zu Grabe getragen, da kam der Gedanke an die gräßliche, fluchwürdige Tat, die er begangen, in Eugenius zurück.

Blieb auch diese Tat selbst wirkungslos, so klagte sich doch Eugenius als den Mörder der Mutter an, und sein Inneres zerfleischten die Furien der Hölle.

Nur dem treuen Freunde Sever gelang es, den Verzweifelnden endlich zur Fassung zu bringen. Er versank in stillen zerstörenden Gram, verließ nicht sein Zimmer, sah niemanden und genoß kaum soviel, als zur Erhaltung nötig.

Ein paar Wochen waren in der Art verflossen, als eines Tages Gretchen zu ihm hineintrat in Reisekleidern und mit bebender Stimme sprach: »Ich komme, von Ihnen Abschied zu nehmen, lieber Herr Eugenius! – Die Verwandte in dem kleinen Städtchen, drei Meilen von hier, will mich wieder aufnehmen. – Leben Sie –«

Sie vermochte nicht zu endigen.

Da wand sich ein ungeheurer Schmerz los aus der Brust des Jünglings, und durch diesen Schmerz leuchtete plötzlich die Naphthaflamme der reinsten Liebe.

»Gretchen!« rief er, »Gretchen, wenn du mich verlässest, so sterbe ich den qualvollen Tod des verzweifelnden Sünders! – Gretchen – sei mein.« –

Ach, mit welchem treuen Herzen hatte ihn, ohne es selbst zu ahnen, Gretchen längst geliebt. Halb ohnmächtig vor süßem Bangen, vor himmlischer Wonne, sank die Jungfrau dem Jüngling an die Brust.

Sever trat hinein und sprach, als er die Seligen erblickte, ernst und feierlich: »Eugenius, du hast den Engel des Lichts gefunden, der dir den Frieden deiner Seele wiedergeben wird, und selig wirst du sein hienieden und dort.« –

Des Vetters Eckfenster

Meinen armen Vetter trifft gleiches Schicksal mit dem bekannten Scarron. So wie dieser hat mein Vetter durch eine hartnäckige Krankheit den Gebrauch seiner Füße gänzlich verloren, und es tut not, daß er sich, mit Hilfe standhafter Krücken und des nervichten Arms eines grämlichen Invaliden, der nach Belieben den Krankenwärter macht, aus dem Bette in den mit Kissen bepackten Lehnstuhl, und aus dem Lehnstuhl in das Bette schrotet. Aber noch eine Ähnlichkeit trägt mein Vetter mit jenem Franzosen, den eine besondere, aus dem gewöhnlichen Gleise des französischen Witzes ausweichende Art des Humors trotz der Sparsamkeit seiner Erzeugnisse in der französischen Literatur feststellte. So wie Scarron schriftstellert mein Vetter; so wie Scarron ist er mit besonderer lebendiger Laune begabt und treibt wunderlichen humoristischen Scherz auf seine eigne Weise. Doch zum Ruhme des deutschen Schriftstellers sei es bemerkt, daß er niemals für nötig achtete, seine kleinen pikanten Schüsseln mit Asa fötida zu würzen, um die Gaumen seiner deutschen Leser, die dergleichen nicht wohl vertragen, zu kitzeln. Es genügt ihm das edle Gewürz, welches, indem es reizt, auch stärkt. Die Leute lesen gerne, was er schreibt; es soll gut sein und ergötzlich; ich verstehe mich nicht darauf. Mich erlabte sonst des Vetters Unterhaltung, und es schien mir gemütlicher, ihn zu hören, als ihn zu lesen. Doch eben dieser unbesiegbare Hang zur Schriftstellerei hat schwarzes Unheil über meinen armen Vetter gebracht; die schwerste Krankheit vermochte nicht den raschen Rädergang der Phantasie zu hemmen, der in seinem Innern fortarbeitete, stets Neues und Neues erzeugend. So kam es, daß er mir allerlei anmutige Geschichten erzählte, die er, des mannigfachen Wehs, das er duldete, unerachtet, ersonnen. Aber den Weg, den der Gedanke verfolgen mußte, um auf dem Papiere gestaltet zu erscheinen, hatte der böse Dämon der Krankheit versperrt. Sowie mein Vetter etwas aufschreiben wollte, versagten ihm nicht allein die Finger den Dienst, sondern der Gedanke selbst war verstoben und verflogen. Darüber verfiel mein Vetter in die schwärzeste Melancholie. »Vetter!« sprach er eines Tages zu mir, mit einem Ton, der mich erschreckte, »Vetter, mit mir ist es aus! Ich komme mir vor wie jener alte, vom Wahnsinn zerrüttete Maler, der tagelang vor einer in den Rahmen gespannten grundierten Leinwand saß und allen, die zu ihm kamen, die mannigfachen Schönheiten des reichen, herrlichen

Gemäldes anpries, das er soeben vollendet; – ich geb's auf, das wirkende, schaffende Leben, welches, zur äußern Form gestaltet, aus mir selbst hinaustritt, sich mit der Welt befreundend! – Mein Geist zieht sich in seine Klause zurück!« Seit der Zeit ließ sich mein Vetter weder vor mir, noch vor irgendeinem andern Menschen sehen. Der alte grämliche Invalide wies uns murrend und keifend von der Türe weg wie ein beißiger Haushund. –

Es ist nötig zu sagen, daß mein Vetter ziemlich hoch in kleinen niedrigen Zimmern wohnt. Das ist nun Schriftsteller- und Dichtersitte. Was tut die niedrige Stubendecke? Die Phantasie fliegt empor und baut sich ein hohes, lustiges Gewölbe bis in den blauen glänzenden Himmel hinein. So ist des Dichters enges Gemach, wie jener zwischen vier Mauern eingeschlossene, zehn Fuß ins Gevierte große Garten, zwar nicht breit und lang, hat aber stets eine schöne Höhe. Dabei liegt aber meines Vetters Logis in dem schönsten Teile der Hauptstadt, nämlich auf dem großen Markte, der von Prachtgebäuden umschlossen ist, und in dessen Mitte das kolossal und genial gedachte Theatergebäude prangt. Es ist ein Eckhaus, was mein Vetter bewohnt, und aus dem Fenster eines kleinen Kabinetts übersieht er mit einem Blick das ganze Panorama des grandiosen Platzes.

Es war gerade Markttag, als ich, mich durch das Volksgewühl durchdrängend, die Straße hinab kam, wo man schon aus weiter Ferne meines Vetters Eckfenster erblickt. Nicht wenig erstaunte ich, als mir aus diesem Fenster das wohlbekannte rote Mützchen entgegenleuchtete, welches mein Vetter in guten Tagen zu tragen pflegte. Noch mehr! Als ich näher kam, gewahrte ich, daß mein Vetter seinen stattlichen Warschauer Schlafrock angelegt und aus der türkischen Sonntagspfeife Tabak rauchte. – Ich winkte ihm zu, ich wehte mit dem Schnupftuch hinauf; es gelang mir, seine Aufmerksamkeit auf mich zu ziehen, er nickte freundlich. Was für Hoffnungen! – Mit Blitzesschnelle eilte ich die Treppe hinauf. Der Invalide öffnete die Türe; sein Gesicht, das sonst, runzlicht und faltig, einem naßgewordenen Handschuh glich, hatte wirklich einiger Sonnenschein zur passabeln Fratze ausgeglättet. Er meinte, der Herr säße im Lehnstuhl und sei zu sprechen. Das Zimmer war rein gemacht und an dem Bettschirm ein Bogen Papier befestigt, auf dem mit großen Buchstaben die Worte standen:

»Et si male nunc, non olim sic erit.«

Alles deutete auf wiedergekehrte Hoffnung, auf neuerweckte Lebenskraft. – »Ei«, rief mir der Vetter entgegen, als ich in das Kabinett trat, »ei, kommst du endlich, Vetter; weißt du wohl, daß ich rechte Sehnsucht nach dir empfunden? Denn unerachtet du den Henker was nach meinen unsterblichen Werken frägst, so habe ich dich doch lieb, weil du ein munterer Geist bist und amüsable, wenn auch gerade nicht amüsant.«

Ich fühlte, daß mir bei dem Kompliment meines aufrichtigen Vetters das Blut ins Gesicht stieg.

»Du glaubst«, fuhr der Vetter fort, ohne auf meine Bewegung zu achten, »du glaubst mich gewiß in voller Besserung oder gar von meinem Übel hergestellt. Dem ist beileibe nicht so. Meine Beine sind durchaus ungetreue Vasallen, die dem Haupt des Herrschers abtrünnig geworden und mit meinem übrigen werten Leichnam nichts mehr zu schaffen haben wollen. Das heißt, ich kann mich nicht aus der Stelle rühren und karre mich in diesem Räderstuhl hin und her auf anmutige Weise, wozu mein alter Invalide die melodiösesten Märsche aus seinen Kriegsjahren pfeift. Aber dies Fenster ist mein Trost, hier ist mir das bunte Leben aufs neue aufgegangen, und ich fühle mich befreundet mit seinem niemals rastenden Treiben. Komm, Vetter, schau hinaus!«

Ich setzte mich, dem Vetter gegenüber, auf ein kleines Taburett, das gerade noch im Fensterraum Platz hatte. Der Anblick war in der Tat seltsam und überraschend. Der ganze Markt schien eine einzige, dicht zusammengedrängte Volksmasse, so daß man glauben mußte, ein dazwischen geworfener Apfel könne niemals zur Erde gelangen. Die verschiedensten Farben glänzten im Sonnenschein, und zwar in ganz kleinen Flecken, auf mich machte dies den Eindruck eines großen, vom Winde bewegten, hin und her wogenden Tulpenbeets, und ich mußte mir gestehen, daß der Anblick zwar recht artig, aber auf die Länge ermüdend sei, ja wohl gar aufgereizten Personen einen kleinen Schwindel verursachen könne, der dem nicht unangenehmen Delirieren des nahenden Traums gliche; darin suchte ich das Vergnügen, das das Eckfenster dem Vetter gewähre, und äußerte ihm dieses ganz unverhohlen.

Der Vetter schlug aber die Hände über den Kopf zusammen, und es entspann sich zwischen uns folgendes Gespräch.

Der Vetter. Vetter, Vetter! nun sehe ich wohl, daß auch nicht das kleinste Fünkchen von Schriftstellertalent in dir glüht. Das erste Erfordernis fehlt dir dazu, um jemals in die Fußstapfen deines würdigen lahmen Vetters zu treten; nämlich ein Auge, welches wirklich schaut. Jener

Markt bietet dir nichts dar als den Anblick eines scheckichten, sinnverwirrenden Gewühls des in bedeutungsloser Tätigkeit bewegten Volks. Hoho, mein Freund, mir entwickelt sich daraus die mannigfachste Szenerie des bürgerlichen Lebens, und mein Geist, ein wackerer Callot oder moderner Chodowiecki, entwirft eine Skizze nach der andern, deren Umrisse oft keck genug sind. Auf, Vetter! ich will sehen, ob ich dir nicht wenigstens die Primizien der Kunst zu schauen beibringen kann. Sieh einmal gerade vor dich herab in die Straße; hier hast du mein Glas, bemerkst du wohl die etwas fremdartig gekleidete Person mit dem großen Marktkorbe am Arm, die, mit einem Bürstenbinder in tiefem Gespräch begriffen, ganz geschwinde andere Domestika abzumachen scheint, als die des Leibes Nahrung betreffen?

Ich. Ich habe sie gefaßt. Sie hat ein grell zitronenfarbiges Tuch nach französischer Art turbanähnlich um den Kopf gewunden, und ihr Gesicht sowie ihr ganzes Wesen zeigt deutlich die Französin. Wahrscheinlich eine Restantin aus dem letzten Kriege, die ihr Schäfchen hier ins trockne gebracht.

Der Vetter. Nicht übel geraten. Ich wette, der Mann verdankt irgendeinem Zweige französischer Industrie ein hübsches Auskommen, so daß seine Frau ihren Marktkorb mit ganz guten Dingen reichlich füllen kann. Jetzt stürzt sie sich ins Gewühl. Versuche, Vetter, ob du ihren Lauf in den verschiedensten Krümmungen verfolgen kannst, ohne sie aus dem Auge zu verlieren; das gelbe Tuch leuchtet dir vor.

Ich. Ei, wie der brennende gelbe Punkt die Masse durchschneidet. Jetzt ist sie schon der Kirche nah – jetzt feilscht sie um etwas bei den Buden – jetzt ist sie fort – o weh! ich habe sie verloren – nein, dort am Ende duckt sie wieder auf – dort bei dem Geflügel – sie ergreift eine gerupfte Gans – sie betastet sie mit kennerischen Fingern. –

Der Vetter. Gut, Vetter, das Fixieren des Blicks erzeugt das deutliche Schauen. Doch statt dich auf langweilige Weise in einer Kunst unterrichten zu wollen, die kaum zu erlernen, laß mich lieber dich auf allerlei Ergötzliches aufmerksam machen, welches sich vor unsern Augen auftut. Bemerkst du wohl jenes Frauenzimmer, die sich an der Ecke dort, unerachtet das Gedränge gar nicht zu groß, mit beiden spitzen Ellenbogen Platz macht?

Ich. Was für eine tolle Figur – ein seidner Hut, der in kapriziöser Formlosigkeit stets jeder Mode Trotz geboten, mit bunten, in den Lüften wehenden Federn – ein kurzer seidner Überwurf, dessen Farbe in das ursprüngliche Nichts zurückgekehrt – darüber ein ziemlich honetter Shawl – der Florbesatz des gelbkattunenen Kleides reicht bis an die Knöchel – blaugraue Strümpfe – Schnürstiefeln – hinter ihr eine stattliche Magd mit zwei Marktkörben, einem Fischnetz, einem Mehlsack – Gott sei bei uns! was die seidene Person für wütende Blicke um sich wirft, mit welcher Wut sie eindringt in die dicksten Haufen – wie sie alles angreift, Gemüse, Obst, Fleisch u.s.w.; wie sie alles beäugelt, betastet, um alles feilscht und nichts erhandelt. –

Der Vetter. Ich nenne diese Person, die keinen Markttag fehlt, die rabiate Hausfrau. Es kommt mir vor, als müsse sie die Tochter eines reichen Bürgers, vielleicht eines wohlhabenden Seifensieders sein, deren Hand nebst annexis ein kleiner Geheimsekretär nicht ohne Anstrengung erworben. Mit Schönheit und Grazie hat sie der Himmel nicht ausgestattet, dagegen galt sie bei allen Nachbaren für das häuslichste, wirtschaftlichste Mädchen, und in der Tat, sie ist auch so wirtschaftlich und wirtschaftet jeden Tag vom Morgen bis in den Abend auf solche entsetzliche Weise, daß dem armen Geheimsekretär darüber Hören und Sehen vergeht und er sich dorthin wünscht, wo der Pfeffer wächst. Stets sind alle Pauken- und Trompetenregister der Einkäufe, der Bestellungen, des Kleinhandels und der mannigfachen Bedürfnisse des Hauswesens gezogen, und so gleicht des Geheimsekretärs Wirtschaft einem Gehäuse, in dem ein aufgezogenes Uhrwerk ewig eine tolle Sinfonie, die der Teufel selbst komponiert hat, fortspielt; ungefähr jeden vierten Markttag wird sie von einer andern Magd begleitet. –

Sapienti sat! – Bemerkst du wohl – doch nein, nein, diese Gruppe, die soeben sich bildet, wäre würdig, von dem Krayon eines Hogarths verewigt zu werden. Schau' doch nur hin, Vetter, in die dritte Türöffnung des Theaters!

Ich. Ein paar alte Weiber auf niedrigen Stühlen sitzend – ihr ganzer Kram in einem mäßigen Korbe vor sich ausgebreitet – die eine hält bunte Tücher feil, sogenannte Vexierware, auf den Effekt für blöde Augen berechnet, – die andere hält eine Niederlage von blauen und grauen Strümpfen, Strickwolle u.s.w. Sie haben sich zueinander gebeugt – sie zischeln sich in die Ohren – die eine genießt ein Schälchen Kaffee; die andere scheint, ganz hingerissen von dem Stoff der Unterhaltung, das Schnäpschen zu vergessen, das sie eben hinabgleiten lassen wollte; in der Tat ein paar auffallende Physiognomien! Welches dämonische Lächeln – welche Gestikulation mit den dürren Knochenärmen! –

Der Vetter. Diese beiden Weiber sitzen beständig zusammen, und unerachtet die Verschiedenheit ihres Handels keine Kollision und also keinen eigentlichen Brotneid zuläßt, so haben sie sich doch bis heute stets mit feindseligen Blicken angeschielt und sich, darf ich meiner geübten Physiognomik trauen, diverse höhnische Redensarten zugeworfen. O, sieh, sieh, Vetter, immer mehr werden sie ein Herz und eine Seele. Die Tuchverkäuferin teilt der Strumpfhändlerin ein Schälchen Kaffee mit. Was hat das zu bedeuten? Ich weiß es! Vor wenigen Minuten trat ein junges Mädchen von höchstens sechzehn Jahren, hübsch wie der Tag, deren ganzem Äußern, deren ganzem Betragen man Sitte und verschämte Dürftigkeit ansah, angelockt von der Vexierware, an den Korb. Ihr Sinn war auf ein weißes Tuch mit bunter Borte gerichtet, dessen sie vielleicht eben sehr bedurfte. Sie feilschte darum, die Alte wandte alle Künste merkantilischer Schlauheit an, indem sie das Tuch ausbreitete und die grellen Farben im Sonnenschein schimmern ließ. Sie wurden handelseinig. Als nun aber die Arme aus dem Schnupftuchzipfel die kleine Kasse entwickelte, reichte die Barschaft nicht hin zu solcher Ausgabe. Mit hochglühenden Wangen, helle Tränen in den Augen, entfernte sich das Mädchen, so schnell sie konnte, während die Alte, höhnisch auflachend, das Tuch zusammenfaltete und in den Korb zurückwarf. Artige Redensarten mag es dabei gegeben haben. Aber nun kennt der andere Satan die Kleine und weiß die traurige Geschichte einer verarmten Familie aufzutischen als eine skandalöse Chronik von Leichtsinn und vielleicht gar Verbrechen, zur Gemütsergötzlichkeit der getäuschten Krämerin. Mit der Tasse Kaffee wurde gewiß eine derbe, faustdicke Verleumdung belohnt. –

Ich. Von allem, was du da herauskombinierst, lieber Vetter, mag kein Wörtchen wahr sein, aber indem ich die Weiber anschaue, ist mir, Dank sei es deiner lebendigen Darstellung, alles so plausibel, daß ich daran glauben muß, ich mag wollen oder nicht.

Der Vetter. Ehe wir uns von der Theaterwand abwenden, laß uns noch einen Blick auf die dicke gemütliche Frau mit vor Gesundheit strotzenden Wangen werfen, die in stoischer Ruhe und Gelassenheit, die Hände unter die weiße Schürze gesteckt, auf einem Rohrstuhle sitzt und vor sich einen reichen Kram von hellpolierten Löffeln, Messern und Gabeln, Fayence, porzellanenen Tellern und Terrinen von verjährter Form, Teetassen, Kaffeekannen, Strumpfware, und was weiß ich sonst, auf weißen Tüchern ausgebreitet hat, so daß ihr Vorrat, wahrscheinlich aus kleinen Auktionen zusammengestümpert, einen wahren Orbis pictus bildet. Ohne sonderlich eine Miene zu verziehen, hört sie das Gebot des Feilschenden, sorglos, ob aus dem Handel was wird oder nicht; schlägt zu, streckt die eine Hand unter der Schürze hervor, um eben nur das Geld vom Käufer zu empfangen, den sie die erkaufte Ware selbst fortnehmen läßt. Das ist eine ruhige, besonnene Handelsfrau, die was vor sich bringen wird. Vor vier Wochen bestand ihr ganzer Kram in ungefähr einem halben Dutzend feiner baumwollener Strümpfe und ebensoviel Trinkgläsern. Ihr Handel steigt mit jedem Markt, und da sie keinen bessern Stuhl mitbringt, die Hände auch noch ebenso unter die Schürze steckt wie sonst, so zeigt das, daß sie Gleichmut des Geistes besitzt und sich durch das Glück nicht zu Stolz und Übermut verleiten läßt. Wie kommt mir doch plötzlich die skurrile Idee zu Sinn! Ich denke mir in diesem Augenblick ein ganz kleines schadenfrohes Teufelchen, das, wie auf jenem Hogarthischen Blatt unter den Stuhl der Betschwester, hier unter den Sessel der Krämerfrau gekrochen ist und, neidisch auf ihr Glück, heimtückischerweise die Stuhlbeine wegsägt. Plump! fällt sie in ihr Glas und Porzellan, und mit dem ganzen Handel ist es aus. Das wäre denn doch ein Fallissement im eigentlichsten Sinne des Wortes. –

Ich. Wahrhaftig, lieber Vetter, du hast mich jetzt schon besser schauen gelehrt. Indem ich meinen Blick in dem bunten Gewühl der wogenden Menge umherschweifen lasse, fallen mir hin und wieder junge Mädchen in die Augen, die, von sauber angezogenen Köchinnen, welche geräumige, glänzende Marktkörbe am Arme tragen, begleitet, den Markt durchstreifen und um Hausbedürfnisse, wie sie der Markt darbietet, feilschen. Der Mädchen modester Anzug, ihr ganzer Anstand läßt nicht daran zweifeln, daß sie wenigstens vornehmen bürgerlichen Standes sind. Wie kommen diese auf den Markt?

Der Vetter. Leicht erklärlich. Seit einigen Jahren ist es Sitte geworden, daß selbst die Töchter höherer Staatsbeamten auf den Markt geschickt werden, um den Teil der Hauswirtschaft, was den Einkauf der Lebensmittel betrifft, praktisch zu erlernen.

Ich. In der Tat eine löbliche Sitte, die nächst dem praktischen Nutzen zu häuslicher Gesinnung führen muß.

Der Vetter. Meinst du, Vetter? Ich für mein Teil glaube das Gegenteil. Was kann der Selbsteinkauf für andere Zwecke haben, als sich von der Güte der Ware und von den wirklichen Marktpreisen zu überzeugen? Die Eigenschaften, das Ansehn, die Kennzeichen eines guten Gemüses, eines guten Fleisches u.s.w., lernt die angehende Hausfrau sehr leicht auf andere Weise erkennen, und das kleine Ersparnis der sogenannten Schwenzelpfennige, das nicht einmal stattfindet, da die begleitende Köchin mit den Verkäufern sich unbedenklich insgeheim versteht, wiegt den Nachteil nicht auf, den der Besuch des Markts sehr leicht herbeiführen kann. Niemals würde ich um den Preis von etlichen Pfennigen meine Tochter der Gefahr aussetzen, eingedrängt in den Kreis des niedrigsten Volks, eine Zote zu hören oder irgendeine lose Rede eines brutalen Weibes oder Kerls einschlucken zu müssen. – Und dann, was gewisse Spekulationen liebeseufzender Jünglinge in blauen Röcken zu Pferde oder in gelben Flauschen mit schwarzen Kragen zu Fuß betrifft, so ist der Markt – Doch sieh, sieh, Vetter! wie gefällt dir das Mädchen, das soeben dort an der Pumpe, von der ältlichen Köchin begleitet, daherkommt? Nimm mein Glas, nimm mein Glas, Vetter!

Ich. Ha, was für ein Geschöpf, die Anmut, die Liebenswürdigkeit selbst, – aber sie schlägt die Augen verschämt nieder – jeder ihrer Schritte ist furchtsam – wankend – schüchtern hält sie sich an ihre Begleiterin, die ihr mit forciertem Angriff den Weg ins Gedränge bahnt – ich verfolge sie – da steht die Köchin still vor den Gemüsekörben – sie feilscht – sie zieht die Kleine heran, die mit halb weggewandtem Gesicht ganz geschwinde, geschwinde Geld aus dem Beutelchen nimmt und es hinreicht, froh, nur wieder loszukommen – ich kann sie nicht verlieren, Dank sei es dem roten Shawl – sie scheinen etwas vergeblich zu suchen – endlich, endlich, dort weilen sie bei einer Frau, die in zierlichen Körben feines Gemüse feilbietet, – der holden Kleinen ganze Aufmerksamkeit fesselt ein Korb mit dem schönsten Blumenkohl – das Mädchen selbst wählt einen Kopf und legt ihn der Köchin in den Korb, – wie, die Unverschämte! – ohne weiteres nimmt sie den Kopf aus dem Korbe heraus, legt ihn in den Korb der Verkäuferin zurück und wählt einen andern, indem ihr heftiges Schütteln mit dem gewichtigen kanten- haubengeschmückten Haupte noch dazu bemerken läßt, daß sie die arme Kleine, welche zum ersten Male selbständig sein wollte, mit Vorwürfen überhäuft.

Der Vetter. Wie denkst du dir die Gefühle dieses Mädchens, der man eine Häuslichkeit aufdringen will, welche ihrem zarten Sinn gänzlich widerstrebt? Ich kenne die holde Kleine; es ist die Tochter eines geheimen Oberfinanzrats, ein natürliches, von jeder Ziererei entferntes Wesen, von echtem weiblichen Sinn beseelt und mit jenem jedesmal richtig treffenden Verstande und feinen Takt begabt, der Weibern dieser Art stets eigen –

Hoho, Vetter! das nenn' ich glückliches Zusammentreffen. Hier um die Ecke kommt das Gegenstück zu jenem Bilde. Wie gefällt dir das Mädchen, Vetter?

Ich. Ei, welch eine niedliche, schlanke Gestalt! – Jung – leichtfüßig – mit keckem, unbefangenem Blick in die Welt hineinschauend – am Himmel stets Sonnenglanz – in den Lüften stets lustige Musik – wie dreist, wie sorglos sie dem dicken Haufen entgegenhüpft – die Servante, die ihr mit dem Marktkorbe folgt, scheint eben nicht älter als sie und zwischen beiden eine gewisse Kordialität zu herrschen – die Mamsell hat gar hübsche Sachen an, der Shawl ist modern – der Hut passend zur Morgentracht, so wie das Kleid von geschmackvollem Muster – alles hübsch und anständig – o weh! was erblicke ich, die Mamsell trägt weißseidene Schuhe. Ausrangierte Ballchaussure auf dem Markt! – Überhaupt, je länger ich das Mädchen beobachte, desto mehr fällt mir eine gewisse Eigentümlichkeit auf, die ich mit Worten nicht ausdrücken kann. – Es ist wahr, sie macht, so wie es scheint, mit sorglicher Emsigkeit ihre Einkäufe, wählt und wählt, feilscht und feilscht, spricht, gestikuliert, alles mit einem lebendigen Wesen, das beinah bis zur Spannung geht; mir ist aber, als wolle sie noch etwas anderes als eben Hausbedürfnisse einkaufen. –

Der Vetter. Bravo, bravo, Vetter! dein Blick schärft sich, wie ich merke. Sieh nur, mein Liebster, trotz der modesten Kleidung hätten dir – die Leichtfüßigkeit des ganzen Wesens abgerechnet – schon die weißseidenen Schuhe auf dem Markt verraten müssen, daß die kleine Mamsell dem Ballett oder überhaupt dem Theater angehört. Was sie sonst noch will, dürfte sich vielleicht bald entwickeln – ha, getroffen! Schau' doch, lieber Vetter, ein wenig rechts die Straße hinauf und sage mir, wen du auf dem Bürgersteig, vor dem Hotel, wo es ziemlich einsam ist, erblickst?

Ich. Ich erblicke einen großen, schlankgewachsenen Jüngling im gelben kurzgeschnittenen Flausch mit schwarzem Kragen und Stahlknöpfen. Er trägt ein kleines rotes, silbergesticktes Mützchen, unter dem schöne schwarze Locken, beinahe zu üppig, hervorquillen. Den Ausdruck des blassen, männlich schön geformten Gesichts erhöht nicht wenig das kleine schwarze Stutzbärtchen auf der Oberlippe. Er hat eine Mappe unter dem Arm – unbedenklich ein Student, der im Begriff stand, ein Kollegium zu besuchen, – aber fest eingewurzelt steht er da, den Blick unverwandt nach dem Markt gerichtet, und scheint Kollegium und alles um sich her zu vergessen. –

Der Vetter. So ist es, lieber Vetter. Sein ganzer Sinn ist auf unsere kleine Komödiantin gerichtet. Der Zeitpunkt ist gekommen; er naht sich der großen Obstbude, in der die schönste Ware appetitlich aufgetürmt ist, und scheint nach Früchten zu fragen, die eben nicht zur Hand sind. Es ist ganz unmöglich, daß ein guter Mittagstisch ohne Dessert von Obst bestehen kann; unsere kleine Komödiantin muß daher ihre Einkäufe für den Tisch des Hauses an der Obstbude beschließen. Ein runder rotbäckiger Apfel entschlüpft schalkhaft den kleinen Fingern – der Gelbe bückt sich darnach, hebt ihn auf – ein leichter anmutiger Knix der kleinen Theaterfee – das Gespräch ist im Gange – wechselseitiger Rat und Beistand bei einer sattsam schwierigen Apfelsinenwahl vollendet die gewiß bereits früher angeknüpfte Bekanntschaft, indem sich zugleich das anmutige Rendezvous gestaltet, welches gewiß auf mannigfache Weise wiederholt und variiert wird. –

Ich. Mag der Musensohn liebeln und Apfelsinen wählen, soviel er will; mich interessiert das nicht, und zwar um so weniger, da mir dort an der Ecke der Hauptfronte des Theaters, wo die Blumenverkäuferinnen ihre Ware feilbieten, das Engelskind, die allerliebste Geheimeratstochter, von neuem aufgestoßen ist.

Der Vetter. Nach den Blumen dort schau' ich nicht gerne hin, lieber Vetter; es hat damit eine eigne Bewandtnis. Die Verkäuferin, welche der Regel nach den schönsten Blumenflor ausgesuchter Nelken, Rosen und anderer seltenerer Gewächse hält, ist ein ganz hübsches, artiges Mädchen, strebend nach höherer Kultur des Geistes; denn sowie sie der Handel nicht beschäftigt, liest sie emsig in Büchern, deren Uniform zeigt, daß sie zur großen Kralowskischen ästhetischen Hauptarmee gehören, welche bis in die entferntesten Winkel der Residenz siegend das Licht der Geistesbildung verbreitet. Ein lesendes Blumenmädchen ist für einen belletristischen Schriftsteller ein unwiderstehlicher Anblick. So kam es, daß, als vor langer Zeit mich der Weg bei den Blumen vorbeiführte – auch an andern Tagen stehen die Blumen zum Verkauf –, ich, das lesende Blumenmädchen gewahrend, überrascht stehenblieb. Sie saß wie in einer dichten Laube von blühenden Geranien und hatte das Buch aufgeschlagen auf dem Schoße, den Kopf in die Hand gestützt. Der Held mußte gerade in augenscheinlicher Gefahr, oder sonst ein wichtiger Moment der Handlung eingetreten sein; denn höher glühten des Mädchens Wangen, ihre Lippen bebten, sie schien ihrer Umgebung ganz entrückt. Vetter, ich will dir die seltsame Schwäche eines Schriftstellers ganz ohne Rücksicht gestehen. Ich war wie festgebannt an die Stelle – ich trippelte hin und her; was mag das Mädchen lesen? Dieser Gedanke beschäftigte meine ganze Seele. Der Geist der Schriftstellereitelkeit regte sich und kitzelte mich mit der Ahnung, daß es eins meiner eigenen Werke sei, was eben jetzt das Mädchen in die phantastische Welt meiner Träumereien versetze. Endlich faßte ich ein Herz, trat hinan und fragte nach dem Preise eines Nelkenstocks, der in einer entfernten Reihe stand. Während daß das Mädchen den Nelkenstock herbeiholte, nahm ich mit den Worten: »Was lesen Sie denn da, mein schönes Kind?« das geklappte Buch zur Hand. O! all ihr Himmel, es war wirklich ein Werklein von mir, und zwar *** – Das Mädchen brachte die Blumen herbei und gab zugleich den mäßigen Preis an. Was Blumen, was Nelkenstock; das Mädchen war mir in diesem Augenblick ein viel schätzenswerteres Publikum als die ganze elegante Welt der Residenz. Aufgeregt, ganz entflammt von den süßesten Autorgefühlen, fragte ich mit anscheinender Gleichgültigkeit, wie denn dem Mädchen das Buch gefalle. »I, mein lieber Herr«, erwiderte das Mädchen, »das ist ein gar schnakisches Buch. Anfangs wird einem ein wenig wirrig im Kopfe; aber dann ist es so, als wenn man mitten darin säße.« Zu meinem nicht geringen Erstaunen erzählte mir das Mädchen den Inhalt des kleinen Märchens ganz klar und deutlich, so daß ich wohl einsah, wie sie es schon mehrmals gelesen haben mußte; sie wiederholte, es sei ein gar schnakisches Buch, sie habe bald herzlich lachen müssen, bald sei ihr ganz weinerlich zumute geworden; sie gab mir den Rat, falls ich das Buch noch nicht gelesen haben sollte, es mir nachmittags von Herrn Kralowski zu holen, denn sie wechsele eben nachmittags Bücher. – Nun sollte der große Schlag geschehn. Mit niedergeschlagenen Augen, mit einer Stimme, die an Süßigkeit dem Honig von Hybla zu vergleichen, mit dem seligen Lächeln des wonnerfüllten Autors, lispelte ich: »Hier, mein süßer Engel, hier steht der Autor des Buchs, welches Sie mit solchem Vergnügen erfüllt hat, vor Ihnen in leibhaftiger Person.« Das Mädchen starrte mich sprachlos an, mit großen Augen und offenem Munde. Das galt mir für den Ausdruck der höchsten Verwunderung, ja eines freudigen Schrecks, daß das sublime Genie, dessen schaffende Kraft solch ein Werk erzeugt, so plötzlich bei den Geranien erschienen. Vielleicht, dachte ich, als des Mädchens Miene unverändert blieb, vielleicht glaubt sie auch gar nicht an den glücklichen Zufall, der den berühmten Verfasser des *** in ihre Nähe bringt. Ich suchte nun ihr auf alle mögliche Weise meine Identität mit jenem Verfasser darzutun, aber es war, als sei sie versteinert, und nichts entschlüpfte ihren Lippen, als: »Hm – so – I das wäre – wie –.« Doch was soll ich dir die tiefe Schmach, welche mich in diesem Augenblick traf, erst weitläuftig beschreiben. Es fand sich, daß das Mädchen niemals daran gedacht, daß die Bücher, welche sie lese, vorher gedichtet werden müßten. Der Begriff eines Schriftstellers, eines Dichters war ihr gänzlich fremd, und ich glaube wahrhaftig, bei näherer Nachfrage wäre der fromme kindliche Glaube ans Licht gekommen, daß der liebe Gott die Bücher wachsen ließe wie die Pilze.

Ganz kleinlaut fragte ich nochmals nach dem Preise des Nelkenstocks. Unterdessen mußte eine ganz andere dunkle Idee von dem Verfertigen der Bücher dem Mädchen aufgestiegen sein; denn da ich das Geld aufzählte, fragte sie ganz naiv und unbefangen, ob ich alle Bücher beim Herrn Kralowski mache, – pfeilschnell schoß ich mit meinem Nelkenstock von dannen.

Ich. Vetter, Vetter, das nenne ich gestrafte Autoreitelkeit; doch während du mir deine tragische Geschichte erzähltest, verwandte ich kein Auge von meiner Lieblingin. Bei den Blumen allein ließ der übermütige Küchendämon ihr volle Freiheit. Die grämliche Küchengouvernante hatte den schweren Marktkorb an die Erde gesetzt und überließ sich, indem sie die feisten Arme bald übereinanderschlug, bald, wie es der äußere rhetorische Ausdruck der Rede zu erfordern schien, in die Seiten stemmte, mit drei Kolleginnen der unbeschreiblichen Freude des Gesprächs, und ihre Rede war, der Bibel entgegen, gewiß viel mehr als ja, ja und nein, nein. Sieh nur, welch einen herrlichen Blumenflor sich der holde Engel ausgewählt hat und von einem rüstigen Burschen nachtragen läßt. Wie? Nein, das will mir nicht ganz gefallen, daß sie im Wandeln Kirschen aus dem kleinen Körbchen nascht; wie wird das feine Batisttuch, das wahrscheinlich darin befindlich, sich mit dem Obst befreunden?

Der Vetter. Der jugendliche Appetit des Augenblicks frägt nicht nach Kirschflecken, für die es Kleesalz und andere probate Hausmittel gibt. Und das ist eben die wahrhaft kindliche Unbefangenheit, daß die Kleine nun von den Drangsalen des bösen Markts sich in wiedererlangter Freiheit ganz gehen läßt. – Doch schon lange ist mir jener Mann aufgefallen und ein unauflösbares Rätsel geblieben, der eben jetzt dort an der zweiten entfernten Pumpe an dem Wagen steht, auf dem ein Bauerweib aus einem großen Faß um ein billiges Pflaumenmus verspendet. Fürs erste, lieber Vetter, bewundere die Agilität des Weibes, das, mit einem langen hölzernen Löffel bewaffnet, erst die großen Verkäufe zu viertel, halben und ganzen Pfunden beseitigt und dann den gierigen Näschern, die ihre Papierchen, mitunter auch wohl ihre Pelzmütze hinhalten, mit Blitzesschnelle das gewünschte Dreierkleckschen zuwirft, welches sie sogleich als stattlichen Morgenimbiß wohlgefällig verzehren – Kaviar des Volks! Bei dem geschickten Verteilen des Pflaumenmuses mittelst des geschwenkten Löffels fällt mir ein, daß ich einmal in meiner Kindheit hörte, es sei auf einer reichen Bauerhochzeit so splendid hergegangen, daß der delikate, mit einer dicken Kruste von Zimt, Zucker und Nelken überhäutete Reisbrei mittelst eines Dreschflegels verteilt worden. Jeder der werten Gäste durfte nur ganz gemütlich das Maul aufsperren, um die gehörige Portion zu bekommen, und es ging auf diese Weise recht zu wie im Schlaraffenland. Doch, Vetter, hast du den Mann ins Auge gefaßt?

Ich. Allerdings! – Wes Geisteskind ist die tolle abenteuerliche Figur? Ein wenigstens sechs Fuß hoher, winddürrer Mann, der noch dazu kerzengrade mit eingebogenem Rücken dasteht! Unter dem kleinen dreieckigen, zusammengequetschten Hütchen starrt hinten die Kokarde eines Haarbeutels hervor, der sich dann in voller Breite dem Rücken sanft anschmiegt. Der graue, nach längst verjährter Sitte zugeschnittene Rock schließt sich, vorne von oben bis unten zugeknöpft, enge an den Leib an, ohne eine einzige Falte zu werfen, und schon erst, als er an den Wagen schritt, konnte ich bemerken, daß er schwarze Beinkleider, schwarze Strümpfe und mächtige zinnerne Schnallen in den Schuhen trägt. Was mag er nur in dem viereckigen Kasten haben, den er so sorglich unter dem linken Arme trägt, und der beinahe dem Kasten eines Tabulettkrämers gleicht? –

Der Vetter. Das wirst du gleich erfahren, schau' nur aufmerksam hin.

Ich. Er schlägt den Deckel des Kastens zurück – die Sonne scheint hinein – strahlende Reflexe – der Kasten ist mit Blech gefüttert – er macht der Pflaumenmusfrau, indem er das Hütchen vom Kopfe zieht, eine beinahe ehrfurchtsvolle Verbeugung. – Was für ein originelles, ausdrucksvolles Gesicht – feingeschlossene Lippen – eine Habichtsnase – große, schwarze Augen – hochstehende, starke Augenbrauen – eine hohe Stirn – schwarzes Haar – das Toupet en cœur frisiert, mit kleinen steifen Löckchen über den Ohren. – Er reicht den Kasten der Bauerfrau auf den Wagen, die ihn ohne weiteres mit Pflaumenmus füllt und ihm freundlich nickend wieder zurückreicht. – Mit einer zweiten Verbeugung entfernt sich der Mann – er windet sich hinan an die Heringstonne –

er zieht ein Schubfach des Kastens hervor, legt einige erhandelte Salzmänner hinein und schiebt das Fach wieder zu – ein drittes Schubfach ist, wie ich sehe, zu Petersilie und anderem Wurzelwerk bestimmt. – Nun durchschneidet er mit langen, gravitätischen Schritten den Markt in verschiedenen Richtungen, bis ihn der reiche, auf einem Tisch ausgebreitete Vorrat von getupftem Geflügel festhält. So wie überall, macht er auch hier, ehe er zu feilschen beginnt, einige tiefe Verbeugungen – er spricht viel und lange mit der Frau, die ihn mit besonders freundlicher Miene anhört – er setzt den Kasten behutsam auf den Boden nieder und ergreift zwei Enten, die er ganz bequem in die weite Rocktasche schiebt. – Himmel! es folgt noch eine Gans – den Puter schaut er bloß an mit liebäugelnden Blicken – er kann doch nicht unterlassen, ihn wenigstens mit dem Zeige- und Mittelfinger liebkosend zu berühren –; schnell hebt er seinen Kasten auf, verbeugt sich gegen das Weib ungemein verbindlich und schreitet, sich mit Gewalt losreißend von dem verführerischen Gegenstand seiner Begierde, von dannen – er steuert geradezu los auf die Fleischerbuden – ist der Mensch ein Koch, der für ein Gastmahl zu sorgen hat? – er erhandelt eine Kalbskeule, die er noch in eine seiner Riesentaschen gleiten läßt. – Nun ist er fertig mit seinem Einkauf; er geht die Charlottenstraße herauf mit solchem ganz seltsamen Anstand und Wesen, daß er aus irgendeinem fremden Lande hinabgeschneit zu sein scheint.

Der Vetter. Genug habe ich mir schon über diese exotische Figur den Kopf zerbrochen. – Was denkst du, Vetter, zu meiner Hypothese? Dieser Mensch ist ein alter Zeichenmeister, der in mittelmäßigen Schulanstalten sein Wesen getrieben hat und vielleicht noch treibt. Durch allerlei industriöse Unternehmungen hat er viel Geld erworben; er ist geizig, mißtrauisch, Zyniker bis zum Ekelhaften, Hagestolz, – nur einem Gott opfert er – dem Bauche; – seine ganze Lust ist, gut zu essen, versteht sich allein auf seinem Zimmer; – er ist durchaus ohne alle Bedienung, er besorgt alles selbst – an Markttagen holt er, wie du gesehen hast, seine Lebensbedürfnisse für die halbe Woche und bereitet in einer kleinen Küche, die dicht bei seinem armseligen Stübchen belegen, selbst seine Speisen, die er dann, da der Koch es stets dem Gaumen des Herrn zu Dank macht, mit gierigem, ja vielleicht tierischem Appetit verzehrt. Wie geschickt und zweckmäßig er einen alten Malkasten zum Marktkorbe aptiert hat, auch das hast du bemerkt, lieber Vetter.

Ich. Weg von dem widrigen Menschen.

Der Vetter. Warum widrig? Es muß auch solche Käuze geben, sagt ein welterfahrner Mann, und er hat recht, denn die Varietät kann nie bunt genug sein. Doch mißfällt dir der Mann so sehr, lieber Vetter, so kann ich dir darüber, was er ist, tut und treibt, noch eine andere Hypothese aufstellen. Vier Franzosen, und zwar sämtlich Pariser, ein Sprachmeister, ein Fechtmeister, ein Tanzmeister und ein Pastetenbäcker, kamen in ihren Jugendjahren gleichzeitig nach Berlin und fanden, wie es damals (gegen das Ende des vorigen Jahrhunderts) gar nicht fehlen konnte, ihr reichliches Brot. Seit dem Augenblick, als die Diligence sie auf der Reise vereinigte, schlossen sie den engsten Freundschaftsbund, blieben ein Herz und eine Seele und verlebten jeden Abend nach vollbrachter Arbeit zusammen, als echte alte Franzosen, in lebhafter Konversation, bei frugalem Abendessen. Des Tanzmeisters Beine waren stumpf worden, des Fechtmeisters Arme durch das Alter entnervt, dem Sprachmeister Rivale, die sich der neuesten Pariser Mundart rühmten, über den Kopf gestiegen, und die schlauen Erfindungen des Pastetenbäckers überboten jüngere Gaumenkitzler, von den eigensinnigsten Gastronomen in Paris ausgebildet.

Aber jeder des treu verbundenen Quatuors hatte indessen sein Schäfchen ins trockne gebracht. Sie zogen zusammen in eine geräumige, ganz artige, jedoch entlegene Wohnung, gaben ihre Geschäfte auf und lebten zusammen, altfranzösischer Sitte getreu, ganz lustig und sorgenfrei, da sie selbst den Bekümmernissen und Lasten der unglücklichen Zeit geschickt zu entgehen wußten. Jeder hat ein besonderes Geschäft, wodurch der Nutzen und das Vergnügen der Sozietät befördert wird. Der Tanzmeister und der Fechtmeister besuchen ihre alten Scholaren, ausgediente Offiziers von höherm Range, Kammerherren, Hofmarschälle u.s.w.; denn sie hatten die vornehmste Praxis, und sammeln die Neuigkeiten des Tages zum Stoff für ihre Unterhaltung, der nie ausgehen darf. Der Sprachmeister durchwühlt die Läden der Antiquare, um immer mehr französische Werke auszumitteln, deren Sprache die Akademie gebilligt hat. Der Pastetenbäcker sorgt für die Küche; er kauft ebensogut selbst ein, als er die Speisen ebenfalls selbst bereitet, worin ihm ein alter, französischer Hausknecht beisteht. Außer diesem besorgt für jetzt, da eine alte zahnlose Französin, die sich von der französischen Gouvernante bis zur Aufwaschmagd heruntergedient hatte, gestorben, ein pausbäckiger Junge, den die vier von den Orphelins françois zu sich genommen, die Bedienung. – Dort geht der kleine Himmelblaue, an einem Arm einen Korb mit

Mundsemmeln, an dem andern einen Korb, in dem der Salat hoch aufgetürmt ist. – So habe ich den widrigen zynischen deutschen Zeichenmeister augenblicklich zum gemütlichen französischen Pastetenbäcker umgeschaffen, und ich glaube, daß sein Äußeres, sein ganzes Wesen recht gut dazu paßt.

Ich. Diese Erfindung macht deinem Schriftstellertalent Ehre, lieber Vetter. Doch mir leuchten schon seit ein paar Minuten dort jene hohen weißen Schwungfedern in die Augen, die sich aus dem dicksten Gedränge des Volkes emporheben. Endlich tritt die Gestalt dicht bei der Pumpe hervor – ein großes, schlankgewachsenes Frauenzimmer von gar nicht üblem Ansehen – der Überrock von rosarotem schweren Seidenzeuge ist funkelnagelneu – der Hut von der neuesten Fasson, der daran befestigte Schleier von schönen Spitzen – weiße Glacéhandschuhe. – Was nötigte die elegante, wahrscheinlich zu einem Dejeuner eingeladene Dame, sich durch das Gewühl des Marktes zu drängen? – Doch wie, auch sie gehört zu den Einkäuferinnen? Sie steht still und winkt einem alten, schmutzigen, zerlumpten Weibe, die ihr, ein lebhaftes Bild der Misere im Hefen des Volks, mit einem halbzerbrochenen Marktkorbe am Arm mühsam nachhinkt. Die geputzte Dame winkt an der Ecke des Theatergebäudes, um dem erblindeten Landwehrmann, der dort an die Mauer gelehnt steht, ein Almosen zu geben. Sie zieht mit Mühe den Handschuh von der rechten Hand – hilf Himmel! eine blutrote, noch dazu ziemlich mannhaft gebaute Faust kommt zum Vorschein. Doch ohne lange zu suchen und zu wählen, drückt sie dem Blinden rasch ein Stück Geld in die Hand, läuft rasch bis in die Mitte der Charlottenstraße und setzt sich dann in einen majestätischen Promenadenschritt, mit dem sie, ohne sich weiter um ihre zerlumpte Begleiterin zu kümmern, die Charlottenstraße hinauf nach den Linden wandelt.

Der Vetter. Das Weib hat, um sich auszuruhen, den Korb an die Erde gesetzt, und du kannst mit einem Blick den ganzen Einkauf der eleganten Dame übersehen.

Ich. Der ist in der Tat wunderlich genug. – Ein Kohlkopf – viele Kartoffeln – einige Äpfel – ein kleines Brot – einige Heringe in Papier gewickelt – ein Schafkäse, nicht von der appetitlichsten Farbe – eine Hammelleber – ein kleiner Rosenstock – ein Paar Pantoffeln – ein Stiefelknecht – Was in aller Welt –

Der Vetter. Still, still, Vetter, genug von der Rosenroten! – Betrachte aufmerksam jenen Blinden, dem das leichtsinnige Kind der Verderbnis

Almosen spendete. Gibt es ein rührenderes Bild unverdienten menschlichen Elends und frommer, in Gott und Schicksal ergebener Resignation? Mit dem Rücken an die Mauer des Theaters gelehnt, beide abgedürrte Knochenhände auf einen Stab gestützt, den er einen Schritt vorgeschoben, damit das unvernünftige Volk ihm nicht über die Füße laufe, das leichenblasse Antlitz emporgehoben, das Landwehrmützchen in die Augen gedrückt, steht er regungslos vom frühen Morgen bis zum Schluß des Markts an derselben Stelle. –

Ich. Er bettelt, und doch ist für die erblindeten Krieger so gut gesorgt.

Der Vetter. Du bist in gar großem Irrtum, lieber Vetter. Dieser arme Mensch macht den Knecht eines Weibes, welches Gemüse feilhält, und die zu der niedrigeren Klasse dieser Verkäuferinnen gehört, da die vornehmere das Gemüse in auf Wagen gepackten Körben herbeifahren läßt. Dieser Blinde kommt nämlich jeden Morgen, mit vollen Gemüsekörben bepackt, wie ein Lasttier, so daß ihn die Bürde beinahe zu Boden drückt und er sich nur mit Mühe im wankenden Schritt mittelst des Stabes aufrecht erhält, herbei. Eine große, robuste Frau, in deren Dienste er steht, oder die ihn vielleicht nur eben zum Hinschaffen des Gemüses auf den Markt gebraucht, gibt sich, wenn nun seine Kräfte beinahe ganz erschöpft sind, kaum die Mühe, ihn beim Arm zu ergreifen und weiter an Ort und Stelle, nämlich eben an den Platz, den er jetzt einnimmt, hinzuhelfen. Hier nimmt sie ihm die Körbe vom Rücken, die sie selbst hinüberträgt, und läßt ihn stehen, ohne sich im mindesten um ihn eher zu bekümmern, als bis der Markt geendet ist und sie ihm die ganz oder nur zum Teil geleerten Körbe wieder aufpackt.

Ich. Es ist doch merkwürdig, daß man die Blindheit, sollten auch die Augen nicht verschlossen sein, oder sollte auch kein anderer sichtbarer Fehler den Mangel des Gesichts verraten, dennoch an der emporgerichteten Stellung des Hauptes, die den Erblindeten eigentümlich, sogleich erkennt; es scheint darin ein fortwährendes Streben zu liegen, etwas in der Nacht, die den Blinden umschließt, zu erschauen.

Der Vetter. Es gibt für mich keinen rührendern Anblick, als wenn ich einen solchen Blinden sehe, der mit emporgerichtetem Haupt in die weite Ferne zu schauen scheint. Untergegangen ist für den Armen die Abendröte des Lebens, aber sein inneres Auge strebt schon das ewige Licht zu erblicken, das ihm in dem Jenseits voll Trost, Hoffnung und Seligkeit leuchtet. – Doch ich werde zu ernst. – Der blinde Landwehrmann bietet mir jeden Markttag einen Schatz von Bemerkungen dar.

Du gewahrst, lieber Vetter, wie sich bei diesem armen Menschen die Mildtätigkeit der Berliner recht lebhaft ausspricht. Oft ziehen ganze Reihen bei ihm vorüber, und keiner daraus verfehlt ihm ein Almosen zu reichen. Aber die Art und Weise, wie dieses Almosen gereicht wird, hierin liegt alles. Schau' einmal, lieber Vetter, eine Zeitlang hin und sag' mir, was du gewahrst.

Ich. Eben kommen drei, vier, fünf stattliche derbe Hausmägde; die mit zum Teil schwer ins Gewicht fallenden Waren übermäßig vollgepackten Körbe schneiden ihnen beinahe die nervichten, blau aufgelaufenen Arme wund; sie haben Ursache zu eilen, um ihre Last loszuwerden, und doch weilt jede einen Augenblick, greift schnell in den Marktkorb und drückt dem Blinden ein Stück Geld, ohne ihn einmal anzusehen, in die Hand. Die Ausgabe steht als notwendig und unerläßlich auf dem Etat des Markttages. Das ist recht! Da kommt eine Frau, deren Anzuge, deren ganzem Wesen man die Behaglichkeit und Wohlhabenheit deutlich anmerkt, – sie bleibt vor dem Invaliden stehen, zieht ein Beutelchen hervor und sucht und sucht, und kein Stück Geld scheint ihr klein genug zum Akt der Wohltätigkeit, den sie zu vollführen gedenkt, – sie ruft ihrer Köchin zu – es findet sich, daß auch dieser die kleine Münze ausgegangen, – sie muß erst bei den Gemüseweibern wechseln – endlich ist der zu verschenkende Dreier herbeigeschafft – nun klopft sie den Blinden auf die Hand, damit er ja merke, daß er etwas empfangen werde, – er öffnet den Handteller – die wohltätige Dame drückt ihm das Geldstück hinein und schließt ihm die Faust, damit die splendide Gabe ja nicht verloren gehe. – Warum trippelt die kleine niedliche Mamsell so hin und her und nähert sich immer mehr und mehr dem Blinden? Ha, im Vorbeihuschen hat sie schnell, daß es gewiß niemand als ich, der ich sie auf dem Kern meines Glases habe, bemerkte, dem Blinden ein Stück Geld in die Hand gesteckt – das war gewiß kein Dreier. Der glaue, wohlgemästete Mann im braunen Rocke, der dort so gemütlich dahergeschritten kommt, ist gewiß ein sehr reicher Bürger. Auch er bleibt vor dem Blinden stehen und läßt sich in ein langes Gespräch mit ihm ein, indem er den übrigen Leuten den Weg versperrt und sie hindert, dem Blinden Almosen zu spenden; – endlich, endlich zieht er eine mächtige grüne Geldbörse aus der Tasche, entknüpft sie nicht ohne Mühe und wühlt so entsetzlich im Gelde, daß ich glaube, es bis hieher klappern zu hören. – Parturiunt montes! – Doch will ich wirklich glauben, daß der edle Menschenfreund, vom Bilde des Jammers hingerissen, sich bis zum schlechten Groschen verstieg. – Bei allem dem meine ich doch, daß der Blinde an den Markttagen nach seiner Art keine geringe Einnahme macht, und mich wundert, daß er alles ohne das mindeste Zeichen von Dankbarkeit annimmt; nur eine leise Bewegung der Lippen, die ich wahrzunehmen glaube, zeigt, daß er etwas spricht, was wohl Dank sein mag, – doch auch diese Bewegung bemerke ich nur zuweilen.

Der Vetter. Da hast du den entschiedenen Ausdruck vollkommen abgeschlossener Resignation: was ist ihm das Geld, er kann es nicht nutzen; erst in der Hand eines andern, dem er sich rücksichtslos anvertrauen muß, erhält es seinen Wert – ich kann mich sehr irren, aber mir scheint, als wenn das Weib, deren Gemüsekörbe er trägt, eine fatale böse Sieben sei, die den Armen schlecht hält, unerachtet sie höchst wahrscheinlich alles Geld, was er empfängt, in Beschlag nimmt. Jedesmal, wenn sie die Körbe zurückbringt, keift sie mit dem Blinden, und zwar in dem Grade mehr oder weniger, als sie einen bessern oder schlechtern Markt gemacht hat. Schon das leichenblasse Gesicht, die abgehungerte Gestalt, die zerlumpte Kleidung des Blinden läßt vermuten, daß seine Lage schlimm genug ist, und es wäre die Sache eines tätigen Menschenfreundes, diesem Verhältnis näher nachzuforschen.

Ich. Indem ich den ganzen Markt überschaue, bemerke ich, daß die Mehlwagen dort, über die Tücher wie Zelte aufgespannt sind, deshalb einen malerischen Anblick gewähren, weil sie dem Auge ein Stützpunkt sind, um den sich die bunte Masse zu deutlichen Gruppen bildet.

Der Vetter. Von den weißen Mehlwagen und den mehlbestaubten Mühlknappen und Müllermädchen mit rosenroten Wangen, jede eine bella molinara, kenne ich gerade auch etwas Entgegengesetztes. Mit Schmerz vermisse ich nämlich eine Köhlerfamilie, die sonst ihre Ware geradeüber meinem Fenster am Theater feilbot und jetzt hinübergewiesen sein soll auf die andere Seite. Diese Familie besteht aus einem großen robusten Mann mit ausdrucksvollem Gesicht, markichten Zügen, heftig, beinahe gewaltsam in seinen Bewegungen, genug, ganz treues Abbild der Köhler, wie sie in Romanen vorzukommen pflegen. In der Tat, begegnete ich diesem Manne einsam im Walde, es würde mich ein wenig frösteln, und seine freundschaftliche Gesinnung würde mir in dem Augenblicke die liebste auf Erden sein. Diesem Mann steht als zweites Glied der Familie im schneidendsten Kontrast ein kaum vier Fuß hoher, seltsam verwachsener Kerl entgegen, der die Possierlichkeit selbst ist. Du weißt, lieber Vetter, daß es Leute gibt von gar seltsamem Bau; auf den ersten

Blick muß man sie für bucklig erkennen, und doch vermag man bei näherer Betrachtung durchaus nicht anzugeben, wo ihnen denn eigentlich der Buckel sitzt.

Ich. Ich erinnere mich hiebei des naiven Ausspruchs eines geistreichen Militärs, der mit einem solchen Naturspiel in Geschäften viel zu tun hatte, und dem das Unergründliche des wunderlichen Baues ein Anstoß war. »Einen Buckel«, sagte er, »einen Buckel hat der Mensch; aber wo ihm der Buckel sitzt, das weiß der Teufel!« –

Der Vetter. Die Natur hatte im Sinn, aus meinem kleinen Kohlenbrenner eine riesenhafte Figur von etwa sieben Fuß zu bilden, denn dieses zeigen die kolossalen Hände und Füße, beinahe die größten, die ich in meinem Leben gesehen. Dieser kleine Kerl, mit einem großkragigen Mäntelchen bekleidet, eine wunderliche Pelzmütze auf dem Haupte, ist in steter rastloser Unruhe; mit einer unangenehmen Beweglichkeit hüpft und trippelt er hin und her, ist bald hier, bald dort und müht sich, den Liebenswürdigen, den Scharmanten, den primo amoroso des Markts zu spielen. Kein Frauenzimmer, gehört sie nicht geradehin zum vornehmeren Stande, läßt er vorübergehn, ohne ihm nachzutrippeln und mit ganz unnachahmlichen Stellungen, Gebärden und Grimassen Süßigkeiten auszustoßen, die nun freilich im Geschmack der Kohlenbrenner sein mögen. Zuweilen treibt er die Galanterie so weit, daß er im Gespräch den Arm sanft um die Hüften des Mädchens schlingt und, die Mütze in der Hand, der Schönheit huldigt oder ihr seine Ritterdienste anbietet. Merkwürdig genug, daß die Mädchen sich nicht allein das gefallen lassen, sondern überdem dem kleinen Ungetüm freundlich zunicken und seine Galanterien überhaupt gar gerne zu haben scheinen. Dieser kleine Kerl ist gewiß mit einer reichen Dosis von natürlichem Mutterwitz, dem entschiedenen Talent fürs Possierliche und der Kraft, es darzustellen, begabt. Er ist der Pagliasso, der Tausendsasa, der Allerweltskerl in der ganzen Gegend, die den Wald umschließt, wo er hauset; ohne ihn kann keine Kindtaufe, kein Hochzeitsschmaus, kein Tanz im Kruge, kein Gelag bestehen; man freuet sich auf seine Späße und belacht sie das ganze Jahr hindurch. Der Rest der Familie besteht, da die Kinder und etwanigen Mägde zu Hause gelassen werden, nur noch aus zwei Weibern von robustem Bau und finsterm, mürrischem Ansehen, wozu freilich der Kohlenstaub, der sich in den Falten des Gesichts festsetzt, viel beiträgt. Die zärtliche Anhänglichkeit eines großen Spitzes, mit dem die Familie jeden Bissen teilt, den sie während des Marktes selbst genießt, zeigte mir übri-

gens, daß es in der Köhlerhütte recht ehrlich und patriarchalisch zugehen
mag. Der Kleine hat übrigens Riesenkräfte, weshalb die Familie ihn dazu
braucht, die verkauften Kohlensäcke den Käufern ins Haus zu schaffen.
Ich sah oft ihn von den Weibern mit wohl zehn großen Körben bepacken,
die sie hoch übereinander auf seinen Rücken häuften, und er hüpfte
damit fort, als fühle er keine Last. Von hinten sah nun die Figur so toll
und abenteuerlich aus, als man nur etwas sehen kann. Natürlicherweise
gewahrte man von der werten Figur des Kleinen auch nicht das allermindeste, sondern bloß einen ungeheuren Kohlensack, dem unten ein Paar
Füßchen angewachsen waren. Es schien ein fabelhaftes Tier, eine Art
märchenhaftes Känguruh über den Markt zu hüpfen.

Ich. Sieh, sieh, Vetter! Dort an der Kirche entsteht Lärm. Zwei Gemü-
seweiber sind wahrscheinlich über das leidige Meum und Tuum in heftigen Streit geraten und scheinen, die Fäuste in die Seiten gestemmt, sich
mit feinen Redensarten zu bedienen. Das Volk läuft zusammen – ein
dichter Kreis umschließt die Zankenden – immer stärker und gellender
erheben sich die Stimmen – immer heftiger fechten sie mit den Händen
durch die Lüfte – immer näher rücken sie sich auf den Leib – gleich
wird es zum Faustkampf kommen – die Polizei macht sich Platz – wie?
Plötzlich erblicke ich eine Menge Glanzhüte zwischen den Zornigen –
im Augenblick gelingt es den Gevatterinnen, die erhitzten Gemüter zu
besänftigen – aus ist der Streit – ohne Hilfe der Polizei – ruhig kehren
die Weiber zu ihren Gemüsekörben zurück – das Volk, welches nur einigemal, wahrscheinlich bei besonders drastischen Momenten des Streits,
durch lautes Aufjauchzen seinen Beifall zu erkennen gab, läuft auseinander.

Der Vetter. Du bemerkst, lieber Vetter, daß dieses während der ganzen
langen Zeit, die wir hier am Fenster zugebracht, der einzige Zank war,
der sich auf dem Markte entspann und der lediglich durch das Volk
selbst beschwichtigt wurde. Selbst ein ernsterer, bedrohlicherer Zank
wird gemeinhin von dem Volke selbst auf diese Weise gedämpft, daß
sich alles zwischen die Streitenden drängt und sie auseinanderbringt.
Am vorigen Markttage stand zwischen den Fleisch- und Obstbuden ein
großer, abgelumpter Kerl von frechem, wildem Ansehn, der mit dem
vorübergehenden Fleischerknecht plötzlich in Streit geriet; er führte ohne
weiteres mit dem furchtbaren Knittel, den er wie ein Gewehr über die
Schulter gelehnt trug, einen Schlag gegen den Knecht, der diesen wahrscheinlich auf der Stelle zu Boden gestreckt haben würde, wäre er nicht

geschickt ausgewichen und in seine Bude gesprungen. Hier bewaffnete er sich aber mit einer gewaltigen Fleischeraxt und wollte dem Kerl zu Leibe. Alle Aspekten waren dazu da, daß das Ding sich mit Mord und Totschlag endigen und das Kriminalgericht in Tätigkeit gesetzt werden würde. Die Obstfrauen, lauter kräftige und wohlgenährte Gestalten, fanden sich aber verpflichtet, den Fleischerknecht so liebreich und fest zu umarmen, daß er sich nicht aus der Stelle zu rühren vermochte; er stand da mit hoch emporgeschwungener Waffe, wie es in jener pathetischen Rede vom rauhen Pyrrhus heißt:

»wie ein gemalter Wütrich, und wie parteilos zwischen Kraft und Willen, tat er nichts.«

Unterdessen hatten andere Weiber, Bürstenbinder, Stiefelknechtverkäufer u.s.w., den Kerl umringend, der Polizei Zeit gegönnt, heranzukommen und sich seiner, der mir ein freigelassener Sträfling schien, zu bemächtigen.

Ich. Also herrscht in der Tat im Volk ein Sinn für die zu erhaltende Ordnung, der nicht anders als für alle sehr erspricßlich wirken kann.

Der Vetter. Überhaupt, mein lieber Vetter, haben mich meine Beobachtungen des Marktes in der Meinung bestärkt, daß mit dem Berliner Volk seit jener Unglücksperiode, als ein frecher, übermütiger Feind das Land überschwemmte und sich vergebens mühte, den Geist zu unterdrücken, der bald wie eine gewaltsam zusammengedrückte Spiralfeder mit erneuter Kraft emporsprang, eine merkwürdige Veränderung vorgegangen ist. Mit einem Wort: das Volk hat an äußerer Sittlichkeit gewonnen; und wenn du dich einmal an einem schönen Sommertage gleich nachmittags nach den Zelten bemühst und die Gesellschaften beobachtest, welche sich nach Moabit einschiffen lassen, so wirst du selbst unter gemeinen Mägden und Tagelöhnern ein Streben nach einer gewissen Courtoisie bemerken, das ganz ergötzlich ist. Es ist der Masse so gegangen, wie dem einzelnen, der viel Neues gesehn, viel Ungewöhnliches erfahren, und der mit dem Nil admirari die Geschmeidigkeit der äußern Sitte gewonnen. Sonst war das Berliner Volk roh und brutal; man durfte z.B. als Fremder kaum nach einer Straße oder nach einem Hause oder sonst nach etwas fragen, ohne eine grobe oder verhöhnende Antwort zu erhalten oder durch falschen Bescheid gefoppt zu werden. Der Berliner Straßenjunge, der den kleinsten Anlaß, einen etwas auffallenden Anzug, einen lächerlichen Unfall, der jemanden geschah, zu dem abscheulichsten Frevel benutzte, existiert nicht mehr. Denn jene Zigarrenjungen vor den Toren, die den »fidelen Hamburger avec du feu« ausbieten, diese Galgenstricke, welche ihr Leben in Spandau oder Straußberg oder, wie noch kürzlich einer von ihrer Rasse, auf dem Schafott endigen, sind keineswegs das, was der eigentliche Berliner Straßenjunge war, der nicht Vagabund, sondern gewöhnlich Lehrbursche bei einem Meister, – es ist lächerlich zu sagen – bei aller Gottlosigkeit und Verderbnis doch ein gewisses Point d'Honneur besaß, und dem es an gar drolligem Mutterwitz nicht mangelte.

Ich. O, lieber Vetter, laß mich dir in aller Geschwindigkeit sagen, wie neulich mich ein solcher fataler Volkswitz tief beschämt hat. Ich gehe vors Brandenburger Tor und werde von Charlottenburger Fuhrleuten verfolgt, die mich zum Aufsitzen einladen; einer von ihnen, ein höchstens sechzehn-, siebenzehnjähriger Junge, trieb die Unverschämtheit so weit, daß er mich mit seiner schmutzigen Faust beim Arm packt. »Will Er mich wohl nicht anfassen!« fahre ich ihn zornig an. »Nun Herr«, erwiderte der Junge ganz gelassen, indem er mich mit seinen großen, stieren, Augen anglotzte, »nun Herr, warum soll ich Ihnen denn nicht anfassen; sind Sie vielleicht nicht ehrlich?«

Der Vetter. Haha! dieser Witz ist wirklich einer, aber recht aus der stinkenden Grube der tiefsten Depravation gestiegen. – Die Witzwörter der Berliner Obstweiber u.a. waren sonst weltberühmt, und man tat ihnen sogar die Ehre an, sie Shakespearesch zu nennen, unerachtet bei näherer Beleuchtung ihre Energie und Originalität nur vorzüglich in der schamlosen Frechheit bestand, womit sie den niederträchtigsten Schmutz als bekannte Schüssel auftischten. – Sonst war der Markt der Tummelplatz des Zanks, der Prügeleien, des Betrugs, des Diebstahls, und keine honette Frau durfte es wagen, ihren Einkauf selbst besorgen zu wollen, ohne sich der größten Unbill auszusetzen. Denn nicht allein daß das Hökervolk gegen sich selbst und alle Welt zu Felde zog, so gingen noch Menschen ausdrücklich darauf aus, Unruhe zu erregen, um dabei im trüben zu fischen, wie z.B. das aus allen Ecken und Enden der Welt zusammengeworbene Gesindel, welches damals in den Regimentern steckte. Sieh, lieber Vetter, wie jetzt dagegen der Markt das anmutige Bild der Wohlbehaglichkeit und des sittlichen Friedens darbietet. Ich weiß, enthusiastische Rigoristen, hyperpatriotische Aszetiker eifern grimmig gegen diesen vermehrten äußern Anstand des Volks, indem sie meinen, daß mit dieser

Abgeschliffenheit der Sitte auch das Volkstümliche abgeschliffen werde und verloren gehe. Ich meinesteils bin der festen, innigsten Überzeugung, daß ein Volk, das sowohl den Einheimischen als den Fremden nicht mit Grobheit oder höhnischer Verachtung, sondern mit höflicher Sitte behandelt, dadurch unmöglich seinen Charakter einbüßen kann. Mit einem sehr auffallenden Beispiel, welches die Wahrheit meiner Behauptung dartut, würde ich bei jenen Rigoristen gar übel wegkommen.

Immer mehr hatte sich das Gedränge vermindert; immer leerer und leerer war der Markt worden. Die Gemüseverkäuferinnen packten ihre Körbe zum Teil auf herbeigekommene Wagen, zum Teil schleppten sie sie selbst fort – die Mehlwagen fuhren ab – die Gärtnerinnen schafften den übriggebliebenen Blumenvorrat auf großen Schiebkarren fort – geschäftiger zeigte sich die Polizei, alles und vorzüglich die Wagenreihe in gehöriger Ordnung zu erhalten; diese Ordnung wäre auch nicht gestört, wenn es nicht hin und wieder einem schismatischen Bauerjungen eingefallen wäre, quer über den Platz seine eigne neue Beringsstraße zu entdecken, zu verfolgen und seinen kühnen Lauf mitten durch die Obstbuden, geradezu nach der Türe der deutschen Kirche, zu richten. Das gab denn viel Geschrei und viel Ungemach des zu genialen Wagenlenkers. »Dieser Markt«, sprach der Vetter, »ist auch jetzt ein treues Abbild des ewig wechselnden Lebens. Rege Tätigkeit, das Bedürfnis des Augenblicks trieb die Menschenmasse zusammen; in wenigen Augenblicken ist alles verödet, die Stimmen, welche im wirren Getöse durcheinanderströmten, sind verklungen, und jede verlassene Stelle spricht das schauerliche: ›Es war!‹ nur zu lebhaft aus.« – Es schlug ein Uhr, der grämliche Invalide trat ins Kabinett und meinte mit verzogenem Gesicht: der Herr möge doch nun endlich das Fenster verlassen und essen da sonst die aufgetragenen Speisen wieder kalt würden. »Also hast du doch Appetit, lieber Vetter?« fragte ich. »O ja«, erwiderte der Vetter mit schmerzlichem Lächeln, »du wirst es gleich sehen.«

Der Invalide rollte ihn ins Zimmer. Die aufgetragenen Speisen bestanden in einem mäßigen, mit Fleischbrühe gefüllten Suppenteller, einem in Salz aufrecht gestellten, weichgesottenen Ei und einer halben Mundsemmel.

»Ein einziger Bissen mehr«, sprach der Vetter leise und wehmütig, indem er meine Hand drückte, »das kleinste Stückchen des verdaulichsten Fleisches verursacht mir die entsetzlichsten Schmerzen und raubt mir allen Lebensmut und das letzte Fünkchen von guter Laune, das noch hin und wieder aufglimmen will.«

Ich wies nach dem am Bettschirm befestigten Blatt, indem ich mich dem Vetter an die Brust warf und ihn heftig an mich drückte.

»Ja, Vetter!« rief er mit einer Stimme, die mein Innerstes durchdrang und es mit herzzerschneidender Wehmut erfüllte, »ja Vetter: ›Et si male nunc, non olim sic erit!‹«

Armer Vetter! 774

Naivetät

Ein Kranker, der an einer beharrlichen Schlaflosigkeit litt, sah sich genötigt, jede Nacht jemanden um sich zu haben, mit dem er nicht allein sprechen konnte, sondern der ihm auch in seinem gelähmten Zustande die nötige Hilfe leistete. So sollte ein junger Mann bei dem Kranken wachen. Statt aber zu wachen, verfiel derselbe in einen Schlaf, aus dem er nicht zu erwecken. Der Kranke war in dieser Nacht von einem besondern Geist fröhlicher und zwar musikalischer Laune ergriffen, besann sich auf alle möglichen Kanzonen und Kanzonetten, die er sonst gesungen, und sang sie mit heller Stimme ab. Endlich, als er in das schlafende Antlitz seines Wächters schaute, kam ihm dasselbe, sowie die ganze Situation, gar zu drollig vor. Er rief seinen Wächter laut beim Namen und fragte, als dieser sich aus dem Schlafe rüttelte, ob ihn vielleicht das Singen in seiner Ruhe störe.

»Ach Gott!« erwiderte der junge wachsame Mann ganz naiv und trocken, indem er sich dehnte, »ach Gott, nicht im mindesten. Singen Sie doch in Gottes Namen, Herr ***Rat, ich habe einen festen, gesunden Schlaf!« Und damit schlief er wieder ein, indem der Kranke mit heller Kehle anstimmte:

775

»Sul margine d'un rio etc.«

Die Genesung

Fragment aus einem noch ungedruckten Werke

Ich begab mich in den entlegenen, wildverwachsenen Teil des Waldes, wo ich den wunderlichen Baum mit seinen halb verdorrten, halb grünen Ästen und seinen malerischen Laubgruppen angetroffen hatte, um ihn so, wie er leibt und lebt, in mein Malerbuch einzutragen. Schon hatte ich meine Mappe zurechtgelegt, den Krayon gespitzt und mich in die gehörige Positur gesetzt, als durch das dicke Gebüsch ein herrschaftlicher Wagen rasselte. Mit Mühe bahnten sich die Pferde Schritt vor Schritt einen Weg durch das wilde Gestrüpp, und es schien in der Tat ein seltsamer Einfall der Fahrenden, gerade außer Weg und Steg den von hundert anmutigen Wegen durchschnittenen Wald aufs neue ohne Not durchbrechen zu wollen.

Endlich, als die Pferde weder vor- noch rückwärts kommen zu können schienen, hielt der Wagen, – der Schlag öffnete sich, und hinaus stieg ein junger, sauber in Schwarz gekleideter Mann, den ich, als er aus dem dicken Gestrüpp heraustrat, für den jungen Doktor O... erkannte.

Er sah aufmerksam umher und schien offenbar sich überzeugen zu wollen, daß niemand in der Nähe sei. Es wollte mich bedünken, als habe sein Wesen etwas besonders Ängstliches, als sei sein Blick seltsam, wirr und unstet. Ich schäme mich jetzt meiner Torheit; der unheimliche Schauer irgendeiner Untat, deren ich in dem Augenblick den guten, harmlosen Doktor O... für fähig hielt, durchdrang mich, und ich kam mir stolzerweise mitsamt meinem Malerbuch voll verfehlter Skizzen vor wie die rächende Nemesis, die im Finstern schleicht, gleich mir hier unter den dickbelaubten Bäumen.

Doktor O... ging zum Wagen zurück – der Schlag wurde aufs neue geöffnet, und hinaus schlüpfte eine junge Dame, so schön, so schlank, so anmutig, so malerisch in einen Shawl gewickelt, als nur jemals eine junge Dame in dem zierlichsten, rührendsten Roman in der Einsamkeit aus dem Wagen geschlüpft und die Lunte eines rasselnden, zischenden, knallenden Feuerwerks von hundert wunderbaren Abenteuern entzündet hat. Du kannst denken, wie ich in der höchsten Spannung durch das dicke Gebüsch schlich, um dem Paare näher zu kommen und mir von ihrem Beginnen nicht das mindeste entgehen zu lassen. Ich hatte mich hinter ihren Rücken manövriert und hörte jetzt den Doktor sagen: »Ich habe hier einen Platz ausgemittelt, der zu unsern Zwecken nicht günstiger sein kann. Es steht hier ein wunderbarer Baum, dessen Fuß Rasen umgeben; ich selbst habe schon gestern einige Rasenstücke ausgestochen und eine ganz stattliche Rasenbank zustande gebracht. Die ausgehöhlte Stelle ist einem Grabe gleich, und so ist schon symbolisch angedeutet, was wir hier beginnen wollen: Tod und Auferstehung.« –

»Ja«, wiederholte die Dame mit herzzerschneidender Wehmut, indem sie des Doktors Hand ergriff, der sie feurig an die Lippen drückte, »ja, Tod und Auferstehung!« –

Mir starrte das Blut in den Adern – unwillkürlich entfloh mir ein leises Ach! Der Satan hatte sein Spiel – die Dame drehte sich um – meine werte Figur stand dicht vor ihr! Vor Erstaunen hätte ich in die Erde sinken mögen. – Niemand anders war die Dame als das liebenswürdigste Mädchen in B..., das Fräulein Wilhelmine von S... Auch sie schien vor Schreck und Staunen sich kaum aufrecht halten zu können – sie schlug die Hände zusammen und rief ganz zerknirscht: »Um Gott, o mein Leben! wo kommen Sie hierher, Theodor, an diesen ungelegenen Ort, zu dieser ungelegenen Stunde!«

Die rächende Nemesis mit der Malermappe fiel mir wieder ein, und ich sprach mit einem gewichtigen Ton, wie ungefähr Minos oder Rhadamanthus ihre Sprüche verkünden mögen: »Es kann sein, mein sehr wertes und bis zu dieser Minute hochgeachtetes Fräulein, daß ich Ihnen sehr ungelegen komme; doch vielleicht sind es die Schicksalsmächte selbst, die mich hierherbrachten, um irgendeine ruchlos –«

Der Doktor ließ mich nicht vollenden, sondern fiel mir zürnend in die Rede, indem seine Wangen sich entflammten: »Du bewährst dich wieder heute in deiner alten Rolle, nämlich als Eulenspiegel.«

Damit nahm er das Fräulein bei der Hand und führte sie zu dem Wagen zurück, an dessen geöffnetem Schlage sie stehenblieb.

Der Doktor kehrte zu mir, der ich ganz verblüfft dastand und nicht wußte, was ich sagen, was ich denken sollte, wieder zurück, indem er sprach: »Laß uns dort auf jenem abgehauenen Baumstamm Platz nehmen, denn es sind mehr als zwei Worte, die ich dir zu sagen habe.

Du bist ja in dem Hause des Geheimenrats von S... bekannt. Du besuchst seine großen Tees, wo sich hundert Personen die Köpfe zerstoßen, hin und her rennend, ohne daß ein einziger weiß, was er eigentlich will, in denen ein langweiliges, insipides Gespräch, kaum genährt von den

kärgsten Mitteln, durchhilft, bis es doch am Ende, nachdem die unglücklichen Bedienten, von allen Seiten gedrängt, mehrere honette Personen
mit Wein begossen und diverse Torten dagegen unversehrt die Runde
gemacht haben, dennoch eines schmählichen Todes stirbt.«

»Wart'«, unterbrach ich den Doktor, »wart', daß dich Lästerzunge
nicht die Frau von H... hört und dich aus Rache, weil sie selbst an ihre
Tees denken muß, bei der Frau von S... verklagt, die sofort den Bann
über dich aussprechen und dich von ihren Tees gänzlich exkludieren
würde. Und wer eilt denn, als hinge das Glück des Lebens davon ab, zu
jedem dieser insipiden Tees? Wer benutzt sorglich jede Gelegenheit, das
S... sche Haus zu besuchen? – Ei, ei, mein Freund, ich merke was, die
schöne Wilhelmine –«

»Lassen wir das«, sprach der Doktor, »und merken wir, daß dort im
Wagen sich Personen befinden, die auf das Ende unsers Gesprächs nur
zu begierig warten. Mit zwei Worten, die Familie des Geheimenrats von
S... ist seit undenklicher Zeit eine durchaus hochadelige; kein einziges
Glied, vorzüglich männlicherseits, war aus der Art geschlagen. Um so
entsetzlicher mußte es dem Vater des Herrn Geheimenrats von S... sein,
als sein jüngster Sohn, Siegfried geheißen, wirklich der erste war, der
aus der Art schlug. Alles künstliche Überbauen half nicht; ein tiefes,
herrliches Gemüt machte sich Platz, selbst unter den hochadeligen Gemütern. Man spricht allerlei. Viele sagen, Siegfried habe wirklich an einer
Geisteskrankheit gelitten; ich kann es nicht glauben. – Genug, der Vater
hielt ihn eingesperrt, und nur des Tyrannen Tod gab ihm die Freiheit.
Dies ist nun der Onkel Siegfried, den du in der Gesellschaft bemerkt
haben mußt, wie er mit diesem oder jenem Gelehrten, den er aufgesucht
und gefunden, geistreiche Worte wechselt. Die vornehmen Herren behandeln ihn zuweilen sichtlich als bloß toleriert, welches er ihnen in
solch reichlichem Maße erwidert, daß sie besser täten, davon abzustehen.
Wahr ist es, daß er sich zuweilen, vorzüglich wenn sein Geist auf Dinge
geriet, in denen man guttut, die alte Mönchsphilosophie zu befolgen,
nach welcher es ratsam, die Welt gehen zu lassen, wie sie geht, und von
dem Herrn Prior nichts zu reden als Gutes, viel zu sehr von dem Feuer
wahrhaftiger Überzeugung hinreißen läßt, so daß die diplomatischen
Herren nicht selten mit angekniffenen Ohren und zugedrückten Augen
erschrocken in die entferntesten Winkel des Saales fliehen. Niemand als
Fräulein Wilhelmine wußte ihn dann so geschickt zu umkreisen, daß er

sich stets nur bei den vertrautesten Freunden befand und sehr bald den Saal verließ.

Vor einigen Monaten wurde der arme alte Onkel Siegfried von einer schweren Nervenkrankheit befallen, aus der ihm eine fixe Idee zurückblieb, die, da sie feststeht, nachdem der Körper gesund ist, in wirklichen Wahnsinn ausgeartet. Er bildete sich nämlich ein, die Natur, erzürnt über den Leichtsinn der Menschen, die ihre tiefere Erkenntnis verschmähten, die ihre wunderbaren, geheimnisvollen Arbeiten nur für ein reges Spiel zu kindischer Lust auf dem armseligen Tummelplatz ihrer Lüste hielten, habe ihnen zur Strafe das Grün genommen. In ewige schwarze Nacht sei nun der sanfte Schmuck des Frühlings, die sehnsüchtige Hoffnung der Liebe, das Vertrauen der wunden Brust, wenn der junge Sonnengott die zarten Keime aus ihren Wiegen lockt, daß sie als fröhliche Kinder emporsprossen und grünen – grüne Büsche und Bäume werden, im Flüstern und Rauschen die Liebe der Mutter, die sie selbst an ihrer Brust nährt und pflegt, mit süßer Stimme preisend.

Dahin ist das Grün, dahin die Hoffnung, dahin alle Seligkeit der Erde; denn verschmachtend, weinend verschwimmt das Blau, das alles mit liebenden Armen umschloß. Alle Mittel, dieser Idee zu widerstehen, blieben vergebens, und du kannst denken, daß der Alte der trostlosen, verderblichen Hypochondrie, welche natürlicherweise diese Idee mit sich bringt, zu erliegen drohte. Ich geriet auf den Gedanken, auf ganz eigene Weise, zur Heilung des Wahnsinnigen, den Magnetismus anzuwenden.

Fräulein Wilhelmine ist, des Alten Herzblatt, und ihr allein gelang es, in schlaflosen Nächten dadurch einigen Trost in seine Seele zu bringen, daß sie, wenn er im halben Schlummer lag, leise – leise von grünen Bäumen und Büschen sprach und auch wohl sang. Es waren vorzüglich jene schönen Worte Calderons, womit in der ›Blume und Schärpe‹ Lisida das Grün preist, und welche ein kunstfertiger, fein empfindender Freund in Musik gesetzt hat. Du kennst das Lied:

> ›In der grünen Farbe glänzen,
> Ist die erste Wahl der Welt,
> Und was lieblich dar sich stellt! –
> Grün ist ja die Tracht des Lenzen,
> Und man sieht, um ihn zu kränzen,
> Keimend aus der Erde Grüften,
> Ohne Stimmen, doch in Düften

Atmend, in den grünen Wiegen
Buntgefärbte Blumen liegen,
Welche Sterne sind den Lüften.‹

Die Methode, das dem Schlafe vorhergehende Delirium, das schon an
und für sich selbst dem magnetischen Halbschlafe sehr nahe verwandt,
dazu anzuwenden, in die Seele des beunruhigten Kranken beschwichti-
gende Ideen zu bringen, ist nicht neu. Irr' ich nicht, so bediente sich
schon Puysegur ihrer. Du wirst aber nun gleich sehen, von welchem
Hauptschlag meiner Kunst ich die völlige Genesung des Alten zu erlangen
hoffe.« –

Der Doktor stand auf, schritt auf Fräulein Wilhelmine zu und sprach
ein paar Worte. Dann folgte ich dem Doktor, und schwer mußte es mir
in der Tat nicht fallen, mich mit der seltsamen Ungewöhnlichkeit des
Auftrittes darüber zu entschuldigen, daß ich geblieben und in gewisser
Art den Lauscher gemacht.

Wir gingen nun an den Kutschenschlag – ein junger Mann stieg aus,
und bald trug dieser, mit Hilfe des Doktors und des mitgekommenen
Jägers, den schlummernden Alten zu dem seltsamen Baum in der Mitte
des Platzes und legte ihn sanft in bequemer Stellung auf die Rasenbank,
die, wie der geneigte Leser es weiß, der Doktor mit eigner kunstgeübter
Hand errichtet hatte.

Der Alte bot durchaus einen rührenden, herzerhebenden Anblick dar.
Seine große, schöne Gestalt war in einen langen Überrock von silber-
grauem, leichtem Sommerzeuge gekleidet, und er trug ein Mützchen von
demselben Zeuge auf dem Haupte, unter dem nur sparsam ein paar
weiße Löckchen hervorblickten. Sein Gesicht, unerachtet die Augen geschlossen, hatte einen unbeschreiblichen Ausdruck der tiefsten Wehmut,
und doch war es, als sei er in seligen Hoffnungsträumen entschlummert.

Fräulein Wilhelmine setzte sich an das Hauptende der Rasenbank, so
daß, wenn sie sich über das Antlitz des Alten beugte, ihr Atem seine
Lippen berührte. Der Doktor nahm Platz auf einem mitgebrachten
Feldstuhl vor dem Alten, so wie es die magnetische Operation zu erfordern schien. Während nun der Doktor sich mühte, den Alten auf die
sanfteste Weise aus dem Schlafe zu bringen, sang das Fräulein Wilhelmine
leise:

»In der grünen Farbe glänzen,
Ist die erste Wahl der Welt etc.«

Der Alte schien den Duft des Gesträuchs, der Bäume, der vorzüglich stark war, da die Linden in voller Blüte standen, mit unendlicher Wonne einzuatmen. Endlich schlug er mit einem tiefen Seufzer die Augen auf und starrte um sich, doch, wie es schien, ohne einen Gegenstand deutlich ins Auge fassen zu können. Der Doktor zog sich leise zur Seite. Das Fräulein schwieg. Der Alte lallte kaum verständlich: »Grün!«

Da ließ es die ewige Macht des Himmels geschehen, daß eine besondere anmutige Gunst des Schicksals die Liebe des Fräuleins lohnte und die Bemühungen des guten Doktors unterstützte. In dem Augenblick, als der Onkel das Wort: »Grün!« lallte, fuhr nämlich ein Vogel tirilierend durch die Äste des Baums, und von dem Flattern seines Gefieders brach ein blühender Zweig und fiel dem Alten auf die Brust.

Da erwachte die Röte des Lebens auf dem Antlitze des Alten. Er erhob sich und rief begeistert mit emporgerichteten Augen: »Himmelsbote, seliger Himmelsbote, bringst du mir den Ölzweig des Friedens, bringst du mir das Grün, bringst du mir die Hoffnung selbst? Sei gegrüßt, du Hoffnung; ströme über in sehnsüchtiger Lust, blutendes Herz!« –

Plötzlich schwächer werdend, lispelte er kaum hörbar: »Das ist der Tod« und sank auf die Rasenbank, von der er sich zur sitzenden Stellung kräftig erhoben, wieder zurück. Der junge Gehilfe des Doktors flößte ihm etwas Äther ein, und während Fräulein Wilhelmine aufs neue sang:

»In der grünen etc.«

schlug der Alte die Augen auf und schaute nun mit bestimmtem Blick in der Gegend umher. »Ha«, sprach er dann mit ungewisser Stimme, »in der Tat, dieser Traum neckt mich auf besondere Weise.«

Es lag etwas von bitterm Hohn in den Worten des Alten, der nach dem, was vorausgegangen, um so entsetzlicher erschien. Tief ergriffen, stürzte Fräulein Wilhelmine bei der Rasenbank nieder, faßte beide Hände des Alten, benetzte sie mit Tränen und rief mit der schmerzlichsten Wehmut: »O! mein teuerster, bester Onkel, nicht jetzt neckt Sie ein Traum, nein, ein böses – böses Gespenst hielt Sie in entsetzlichen Träumen, wie in schweren Ketten gefangen. O Himmelsfreude! die Ketten sind gesprengt – Sie haben, bester, teuerster Vater, Ihre Freiheit wieder;

o! glauben, glauben Sie daran, das heitere, rege Leben lacht Sie an mit aller süßen Hoffnung, im schönsten Schmelz des Grüns!«

»Grün!« rief der Alte mit dröhnender Stimme, indem er starrer um sich schaute. Nach und nach schien er die Gegenstände bestimmter zu unterscheiden und seinen Blick besonders auf gewisse Bäume und Büsche zu heften.

»Onkel Siegfried hat«, lispelte mir der Doktor ins Ohr, »Onkel Siegfried hat diesen Ort schon seit vielen Jahren besonders geliebt und in tiefer Einsamkeit besucht. Vorzüglich mag der wunderbare Baum auch seinen Hang zu wunderlichen Kombinationen naturhistorischer Erscheinungen geweckt und ihn dieser romantische Platz auch von der Seite besonders interessiert haben.«

Noch immer saß der Alte, um sich schauend; doch immer weicher und weicher und wehmütiger wurde sein Blick, bis ein Tränenstrom ihm aus den Augen stürzte. Er faßte mit der Rechten Wilhelminens, mit der Linken des Doktors Hand und zog sie heftig neben sich auf die Rasenbank nieder.

»Seid ihr es, Kinder!« rief er dann mit einer Stimme, deren Seltsamkeit, beinahe Schauer erregend, ein unheimlich verstörtes Gemüt zu verkünden schien, welches sich selbst bekämpft und zu sammeln versucht, »seid ihr es wirklich, meine Kinder?«

»O! mein bester gütigster Onkel«, sprach Wilhelmine beschwichtigend, »ich halte Sie ja in meinen Armen. Sie sind ja hier an einem Platz des Waldes, den Sie stets so liebten – Sie sitzen ja unter dem selt –«

Auf einen Wink des Doktors stockte Wilhelmine und fuhr dann nach beinahe unmerklicher Pause fort, den Lindenzweig erhebend: »und dieses Zeichen des Friedens, halten Sie es jetzt nicht in Händen, teuerster Onkel?«

Der Alte drückte den Zweig an seine Brust und schaute mit Blicken umher, die jetzt erst Lebenskraft und eine gewisse unnennbare, verklärte Heiterkeit zeigten. Der Kopf sank ihm auf die Brust, und er sprach viele leise Worte, die jedem der Umstehenden unverständlich blieben. Dann aber sprang er mit wilder Vehemenz von der Rasenbank auf, breitete beide Arme aus und rief, daß der Wald von dem Tone seiner Stimme widerhallte:

»Gerechte, ewige Macht des Himmels, bist du es selbst, die mich an ihre Brust ruft? Ja, es ist das herrliche, rege Leben, das mich umgibt, das meiner Brust zuströmt, so daß alle Poren sich öffnen und Raum geben dem seligsten Entzücken!

O! Kinder, Kinder, welche Zunge singt das Lob, den Preis der Mutter würdig genug! O! Grün, Grün! mein mütterliches Grün! Nein, ich allein war es, der trostlos vor dem Throne des Höchsten lag – nie hast du der Menschheit gezürnt! Nimm mich auf in deine Arme!«

Es war, als wollte der Alte rasch vorwärts schreiten, doch knickte er im jähen Krampf zusammen und sank leblos nieder. Alle erschraken heftig; keiner aber wohl mehr als der Doktor, der befürchten mußte, daß seine gewagte Kur auf entsetzliche Weise mißlingen könne. Doch nur wenige Sekunden war der Alte mit Naphtha und Äther bedient worden, als er die Augen wieder aufschlug. Und nun begab sich das Merkwürdigste, was niemand, und am allerwenigsten der Doktor, hatte vermuten können.

Von Wilhelminen und dem Doktor umfaßt, ließ der Alte sich auf dem schönen Platze herumführen, und immer ruhiger, immer heiterer wurde sein Antlitz, sein ganzes Benehmen, und es war herrlich, wie eine klare Phantasie, ein heller Verstand immer mehr siegend hervorbrach.

Auch mich bemerkte der Baron und zog mich ins Gespräch. Endlich fand der Baron, daß für die erste Ausfahrt nach so langer Nervenkrankheit nun genug Zeit vergangen, und man begab sich auf den Rückweg.

»Es wird schwer halten«, sprach der Doktor leise zu mir, »den Schlaf von ihm abzuwehren; aber ich werde alles anwenden, zu verhüten, daß er um des Himmels willen nicht schlafe. Wie leicht könnte dieser Schlaf einen feindseligen Charakter annehmen und dem Alten alles, was er sah und empfand, wiederum als Traum verschwimmen lassen.«

Einige Zeit nachher hatte sich im Hause des Geheimenrats von S... eine große Veränderung zugetragen. Onkel Siegfried war völlig von seiner Krankheit genesen, und seltsam genug schien es, daß er zu gleicher Zeit weicher und kräftiger geworden.

Er verließ die Residenz zur Freude des liebenden Bruders und bezog seine schönen Güter, deren Verwaltung der Doktor O..., seinen Doktorhut an den Nagel hängend, übernahm. Die dringende Fürsprache einer edlen Prinzessin bewirkte es, daß der stolze Geheimerat von S... die Hand seiner Tochter Wilhelmine dem Doktor O... nicht länger verweigerte.

Neueste Schicksale eines abenteuerlichen Mannes

Vorwort

Nicht gar zu lange ist es her, als in dem hiesigen Gasthofe, das »Hôtel de Brandenbourg« geheißen, ein Fremder eingekehrt war, der, rücksichts seines Äußern, seines ganzen Betragens, mit Recht ein wenig seltsam zu nennen. – Sehr klein und dabei beinahe magerer als mager, die Knie merklich einwärts gebogen, ging oder hüpfte er vielmehr mit einer kuriosen, man möchte sagen unangenehmen, Geschwindigkeit durch die Straßen und trug Kleider von auffallender Farbe wie keiner; z.B. Lilas, Zeisiggrün etc., die aber, seiner Magerkeit unerachtet, ihm viel zu knapp zugeschnitten, und dazu saß ihm ein kleines rundes Hütchen mit einer blinkenden Stahlschnalle ganz schief nach dem linken Ohr zu auf der Frisur. Frisieren und pudern ließ sich der Kleine nämlich jeden Tag auf das schönste und einen amönen Studentenzopf aus den neunziger Jahren einbinden von dem Genre, das aufstrebende Genies bezeichnet (man sehe: Lichtenberg über Studentenzöpfe und etc.). Der Kleine war ferner ein ganz außerordentlicher Schmecker; er ließ sich die leckersten Schüsseln bereiten und aß und trank mit dem ungemessensten Appetit. Hatte er sich dann satt gegessen und getrunken, so ging ihm der Mund wie eine Windmühle oder wie ein Feuerrad. In einem Atem schwatzte er von Naturphilosophie, seltnen Affen, Theater, Magnetismus, neu erfundnen Haubenstöcken, Poesie, Kompressions-Maschinen, Politik und tausend andern Dingen, so daß man wohl bald merkte, wie er ein sattsam gebildeter Mann sein und in literarisch-ästhetischen Tees hinlänglich geglänzt haben müsse. – Überhaupt verstand sich der Fremde ungemein auf das, was man feine Konversation nennt, und hatte er ein Gläschen Muskat (ein Wein, den er allen übrigen vorzog) mehr getrunken als dienlich, so ließ er ein liebes herrliches Gemüt verspüren und auch erstaunlich viel deutschen Sinn, wiewohl er versicherte, sich deswegen etwas kaschieren zu müssen, wegen China, wo er voriges Jahr ein Paar Stiefeln stehen lassen, das er mit Artigkeit wiederzuerlangen hoffe. Wollte er auch sonst nicht recht mit der Sprache heraus, wes Glaubens, Namens und Standes er eigentlich sei, so entschlüpfte ihm doch in solch gemütlicher Laune manch bedeutsames Wort, das freilich nun wieder unauflöslichen Rätseln anzugehören schien. Er gab nämlich zu verstehen, daß er sonst als bedeutender Künstler sich reichlich genährt, dann aber auf geheimnisvolle Weise zu einem sehr hohen Stande gelangt, der jedem weit mehr gewähre als das liebe tägliche Brot. – Dabei fuhr er mit beiden Ärmen auseinander, welche Pantomime, die beinahe anzusehen, als wolle er jemanden das Maß nehmen, er überhaupt sehr liebte und öfters wiederholte, und zeigte dann mit geheimnisvollem Lächeln in die Mohrenstraße hinein, meinend, wenn man da so hinabginge und so immer fort und fort, so würde man doch wohl endlich in den kleinen, von beiden Seiten mit Brombeerstrauch eingefaßten Feldweg kommen, der gleich hinter Kochinchina, links ab weiter auf die große Wiese führe, über die hinweg man in ein großes, ganz propres Reich gelange. Und er wisse wohl, wer dort zu seiner Zeit als ein berühmter Kaiser geherrscht und prächtige Goldstücke habe schlagen lassen. Dabei klapperte der Fremde mit Goldstücken in der Tasche und sah so ganz besonders pfiffig aus, daß man auf den Gedanken geraten mußte, jener Kaiser hinter der großen Wiese sei am Ende niemand anders gewesen als er, der kleine Fremde selbst.

Wahr ist es, sein Gesicht, das sonst gewöhnlich zusammengeschrumpft wie ein naß gewordener Handschuh, konnte sich manchmal ausglätten zu hellem Sonnenschein, und er hatte dann den gewissen gnädigen Blick, mit dem hohe Herrschaften öfters ein ganzes Rudel armer Leute satt füttern lange Zeit hindurch, und mit den Goldstücken, die er in Hülle und Fülle besaß, hatte es auch eine ganz eigne Bewandtnis. Das Gepräge war nämlich von der Art, daß die Stücke durchaus in keine Rubrik alles nur erdenklichen fremden Geldes zu bringen. Auf der einen Seite stand eine Inschrift, die beinahe chinesisch schien. Auf der Kehrseite befand sich aber in dem mit einer turbanähnlichen Krone bedeckten Wappenschilde ein kleiner, niedlicher geflügelter Esel. – Der Wirt des Hauses wollte daher auch diese gänzlich unbekannte Münze nicht eher in Zahlung nehmen, bis auf Befragen der General-Münz-Wardein Loos ihm versichert, wie das Gold besagter Stücke so überaus fein sei, daß es ordentlicher Übermut gewesen, daraus Geld zu prägen.

Wollte man aber nun auch wirklich ahnen, daß der wunderliche Kleine ein inkognito reisender asiatischer Potentat, so stand damit wieder manches in seinem Betragen in dem grellsten Widerspruch. Mit hoher kreischender Stimme pflegte er nämlich öfters Lieder zu singen, die eben nicht in der vornehmen Welt vorzukommen pflegen, wie z.B. »Am Sonnabend, am Sonnabend, da ist die Woch' zu Ende« oder: »In Berlin, in Berlin, wo die schönen Linden blühn« oder: »Der Schneider muß nach Pankow schnell hinaus« etc. etc.

Dann hatte er auch einen unwiderstehlichen Drang, gewisse Tanzböden zu besuchen, wo sich das Handwerk zu vergnügen pflegt mit sattsam geputzten Mägden. Gewöhnlich wurde er mit Schimpf und Schande herausgeworfen, weil er im Dreher nicht in den Takt kommen konnte und der gewandtesten Köchin den eiergelben Schnürstiefel aus der Fasson trat. Was aber eigentlich jeder guten Meinung von ihm den Hals brach, war, daß er auf dem Gensdarmesmarkt, gerade an einem Marktmorgen, plötzlich wie vom bösen Teufel erfaßt, in eine Heringstonne griff und den ergriffenen Salzmann, auf einem Beine tanzend, verzehrte. Half's, daß er das tobende Weib mit einem geflügelten Esel großartig belohnte? – Jeder schalt ihn einen sittenlosen Menschen, der Gott nicht vor Augen. Hin war die gute Meinung, und die rettet kein Esel. –

Wenige Tage darauf hatte auch der wunderliche Fremdling Berlin verlassen. Zu nicht geringem Erstaunen der Wirtsleute und aller derer, die gerade aus den Fenstern guckten, war er in einer ganz und gar silbernen Kutsche davongefahren im brausenden Trott.

Vor wenigen Tagen war an der Wirtstafel im »Hôtel de Brandenbourg« die Rede von diesem seltsamen Manne, und Herr Krause erwähnte, daß man auf dem Sekretär in der Stube, die er bewohnt, ein Röllchen beschriebenes Papier gefunden, das er aufbewahre. Auf Verlangen erhielt ich dieses Röllchen. Wer schildert aber mein Erstaunen, meine Freude, mein Entzücken, als ich auf den ersten Blick ins Manuskript wahrnahm, daß der Fremde niemand anders gewesen als der berühmte, zum Kaiser von Aromata avancierte Schneidergeselle Abraham Tonelli, dessen merkwürdige Lebensgeschichte vor mehreren Jahren in dem achten Bande der »Straußfedern« der Lesewelt mitgeteilt wurde. – Merkwürdig genug scheint es, daß gegenwärtige Memoires gerade da, wo jene Lebensgeschichte schließt, anfangen und sich daher derselben ziemlich genau anreihen. Es ist möglich, daß Tonelli in Berlin den Redakteur seiner früheren Lebensgeschichte (Ludwig Tieck) suchte und nicht fand. Hat mir aber nun einmal das Schicksal Tonellis ferneres Manuskript in die Hände gespielt, so finde ich darin einen Beruf, mich sogleich der Redaktion desselben zu unterziehen, und weder Herr Abraham Tonelli noch Herr Ludwig Tieck können dies ungütig aufnehmen.[7]

7 Den geneigten Lesern, die etwa den achten Band der zuerst von Musäus herausgegebenen »Straußfedern«, eines Buchs, das sich sehr selten gemacht hat, nicht gleich zur Hand haben sollten, dient folgendes zur kürzlichen Nachricht. A. Tonelli, von armen Schneidereltern geboren, selbst zu dieser Profession erzogen aber Hohes im Sinne tragend, begibt sich auf die Wanderschaft, verirrt sich, entrinnt mit Mühe Räubern, die er aus dem Walde heraus vexiert, und kommt, nachdem er viel Elend erlitten, endlich zu einem polnischen Baron. Dieser lehrt ihn die Kunst, sich mittelst einer Wurzel in alle nur mögliche Tiere zu verwandeln, welches ihm viel Vergnügen macht. Er läuft indessen davon, als der Baron ihn, der sich gerade in einen kleinen Hund verwandelt hat, als Elefant derb abgeprügelt, und kommt, von einem ungeheuren Vogel als Maus übers Meer getragen, zum König von Persien, dann aber zum türkischen Kaiser, der, vor Freude über den seltnen Künstler, sich kreuzigt und segnet und ihn leben läßt in Pracht und Freude. Arglistige Diener rauben ihm indessen die Zauberwurzel, und er wird, da er sich nun nicht mehr verwandeln kann von dem Kaiser mit Schimpf und Schande fortgejagt. Er bettelt sich durch bis nach Sibirien, wo ihn in der Schlafkammer eines Wirtshauses eine verwünschte Katze besucht und ihn um ihre Befreiung bittet, wogegen sie ihm zu einem Schatz verhelfen will. Endlich, nach langem Widerspruch, gibt er den Bitten und Tränen der Katze nach, läßt sich von ihr die Hand reichen und faßt Zutrauen, als sie ihn nicht kratzt. Er erhält den Schatz und einen Stein, dessen Eigenschaft, den Teufel ihm unterwürfig zu machen, er erst dann entdeckt, als alles Gold verschwunden und er aufs neue in Not und Elend geraten ist. Er zwingt nun den Teufel, ihm so viel Schätze zuzutragen, als er nur mag, gewinnt die Gunst des Königs von Monopolis durch einen Schmaus, den er ihm in dem Gasthofe gibt, baut ein Schloß, Tunellenburg genannt, und heiratet die Tochter eines Kaufmanns. Diese stirbt, das Schloß brennt ab, der Stein ist verloren und Tonelli wird als Hexenmeister aus dem Lande gejagt. Er muß aufs neue sich durchbetteln, trifft auf zwei Leineweber, kehrt mit ihnen in ein Wirtshaus ein, wo der Wirt ihnen ein Zimmer einräumt, das von Poltergeistern heimgesucht werden soll. Als sie spielen und zechen, kommt aus Fußboden und Decke eine ganze Gesellschaft Geister, die sich an eine Tafel setzen und auf das köstlichste schmausen. Die beiden Leinweber, die zum Mittrinken gezwungen werden, fallen tot um. Als Tonelli trinken soll, ruft er in der Verzweiflung: »Pereat dem Teufel, vivat Gott dem Herrn!« Sogleich verschwindet die ganze Gesellschaft, und es erscheint ein Geist in der Gestalt eines schönen großen Vogels, dem Tonelli sein Kompliment macht und ihn um Verzeihung bittet wegen des unhöflichen Gebets, das ihm in der Angst entfahren. Der Vogel erwi-

Hier ist also die

Fortsetzung von Abraham Tonellis merkwürdiger
Lebensgeschichte

Vierte Abteilung

1

Lügen ist ein großes Laster, hauptsächlich deshalb, weil es der Wahrheit
entgegen, die eine große Tugend. Hab' auch nimmer gelogen, als wenn's
mein Vorteil. Possedier' überhaupt ein passabel starkes Gewissen, das
mich zuweilen derb in den Rücken stößt. Treibt auch jetzt mich an, zu
gestehen, daß gelogen, als der Welt schrieb, wie ich alt und grau und
doch immer glücklich, und wie die idealischen Träume meiner Jugend
in Erfüllung gegangen. War, als das schrieb, noch ein junger hübscher
Mann mit roten Backen, hatte mich aber stark pudern lassen. Aß gerade
einen böhmischen Fasan mit Apfelmus und trank Muskatwein dazu.
Hielt das für die idealischen Träume meiner Jugend. Wollte mich damit
brüsten, daß alles durchgesetzt, was mir vorgenommen, und nun glücklich
bis an mein Lebensende. Hatte mein ganzes bißchen alte Geschichte
verschwitzt. Dachte nicht an Krösus, war überhaupt ein eingebildeter
Narr, und, wie gesagt, alles erlogen, bis auf den guten Appetit, den ich
noch heute verspüre. Erlitt auch bald nachher, als ich also gelogen, großes

dert, das habe nichts zu sagen, und ratet ihm, von den Kostbarkeiten auf
dem Tisch einen Pokal und eine Perle zu nehmen, die alles in Gold zu
verwandeln vermag. Tonelli tut es, und darauf bringt ihn ein geflügelter
Esel nach dem Lande Aromata. Er gewinnt durch seine Goldmacherei die
Gunst des Kaisers, der ihm, nachdem er als ein tapferer Feldherr die
Feinde des Landes besiegt, gegen Auslieferung der Perle seine Tochter zur
Gemahlin gibt, und dem er in der Regierung folgt. Am Schlusse heißt es:
»Bin jetzt alt und grau und immer noch glücklich, schreibe aus Zeitvertreib
und weil ich nicht weiß, was ich tun soll, diese meine wahrhafte Geschichte,
um der Welt zu zeigen, daß man gewiß und wahrhaftig durchsetzt, was
man sich ernsthaft vorgesetzt hat. Habe Gottlob! noch guten Appetit und
hoffe, ihn bis an mein seliges Ende zu behalten. Die idealischen Träume
meiner Kinderjahre sind an mir in Erfüllung gegangen: das erleben nur
wenige Menschen!« –

Unglück, Not und Pein, worüber ich meine ganze Herrlichkeit im Stich lassen und vergessen mußte. O, wie muß sich doch der irdische Mensch hienieden beugen den vernichtenden Launen eines stets wankenden Schicksals! – O täuschender Glanz des Glücks, wie verbleichst du so schnell, so plötzlich vor dem Gifthauch des Mißgeschicks! – Ist einmal so und nicht anders in der Welt! –

2

Hatte als Kaiser von Aromata eine überaus schöne vortreffliche Kaiserin. War auch ein Engel dabei und konnte singen und spielen, daß einem das Herz im Leibe lachte. Tanzte auch hübsch. Dachte, als die Flitterwochen vorüber, daran, daß es wohl nun zu meinem Part gehöre, die kostbare Perl' aufzubewahren, bat mir sie daher aus von der Gemahlin. Schlug's mir aber schnippisch ab. Tät' den Ärger verbeißen und meinte, die Gemahlin solle aus großer Liebe zu mir meinem Willen nicht entgegen sein. Die Gemahlin schlug es mir aber nochmals rund ab, wurde zornig und blickte mich an mit funkelnden Augen. Hatte noch niemals solche Augen bei einer Weibsperson gesehen und mußte an die schwarze Katze denken. Ließ drei Tage das Maul hängen und vergoß eines Mittags, als die Kaiserin gerade ein gebratenes Spanferkel anschnitt, das zu sehr gepfeffert, bittre Tränen des Unmuts. Das rührte die Gemahlin, und sie sagte, ich solle mir den Verlust der Perl' nicht so zu Herzen nehmen, hätte doch das unschätzbarste Kleinod auf Erden dafür eingetauscht, und wolle sie manchmal die Perl' mir zum Spielen geben. – War doch ein schönes ehrliches Gemüt, die Kaiserin! –

Meister Johannes Wacht

Zu der Zeit, als die Leute in der schönen freundlichen Stadt Bamberg, um mit dem bekannten Sprichwort zu reden, gut, d.h. unter dem Krummstab wohnten, nämlich gegen das Ende des verflossenen Jahrhunderts, lebte daselbst ein Mann, der, dem Bürgerstande angehörend, in jeder Hinsicht selten und ausgezeichnet zu nennen.

Er hieß *Johannes Wacht* und war seiner Profession nach ein Zimmermann. –

Die Natur verfolgt, ihrer Kinder Schicksal erwägend und bestimmend, ihren eignen dunkeln, unerforschlichen Weg, und das, was Konvenienz, was im beengten Leben geltende Meinungen und Rücksichten als wahre Tendenz des Seins feststellen wollen, ist ihr nur das vorwitzige Spiel sich weise dünkender betörter Kinder. Aber der kurzsichtige Mensch findet oft in dem Widerspruch der Überzeugung seines Geistes mit jenem dunkeln Walten der unerforschlichen Macht, die ihn erst an ihrem mütterlichen Busen gehegt und gepflegt und ihn dann verlassen, eine heillose Ironie; und diese Ironie erfüllt ihn mit Grausen und Entsetzen, weil sie sein eignes Ich zu vernichten droht.

Nicht die Paläste der Großen, nicht fürstliche Prunkgemächer wählt die Mutter des Lebens für ihre Lieblinge. – So ließ sie unsern Johannes, der, wie der geneigte Leser es erfahren wird, wohl einer ihrer begünstigsten Lieblinge zu nennen, auf dem elenden Strohlager, in der Werkstatt eines verarmten Drechslermeisters zu Augsburg, das Licht der Welt erblicken. Die Frau starb vor Jammer und Not gleich nach der Geburt des Kindes, und der Mann folgte ihr nach wenigen Monaten.

Der Rat mußte sich des hilflosen Knaben annehmen, dem der erste Sonnenblick eines künftigen günstigen Geschicks aufging, als der Rats-Zimmermeister, ein wohltätiger ehrwürdiger Mann, es nicht zugab, daß das Kind, in dessen Antlitz, unerachtet es von Hunger entstellt, er dennoch Züge fand, die ihm gefielen, in einer öffentlichen Anstalt untergebracht werde, sondern es in sein Haus nahm, um es selbst mit seinen Kindern zu erziehen.

In unglaublich kurzer Zeit entwickelte sich nicht allein die Gestalt des Kindes, so daß man kaum glauben mochte, das kleine unscheinbare Wesen in der Wiege sei wirklich die farb- und formlose Puppe gewesen, aus der, wie ein schöner Schmetterling, der lebendige bildhübsche gold-

gelockte Knabe hervorgegangen. Doch wichtiger schien, als mit dieser
Anmut der Gestalt sich bald bei dem Knaben eine Eminenz der Geistes-
fähigkeiten zeigte, die den Pflegevater sowohl als seine Lehrer in Erstaunen setzte. Johannes wuchs in einer Werkstatt auf, aus der, da der Rats-
Zimmermeister beständig mit den wichtigsten Bauten beschäftigt war,
das Grandioseste hervorging, was das Handwerk zu liefern vermag. Kein
Wunder, daß des Knaben alles lebendig auffassender Sinn dadurch aufgeregt wurde und er sich mit ganzer Seele zu einer Profession hingezogen
fühlte, deren Tendenz, insofern sie Großes und Kühnes zu schaffen
vermag, er in tiefer Seele ahnete. Man kann denken, wie diese Neigung
des Knaben den Pflegevater erfreute; er fühlte sich dadurch bewogen,
im Praktischen selbst sein sorgfältiger aufmerksamer Lehrmeister zu sein,
sowie er den Knaben, da er zum Jüngling heranreifte, in allem, was zum
höhern Einsehn und Treiben des Handwerks gehört, wie z.B. in der
Zeichenkunst, Architektur, Mechanik u.s.w., von den geschicktesten
Meistern unterrichten ließ.

Vierundzwanzig Jahre war unser Johannes alt, als der alte Zimmermeister starb, und schon damals war sein Pflegesohn ein in allen Teilen
seines Handwerks völlig erfahrener, durchaus geübter Geselle, der weit
und breit seinesgleichen suchte. Er trat zu der Zeit mit seinem treu verbundenen Kameraden Engelbrecht die gewöhnliche Wanderschaft an.

Genug weißt du, geliebter Leser, aus der Jugendzeit des wackern Wacht,
und es dürfte nur noch nötig sein, mit kurzen Worten zu sagen, wie es
kam, daß er in Bamberg ansässig und Meister wurde.

Als er nämlich nach langer Wanderung auf der Rückkehr in die Heimat mit seinem Kameraden Engelbrecht durch Bamberg kam, war man
dort gerade mit der Hauptreparatur des bischöflichen Palastes beschäftigt,
und zwar sollte eben an der Seite, wo die Mauern aus der Tiefe eines
engen Gäßchens himmelhoch emporsteigen, ein ganz neuer Dachstuhl
aus den größten schwersten Balken gesetzt werden. Es galt eine Maschine,
die, den möglichst kleinsten Platz einnehmend, mit konzentrierter Kraft
die großen Lasten in die Höhe hob. Der fürstliche Baumeister, der auf
ein Däuschen herzurechnen wußte, wie die Trajanssäule in Rom zum
Stehen gebracht und wie dabei hundert Fehler begangen worden, die er
nimmermehr sich hätte zuschulden kommen lassen, hatte auch wirklich
eine Maschine, eine Art von Kran, hingestellt, welche sehr hübsch aussah
und von allen als ein mechanisches Meisterstück gerühmt wurde. Als
aber die Leute die Maschine in Bewegung setzen sollten, fand es sich,

daß der Herr Baumeister auf lauter Simsone und Herkulesse gerechnet hatte. Das Räderwerk gab ein gräßliches kreischendes Jammergeschrei von sich, die eingehakten großen Balken blieben sitzen, die Arbeiter erklärten im Schweiß ihres Angesichts, daß sie lieber Holländerbäume steile Treppen herauftragen als in der Maschine die angestrengteste Kraft nutzlos vergeuden wollten, und dabei blieb es.

In einiger Entfernung schauten Wacht und Engelbrecht dem Wesen oder vielmehr dem Unwesen, zu, und es mag sein, daß Wacht über die Unkenntnis des Baumeisters ein wenig lächelte.

Ein eisgrauer Altgeselle erkannte an der Kleidung der Fremden das Handwerk, trat ohne weiteres auf sie zu und fragte den Wacht, ob er das Ding mit der Maschine dort denn besser verstehe, da er so klug drein sehe. »Ei nun«, erwiderte Wacht ganz unbefangen, »ei nun, mit dem Besserverstehn ist es immer ein mißliches Ding, denn jeder Narr glaubt, er verstehe alles am allerbesten, aber mich nimmt's nur wunder, daß ihr hierzulande die einfache Vorrichtung nicht kennt, welche das mit Leichtigkeit bewirkt, warum der Herr Baumeister dort vergebens die Leute sich abquälen läßt.«

Den eisgrauen Altgesellen verschnupfte die kecke Antwort des jungen Menschen nicht wenig; er wandte sich murrend weg, und bald wußte jeder, daß ein fremder junger Zimmergeselle den Baumeister mit samt seiner Maschine verhöhnt und sich berühmt, eine wirksamere Vorrichtung zu kennen. So wie es in der Regel, achtete kein Mensch darauf; sondern der würdige Baumeister sowie die ehrliche Zimmermannszunft zu Bamberg meinte, der aus der Fremde würde auch nicht alle Weisheit gefressen haben und alte erfahrene Meister eines Bessern belehren wollen. »Siehst du nun wohl«, sprach Engelbrecht zu seinem Kameraden, »siehst du nun wohl, Johannes, wie dein Vorwitz schon wieder die Leute, welche wir noch dazu als Handwerksgenossen begrüßen müssen, gegen dich aufgebracht hat?«

»Wer kann«, erwiderte Johannes mit funkelndem Blick, »wer mag es ruhig ansehen, wenn das arme bedauernswürdige Handlangervolk ohne Not über alle Gebühr geschunden und geplagt wird! Und wer weiß, was mein Vorwitz nicht noch für ersprießliche Folgen haben wird.« – Es traf wirklich so ein!

Ein einziger Mann von solch eminentem Geist, daß seinem Scharfblick kein noch so flüchtig hingeworfener Funke entging, faßte die Äußerung des Jünglings, die ihm von dem Baumeister selbst als ein vorwitziges

Wort eines jungen Kiekindiewelt hinterbracht wurde, gar anders auf, als die übrigen. Dieser Mann war der Fürstbischof selbst. Er ließ den Jüngling vor sich kommen, um ihn näher über seine Äußerung zu befragen, und wurde nicht wenig von seinem Anblick, von seinem ganzen Wesen in Erstaunen gesetzt. Der geneigte Leser muß erfahren, woher dies Erstaunen rührte, und es ist an der Zeit, von Johannes Wachts ganzem Innern und Äußern mehr zu sagen.

Johannes war, was Antlitz und ganze Gestalt betrifft, ein ausgezeichnet schöner Jüngling zu nennen, und doch erhielten diese edlen Züge, dieser majestätische Wuchs erst im männlicheren Alter die volle Bedeutung. Ästhetische Kapitulare nannten den Johannes einen alten Römerkopf, ein jüngerer Domizellar, der auch im strengsten Winter ganz schwarz in Seide einherzugehen pflegte und der Schillers »Fiesco« bereits gelesen, versicherte dagegen, Johannes Wacht sei der leibhaftige Verrina.

Nicht Schönheit und Anmut der äußern Gestalt übt aber jenen geheimnisvollen Zauber, vermöge dessen manche hochbegabte Menschen jeden, dem sie entgegentreten, auf der Stelle für sich einnehmen. Man fühlt in gewisser Art ihre Überlegenheit; aber dies Gefühl ist keinesweges, wie man denken sollte, lästig, sondern erregt, indem es den Geist erhebt, ein gewisses Behagen, das dem ganzen Innern unendlich wohl tut. Die vollkommenste Harmonie verbindet alle Teile des physischen und psychischen Organismus zum Ganzen, so daß die Erscheinung, wie ein reiner Akkord, keinen Mißklang duldet. Diese Harmonie schafft jenen unnachahmlichen Anstand, jenes – man möchte sagen – Bequeme in der kleinsten Bewegung, worin sich das Bewußtsein der wahrhaften menschlichen Würde kundtut. Diesen Anstand lehrt kein Tanzmeister und kein Prinzenhofmeister, und er dürfte wohl deshalb recht eigentlich der vornehme Anstand sein, weil ihn die Natur selbst als solchen gestempelt. Es ist hier nur noch hinzuzufügen, daß Meister Wacht, unerschütterlich in Edelmut, Treue und Bürgersinn, mit jedem Jahre mehr ein Mann des Volks wurde. Er trug alle Tugenden, aber auch jene unbesiegbaren Vorurteile in sich, die gewöhnlich die Schattenseite solcher Männer zu sein pflegen. Der geneigte Leser wird bald erfahren, worin diese Vorurteile bestanden. –

Erklärt möchte nun auch hinlänglich sein, warum des Jünglings Erscheinung auf den würdigen Fürstbischof solch einen ungewöhnlichen Eindruck machte. Lange betrachtete er den jungen stattlichen Handwerksmann schweigend mit sichtbarem Wohlgefallen, dann fragte er ihn über sein ganzes bisheriges Leben aus. Johannes antwortete auf alles freimütig und bescheiden und setzte zuletzt dem Fürsten mit überzeugender Klarheit auseinander, wie des Baumeisters Maschine vielleicht zu andern Zwecken tauglich, die beabsichtigte Wirkung aber niemals hätte hervorbringen können.

Auf die Äußerung des Fürsten, ob Wacht sich wohl getraue, selbst eine zweckmäßigere Maschine anzugeben, die die Lasten emporbringe, erwiderte dieser, daß er, um eine solche Maschine herzustellen, nur eines Tages unter Hilfe seines Kameraden Engelbrechts und einiger geschickter und williger Handlanger bedürfe.

Man kann denken, mit welcher boshaften Schadenfreude im Innern der Baumeister und was ihm anhängig den Morgen kaum erwarten konnten, an dem der vorlaute Fremde mit Schande und Spott nach Hause geschickt werden würde. Es kam aber anders, als wie es diese gutherzigen Leute gedacht und auch wohl gewünscht hatten.

Drei zweckmäßig angebrachte, in der Wirkung ineinandergreifende Erdwinden, jede nur mit acht Arbeitern bemannt, hoben die schweren Balken so leicht bis zur schwindelnden Höhe des Daches, daß diese in den Lüften zu tanzen schienen. Seit diesem Augenblick war des braven geschickten Handwerksmanns Ruf in Bamberg begründet. Der Fürst drang in ihn, in Bamberg zu bleiben und das Meisterrecht zu erlangen, wozu er ihm selbst allen nur möglichen Vorschub leisten wolle. Wacht war zweifelhaft, unerachtet es ihm in dem freundlichen wohlfeilen Bamberg sehr wohl gefiel. Ansehnliche Bauten, die eben im Werke, legten für das Bleiben ein großes Gewicht in die Waagschale; den Ausschlag gab aber ein Umstand, der im Leben gar oft zu entscheiden pflegt. Johannes Wacht fand nämlich ganz unvermutet in Bamberg die bildhübsche ehrsame Jungfrau wieder, die er vor mehreren Jahren in Erlangen gesehen und welcher er schon damals zu tief in die freundlichen blauen Augen geguckt hatte. Mit zwei Worten, – Johannes Wacht ward Meister, heiratete die ehrsame Jungfrau aus Erlangen und brachte es durch Fleiß und Geschicklichkeit bald dahin, daß er ein artiges Haus, welches auf dem Kaulberge belegen, mit einem großen Hofraum nach den Bergen hinaus kaufen und sich so ganz ansiedeln konnte. Doch wem leuchtet unwandelbar im gleichen Glanz des Glücks freundlicher Stern! Der Himmel hatte beschlossen, unsern wackern Johannes einer Prüfung zu unterwerfen, der vielleicht jeder andere, weniger stark an Geist, unterlegen haben würde. Die erste Frucht der glücklichsten Ehe war ein Sohn, der, ein herrlicher Jüngling, ganz in die Fußstapfen des Vaters treten zu wollen schien. Achtzehn Jahr war dieser Jüngling alt worden, als in einer Nacht nicht fern von Wachts Hause ein bedeutendes Feuer ausbrach. Vater und Sohn eilten, ihrem Beruf gemäß, zur Dämpfung des Brandes herbei. Kühn kletterte der Sohn mit andern Zimmerleuten herauf, um das brennende Dachgerippe soviel als möglich wegzuschlagen. Der Vater, der unten geblieben, um, wie es immer zu geschehen pflegte, das Einreißen und Löschen zu leiten, warf einen Blick hinauf, erkannte die entsetzliche Gefahr, schrie: »Johannes, Leute, hinab, hinab!« Zu spät – mit fürchterlichem Krachen stürzte die Brandmauer ein – erschlagen lag der Sohn in den Flammen, die wie im gräßlichen Triumph stärker prasselnd emporloderten. –

Doch nicht dieser entsetzliche Schlag allein sollte den armen Johannes Wacht treffen. Eine unvorsichtige Magd drang mit wütendem Jammergeschrei in die Stube, wo die Hausfrau, erst halb genesen von einer zerstörenden Nervenkrankheit, in Angst und Not lag über das Feuer, dessen dunkelroter Widerschein sich an den Wänden spiegelte.

»Euer Sohn, Euer Johannes ist erschlagen, begraben in den Flammen hat ihn mit seinen Kameraden die Brandmauer!«

So schrie die Magd.

Wie von jäher Gewalt getrieben, richtete sich die Hausfrau aus dem Bett hoch empor; doch tief aufseufzend sank sie wieder zurück auf das Lager.

Der Nervenschlag hatte sie getroffen, – sie war tot.

»Sehen wir nun«, sprachen die Bürger, »wie Meister Wacht sein großes Leid tragen wird. Oft genug hat er uns gepredigt, daß der Mensch dem größten Unglück nicht erliegen, sondern sein Haupt emporhalten und mit der Kraft, die der Schöpfer in jedes Brust gelegt, dem bedrohlichen Verderben so lange widerstehen müsse, als dieses nicht augenscheinlich im ewigen Rat beschlossen. Laßt uns sehen, was er uns nun für ein Beispiel geben wird!«

Nicht wenig war man verwundert, als man zwar den Meister selbst nicht in der Werkstatt, wohl aber die ununterbrochene Tätigkeit der Gesellen wahrnahm, so daß nicht die mindeste Stockung entstand, sondern die begonnenen Werke so, als ob dem Meister kein Leid widerfahren, gefördert wurden.

»Engelbrecht«, sprach der Meister an demselben Mittage, als er in der Frühe mit standhaftem Mute, festen Schrittes, allen Trost, alle Hoffnung, die ihm sein Glaube, die wahrhafte Religion, die in seinem Innern festgewurzelt blieb, gewährte, in dem verklärten Antlitz, den Leichen seines Weibes und seines Sohnes gefolgt; »Engelbrecht, es ist nun vonnöten, daß ich mit meinem Gram, der mir das Herz abstoßen will, allein bleibe, damit ich vertraut mit ihm werde und mich gegen ihn ermanne. Du, Bruder, bist ja mein wackerer tätiger Werkmeister und weißt wohl, was in acht Tagen zu tun; denn so lange schließ' ich mich in mein Kämmerlein.« –

In der Tat verließ Meister Wacht acht Tage hindurch nicht seine Stube. Das Essen brachte die Magd oft unangerührt wieder hinab, und man vernahm oft auf dem Hausflur seine leise, wehmütige, tief ins Herz dringende Klage: »O mein Weib, o mein Johannes!«

Viele von Wachts Bekannten waren der Meinung, daß man ihn durchaus dieser Einsamkeit nicht überlassen müsse, die ihn, da er beständig seinem Gram nachhänge, zerstören könne. Engelbrecht entgegnete indessen: »Laßt ihn gewähren, ihr kennt meinen Johannes nicht, schickte ihm die Macht des Himmels nach ihrem unerforschlichen Ratschluß diese harte Prüfung, so gab sie ihm auch die Kraft, sie zu überstehen, und jeder irdische Trost würde ihn nur verletzen. Ich weiß, auf welche Weise er sich hinausarbeitet aus seinem tiefen Schmerz.« –

Letzteres sprach Engelbrecht mit beinahe schlauer Miene, ohne sich weiter darüber auslassen zu wollen, was er damit meine. Die Leute mußten zufrieden sein und den unglücklichen Wacht in Ruhe lassen.

Acht Tage waren vergangen; am neunten, und zwar an einem heitern Sommermorgen, früh um fünf Uhr trat Meister Wacht ganz unvermutet hinaus in den Werkhof unter die Gesellen, die in voller Arbeit. Die Äxte, die Sägen sanken ihnen nieder, und halb wehmütig riefen sie: »Meister Wacht, unser guter Meister Wacht!« –

Mit heiterm Antlitz, auf dem die Spuren des überstandenen Grams den Ausdruck inniger Gutmütigkeit bis zum rührendsten Charakter erhöhten, trat er unter seine Getreuen und verkündigte, wie der gütige Himmel den Geist der Gnade und des Trostes auf ihn herabgesandt, und wie er nun, gestärkt mit Mut und Kraft, seinen Beruf erfüllen werde. Er begab sich nach dem Gebäude, das in der Mitte des Hofes zum Aufbewahren des Handwerkszeugs, zum Aufzeichnen der Werke u.s. bestimmt war.

Engelbrecht, die Gesellen, die Lehrburschen folgten ihm wie im Zuge; als er eintrat, blieb er fast eingewurzelt stehen.

Man hatte im Schutt des abgebrannten Hauses die Axt des armen Johannes, welche an ganz entscheidenden Zeichen kennbar, mit halbverbranntem Stiel, vorgefunden. Diese war von seinen Kameraden hoch an der der Türe gegenüberstehenden Wand befestigt und rundumher mit ziemlich roher Kunst ein Kranz von Rosen und Zypressen gemalt worden. Unter dem Kranz hatten sie aber Namen, Geburtsjahr ihres geliebten Kameraden, sowie das Datum der unglückseligen Nacht seines gewaltsamen Todes gesetzt.

»Armer Hans«, rief Meister Wacht, als er dies rührende Monument wahrhaft treuer Gemüter erblickte, und ein Tränenstrom stürzte ihm aus den Augen, »armer Hans, zum letzten Male erhobst du jenes Werkzeug zum Wohl deiner Brüder, aber du ruhst im Grabe, und nimmer wirst du mehr an meiner Seite in wackerer Tätigkeit tüchtige Werke fördern helfen!« –

Damit ging Meister Wacht die Reihe umher, schüttelte jedem Gesellen, jedem Lehrburschen treuherzig die Hand und sprach: »Denkt an ihn!« – Alles ging nun wieder an die Arbeit, nur Engelbrecht mußte bei Wacht zurückbleiben.

»Sieh nur, mein alter Kamerad«, sprach Wacht, »welchen wunderbaren Weg die ewige Macht gewählt hat, um mich mein großes Leid überstehen zu lassen. In den Tagen, als mich der Gram über Weib und Kind, das ich auf solch entsetzliche Weise verloren, ganz und gar zermalmen wollte, gab mir der Geist den Gedanken eines besonders künstlichen und zusammengesetzten Hängewerks ein, über welches ich schon lange gegrübelt, das mir aber nie ins klare kommen wollte. Schau' her!« –

Damit rollte Meister Wacht die Zeichnung auf, an der er die Tage über gearbeitet hatte, und Engelbrecht erstaunte ebensosehr über die Kühnheit und Originalität der Erfindung als über die ausnehmende Sauberkeit der vollendeten Arbeit. So künstlich, so sinnig war die Mechanik des Werkes angelegt, daß selbst der vielerfahrene Engelbrecht sich nicht gleich darin finden konnte, desto mehr aber in freudige Verwunderung ausbrach, als, nachdem ihm Meister Wacht das kleinste Detail des ganzen Baues erklärt, er sich von der Unfehlbarkeit des Gelingens in der Ausführung überzeugen mußte. –

Wachts ganze Familie bestand jetzt nur noch aus zwei Töchtern, doch sollte dieser Hausstand gar bald vermehrt werden.

So arbeitsam, so geschickt auch Meister Engelbrecht sein mochte, doch gelang es ihm nicht, die niedrigste Stufe der Wohlhabenheit zu erlangen, welche gleich in der ersten Zeit Wachts Unternehmungen krönte. Der ärgste Feind des Lebens, gegen den keine menschliche Kraft etwas vermag, lehnte sich gegen ihn auf, um ihn zu verderben, und verdarb ihn wirklich; nämlich Siechheit des Körpers. Er starb und hinterließ die Frau mit zwei Knaben in beinahe dürftigen Umständen; die Frau begab sich in ihre Heimat, und Meister Wacht hätte gern beide Söhne in sein Haus genommen, dies war aber nur mit dem ältesten, Sebastian geheißen, tunlich. Dieser war ein kräftiger kluger Junge, der, zum Handwerk des Vaters geneigt, ein tüchtiger Zimmermann zu werden versprach. Eine gewisse Störrigkeit des Charakters, die zuweilen bis ans Bösartige zu grenzen schien, sowie ein gewisses rohes Wesen, oft bis zur Wildheit gesteigert, glaubte Wacht durch eine weise Erziehung besiegen zu können. Der jüngere Bruder, namens Jonathan, war gerade das Gegenteil des altern; ein kleines bildhübsches, schwächliches Bübchen, dem die Milde und Herzensgüte aus den blauen Augen lachte. Diesen Knaben hatte schon bei Lebzeiten des Vaters der ehrwürdige Doktor des Rechts, sowie erster und ältester Advokat am Orte, Herr Theophilus Eichheimer, zu sich genommen, um ihn, da er einen vorzüglichen Geist, sowie den entschiedensten Hang zu den Wissenschaften zeigte, zum Rechtsgelehrten zu erziehen.

Hier zeigte sich nun eines jener unbesiegbaren Vorurteile unseres Wacht, von denen schon oben die Rede gewesen. Wacht trug nämlich die vollkommenste Überzeugung in sich, daß alles, was man unter dem Namen Rechtsgelehrsamkeit verstehe, nichts anders als künstlich ergrübelte Menschensatzung wäre, die nur dazu diene, das wahre Recht, das in jedes Tugendhaften Brust geschrieben stehe, zu verwirren. Konnte er die Einrichtung der Gerichtshöfe auch nicht geradehin verwerfen, so hatte er doch seinen ganzen Haß auf die Advokaten geworfen, welche er insgesamt, wo nicht geradezu für elende Betrüger, doch für solche nichtswürdige Menschen hielt, die mit dem Heiligsten und Ehrwürdigsten auf der Welt schändlichen Wucher trieben. Man wird sehen, wie der verständige, sonst alle Lebensverhältnisse klar durchschauende Wacht in diesem Punkt dem Rohesten aus dem gemeinsten Volke glich. Daß er fürs andere unter den Anhängern der katholischen Kirche keine Frömmigkeit, keine Tugend statuierte, daß er keinem Katholiken traute, möchte ihm eher zu verzeihen sein, da er in Augsburg die Grundsätze eines beinahe fanatischen Protestantismus eingesogen. Man kann denken, wie es dem Meister Wacht das Herz zerschnitt, den Sohn seines treusten Freundes eine Laufbahn beginnen zu sehen, die er so tief verabscheute.

Doch war ihm des Verstorbenen Wille heilig, und es war so viel gewiß, daß der schwächliche Jonathan nicht zu irgendeinem Handwerk, das nur einigermaßen körperliche Kraft erforderte, erzogen werden konnte; sowie daß, wenn der alte Herr Theophilus Eichheimer mit dem Meister über das göttliche Geschenk der Wissenschaften sprach und dabei den kleinen Jonathan als einen frommen verständigen Knaben lobte, der Meister in dem Augenblick den Advokaten, die Rechtsgelehrsamkeit und sein Vorurteil vergaß. Meister Wacht hatte seine ganze Hoffnung darauf gestellt, daß Jonathan, des Vaters Tugenden im Herzen, ein Metier in dem Augenblick verlassen werde, als er, an Jahren gereift, dessen ganze Schändlichkeit einzusehen imstande. –

War Jonathan ein stiller, frommer, dem häuslichen Studieren ergebener Junge, so trieb es Sebastian desto ärger mit ausgelassenen, tollem Wesen. Da er aber rücksichts seines Handwerks ganz der Vater wurde, und an dem Fleiß, sowie an der Nettigkeit seiner Arbeit, nie etwas auszusetzen war, so maß Meister Wacht die bisweilen doch zu argen Streiche dem ungeläuterten Feuer der aufbrausenden Jugend bei, vergab sie dem Jüngling und meinte, er werde sich auf der Wanderschaft wohl die Hörner ablaufen.

Diese Wanderschaft trat Sebastian bald an, und Meister Wacht hörte auch nicht früher etwas von ihm, als bis er, majorenn geworden, von Wien aus sich sein kleines väterliches Erbteil ausbat, welches ihm Meister Wacht von Heller zu Pfennig übersandte, und worüber er eine von den Gerichten zu Wien ausgefertigte Quittung erhielt. –

Eben eine solche Verschiedenheit der Gemütsart, die die Engelbrechts trennte, fand auch bei Wachts beiden Töchtern statt, von denen die älteste Rettel, die jüngere aber Nanni geheißen.

In aller Eil’ kann hier bemerkt werden, daß nach der allgemeinen in Bamberg herrschenden Meinung der Vorname Nanni der allerschönste und herrlichste ist, den ein Mädchen führen kann. Frägst du daher, geliebter Leser, in Bamberg ein hübsches Kind: »Wie heißen Sie, mein süßer Engel?« so wird die Holde verschämt die Augen niederschlagen, an der schwarzseidnen Schürze zupfen und, etwas errötend, freundlich lispeln: »I nun, Nanni, Ihr Gnoden!« –

Rettel, Wachts älteste Tochter, war ein kleines rundes Ding mit hochroten Wangen und recht freundlichen schwarzen Äugelein, mit denen sie in den Sonnenschein des Lebens, wie er ihr aufgegangen, keck hineinschaute, ohne zu blinzeln. Sie war rücksichts ihrer Bildung und ihres ganzen Wesens auch nicht eine Linie hoch über die Sphäre des Handwerks gestiegen. Sie klatschte mit den Frau Basen, putzte sich gern, wiewohl in bunten Staat ohne Geschmack; ihr eigentliches Element, worin sie lebte und webte, war aber die Küche. Keiner, und auch der ausgelerntesten Köchin weit und breit, konnte der Hasen- und Gänsepfeffer so schmackhaft geraten, über die Sulzen herrschte sie nach freier Willkür, Gemüse wie z.B. Mirschieg, Keesköhl, bereitete Rettels kunstreiche Hand ohnegleichen, da ein feiner untrüglicher Sinn sie über das plus oder minus des Fetts auf der Stelle entscheiden ließ, und ihre Krapfen spotteten der wohlgeratensten Erzeugnisse der luxuriösesten Kirchweihen.

Vater Wacht war mit der Kochkunst seiner Tochter sehr wohl zufrieden und meinte einmal, es sei unmöglich, daß der Fürstbischof schmackhaftere Schunkennudeln auf seiner Tafel haben könne. Das ging denn nun der guten Rettel so tief ins freudige Herz, daß sie im Begriff stand, eine gewaltige Schüssel mit besagten Schunkennudeln, und zwar an einem Fasttage, dem Fürstbischof aufs Schloß zu schicken. Zum Glück kam Meister Wacht zeitig genug dahinter und verhinderte unter herzlichem Lachen die Ausführung des kühnen Gedankens.

War die kleine dicke Rettel eine tüchtige Wirtschafterin, eine perfekte Köchin und dabei die Gutmütigkeit, kindliche Treue und Liebe selbst, so mußte sie Vater Wacht als ein wohlgeratenes Kind recht zärtlich lieben.

Geistern von Wachts Art ist indessen trotz ihres Ernstes wohl eine gewisse ironische Schalkheit eigen, die sich im Leben anmutig bewegt bei irgendeinem Anstoß, so wie der tiefe Bach den über ihn hinwegstreifenden Windhauch mit silbern spielenden Wellen begrüßt.

Es war nicht anders möglich, als daß Rettelchen mit ihrem ganzen Wesen diese Schalkheit oft anregen mußte, und so erhielt das ganze Verhältnis mit der Tochter oft eine seltsam nuancierte Farbe. Der geneigte Leser wird künftig Beispiele von der Art genug erfahren; vorderhand mag nur eines hier stehen, welches lustig genug zu nennen. In Meister Wachts Hause fand sich ein stiller, hübscher junger Mann ein, der bei der fürstlichen Kammer angestellt war und sein reichliches Auskommen hatte. Er freite nach gerader deutscher Sitte bei dem Vater um die älteste Tochter, und Meister Wacht konnte, ohne dem jungen Mann und seiner Rettel unrecht zu tun, nicht umhin, ihm den Zutritt in sein Haus zu

636

verstatten, damit er Gelegenheit fände, sich um Rettels Zuneigung zu bewerben. Rettel, von des Mannes Absicht unterrichtet, sah ihn mit gar freundlichen Augen an, in denen man zuweilen lesen konnte: »Zu unserer Hochzeit, Liebster, back' ich die Kuchen selbst!« –

Dem Meister Wacht war diese Zuneigung seiner Tochter gar nicht recht, weil ihm der bischöfliche Herr Kastner gar nicht recht war.

Fürs erste war der Mann natürlicherweise Katholik, fürs zweite glaubte Wacht bei näherer Bekanntschaft an dem Herrn Kastner ein gewisses schleichendes zurückhaltendes Wesen wahrzunehmen, das auf einen befangenen Geist schließen ließ. Gern hätte er den unangenehmen Freier wieder aus dem Hause entfernt, ohne jedoch der Rettel wehe zu tun. Meister Wacht beobachtete sehr scharf und wußte seine Beobachtungen schlau und verständig zu nutzen. So hatte er wahrgenommen, daß der Herr Kastner sich nicht viel aus gut bereiteten Speisen machte, sondern alles ohne sonderlichen Geschmack und noch dazu auf etwas widerwärtige Weise herunterschluckte. Eines Sonntags, als, wie es gewöhnlich zu geschehen pflegte, der Herr Kastner bei dem Meister Wacht zu Mittag aß, begann dieser jede Speise, die die geschäftige Rettel auftragen ließ, gar sehr zu loben und zu preisen und forderte den Herrn Kastner nicht allein auf, in dieses Lob einzustimmen, sondern fragte auch besonders, was er von dieser oder jener Bereitung der Speisen halte. Der Herr Kastner versicherte aber ziemlich trocken, er sei ein mäßiger nüchterner Mann und seit Jugend auf an die äußerste Frugalität gewöhnt. Mittags genüge ihm ein Löffelchen Suppe und ein Stücklein Ochsenfleisch, nur müsse dieses hart gekocht sein, da es so, in geringer Quantität genossen, mehr sättige und man sich den Magen mit großen Bissen nicht zu überladen brauche; zur Nacht sei er gewöhnlich mit einer Untertasse guten Eierschmalzes und einem geringen Schnäpschen abgefunden, übrigens ein Glas extra Bier um sechs Uhr abends, womöglich in der schönen Natur genossen, sein ganzes Labsal. Man kann denken, mit welchen Blicken Rettelchen den unglückseligen Kastner ansah. Und doch sollte noch das Ärgste geschehen. Es wurden bayersche Dampfnudeln aufgetragen, die, hoch – hoch angeschwollen, das Meisterstück der Tafel schienen; der frugale Herr Kastner nahm sein Messer und zerschnitt die Nudel, die ihm zuteil worden, mit der ruhigsten Gleichgültigkeit in viele Stücken. Rettel stürzte mit einem lauten Jammergeschrei zur Türe hinaus.

Der mit der Behandlung bayerscher Dampfnudeln unbekannte Leser mag erfahren, daß sie beim Genuß geschickt zerrissen werden müssen, da sie zerschnitten allen Geschmack verlieren und die Ehre der Köchin zuschande machen.

Rettel hielt von dem Augenblicke an den frugalen Herrn Kastner für den abscheulichsten Menschen unter der Sonne; Meister Wacht widersprach ihr keinesweges, und der wilde Bilderstürmer im Gebiete der Kochkunst hatte die Braut auf immer verloren.

Hat der kleinen Rettel buntes Bild beinahe zu viele Worte gekostet, so werden dem geneigten Leser ein paar Züge hinreichen, sich Antlitz, Gestalt, ganzes Wesen der holden anmutigen Nanni ganz vor Augen zu bringen.

Im südlichen Deutschland, vorzüglich in Franken, und zwar beinahe nur ausschließlich in der Bürgerklasse, trifft man solche feine, zierliche Gestalten, solche liebliche fromme Engelsgesichtlein, süße Sehnsucht des Himmels in den blauen Augen, des Himmels Lächeln auf den Rosenlippen, daß man wohl gewahrt, wie die alten Maler die Originale zu ihren Madonnen nicht weit suchen durften. So ganz diese Gestalt, dies Antlitz, dies Wesen war die Erlanger Jungfrau, welche Meister Wacht freite, und Nanni ihr treustes Ebenbild.

Die Mutter war rücksichts der zartesten Weiblichkeit, rücksichts der wohltuenden Bildung, die nichts ist als der richtige Takt des Lebens, ganz das, was den Meister Wacht als Mann charakterisierte.

Weniger ernst und fest als die Mutter mochte die Tochter sein, dafür aber die Lieblichkeit selbst, und man hätte ihr nur vorwerfen können, daß ihr weibliches Zartgefühl, eine Empfindsamkeit, die einer verschwächten Organisation zuzuschreiben und sich daher leicht bis zur weinerlichen Empfindelei steigerte, sie fürs Leben zu verletzbar machte.

Meister Wacht konnte das liebe Kind nicht ohne Rührung ansehen und liebte es auf eine Weise, die sonst einem starken Gemüte eben nicht eigen.

Es konnte sein, daß Meister Wacht die zarte Nanni von Hause aus ein wenig verzärtelte; wodurch aber jene oft in süßliche Empfindelei ausartende Zartheit ganz besonders Stoff und Nahrung erhielt, wird sich sehr bald zeigen.

Nanni kleidete sich gern höchst einfach, jedoch in die feinsten Zeuge und nach einem Schnitt, der über die Sphäre ihres Standes hinausging. Wacht ließ sie gewähren, da, so gekleidet, das holde Kind gar zu hübsch und anmutig aussah.

Ganz geschwinde muß hier ein Bild vertilgt werden, das dem Leser aufgehn könnte, der vor langen Jahren in Bamberg war, und der an den abscheulichen geschmacklosen Kopfputz denkt, der damals die hübschesten Gesichter der Mädchen entstellte. Eine glatte an den Kopf schließende Haube, die nicht das kleinste Löckchen zum Vorschein kommen ließ – ein schwarzes, nicht zu breites, an die Stirne fest schließendes Band, das hinten tief in den Nacken mit einer höchst servilen Schleife zusammenfuhr.

Später wurde dieses Band breiter und breiter, bis es die unbillige Breite von beinahe einer halben Elle erreichte, deshalb besonders in der Fabrik bestellt werden mußte und, mit hartem Karton gefüttert, wie eine Turmhaube emporstieg. Eine Schleife, die vermöge ihrer weit über die Achseln ragenden Breite den ausgespannten Flügeln eines Adlers glich, saß gerade über dem Nackengrübchen. An den Schläfen und bei den Ohren schlängelten sich kleine Löckchen hervor, und mancher kecken Bamberger Inkroyable stand diese Tracht seltsam und anmutig genug.

Einen sehr pittoresken Anblick gab es, wenn man von hinten einen Leichenzug erblickte, der sich eben in Bewegung setzte. Es ist Sitte in Bamberg, daß die Bürger zur Leichenfolge eines Verstorbenen durch die sogenannte Totenfrau eingeladen werden, die ihre Einladung mit kreischender Stimme im Namen des Verstorbenen, wie z.B. »der Herr u.s.w., die Frau u.s.w. läßt sich die letzte Ehre ausbitten«, auf der Straße vor dem Hause eines jeden abschreit. Die Frau Basen und die jungen Madels, die sonst wenig ins Freie kommen, unterlassen es nicht, sich in großer Anzahl einzufinden, und wenn sich nun der Zug der Weiber zu bewegen anfängt und der Wind sich in die großen Schleifen setzt, so ist es nicht anders, als wenn ein ganzes Heer von schwarzen Raben oder Adlern jählings wach werde und den rauschenden Flug beginnen wolle.

Der geneigte Leser wird daher gebeten, sich die hübsche Nanni in keinem andern Kopfputz als in einem niedlichen Erlanger Häubchen zu denken. –

So widerwärtig es auch dem Meister Wacht war, daß Jonathan dem Stande angehören sollte, den er haßte, so ließ er dies doch den Knaben, sowie später den Jüngling, keinesweges entgelten. Er sah es vielmehr gern, daß der stille fromme Jonathan sich nach vollendetem Tagewerk jedesmal bei ihm einfand und die Abende mit seinen Töchtern und der alten Barbara zubrachte. Dabei schrieb Jonathan die schönste Hand, die man nur sehen konnte, und es machte dem Meister Wacht, der eine schöne Handschrift liebte, nicht geringe Freude, als seine Nanni, zu deren Schreibmeister sich Jonathan selbst erkoren, nach und nach dieselbe zierliche Schrift zu schreiben begann, als ihr Meister.

Meister Wacht war an den Abenden entweder in seinem Arbeitszimmer beschäftigt, oder er besuchte manchmal ein Bierhaus, in dem er seine Handwerksgenossen und auch die Herren vom Rat antraf und nach seiner Art mit seltenem Geist die Gesellschaft belebte. Im Hause ließ indessen Barbara den Spinnrocken wacker schnurren, während Rettel die Wirtschaftsrechnung fertig schrieb, über die Bereitung neuer unerhörter Schüsseln nachsann oder mit lautem Lachen der Alten wiedererzählte, was diese, jene Frau Bas ihr heute vertraut. Und der Jüngling Jonathan? –

Der saß mit Nanni am Tisch; und die schrieb und zeichnete auch wohl unter seiner Leitung. Und doch Schreiben und Zeichnen ist für den ganzen Abend ein herzlich langweiliges Ding; und so geschah es denn, daß Jonathan oftmals ein sauber gebundenes Buch aus der Tasche zog und der schönen empfindsamen Nanni mit leiser süßlispelnder Stimme vorlas.

Jonathan hatte durch den alten Eichheimer die Gönnerschaft des jungen Domizellars erworben, der den Meister Wacht einen wahrhaften Verrina nannte. Der Domizellar, Graf von Kösel, war ein schöner Geist und lebte und webte in Goethes und Schillers Werken, die damals wie glanzvolle, alles überstrahlende Meteore am Horizont des literarischen Himmels aufzusteigen begannen. Er glaubte mit Recht in dem jungen Schreiber seines Anwalts eine gleiche Tendenz zu entdecken und fand seine besondere Freude daran, ihn dadurch, daß er ihm nicht allein jene Werke mitteilte, sondern dieselben mit ihm auch gemeinschaftlich durchlas, sich ganz zu assimilieren.

Des Grafen ganzes Herz gewann aber Jonathan dadurch, daß er die Verse, welche der Graf im Schweiße seines Angesichts aus wohlklingenden Phrasen zusammendrechselte, vortrefflich fand und zu des Grafen unaussprechlichem Vergnügen sattsam davon erbaut und gerührt wurde. Wahr ist's indessen, daß Jonathans ästhetische Bildung wirklich durch den Umgang mit dem geistreichen und nur etwas überspannten Grafen gewann.

Der geneigte Leser weiß nun, was für Bücher Jonathan bei der hübschen Nanni aus der Tasche zog und ihr daraus vorlas, und kann selbst ermessen, wie Schriften der Art ein Mädchen, so geistig organisiert wie Nanni, anregen mußten.

»Stern der dämmernden Nacht!«

Wie flossen Nannis Tränen, wenn der liebenswürdige Schreiber also dumpf und feierlich begann!

Es ist eine bekannte Erfahrung, daß junge Leute, die oft zärtliche Duetten zusammen singen, sich selbst sehr leicht in die Person der Duettisten umsetzen und besagte Duetten für die Melodie und den Text des ganzen Lebens halten; so wie der Jüngling, der einem Mädchen einen zärtlichen Roman vorliest, sehr leicht der Held des Stücks wird, während das Mädchen sich in die Rolle der Geliebten hinüberträumt.

Bei solch gleichgestimmten Gemütern, wie Jonathan und Nanni, hätte es nicht einmal solcher Anregungen bedurft, um zueinander in Liebe zu kommen.

Die Kinder waren ein Herz und eine Seele, die Jungfrau, der Jüngling nur *eine* rein und unauslöschlich emporlodernde Liebesflamme. – Vater Wacht hatte von diesem Liebesverständnis seiner Tochter auch nicht die leiseste Ahnung; er sollte indessen bald alles erfahren. –

Jonathan hatte es durch unermüdeten Fleiß und wahrhaftes Talent in kurzer Zeit dahin gebracht, daß sein Rechtsstudium für vollendet geachtet und er zur Advokatur gelassen werden konnte, welches denn auch wirklich geschah.

Er wollte mit dieser frohen Nachricht, die ihm seinen Standpunkt im Leben sicherte, eines Sonntags den Meister Wacht überraschen. Doch wie erbebte er vor Entsetzen, als Wacht ihn mit einem flammensprühenden Blick, nie hatte er ihn so aus des Vaters Augen hervorblitzen sehn, durchbohrte. »Was«, rief Vater Wacht mit einer Stimme, daß die Wände erdröhnten, »was, du elender Taugenichts, die Natur hat deinen Körper vernachlässigt, aber dich mit herrlichen Geistesgaben reichlich geschmückt, und diese willst du wie ein hinterlistiger Bösewicht mißbrauchen auf schändliche Weise und so das Messer gegen deine eigne Mutter kehren? Mit dem Recht willst du Handel treiben, wie mit einer feilen schnöden Ware auf öffentlichem Markt, und es zuwägen mit falscher Wage den armen Bauern, dem gedrückten Bürger, der vor des starren Richters Polsterstuhl vergebens winselte, und dich zahlen lassen mit dem blutigen Heller, den der Arme dir, in Tränen gebadet, hinreicht?

Mit lügnerischen Menschensatzungen willst du dein Hirn anfüllen und Lug und Trug treiben wie ein einträgliches Handwerk, wovon du dich mästest? Ist denn alle Tugend des Vaters aus deinem Herzen gewichen?

Dein Vater – du heißest Engelbrecht – nein, wenn ich dich so nennen höre, so will ich nicht glauben, daß es der Name meines Kameraden sei, der die Tugend und Rechtschaffenheit selbst war, sondern daß der Satan im äffenden Spott der Hölle den Namen über seinem Grabe hinrufe und so die Menschen verführe, den jungen lügnerischen Rechtsbuben wirklich für den Sohn des wackern Zimmermanns Gottfried Engelbrecht zu halten – fort – nicht mehr mein Pflegesohn – eine Schlange, die ich von meinem Busen reiße – ich verstoße.« –

In dem Augenblick stürzte Nanni mit einem kreischenden, die Brust zerreißenden Jammergeschrei dem Meister Wacht zu Füßen.

»Vater!« rief sie, ganz aufgelöst in wildem Schmerz und trostloser Verzweiflung, »Vater, wenn du ihn verstößest, so verstößest du auch mich, mich, deine liebste Tochter, er ist mein, mein Jonathan; nicht lassen kann ich von ihm in dieser Welt.« –

Ohnmächtig schlug die Arme mit dem Kopf gegen den Wandschrank, daß Blutstropfen die zarte weiße Stirn benetzten. Barbara und Rettel sprangen herbei und brachten die Ohnmächtige auf das Kanapee. Jonathan stand da, erstarrt, wie vom Blitz getroffen, nicht der leisesten Bewegung mächtig.

Es möchte schwer sein, die Bewegung zu beschreiben, die von innen heraus sich auf Wachts Antlitz kundtat. Statt der Flammenröte überzog jetzt Leichenblässe das Gesicht, ein dunkles Feuer glühte nur noch in den stieren Augen, kalter Todesschweiß schien auf seiner Stirne zu stehen; er starrte einige Augenblicke schweigend vor sich hin; dann machte sich die gepreßte Brust Luft, und er sprach mit seltsamem Ton: »Das war es also!« – Langsam schritt er denn nach der Türe, in der er noch einmal stehenblieb und, halb zurückgewandt, den Weibern zurief: »Spart nicht kölnisches Wasser, und die Faxen sind bald vorüber.«

Bald darauf sah man den Meister zum Hause heraus schnell nach den Bergen wandeln.

Man kann denken, in welches tiefe Herzleid die Familie versenkt war. Rettel und Barbara konnten eigentlich gar nicht begreifen, was denn Entsetzliches vorgegangen, und es wurde ihnen dann erst recht angst und bange, als der Meister, wie er es noch niemals getan, nicht zum Essen wiederkehrte, sondern bis spät in die Nacht ausblieb.

Dann hörte man ihn kommen, die Haustüre aufmachen, heftig zuwerfen, die Treppe mit starken Schritten hinaufsteigen und sich in seiner Stube einschließen. –

Die arme Nanni erholte sich bald wieder und weinte still vor sich hin. Jonathan ließ es aber an wilden Ausbrüchen trostloser Verzweiflung nicht fehlen und sprach auch mehrmals vom Erschießen; ein Glück, daß Pistolen eben nicht zum Mobiliar junger empfindsamer Advokaten notwendig gehören oder wenigstens, befinden sie sich darunter, gewöhnlich kein Schloß haben oder sonst nicht im Stande sind.

Nachdem Jonathan einige Straßen durchrannt wie ein toller Mensch, führte ihn instinktmäßig sein Lauf zu seinem hohen Gönner, dem er sein ganzes unerhörtes Herzeleid unter den Ausbrüchen des wütendsten Schmerzes klagte. Es darf kaum hinzugefügt werden, so sehr versteht es sich von selbst, daß der junge verliebte Advokat nach seinen verzweiflungsvollen Beteurungen der erste und einzige Mensch auf der ganzen Erde war, dem solch Ungeheures geschehn, weshalb er denn auch das Schicksal und alle feindliche Mächte, als nur gegen ihn verschworen, anklagte.

Der Domizellar hörte ihn ruhig und mit einer gewissen Teilnahme an, die indessen doch das ganze Gewicht des Schmerzes, wie es der Advokat zu fühlen wähnte, nicht ganz zu erwägen schien. –

»Mein lieber junger Freund«, sprach der Domizellar, indem er den Advokaten freundlich bei der Hand nahm und ihn zu einem Sessel führte, »mein lieber junger Freund, ich habe bisher den Herrn Zimmermeister Johannes Wacht für einen in seiner Art großen Mann gehalten, ich sehe aber jetzt ein, daß er dabei auch ein sehr großer Narr ist. Große Narren sind wie stätische Pferde, man bringt sie schwer zur Wendung, ist dieses aber gelungen, so traben sie den gebotenen Weg lustig fort. Des heutigen bösen Auftritts halber, des unsinnigen Zorns des Alten unerachtet, dürftet Ihr die schöne Nanni keineswegs aufgeben.

Doch ehe wir über Euren in der Tat anmutigen und romanesken Liebeshandel weiter reden, laßt uns hier ein kleines Frühstück zu uns nehmen. Ihr seid um den Mittag bei dem alten Wacht gekommen, und ich diniere erst um vier Uhr im Seehof.«

Auf dem kleinen Tisch, an dem beide, der Domizellar und der Advokat, saßen, war in der Tat ein gar appetitliches Frühstück aufgetragen. Bayonner Schinken, rundumher mit Scheiben portugiesischer Zwiebeln garniert, ein kaltes gespicktes Rebhuhn von der roten Art, mithin auch ein Fremdling, in rotem Wein gekochte Trüffeln, ein Teller mit Straßburger Gänseleberpastete, zuletzt ein Teller mit echtem Strachino und ein anderer mit Butter, so gelb und glänzend wie die Maiblumen selbst. –

Der geneigte Leser, der nach Bamberg kommt und dergleichen appetitliche Butter liebt, wird sich freuen, sie auf das schönste und reinste zu erhalten, zugleich sich aber ärgern, daß sie von den Einwohnern aus übertriebener Wirtschaftlichkeit zu einem Schmalz eingeschmolzen wird, der gewöhnlich ranzig schmeckt und alle Speisen verdirbt. –

Dazu perlte in einer schön geschliffenen Kristallflasche edler Champagner von der nicht moussierenden Sorte. Der Domizellar, der die vorgebundene Serviette, mit der er den Advokaten empfangen, gar nicht losgeknüpft hatte, legte, nachdem der Kammerdiener ein zweites Kuvert schnell herbeigebracht, dem verzweiflungsvollen Liebhaber die schönsten Bissen vor, schenkte ihm Wein ein und langte dann selbst tapfer zu. Es hat jemand einmal frech genug behauptet, daß der Magen mit dem ganzen übrigen physischen und psychischen Teil des Menschen al pari stünde. Das ist eine gottlose abscheuliche Meinung, aber so viel ist gewiß, daß der Magen oft als despotischer Tyrann oder ironischer Mystifikant seinen eignen Willen durchsetzt.

Das geschah eben jetzt.

Denn instinktmäßig, ohne daran deutlich zu denken, hatte der Advokat in wenigen Minuten ein mächtiges Stück Bayonner Schinken verzehrt, in der portugiesischen Garnitur schreckliche Verwüstungen angerichtet, ein halbes Rebhuhn, eine nicht geringe Anzahl von Trüffeln, sowie mehr Straßburger Pastete vertilgt, als einem jungen schmerzerfüllten Advokaten ziemlich. Dazu ließen sich beide, der Domizellar und der Advokat, den Champagner so wohl schmecken, daß der Kammerdiener die Kristallflasche bald noch einmal füllen mußte.

Der Advokat fühlte eine angenehme wohltuende Wärme sein ganzes Inneres durchdringen, und sein Herzeleid erfaßte ihn nur mit seltsamen Schauern, die eigentlich elektrischen Schlägen gleichen, welche schmerzen und doch wohltun. Er war empfänglich für die Trostreden seines Gönners, der, nachdem er das letzte Glas Wein behaglich eingeschlürft und sich zierlich den Mund geputzt hatte, sich in Positur setzte und in folgender Art begann:

»Fürs erste, mein lieber guter Freund, müßt Ihr nicht so töricht sein zu glauben, daß Ihr der einzige Mensch auf Erden seid, dem der Vater die Hand seiner Tochter verweigert. Doch das tut hier gar nichts zur

Sache. Wie ich Euch schon gesagt habe, ist die Ursache, warum Euch der alte Narr haßt, so höchst abgeschmackt, daß es damit keinen Bestand haben kann, und mag es Euch in diesem Augenblick widersinnig vorkommen oder nicht, ich kann den Gedanken kaum ertragen, daß sich alles ganz nüchtern mit einer Hochzeit endigen und daß man von der ganzen Sache nichts weiter sagen wird als, Peter hat um Grete gefreit, und Grete und Peter sind Mann und Weib worden.

Die Situation ist sonst neu und herrlich, da bloß der Haß gegen einen Stand, den der geliebte Pflegesohn ergriffen, der einzige Hebel ist, welcher eine neue und auserlesene Tragik der Handlung in Bewegung setzen könnte; – doch zur Sache, Ihr seid Dichter, mein Freund, und dies verändert alles. Eure Liebe, Euer Leid muß Euch als poetisches Prachtstück im vollen Glanz der heiligen Dichtkunst erscheinen; Ihr vernehmt die Akkorde der Lyra, die die Euch nahe Muse anschlägt, und in göttlicher Begeisterung empfangt Ihr die geflügelten Worte, die Eure Liebe, Euer Leid aussprechen. Als Dichter seid Ihr in diesem Augenblick der glücklichste Mensch auf Erden zu nennen, da Eure tiefste Brust wirklich verwundet ist, so daß Euer Herzblut quillt; Ihr bedürft also keiner künstlichen Anregung, um Euch poctisch zu stimmen, und gebt acht: diese Zeit des Grams wird Euch Großes und Vortreffliches erzeugen lassen.

Aufmerksam muß ich Euch darauf machen, daß in diesen ersten Momenten Eurem Liebesschmerz sich ein seltsames, sehr unangenehmes Gefühl beimischen wird, das sich in keine Poesie einfügen lassen will, doch dies Gefühl verrauscht bald. Damit Ihr mich aber versteht! Wenn z.B. der unglückliche Liebhaber von dem erzürnten Vater sattsam abgeprügelt und zum Hause herausgeworfen wird, wenn die beleidigte Mama das Mägdlein in ihre Kammer sperrt und den versuchten Sturm des verzweiflungsvollen Liebhabers durch den bewaffneten Hausstand zurückschlagen läßt, wenn sogar die plebejesten Fäuste vor dem feinsten Tuch keine Scheu tragen« (der Domizellar seufzte bei diesem Worte ein wenig), »so muß diese aufgegärte Prosa der erbärmlichen Gemeinheit erst verdampfen, damit als Niederschlag der reine poetische Liebesschmerz sich setze. Ihr seid garstig ausgescholten worden, mein lieber junger Freund, und dies war die bittere zu überwindende Prosa; Ihr habt sie überwunden, ergebt Euch jetzt ganz der Poesie.

Hier habt Ihr Petrarcas Sonette, Ovids Elegien, nehmt, lest, dichtet, lest mir vor, was Ihr gedichtet habt. Vielleicht kommt unterdessen mir auch irgendein Liebesschmerz, wozu mir nicht alle Hoffnung abgeschnit-

ten, da ich mich wahrscheinlich in eine Fremde verlieben werde, die im
›Weißen Lamm‹ auf dem Steinwege abgestiegen ist und von der der Graf
Nesselstädt behauptet, sie sei die Schönheit und Anmut selbst, unerachtet
er sie nur ganz flüchtig am Fenster erblickt. Dann, o Freund, wollen wir
wie die Dioskuren die gleiche glanzvolle Laufbahn in Poesie und Liebesschmerz wandeln. Bemerkt, Freundchen, welchen großen Vorteil mir
mein Stand gibt, der jede Liebe, die mich erfaßt, als ein nie zu erfüllendes
Sehnen und Hoffen zum Tragischen hinaufsteigert. Doch nun, mein
Freund, hinaus, hinaus in den Wald, wie es ziemlich.« –

Dem geneigten Leser müßte es gewiß sehr langweilig, ja unerträglich
sein, wenn nun hier weitläuftig und wohl gar in allerlei überaus zierlichen
Worten und Redensarten geschildert werden sollte, was Jonathan und
Nanni alles in ihrem Schmerz begannen. Dergleichen findet sich in jedem
schlechten Roman, und es ist oft lustig genug, wie der preßhafte Autor
sich gar wunderlich gebärdet, um nur neu zu erscheinen.

Gar wichtig scheint es dagegen, den Meister Wacht auf seinem Spazier-
oder vielmehr auf seinem Ideengange zu verfolgen.

Sehr merkwürdig muß es scheinen, daß ein Mann, stark und mächtig
im Geiste, wie Meister Wacht, der das Entsetzlichste, was ihm geschah,
und das andere minder kräftige Gemüter zermalmt haben würde, mit
unerschütterlichem Mute, mit unbeugsamer Standhaftigkeit zu tragen
vermochte, durch einen Vorfall außer sich gesetzt werden konnte, den
jeder andere Familienvater für ein gewöhnliches, leicht zu beseitigendes
Ereignis gehalten haben und auf diese oder jene, schlechte oder gute
Weise es wirklich beseitigt haben würde. Gewiß ist der geneigte Leser
auch der Meinung, daß dies seinen guten psychologischen Grund hatte.
Nur der widerwärtige Mißklang in Wachts Seele erzeugte den Gedanken,
daß die Liebe der armen Nanni zu dem unschuldigen Jonathan ein sein
ganzes Leben verstörendes Unglück sei. Eben darin aber, daß dieser
Mißklang überhaupt in dem harmonischen Wesen des sonst durchaus
großartigen Alten forttönen konnte, lag auch die Unmöglichkeit, ihn zu
dämpfen oder ganz zum Schweigen zu bringen.

Wacht hatte das weibliche Gemüt von einer einfachen, aber zugleich
herrlichen und erhabenen Seite kennen gelernt. Sein eigenes Weib hatte
ihn in die Tiefe des wahrhaft weiblichen Wesens blicken lassen wie in
einen spiegelhellen See; er kannte den weiblichen Heros, der stets mit
unbesiegbaren Waffen kämpft. Sein elternloses Weib hatte die Erbschaft
einer steinreichen Base, die Liebe aller ihrer Verwandten verscherzt, dem

harten, ihr Leben durch manche Qual erbitternden Eindringen der Kirche mit unerschütterlichem Mut widerstanden, als sie, selbst in der katholischen Religion erzogen, den protestantischen Wacht heiratete und kurz vorher aus reiner glühender Überzeugung in Augsburg selbst zu diesem Glauben übergetreten war. Alles dieses kam dem Meister Wacht in den Sinn, und er vergoß heiße Tränen, als er gedachte, mit welchen Empfindungen er die Jungfrau zum Traualtar geführt. Nanni war ganz und gar die Mutter, Wacht liebte das Kind mit einer Inbrunst, der nichts zu vergleichen, und dieses war wohl mehr als hinreichend, jede auch nur im mindesten gewaltsam scheinende Maßregel, die Liebenden zu trennen, als abscheulich, ja als satanisch zu verwerfen. Überdachte er auf der andern Seite Jonathans ganzes Leben, so mußte er sich zugestehen, daß nicht leicht alle Tugenden eines frommen, fleißigen, bescheidenen Jünglings so glücklich vereinigt werden konnten als in Jonathan, dessen schönes, ausdrucksvolles Gesicht mit vielleicht ein wenig zu weichlichen, beinahe weiblichen Zügen, dessen kleiner und schwächlicher, aber zierlicher Körperbau von einem zarten, geistvollen Innern zeugte. Überlegte er ferner, wie die beiden Kinder immer zusammen gewesen waren, wie offenbar sich ihre Gemütsart zueinander neigte, so konnte er selbst nicht begreifen, wie er das, was geschehen, nicht hatte vermuten und zur rechten Zeit Mittel ergreifen können. Nun war es zu spät. –

Durch die Berge wurde er fortgetrieben von einer sein Inneres gewaltsam zerreißenden Stimmung, die er noch nie gekannt und die er für Versuchungen des Satans zu halten geneigt war, da mancher Gedanke in seiner Seele aufstieg, der ihm im nächsten Augenblick selbst höllisch vorkommen mußte. Er konnte zu keiner Fassung, viel weniger zu irgendeinem Entschluß kommen. Schon war die Sonne im Sinken, als er in dem Dorfe Bug anlangte; er kehrte im Gasthofe ein und ließ sich etwas Gutes zu essen und eine Flasche vortreffliches Felsenbier auftragen.

»Ei! schönen guten Abend, ei! welch eine seltsame Erscheinung, den lieben Meister Wacht hier zu sehen in dem schönen Bug an dem herrlichen Sonntagsabend. Fürwahr, ich traute meinen Augen nicht. Werte Familie wahrscheinlich anderswo über Land?«

So wurde Meister Wacht von einer gellenden, quäkenden Stimme angerufen. Es war niemand anders als der Herr Pickard Leberfink, seiner Profession nach ein Lackierer und Vergolder, einer der drolligsten Menschen auf der Welt, der den Meister Wacht in seinen Betrachtungen unterbrach.

Schon Leberfinks Äußeres fiel jedem seltsam und abenteuerlich ins Auge. Er war klein, untersetzt, hatte einen etwas zu langen Leib und kurze Säbelbeinchen; dabei aber kein häßliches, gutmütiges, rundes Antlitz mit roten Bäckchen und grauen, lebhaft genug blickenden Äuglein. Täglich ging er nach einer verjährten französischen Mode hoch frisiert und gepudert; an Sonntagen war aber sein Anzug durchaus merkwürdig. So trug er z.B. einen lila und kanariengelb gestreiften seidenen Rock mit ungeheuren silberbesponnenen Knöpfen, eine buntgestickte Weste, zeisiggrüne Atlashosen, weiß und himmelblau fein gestreifte seidene Strümpfe und glänzend schwarz lackierte Schuhe, auf denen große Steinschnallen blitzten. Rechnet man dazu den zierlichen Gang des Tanzmeisters, eine gewisse katzenartige Geschmeidigkeit des Körpers, eine seltene Virtuosität der Beinchen in schicklichen Momenten, z.B. beim Überspringen einer Gasse, ein Entrechat zu schlagen, so mußte es geschehen, daß der kleine Lackierer sich überall als eine absonderliche Kreatur auszeichnete. Sein übriges Wesen wird der geneigte Leser bald kennen lernen.

Dem Meister Wacht war es gerade nicht unangenehm, auf diese Weise in seinen schmerzhaften Betrachtungen unterbrochen zu werden.

Der Lackierer und Vergolder, Herr oder besser Monsieur Pickard Leberfink, war ein großer Geck, dabei aber die treuste, ehrlichste Seele von der Welt, von der liberalsten Gesinnung, freigebig gegen Arme, dienstfertig gegen Freunde. Er trieb sein Metier nur hin und wieder aus purer Liebhaberei, da er dessen nicht bedurfte.

Er war reich; sein Vater hatte ihm ein schönes Grundstück mit einem herrlichen Felsenkeller hinterlassen, das nur durch einen großen Garten von Meister Wachts Grundstück getrennt wurde.

Meister Wacht hatte den drolligen Leberfink gern, seiner Ehrlichkeit halber, und weil er auch ein Glied der kleinen protestantischen Gemeinde war, der man die Übung ihres Religionskultus gestattet hatte. Mit auffallender Bereitwilligkeit nahm Leberfink Wachts Vorschlag an, sich zu ihm zu setzen und noch eine Flasche Felsenbier zu trinken. Schon längst, begann Leberfink, habe er den Meister Wacht in seinem Hause aufsuchen wollen, da er mit ihm über zwei Dinge zu reden, wovon eins ihm beinahe das Herz abdrücke. Wacht meinte, Leberfink kenne ihn ja und wisse, daß man, sei es, was es sei, mit ihm geradeheraus sprechen könne.

Leberfink eröffnete nun dem Meister im Vertrauen, daß der Weinhändler seinen schönen Garten mit dem massiven Gartenhause, der ihre,

Wachts und Leberfinks, Grundstücke trenne, ihm unter der Hand zum Kauf angeboten habe. Er glaube sich zu erinnern, daß Wacht einmal geäußert, wie ihm der Besitz des Gartens sehr angenehm sein würde; zeige sich nun eine Gelegenheit, diesen Wunsch zu befriedigen, so erbiete er – Leberfink – sich dazu, den Unterhändler zu machen und alles in Ordnung zu bringen.

In der Tat hatte Meister Wacht längst den Wunsch in sich getragen, sein Grundstück durch einen schönen Garten zu vergrößern; insbesondere weil Nanni sich stets nach den schönen Büschen und Bäumen sehnte, die, in üppiger Fülle duftend, aus jenem Garten emporstiegen. In diesem Augenblick schien es ihm überdem noch eine anmutige Gunst des Schicksals, daß gerade zur Zeit, als die arme Nanni solch tiefen Schmerz erfahren, sich unvermutet eine Gelegenheit darbot, ihr Gemüt zu erfreuen.

Der Meister redete sogleich das Nötige mit dem dienstfertigen Lackierer ab, welcher versprach, daß der Meister künftigen Sonntag in dem Garten, als in seinem Eigentum, lustwandeln solle. »Nun!« rief Meister Wacht, »nun, Freund Leberfink, heraus damit, was Euch das Herz abdrücken will.«

Da begann Herr Pickard Leberfink auf die erbärmlichste Art zu seufzen, die absonderlichsten Gesichter zu schneiden und kauderwelsches Zeug zu schwatzen, woraus niemand recht klug werden konnte. Meister Wacht wurde aber doch klug daraus, schüttelte ihm die Hand, sprach: »Dafür kann Rat werden« und lächelte für sich über die wunderbare Sympathie verwandter Seelen.

Die ganze Episode mit Leberfink hatte dem Meister Wacht wohlgetan; er glaubte auch einen Entschluß gefaßt zu haben, vermöge dessen er dem schwersten entsetzlichsten Ungemach, das nach seiner verblendeten Meinung ihn erfaßt, widerstehen, ja es gar überwinden wollte. Nur das, was er tat, kann den Ausspruch des Tribunals im Innern kundtun, und vielleicht, sehr geneigter Leser, hat dies Tribunal zum ersten Male etwas geschwankt. – Mag hier doch eine kleine Andeutung stehen, die sich später vielleicht nicht füglich einschieben lassen würde. Wie es in derlei Fällen dann wohl geschieht, so hatte sich die alte Barbara an den Meister Wacht gedrängt und das Liebespaar vorzüglich deshalb verklagt, weil es beständig weltliche Bücher miteinander gelesen. Der Meister ließ sich ein paar Bücher, die Nanni hatte, herausgeben. Es war ein Werk von Goethe; leider weiß man nicht, was für ein Werk es gewesen. Nachdem er es durchgeblättert, gab er es der Barbara zurück, um es dort wieder hinzulegen, wo sie es heimlich weggenommen. Niemals entschlüpfte ihm ein einziges Wort über Nannis Lektüre, sondern nur einmal sagte er bei Tische, als es irgendeine Gelegenheit gab: »Es steigt ein ungemeiner Geist unter uns Deutschen auf, Gott gebe ihm Gedeihen. Meine Jahre sind vorüber, meines Alters, meines Berufs ist es nicht mehr; – doch dich, Jonathan, beneide ich um so manches, was der künftigen Zeit entsprießen wird!« –

Jonathan verstand Wachts mystische Worte um so deutlicher, als er erst vor einigen Tagen zufällig, unter andern Papieren halb versteckt, auf Meister Wachts Arbeitstisch den »Götz von Berlichingen« entdeckt hatte. Wachts großes Gemüt hatte den ungemeinen Geist, aber auch die Unmöglichkeit erkannt, einen neuen Flug zu beginnen. –

Andern Tages hing die arme Nanni das Köpfchen, wie eine kranke Taube. »Was ist meinem lieben Kinde«, sprach Meister Wacht mit dem liebreichen Tone, der ihm so eigen und mit dem er alles hinzureißen verstand, »was ist meinem lieben Kinde, bist du krank? ich will es nicht glauben; du kommst zu wenig an die frische Luft; sieh, schon lange habe ich gewünscht, daß du mir einmal mein Vesperbrot auf die Werkstatt hinausbrächtest. Tue es heute, wir haben den schönsten Abend zu erwarten. Nicht wahr, Nanni, liebes Kind, du tust es, du bereitest mir selbst die Butterwecken, das wird herrlich munden.«

Damit nahm Meister Wacht das liebe Kind in die Arme, strich ihr die braunen Locken von der Stirne, küßte, herzte, hätschelte es, kurz, übte alle Gewalt des liebevollsten Betragens, wie es in seiner Macht stand, und dessen unwiderstehlichen Zauber er wohl kannte.

Ein Tränenstrom entstürzte Nannis Augen, und nur mit Mühe brachte sie die Worte heraus: »Vater! Vater!«

»Nun, nun«, sprach Wacht, und man hätte in dem Ton seiner Stimme einige Verlegenheit bemerken können, »es kann noch alles gut werden.«

Acht Tage waren vergangen; Jonathan hatte sich natürlicherweise nicht blicken lassen und der Meister seiner mit keiner Silbe gedacht. Sonntags, als die Suppe schon dampfte und die Familie sich zu Tische setzen wollte, fragte Meister Wacht ganz heiter: »Wo bleibt denn unser Jonathan?« Rettel sprach, aus Schonung gegen die arme Nanni, halb leise: »Vater, wißt Ihr denn nicht, was geschehn! Muß Jonathan nicht Scheu tragen, sich vor Euch zu zeigen?« – »Seht den Affen«, sprach Wacht mit lachendem Ton, »Christian soll gleich hinspringen und ihn herholen.«

Man kann denken, daß der junge Advokat nicht unterließ, sich alsbald einzustellen, aber auch, daß in den ersten Augenblicken, als er gekommen war, es über allen schwebte, wie eine düstre drückende Gewitterwolke.

Meister Wachts unbefangenem heiterm Wesen, sowie Leberfinks drolligem Treiben gelang es indessen, einen gewissen Ton hervorzubringen, der, wenn auch gerade nicht lustig zu nennen, doch das ganze harmonische Gleichgewicht erhielt. »Laßt uns«, sprach Meister Wacht nach Tische, »ein wenig ins Freie, auf meinen Werkhof hinausgehen.« Es geschah.

Monsieur Pickard Leberfink schmiegte sich sehr geflissentlich an Rettelchen, die die Freundlichkeit selbst war, da der höfliche Lackierer sich im Lobe der Speisen erschöpft und gestanden hatte, in seinem Leben, selbst bei den geistlichen Herrn in Banz, habe er nicht delikater gegessen. Da nun Meister Wacht, ein großes Schlüsselbund in der Hand, starken Schrittes voraneilte, mitten durch den Werkhof, so kam der junge Advokat von selbst in Nannis Nähe. Verstohlne Seufzer, leis hingehauchte Liebesklagen, das war alles, was die Liebenden wagten.

Meister Wacht blieb vor einem schönen neugezimmerten Tore stehen, das in der Maucr, dic Wachts Werkhof von dem Garten des Kaufmanns trennte, angebracht war.

Er schloß das Tor auf und schritt hinein, indem er die Familie einlud, ihm zu folgen. Alle, Herrn Pickard Leberfink ausgenommen, welcher gar nicht aus dem schlauen Lächeln und leisen Kichern herauskam, wußten nicht recht, was sie von dem Alten denken sollten. Mitten in dem schönen Garten war ein sehr geräumiger Pavillon gelegen, auch diesen öffnete Meister Wacht, schritt hinein und blieb in der Mitte des Saals stehen, aus dessen jedem Fenster man einer andern romantischen Aussicht genoß.

»Ich«, sprach Meister Wacht mit einem Ton, der von dem innig erfreuten Herzen zeugte, »ich stehe hier in meinem Eigentum, der schöne Garten ist mein, er mußte mein sein, nicht um mein Grundstück zu vergrößern, nicht den Reichtum meines Besitzes zu vermehren, nein, weil ich wußte, daß ein gewisses herziges Ding sich so nach diesen Bäumen, Büschen, nach diesen schönen duftenden Blumenbeeten sehnte.«

Da warf sich Nanni dem Alten an die Brust und rief: »O! Vater, Vater! du zerreißest mir das Herz mit deiner Milde, mit deiner Güte, sei barm –« – »Still, still«, unterbrach Meister Wacht das leidende Kind, »sei nur gut, es kann sich alles fügen auf wunderbare Weise; in diesem kleinen

Paradiese ist viel Trost zu finden.« – »Ja wohl, ja wohl«, rief Nanni wie begeistert, »o! ihr Bäume, ihr Büsche, ihr Blumen, ihr fernen Berge, du schönes fliehendes Abendgewölk, mein ganzes Gemüt lebt in euch, ich finde mich selbst wieder, wenn eure lieblichen Stimmen mich trösten.« –

Damit sprang Nanni wie ein junges flüchtiges Reh zur offenen Tür des Pavillons hinaus ins Freie, und der junge Advokat, den wohl in diesem Augenblick keine Macht zurückgehalten haben würde, verfehlte nicht, eiligst zu folgen. Monsieur Pickard Leberfink bat sich die Erlaubnis aus, Rettelchen in dem neuen Besitztum herumzuführen. Der alte Wacht ließ sich indessen unter die Bäume nahe am Abhang der Berge, wo er hinabschauen konnte ins Tal, Bier und Tabak bringen und blies die blauen Wolken des echten Holländers recht froh und gemütlich in die Lüfte. Gewiß ist der geneigte Leser über diese Gemütsstimmung des Meister Wachts sehr verwundert, ja, er weiß sich nicht zu erklären, wie sie bei einem solchen Geiste möglich ist.

Meister Wacht war nicht sowohl zu irgendeinem Entschluß, als zu der Überzeugung gelangt, daß die ewige Macht ihn unmöglich das entsetzlichste Unglück erleben lassen könne, seinem liebsten Kinde einen Advokaten, mithin den Satan selber, verbunden zu sehen.

»Es geschieht was«, sprach er zu sich selbst, »es muß was geschehen, wodurch das unglückselige Verständnis aufgehoben oder Jonathan der Hölle entrissen wird, und es wäre Vorwitz, ja vielleicht verderblicher Frevel, der gerade das Gegenteil bewirken könnte, wenn man versuchen wollte, mit ohnmächtiger Hand hineinzugreifen in das große Schwungrad des Geschicks.«

Es ist kaum zu glauben, welche elende, ja oft alberne Gründe der Mensch hervorsucht, sich ein Herannahn des Unglücks als abwendbar zu denken. So gab es Augenblicke, in denen Wacht darauf rechnete, daß die Ankunft des wilden Sebastian, den er sich als einen in der vollsten Blüte der Jugend stehenden rüstigen Jüngling, im Begriff, die Mannesjahre zu erreichen, dachte, in dem ganzen Getriebe der Angelegenheiten, wie sie jetzt standen, eine Änderung hervorbringen würde. Der gemeine, wiewohl leider nur oft allzu wahre Gedanke kam ihm in den Sinn, daß ausgesprochene Männlichkeit dem Weibe zu sehr imponiere, um es nicht zuletzt zu besiegen. Als die Sonne zu sinken begann, lud Monsieur Pickard Leberfink die Familie ein, in seinem anstoßenden Garten einen kleinen Imbiß zu sich zu nehmen.

Dieser Garten des edlen Lackierers und Vergolders bildete nun gegen Wachts neues Besitztum den lächerlichsten und seltsamsten Kontrast. Beinahe so klein, daß man ihm nur die schöne Höhe hätte nachrühmen können, war er nach holländischer Art angelegt und Baum und Hecke unter der sorgfältigsten pedantischen Schere gehalten. Sehr hübsch nahmen sich die himmelblauen, rosenroten, eigelben u.s.w. Stämme der dünnen Obstbäume aus, die in den Blumenbeeten standen. Leberfink hatte sie lackiert und also die Natur verschönert. Auch erblickte man in den Bäumen die Apfel der Hesperiden.

Doch noch mehrere Überraschungen gab es. Leberfink bat die Mädchen, sich einen Strauß zu pflücken, doch sowie sie die Blumen abpflückten, gewahrten sie zu ihrem Erstaunen, daß Stengel und Blätter vergoldet. Sehr merkwürdig war es überdem, daß alle Blätter, die der Rettel zur Hand kamen, wie Herzen gestaltet waren.

Der Imbiß, womit Leberfink seine Gäste regalierte, bestand in dem auserlesensten Kuchen, dem feinsten Zuckerwerk und alten Rheinwein und herrlichen Muskateller. Rettel war über das Gebackene ganz außer sich und behauptete insonderheit, daß das zum Teil herrlich versilberte und vergoldete Zuckerwerk gar nicht in Bamberg fabriziert sein könne; da versicherte ihr Monsieur Pickard Leberfink heimlich mit dem süßesten Schmunzeln, daß er selbst sich ein wenig auf die Kuchen- und Zuckerbäckerei verstehe und der glückliche Autor aller dieser Süßigkeiten sei. Rettel hätte vor Ehrfurcht und Erstaunen vor ihm auf die Knie sinken mögen, und doch stand ihr noch die größte Überraschung bevor.

In der tiefen Dämmerung wußte Monsieur Pickard Leberfink die kleine Rettel sehr geschickt in eine kleine Laube zu locken. Kaum war er aber mit ihr allein, als er ganz rücksichtslos, unerachtet er wieder die Zeisigatlashosen angelegt, mit beiden Knien ins feuchte Gras niederplumpte und ihr unter vielen seltsamen, unverständlichen Jammertönen, den nächtlichen Elegien des Katers Hinz nicht unähnlich, einen ungeheuren Blumenstrauß überreichte, in dessen Mitte die schönste aufgeblähte Rose prangte, die man nur sehen konnte.

Rettel tat, was jeder tut, dem ein Strauß überreicht wird, sie fuhr damit nach der Nase, fühlte aber in demselben Augenblick einen empfindlichen Stich. Erschrocken wollte sie den Strauß wegwerfen.

Welches liebliche Wunder hatte sich indessen begeben! Ein kleiner, schön lackierter Liebesgott war aus dem Kelch der Rose gesprungen und hielt der Rettel mit beiden Händen ein flammendes Herz entgegen. Aus dem Munde hing ihm aber ein Zettelchen, worauf die Worte standen:

»Voilà le cœur de Monsieur Pickard Leberfink, que je vous offre!«

»Ojemine«, rief Rettel ganz erschrocken, »ojemine, was tun Sie, lieber Herr Leberfink? knien Sie doch nicht vor mir, wie vor einer Prinzessin; die schönen atlassenen – bekommen in dem feuchten Grase Flecken und Sie, Bester, den Schnupfen; dafür hilft Fliedertee und weißer Kandis.«

»Nein«, rief der wilde Liebhaber, »nein, o Margaretha, nicht eher entsteigt der Sie auf das innigste liebende Pickard Leberfink dem feuchten Grase, bis Sie ihm gelobt, die Seine zu werden.« – »Heiraten wollen Sie mich?« sprach Rettel, »nun denn, frisch aufgestanden. Sprechen Sie mit meinem Vater, liebstes Leberfinkchen, und trinken Sie heute abend ein paar Tassen Fliedertee.«

Was soll der geneigte Leser mit Leberfinks und Rettels Albernheiten noch länger ermüdet werden; füreinander geschaffen, wurden sie ein Brautpaar, und Vater Wacht hatte recht seine schalkische Freude daran.

Durch Rettels Brautschaft kam ein gewisses Leben in Wachts Haus; selbst das Liebespaar gewann, weniger beobachtet, mehr Freiheit. Es sollte sich etwas Besonders ereignen, um diese behagliche Ruhe, in der sich alles bewegte, zu stören.

Der junge Advokat schien auf besondere Weise zerstreut, mit irgendeiner Sache, die sein ganzes Wesen einnahm, beschäftigt; er begann sogar sparsamer Wachts Haus zu besuchen und vorzüglich an Abenden auszubleiben, die er sonst nie zu versäumen pflegte.

»Was mag unserm Jonathan geschehen sein, er ist ja ganz zerstreut, ganz ein anderer worden, als er sonst war;« so sprach Meister Wacht, unerachtet er die Ursache oder vielmehr das Ereignis, das auf den jungen Advokaten so sichtlich einwirkte, wenigstens der äußern Erscheinung nach, sehr wohl kannte. Ja, er hielt dies Ereignis für die Schickung des Himmels, durch die er vielleicht dem großen, sein ganzes Leben verstörenden Unglück entgehen werde, von dem er sich bedroht glaubte.

Vor wenigen Monaten war nämlich eine junge unbekannte Dame in Bamberg angekommen, deren ganze Erscheinung mystisch und sonderbar zu nennen. Sie wohnte im »Weißen Lamm«. Ihre ganze Umgebung bestand nur in einem eisgrauen Diener und in einer alten Kammerfrau.

Die Meinungen über sie waren sehr verschieden. Manche behaupteten, sie sei eine vornehme, steinreiche ungarische Gräfin, welche Zwistigkeiten der Ehe nötigten, einen momentanen einsamen Aufenthalt in Bamberg zu nehmen. Andere machten sie dagegen zu einer gewöhnlichen Didone abandonnata; noch andere zu einer verlaufenen Sängerin, die bald die vornehmen Schleier abwerfen und als Konzertgeberin auftreten werde; wahrscheinlich müsse es ihr an Empfehlungen an den Fürstbischof fehlen; genug, die mehresten Stimmen einigten sich dahin, die Fremde, die übrigens nach den Aussagen der wenigen Personen, die sie erblickt hatten, von ausnehmender Schönheit sein sollte, für eine höchst zweideutige Person zu halten.

Man hatte nun bemerkt, daß der alte Diener der Fremden dem jungen Advokaten so lange nachgeschlichen war, bis er ihn eines Tages am Brunnen auf dem Markt, den die Statüe des Neptun ziert (welchen die ehrlichen Bamberger gewöhnlich den Gobelmann zu nennen pflegen), festhielt und lange, sehr lange mit ihm sprach. Aufmerksame Gemüter, die niemanden begegnen können, ohne lebhaft zu fragen: »Wo mag er gewesen sein, wo mag er hingehen, was mag er treiben?« u.s. hatten herausgebracht, daß der junge Advokat sehr oft, beinahe täglich, zu nächtlicher Weile zu der schönen Unbekannten hinschlich und mehrere Stunden bei ihr zubrachte. Stadtgespräch wurde es bald, daß der junge Advokat sich in die gefährlichen Liebesnetze der jungen unbekannten Abenteurerin verstrickt habe.

Meister Wachts ganzem Wesen mußte es gänzlich fremd sein und bleiben, diese scheinbare Verirrung des jungen Advokaten als Waffe gegen die arme Nanni zu gebrauchen. Daß sie alles haarklein und gewiß noch mit vergrößerten Umständen erfahre, dafür ließ er die Frau Barbara nebst dem ganzen Anhange der Basen sorgen. Der ganzen Sache setzte die Krone auf, daß der junge Advokat mit der Dame eines Tages ganz schnell abreisete; niemand wußte, wohin.

»So geht's mit dem Leichtsinn, hin ist des vorwitzigen Herrn Praxis«, sprachen die klugen Leute. Dies war aber nicht der Fall; denn zu nicht geringem Erstaunen aller besorgte der alte Eichheimer selbst die Praxis seines Pflegesohnes auf das pünktlichste, und eingeweiht in das Geheimnis mit der Dame, schien er alle Maßregeln seines Pflegesohns zu billigen.

Meister Wacht schwieg über die ganze Angelegenheit, und wenn einmal die arme Nanni ihren Schmerz nicht bergen konnte, sondern mit von Tränen halberstickter Stimme leise klagte: »Warum hat uns Jonathan verlassen?« so sprach Meister Wacht mit wegwerfendem Ton: »Ja, die Advokaten machen es nicht anders; wer weiß, was für eine Intrige, die ihm Geld und Nutzen schafft, Jonathan mit der Fremden angesponnen.«

Dann pflegte aber Herr Pickard Leberfink Jonathans Partei zu nehmen und zu versichern, daß er seinerseits überzeugt sei, wie die Fremde nichts Geringeres sein könne als eine Prinzessin, die sich in einer äußerst delikaten Rechtssache an den schon weltberühmten jungen Advokaten gewandt. Er kramte dabei so viel Geschichten von Advokaten aus, die durch besondere Sagazität, durch besondern Scharfblick und Geschicklichkeit die verworrensten Knoten entwickelt, die geheimsten Dinge ans Tageslicht gebracht, daß Meister Wacht ihn bat, um des Himmels willen stillzuschweigen, da ihm übel und weh werde, wogegen Nanni sich an allem, was Leberfink hervorbrachte, innig labte und neue Hoffnungen faßte.

Nannis Schmerz hatte eine merkliche Beimischung von Verdruß, und zwar in den Augenblicken, wenn es ihr ganz unmöglich schien, daß Jonathan ihr hätte untreu werden sollen. Hieraus war zu folgern, daß Jonathan sich nicht zu entschuldigen gesucht, sondern über sein Abenteuer hartnäckig geschwiegen.

Einige Monden waren vergangen, als der junge Advokat in der fröhlichsten Stimmung nach Bamberg zurückkehrte, und Meister Wacht mußte aus den leuchtenden Augen, womit Nanni ihn anblickte, wohl schließen, daß er sich ganz gerechtfertigt. Es dürfte dem geneigten Leser nicht unlieb sein, die ganze Begebenheit, die sich mit der fremden Dame und dem jungen Advokaten zugetragen, hier gleich einer episodischen Novelle eingeschaltet zu sehen.

Der ungarische Graf Z..., im Besitz von mehr als einer Million, heiratete aus reiner Zuneigung ein blutarmes Fräulein, die den Haß der Familie schon dadurch auf sich lud, daß sie, außerdem daß über ihre Familie ein völliges Dunkel herrschte, keine andern Schätze besaß, als alle Tugend, Schönheit und Anmut des Himmels.

Der Graf versprach, seiner Gemahlin mittelst Testaments sein ganzes Vermögen, auf den Fall seines Todes, zuzuwenden.

Einst, als ihn diplomatische Geschäfte von Paris nach Petersburg gerufen hatten und er nach Wien in die Arme seiner Gemahlin zurückkehrte, erzählte er dieser, daß er in einem Städtchen, dessen Namen er ganz vergessen, von einer schweren Krankheit befallen und die Augenblicke seiner Genesung sogleich dazu benutzt habe, um ein Testament zugunsten ihrer aufzusetzen und den Gerichten zu übergeben. Es müsse daher kommen, daß ihn einige Meilen weiter ein neuer Anfall der bösen Nervenkrankheit mit verdoppelter Gewalt gepackt habe, daß ihm Name des

Orts, des Gerichts, wo und bei wem er testiert, gänzlich aus dem Gedächtnisse entschwunden, sowie, daß der von den Gerichten über die Niederlegung des Testaments erhaltene Empfangschein ihm verloren gegangen sei. Wie es wohl zu geschehen pflegt, von Tage zu Tage verschob der Graf die Errichtung eines neuen Testaments, bis ihn der Tod übereilte und die Verwandten nicht unterließen, den ganzen Nachlaß in Anspruch zu nehmen, so daß die arme Gräfin das überreiche Erbe bis auf die geringe Summe einiger kostbaren Geschenke des Grafen zusammenschmelzen sah, die ihr die Verwandten nicht entreißen konnten. Mancherlei Notizen über diesen Hergang der Sache waren in den Papieren des Grafen enthalten; da aber solche Notizen, daß ein Testament vorhanden sei, das Testament selbst nicht ersetzen können, so schufen sie der Gräfin nicht den mindesten Nutzen.

Viele Rechtsgelehrte hatte die Gräfin über ihren bösen Fall zu Rate gezogen, bis sie endlich nach Bamberg kam und sich an den alten Eichheimer wandte, der sie aber an den jungen Engelbrecht wies, welcher, weniger beschäftigt, ausgerüstet mit vorzüglichem Scharfsinn und großer Liebe zur Sache, vielleicht doch das unglückliche Testament erspüren oder einen andern künstlichen Beweis über die wirkliche Existenz desselben antreten würde.

Der junge Advokat begann damit, sich bei den kompetenten Behörden die nochmalige genaue Nachforschung in den Papieren des Grafen auf dem Schlosse auszubitten. Er ging selbst mit der Gräfin hin, und unter den Augen der Beamten des Gerichts fand sich in einem bisher nicht beachteten nußbaumen Schrank ein altes Portefeuille, worin zwar nicht der gerichtliche Empfangschein über die Niederlegung des Testaments, wohl aber ein Papier befindlich, was dem jungen Advokaten im höchsten Grade wichtig sein mußte.

664 Dieses Papier enthielt nämlich die genaue Beschreibung aller Umstände bis ins kleinste Detail, unter denen der Graf zugunsten seiner Gemahlin ein Testament errichtet und einem Gerichtshofe übergeben hatte. Die diplomatische Reise von Paris nach Petersburg brachte den Grafen nach Königsberg in Preußen. Hier fand er zufällig einige ostpreußische Edelleute, die er früher auf einer Reise in Italien getroffen. Der Eilfertigkeit, womit der Graf reisen wollte, unerachtet, ließ er sich doch bereden, eine kleine Streiferei in Ostpreußen zu unternehmen, vorzüglich da die reichen Jagden aufgegangen und der Graf ein passionierter Jäger. Er nannte die Städte Wehlau, Allenburg, Friedland u.s.w., wo er gewesen. Unmittelbar

wollte er nun, ohne nach Königsberg zurückzukehren, vorwärts nach der russischen Grenze.

In einem kleinen Städtchen, dessen Ansehn der Graf nicht erbärmlich genug beschreiben konnte, verfiel er aber plötzlich in die Nervenkrankheit, die ihm mehrere Tage hindurch alle Sinne raubte. Zum Glück befand sich am Orte ein junger, recht geschickter Arzt, der dem Übel kräftigen Widerstand leistete, so daß der Graf nicht allein zu sich kam, sondern auch imstande war, in wenigen Tagen seine Reise fortzusetzen. Schwer fiel es ihm aber aufs Herz, daß ein zweiter Anfall ihn auf der Reise töten und seine Gemahlin in die tiefste Armut versetzen könne. Er erfuhr von dem Arzt zu seinem nicht geringen Erstaunen, daß der Ort, seiner Kleinheit und seines erbärmlichen Ansehens unerachtet, doch der Sitz eines preußischen Landeskollegii sei, und daß er mit aller Förmlichkeit sein Testament dort deponieren könne, sobald es ihm nur gelänge, die Identität seiner Person nachzuweisen. Dies war aber der harte Punkt. Denn wer kannte den Grafen in dieser Gegend?

Doch wie wunderbar ist das Spiel des Zufalls! Gerade als der Graf in dem Städtchen aus dem Wagen stieg, stand ein alter invalider Greis von beinahe achtzig Jahren, der auf einem benachbarten Dorfe wohnte, sich vom Korbflechten nährte und nur selten nach der Stadt zu kommen pflegte, in der Türe des Wirtshauses. Dieser hatte in seiner Jugend in der österreichischen Armee gedient und war funfzehn Jahr hindurch Reitknecht bei dem Vater des Grafen gewesen. Auf den ersten Blick erinnerte er sich des Sohnes seines Herrn, und er und sein Weib wurden die völlig unverdächtigen Rekognoszenten des Grafen, wie man denken kann, nicht zu ihrem Schaden. Der junge Advokat sah sogleich ein, daß, um Näheres auszumitteln, es hier nur allein auf die Lokalität und deren genaue Vergleichung mit den Notizen des Grafen ankomme, um die nähere Spur, wo der Graf krank geworden sei und testiert habe, zu ermitteln.

Er reiste mit der Gräfin nach Ostpreußen; hier wollte er, womöglich, durch Einsicht der Postbücher die Reiseroute ausmitteln, die der Graf damals genommen. Doch nach vielem vergeblichen Mühen brachte er nur heraus, daß der Graf Postpferde von Eylau nach Allenburg genommen. Hinter Allenburg verlor sich jede Spur, jedoch war so viel gewiß, daß der Graf seine Tour nach Rußland durch das preußische Litauen genommen, und zwar um so mehr, als in Tilsit des Grafen Ankunft und Abreise mit Extrapost wieder eingetragen war. Von hier aus verlor sich aufs neue jede Spur. Auf dem kleinen Wege von Allenburg nach Tilsit schien indessen dem jungen Advokaten, daß man die Lösung des Rätsels suchen müsse. Ganz mißmütig und voller Sorgen traf er einst an einem regnichten Abend mit der Gräfin in dem kleinen Landstädtchen Insterburg ein. Von seltsamen Ahnungen fühlte er sich befangen, als er in die elenden Zimmer des Wirtshauses trat. Es kam ihm so heimisch darin vor, als wenn er schon selbst dagewesen, oder als wenn ihm der Aufenthalt auf das genaueste geschildert worden. Die Gräfin begab sich nach ihrem Schlafgemach; der junge Advokat wälzte sich unruhig auf dem Lager. Als die Morgensonne hell ins Zimmer schien, fiel sein Blick auf die Tapete in einer Ecke des Zimmers. Er gewahrte, daß von einem großen Fleck die blaue Farbe, womit das Zimmer nun übertüncht, abgesprungen und die widerwärtige hochgelbe Grundfarbe zum Vorschein gekommen, worauf allerlei scheußliche Gesichter als anmutige Arabesken im neuseeländischen Geschmack angebracht waren.

Ganz außer sich vor Freude und Entzücken sprang der junge Advokat aus dem Bette; er befand sich in dem Zimmer, in welchem Graf Z... das verhängnisvolle Testament gemacht hatte. Die Schilderung traf zu genau ein; es war nicht daran zu zweifeln.

Was nun noch den Leser mit all den Kleinigkeiten ermüden, die nach und nach eintrafen! Genug, Insterburg war wie noch jetzt der Sitz eines preußischen Obergerichts, damals Hofgericht geheißen. Der junge Advokat begab sich sofort mit der Gräfin zu dem Präsidenten; durch die mitgebrachten, in der authentischen Form ausgefertigten Papiere wurde die Legitimation der Gräfin auf das vollständigste geführt, die Publikation des Testaments als unzweifelhaft vorgenommen, und die Gräfin, welche trostlos in großer Dürftigkeit ihr Vaterland verlassen, kehrte wieder, im Besitz aller Rechte, die ein feindliches Geschick ihr hatte rauben wollen.

Der Nanni erschien der Advokat wie ein himmlischer Heros, der die verlassene Unschuld gegen die Bosheit der Welt siegreich geschützt. Auch Leberfink ergoß sich in übertriebenen Lobeserhebungen, den Scharfsinn und die Tätigkeit des jungen Advokaten hoch bewundernd. Meister Wacht rühmte ebenfalls nicht ohne Nachdruck Jonathans Betriebsamkeit, wiewohl er eigentlich nichts als seine Schuldigkeit getan und es ihm – dem Meister Wacht – bedünken wolle, daß alles auf viel kürzerem Wege zu erlangen gewesen sein würde.

»Diese Angelegenheit«, sprach Jonathan, »halte ich für einen wahren
Glücksstern, der mir in meiner kaum begonnenen Laufbahn aufgegangen. 667
Die Sache hat viel Aufsehen erregt. Alle ungarische Magnaten waren
in Bewegung. Mein Name ist bekannt geworden, und was nicht das
Schlimmste dabei ist, die Gräfin war liberal genug, mir zehntausend
Stück Brabanter Taler zu verehren.«

Schon während der ganzen Erzählung des jungen Advokaten hatte
auf Meister Wachts Gesicht ein seltsames Muskelspiel begonnen, das
sich bis zum Ausdruck des tiefsten Verdrusses steigerte.

»Was«, fuhr er endlich mit Flammenblicken und mit einer Löwen-
stimme heraus, »was, hab' ich's nicht gesagt, das Recht hast du verkauft;
dafür, daß die Gräfin ihr rechtmäßiges Erbe von den betrügerischen
Verwandten herausbekam, mußte sie Geld zahlen, mußte sie dem
Mammon opfern. Pfui, pfui, schäme dich!«

Alle vernünftige Vorstellungen des jungen Advokaten sowie der übrigen
Personen, die gerade anwesend waren fruchteten auch nicht das allermindeste. Meister Wacht blieb [dabei], unerachtet eine Sekunde hindurch
die Vorstellung Platz zu greifen schien, daß wohl nie eine Person mit
freudigerem Gemüte ein Geschenk gegeben als die Gräfin bei der plötzlichen Entscheidung ihres Falles, und daß, wie Leberfinkchen auch genau
wissen wollte, nur der junge Advokat selbst daran schuld war, daß das
Honorar nicht viel stärker und nicht mehr dem Gewinn gemäß ausgefal-
len; doch sogleich kehrten die alten starrsinnigen Worte zurück: »Sobald
von Recht die Rede ist, gibt es kein Geld auf der Erde.«

»Es ist wahr«, fuhr Wacht nach einer Weile beruhigter fort, »bei dieser
Geschichte kommen manche Umstände vor, die dich wohl entschuldigen
können und zum schnöden Eigennutz verleiten konnten, doch tue mir
den Gefallen und halt das Maul von der Gräfin, dem Testament, den
zehntausend Talern; es könnte mir manchmal bedünken wollen, daß du
an den Platz dort, den du an meinem Tische einnimmst, nicht hingehör-
test.« 668

»Ihr seid sehr hart, sehr ungerecht gegen mich, Vater«, sprach der
junge Advokat mit vor Wehmut bebender Stimme. Nanni vergoß stille
Tränen; Leberfink, als ein gewandter sozialer Mann, brachte schnell das
Gespräch auf die neuen Vergoldungen zu St. Gangolf.
Man kann sich das gespannte Verhältnis wohl denken, in dem jetzt die
Familie Wacht lebte. Wo war die Freiheit des Gesprächs, wo aller frische

Lebensmut, wo aller muntre Sinn? Ein tötender Verdruß nagte langsam an Wachts Herzen, und auf seinem Antlitz stand das geschrieben.

Von Sebastian Engelbrecht ging durchaus nicht die mindeste Nachricht ein, und so schien auch die letzte schwache Hoffnung, die dem Meister Wacht geschimmert, unterzugehen.

Meister Wachts Altgesell, Andres geheißen, war ein treuer, ehrlicher, schlichter Mensch, der ihm anhing mit einer Liebe ohnegleichen. »Meister«, sprach dieser eines Morgens, als sie eben miteinander Balken abschnürten, »Meister, ich kann's nicht länger tragen, es stößt mir das Herz ab, Euch so leiden zu sehen! Jungfer Nanni! der arme Herr Jonathan!«

Da warf Meister Wacht schnell das Schnürbündel fort, trat auf ihn zu, packte ihn bei der Brust und rief: »Mensch, vermagst du aus diesem Herzen die Überzeugung, was wahr und recht, wie sie die ewige Macht mit Flammenzügen hineingezeichnet hat, herauszureißen, so mag das geschehn, dessen du gedenkest!«

Andres, der nicht der Mann war, sich mit seinem Meister auf Kontestationen der Art einzulassen, kratzte sich hinter den Ohren und meinte verlegen schmunzelnd: »So würde wohl auch ein gewisser Morgenbesuch eines vornehmen Herren auf der Werkstatt von keiner sonderlichen Wirkung sein.« Meister Wacht merkte den Augenblick, daß es auf einen Sturm gegen ihn abgesehen sei, den höchst wahrscheinlich der Graf von Kösel dirigieren werde.

Mit dem Glockenschlage neun Uhr kam Nanni, der die alte Barbara mit dem Frühstück folgte, auf die Werkstatt. Es war dem Meister unangenehm, daß Nanni kam, da dies außer der Regel und die verabredete Karte schon jetzt hervorguckte.

Nicht lange dauerte es, so erschien denn auch wirklich der Domizellar, gestriegelt und geschniegelt wie ein Püppchen; ihm folgte auf dem Fuß der Lackierer und Vergolder, Monsieur Pickard Leberfink, in allerlei bunte Farben gekleidet und einem Frühlingskäfer nicht unähnlich. Wacht tat hoch erfreut über den Besuch, dem er sogleich die Ursache unterschob, daß der Herr Domizellar wahrscheinlich seine neuesten Modelle sehen wolle.

Meister Wacht trug in der Tat große Scheu, die weitläuftigen Sermonen zu hören, in die sich der Domizellar nutzlos ergießen würde, um rücksichts Nannis und Jonathans seinen Entschluß zum Wanken zu bringen. Der Zufall rettete ihn, indem er wollte, daß in dem Augenblick, als der

Domizellar, der junge Advokat und der Lackierer nebeneinander standen und der Domizellar schon mit den zierlichsten Worten die süßesten Verhältnisse des Lebens berührte, der dicke Hans rief: »Holz her!« der große Peter auf der andern Seite aber so derb zuschob, daß der Domizellar, heftig an der Schulter berührt, auf den Monsieur Pickard stürzte; dieser prallte aber auf den jungen Advokaten, und im Nu waren alle drei verschwunden. Hinter ihnen befand sich nämlich ein hoch aufgetürmter Haufen von Holzsplittern, Sägespänen u.a.

In diesen Haufen waren die Unglücklichen begraben, so, daß man von ihnen nichts erblickte, als vier schwarze und zwei chamoisfarbene Füße; letztere waren aber die Galastrümpfe des Herrn Lackierer und Vergolder Pickard Leberfink. Es konnte nicht anders möglich sein, die Gesellen und Burschen brachen in ein schallendes Gelächter aus, unerachtet Meister Wacht Ernst und Ruhe gebot.

Am schrecklichsten sah der Domizellar aus, dem die Sägespäne in alle Falten des Kleides und sogar auch in die Locken der zierlichen Frisur gedrungen waren; er floh beschämt wie auf den Flügeln des Windes, und ihm folgte der junge Advokat auf dem Fuße; nur Monsieur Pickard Leberfink blieb froh und freundlich, unerachtet es für gewiß anzunehmen, daß die chamois Strümpfe nicht mehr brauchbar, da besonders feindliche Späne die Pracht der Zwickel gänzlich vernichtet. So hatte ein lächerlicher Vorfall den Sturm, der auf Wacht gewagt werden sollte, vereitelt.

Der Meister hatte keine Ahnung, wie noch heute ihn Entsetzliches treffen würde.

Meister Wacht hatte abgegessen und stieg soeben die Treppe herab, um sich nach dem Werkhofe zu begeben; da hörte er vor dem Hause eine brutale Stimme rufen: »Heda! wohnt der alte spitzbübische Kerl, der Zimmermann Wacht, nicht hier?« Eine Stimme von der Straße antwortete: »Ein alter spitzbübischer Kerl wohnt nicht hier, wohl ist dies aber das Haus des ehrsamen Bürgers und Zimmermeisters, Herrn Johannes Wacht.«

In dem Augenblick wurde mit einem starken Schlage die Haustür eingestoßen, und ein großer starker Kerl von wildem Ansehn stand vor dem Meister. Die schwarzen Haare spießten sich durch die durchlöcherte Soldatenmütze, und überall konnte der zerlumpte Kittel den nackten, von Schmutz und Witterung ekelhaften Körper nicht verbergen; an den Füßen trug der Kerl Soldatenschuhe und die blauen Striemen an den Knöcheln zeigten die Spur getragener Ketten.

»Hoho!« rief der Kerl, »Ihr kennt mich wohl nicht mehr? Ihr kennt wohl nicht mehr den Sebastian Engelbrecht, den Ihr um sein Erbe betrogen?« Meister Wacht trat dem Kerl mit aller imponierenden Majestät seines Äußern einen Schritt entgegen, indem er unwillkürlich die Hand mit dem Rohrstock vorstreckte. Da war es, als träfe den wilden Kerl ein Blitz; er taumelte ein paar Schritte zurück, streckte die geballten Fäuste drohend empor und schrie: »Hoho! Ich weiß, wo mein Erbteil ist, ich will es mir verschaffen trotz dir, du alter Sünder!«

Er rannte pfeilschnell den Kaulberg hinab, von dem Volke verfolgt.

Erstarrt blieb Meister Wacht einige Sekunden im Flur stehen, bis er auf den angstvollen Zuruf Nannis: »Um Gott, Vater, das war Sebastian!« in die Stube hinein mehr schwankte, als ging, erschöpft auf einen Lehnsessel sank, beide Hände vors Gesicht hielt und mit erschütternder Stimme rief: »Ewige Barmherzigkeit des Himmels, das ist Sebastian Engelbrecht!«

Es entstand Lärm auf der Straße, das Volk strömte den Kaulberg herab, und ganz aus der Ferne riefen Stimmen: »Mord! Mord!«

Von den entsetzlichsten Ahnungen ergriffen, rannte der Meister hinab nach Jonathans Wohnung, die eben ganz am Fuße des Kaulbergs belegen.

Ein dichter Volkshaufe wälzte sich vor ihm her; in der Mitte desselben gewahrte er den wie ein wildes Tier sich sträubenden Sebastian, der soeben von der Wache zu Boden geworfen, so überwältigt, an Händen und Füßen geschlossen und eben abgeführt wurde.

»Jesus! Jesus! der Sebastian hat seinen Bruder erschlagen!« So wehklagte das Volk, welches sich aus dem Hause drängte. Meister Wacht machte sich Platz und fand den armen Jonathan unter den Händen der Ärzte, die sich mühten, ihn ins Leben zurückzurufen; drei mit der vollsten Kraft eines starken Mannes geführte Faustschläge auf den Kopf ließen das Schlimmste ahnen.

Nanni hatte, wie es gewöhnlich zu geschehen pflegt, durch liebreiche Freundinnen sogleich den ganzen Hergang der Sache erfahren und war nach des Geliebten Wohnung gestürzt, wo sie in dem Augenblicke anlangte, als der junge Advokat, kraft der verschwendeten Naphtha, wieder die Augen aufschlug und die Chirurgen vom Trepanieren sprachen. Man kann sich das übrige denken.

Nanni war trostlos, Rettel, trotz ihrer Brautschaft, in Trauer versenkt, und selbst Monsieur Pickard Leberfink versicherte, indem ihm die Tränen vor Wehmut über die Backen liefen, Gott solle dem gnädig sein, auf dessen Caput eine Zimmermannsfaust niederfalle; der Verlust des jungen Herrn Jonathans sei unersetzlich. Indessen solle der Lack seines Sarges an Glanz und Schwärze unübertrefflich sein, die Versilberung der Totenköpfe und anderer anmutiger Embleme ihresgleichen vergebens suchen.

Es ergab sich, daß Sebastian einem Trupp Landstreicher, der vom bayerschen Militär durch das Bambergische transportiert wurde, entsprungen und in die Stadt gelaufen war, um einen wahnsinnigen Vorsatz auszuführen, den er längst im Innern getragen. Sein Lebenslauf war nicht der eines verworfenen verruchten Bösewichts, sondern gab nur das Beispiel eines durchaus leichtsinnigen Menschen, der, der vortrefflichsten Gaben, die ihm die Natur verlieh, unerachtet, sich jeder Verlockung des Bösen preisgibt und zuletzt auf der höchsten Stufe des Lasters untergeht in Elend und Schmach.

Im Sächsischen war er einem Rabulisten in die Hände gefallen, der ihm weismachte, daß er von dem Meister Wacht bei der Auszahlung der väterlichen Erbschaft merklich verkürzt worden, und das zwar zugunsten seines Bruders Jonathan, dem er sein liebstes Töchterchen, namens Nanni, zum Weibe versprochen. Wahrscheinlich hatte der alte Betrüger sich dies Märchen aus verschiedenen Äußerungen Sebastians selbst zusammengesetzt. Der geneigte Leser weiß bereits, wie Sebastian sich Recht verschaffen wollte mit wilder Gewalt. Unmittelbar, als er den Meister Wacht verlassen, war er nämlich hinaufgestürmt in Jonathans Zimmer, wo dieser gerade vor dem Arbeitstische saß, eine Rechnung in Ordnung brachte und Geldrollen zählte, die vor ihm aufgehäuft lagen.

Der Schreiber saß in der andern Ecke des Zimmers.

»Ha, Verruchter!« schrie Sebastian wütend, »sitzest du bei deinem Mammon, zählst du, was du geraubt hast? Her damit, was der alte Bösewicht mir gestohlen und dir zugewandt hat. Du schwächlich Ding von geizigem lüsternem Satan!« Da Sebastian auf ihn eindrang, hielt Jonathan instinktmäßig abwehrend beide Hände vor und rief laut: »Bruder! um Gottes willen, Bruder!« Dafür versetzte ihm aber Sebastian mit der geballten Faust mehrere harte Schläge an den Kopf, so daß Jonathan ohnmächtig niedersank, packte eiligst einige Geldrollen zusammen und wollte damit fort, welches ihm natürlicherweise nicht gelang.

Zum Glück fand es sich, daß keine von Jonathans Wunden, die äußerlich nur starke Beulen schienen, eine bedeutende Hirnerschütterung verursacht hatte, mithin für lebensgefährlich zu achten. Nach Verlauf von zwei Monaten, als Sebastian nach der Zuchtanstalt, wo er den versuchten Raubmord mit schwerer Strafe büßen sollte, abgeführt wurde, fühlte der junge Advokat sich völlig wiederhergestellt.

Der entsetzliche Vorfall hatte auf Meister Wacht so zerstörend eingewirkt, daß ein zehrender Mißmut davon die Folge war. Diesmal war die stammhafte Eiche von dem Wipfel bis zur tiefsten Wurzel erschüttert.

Oft, wenn man ihn mit ganz andern Dingen beschäftigt glaubte, vernahm man, wie er leise murmelte: »Sebastian! Brudermörder, du mir das getan!« und dann schien er aus einem tiefen Traum zu erwachen. Nur die stärkste, angestrengteste Arbeit erhielt ihn aufrecht. –

Doch wer ermißt die unerforschlichen Tiefen, in denen sich der verborgene Organismus der Gefühle so seltsam verkettet wie in Meister Wachts Seele! Der Abscheu gegen Sebastian und seine verruchte Tat verblaßte, indem das Bild des durch Jonathans Liebe verstörten Lebens sich immer in frischer Farbe lebendig erhielt.

Mancherlei kurze Äußerungen Meister Wachts bewiesen diese Gemütsstimmung. »Also dein Bruder sitzt auf dem Bau in Ketten? – die gegen dich gerichtete Tat hat ihn dahin gebracht? – es ist doch schlimm, schuld daran zu sein, daß der eigene Bruder den Bruder auf den Bau gebracht hat – möchte nicht in der Stelle dieses Bruders sein – doch Juristen denken anders, die wollen das Recht, d.h. sie wollen mit der Puppe spielen, die sie ausputzen und ihr einen Namen geben, wie sie wollen.« –

Dergleichen bittere, ja unverständige Worte mußte der junge Advokat nur zu oft von Meister Wacht hören. Nutzlos würde jeder Versuch der Widerlegung geblieben sein. Der junge Advokat entgegnete daher nichts, sondern brach oft, wenn ihm der verderbliche Wahn des Alten in dem sein ganzes Glück unterging, die Brust zermalmen wollte, im Übermaß des Schmerzes aus: »Vater, Vater, Ihr tut mir Unrecht, himmelschreiendes Unrecht!«

Eines Tages, als die Familie bei dem Lackierer Leberfink versammelt und Jonathan auch zugegen war, sprach Meister Wacht davon, daß jemand gemeint, wie der Sebastian Engelbrecht, sei er auch als Verbrecher verhaftet, doch Ansprüche gegen den Meister Wacht als seinen gewesenen Vormund im Wege des Rechts geltend machen könne. »Das wäre«, sprach der Meister giftig lachend, indem er sich zu Jonathan wandte, »das wäre so ein hübscher Prozeß für einen jungen Advokaten; ich dächte, du unternähmst den Rechtshandel, du bist vielleicht dabei selbst im Spiele, vielleicht habe ich dich auch betrogen.« Da fuhr der junge Advokat in die Höhe, seine Augen flammten, seine Brust flog auf und nieder, er schien plötzlich ein ganz anderer; er streckte die Hand gen Himmel empor und rief: »Nein, Ihr seid nicht mehr mein Vater, Ihr seid ein Wahnsinniger, der einem lächerlichen Vorurteil ohne Bedenken Ruh' und Glück der liebsten Kinder opfert; nie seht Ihr mich wieder; ich gehe auf die Anträge, die mir heute der amerikanische Konsul gemacht hat, ein, fort nach Amerika!« – »Ja«, rief Wacht, ganz Zorn und Wut, »ja, fort aus meinen Augen, du dem Satan Verkaufter, du Bruder des Brudermörders!«

Mit einem vollen Blick, in dem alle trostlose Liebe, aller Schmerz, alle Verzweiflung des hoffnungslosesten Abschiedes lag, auf die halbohnmächtige Nanni verließ der Advokat schnell den Garten.

Schon früher während des Laufs der Geschichte wurde, als der junge Advokat sich à la Werther totschießen wollte, bemerkt, wie gut es sei, daß die dazu nötigen Pistolen mehrenteils nicht gleich bei der Hand. Hier ist es ebenso ersprießlich, anzuführen, daß der junge Advokat zu seinem eignen Besten sich nicht gleich auf der Regnitz einschiffen konnte, um geradesweges nach Philadelphia hinüberzuschiffen.

So geschah es, daß die Drohung, Bamberg und die geliebte Nanni auf ewig zu verlassen, auch in dem Augenblick noch unausgeführt geblieben, als endlich, nachdem aufs neue über zwei Jahre vergangen, der Hochzeitstag des Herrn Lackierer und Vergolder Leberfink herangekommen war.

Untröstlich würde Leberfink über diesen unbilligen Aufschub seines Glücks, den freilich das Entsetzliche, was in Wachts Hause Schlag auf Schlag geschehen, herbeiführen mußte, gewesen sein, hätte er nicht dadurch Gelegenheit erhalten, die Verzierungen seines Prunkzimmers, welche sehr sauber in Himmelblau und Silber glänzten, in Hochrot umzulackieren, mit gehöriger Vergoldung, da er seinem Rettelchen abgemerkt, daß ein roter Tisch, rote Stühle u.s.w. ihrem Geschmack besser zusagen würden.

Meister Wacht widerstand nicht einen Augenblick dem Andringen des glücklichen Lackierers, den jungen Advokaten auf seiner Hochzeit zu sehen, und der junge Advokat – ließ es sich auch gefallen.

Man kann denken, in welcher Stimmung sich die beiden jungen Leute, die seit jenem entsetzlichen Augenblick sich wirklich nicht gesehen hatten, wiedererblickten. Die Versammlung war groß, aber kein einziges ihnen befreundetes Gemüt ermaß ihren Schmerz.

Schon stand man im Begriff, sich nach dem Gotteshause zu begeben, als Meister Wacht einen starken Brief erhielt und dann, kaum hatte er einige Zeilen gelesen, heftig erschüttert zur Tür hinausstürzte, zu nicht geringem Schreck der andern, die neues Böses ahnen wollten.

Nicht lange dauerte es, so rief Meister Wacht den jungen Advokaten heraus, und als sie nun beide allein in dem Arbeitszimmer des Meisters sich befanden, so begann dieser, indem er vergeblich die tiefste Erschütterung zu verbergen sich mühte: »Es sind die außerordentlichsten Nachrichten von deinem Bruder eingegangen: hier ist ein Brief von dem Direktor der Gefangenanstalt, der umständlich schreibt, wie sich alles begeben. Du kannst das nicht alles wissen, ich müßte dir daher, um das Unglaubliche dir glaublich zu machen, haarklein alles sagen; aber die Zeit drängt.« – Bei diesen Worten sah Meister Wacht dem Advokaten scharf ins Gesicht, der beschämt errötend die Augen niederschlug.

»Ja, ja«, fuhr der Meister mit erhöhter Stimme fort, »du weißt nichts davon, daß dein Bruder kaum wenige Stunden auf dem Bau von einer Reue ergriffen worden ist, wie sie wohl kaum jemals eines Menschen Brust zerrissen hat. Du weißt nichts davon, daß der Versuch des Raubmordes ihn zermalmt hat. Du weißt nicht, daß er in wahnsinniger Verzweiflung Tag und Nacht geheult und gefleht hat, daß der Himmel ihn vernichten oder retten möge, damit er fortan durch die strengste Tugend sich rein wasche von der Blutschuld.

Du weißt nicht, daß bei Gelegenheit eines wichtigen Anbaues des Gefangenhauses, bei dem Züchtlinge als Handlanger gebraucht wurden, sich dein Bruder so sehr als ein geschickter kenntnisreicher Zimmermann auszeichnete, daß er bald, ohne daß jemand daran dachte, wie sich das begebe, die Stelle des Poliers vertrat. Du weißt nicht, daß ihm dabei sein stilles frommes Wesen, seine Bescheidenheit, mit der Bestimmtheit des geläuterten Verstandes gepaart, alle zu Freunden machte.

Das weißt du alles nicht, darum mußte ich's dir sagen. Was weiter! Der Fürstbischof hat deinen Bruder begnadigt, er ist Meister worden; aber wie war das alles möglich ohne Geldzuschüsse?« – »Ich weiß«, sprach der junge Advokat sehr leise, »ich weiß, daß Ihr, mein guter Vater, monatlich Geld der Direktion zugesendet habt, um meinen Bruder von den übrigen Gefangenen absondern und besser verpflegen zu können. Ihr habt ihm später Handwerkszeug geschickt.« –

Da trat Meister Wacht auf den jungen Advokaten zu, faßte ihn bei beiden Armen und sprach mit einer Stimme, die in Entzücken, Wehmut, Schmerz auf unbeschreibliche Weise schwankte: »Hätte das dem Sebastian, sproßte auch seine ursprüngliche Tugend mächtig hervor, wieder zur Ehre, Freiheit, Bürgerrecht, Besitztum verhelfen können? Ein unbekannter Menschenfreund, dem Sebastians Schicksal besonders am Herzen liegen muß, hat zehntausend große Taler beim Gericht niedergelegt, um –« Weiter konnte Meister Wacht vor gewaltsamer Bewegung nicht sprechen, er riß den jungen Advokaten an seine Brust und rief, indem er mit Mühe die Worte herauspreßte: »Advokat, mache, daß ich eindringe in die Tiefe des Rechts, wie es in deiner Brust lebendig geworden, und daß ich bestehe vor dem ewigen Weltgericht, wie du dereinst bestehen wirst. – Doch«, fuhr Meister Wacht nach einigen Sekunden fort, indem er den jungen Advokaten von seiner Brust ließ, »doch, mein geliebter Jonathan, wenn nun Sebastian als ein frommer tätiger Bürger wiederkehrt und mich an mein gegebenes Wort mahnt, wenn Nanni« – »So trag' ich«, sprach der junge Advokat, »meinen Schmerz, bis er mich tötet. – Ich fliehe nach Amerika.«

»Bleibe hier«, rief Meister Wacht, ganz begeistert von Wonne und Lust, »bleibe hier, mein Herzensjunge! Sebastian heiratet ein Mädchen, die er früher verführt und verlassen hatte; Nanni ist dein!« Noch einmal umhalste der Meister den jungen Advokaten und rief:

»Junge, wie ein Schulknabe stehe ich vor dir und möchte dir alle Schuld, alles Unrecht abbitten, das ich dir angetan! – Doch kein Wort weiter; andere Leute warten auf uns.«

Damit faßte Meister Wacht den jungen Advokaten, riß ihn fort in das Hochzeitszimmer hinein und sprach, indem er sich mit Jonathan mitten in den Kreis stellte, mit erhöhter feierlicher Stimme:

»Ehe wir zur heiligen Handlung schreiten, lade ich euch alle, ihr ehrsamen Männer und Frauen, ihr tugendbelobten Jungfrauen und Jünglinge, über sechs Wochen zu einer gleichen Feier in meiner Behausung ein; denn hier stelle ich euch den Herrn Advokaten Jonathan Engelbrecht vor, dem ich in diesem Augenblick meine jüngste Tochter Nanni feierlich verlobe!«

Die Liebenden sanken sich selig in die Arme.

Nur ein Hauch der tiefsten Verwunderung durchlief die ganze Versammlung, doch der alte fromme Andres sprach leise, indem er das kleine dreieckige Zimmermannshütlein vor die Brust hielt:

»Des Menschen Herz ist ein wunderliches Ding, aber der wahre fromme Glaube überwindet wohl die schnöde, ja sündliche Tapferkeit eines verhärteten Gemüts, und alles wendet sich, wie der liebe Gott es will, zum guten.«

Der Feind

Erstes Kapitel

»Noch einen tüchtigen vollgefüllten Römer, Herr Wirt; zwar schlug es schon neun, aber der Regen stürmt an die Fenster; wir sitzen hier traulich und warm beisammen, und ich merke schon, wir werden heute ein wenig aus dem Schick kommen und Mühe haben, die Bürgerglocke einzuhalten. Kommt Ihr Eurerseits aber auch aus dem Schick, Herr Wirt, und geht ein Fäßlein weiter, wenn Ihr einschenkt, und irrt Euch in der Sorte!«

So rief der ehrsame Bürger und Drechslermeister Franz Weppering, der an dem breiten Tische in der Gaststube des Wirtshauses zum »Weißen Lamm« den besten Platz einnahm.

»Oho!« erwiderte der kleine freundliche Herr Thomas, indem er sich das kleine schwarzsamtene Käppchen in die Stirne schob und zugleich mit dem schweren Kellerschlüsselbunde harmonisch klapperte, »oho! was den Schick betrifft, das heißt, die schönen Ordnungen, Privilegien, Satzungen, Gesetzlichkeiten, Edikte und Verordnungen, wie sie von Kaiser und Rat ergangen, so sucht darin der ehrsame Thomas, weltberühmter Gastwirt in der weltberühmten Reichsstadt Nürnberg, dessen Tugenden der Himmel gehörig zu wägen und zu lohnen wissen wird, in deren Kenntnis seinesgleichen. Aber anlangend den Wein, so wäre es ja außerm Schick, wenn ich Eurenthalber, Meister Franz, das rechte Fäßchen vorübergehn und Euch bessern Wein geben sollte, als Euch dienlich und Ihr mir bezahlt.«

»Ihr haltet den Wein«, nahm Meister Wepperings Nachbar das Wort, »aber auch wirklich ein wenig zu teuer und könntet alten Stammgästen, so wie wir, wohl immer einige Kreuzer weniger für das Maß anrechnen.«

»Ich weiß nicht«, rief Herr Thomas lachend, »ich weiß nicht, was ihr wollt, ihr Herren, ihr trinkt bei mir den schönsten, edelsten, wohlschmeckendsten, feurigsten Wein in dem ganzen lieben Nürnberg, und den gebe ich euch aus purer Amicitia. Denn die paar Kreuzer, die ihr mir dafür bezahlt, sind ja bloß ein anmutiges Douceur für die Mühe des Einschenkens. Aber ohne Scherz, ihr Herren denkt immer, uns Wirten kostet der Wein gar nichts, und wir leben noch immer in dem verfluchten Jahr 1484, wo ein ganzer Eimer Wein für ein recht schönes Hühnerei hingegeben wurde, und doch hat es damit eine ganz besondere Bewandtnis. Ich weiß nicht, ihr Herren, ob ihr die Geschichte von den zerbrochenen Hühnereiern wißt; soll ich sie euch erzählen?«

»Und«, rief Weppering, »und uns während der Zeit dursten lassen; nein, nein, behaltet euren Schnack für Euch und holt so guten Wein, als Ihr's verantworten könnet.«

»Ich wollte«, sprach ein sehr alter Mann, der entfernt an der Ecke des Tisches saß und still für sich eine kleine Schüssel Eingemachtes verzehrte, wozu er einen sehr edlen Wein, doch nur tropfenweise, trank, »ich wollte, ihr lieben Gäste, ihr ließet unsern Herrn Wirt die Geschichte von den zerbrochenen Eiern erzählen, denn sie ist gar hübsch und anmutig.«

»Wenn«, rief Weppering, »wenn Ihr es wollt, mein ehrwürdiger Herr Doktor, so mag Herr Thomas so viel erzählen, als er Lust hat, und ich werde meine rauhe Kehle so lange netzen mit den Tropfen aus dem Brunnen der Hoffnung.«

Der Wirt, ganz Freude und Freundlichkeit, knüpfte ohne Umstände den Schlüsselbund wieder fest, setzte sich seinen Gästen gegenüber an den breiten Tisch, ließ ein großes Paßglas Wein langsam und behaglich in die Kehle hineinglucken, streckte den Körper über den Tisch und stemmte beide Backen auf die Ellenbogen.

»Ich erzähle euch also, ihr höchstschätzbaren Gäste und würdigen Freunde, die

wundersame Geschichte von den zerbrochenen Eiern

und zwar nicht, wie mir gerade das Maul steht, sondern, soviel möglich, mit denselben zierlichen Phrasen, Redensarten, Wörtern und Ausdrücken wie der alte Chroniker, der eine artige Zunge führte und seine Rede wohl zu setzen wußte.

Früh morgens, am Tage Marzii des Evangelisten, im Jahr des Herrn 1484, befand sich viel Landvolk auf dem Wege von Fürth nach Nürnberg und trug den Nürnbergern zu, was sie nun eben an schönen Produkten des Landes zu ihrer Leibesnahrung und Notdurft vonnöten. Unter dem Landvolk schritt aber ein gar stattliches Bauernweib in Sonntagskleidern daher, die auf jeden Gruß: ›Gelobt sei Jesus Christus!‹ demütiglich das Haupt verneigend: ›In Ewigkeit!‹ antwortete und überhaupt, wenn die Leute auch was Ausländisches an ihr bemerken wollten, doch ein frommes, ehrliches Ding schien.

Das Weib trug einen Korb mit schönen Hühnereiern, und jedem, welcher verwundert rief: ›Ei, Nachbarin, was sind das für schöne glänzende Eier‹, erwiderte sie gar freundlich, indem ihr die kleinen grauen Äugelein blitzten: ›Ei, meine Henne darf keine schlechtern legen für die ehrsame Frau Bürgermeisterin, der ich diese in die Küche trage.‹ Das Weib ging auch wirklich mit ihrer Ware geradesweges in das Haus des Bürgermeisters.

Sowie sie eingetreten, tät sie gehorsam und demütiglich, was ihr der Vers an der Wand gebot:

> ›Wer treten will die Steigen herein,
> Dem sollen die Schuhe fein sauber sein.‹

682

Dann wurde sie von Frau Marta, der Haushälterin, zu der ehrsamen Frau Bürgermeisterin geleitet, die sich in ihrer Prangkuchen befand.

Da sah es denn nun so prächtig und blank aus, daß es eine wahre Augenverblendnis war; schöne metallene Gefäße, manchmal von solcher Sauberkeit, als ob sie Peter Vischer selbst gearbeitet hätte, standen umher. Der Fußboden war getäfelt und gebohnt; was unsre edle Tischler- und Drechslerzunft wohl an zierlichen und saubern Sachen zu liefern vermag, davon war ringsumher was zu finden. Die Frau Bürgermeisterin saß aber in einem prächtigen Lehnstuhl von Nußbaum, mit Ebenholz ausgelegt und grünen Samtkissen, mit goldenen Troddeln, der nicht weniger als fünf Fuß in die Breite hielt; so breit mußte er aber sein, weil das Maß nach dem Gesäß der Frau Bürgermeisterin genommen.

Das Weib reichte den Korb mit Eiern der Frau Bürgermeisterin demutsvoll hin, indem sie hoch beteuerte, daß Sprut, ihre beste Henne, sich alle Mühe gegeben, die Eier so schön als möglich für die Frau Bürgermeisterin zu legen.

Die Frau Bürgermeisterin nahm dem Weibe mit gar freundlicher Miene das Körblein aus der Hand und übergab es ihrer Haushälterin, der Frau Marta.

Als aber nun das Bauerweib die Eier bezahlt verlangte, gerieten die Frau Bürgermeisterin und Frau Marta, die den Korb mit Eiern für eine angenehme Verehrung gehalten hatten, in großen Zorn, und das arme Bauerweib hatte Mühe, die Hälfte des niedrigsten Preises für ihre Ware zu erhalten.

Frau Marta hatte indessen die Eier aus dem Korbe gezählt und für die zerbrechliche Ware keinen schicklicheren Platz gefunden, als das grünsamtene Kissen im Lehnstuhl der Frau Bürgermeisterin, den sie eben verlassen.

Nach Paracelsi Rat hatte die Frau Bürgermeisterin soeben, um die heftige Gemütsbewegung ein wenig zu besänftigen, ein paar Gläschen Aquavit genommen und wollte nun aufs neue der Ruhe pflegen. Als sie sich aber sänftiglich in den Lehnstuhl drückte, tat das den Eiern, die auf dem Polster lagen, nicht gut, sondern sie zerbrachen Stück vor Stück, und kein einziges blieb ganz.

Die Frau Bürgermeisterin sprach unmutig: ›Warum habe ich diese schöne Eier zerbrochen?‹ Da meinte aber die schelmische Magd, daß die Eier zwischen solchen Polstern unversehrt hätten liegen können bis zu unserer fröhlichen Urständ. Aber die Bauersfrau aus Fürth sei eine böse Hexe, die den Leuten Eier von schönem Ansehn verkaufe, welche nachher zerbrochen wären.

Die Frau Bürgermeisterin unterließ nicht, den Vorfall ihrem ehrenfesten Herrn Gemahl, dem Bürgermeister, anzuzeigen. Der hochweise Rat, bestürzt, in dem Weichbilde der guten frommen Stadt eine Hexe zu wissen, ließ die arme Bauerfrau aufgreifen, nach Nürnberg bringen, wo sie alles von der Frau Bürgermeisterin erhaltene Geld von Heller zu Pfennig zurückzahlen mußte und dann vom Büttel zum Tore und über die Grenze geschleppt wurde. Von allem Weibsvolk wurde sie verhöhnt, und man rief ihr nach:

›Seht, das ist die Hexe aus Fürth, die die Eierkörbe verkauft, in die sich nachher der Satan setzt und die Eier zerquetscht mit seinem höllischen –‹

Jenseits des Grenzzeichens blieb das Weib, von den Bütteln verlassen, auf einer Anhöhe stillestehen, und es war graulich anzusehen, wie sie hoch und dünn hinaufschoß, bald einer Hopfenstange gleichend, und mit den dürren Armen herumfocht, die sie endlich über Nürnberg fest ausstreckte, und mit einer Stimme, die so kreischend und mißtönend war, daß man wohl den Satan selbst darin erkannte, laut in die Lüfte rief:

›Pfui, arg dick Weib,

Pfui, du Balg schalks Magd,
habt mich verjagt,

Eidex euch in den Leib!
Pfui Nürnbergsch Jung Volk,
Traun Trat,
Mennchin Krat
Heisa Mutter Zedxs vollendent hat,
Paßt nur auf,
jetzt werden die Eier
in dem lieben Nürnberg
erst recht teuer.‹

Der Satan unterließ nicht, seiner Dienerin kräftig beizustehen, und in alle Weiber Nürnbergs fuhr das unwiderstehliche Gelüste, sich in Eierkörbe zu setzen und die darin befindliche Ware zu zerbrechen, so daß einer, dem es nach einem guten Eierschmalz gelüstete, dies wohl mit Golde hätte aufwägen mögen.

Daß aber, sagt der weise Chroniker, man hätte einen ganzen Eimer Wein für ein Ei tauschen können, ist nur wie ein Sprichwort anzusehen, das auf wundersame Weise entstanden.

Ein würdiger Herr Patrizier der Stadt wollte dem satanischen Unwesen mit dem Zerdrücken der Eier ein Ende machen und ließ daher unter lustigem Trompetenschall und Trommelschlag öffentlich bekanntmachen, daß diejenige Frau, welche ihm Eier brächte, für jedes derselben, das unversehrt in seine Hände käme, einen Eimer guten Wein erhalten solle.

Unter vielen Weibern, denen der Versuch, ihrem Gelüst zu widerstehen, noch zuletzt schmählich mißglückt war, meldete sich endlich die Frau seines Meiers, ein frommes, züchtiges Weib, die freilich an jenem Tage auch die vermeintliche Hexe sehr verfolgt und verhöhnt hatte, und überreichte dem Herrn ein Körbchen der wohlerhaltensten Eier.

›Mich wundert‹, sprach der edle Herr sehr freundlich, ›daß Ihr nicht längst gekommen seid, liebe Frau, denn Ihr seid so fromm und gut, daß Ihr von Verhexungen und bösen Lüsten nichts wißt. Der Wein ist so gut als Euer.‹

Hiemit wollte der edle Herr den Korb fassen, den riß ihm aber das Weib mit dem größten Ungestüm aus der Hand und setzte sich hinein mit dem größten Wohlgefallen, so daß alle Eier zerquescht wurden.

Das arme Weib war vor Scham ganz außer sich und weinte sehr.

›Ei‹, sprach der Herr mit beschwichtigendem Ton, ›ei, Frau Margareta, gebt Euch doch zufrieden, es kommt ja noch auf einen Versuch an, vielleicht widersteht Ihr dem Bösen.‹

Frau Margareta ließ sich das nicht zweimal sagen, sondern war acht Tage darauf mit dem letzten Schock Eier da, das der Hühnerhof nachgeliefert. Sie hatte viel festen und frommen Willen gefaßt; doch sowie sie mit den Eiern in dem Zimmer des gnädigen Herrn stand, ging alles mit ihr um die Runde. Sie sah schon mit lüsterner Begier den Korb an mit dem Gedanken, wie anmutig es sich in den Eiern sitzen würde, und war zu ihrer nicht geringen Betrübnis überzeugt, daß ihr heute der Versuch noch viel weniger gelingen würde als das erstemal.

Es begab sich aber, daß in dem Augenblick des Nachbars Weib, die mit der Frau Margareta in beständigem Zank und Streit lebte, ebenfalls mit einem Korb hineintrat, um denselben Versuch zu machen. Da wurde aber Frau Margareta ganz wütend vor dem Gedanken, daß sie vor ihrer ärgsten Feindin mit Schmach und Schande bestehen solle, und ihre Augen leuchteten wie lichterlohe Flamme. Der andern Antlitz glich auch einem glimmenden Kohlentopf, und kam noch hinzu, daß beide die gespreizten Hände gegeneinander ausstreckten, so waren sie wohl gereizten wilden Tieren ähnlich, die sich anfallen wollen.

686 Der edle Herr trat hinein.

Beide stürzten auf ihn zu und reichten ihm ihre Körbe dar. Doch sowie er sie faßte, riß Frau Margareta den ihrigen ihm schnell aus der Hand und duckte nieder. Mit gar heftigem wilden Ungestüm hatte die Nachbarsfrau auch dem Herrn Ritter ihren Korb aus der Hand gerissen und setzte sich jetzt mit dem größten Wohlbehagen hinein.

In dem Gelächter, das das Weib jetzt anstimmte, fistulierte der leidige Gottseibeiuns seine obligate Stimme darein und jubilierte über seine höllischen Eierkuchen.

Frau Margareta hatte sich aber sanft von der Erde erhoben und überreichte dem Herrn Ritter freundlich das Körbchen mit sechzig Stück wohlerhaltenen Eiern. Sie hatte glücklich ihr Gelüst überwunden und die Nachbarin getäuscht, und so mag es wohl sein, daß Weibergroll stärker ist als alle Hexenkunst.

Der edle Herr Ritter zahlte richtig für jedes der sechzig Eier einen Eimer Wein, und so kam es, daß es hieß, zu der Zeit habe man für ein einziges Ei einen ganzen Eimer Wein hingegeben.«

Sowie der Wirt aufsprang, den Schlüsselbund auf den Tisch warf und nach seinem Paßglase griff, zum Zeichen, daß er geendet, brachen alle in ein lautes, schallendes Gelächter aus; nur der ehrwürdige Herr ausgenommen. Dieser lächelte nur ein wenig, wie es seinem Stande und seinem Alter ziemte, und nahm dann das Wort:

»Hatte ich nicht recht, ihr lieben Gäste, euch die Geschichte von den zerbrochenen Eiern zu empfehlen, denn außerdem, daß die Geschichte an und vor sich selbst lustig und unterhaltend genug ist, so gebe ich auch gern unserm Herrn Thomas Gelegenheit, sein Talent, alte Geschichten, nur was weniges nach seiner Weise zugestutzt, zu erzählen, zu zeigen.«

Alle stimmten in das Lob ein, das der ehrwürdige Herr dem Herrn Thomas gezollt hatte, und der Wirt zum »Weißen Lamm« wußte recht gut sich, die Hände reibend, zu verbeugen, die Augen niederzuschlagen und jenes ungemein freundlich und bescheiden zurückweisende Gesicht zu schneiden, das soviel sagen will als: »Nicht wahr, daß ich solch ein Kauz sei, das hättet ihr nicht geglaubt, ihr Leute.«

Meister Weppering hatte über den zerbrochenen Eiern keinesweges den bessern Wein vergessen, den er noch heute abend zu schlucken willens war, ohne ihn zu bezahlen.

»Topp! Herr Wirt!« rief er, »Ihr seid der beste Erzähler weit und breit, aber da Euch heute der gerechte Ruhm gespendet wird, der Euch gebührt, so ist es billig, daß Ihr Eure Ehre feststellt dadurch, daß Ihr bessern Wein spendet. Also bessern Wein, Herr Wirt.«

»Ich weiß nicht«, sprach der Wirt, »was Ihr für Umstände macht, hier ist die Weintafel; doch mich will bedünken, ihr lieben Gäste, als wenn heute der Abendstern gerade aufs Mutterfäßchen schiene.«

»So ist es!« schrie Weppering, »und ich dächte, Meisters, wir ließen eins springen.«

»Ihr seid«, nahm Meister Erxner das Wort, »Ihr seid immer derjenige, Weppering, von dem man zur Schwelgerei und zu unnützen Ausgaben verleitet wird.« – »Ganz gewiß«, fiel Meister Bergstainer, ein ganz junger Mann von noch nicht dreißig Jahren, seinem Nachbar in die Rede, »und ich dächte, wir verzehrten friedlich und freundlich den Rest unseres Weins und suchten die Ruhe.«

»Ist«, sprach der Alte mit einem Lächeln, das sein Gesicht auf gar anmutige Weise belebte, »ist hier der Jüngste, wie es scheint, der Mäßigste und Nüchternste, so ist es dem Widerspiel, das in der Welt überhaupt regiert, ganz angemessen, daß ich, als der Älteste von euch allen, mich zur Gegenpartei schlage.

Ich habe hier unten bei unserm Herrn Wirt ein paar Fäßchen sehr guten Würzburger Wein stehen; ich bitte euch, mir zu erlauben, davon für uns einschenken zu lassen.«

Weppering erhob ein Jubelgeschrei. Bergstainer sprach aber sehr bescheiden: »Es ziemt uns nicht, ehrwürdiger Herr, die Ehre abzulehnen, die Ihr uns antun wollt; doch vergönnt uns auch, daß wir, gibt uns das Glück die Gelegenheit dazu, gleiche Gastfreundschaft Euch erzeigen mögen.«

In dem Augenblick machten zwei Gäste, fremde Krämer aus Augsburg, die im »Lamm« eingekehrt, Anstalt, aufzubrechen.

»Wo wollt ihr hin«, rief der Alte, »wollt ihr uns verlassen, eben jetzt, da der gute Wein kommt?«

»Herr«, erwiderte einer von ihnen, »wir dürfen die Gastfreundschaft dieser guten Leute nicht mißbrauchen, die uns schon den ganzen Abend bewirtet haben.«

»So dürfet«, fiel ihm der Alte freundlich ins Wort, indem er die Hand des Kaufmanns faßte, »so dürft ihr nun gleiche Gastfreundschaft von mir nicht versagen.«

Da sprang der andere Krämer, ein junger stattlicher Mann von kräftigem Bau und freimütigem Antlitz, plötzlich auf und rief mit starker Stimme: »Nein, ich kann mich nicht länger zurückhalten, das recht herzinnigliche Wohlbehagen, welches mich stets in den ersten Stunden meines Hierseins durchdringt; die Art, wie mich hier Unbekannte in ihrem Kreise aufnehmen, vorzüglich aber die große Freude, Euch, mein ehrwürdiger Herr, wiederzusehen, will sich Luft machen.«

Bei diesen Worten des Krämers sahen sich die übrigen ganz verwundert an, denn jedem fiel nun ein, daß er nicht wisse, wer der Alte sei, unerachtet er ihn schon seit vielen Jahren kenne.

Der Alte bemerkte sehr wohl diesen Ausdruck des Befremdens, der auf allen Gesichtern ruhte, und erhob sich ebenfalls von seinem Sessel. Nun erst wurde die unbeschreibliche Würde seines Körpers sichtbar. Mehr klein als groß, war sein Körper im reinsten Ebenmaß gebaut. Das Alter schien über diese Formen keine Gewalt zu haben. Über sein Antlitz verbreitete sich ein milder Ernst, dem jener Zug von sehnsüchtiger Schwermut beigemischt war, welcher ein tiefes Gemüt verkündet.

»Ich lese«, sprach er mit sanfter Stimme, »in euren Gesichtern einen sehr gerechten Vorwurf. Menschen, die miteinander Verkehr treiben, müssen mit ihrem gegenseitigen Standpunkte im Leben bekannt werden, denn sonst ist an irgendein Vertrauen nicht zu denken. Wißt also, ihr lieben Leute, daß ich mich Mathias Salmasius nenne und schon vor langen Jahren in Paris die Doktorwürde erlangt habe, mich auch sonst vieler gelahrter Würden, sowie der besondern Gunst und Gnade Sr. Majestät des Kaisers selbst und anderer vornehmer Fürsten und Herren berühmen könnte, die mich, da ich auf mannigfache Weise ihnen durch meine Wissenschaften nützlich werden zu können die Ehre hatte, mit schönen Ehrenzeichen belohnt haben. Näher wird es mich euch bringen, wenn ich euch sage, daß ich in Ansehung meiner Abkunft und meiner Neigung eurem großen Albrecht Dürer verwandt bin. Mein Vater war ein Goldschmied, so wie der seinige, und so wie er wollte ich Maler werden, und der große Wohlgemuth sollte mein Lehrer sein. Doch nur zu bald wurde ich gewahr, daß mich die Natur zu dieser Kunst nicht bestimmt hatte, sondern daß mich die Wissenschaften unwiderstehlich hinzogen, denen ich mich denn auch ganz ergab. –«

»Vergeßt«, setzte Mathias lachend hinzu, »vergeßt nur gleich, ihr lieben Freunde, alles, was ich gesagt habe, und seht in mir weiter nichts, als einen gutmütigen Reisenden, der gar zu gern nach dem schönen Nürnberg kommt und in dem ›Weißen Lamm‹ bei dem sehr tapfern und ehrenfesten Wirt, Herrn Thomas, einkehrt, der den besten Wein führt und dabei eine vollständige, anmutige Chronika seiner herrlichen, weltberühmten Vaterstadt zu nennen ist.«

Herr Thomas scharrte mit dem Fuß so weit hinten aus, daß ihm das Samtkäppchen vornüber fiel. Ohne es aber aufzuheben, ja verächtlich darüber wegschreitend, schritt er erst an den Tisch und schenkte die Gläser voll.

»Wir«, nahm Bergstainer endlich das Wort, nachdem sich die Meister von einiger Scheu erholt, an der Seite eines hochgelahrten, vornehmen Mannes zu sitzen, »wollen tun, wie Ihr geboten habt, ehrwürdiger Herr, Eure Würden und Ehrenstellen auf einen Augenblick vergessen und nur daran denken, daß wir Euch schon seit Jahren recht aus dem Grunde des Herzens lieben und ehren. Daß Ihr vornehmen Standes seid, haben wir immer vermutet. Denn das zeigte ja Euer sauberer Anzug und Euer ganzes Wesen, und so haben wir nicht unrecht getan, wenn wir Euch mit dem Titel ›Ehrwürdiger Herr!‹ begrüßten.«

»Wer«, erwiderte der Doktor Mathias, »wer möchte nicht gern in dem schönen anmutigen Nürnberg und in seiner reizenden Umgebung verweilen. Recht hatte Kaiser Karl, daß er die Stadt von Hause aus in seinen Schutz nahm und ihr besondere schöne Privilegien gab. Die Lage, das Klima –«

»Nun«, unterbrach Meister Weppering den Doktor Mathias, »nun, was das Klima betrifft, so wollen wir heute wenigstens nicht viel Redens davon machen, denn hört nur, wie es wieder schrecklich tobt und stürmt, als sei der Dezember im Anzuge.«

»Schämt Euch«, nahm Doktor Mathias das Wort, »schämt Euch, Meister Weppering, wie könnt Ihr ein vorübergehendes Unwetter, das die Tiroler Berge uns heraufschickten, unserm Klima zuschreiben. Also Klima, Kulturfähigkeiten, alles vereinigt sich hier. Deshalb glänzte Nürnberg so schnell auf – deswegen blüht der Handel schon seit dem vierten Jahrhundert – deshalb war Nürnberg der Augapfel der Fürsten und Herren. Doch der Himmel ließ noch besonders einen Stern leuchten über Nürnberg, und es geschah, daß große Männer geboren wurden, die den Glanz und Ruhm der Stadt bis in die entferntesten Gegenden verbreiteten. Denkt an Peter Vischer, an Adam Kraft. Aber vor allen Dingen an euren großen, mächtigen Albrecht Dürer.«

Sowie Magister Mathias diesen Namen nannte, entstand eine Bewegung unter den Gästen. Sie standen auf, stießen stillschweigend die Gläser an und leerten sie.

»Dies sind«, fuhr Doktor Mathias fort, »dies sind hohe leuchtende Sterne am Firmament der Kunst, aber der Einfluß solcher hohen Geister erstreckt sich bis aufs Handwerk, so daß die schnöde Grenzlinie, welche begann, Kunst und Handwerk zu trennen, wieder beinahe ganz verschwindet und beide sich als Kinder einer Mutter freundlich die Hand bieten. So kommt es, daß die Welt die Sauberkeit, die korrekte Zeichnung, die richtige Ausführung in Euren Elfenbeinarbeiten bewundert, Meister Weppering, und daß die Frauen des Sultans in Konstantinopel ihre Gemächer mit Euren Kunstarbeiten schmücken. So kommt es, daß Eure Gußarbeiten schon jetzt ihresgleichen suchen und immer mehr an Wert gewinnen.«

»O Peter Vischer!« rief hier Bergstainer, den Doktor unterbrechend, aus, indem ihm die Tränen in die Augen traten.

»Seht«, sprach der Doktor, »das ist die wahre Begeisterung, die ich meine; faßt Mut, Bergstainer, Ihr werdet's noch zu Großem bringen! –

Und was soll ich zu Euch sagen, Ihr mein guter lieber Meister Erxner, da Ihr an Kunstfleiß und Geschicklichkeit –«

Des Doktor Mathias milde Worte wurden in dem Augenblick durch ein seltsames wildes Getöse unterbrochen, das sich unter dem Tore des Wirtshauses wahrnehmen ließ.

Ein lahmes, unbeschlagenes Pferd trollierte unbehilflich auf und nieder, und dazwischen rief eine rauhe mißtönende Stimme:

»Heda, Wirtshaus!«

Die Torflügel knarrten, das Pferd wurde hineingeführt, und brummend und scheltend plumpte der Reiter vom Pferde auf den Boden, so daß von den Tritten des schweren, bespornten Stiefels alles klirrte und dröhnte.

Der Wirt kam hineingestürzt und rief lachend: »Ei, ei, meine werten Gäste, da kommt eben ein Kerl zu mir ins Haus, der ist, glaube ich, einer von George Hallers oder Fritz von Steinbergs Gesellen, der aufs neue unnützen Lärm verführen will, wie seine Kumpane im Jahre 1383. Sein Pferd ist freilich eine Schindmähre – er selbst aber ein gar stattlicher Mann, wie ihr gleich sehen werdet, und von lustigem Temperament, denn schon hat er alles in Grund und Boden verflucht und dem Satan übergeben, weil man im Regen unausbleiblich naß wird.«

Die Türe ging auf, und herein trat der Mensch, der sich mit so viel Geräusch angekündigt. Er war breitschultrig, beinahe sechs Fuß hoch; und da er den runden Hut mit sehr breiter Krempe, an dem einige schmutzige Fasern hinabhingen, die ehemals einer Feder angehört zu haben schienen, nach spanischer Art hinabgeschlagen trug, die ganze übrige Gestalt aber in einem gelben Reitermantel fast eingewickelt war, so mußte man freilich erwarten, was sich aus dieser unkenntlichen Mumie Näheres entwickeln werde.

»Das verfluchte vermaledeite Land, daß mein Fuß es niemals mehr betreten hätte. Mitten in der schönsten Jahreszeit schmeißt einen das Himmel-Hage Donnerwetter zusammen, daß man keinen gesunden Fleck auf dem Leibe behält und sich die schönsten Kleider verdirbt. Mantel und Hut sind auch wieder des Satans und die neugekaufte Feder.«

Damit riß der Mensch den Hut vom Kopfe und schwenkte ihn rücksichtslos aus, daß die großen Tropfen über den Tisch flogen, wo die Gäste saßen. – Dann warf er den Mantel ab, und man erblickte nun die hagre Gestalt des Menschen, der ein Reiterwams von ganz unscheinbar gewordener Farbe und hohe Stiefeln, ebenfalls nach Reiterart aufgezogen, trug.

Sein Antlitz, das nun auch sichtbar worden, war von solch auffallender Häßlichkeit, daß man beinahe hätte vermuten sollen, der Fremde trüge eine Maske; doch konnte es auch sein, daß die scharfen Schlagschatten in der sparsam beleuchteten Gaststube, sowie die ausgestandene Witterung das Gesicht des Fremden auf diese entsetzliche Weise entstellten. Merkwürdig war es auch, daß der Fremde die schweren Stücke seines Anzuges, d.h. die ungeheuren Reiterstiefeln mit den Rolandsspornen, nur mit der äußersten Kraftanstrengung an seinem Leibe zu tragen schien. Dadurch wurden seine Bewegungen zweideutig; man wußte nicht, war er noch kräftiger Mann, war er schon hinfälliger Greis; auf beides konnte auch sein Antlitz deuten.

Mit Mühe legte er ein Schwert von der Seite, das, was Größe und Schwere betrifft, einem Ritter der Tafelrunde angehört zu haben schien. An dem Gürtel hing ein zierlich gearbeiteter Dolch, und außerdem guckte noch auf der Seite das große Heft eines Messers hervor. Indem er das Schwert in den Winkel stellen wollte, entsank es seiner Hand, fiel auf den Boden, und alle seine Mühe, es aufzuheben, blieb vergebens; Herr Thomas mußte ihm beispringen. Er murmelte ein Schimpfwort zwischen den Zähnen und bestellte ein Glas gewürzten Wein, wobei er versicherte, daß der Satan alles zerschlagen solle, wenn der Wein nicht Herz und Magen stärkend genug wäre.

»Das ist«, sprach Herr Mathias, »das ist ja ein grober ungeschlachter Geselle, der uns hier unsre ruhige Freude verdirbt;« – »den ich«, nahm Meister Weppering das Wort, »aber bald zur Vernunft bringen werde.«
– »Das wird«, erwiderte Herr Mathias, »hier wahrscheinlich nicht schwer halten, denn solche brutale Renommisten tragen gewöhnlich eine elende feige Seele in sich.«

Unterdessen hatte der Wirt das von dem Fremden bestellte Glas Wein herbeigebracht und reichte es ihm jetzt hin.

Doch kaum brachte der Fremde den Wein an die Lippen, als er sich gebärdete, wie wenn tausend höllische Furien ihm plötzlich in den Leib gefahren wären. Mit dem Ungestüm des wildesten Zorns schleuderte er das Glas mit dem Würzwein an die Erde, daß es in tausend Stücken zerbrach, indem er dabei schrie: »Was, du halunkischer Wirt, du willst mich vergiften, ehe mich andere als du und deine Kumpane hier erblickt haben, damit du mich berauben und verscharren kannst, vergiften mit deinem Höllengesöffe?«

Herr Thomas fühlte sich an dem kitzlichsten Punkte angegriffen. Der Zorn übermannte ihn; er ging mit geballten Fäusten und zornfunkelnden Augen auf den Fremden los und schrie mit einer Stimme, die die des Fremden beinahe noch übertönte: »Welcher böse Geist führt Euch in mein Haus, Ihr grober Geselle; wenn Euch unser Land nicht gefällt, warum kommt Ihr hinein? wenn Euch mein Haus, mein Wein nicht ansteht, schert Euch zum Teufel und sucht Euch eine Soldatenherberge, wo Ihr fluchen und toben könnt nach Gefallen. Doch die findet Ihr hier, dem Himmel sei es gelobt, in unserm ganzen lieben Nürnberg nicht. Und was den Wein betrifft, so ist der Wirt des ›Weißen Lamms‹ weltberühmt, weil er sich stets getreu an die Weinordnung unseres gnädigsten Herrn, des Kaiser Maximilian vom 24. August 1498 gehalten und vorzüglich den Firne- oder Würzwein nach dem Buchstaben der Vorschrift bereitet hat.

Was, Ihr grober Mensch, glaubt Ihr, daß der heilige Sebald bei mir sitzt und mir die zerbrochenen Gläser ganz macht, wie er es nach dem Legendisten wohl sonst getan hat, daß Ihr mir eins meiner schönsten Paßgläser zerschmeißt. Ihr stört alle Ruhe, alle bürgerliche Ordnung; und beweisen will ich aus dem schönsten Privilegium des gnädigsten Herren Kaiser Karl des Vierten, daß ich Euch die Nase abhauen kann, wenn Ihr nicht Ruhe haltet; und was hält mich ab, Ihr nächtlicher Störefried, Euch durch meine Leute fortbringen zu lassen, wenn Ihr nicht ruhig seid!«

»Gesindel«, brüllte der Fremde und zog Dolch und Messer. Da sprang aber der junge Krämer hinter dem Tisch hervor und stellte sich mit seiner tüchtigen eisernen Elle dicht vor den Fremden hin und sagte sehr ernst und gefaßt:

»Herr Soldat! denn solch ein Söldner, der einem Fähnlein entlaufen, seid Ihr doch. Ich frage Euch, ob Ihr hier ruhig sein wollt oder nicht. Hört Ihr nicht augenblicklich auf zu toben, so werde ich Euch trotz Eures Rolandsschwertes, trotz Eures Morddolchs, trotz Eures Banditenmessers mit meiner guten Augsburger eisernen Elle den ganzen Leichnam dermaßen zerwalken, daß Ihr viele Zeit hindurch, fehlt es Euch an Geld, Tuch zu kaufen, wenigstens blaues nicht nötig haben sollt zum Reiterwams.«

Der Fremde ließ beide Arme mit Dolch und Messer langsam sinken und murmelte, indem er die Augen niederschlug, zwischen den Zähnen etwas von Betrügereien und Schelmereien.

Da war auch Meister Weppering aufgestanden und auf den Fremden zugeschritten. Der faßte ihn bei beiden Schultern und sprach: »Bedenkt, daß Ihr in Nürnberg seid, ehe Ihr Euch vermeßt, von Lug und Trug zu sprechen.«

»Fallt ihr alle über mich her«, sprach der Fremde in rauhem Ton, indem er giftige Blicke umherwarf und vorzüglich den Herrn Mathias mit Basiliskenaugen anglotzte, »so muß ich freilich unterliegen, doch auch dabei bleiben, daß das Glas Wein, das mir der Wirt darbot, ein Absud von höllischen Kräutern schien und den Magen, statt ihn zu erwärmen, wie ein Eisstrom durchfuhr.«

»Ich merke«, sprach Herr Mathias lächelnd, »daß das Mißverständnis, welches hier den Grund zu allem Streit gegeben hat, darin liegt, daß hierzulande Würzwein oder Firnewein ein aus Kräutern bereiteter Wein genannt wird. Ihr, mein fremder Herr Soldat, oder was Ihr sonst mit Eurem breiten Schwerte vorstellen mögt, verlangtet aber nur, Euch den kalt gewordenen Leib recht durchzuwärmen, ein Getränk, welches aus mit vielem Gewürze und Zucker gekochtem Wein besteht. Dieser Trank, welcher im Auslande eben gewürzter Wein heißt, ist hier wenig bekannt, und Ihr hättet daher wohlgetan, wenn Ihr Euch deutlich erklärt hättet, was Ihr zu trinken verlangt, ohne erst unnützerweise den großen Tumult anzufangen.«

Hierauf bestellte Herr Mathias bei dem Wirt ein solch fremdartiges Gebräude, wie es der Soldat im Sinn trug, und der Wirt, froh den Streit auf solche gute Weise geendet zu sehen, versprach kratzfüßelnd, daß er alles selbst, und zwar hier in der Gastküche unter den Augen des wilden Soldaten, auf das beste bereiten wolle.

Der Fremde begann auf eine Weise, die ungeschickt genug war, um nicht den Widerwillen dagegen hinlänglich zu beweisen, sein früheres Betragen mit dem Einfluß der Witterung und auf der Reise erfahrnen Unannehmlichkeiten zu entschuldigen; worauf er zuletzt um die Erlaubnis bat, seinen Wein in der Gesellschaft verzehren zu dürfen, als Zeichen der Versöhnung. Dies wurde ihm, der Nürnberger Gutmütigkeit gemäß, sehr gern verstattet.

Der Glühwein war fertig worden. Der Fremde hatte das halbe Glas geleert und den Wein diesmal vortrefflich gefunden. Nun warf er, als eben das Gespräch stocken wollte, ganz leicht die Frage hin: »Lebt Albrecht Dürer noch?«

Alle schrien im höchsten Erstaunen. »Wie, Albrecht Dürer, ob er lebt?« Aber Herr Mathias schlug die Hände zusammen und sprach: »Herr! kommt Ihr aus dem Monde? in welchem Winkel der Erde, in welcher Einöde habt Ihr Euch verborgen gehabt? habt Ihr im Grabe gelegen? seid Ihr indessen blind, taub, lahm, stumm gewesen, daß Ihr eine solche Frage tun könnt? Ihr müßt samt Eurem lahmen Pferde hier vor dem Wirtshaus aus dem Schlunde der Erde emporgesprungen sein, denn sonst hätte Euch auf dem Wege hierher der große Name Albrecht Dürer in tausendstimmigem Jubel vor den Ohren klingen müssen. Habt Ihr auf der Landstraße nicht die Fülle der Leute bemerkt, die wie auf einer Pilgerfahrt nach dem lieben Nürnberg wandeln? Habt Ihr nicht die glänzenden Equipagen der vornehmen Fürsten und Herren bemerkt, die gen Nürnberg ziehen, um den Triumph des größten Mannes der Zeit zu feiern? – Albrecht Dürer!

Er hat sein größtes, sublimstes, tiefsinnigstes, herrlichstes Gemälde vollendet. Die Kreuzigung Christi steht ausgestellt auf dem Kaisersaal in hoher Vollendung. Ein besonderes Fest wird in künftiger Woche dieserhalb gefeiert, an dem, wie man sagt, der Kaiser seinen Liebling noch mit ganz besondern Gunstbezeugungen beehren wird.«

Der Fremde hatte, von seinem Sitz aufgesprungen, dies wie ganz erstarrt, ohne Zeichen des Lebens angehört. Nun schlug er eine gellende Lache auf und sank in krampfhaften Verzuckungen in den Sessel zurück.

Der Wirt flößte ihm Glühwein ein und brachte ihn dadurch zu sich selbst. »Unseres Bleibens ist länger nicht hier«, sprachen die Gäste und schlichen davon.

Indem Herr Mathias den Fremden vorüberging, legte er ihm die Hand auf die Achsel und sprach sehr ernst und feierlich: »Ihr seid Solfaterra. Was wollt Ihr hier? Noch haben die Nürnberger Euch nicht vergessen.«

Zweites Kapitel

Die Sonnenglut des Tages war verdampft, der Abendwind hatte sich hinter den Bergen aufgemacht und jagte die goldenen Wölkchen empor, die die sinkende Sonne wie glänzende Trabanten umfangen sollten. Baum und Gebüsch rührte sich froh in der Frische der Abendkühlung; in dem schönsten glänzendsten Schmuck des Abendgoldes stand die Hallerwiese, dies kleine Paradies der schönen Stadt Nürnberg. Bunte, duftende Blumenmatten von anmutig daherplätscherndem Gewässer durchschnitten, Gebüsch, bald leuchtend hervorschimmernd, bald im sanften Nachtschatten zurückweichend, ringsumher dazu das melodische Trillern der Sangvögel, die hier kein feindlicher Sinn in ihrer Heimat stören darf. – In der Tat, der würdige Sänger hatte recht, welcher diesen mit allen Reizen der Natur geschmückten Platz mit dem Tempe verglich, von dem die alten Fabeln so viel Herrliches zu erzählen wissen.

Die Glocken der letzten Sonntagsandacht hatten ausgeläutet, und man sah, wie nun alt und jung in Festtagskleidern nach der Hallerwiese zog, die bald sich zum Tummelplatz der mannigfachsten Vergnügungen gestaltet hatte. Hier wetteiferten Jünglinge in allerlei Leibesübungen und boten das anmutige Schauspiel der Stärke und Geschicklichkeit dar, die dem lebenskräftigsten Alter eigen. Dort zogen Sänger mit Zithern in den Händen daher und sangen lustig anzuhörende Märlein vom Könige Artus und dem weisen Merlin, der noch bis zur jetzigen Stunde in der Eiche sitzt, wo seine Liebe ihn hinvexiert hat, und sein kläglich Stimmchen hören läßt.

Dazwischen sprang auch wohl ein buntscheckichter Schalksnarr und sang unter tollen Grimassen und Gebärden von dem Kardinal Pankratius, der ein großes Maul hatte, und da das Maul verbrannt und begraben war, schlug ein großes Feuer aus der Erde, und der Schmeck kam heraus. Und der Schmeck ist verschieden geworden, als da sind: der Rosmarinschmeck, der Jasminschmeck, der Nelkenschmeck, der Rosenschmeck und tausend andere; und die Weibsleute tragen ihn in den Händen, wenn sie Sonntags spazieren gehen. Aber was ist der beste Schmeck? Ei a!

> »O Braut, die Lippen triefen dir
> von Honigseime für und für,
> die Zung' ist Milch und Honigsüße:
> die Kleider haben den Geschmack,
> den Libanus nicht geben mag,
> auch wenn er alle Kraft anbliese.«

So sang also dieser oder jener Schalksnarr, indem ein anderer ihn auf einer mißtönenden Pfeife und halb zerschlagenen Trommel begleitete.

Doch das war etwas fürs Volk, welches den Narren laut jubelnd nachströmte.

Hier auf dem weichen blumichten Wasen bei dem vom Abendwinde bewegten flüsternden Gebüsch eröffnete sich ein edleres Schauspiel. Jünglinge, Jungfrauen hatten sich züchtig bei den Händen gefaßt und tanzten nach dem anmutigen vollen Klang der Theorben, Harfen und Flöten in künstlich verschlungenen Reihen. In der Ferne sah man Väter und Mütter gelagert, der Jugend mit Wohlgefallen zuschauen, und jede Mutter sprach zur andern von ihrer süßen Hoffnung. Ratsherren schritten bedächtig durch die Gänge, freuten sich des Wohlseins ihrer Bürger und berieten auch hier, wie das Wohl der Stadt zu fördern. –

Auf einem anmutigen Platze neben einem geschwätzigen Springbach hatte sich ein Trupp Jünglinge zusammengefunden, die, von den Leibesübungen Ruhe schöpfend, sich in allerlei scherzhaften Gesprächen zu ergötzen schienen. Dieser Trupp war in der Tat eine Auswahl der Nürnberger Jugend. Denn jeder von diesen Jünglingen hätte dem Maler zum Modell des reinsten Ebenmaßes in dem vollkräftigen Körper des Jünglings dienen können. Sie waren meistens nach italischer Weise in kurzen Mänteln, Wams mit weiten geschlitzten Ärmeln und größern als gewöhnlichen ausgeschlitzten Baretts, auf denen ein ganzer Wald wogender Federn wogte, gekleidet, und diese Tracht war eben dazu geeignet, die Kraft und Schönheit ihres Wuchses ins Licht zu stellen.

Doch unter allen übrigen ragte wie ein Fürst unter seinen Vasallen in edler Hoheit und Grazie ein Jüngling empor, der mit seinen strahlenden Augen so keck und kühn in die Welt hinausschaute, als ob alles sein und er der Gebieter. Es begab sich, daß dieser Jüngling mit einem andern in einen Wortwechsel geriet, der immer heftiger und heftiger wurde. Plötzlich, ganz entstellt von Zorn und wilder Wut, mit einem dumpfen Schrei stürzte der schöne Jüngling auf seinen Gegner los. Dieser, durch den jähen Angriff nicht außer Fassung gebracht, wußte die Kraft dieses jähen Angriffs geschickt zu brechen und auch seinen Gegner mit Vorteil zu fassen.

Sie rangen, gleiche Stärke und Gewandtheit begegneten sich, und nur eine augenblickliche Schwäche dieses oder jenes Teils konnte den Kampf entscheiden, der um desto hartnäckiger und bedrohlicher für die Zuschauer, aber auch um desto herrlicher war.

Endlich überwältigte der schöne Jüngling seinen Gegner, warf ihn mit Riesenkraft zu Boden, zog ein italisches Messer, das in einer zierlichen

Scheide am Gürtel gehangen, und war im Begriff, es seinem Gegner in die Brust zu stoßen, als alle umstehende Jünglinge, eines solchen Trauerspiels nicht gewärtig, hinzusprangen, sich zwischen die Jünglinge warfen und den Überwältigten ohnmächtig wegtrugen.

Dieser Jüngling war aber Melchior Holzschuer geheißen und der Sohn eines der ersten Patrizier. Der schöne Jüngling stand noch immer da in drohender Stellung, das Messer hoch emporgehoben, mit zornsprühenden Augen und krampfhaft zusammengedrückter Stirn. Unter andern Umständen hätte sich wohl die Gestalt des Jünglings, so kräftig und heldenmäßig war sie anzusehen, dem Erzengel vergleichen lassen, wie er im Begriff steht, dem sich krümmenden Erbfeinde den Todesstreich zu versetzen.

In dem Augenblick eilte auch ein Ratsherr mit der zahlreichen Stadtwache herbei. Sowie er den schönen Jüngling mit dem Mordmesser in der Hand erblickte, erblaßte er vor Schreck und rief: »Raphael, Raphael, schon wieder seid Ihr es, der Meuterei anfängt; schon wieder stört Ihr die Freuden Eurer Mitbürger. Was soll ich mit Euch machen? Fort, nach der Wache.«

Da erst schien der Jüngling zu sich selbst zu kommen. »O Gott!« rief er, »o Gott! mein würdigster Herr. Der Schimpf war zu groß, zu entsetzlich, hier auf dieser Stelle, hier öffentlich unter dem Volke hat er mich geschimpft; – ich kann's nicht wiederholen das Wort – – Bastard.« Der Jüngling stieß ein Geheul aus, indem er sich beide Fäuste vors Gesicht drückte.

Die andern Jünglinge traten beschwichtigend auf den Ratsherrn zu und versicherten, daß der übermütige Patrizierssohn den jungen Maler wirklich ohne alle sonderliche Veranlassung auf die gerügte entsetzliche Weise beschimpft habe, so daß dieser wohl in Wut geraten und ihm zu Leibe gehen können. Ein Tränenstrom stürzte aus Raphaels Augen – er warf sich jedem der Jünglinge an die Brust und fragte schluchzend, ob er denn solch ein Mordgeselle sei, ob er denn überall Meuterei anfange, ob er nicht alle liebe, ob er nicht manches übereilte Wort einstecke, ob ihn nicht der böse Mensch aus der hellsten Fröhlichkeit zur höchsten Wut gereizt – darauf ließ er sich auf ein Knie vor dem Ratsherrn nieder, faßte seine Hand und benetzte sie mit Tränen, indem er sprach: »O mein würdiger Herr, gedenkt Eurer Mutter und sagt: was hättet Ihr getan in meiner Stelle?« –

»Weil«, sprach der Ratsherr, »weil alle darin übereinstimmen, daß Ihr wirklich ohne Veranlassung auf die von Euch erzählte harte Weise angegriffen worden seid; vorzüglich aber aus Ehrfurcht gegen Euren Pflegevater, den großen Albrecht Dürer, will ich den Vorfall für heute nicht weiter rügen; doch müßt Ihr mir Eure Mordwaffe aushändigen; gebt mir Euer Messer her.« Da ergriff der Jüngling das Messer, drückte es heftig an seine Brust und sprach im Ton der innigsten Wehmut: »O mein würdigster Herr, Ihr greift mir an das Herz, wenn Ihr das von mir verlangt; ein besonderes Gelübde, das ich mir selbst getan, zwingt mich, dieses Messer nie von meiner Seite zu lassen. Seid barmherzig, würdigster Herr, fragt mich nicht mehr.« –

»Ihr seid«, erwiderte der Ratsherr lächelnd, »Ihr seid ein wunderlicher Mensch, Raphael; doch habt Ihr etwas in Eurem ganzen Wesen, welches bewirkt, daß man Euch nicht so leicht etwas abschlägt. Aber steht hier nicht so müßig, ihr lieben Jünglinge, seid ihr der Leibesübungen satt, so mischt euch dort in jene fröhliche Haufen, welche sich ergötzen durch Gesang und Tanz. Reizen euch denn nicht die schönen Jungfrauen, die dort reihenweise daherziehen?«

Da geriet Raphael plötzlich in Begeisterung; er warf den Blick in die Höhe und sang mit gar heller anmutiger Stimme in der stumpfen Schoßweis Hans Müllers:

>»Es steht am Firmament
> nur eine Sonnen, die brennt
> ins wunde Herz.
> Ein Schmerz,
> Ein Lieben nur,
> Ein Hoffen, Sehnen, Sterben,
> Ein Liebesfirmament,
> Ein Liebesfeuer brennt.
> O Königin!
> mein Sinn
> in dir nur lebt.
> Gibt's noch ein anderes Leben?
> Die Sonn' am Firmament,
> die Liebesglut, die brennt,
> sie gönnt
> mir tausend süße Schmerzen!

O selig Feu'r, das brennt,
Des Himmels Lust mir gönnt!
Spring auf, o Brust,
in Lust!
Entströme Glut dem Herzen.«

»Er ist in Liebe«, sprach einer von den Jünglingen zu dem Ratsherrn leise, »und wenn ich nicht irre, liebt er Mathilde, die schöne Tochter unseres würdigen Patriziers Harsdorfer.« – »Nun«, erwiderte der Ratsherr lächelnd, »das Lied war wenigstens ebenso wild und toll als die Liebe selbst.«

Doch, o Himmel! in diesem Augenblick kam der Patrizier Harsdorfer einen Baumgang hinaufgeschritten, geradezu nach dem Rasenplatz hin, wo sich die Jünglinge befanden, an seiner Seite seine Tochter Mathilde, schön und anmutig wie ein junger Frühlingstag. Sie war sehr zierlich in ein knappes Gewand mit langen, weiten, bauschichten, vielfach geknüpften Ärmeln gekleidet. Der hoch hinaufgehende Kragen ließ nur die Form des schönsten Busens ahnen, und ein breites Barett, mit vielen Federn ringsumher geschmückt, vollendete den Reiz der italischer Sitte sich nähernden Tracht. Als sie sich den Jünglingen näherte, ließ sie, in jungfräulicher Scheu errötend, den Vorhang der seidenen Wimpern über die leuchtenden Himmelsaugen fallen. Doch nur zu gut hatte sie den erblickt, der in ihrem Herzen lebte.

Ganz außer sich, von Liebeswahnsinn ergriffen, stürzte Raphael aus dem Kreise der Jünglinge, stellte sich vor Mathilden und sang:

»So kommst du her,
Schönst' der Jungfrauen?
Darf ich dich schauen?
Wunderbares Bangen
hält die Brust befangen.
Schweigt, Abendwinde, Stimmen des Waldes!
Wohllaut ist ihr Gang,
ihr Atem süßer Gesang,
alles huld'ge ihr
im Lustrevier.
Will sie zu euch sich neigen,
seht den Himmel niedersteigen.

Ha, Königin der Jungfrauen,
soll'n sterben wir in Wonnen?
In Wellen sprudelst, Liebesbronnen!
O Schmerzen! O Lust!
zerspaltet die Brust!
Ach, dem kein Stern mehr brennet,
dem ist die Ruh' gegönnet.«

Als er den Gesang vollendet, ließ er sich vor Mathilden auf ein Knie nieder und bat um den schönen Blumenstrauß, den sie in der Hand trug, und den sie ihm als Sängerpreis nicht verweigern konnte.

Er nahm ihn, sich erhebend, drückte ihn an die Brust, netzte ihn mit Tränen und verteilte dann einige grüne Blätter davon an seine Gefährten, die jubelnd ihre Baretts damit schmückten.

Man kann denken, daß das ganze Beginnen Raphaels ein herrliches Bild herbeiführte. So kam es, daß Personen jeden Standes einen Kreis geschlossen hatten und sich an dem anmutigen Schauspiel ergötzten.

Selbst die strengsten Meistersänger, welche dem Raphael vorwarfen, daß er sich zu italischer Singerei hinneige, erstaunten über die Stärke und Annehmlichkeit des hellen Brusttons, mit dem Raphael sang; und ein paar gar Gelahrte stritten nur darüber, ob Raphael sich in seinem Gesange mehr an die grüne Lilienweis oder mehr an des Orphei sehnliche Klageweis gehalten.

So lieblich, so hineinpassend in die Vergnügungen auf der Hallerwiese, so die Schranken der höchsten Ehrbarkeit beachtend nur aber auch die der schönen Mathilde dargebrachte Huldigung sein mochte, so mußte sich doch die zarte, züchtige Jungfrau dadurch schmerzhaft berührt fühlen, weil einer seine Liebe zu ihr auf viel zu ausschweifende Weise vor aller Welt ausgesprochen. Sie war ganz zerknirschte Scham, keines Wortes mächtig.

Es hatten sich indessen mehrere Freunde um den edlen Patrizier Herrn Harsdorfer versammelt, und es gelang ihm, sich ohne Geräusch ganz in der Stille mit seiner Tochter im Volk zu verlieren.

Raphael befand sich in der überseligsten Stimmung, und wie es in dieser Stimmung zu geschehen pflegt, sein Mut schwoll bis zum Übermut. Die Jünglinge beschlossen unter seiner Anführung noch einen Streifzug durch die ganze Hallerwiese zu unternehmen. Hier auf diesem Streifzuge war es, wo ihm eine der abenteuerlichsten Gestalten aufstieß. Ein alter, großer mißgestalteter Mann, in gestreifter buntscheckichter Kleidung, auf dem Barett drei hohe Pfauenfedern, ein ungeheures Schwert an der Seite, das er nur mit Mühe fortschleppte. Der ganze Kerl schien aus Justus Amann Kriegszug gesprungen zu sein.

Erfährt der geneigte Leser, daß Meister Thomas, der Wirt zum »Weißen Lamm«, diesen wunderlichen Menschen begleitete, so hat es keinen Zweifel, daß der gestreifte Kriegsmann niemand anders war als der Unbekannte, den der Magister Mathias mit dem Namen Solfaterra anredete.

Die Jünglinge erwählten alsbald den Unbekannten zu ihrem obersten Kriegsfeldhauptmann und ordneten einen Kriegszug an, der in der Tat lächerlich genug sich ausnahm.

Voran schritten einige Jünglinge, die die Feldmusik auf mißtönende Weise nachahmten, alsdann kamen zwei, die das ungeheure Schwert des Hauptmanns trugen; ihnen folgte einer, der auf den Händen das Federbarett emporhielt, und ihm zur Seite schritten zwei sehr feierlich, von denen jeder einen Handschuh des Hauptmanns, und scheinbar mit der angestrengtesten Mühe, trug. Nun führten zwei an den Armen den erwählten Hauptmann selbst; der wollte alles mit den Blicken vergiften, fluchte, tobte, knirschtc mit den Zähnen, aber er befand sich in der Gewalt der Jünglinge, und je mehr er sich toll gebärdete, zu desto abenteuerlicheren Grimassen wußten ihn seine Führer zu zwingen. Vorzüglich verstand Raphael sich darauf, den Hauptmann in beständigem Atem zu erhalten, so daß er's war, dem der Unbekannte den größten Tort verdankte.

So bewegte sich der Zug langsam fort, als plötzlich Albrecht Dürer vor Raphael stand. –

Es ist nötig zu sagen, daß Albrecht Dürer sich ebenfalls mit seinem Weibe und dem Herrn Doktor Mathias auf der Hallerwiese ein weniges ergehen wollte. Doch geschah es wie immer; es gesellten sich so viele edle Freunde zu ihm, daß seine Umgebung oder vielmehr sein Gefolge bald einen Festzug zu bilden schien. Heute kam noch dazu, daß viele Fürsten und Herren, die sich gerade in Nürnberg befanden, ebenfalls nicht verschmähet hatten, mit einer zahlreichen, glänzend gekleideten Dienerschaft die Hallerwiese zu besuchen. Wohl war es Dürer, der sie dazu bewog; denn ihn umgaben sie, huldigend seiner Kunst nicht allein, sondern auch seiner anmutigen Beredsamkeit, dem harmonischen Wohllaut seines ganzen Wesens. –

706

Dürers Antlitz war kräftig und voll Ausdruck eines erhabenen Sinnes.
Die Züge drückten sich indessen zu markicht aus, um nicht ein gewisses
Gleichgewicht der Bildung aufzuheben, wodurch ein Antlitz schön wird.
Den tiefsinnigen Künstler zeigte der begeisterte Blick, der oft unter den
buschichten, scharf zusammengezogenen Augenbrauen hervorstrahlte,
den liebenswürdigen Menschen ein unaussprechlich anmutiges Lächeln,
zu dem sich seine Lippen verzogen, wenn er sprach. Viele wollten unter
Dürers Augen einen gewissen krankhaften Zug bemerken, sowie aus der
nicht ganz natürlichen Färbung der Wangen auf die besorgliche Andeutung eines innern geheimen Übels schließen. Man findet diese Färbung
zuweilen auf Dürers Bildern, vorzüglich bei Klostergestalten, mit vieler
Wirkung angebracht, und dieses zeigt, daß Dürer sein eignes Kolorit
nicht verkannte.

Dürer verschmähte nicht, sich zierlich zu kleiden und so seinem
wohlgebauten Körper, dessen einzelne Glieder ihm oft selbst zum Modell
dienten, sein Recht anzutun. Seine ganze Gestalt war heute an dem
schönen Sonntage besonders herrlich anzusehen. Er trug ein gewöhnliches
Überkleid von schwarzer Lyoner Seide. Der Kragen und die Ärmel mit
gerissenem Samt von derselben Farbe in zierlichem Muster besetzt. Das
auf der Brust weit ausgeschnittene Wams war von buntem venetianischen
Goldstoffe. Das bauschichte, vielfaltige Beinkleid reichte nur bis an das
Knie. Übrigens trug Dürer zu diesem Festanzuge, wie es Sitte war,
weißseidene Strümpfe, große Bandschleifen auf den Schuhen und ein
Barett, das nur das halbe Haupt bedeckte und nur mit einer kleinen
krausen Feder und einem prächtigen Edelstein, einer Verehrung des
Kaisers, geschmückt war.

So trat also Dürer plötzlich seinem Pflegesohn entgegen, indem er mit
strenger Stimme sprach: »Raphael, Raphael! welchen Unfug treibst du;
spiel' nicht vor diesen edlen Fürsten und Herren den Schalksnarren.«

In dem Augenblick trafen Solfaterras und Dürers Blicke zusammen
wie funkelnde Schwerter. Solfaterra sprach mit seltsamem Ton: »Der
Prunknarr macht mich auch noch nicht tot«, und stolperte fort durchs
Gedränge. Dürer schien sich von einer tiefen Bewegung erholen zu
müssen, dann wandte er sich zu seiner Umgebung mit den Worten, die
den bebenden Lippen mühsam entflohen: »Laßt uns von hinnen gehn,
ihr edlen Herren!«

Mag der geneigte Leser es sich gefallen lassen, in das Haus des edlen Patriziers Harsdorfer und zwar in das kleine Zimmer mit dem gotischen Erker geführt zu werden, in dem sich die Alten aufzuhalten pflegten, wenn sie aufgestanden und sich angekleidet hatten.

Beide, Harsdorfer und seine Frau, traten sich nicht, wie sonst, froh und freudig entgegen; vielmehr zeugte die Blässe ihres Antlitzes von der tiefen Bekümmernis, die in ihrem Herzen nagte. Schweigend boten sie sich den Morgengruß, dann ließen sie sich in die schwerfälligen, mit reichem Schnitzwerk verzierten Lehnsessel nieder, die an einem solchen Tische standen, über dem ein reicher grüner Teppich ausgebreitet lag. Frau Emerentia hatte die Hände auf dem Schoß gefaltet und sah in tiefer Bekümmernis vor sich nieder. Herr Harsdorfer schaute, den Arm auf den Tisch gestützt, durch das Erkerfenster in den leeren Himmelsraum.

So hatten die Alten eine Weile gesessen, als Herr Harsdorfer endlich leise sprach: »Emerentia, warum sind wir so traurig?«

»Ach«, erwiderte Frau Emerentia, indem sie die Tränen, die ihr in die Augen traten, nicht mehr zurückhalten konnte, »ach! Melchior, ich habe dich die ganze Nacht hindurch seufzen und leise beten gehört und mit dir geseufzt und gebetet. Unsre arme Tochter Mathilde.«

»Sie ist«, sprach Harsdorfer mit mehr wehmütigem als strengem Ton, »sie ist von einer heftigen, verderblichen Leidenschaft befangen worden, die wie ein böses Gift an ihrem Innern zehrt. Mag mich die Gnade des Himmels erleuchten und mir Mittel an die Hand geben, das arme Kind dem Verderben zu entreißen, ohne es selbst zu verderben. Du weißt, Emerentia, mir stünde allenfalls die Gewalt zu Gebote; ich könnte den unbesonnenen Jüngling fortschaffen. Ich könnte –«

»Um Gott«, fiel die Frau ihm in die Rede, »Melchior, du bist alles dessen nicht fähig; denke an Dürer, denke an Mathilde, deren Herz du zerfleischest; und sage selbst, Melchior, ob das arme liebe Kind nicht zu entschuldigen. Als ein unglücklicher Zufall den Jüngling in unser Haus führte, war er nicht die Liebenswürdigkeit selbst? Welche Sanftmut im Betragen, welche Zartheit in dem Beachten aller der kleinen Aufmerksamkeiten, die das jungfräuliche Herz nur zu leicht bestricken. Raphael ist in jeder Hinsicht ein außerordentlicher Mensch, und darf er an Kraft und Schönheit dem Erzengel verglichen werden, so verdient sein auserlesener Verstand und sein hoher vortrefflicher Geist in einem solchen schönen Hause zu wohnen. Wahr ist's, sein wildes, ungezähmtes Temperament reißt ihn zu tollen, übermütigen Streichen hin. Aber hast du,

Vater, jemals von einer wirklich nur schlimmen Tat vernommen, die Raphael verübt haben soll? Vielleicht ist doch Raphael ein guter Mensch.« –

»In der Tat«, nahm Harsdorfer das Wort, indem er sanft lächelte, »in der Tat, du verteidigst den wilden Raphael mit so vieler weiblicher Geschicklichkeit, daß es nur not täte, ihm unsere Mathilde in die Arme zu werfen.«

»Mitnichten«, erwiderte Frau Emerentia, »mit Schrecken denke ich daran, daß es möglich sein sollte, die Tochter dem ausgelassenen Jüngling aufzuopfern. Raphaels Temperament gleicht einem klaren Bach, der zwischen anmutigen Wiesenflecken dahinplätschert und vorbeifließend jede Blume liebkoset. Doch peitscht ihn der wilde Sturm, so brausen seine Wellen hoch empor; er wird zum wilden Waldstrom, reißt alles schonungslos mit sich fort und schont selbst der geliebten Blumen nicht.«

»Ei«, sprach Herr Harsdorfer mit etwas spitzem Ton, »das ganze schöne Gleichnis, das jedem Meistersänger Ehre machen würde, hast du wohl dem Herrn Doktor Mathias Salmasius zu verdanken.«

»O!« sprach Frau Emerentia weiter, »o glaube, Vater, daß auch eine einfache Matrone, ist sie Mutter, in diesem Gefühl außer sich selbst hinausschreiten und ein anderes Wesen werden kann. Laß es mich dir mit einem andern Gleichnis sagen, daß Mathildens stille Sanftmut nur wie eine dünne Eisdecke über einer stets zehrenden Feuerglut liegt, die jeden Augenblick brechen kann. Die größte Gefahr führt Mathildens grenzenlose Liebe herbei. Doch eine leise Hoffnung ist mir gestern bei dem ärgerlichen Vorfall auf der Hallerwiese aufgegangen. Zum erstenmal mußte Mathilde Raphaels wildes, bedrohliches Wesen erkennen; ja, ihre züchtige Jungfräulichkeit wurde dadurch unmittelbar schmerzlich berührt. Ein einziges unbesonnenes, selbst bewußtloses Beginnen des Mannes, wodurch die Geliebte verletzt wird, ist ein Fleck am sonnenhellen Himmel der Liebe, der selten wieder verschwindet.

Doch sage, Vater, was tun, was beginnen?« –

»Ernste väterliche Ermahnungen«, sprach Herr Harsdorfer, »sind vorderhand der einzige Damm, den ich diesem reißenden Strom entgegensetzen kann; und wie lange wird's dauern, bis die glühende Leidenschaft wenigstens sich so weit abgekühlt hat, daß der Sinn nur im mindesten der Vernunft sich hinneigt. Doch mich dünkt, ich höre unser liebes Kind mit unserm Morgenimbiß die Treppe heraufschreiten. Sie wird auf unserm kummervollen Gesichte lesen, welche tiefe Sorge sie uns verursacht.«

In der Tat öffnete sich die Türe, und herein trat das liebe Kind mit einem silbernen, sauber gearbeiteten Teller, auf dem zwei hohe mit edlem Wein gefüllte Gläser standen. Auf einem kleinern Teller lag etwas Backwerk, das so frisch und appetitlich aussah, wie man es in Nürnberg nicht anders findet.

Die Totenblässe des Antlitzes, die verweinten Augen zeugten hinlänglich von dem bittern Kampf in Mathildens Innern. Doch war ihr ganzes Wesen gefaßt, und nur mit mehr Rührung bot sie den lieben Eltern den Morgengruß, indem sie ihre Hände küßte. Der alte Harsdorfer, Mathilden im höchsten jugendlichen Liebreiz vor ihm stehen, mit hängendem Köpfchen, wie ein krankes Täublein die Arme hinunterhängen, mit beiden Händen ein Schnupftuch zusammendrücken sehend, schien in der Tat verlegen, wie er seine Rede beginnen sollte.

»Nun«, sprach er mit bitterm Ernst, »nun weiß man doch in dem guten Nürnberg, wen der wilde Raphael zu seiner Liebsten erkoren. Sollen bald die Brautjungfern den Kranz flechten?« – »Ach, Vater!« erwiderte Mathilde, »verletzt nicht noch dies wunde, blutende Herz durch bittere Reden, die wie scharfe Stacheln nur zu tief eindringen. Der gestrige Auftritt hat mein ganzes inneres Wesen empört, alle jungfräuliche Scham mir aufgeregt. Es ist, als könne ich mein Zimmer nicht mehr verlassen, nicht mehr über die Straße gehn, als müßte ich mich im tiefsten Winkel verbergen, um nur nicht den höhnenden Spott auf den Gesichtern der Jungfrauen und Frauen zu sehen. Aber, Vater, warum mir die Vorwürfe, bin ich denn schuld an der Verirrung des Jünglings?«

»Mathilde«, sprach Herr Harsdorfer weiter, »der roheste, in Liebe befangene Jüngling wird es kaum wagen, wenigstens unter solchen Umständen, wie sie sich gestern auf der Hallerwiese gestalteten, einer Jungfrau auf die Art in den Weg zu treten, wenn er in ihrem Betragen nicht irgendeinen Anlaß, irgendeine Entschuldigung fand. Mathilde, du bist in Liebe zu dem unbesonnenen Jüngling, und nur zu leichtsinnig wirst du ihm schon längst die innere Stimmung verraten haben.«

»O Gott!« rief Mathilde schluchzend, indem sie die schönen Augen, die voller Tränen standen, gen Himmel erhob, wie eine zu der ewigen Macht des Himmels flehende Heilige. »Armes Kind«, lispelte Frau Emerentia für sich, indem sie etwas Wein zu sich nahm, in den ihre Tränen tröpfelten. Herr Harsdorfer, als ein fester Mann seine Fassung erhaltend, sprach nun mit mildem Ernst und einem Ton, dessen halbunterdrückte Wehmut die höchste Zärtlichkeit für das liebe Kind sowie den unsäglichen Schmerz aussprach, den er in diesem Augenblick erlitt:

»Mein teures geliebtes Kind Mathilde, sehr würdest du irren, wenn du glauben solltest, daß deine so schnell erglühte Liebe zu dem wilden Raphael mich in Zorn versetzt hat. Raphael ist ein geistreicher Mensch, dessen Kunsttalent groß und ungewöhnlich zu nennen. Schon jetzt setzen seine Skizzen jedermann in Erstaunen, und Dürers Ausspruch, daß der Jüngling auf jeden Fall ein großer, vielleicht der größte Maler seines Zeitalters werden würde, kann und wird sich bewähren. Du kennst mich, mein teures Kind, und weißt daher, daß dies Talent das schönste Adelsdiplom ist, womit ich meinen Eidam bekleidet wünsche; bürgerliche Verhältnisse würden also deiner Liebe niemals ein Hindernis sein. Doch hier handelt es sich von etwas Wichtigerem.

Mathilde, du stehst an einem Abgrunde, ohne es zu ahnen. Der arglistige Verführer der Menschen selbst streckt seine Krallen nach dir aus und sucht dich zu verderben. Mathilde, sammle deinen Sinn und gib väterlichen Ermahnungen Gehör, die dich auf den rechten Weg zurückbringen werden. So wie Raphael sich dir bis jetzt in der Ferne und – vielleicht auch näher –« Die letzten Worte sprach Herr Harsdorfer mit Nachdruck, indem er einen scharfen Blick auf Mathilden heftete, so daß Mathilde, ganz Purpur, die Augen niederschlug, das Sacktuch wacker zwischen den kleinen Händchen zerknillte.

»Also«, fuhr Herr Harsdorfer, der einen Augenblick innegehalten, ernster und strenger fort, »also und auch näher zeigte – konntest du unmöglich jene bedrohlichen Untiefen seines Wesens gewahren, die den gewissen Untergang jedem Weibe bereiten, das sich ihm ergibt, und ihn selbst zuletzt verderben werden. Seine Leidenschaftlichkeit überschreitet alle Grenzen der Vernunft, sein Jähzorn scheut kein Verbrechen. – Wollt’ er nicht noch gestern den Freund meuchlings ermorden, und lag es an ihm, daß der Mord nicht wirklich geschah?«

»Bastard schimpfte ihn der Ruchlose mitten unter allem Volk.« Diese Worte schob Mathilde ganz leise dazwischen.

»Aber«, sprach Herr Harsdorfer weiter, indem er tat, als habe er Mathildens Worte gar nicht vernommen, »aber an dir selbst hat nun sein bedrohliches Wesen sich offenbart. Du siehst die Gefahr ein, der du leichtsinnig dich hinopfern willst. In den Fabeln wird erzählt, daß Untiere in glänzendem Gefieder mit reizender Sirenenstimme den Menschen so verlocken, daß er [ihnen] als ihr Eigen an die Brust fällt, um ihn dann desto gewisser ohne Widerstand zu verschlingen; so ist's mit Raphael.

Doch, mein liebes Kind, der erste große Schritt ist geschehn; unverzeihlich hat sich Raphael gegen dich benommen, und hierin findest du den ersten und fürnehmsten Grund, deine Leidenschaft zu bekämpfen. Du bist ein tugendhaftes, frommzüchtiges Kind, und so wird dir der Sieg leicht werden. Ja, mein liebes teures Kind, du hast recht, nicht verzeihen magst, kannst du dem wilden Jüngling, was er tat.«

»O Gott!« rief Mathilde, »ich habe ihm ja längst verziehen.«

Herr Harsdorfer erschrak über diesen ihm allein unerwarteten Ausbruch Mathildens dermaßen, daß er das Glas Wein, welches schon seine Lippen berührten, wieder absetzte. Frau Emerentia schaute ihn aber an mit einem Blick, welcher deutlich sprach: »Hättest du wohl etwas anders ahnen können?«

Ohne der Eltern Rede weiter abzuwarten, begann Mathilde mit steigender Leidenschaft: »O Gott, liebe Eltern, was mein Raphael getan, die Engel im Himmel werden ihn rein erscheinen lassen; denn nur durch schwarzen Flor blickt wie ein prachtvoller Stern sein edles, herrliches Gemüt.

Als der übermütige Holzschuer ihn bis auf den Tod beleidigte – ihr müßt wissen, meine teure Eltern, daß der Mensch, der meinen Raphael um alles beneidet, ihm den Vorwurf macht, nicht auf rechtmäßige Weise geboren zu sein, weil seine Eltern nur durch die katholische Kirche vereinigt sind. Freilich, als er ihn nun überwältigt, als er das Mordmesser zog – o! das böse, böse Messer – wie oft habe ich – –« Mathilde stockte und drückte mit beiden Händen das Taschentuch vors Gesicht, indem sie vor zurückgehaltenen Tränen ersticken zu wollen schien.

Herr Harsdorfer sowohl als Frau Emerentia ließen das Kind gewähren, indem sie einen Ausbruch der bittersten Reue und Zerknirschung erwarteten. Herr Harsdorfer glaubte diesem Ausbruch der Reue einen leichten Durchgang verschaffen zu müssen vermöge ruhiger, bedächtiger Worte.

»Im«, sprach er, »im steten Andenken an Raphaels durchaus ärgerliches Beginnen auf der Hallerwiese wird er, indem du ihn nicht wieder siehst, dir immer gleichgültiger werden und zuletzt deine Liebe zu ihm erlöschen.«

»O Gott!« schrie Mathilde mehr, als sie sprach, »was sagt Ihr, Vater, was sagt Ihr, ich ihn nicht mehr lieben, ihn, in dem meine Seele lebt, der mein Alles, mein ganzes Dasein ist. Jeder Tropfen meines Herzbluts

quillt in seiner Brust – er ist der belebende Funke meines ganzen Wesens
– ohne ihn alles tot und starr – mit ihm alle Himmelsseligkeit und
Wonne. Und so lebe ich auch in meines Raphaels Brust. Ha! so geliebt
zu sein! – so geliebt zu sein! –

Als er mich auf der Hallerwiese erblickte – da loderten hell die Liebes-
funken, und von seinen Lippen strömte in himmlischer Begeisterung ein
Lied. – Ha, welch ein Lied! Die ältesten Meister nickten ihm Beifall zu
– allen schwoll die Brust beim Gesange meines Raphaels – und als er
nun den Preis des Sängers zu erwerben rang – o Gott! das Lied strömte
wie Feuer durch meine Adern – den Jünglingen pochte das Herz – und
die Jungfrauen – vergebens suchten sie es zu bergen, wie sie mich um
meine Liebe neideten – während der Mund sich zum spöttischen Lächeln
verzog, standen Tränen der Sehnsucht ihnen in den Augen – während
sie den Jüngling verdammten, fühlte jede selbst den Himmel an meiner
Stelle! Ihn lassen, ihn nicht mehr lieben, meinen Raphael, nein, nimmermehr – bis zum letzten Lebenshauch ist er mein! bleibt er mein! – mein!
– mein! – mein!«

»So gewahr’ ich denn«, sprach der alte Harsdorfer, indem er sich
zornig von seinem Sitze erhob, »so gewahr’ ich denn, daß der Geist des
Bösen, der sein Wesen treibt in des wilden Jünglings verderblichem Beginnen, schon Macht gewonnen über dich. Ha, entartetes Kind, hat jemals
das Blut in verderblicher Wollust gegärt in den Adern deiner Mutter,
die in den Jahren, wenn das Liebesfeuer am höchsten wallt, die Zucht
und spröde Jungfräulichkeit selbst war? Sind jemals Worte über ihre
Lippen gekommen, wie sie von den deinigen strömen? Doch gehe hin,
Verworfene, du hast keinen Vater mehr, geh hin, flieh mit ihm, denn
gewiß brütet ein solcher Anschlag der Hölle schon längst in dem Gehirn
des Bösewichts, der dir nachstellt; ende im Elend und tiefer Schmach.«

»Nein«, rief Frau Emerentia, die in Tränen ganz gebadet war, »nein,
Vater, das kann, das wird unser frommes Kind nicht; nur Verblendung
ist es. Doch nein, sie liebt wohl Raphael wirklich, aber kann sie darum
Vater und Mutter lassen?«

»Nimmermehr, lieber sterben«, schluchzte Mathilde.

Herr Harsdorfer sah in diesem Augenblick ein, daß er gegen Mathilde
zu hart gewesen, und der rührende Anblick der beiden, ganz schmerz-
aufgelösten Weiber gab diesem Gedanken noch das gehörige Gewicht.
Er hob Mathilden, die vor ihm niedergestürzt war, sanft in die Höhe,
strich ihr die niedergefallenen Locken von der Lilienstirn und sprach

sanft, beinahe wehmütig: »Fasse dich, mein liebes Kind, vielleicht ist es nur ein feindseliger Augenblick, der dich dich selbst verleugnen ließ.«

Mathilde, plötzlich ganz gefaßt, keine Tränen in den trocknen Augen, starrte den Herrn Harsdorfer an mit seltsamem Blick und fragte mit dumpfem Ton: »Habt Ihr mir, Vater, vielleicht eine böse Untat verschwiegen, die Raphael beging, so entdeckt sie mir jetzt; denn bei Gott, Vater, nichts habt Ihr vorbringen können, was meinen Raphael als einen verbrecherischen Menschen darstellen sollte, der meiner Liebe unwürdig.« – Herr Harsdorfer schien etwas betreten. »Geh«, sprach er endlich, »geh, mein liebes Kind, schiebe dir das kleine Taburett heran und nimm Platz zwischen deinen Eltern.«

Der geneigte Leser, der Sinn hat für die edle Malerkunst, dem sich aus einer Erzählung mannigfache Gruppen bilden, findet hier Gelegenheit, sich ein kleines, gar anmutiges Kabinettsstück vor Augen zu bringen. Denn anmutig darf es genannt werden, wie die bildhübsche schlankgewachsene Mathilde in der zierlichsten Morgenkleidung Platz genommen zwischen den beiden Alten, auf ihre Rede horchend. Auch darf nicht die gute Staffage der Polsterstühle, des Taburetts und des Tisches mit dem appetitlichen Morgenimbiß vergessen werden.

»Um dir«, begann nun der alte Harsdorfer, »um dir, mein liebes gutes Kind, klar vor Augen zu stellen, wie mein Vorurteil gegen Raphael auf eine Schlußfolge begründet ist, deren Untrüglichkeit die Welterfahrung längst bewährt hat, muß ich dir von Raphaels unglücklichem Vater, dem verworfenen Dietrich Irmshöfer, mehr erzählen.

So wie Dürers Vater war Irmshöfers Vater ebenfalls ein Goldschmied und beide Alten, wie man zu sagen pflegt, gute Kumpane. Beide Knaben sollten die Kunst der Väter erlernen. Bald aber erwachte in beiden ein entschiedener Hang zur Malerkunst, und es zeigte sich schon zu der Zeit Irmshöfers heftiger wilder Sinn, daß er nicht, wie Albrecht Dürer, in Nebenstunden seiner Neigung mit Liebe und Fleiß nachhing, sondern an einem guten Tage alles Handwerkszeug beiseite warf, zu seinem alten Vater lief und erklärte, er wolle sogleich in alle Welt gehen, wenn er ihn nicht augenblicklich zu einem Maler in die Lehre täte. Beide Knaben sollten sich nun nach Kolmar zum wackern Martin Schön begeben. Der war aber indessen gestorben, und beide Knaben kamen zum alten Wohlgemuth.

Hier war es nun, wo in beiden sich bald ein reicher Schacht der vorzüglichsten Gaben auftat. Die Arbeiten der Jünglinge erregten das Erstaunen des Meisters. Die gänzliche Verschiedenheit ihres ganzen Wesens trat aber auch schon jetzt entschiedener vor, und mit nicht geringem Kummer gewahrte der alte fromme Wohlgemuth, daß zwar Albrecht den Geist der Kunst mit jener frommen Liebe erfaßte, die in dem Innern der alten deutschen Meister lebt; Dietrich dagegen, von einem seltsamen Geist getrieben, nichts in der Malerei wollte als höchste, treueste Nachahmung der sinnlichen Erscheinung; so gaben doch insgemein die gewählten Gegenstände einen nicht geringen Anstoß, da sie der heidnischen Fabelwelt entnommen und den Makel weltlicher Lust, die nichts Höheres will als die Lust, an sich trugen.

Zu dem schalten die Meister noch die Unrichtigkeit der Zeichnung. Albrecht Dürers frommer Sinn beschäftigte sich mit Gegenständen der Religion, und sein hoher, alles überwiegender Geist – ein Talent, das zu der Zeit kaum auf Erden zu finden – offenbarte sich in einer Wahrheit des Ausdrucks, der Farbengebung, in einer Natürlichkeit der Stellungen, die alles hinreißen und seinen Bildern jene eigentümliche Anziehungskraft geben mußte, die tief in die Seele des Beschauers eindringt. Die Wahrheit des Ausdrucks erhob auch die Bildnisse der Bürgermeister oder anderer Personen, welche er abkonterfeite, zu Meisterstücken der Kunst, die die allgemeine Bewunderung erregten.

Wurde nun Albrecht Dürer hoch gepriesen und gelobt, so ging's dagegen seinem Kameraden Dietrich desto schlechter, an dessen Gemälden zuletzt nicht einmal das wirklich Lobenswürdige gelobt, sondern das Ganze mit dem Ausdruck ›Stümperarbeit‹ verworfen wurde.

Da entzündete sich in der Brust des Jünglings zum wütendsten Haß der Groll, der schon in des Knaben Busen gelegen, und jeder Tag, jede Stunde entwickelte eine Menge der durchdachtesten Bosheiten, die gegen Dürer gerichtet waren und oft nur zu sicher, nur zu verderblich trafen.

Erlaß es mir, mein Kind, dir die Reihe solcher Bosheiten aufzustellen. Das Gemälde, wie Bösewichter es anfangen, einem großen tugendhaften Mann zu schaden, würde dein reines Gemüt nur verletzen, und es bedarf dessen nicht.

Dürer bekämpfte den Haß seines Kameraden, so wie es in seiner schönen Seele lag, mit zuvorkommender Liebe und schien wirklich wieder etwas über das starre Gemüt zu gewinnen. Doch alles änderte sich, alle gute Aussicht ging verloren, als ein italienischer Maler, namens Solfaterra, mit einer ansehnlichen Sammlung italischer Gemälde nach Nürnberg kam.

Von diesem Augenblick war Dietrich wie vom Wahnsinn ergriffen; er sah und hörte nichts als italische Kunst; und üppige Bilder erfüllten seine Einbildungskraft. Doch noch Schlimmeres als dies.

Solfaterra war ein verworfener, allen bösen Lüsten, allen Verbrechen ergebener Mensch, und mit ihm ergab sich der unglückliche Dietrich dem Laster mit aller Wut, die in dem gärenden Blute kochte. Dabei teilte Solfaterra den Haß Dietrichs gegen Dürer schon darum, weil ein sündhaftes Gemüt Ärgernis nimmt an dem frommen Sinne, der Werke schafft, die aus dem Gemüte kommen und zum Gemüte strömen. Man sagt, Solfaterra habe dem jungen Albrecht nach dem Leben getrachtet.

Doch nun, Mathilde, meine herzliebe Tochter Mathilde, horche wohl auf, was die Stimme des Schicksals zu deinen Eltern, zu dir so warnend spricht, daß es sündlicher Frevel wäre, ihrer nicht zu achten.

Raphael ist seines Vaters treues Ebenbild. Ebenso wie dieser war jener mit allen geistigen und körperlichen Vorzügen des vollendetsten Jünglings geschmückt. Ebenso wie jener übt er die verführerische Kraft des Satans selbst über die Jungfrauen – ebenso wie du, unglückliche Mathilde, kam die schöne tugendhafte Rosa, des edeln Patriziers Im-Hof einzige Tochter, in flammende Liebe zu dem Verworfenen. Er verführte sie und verschwand mit ihr in dem Augenblick, als der Rat Bübereien und Mordverdachts halber ihn samt dem saubern Solfaterra zur Haft bringen lassen wollte, mit Schande und Schmach bedeckt.

Nach mehrerer Zeit stieß ein Nürnberger Kaufmann, der sich gerade in Neapel befand, auf ein Bettelweib, die lang ausgestreckt auf den Marmorstufen der Kirche des heiligen Januar lag, und der mühsam von einem bildschönen, fünf- bis sechsjährigen Knaben Klostersuppe eingeflößt wurde.

Das Bettelweib war ein Weib des tiefsten Jammers und Elends, und der Tod hatte bereits ihre Lippen gebleicht. Der Knabe sprach zur Verwunderung des Kaufmanns deutsch, und in wenigen Worten hatte er die Geschichte ihres Verderbens erfahren.

Der Vater, ein Maler, hatte Weib und Kind am fremden Orte hilflos verlassen. Bei der Frau kam alle Hilfe zu spät; sie verschied nach wenigen Augenblicken und wurde von den Klosterknechten weggebracht. Den Knaben nahm der Kaufmann mit nach Nürnberg. Der Maler, welcher Weib und Kind verlassen, war aber Dietrich Irmshöfer – das Bettelweib Rosa.« –«

Mit einem krampfhaften Schrei fuhr Mathilde von ihrem Taburett auf. In dem Augenblick ging indessen die Türe auf, und Herr Doktor Mathias Salmasius trat herein.

Das Gespräch wandte sich, und was nun verhandelt wurde, soll der geneigte Leser bald so viel erfahren, als es der Geschichte frommt.

Drittes Kapitel

In dem Gasthofe zum »Weißen Lamm« ging es unterdessen sehr lebhaft zu. War es, daß der einfallende Jahrmarkt zu Fürth die Leute niedrigerer Volksklasse zusammengetrieben, so hatte dagegen das langerwartete Ehrenfest des großen Dürer die Leute höhern Standes herbeigezogen.

Das Wetter hatte sich völlig aufgeklärt, und ein heiterer Himmel, dem die lustigen Morgenwinde jedes Wölkchen wie eine Träne weggetrocknet, lagerte sich über die sonnenhelle Gegend. Die Anmut der Witterung verfehlte keineswegs ihre Wirkung auf die Gemüter der Menschen, welche sich mit Freiheit und Lust bewegten. So kam es, daß die Gaststube des ehrenwerten Herrn Thomas schon am frühen Morgen von Gästen erfüllt war, welche Wein tranken, wie sie ihn eben erhielten, schlechten und guten, und dabei lärmten und jubilierten.

Herr Thomas hatte noch nie solchen zahlreichen Zuspruch gehabt. Er rief, indem er sich vor die Brust schlug: »O du allmächtiger Albrecht Dürer! dir habe ich das zu verdanken; du bist besser als der heilige Sebaldus, der bloß zerbrochene Bouteillen leimt.« Dazu tanzte er – konnte es unbemerkt geschehen – etwas auf einem Beine und krähte: »O Nürnberg, du edler Fleck!« prügelte auch erklecklicher als sonst mit der Katzenpeitsche den neuen Kellner, der sich niemals entschließen konnte, ob er den rechten Fuß zuerst vorsetzen sollte oder den linken, so lange, bis er in den Parforceschritt geriet und, dabei kläglich stürzend, mehr Bouteillen zerbrach als nötig.

»Nein!« rief in der Stube ein wohlgenährter Kärrner, ein frisches junges Blut, dem man die Lebenslust ansah (er pflegte hübsche kurze Waren feilzuhalten), »nein, mit Freuden verlier' ich zwei, auch wohl drei Laubtaler und fahre nicht nach Fürth und bleibe hier, um das Wunder zu sehen, das der alte Dürer schon wieder geschaffen, und wenn ich daheimkomme, dem Weibe zu erzählen, wie mich das so recht an Herz und Seele erlabt, was aus des alten fleißigen Herrn Werkstatt kommt. Nehme auch wohl ein Stücklein Kreide und zeichne auf den großen schwarzen

Tisch des Meisters Gebilde nach, so gut es meine rohe Faust vermag, und da kann sich das Weib alles so ziemlich versinnlichen, und darüber hat sie denn große Freude.«

»Ei«, begann ein schwarzgebrannter Geselle von Kärrner, »ei, nehmt, Kamerad, bei diesen dürren Zeiten den Verdienst von zwei, drei Laubtalern immer mit, der Euch entgehen würde, wenn Ihr nicht noch heute nach Fürth kommt, und schert Euch den Teufel um Dürers Fest. Macht's wie ich; ich gehe, sobald ich diesen Römer geleert, den der heilige Sebald mir gesegnen möge. Glaubt Ihr, törichter Mann, daß der Kaisersaal mit seinen Wundern, zumal wenn Dürers Gemälde ausgestellt ist, für Euch und Leute unseres Standes überhaupt geöffnet sein wird? Der Dürer ist ein vornehmer Mann geworden, der bloß für die hohen Fürsten und Potentaten malt und unsereins nicht mehr achtet. Bekämen wir nicht seine schönen Bilder in den Kirchen zu sehen, so würden wir gar nichts mehr von ihm wissen.«

»Ei«, sprach ein Nürnberger Bürger, hinzutretend, »ei, wie möget ihr doch so sprechen, ihr lieben Leute, wie möget ihr von uns Nürnberger Bürgern solch schlechte Meinung hegen, daß wir abgeartet, nicht freier Volkssitte treu bleiben sollen. Sowie die hohen Herrschaften den Kaisersaal verlassen und die Gänge nur ein wenig Luft erhalten, werden Türen und Tore für jedermann geöffnet, und der Geringste aus dem Volk kann sich an den Wundern, die sich ihm auftun, erlaben.

Und was unsern Dürer betrifft, so ist er ein Mann des Volks, aus dem er geboren, Hort und Heil der edlen Stadt Nürnberg – Stütze der Armen – Zuflucht der Bedrängten – Trost und tätige Hilfe jedem, der ihn bedarf – und viel lieber in den Kreisen des biedern bürgerlichen Standes, in dem Treuherzigkeit herrscht und freier unbefangener Sinn statt falscher Salbaderei und Knechterei ohne Ende, wie wohl solches Gift oftmals bei den Vornehmen herumschleicht. Vorzüglich hegt und pflegt er jedes aufkeimende Talent, er mag es finden, wo er will.«

Bei diesen Worten warf der Bürger dem Kärrner einen schlauen Blick zu, der Kreidezeichnung gedenkend. Dieser schlug aber die Augen nieder und lispelte: »O Gott! sollte etwas darin stecken?«

»Silentium!« schrie eine drohende Stimme, die keinem andern gehörte als dem tollen, halbbetrunkenen Drechslermeister Franz Weppering, über dem Tische herüber: »Silentium! und sollte ich ganz allein gegen euch Meisters meinen herrlichen Jungen, mein Herzblatt, meinen herzlieben Zuckermann, verteidigen, so tue ich es hiemit und fordere vorzüglich die Jugend auf, der das Herz am rechten Flecke sitzt, zu entscheiden, ob's recht war oder nicht, daß Raphael den übermütigen Melchior Holzschuer niederwarf, als er ihn Bastard schimpfte.«

»Wer mir«, sprach ein junger rüstiger Steinmetz mit funkelnden Augen, »wer mir an die Ehre kommt, kommt mir an das Leben, denn ohne Ehre kein Leben, und Leben gegen Leben.«

»Recht, recht, Friedrich hat recht«, so stürmten die Jünglinge tumultuarisch hinterher und schrien, indem sie die Gläser klingen ließen: »Hoch lebe Vater Dürers herrlicher Pflegesohn Raphael, denn sein ist er ganz und gar.«

»Verachtet die Stimme der Ältern nicht«, so sprach ein alter Handwerksmann, dessen Gewerbe die blaugefärbten Hände verkündigten, »es wäre in diesem Falle gut, wenn ein weiser, vernünftiger, beratener Mann den Fall zum Nutzen und Frommen der Jugend entschiede.«

Die Jünglinge lachten helle auf, ergriffen den Herrn Thomas, der eben mit zwei schweren Weinhumpen durchschlüpfen wollte, alles Widerspruchs unerachtet, bei den Beinen und hoben ihn auf den Tisch, mit dem Ansinnen, sogleich, da ihm die Gaben dazu inwohnten, den Richterspruch zu tun. Herr Thomas gab der strengen Notwendigkeit nach und bemühte sich, wenigstens das mit Zierlichkeit und Anstand zu tun, was ihm die Gewalt abzwang. Er besah einige Augenblicke stillschweigend den Schlüsselbund, ließ dann einen Schlüssel nach dem andern fallen, richtete sich dann aus der gebückten Stellung in die Höhe, kratzte nach allen Seiten aus, vergessend, daß er auf dem Tische stand, und richtete eben dadurch eine Verwüstung an, der in dem Augenblick schwer zu steuern. Endlich räusperte er sich, fuhr einigemal mit der Kellermütze über die Stirne und begann feierlich:

»Meine teuren Gäste! Es ist hier von einem Totschlage oder vielmehr davon die Rede, ob's recht ist, jemand totzuschlagen. Man findet darüber in den mosaischen Gesetzen, gedenkt man noch nicht der Chaldäer, Syrer, Indier, Mesopotamier, Ägyptier, Perser –«

»Halt, halt«, schrie der Steinmetz, »plagt Euch der Teufel, Herr Wirt, wir wollen nicht wissen, ob die Potomier, Kalkdreher, Gipszieher oder wie das Volk alles heißen mag, was Ihr da herausgewirbelt habt, dem Raphael recht gegeben haben würde oder nicht. Ihr sollt auf der Stelle Bescheid geben.«

»So laßt«, sprach der Wirt, »so laßt mich wenigstens sogleich von Moses zu unserm Kaiser Karl dem Vierten und seiner Aurea bulla von

1347 vorwärts gehen; in dieser heißt es, ›betreffend Meuterei und Totschlag‹, ausdrücklich: ›So jemand‹ –« In diesem Augenblicke schaute der Wirt um sich und gewahrte auf den Gesichtern der Jünglinge düstere Wolken, die jeder nachteiligen Entscheidung ein nachfolgendes verderbliches Gewitter drohten.

Der schlaue Thomas faßte sich daher kurz und sprach: »In der Tat, sehr werte Meister, herrliche Gäste, wackere Genossen schöner Tage, ich weiß nicht, wie es wörtlich in der Aurea bulla heißt, aber ihrem Sinn und Inhalt gemäß gebe ich meine Entscheidung dahin, daß Raphael das Recht hatte, den Melchior auf den Tod anzugreifen, weil dieser zuvor Gleiches getan.«

So sehr die Jünglinge dem Herrn Thomas Beifall zujauchzten, so sehr erhoben sich dagegen auch die murrenden Stimmen der Alten, welche mit Recht von Meuchelmord, bewaffneter Faust und dergleichen sprachen. Herr Thomas, um auch diesen Sturm zu beschwichtigen, rief sehr laut: »Und sollte auch ein hitziger Streich geschehen sein, alle Gesetze, Verordnungen und Privilegien lassen einen großen Entschuldigungsgrund zu, nämlich die Liebe; und hat der feurige Jüngling Raphael an einem Orte, wo es freilich nicht hingehörte, hat er seine höchste Kunst, was Gesang und Spiel betrifft, den ganzen Schatz seines Talents euch eröffnet, so dankt ihm das, so dankt ihm die Erhebung eures Gemüts, die ihr in dieser Stunde genossen habt.« Dem Wirt wurde aufs neue stürmischer Beifall zugejauchzt. Er nahm indessen die Gelegenheit wahr, mit einem geschickten Katzensprunge auf den breiten Rücken seines Oberküpers zu setzen, der mit ihm sogleich abfuhr.

Ein neuer, ganz unerwarteter Auftritt fesselte jetzt plötzlich die Aufmerksamkeit der Gäste. Die Türe sprang nämlich auf, und hinein schritt sehr feierlich ein kleines, kaum fünf Fuß hohes Männlein; einen großen,

breiten Hut mit einer viel zu hohen Feder auf dem Kopfe, das Genick zurückgebeugt tief in den Nacken, kniff der Kleine die Augen dicht zu wie ein Gänserich, der in den Blitz zu schauen unternimmt. Der schwarze Amtsanzug wäre beinahe mehr als reputierlich zu nennen gewesen, hätten sich in den schwarzen Strümpfen nicht zu viel weiße Zwirnsfäden vorgefunden.

Hinter der kleinen Person schritten zwei wohl bewaffnete Männer von der Stadtmiliz, und man bemerkte, daß die Türen des Hauses stark besetzt wurden und auch auf der Straße starke Wachen patrouillierten. Die Bürger gerieten in Unruhe und Besorgnis über das, was die gute Stadt

bedrohen könne, und bestürmten den Ratsschreiber Elias Werkelmatz
– dies war der kleine Mann, der die Wache führte, mit Fragen. – Werkelmatz schritt aber, ohne jemanden eines Blicks, eines Wortes zu würdigen, mit seinen Soldaten wieder zur Türe heraus, wo er gekommen.

Der Vorfall mit der Besetzung des Hauses, sowie das Herannahen der
Mittagszeit hatte die Menschen verjagt, so daß nur noch eine kleine
Gesellschaft zurückgeblieben, unter der sich – mit Ausnahme des Doktor
Salmasius – diejenigen Personen befanden, welche der geneigte Leser
aus dem ersten Kapitel bereits kennt.

»Stellt«, sprach Erxner, »ein hochweiser Rat denn gerade in dem Augenblick verdächtigen Personen nach, als Dürers Fest beginnen soll?«

»Ist vonnöten, ist vonnöten«, sprang der Wirt geschäftig bei. Herr
Thomas rieb sich die Hände, drehte sich hin und her und tat überhaupt
so wie ein Mensch, dem irgend etwas die Seele abdrücken will.

»Ha ha ha«, lachte Weppering, »seht, wie unser Herr Thomas uns gar
zu gern mit seinem Kram bedienen möchte; aber wir geben es durchaus
nicht zu, wenn er uns nicht eine Flasche edlen Weins opfert.«

»Vermaledeiter Saufaus«, murmelte Herr Thomas zwischen den Zähnen; dann aber lauter und gemütlicher: »Soll geschehen, edler Drechsler,
soll geschehen.« Bald stand der Wein auf dem Tische. Nun wischte sich
Herr Thomas mit der Kellerschürze den Schweiß von der Stirn, blies die
Backen auf, indem er den andern zuwinkte, ein Gleiches zu tun und
soviel möglich die Köpfe zusammenzustecken.

»Der kleine stumme Ratsschreiber«, begann der Wirt, »ist ein närrischer Kumpan; warum sagte er nicht offen, daß der dem Galgen entlau-
fene Irmshöfer ein paar Tage verkappt am Orte sich aufgehalten, und
daß der hochweise Rat ihn zu verhaften strebt, ohne ihn jedoch finden
zu können?«

»Wie, der abscheuliche Bösewicht wieder hier? Sollte«, fuhr Erxner
fort, »der Bösewicht die Frechheit haben, gerade am Fest unseres großen
Dürer dem Galgen entgegenzutreten? Ich glaube es kaum.«

»Ich weiß«, nahm Bergstainer das Wort, »überhaupt gar nicht, warum
man mit dem verruchten Kerl, dem Irmshöfer, so viel Federlesens macht.
Warum schmeißt man ihn nicht gleich ins Feuer, wie es im Jahre 1472
mit dem Hans Schittersamen geschah, der die Nürnberger durch seine
arglistigen Streiche auf abscheuliche Art molestierte. Nun, jetzt wird er
wohl dem Galgen nicht länger entgehen, sie hängen ihn gewiß.«

»Sobald sie ihn haben«, fiel der Wirt ihm ins Wort, indem seine Miene einen solchen hohen Grad von Schlauigkeit erreichte, daß des erfahrensten Fuchses Antlitz nur ein schwaches Abbild davon gewesen sein würde. »Freunde«, fuhr er dann feierlich fort, »dieser Irmshöfer ist eine Art von Satan. Wißt ihr nicht, daß er auch Solfaterra heißt? – Wißt ihr nicht, daß ein Solfaterra Sakristan zu St. Sebald war, als Kaiser Karl der Vierte seinen Sohn Wenzel, der wie ein Heidenkind fünfundeinhalb Wochen, alles Christentums bar, brach gelegen, unter einem güldenen Thronhimmel taufen ließ? Daß –«

727 In dem Augenblick ertönten die Glocken von St. Sebald, ein Zeichen, daß sich die hohen Herren und Fürsten nach dem Kaisersaal begaben. Alles brach auf, und Herr Thomas rief, ganz erbost, sich in seiner Weisheit unterbrochen zu sehen: »Da läuft es hin, das unverständige Volk, und will nicht erfahren, daß das kleine kaiserliche Balg den fürstlichen Einfall hatte, das schöne silberne Taufbecken zu einem ganz andern Hausbedürfnis anzuwenden, als wozu es bestimmt; und daß es darauf anging und verbrannte wie ein schlechter Haderlump. Daß aber der Sakristan Solfaterra ein rotes Pulver –.« Des Wirts Stimme verhallte im Tumult der Abgehenden.

In demselben Augenblicke lag der, dessen Lob, dessen Ruhm von allen Lippen ertönte, einsam hingestreckt auf ein kleines Ruhebett, in dem kleinen entlegenen Zimmer des Rathauses, wo er verschiedene kleinere Kabinettstücke von seiner Arbeit aufhängen lassen, und überließ sich ernster, tiefer Betrachtung. Herr Mathias trat zu ihm mit den Worten: »Albrecht! es ist, als wenn Eure Seele mit einem ungeheuren Schmerz kämpfe, der Euch wie ein drachenartiges Ungeheuer umwunden, und dessen Verschlingungen Ihr Euch zu entwinden vergeblich mühtet.«

Albrecht richtete sich ein wenig von dem Ruhebette empor, und nun gewahrte Mathias zuerst die Leichenblässe seines Antlitzes, und wie sich über seine ganzen Züge jener besondere bedrohliche Charakter verbreitet hatte, den Hippokrates als ein untrügliches Zeichen einer Krankheit, die den ganzen Organismus gewaltsam ergreift und vorzüglich in den Ganglien ihren Ursprung findet, angibt. »Um Gott!« rief Herr Mathias, indem er die Hände zusammenschlug, »um Gott, mein würdiger Freund Dürer, was ist dir widerfahren? Aber sieh, wie unser frommer Freundschaftsbund unsere ganze Seele erfüllt; heute am frühen Morgen ließ mir der Gedanke keine Ruhe, daß du hierher gegangen und krank geworden wärest. Ich eilte hierher.« –

»Ach!« unterbrach ihn Dürer, »es ist meine Sehnsucht, die dich hierher gezogen. Laß mich, o mein Freund, in deine treue Seele mein ganzes Ich ausschütten, das schon das deinige ist.« Albrecht Dürer sank vor Mattigkeit sanft auf das Ruhebette zurück und begann mit schwacher krankhafter Stimme: »Ich weiß nicht, was seit einigen Tagen mich für eine seltsame Traurigkeit und Befangenheit des Geistes oft bis zur Qual ängstigt. Meine Arbeit geht mir nicht vonstatten, und fremde, verworrene Bilder, die sich eindrängen wie feindliche Geister in die Werkstatt meiner Gedanken, werde ich nicht los, unerachtet ich die ewige Macht des Himmels anflehe, mich zu befreien von dieser Ärgernis des Bösen.« –

»Er ist hier«, sprach Mathias mit bedeutendem Ton. »Ich weiß es«, erwiderte Dürer sehr schwach. »Fürchtet nichts«, fuhr Herr Mathias fort; »was vermag der Ohnmächtige gegen Euch, der Ihr überall im mächtigsten Schutz und Schirm steht.«

Beide schwiegen einige Augenblicke, dann begann Albrecht: »Als ich heute früh erwachte, fielen die ersten Strahlen der Morgenröte in mein Zimmer. Ich wischte mir den Schlaf aus den Augen, öffnete die Fenster und erlabte mein Gemüt im frommen Gebet zu der höchsten Macht des Himmels. Eifrig und eifriger betete ich, aber kein Trost kam in das wunde Gemüt, und es war, als wende sich die heilige Jungfrau von mir ab mit ernstem, wo nicht zürnendem Blick. Ich weckte mein Weib und sagte ihr, daß ich in der tiefen Bekümmernis meines Herzens einen Gang nach dem Burgwall machen und dann hierher gehen wolle. Zu rechter Zeit solle man mir die Festkleider schicken, damit ich mich ankleide und hier erscheine, ohne hergeführt werden zu dürfen. – Mathias! als der Ratsdiener die großen Pforten des Kaisersaals aufschlug, als ich mein großes Gemälde erblickte, das den ganzen Hintergrund einnimmt und das in den Morgenwolken eingehüllt schien, aus denen zweideutige Streiflichter es anschielten, als ich noch einen Teil des Malergerüstes, die Farbentöpfe, Malerschurz und Mütze gewahrte, die noch von der letzten Arbeit zurückgeblieben, da ich an Ort und Stelle retuschierte, da überfiel mich jene Traurigkeit noch empfindlicher und härter; ja, eine Bangigkeit drohte mir die Brust zu ersticken; was ich gewollt, nämlich mein Bild der strengsten Musterung unterwerfen, mußte unterbleiben. Einmal – Mathias, erschreckt nicht – mein eigenes Gebilde jagte mir in diesem Augenblick das Entsetzen zerschmetternder Majestät ein und dann – ich hätte ja vor Schwindel und Mattigkeit das Gerüst nicht besteigen können. Mit geschloßnen Augen schwankte ich durch die langen

Gänge in dies Zimmer, wo ich ermattet auf das Ruhebette sank. In einem Halbschlummer gedachte ich nun meines ganzen Lebens, und wie ich mich aus eignen Trieben zur heiligen Malerkunst gewendet. Ich darf Euch, mein lieber Freund Mathias, die so bekannte Geschichte meiner Kindheit wohl nicht wiederholen, aber so viel mag ich sagen, daß nicht allein die Gebilde der Menschen, deren Antlitz mich besonders ansprach, sondern daß auch Gestalten beim Lesen der heiligen Historien in meinem Innern aufgingen, die zum Teil so schön und herrlich waren, daß sie dieser Erde nicht angehören konnten, welche ich mit solch unaussprechlicher Liebe umfaßte, daß ich ihnen meine ganze Seele zuwandte. Aber diese Liebe konnte ich nicht anders ins feurige Leben treten lassen, als wenn ich sie aus meiner innigsten Seele heraus auf der Tafel darstellte.

Hier habt Ihr, mein Freund Mathias, mit wenigen Worten die ganze Tendenz meiner Kunst.« –

Biographie

1776	24. *Januar:* Ernst Theodor Wilhelm Hoffmann wird in Königsberg als Sohn des Hofgerichtsadvokaten Christoph-Ludwig Hoffmann und seiner Frau Louise Albertine, geb. Doerffer, geboren.
1778	Nach der Scheidung seiner Eltern lebt Hoffmann mit seiner Mutter bei der Großmutter.
1782	Hoffmann tritt in die reformierte Burgschule in Königsberg ein (bis 1792).
1786	Beginn der lebenslangen Freundschaft mit Theodor Gottlieb von Hippel.
1790	Bei dem Domorganisten Podbielski erhält Hoffmann Musikunterricht und bei dem Maler Saemann Zeichenunterricht.
1792	Hoffmann imatrikuliert sich an der Universität Königsberg zum Jurastudium.
1793	Liebe zu der neun Jahre älteren, verheirateten Dora Hatt. Der dreibändige Roman »Cornaro« entsteht (verschollen).
1795	*Juli:* Hoffmann legt das erste juristische Examen ab. Er beginn in Königsberg seine Amtstätigkeit als Auskultator und Gerichtsreferendar. Besuch der Oper »Don Giovanni« von Mozart, Lektüre von Lawrence Sterne, Jean Paul, William Shakespeare und Jean-Jacques Rousseau.
1796	*März:* Tod der Mutter. *Juni:* Hoffmann siedelt nach Glogau über, wo er bei seinem Patenonkel lebt. Bekanntschaft mit dem Maler Aloys Molinary und dem Schriftsteller Julius von Voß.
1797	Freundschaft mit dem Komponisten Johannes Hampe. *April:* Tod des Vaters. *Mai:* Reise nach Königsberg. In Königsberg trifft er zum letzten Mal Dora Hatt.
1798	Verlobung mit der Cousine Minna Doerffer. *Juni:* Hoffmann legt sein zweites juristisches Examen ab (»Überall ausnehmend gut«). *August:* Er wird als Referendar an das Kammergericht Berlin

versetzt.

Erste Berührung mit dem Glücksspiel.

Reise nach Dresden.

Hoffmann nimmt Kompositionsunterricht bei dem Komponisten und Musikschriftsteller Johann Friedrich Reichardt.

Beginn der Freundschaft mit dem Schauspieler und Gitarristen Franz von Holbein.

1800 *Frühjahr:* Hoffmann besteht sein drittes juristisches Examen und wird zum Assessor in Posen ernannt.

Dezember: Bekanntschaft mit Jean Paul.

1801 Hoffmann komponiert das Singspiel »Scherz, List und Rache« (nach Goethe), das im gleichen Jahr in Posen aufgeführt wird.

Jean Paul sendet die Partitur an Goethe.

1802 *März:* Lösung der Verlobung mit Minna Doerffer.

Juli: Heirat mit Maria Thekla Michalina Rorer-Trzcinska (Mischa).

Hoffman siedelt in das polnische Plock an der Weichsel über, wohin er wegen Karikaturen auf preußische Offiziere strafversetzt wurde.

1803 Mit dem Essay »Schreiben eines Klostergeistlichen an seinen Freund in der Hauptstadt« wird in »Der Freimüthige oder Berlinische Zeitung für gebildete, unbefangene Leser« zum ersten Mal eine Schrift Hoffmanns veröffentlicht.

1804 Reise nach Königsberg und Leistenau.

März: Hoffmann wird als Regierungsrat nach Warschau versetzt.

Freundschaft mit Julius Eduard Hitzig, der Hoffmann mit den Schriften der Romantiker bekannt macht.

Hoffmann nennt sich auf dem Titelblatt der Partitur zu »Die lustigen Musikanten« (nach Clemens Brentano) aus Verehrung für Mozart zum ersten Mal Ernst Theodor Amadeus Hoffmann.

1805 Nähere Bekanntschaft mit Zacharias Werner.

Mai: Hoffmann wird Vizepräsident und Sekretär der von ihm mitgegründeten »Musikalischen Gesellschaft«.

Juli: Geburt der Tochter Cäzilia.

1806 Hoffmann tritt bei einem von der »Musikalischen Gesellschaft« organisierten Konzert zum ersten Mal als Dirigent auf.

November: Die französische Armee besetzt Warschau.

Die preußische Verwaltung wird aufgelöst und damit Hoffmann

aus dem Dienst entlassen.

1807   *Juni:* Hoffmann zieht nach Berlin, während Mischa sich mit Cäzilia bei ihrer Mutter in Posen aufhält.

August: Tod der Tochter Cäzilia.

1808   *August:* Hoffmann zieht mit seiner Frau nach Bamberg, wo er eine Stelle als Kapellmeister und Theaterkomponist am Theater erhält.

Reise nach Glogau und Posen.

1809   Das Bamberger Theater muß wegen Mißwirtschaft des Direktors geschlossen werden.

Bekanntschaft mit dem Arzt Adalbert Friedrich Marcus.

März: Hoffmann lernt Carl Friedrich Kunz, seinen späteren Verleger, kennen.

1810   Franz von Holbein übernimmt die Direktion des Bamberger Theaters.

Er stellt Hoffmann als »Direktionsgehilfe« und Hauskomponist, Bühnenarchitekt und Kulissenmaler an.

Hoffmann beginnt mit der Niederschrift seiner dreizehn »Kreisleriana«, kurzen Skizzen, Essays und Erzählungen, in deren Mittelpunkt die Figur des Komponisten Johannes Kreisler steht.

1811   Hoffmann gibt die Tätigkeit als »Direktionsgehilfe« am Bamberger Theater auf.

Unglückliche Liebe zu der sechzehnjährigen Julia Mark (Julie Marc), die seine Gesangsschülerin ist.

Bekanntschaft mit Carl Maria von Weber.

1812   Reise nach Würzburg.

November: Hoffmann befindet sich in höchster Geldnot.

Dezember: Hochzeit Julia Marks mit dem Kaufmann Graepel.

Hoffmann konzentriert sich zunehmend auf schriftstellerische Tätigkeiten.

Er beschäftigt sich mit Naturphilosophie und »tierischem Magnetismus«.

Die Theatergruppe Joseph Secondas in Leipzig und Dresden engagiert Hoffmann als Musikdirektor.

Aufenthalt Hoffmanns in Leipzig.

Die Truppe Secondas gastiert in Dresden.

1813   »Don Juan. Eine fabelhafte Begebenheit, die sich mit einem reisenden Enthusiasten zugetragen« wird in der »Allgemeinen

Musikalischen Zeitung« gedruckt.

In der »Zeitung für die elegante Welt« erscheint Hoffmanns Essay »Beethovens Instrumental-Musik«.

1814 Nach einem Zerwürfnis mit Seconda wird Hoffmann aus dem Theater entlassen.

März: Beginn der Arbeit an dem Roman »Die Elexiere des Teufels. Nachgelassene Papiere des Bruders Medardus, eines Kapuziners«.

Die ersten beiden Bände der »Fantasiestücke in Callots Manier« erscheinen. Darin enthalten sind u.a. »Der goldene Topf«, die Dialogerzählung »Nachricht von den neuesten Schicksalen des Hundes Berganza« und »Ritter Gluck«.

August: Hoffmann beendet die Oper »Undine« nach Fouqués Märchen, der auch das Libretto schreibt.

September: Umzug nach Berlin, wo Hoffmann eine Anstellung als Staatsbeamter ohne Gehalt annimmt.

Verbindung mit Hitzig, Fouqué, Chamisso, Tieck und Bernhardi.

1815 Hoffmann arbeitet als Expedient im Justizministerium.

Bekanntschaft mit Brentano und Eichendorff.

Der dritte und vierte Band der »Fantasiestücke in Callots Manier« erscheinen, sie enthalten u.a. »Die Abenteuer der Silvesternacht«.

Freundschaft mit dem Schauspieler Ludwig Devrient, dem intimsten Freund der letzten Lebensjahre.

»Die Elexiere des Teufels« (Roman, 2 Bände, 1815–16).

1816 *April:* Hoffmann wird zum Rat am Kammergericht ernannt.

Freundschaft mit Carl Maria von Weber.

Die Oper »Undine« wird uraufgeführt.

Unter dem Titel »Nachtstücke« erscheint eine zweibändige Sammlung von Prosatexten, die u.a. die Novelle »Das Majorat« und die Erzählung »Der Sandmann« enthält.

1817 *Juli:* Brand des Schauspielhauses.

Hoffmann wird zusammen mit Devrient Stammgast im Weinhaus Lutter und Wegner.

1818 Neugründung des »Serapinenordens«, dem außer Hoffmann u.a. Hitzig, Contessa und Koreff angehören. Die »Serapionsbrüder« treffen sich in Hoffmanns Wohnung.

Im »Taschenbuch für das Jahr 1819 der Liebe und Freundschaft gewidmet« erscheint Hoffmanns Erzählung »Doge und Dogaresse«.

1819 Der ersten Band der Erzählungssammlung »Die Serapionsbrüder« erscheint. Er enthält u.a. »Die Bergwerke zu Falun«.

Mai: Beginn der Arbeit an dem Roman »Lebensansichten des Katers Murr nebst fragmentarischer Biographie des Kapelleisters Johannes Kreisler in zufälligen Makulaturblättern« (2 Bände, 1819–21).

Schwere Erkrankung Hoffmanns.

Genesungsreise nach Schlesien und Prag.

Das Märchen »Klein Zaches genannt Zinnober« erscheint in der Zeitschrift »Flora« in Berlin.

Oktober: Hoffmann wird zum Mitglied der »Immediat-Commission zur Ermittlung hochverräterischer Verbindungen und anderer gefährlicher Umtriebe« ernannt.

»Das Fräulein von Scuderi. Erzählung aus dem Zeitalter Ludwigs des Vierzehnten« wird im »Taschenbuch für das Jahr 1820 der Liebe und Freundschaft gewidmet« publiziert.

1820 *Februar:* Hoffmann protestiert gegen die Verhaftung des »Turnvaters« Friedrich Ludwig Jahn.

März: Ludwig van Beethoven sendet Hoffmann einen anerkennenden Brief.

Das Märchen »Prinzessin Brambilla« erscheint im »Morgenblatt für gebildete Stände«.

»Die Serapionsbrüder« (2. und 3. Band).

1821 Hoffmann erwirkt seine Entlassung aus der »Immediat-Commission zur Ermittlung hochverräterischer Verbindungen und anderer gefährlicher Umtriebe«.

Der vierte Band der Sammlung »Serapionsbrüder«, der die Novelle »Signor Formica« enthält, erscheint.

Oktober: Hoffmann wird zum Mitglied des Oberappellationssenates am Kammergericht ernannt.

1822 *Januar:* Beginn der schweren Krankheit.

Das Manuskript der Erzählung »Meister Floh« wird beschlagnahmt, weil der preußische Polizeidirektor in der Figur des Knarrpanti eine Satire auf seine Person sieht.

März: Völlige Lähmung Hoffmanns.

April: Hoffmann diktiert die Erzählung »Des Vetters Eckfenster«, die im gleichen Jahr in der Zeitschrift »Der Zuschauer« erscheint.

25. *Juni:* Tod Hoffmanns. Er wird drei Tage später auf dem Jerusalemer Kirchhof in Berlin beigesetzt.